诗经·国风

李悠 王杭丽 译注

台海出版社

图书在版编目（CIP）数据

诗经．1，国风 / 李悠，王杭丽译注．-- 北京 ：台海出版社，2021.2

ISBN 978-7-5168-2809-0

Ⅰ．①诗… Ⅱ．①李… ②王… Ⅲ．①古体诗—诗集—中国—春秋时代 Ⅳ．①I222.2

中国版本图书馆 CIP 数据核字（2020）第 218527 号

诗经·国风

译　　注：李　悠　王杭丽

出 版 人：蔡　旭　　　　封面设计：@嫁衣工舍

责任编辑：曹任云

出版发行：台海出版社

地　　址：北京市东城区景山东街 20 号　　邮政编码：100009

电　　话：010-64041652（发行，邮购）

传　　真：010-84045799（总编室）

网　　址：www.taimeng.org.cn/thcbs/default.htm

E - mail：thcbs@126.com

经　　销：全国各地新华书店

印　　刷：三河市金泰源印务有限公司

本书如有破损、缺页、装订错误，请与本社联系调换

开　　本：880 毫米 ×1290 毫米　1/32

字　　数：782 千字　　印　　张：31.75

版　　次：2021 年 2 月第 1 版　　印　　次：2021 年 2 月第 1 次印刷

书　　号：ISBN 978-7-5168-2809-0

定　　价：108.00 元（全二册）

序：最美不过《诗经》

第一次看《诗经》还是在读中学时，那时候并没有读懂多少飞扬其中的精彩，但从心底记住了那份美。

那些诗歌，像一朵朵夏日的清荷，嫣然摇动，飞上了心头，光芒万丈。

成年后重读《诗经》，那时再看，就觉得《诗经》的美是可以称得上“包罗万象”四个字的。

在《诗经》中，既有先祖创业的颂歌，也有祭祀神鬼的乐章，既有关于劳动、打猎的诗歌，也有大量描写恋爱、婚姻以及社会习俗等方面的诗。淋漓尽致地向我们展示了那个时代的风俗和人情。

《诗经》分为《风》《雅》《颂》三大部分。

《国风》的来源，是各地的民歌，也是那个时代最接地气的篇章。

整个《国风》共有一百六十篇诗歌，写尽了人民对美好爱情的向往，对故土的思念，至真至美至纯。

阅读《诗经》，让我们的旧梦被春光唤醒，纷纷化为绝美的花朵，姹紫嫣红开遍，香了灵魂，暖了内心。

目录

国风·周南

国风·召南

国风·邶风

国风·鄘风

国风·卫风

国风·王风

国风·郑风

国风·齐风

国风·魏风

国风·唐风

国风·秦风

国风·陈风

国风·桧风

国风·曹风

国风·豳风

国风·周南

1.《关雎》——初恋如酒

关关[①]雎鸠[②]，在河之洲[③]。窈窕淑女[④]，君子好逑[⑤]。
参差[⑥]荇菜[⑦]，左右流[⑧]之。窈窕淑女，寤寐[⑨]求之。
求之不得，寤寐思服[⑩]。悠哉悠哉[⑪]，辗转反侧[⑫]。
参差荇菜，左右采之。窈窕淑女，琴瑟友之[⑬]。
参差荇菜，左右芼[⑭]之。窈窕淑女，钟鼓乐之[⑮]。

注释

①关关：水鸟鸣叫的声音。

②雎鸠（jū jiū）：一种水鸟名。

③洲：水中的陆地。

④窈窕（yǎo tiǎo）淑女：贤良美好的女子。窈窕，身材、体态美好的样子。淑，好，善良。

⑤好逑（hǎo qiú）：好的配偶。

⑥参差：长短不齐的样子。

⑦荇（xìng）菜：一种水草类植物，叶子可以食用。

⑧流：用作“求”，这里指择取。

⑨寤寐（wù mèi）：醒和睡，指日夜。

⑩思服：思念。

⑪悠哉（yōu zāi）悠哉：这里指思念绵绵不断。悠，感思。哉，语气助词。

⑫辗转反侧：翻来覆去睡不着。

⑬琴瑟友之：弹琴鼓瑟来亲近她。琴、瑟，都是古代的弦乐器。友，用作动词，这里指亲近。

⑭芼（mào）：拔取。

⑮钟鼓乐之：用钟奏乐来使她快乐。乐，使动用法，使……快乐。

译文

在那河中的小岛上，一种叫作雎鸠的水鸟在不停唱歌。我看到了一位美丽善良的好姑娘，她是我的理想对象。

河旁边长着高高低低的荇菜，我只能左挑右选地去采摘。那美丽善良的好姑娘，我做梦都想娶她。

可惜我还追求不了她，我只能日日夜夜想念她啊。长夜漫长，我的忧思也绵绵不绝，我翻来覆去根本睡不着觉。

河旁边长着长长短短的荇菜，我只能两手左右去采摘。那美丽善良的好姑娘，我想要弹琴鼓瑟去追求她。

河旁边长着长长短短的荇菜，我仔仔细细地两边挑选。那美丽善良的好姑娘，我决定敲钟打鼓来让她快乐。

赏析

三千多年前，那场遇见，惊艳了时光。

听，一种名叫雎鸠的水鸟，在河边叫个不停。

那一声声啼叫，让他惊了心。

此时此刻，他正在一叶轻舟上采摘荇菜，忽然，他看见了不远处的她，芙蓉面、柳叶眉，身姿窈窕，美得让他忘记了时间，只能听到扑通扑通跳个不停的心跳。

他，该如何亲近她？他，想要娶她，往后时光，只和她一同慢慢变老。

可是，他还没同她说上话，她便已经悄然离去了，如花瓣上的露珠，只一刹那，便再也没了踪影。

他，只能日日夜夜思念她，思念这惊鸿一瞥的心动。

他，决定弹琴鼓瑟去追求她，或者，敲钟打鼓来让她快乐。

他，愿意为了她做任何让她快乐的事。因为，那一眼，就注定他已沦陷。

更因为，爱情这回事，就是这么不可思议。

三千年前这场不可说的遇见，叫作《关雎》。它是《诗经》的首篇，又称为“十五国风第一篇”。全诗朗朗上口，和谐悦耳。

诗中那种直接、明亮、活泼的风采，像极了初恋，令人魂牵梦萦，久久不能忘。

2.《葛覃》——归家的女子，总是欢喜

葛[1]之覃[2]兮，施[3]于中谷[4]，维[5]叶萋萋[6]。黄鸟[7]于[8]飞，集[9]于灌木，其鸣喈喈[10]。

葛之覃兮，施于中谷，维叶莫莫[11]。是刈[12]是濩[13]，为絺[14]为绤[15]，服[16]之无斁[17]。

言[18]告师氏[19]，言告言归[20]。薄[21]污[22]我私[23]。薄澣[24]我衣[25]。害[26]澣害否？归宁[27]父母。

注释

①葛：葛藤，一种多年生草本植物，纤维可用来织布。

②覃（tán）：本指延长之意，这里指蔓生之藤。

③施（yì）：蔓延。

④中谷：山谷中。

⑤维：语气助词，无义。

⑥萋萋：茂盛的样子。

⑦黄鸟：黄鹂。

⑧于：语气助词，无义。于飞，即飞。

⑨集：栖止。

⑩喈（jiē）喈：鸟鸣声。

⑪莫莫：茂密的样子。

⑫刈（yì）：用刀割。

⑬濩（huò）：煮。这里指将葛放在水中煮。

⑭絺（chī）：细葛纤维织成的布。

⑮绤（xì）：粗葛纤维织的布。

⑯服：穿着。

⑰斁（yì）：厌倦。

⑱言：语气助词，无义。

⑲师氏：类似管家或者保姆，又有说法是女子的老师。

⑳归：可指出嫁，也可指回娘家。

㉑薄：语气助词，无义。

㉒污（wù）：洗去污垢。

㉓私：内衣。

㉔澣（huàn）：洗。

㉕衣：上曰衣，下曰裳。这里指外衣，也可以指礼服。

㉖害（hé）：通“曷”，什么。

㉗归宁：有两种说法，一说是出嫁后回家安慰父母，另一种是说出嫁以安父母之心。宁，使……安心。

译文

到处生长的葛藤，在山谷中蔓延得铺天盖地，那叶子繁茂，一片青青。

山谷间飞起美丽的黄莺，它轻轻地降落在灌木丛中，叫声十分婉转动听。

到处生长的葛藤，在山谷中蔓延得铺天盖地，那叶子繁茂，一片萋萋。

我要把它们割点回来，然后放在锅里煮，织成细布和粗布，穿着它们很开心。

我把我的心事告诉管家，因为我要回家看父母。

管家教我清除内衣的污垢，用清水洗弄脏的外衣。

我把所有洗的事情都交代清楚，然后就回娘家探望父母了。

赏析

空山无人，落针可闻。

青青翠翠的葛藤，蔓延了整个山谷。

忽然，一阵“喈喈”的叫声，打破了整座山谷的寂静。

原来，是黄鹂鸟。

听到这叫声，她觉得很愉悦。因为，她想起了从前还未出嫁时的情形。

那时，她还是个无忧无虑的少女，没想到，时光弹指飞逝，转眼间她已嫁作人妇。

她，也该回去看看父母了。

抬眼一看，这漫山遍野的葛藤让她忍不住想割点回去，她可以制成一匹匹飘拂的葛布，然后将它们制成精美的衣衫，穿在身上一定很快乐。因为，那是她自己的劳动成果呀。

她带着葛藤，满载而归，她把想要归家探望父母的想法告诉了管家，她十分欣喜，便开始洗衣，整理行装，准备回娘家。

这首《葛覃》，形象地表现了女主角的喜悦和企盼，诗中那快乐活泼的气氛，给人以美的享受。

3.《卷耳》——一场怀人的电影

采采[1]卷耳[2]，不盈[3]顷筐[4]。嗟[5]我怀[6]人，寘[7]彼周行[8]。

陟[9]彼[10]崔嵬[11]，我[12]马虺隤[13]。我姑[14]酌[15]彼金罍[16]，维[17]以不永怀[18]。

陟彼高冈，我马玄黄[19]。我姑酌彼兕觥[20]，维以不永伤[21]。

陟彼砠[22]矣，我马瘏[23]矣。我仆痡[24]矣，云何[25]吁[26]矣。

注释

①采采：一说采了又采，一说繁盛的样子。

②卷耳：野菜名，又叫苍耳。

③盈：满。

④顷筐：斜口筐。这句话是说采了又采都采不满这浅筐子，心思不在这里面。

⑤嗟：叹息。

⑥怀：怀想。

⑦寘（zhì）：同“置”，放，搁置。

⑧周行（háng）：环绕的道路，特指大道。

⑨陟（zhì）：登上。

⑩彼：指示代名词。

⑪崔嵬（wéi）：山高不平。

⑫我：想象中丈夫的自称。

⑬虺隤（huī tuí）：因疲乏而生病。

⑭姑：姑且。

⑮酌：斟酒。

⑯金罍（léi）：青铜做的罍。罍，器名，青铜制，用来盛酒和水。

⑰维：语气助词，无实义。

⑱永怀：长久思念。

⑲玄黄：马因病而改变颜色。

⑳兕觥（sì gōng）：犀牛角做成的酒杯。

㉑永伤：长久思念。

㉒砠（jū）：有土的石山。

㉓瘏（tú）：马疲劳而生病。

㉔痡（pū）：人过劳而不能走路。

㉕云何：奈何。

㉖吁（xū）：忧伤而叹。

译文

我采了很久的卷耳，却半天都采不满一小筐。因为我在想念我的心上人，想着想着我就把菜筐搁置在大路上。

此时此刻，我的丈夫应该攀上了那高高的土石山，马儿已经疲惫。他斟满了美酒，以此来排解自己的离思。

他又登上了高高的山顶，马儿累得毛色都变黄了。他斟满了一大杯酒，排解自己的忧伤。

他又登上了乱石岗，马儿已经累病倒在一旁。车夫也精疲力竭，他心中的愁思更多了。

赏析

这个故事像电影。

她在采卷耳，却怎么都采不满浅浅的一小筐。

因为采着采着，她便想到了他，便再也没有心思采了。

他是她的夫君，此刻正在远方出征。

她想念他，不知她的良人，何时才能归来。

此时她在采卷耳，他又在做什么呢？

想必，他正在土石山、高高的山顶和乱石岗中，来回穿梭，就连上好的宝马和身经百战的车夫也都跟不上他的脚步。

他只能一个人自斟自饮，来排解忧愁吧。

他也是思念她的，她知道的。

这场电影叫《卷耳》，如一场生动的戏剧，男女主角各自的内心独白在同一场景同一时段中展开。

怀人是永恒的情感主题，而《卷耳》影响深远，为后世的怀人诗开了一个好头。如王维的《九月九日忆山东兄弟》、杜甫《月夜》等怀人思乡的名篇，多多少少都体现了与《卷耳》一脉相承的味道。

4.《樛木》——南方有君子

南有樛[①]木，葛藟[②]累[③]之。乐只[④]君子[⑤]，福履[⑥]绥[⑦]之。
南有樛木，葛藟荒[⑧]之。乐只君子，福履将[⑨]之。
南有樛木，葛藟萦[⑩]之。乐只君子，福履成[⑪]之。

注释

①樛（jiū）：向下弯曲的树木。

②葛藟（gé lěi）：一种多年生草本植物，花紫红色。

③累：攀缘，缠绕。

④只：语气助词。

⑤君子：此处指结婚的新郎。

⑥福履：福禄，幸福。

⑦绥：安定。

⑧荒：覆盖。

⑨将：扶助。

⑩萦（yíng）：回旋缠绕。

⑪成：成就，到来。

译文

南方有很多茂盛的树木，这些树木向下弯曲，葛藟环绕着它们，一起生长蔓延。有一位君子很快乐，因为他能够用善心去安抚人心。

南方有很多茂盛的树木，这些树木向下弯曲，葛藟爬上它们，一起生长蔓延，最后发展到这根樛木都被葛藟覆盖了。有一位君子很快乐，因为他能够用善心去帮助别人。

南方有很多茂盛的树木，这些树木向下弯曲，葛藟爬上它们，缠绕在一起，生长蔓延。有一位君子很快乐，因为他能够用善心去成就他人。

赏析

三千多年前，那场婚礼很宏大，也很轰动，像春来满园姹紫嫣红，令人目眩神迷。

那天是秋日，夕阳西下，云霞染红了半边天，幻紫流金。

那五彩斑斓的色彩，如一朵朵被九天玄女无意抖落的鲜花，随性洒了下来。无边潋滟的霞色，似乎为这场婚礼更添了几分美丽。

宾客早已聚齐，辘辘的车音，忽然滚滚响起。

孩童们早已等不及了，纷纷嚷叫，“接新娘的车来了！”

刹那间，锣鼓齐鸣。

当幸福的君子（新郎）搀着新娘下车的时候，迎接他们的，是青年男女们一遍又一遍的放声歌唱。

热烈的歌声，是最好的祝福。

这就是整首《樛木》之下，潜藏着的故事。

作者用“南有樛木，葛藟累之”来比拟和形容新郎新娘的喜悦，还有当时的情景，这一比喻，不仅贴切，也更传神。

整首《樛木》，仿佛让所有读者都坐上了时空机，穿越回三千年前的那场婚礼，我们都是时光的见证者。

5.《螽斯》——连蝈蝈都在祝福你

螽斯[①]羽，诜诜[②]兮。宜尔子孙，振振[③]兮。
螽斯羽，薨薨[④]兮。宜尔子孙，绳绳[⑤]兮。
螽斯羽，揖揖[⑥]兮。宜尔子孙，蛰蛰[⑦]兮。

注释

①螽（zhōng）斯：蝈蝈。

②诜（shēn）诜：通“莘莘”，众多的样子。

③振（zhēn）振：繁盛的样子。

④薨（hōng）薨：很多虫飞的声音。

⑤绳（mǐn）绳：延绵不绝的样子。

⑥揖（yī）揖：会聚的样子。

⑦蛰（zhé）蛰：聚集。

译文

蝈蝈展翅飞翔，密密麻麻聚集在一起。好好教育你的子孙，家族兴旺。

蝈蝈展翅飞翔，排列在一起嗡嗡作响。好好教育你的子孙，世代绵长。

蝈蝈展翅飞翔，聚在一起很壮观。好好教育你的子孙，和睦美满。

赏析

那场婚礼原本很寻常，但因为作为证婚人的他唱了一首歌，便显得与众不同了。

这首歌，类似于今天婚礼上的祝福曲。

歌曲的内容很简单，可是寓意却特别美好。

他，祝愿他们多子多孙。他以螽斯来比喻，来祈愿，来祝福。

他的歌声，浓烈似酒。很多年以后，他自己回想起来，都觉得不可思议。

他看到新郎和新娘的脸都红了。那黄昏下，四合的暮色仿佛有魔力，好像化为一只只彩蝶，飞向新郎和新娘。

光怪陆离下，他们的脸色更红了，尤其是新娘，那面颊上的点点飞红，竟比盛开的一品红还要艳。

《螽斯》这首诗很有特色，全诗共三章，每章都是四句，前两句是描写，后两句是祝颂。六组叠词的巧妙运用，让整首诗韵味无穷。

虽然《诗经》中运用叠词很常见，但《螽斯》的独特魅力在于这六组叠词都锤炼得十分整齐，音韵铿锵。

前篇《樛木》是祝贺新人新婚幸福的诗篇，而这篇《螽斯》则是对新人多子多孙的美好祝福，这样的编排，十分自然。

6.《桃夭》——桃花，也许知道

桃之夭夭[1]，灼灼[2]其华[3]。之子[4]于归[5]，宜[6]其室家[7]。
桃之夭夭，有蕡[8]其实。之子于归，宜其家室。
桃之夭夭，其叶蓁蓁[9]。之子于归，宜其家人。

注释

①夭夭：桃树茂盛的样子。

②灼灼：花朵色彩鲜艳如火，明亮鲜艳的样子。

③华：通“花”。

④之子：代指这位姑娘。

⑤于归：指姑娘出嫁。古代把丈夫家看作女子的归宿，故称“归”。

⑥宜：和顺。

⑦室家：指夫妇。

⑧蕡：草木结实的样子，这里指桃实肥大的样子。

⑨蓁蓁：草木繁密的样子，这里形容桃叶茂盛。

译文

桃树茂盛，桃花鲜艳，美丽的姑娘要出嫁了，夫妻美满又和顺。

桃树茂盛，硕果累累，美丽的姑娘要出嫁了，早生贵子后嗣旺。

桃树茂盛，桃叶纷呈，美丽的姑娘要出嫁了，夫妻和乐共白头。

赏析

他与她的故事，发生在春天，桃花盛放的时节。

那年春天，桃花开得格外清艳，千万朵，红似火，灼灼怒放，美得叫人移不了目。

但是，有个女子却偏偏比这千万朵桃花还要美。

桃花丛里，云蒸霞蔚中，她的红色嫁衣烈烈如火飞扬，她一步一袅，回风舞雪而来，曼妙如飞鸿转羽，美得惊了他的心，还有他的意。

他与她，一见倾心，一眼万年。爱情这回事很奇妙，有的人在一起一辈子都不会擦出一点火花，可有的人，只要十秒钟，只要看见第一眼，就天荒地老了。

他与她就是后者。他们相遇在桃花绽放的时节，也许是天意，也许是冥冥之中的因果，他们也是在桃花怒放的时候凤凰于飞了。

这一切，都美得恰如其分，没有早一步，也没有晚一步，遇见你，刚刚好。

从此，她之子于归，宜其室家，而他执子之手，与子偕老。

从此，他们共赴白头。这一刻，他挽起她的皓腕，忽然间，心跳加速，如他们初见时一样，刹那间，天荒地老，因为，桃花灼灼，漫山遍野都是呀。

从此以后，她将成为他的贤妻。她不仅容颜姣好，心地也十分善良，必能融入他的大家庭，将日子过得和顺美满，其乐融融。

而桃花，是这一切故事的见证者。

《诗经》中有很多绝美的意象，这篇《桃夭》也不例外，诗作中的桃花是流光的霞岐，被春风掀起，曼妙了整个春天和无限芳菲的花事；是三千年前那诗中少女出嫁的红盖头，飘飘如仙；是春天的火，猎猎飞扬，燃起无数读者内心深处的爱情和相思。

流月去无声，可总有些记忆是永远不会泯灭的，早已永恒，如星辰如日月，如不曾凋零的花，仍旧灼灼其华，风动桃花香……

三千年前的《桃夭》便是如此。

那三千年前诗作中的婚姻至今回望，仍是一道亮丽的风景，依旧光芒万丈。

那三千年前的桃花，美得惊天动地，美得摄人心魂，美得打败了时间与空间，从来没有被人忘记过，照破山河万朵。

他与她的爱情，那场婚姻的轰轰烈烈，也只有桃花知道，桃花记得。

7.《兔罝》——三千年前的那场狩猎

肃肃[1]兔罝[2]，椓[3]之丁丁[4]。赳赳[5]武夫，公侯[6]干城[7]。
肃肃兔罝，施于中逵[8]。赳赳武夫，公侯好仇[9]。
肃肃兔罝，施于中林[10]。赳赳武夫，公侯腹心[11]。

注释

①肃（suō）肃：密密的样子。

②罝（jū）：捕兽的网。

③椓（zhuó）：敲击。

④丁（zhēng）丁：击打声。

⑤赳赳：威武的样子。

⑥公侯：周代封列国爵位（公、侯、伯、子、男）之尊者，泛指统治者。

⑦干城：干是盾牌，城是城池，这里比喻坚强的捍卫者。

⑧中逵（kuí）：四通八达的大路。

⑨仇（qiú）：通“逑”，指同伴。

⑩中林：树林里。

⑪腹心：忠心的人。

译文

那兔网结得很密，开始打桩制作兽网。那雄赳赳的武士，是公侯的好护卫呀！

那兔网结得很密，兽网做好了就放在岔路口。那雄赳赳的武士，是公侯的好帮手呀！

那兔网结得很密，放在树林里。那雄赳赳的武士，是公侯的好心腹呀！

赏析

林间，群山掩映。

声音却是沸腾着的。

一年一度的狩猎大会开始了。

喧天的鼓声，如海潮翻滚，似乎，震碎了也破开了，那永无止境的时间。

武士们整装待发，他们做了整整一年的准备，就是为了这一刻的闪耀！

一声喝下，武士们纷纷如离弦的箭，一个个跃上骏马，扬鞭而去了。

顷刻间，整个山谷都开始震颤，并随之摇晃。

无数道声音，充斥了整座山谷。

有啸声震谷，有马蹄飞奔，还有无数道矫健的身影在驰骋。

此处，此时，只属于勇士。

忽然，一只高大的猛虎夺走了所有人的注意。

所有人都想猎到它，可有一个人，比所有人都要快。

银芒破空，箭无虚发，猛虎倒地了，所有人都围着拔得头筹者转……

这是《兔罝》这首诗所隐藏的故事。

从诗中所咏来看，狩猎武士围驱虎豹的关键场景并没有展开，从首章的“肃肃兔罝，椓之丁丁”直接跳向了对“赳赳武夫”的赞美，但是被跳过的狩猎场景，其实我们完全可以想象出。

三千多年前那场狩猎，一定盛大如三月的花事，璀璨夺目，在场的人一定永生难忘。

8.《芣苢》——古人都爱车前草

采采[①]芣苢[②]，薄言[③]采之。采采芣苢，薄言有[④]之。
采采芣苢，薄言掇[⑤]之。采采芣苢，薄言捋[⑥]之。
采采芣苢，薄言袺[⑦]之。采采芣苢，薄言襭[⑧]之。

注释

①采采：采了又采。

②芣苢（fú yǐ）：植物名，即车前草，叶和种子都可以入药。

③薄言：发语词，无义。

④有：得到。

⑤掇（duō）：拾取。

⑥捋（luō）：顺着茎滑动来采取。

⑦袺（jié）：用手提着衣襟兜东西。

⑧襭（xié）：把衣襟别在腰间兜东西。

译文

那繁茂的车前草呀，我们赶紧把它采下来。那繁茂的车前草呀，我们赶紧把它摘下来。

那繁茂的车前草呀，我们快把它一片片摘下来。那繁茂的车前草呀，我们快把它一把把捋下来。

那繁茂的车前草呀，我们赶快揣进衣襟里。那繁茂的车前草呀，我们赶快用衣襟兜起来。

赏析

春天。

风和日丽，花明柳媚。

昨日冰雪已尽消融，今日春回大地。

平原旷野间，成群的田家妇女正欢欢喜喜地采着车前草。

她们三三五五，她们群歌互答。

那首“采采芣苢”的歌儿，响彻整片平原。

打马路过的人儿，纷纷被吸引，驻足聆听。

那一声声，不华丽，却动人。

也许，歌唱的本意就是随心而唱，不需要丝竹管弦来配，也不需要霓裳羽衣来舞，只需要，像她们那样想唱就唱。

这样的歌声，便足矣。

数不清的燕儿也被歌声吸引，从不知名的远方归来。它们在田间纵情飞舞，也许它们之前不停地飞行，就是为了听这一曲“采采芣苢”呀。

这一刻，烟红露绿晓风香，燕舞莺啼春日长。

人间好时光。

这就是《芣苢》整首诗中的意象，那种一边愉快劳作一边放声歌唱的逍遥自在，几千年后读来，依然让人觉得心旷神怡。

《诗经》中的民间歌谣有很多用重章叠句的形式，但像《芣苢》这篇重叠得如此厉害的却是绝无仅有的。全诗三章十二句，只有六个动词——

采、有、掇、捋、袺、襭——是不断变化的，其余全是重叠，这种写法是非常特别的。但这种看起来很单调的重叠，却神奇地产生了一种魔力——简单明快、往复回环的音乐感。

仔细分析，我们便不难发现这六个动词是不断变化、不断深入的，那诗中妇人越采越多直到满载而归的过程，也淋漓尽致地展现在了读者的眼前。

闭上眼，那首“采采芣苢”的歌儿，还在唱，响彻整片平原。

9.《汉广》——爱而不得，却又念念不忘

南有乔木[1]，不可休[2]思；汉[3]有游女[4]，不可求思。
汉之广矣，不可泳思；江[5]之永[6]矣，不可方[7]思。
翘翘[8]错薪[9]，言刈[10]其楚[11]；之子于归[12]，言秣[13]其马。
汉之广矣，不可泳思；江之永矣，不可方思。
翘翘错薪，言刈其蒌[14]；之子于归，言秣其驹[15]。
汉之广矣，不可泳思；江之永矣，不可方思。

注释

①乔木：高大的树木。

②休：停靠、休息。

③汉：指汉水，长江支流之一。

④游女：在汉水岸上游玩的女子。

⑤江：指长江。

⑥永：水流很长。

⑦方：原意是说渡河的木排，这里指乘筏渡河。

⑧翘（qiáo）翘：比喻杂草丛生。

⑨错薪：杂乱的柴草。

⑩刈：割。

⑪楚：灌木名，即荆条。

⑫归：嫁。

⑬秣（mò）：喂马。

⑭蒌（lóu）：蒌蒿，也叫白蒿。

⑮驹（jū）：小马。

译文

南山的乔木十分高大，可惜我不能在树下乘凉。汉江之上有美丽的女子在游玩，我想去追求她却怕她会拒绝。

汉水的河面很宽广，可惜我不能渡河到对面。长江的水流也很长，可惜我不能乘船到对岸。

眼前柴草丛生，我用刀割取那荆条。这个姑娘要出嫁了，我得赶快喂饱她的马。

汉水的河面很宽广，可惜我不能渡河到对面。长江的水流也很长，可惜我不能乘船到对岸。

眼前柴草丛生，我用刀割取那蒌蒿。这个姑娘要出嫁了，我得赶快喂饱她的小马驹。

汉水的河面很宽广，可惜我不能渡河到对面。长江的水流也很长，可惜我不能乘船到对岸。

赏析

他是青年樵夫，他的生活是每天在山间，与砍柴为伴。

可那一天，那一眼，那次遇见，却改变了他的生活轨迹。

那一日，他和往常一样，在长江的对岸砍柴，哼着小曲，优哉游哉。

忽然，他听到了一阵灵动的声音，如黄莺出谷。

他抬头，眼前闪过一道美丽的人影，他几乎忘记了呼吸。

那道人影极是朦胧婉约，虽然惊鸿一瞥，但他这辈子都不会忘记。

长江之上，滔滔奔流中，美丽的女子泛舟而来，她穿了一身妃红色裙裳，整个人也如同一朵迎风涉水、袅袅而开的风荷，凌然于万顷碧波之上，那份光滟无可抵挡……

他知道自己和她地位悬殊，他若要追求她，必定会因为身份不符合而不能如愿，他与她，只能隔着长江水，两两相望。

不，是他单相思，是他独独痴情凝望。

这一场遇见，终究是爱而不得的遗憾。

他的万千心思，只有眼前这茫茫的长江水知道。

这场遇见，被他唱进了歌里，遗忘在了风里。

到最后，落花流水了无踪迹，再也难寻，难觅……

这就是《汉广》的故事。

《汉广》是一曲爱而不得的情歌。男主角钟情美丽的姑娘，却始终难遂心愿，于是，他面对浩渺的江水，唱出了这首动人的诗歌。

三千年后，“汉之广矣，不可泳思；江之永矣，不可方思”的惆怅还在时光里翻转。

10.《汝坟》——我在堤上等你归来

遵①彼汝②坟③，伐其条枚④。未见君子⑤，惄⑥如调饥⑦。
遵彼汝坟，伐其条肄⑧。既见君子，不我遐⑨弃。
鲂鱼⑩赪⑪尾，王室如毁⑫。虽则如毁，父母孔⑬迩⑭。

注释

①遵：循，沿着。

②汝：汝河，是淮河的支流。

③坟（fén）：堤岸。

④条枚：树干。

⑤君子：这里是指在外服役的丈夫。

⑥惄（nì）：忧愁。

⑦调（zhōu）饥：早上挨饿。调，又作“輖”，早晨。

⑧肄（yì）：树枝砍后再生的小枝。

⑨遐（xiá）：远。

⑩鲂（fáng）鱼：鳊鱼。

⑪赪（chēng）：浅红色。

⑫毁（huǐ）：通“燬”，烈火焚烧。

⑬孔：非常。

⑭迩（ěr）：近，这里指饥寒交迫。

译文

我沿着汝河大堤走，砍下那枝干来烧火。已经等了好多天，还没见到我的丈夫回家，就像是一大清早在挨饿。

我沿着汝河大堤走，砍下那新枝来烧火。终于看到丈夫回来了，希望他不要再把我一个人抛在家里。

我看见那鳊鱼的尾巴火红一片，那红色就像是现在的王朝事务急如火。虽然事急如火，但是父母还饥寒交迫啊！

赏析

秋风，荒草，白云深。

是深秋了，落花如蝶，被萧瑟的风带起，飞向不知名的远方。

高高的汝河大堤上，一位妇女衣衫单薄，她正手拿刀斧，砍着树枝。

一下一下，费尽全力。

砍久了，她眼中的泪便再也藏不住了。

如果此时此刻，她的丈夫回来了，她还需要像现在这样，一大清早便强撑着衰弱之身来采樵伐薪吗？

未见君子，惄如调饥。

流光弹指，一年过去。

依然是秋花惨淡秋草黄，秋意浓。

她和去年一样，依旧衣衫单薄，手拿刀斧，砍着树枝。

她早已习惯，独自一人承受这份悲苦。

她的丈夫，怕是不会回来了吧？

可这世间事，你以为是绝境，其实往往会峰回路转。

她的丈夫，打马归来了。

望穿秋水，终于待你归来。

既见君子，不我遐弃。

此时此刻，她只想把心中的疑问化为一首歌，好好问问他。

这首歌叫作《汝坟》，它向来被认为是妻子思念久役归来的丈夫而唱的诗歌，整首诗的感染力很强，弥漫着一种无可奈何的哀伤。全诗在女子凄凄的质问中戛然而止，女子告诉他，家庭的夫妇之爱，已经被这无情的徭役毁灭了，那濒临饥饿绝境的父母呢，难道他们的死活你也要不顾吗？

男主角对此质问沉默不语，千年后作为读者的我们，也只能叹息一声。

11.《麟之趾》——麒麟之子

麟[①]之趾[②]，振振[③]公子[④]，于嗟[⑤]麟兮。
麟之定[⑥]，振振公姓[⑦]，于嗟麟兮。
麟之角，振振公族[⑧]，于嗟麟兮。

注释

①麟：麒麟，中国古代传说中的仁兽。它有蹄不踏、有额不抵、有角不触，被古人看作至高至美的野兽，所以这里把它比作公子、公姓、公族的诚实和仁厚。

②趾：脚，指麒麟的蹄。

③振（zhēn）振：仁厚的样子。

④公子：诸侯的儿子，泛指贵族子孙。

⑤于（xū）嗟：相当于“啊”“呀”。于，通“吁”，叹词。

⑥定：额头。

⑦公姓：当时的诸侯之子为公子，公子之孙为公姓。

⑧公族：诸侯的宗族子弟。

译文

麒麟有脚却不踢人，而仁厚有为的公子们，你们个个都像麒麟啊！

麒麟有额头却不撞人，而仁厚有为的公姓们，你们个个都像麒麟呀！

麒麟有尖角却不伤人，而仁厚有为的公族们，你们个个都像麒麟哪！

赏析

清晨，绿野翠林间。

仁兽麒麟出现了，它悠闲地行走着，也和人们一样，贪恋美景，出来赏春。

忽然，有风吹过，光影斑驳间，麒麟不见了，一位长相清秀的翩翩公子出现了，他从麒麟的幻影中含笑走了出来。

在他当年出生时，就有人夸赞他是“麒麟之子”。

…………

这幅魔幻的画面，就是《诗经》中《周南》部分的最后一篇《麟之趾》中的画面。

这是一首赞美诸侯公子的诗，但是赞美的主角是谁，已经无从考证了。

赞美贵族公子以“麟”来开头，这种写法看上去挺奇特的，但其实在古代，尤其是三千多年前《诗经》那个时代，再正常不过了。

因为麒麟这种动物在古人心中地位尊崇，而那时的王公贵族为了显示他们的身份尊贵，所以喜欢将他们的后代说成是“麟子”。

这首诗一般用来恭贺贵族得子的场合，但后来几千年的历史证明，“麟子”也并非局限于王公贵族之家，如果机缘来了，普通老百姓也能迅速崛起，成为叱咤风云的一代“麟子”。

国风·召南

1.《鹊巢》——美丽的姑娘要出嫁

维[①]鹊[②]有巢[③]，维鸠[④]居之。之子于归[⑤]，百[⑥]两[⑦]御[⑧]之。
维鹊有巢，维鸠方[⑨]之。之子于归，百两将[⑩]之。
维鹊有巢，维鸠盈[⑪]之。之子于归，百两成[⑫]之。

注释

①维：发语词，没有实义。

②鹊：喜鹊。

③有巢：是指男子已经娶妻。

④鸠：布谷鸟，民间传说布谷鸟不筑巢。

⑤归：嫁。

⑥百：虚数，指数量多。

⑦两：通“辆”。

⑧御（yà）：通“迓”，迎接。

⑨方：这里指占据。

⑩将（jiāng）：护送。

⑪盈：满。这里指陪嫁的人有很多。

⑫成：这里指结婚仪式完成。

译文

树顶的喜鹊筑成巢了，布谷鸟却来占有它。这位美丽的姑娘要出嫁了，浩浩荡荡的车队来接她。

树顶的喜鹊筑成巢了，布谷鸟却来占有它。这位美丽的姑娘要出嫁了，浩浩荡荡的车队来送她去丈夫家。

树顶的喜鹊筑成巢了，布谷鸟却来占有它。这位美丽的姑娘要出嫁了，浩浩荡荡的车队来接她，将她迎回家和新郎开开心心地成婚。

赏析

那场婚礼很盛大，春色撩人，燕子双飞。

浩浩荡荡的车队，整齐有素的行来。

他，已经等不及了。

他，想马上拥她入怀。

从此，二人凤凰于飞，携手偕行，一起走向宇宙洪荒。哪怕往后岁月巨浪滔天，也要与她夫妇一体，直至地老天荒。

屋内的她，其实也按捺不住了，她的心，从未跳得这么快呀。

她虽然盖着红盖头，却能感受到此时此刻场面的浩大。

究竟来了多少辆迎亲的车呢？她不知道，但她能感知到那份壮观。

她马上就要离开此处，去往夫家，步入人生的另一个阶段了。

从此，她不再是待字闺中的少女。

从此，她将之子于归，宜其室家。

这是《召南》第一篇《鹊巢》的故事，它是一首标准的描写婚礼的诗。

从诗中描写的送迎车辆之盛可以看出，诗中所写的是贵族的婚礼，并不是一般平民百姓的婚礼。

这首诗看上去很简单，但是它的故事性全部藏在幕后了，闭上眼，听听窗外的风，任由思绪蔓延，你也就能想象出背后的那些故事了。

新郎和新娘的无限欢欣，似乎就要破纸而出了。

2.《采蘩》——我很忙，我要采蘩

于以[①]采蘩[②]？于沼[③]于沚[④]。于以用之？公侯之事[⑤]。
于以采蘩？于涧[⑥]之中。于以用之？公侯之宫[⑦]。
被[⑧]之僮僮[⑨]，夙夜[⑩]在公[⑪]。被之祁祁[⑫]，薄[⑬]言还归[⑭]。

注释

①于以：问词，往哪儿。

②蘩（fán）：水草名，白蒿，根茎可食，古代常用来祭祀。

③沼：沼泽。

④沚（zhǐ）：水中小洲的意思。

⑤事：指祭祀。

⑥涧：山间流水的小沟。

⑦宫：宗庙，代指祭典。

⑧被（bì）：通“髲”，首饰，取他人之发编结披戴的发饰，这里是指施加。

⑨僮（tóng）僮：首饰繁多的样子。

⑩夙夜：早晨和晚上。

⑪公：公家之事。

⑫祁（qí）祁：首饰众多的样子。

⑬薄：这里是减少的意思。

⑭还归：回家去。

译文

你到什么地方去采白蘩呢？我在沼泽旁边的沙洲上采。那你采来白蘩做什么呢？因为公侯祭祀要用啊。

你到什么地方去采白蘩呢？我在山间流水的小沟里采。那你采来白蘩做什么呢？因为公侯祭祀要用啊。

宫人们没日没夜地采白蘩，就是为了公侯祭祀。来采蘩的宫人越来越多，并且她们都不能轻易回家去。

赏析

池沼、山涧，水流不止。

水洲、池塘，人流不息。

采蘩女来来回回，身影如风一样迅疾，一转眼，便没了踪影。

她们的身影，来去匆匆，在池沼、山涧和公侯之宫中来回飘忽。

因为她们没有时间休息，只能加快脚步，也只能不停地采白蘩。

这一切，都只是为了公侯祭祀要用。

祭祀，向来是最重要的大事，半点都疏忽不得。

所以，她们只能日日夜夜都为这件事操劳。

只有忙完了祭祀这件大事，她们才能归家呀。

这首《采蘩》很有特色，最大的特色在于前两章以“一问一答”的形式出现。

据考证，这种“一问一答”的形式，是受到了当时原始民歌的影响。

这首《采蘩》的背后，尽是那个时代宫人们的无奈，至今读来，仍令人叹息。

3.《草虫》——人生很短，思念很长

喓喓[1]草虫[2]，趯趯[3]阜螽[4]。未见君子，忧心忡忡[5]。亦[6]既[7]见止[8]，亦既觏[9]止，我心则降[10]。

陟[11]彼南山，言采其蕨[12]。未见君子，忧心惙惙[13]。亦既见止，亦既觏止，我心则说[14]。

陟彼南山，言采其薇[15]。未见君子，我心伤悲。亦既见止，亦既觏止，我心则夷[16]。

注释

①喓（yāo）喓：昆虫鸣叫的声音。

②草虫：一种能叫的蝗虫，蝈蝈儿。

③趯（tì）趯：昆虫跳跃的样子。

④阜螽（fù zhōng）：蚱蜢。

⑤忡（chōng）忡：形容心绪不安。

⑥亦：如。

⑦既：已经。

⑧止：之、他，或指语气助词，无义。

⑨觏（gòu）：遇见。

⑩降（xiáng）：平静。

⑪陟（zhì）：升，登。

⑫蕨：野菜名。

⑬惙（chuò）惙：忧愁的样子。

⑭说（yuè）：通“悦”，高兴。

⑮薇：草本植物，又名巢菜或野豌豆。

⑯夷：平静，安定，这里指心情平静。

译文

我在听那蝈蝈不停叫，看那蚱蜢不停跳。没有见到我的丈夫，我很忧愁，很焦躁。如果我现在见到他了，那我心中的忧愁肯定都没有了。

我登上了那高高的南山，去采摘那鲜嫩的蕨菜叶子。没有见到我的丈夫，我很伤心。如果我现在偎着他了，那我就很快乐。

我登上了那高高的南山，去采摘那鲜嫩的薇菜苗。没有见到我的丈夫，我很烦恼。如果我现在偎着他了，那我就心情安定了。

赏析

这场思念很长。

从秋天到春天再到夏天，从百花凋尽到姹紫嫣红再到芳菲歇去，她独自一人度过。

秋风衰草，落叶萧萧，她一个人，在家中的小院，独对西风，独听虫叫，独对阑珊的月色，自然，也独自相思。

此时此刻，她的丈夫在干什么呢？想必是在军营里喝酒高歌，或者在战场上英勇杀敌，又或是，在那边关的月色下独自一人吹着筚篥。

她已经很久没有见到他了，今夜，只能在梦里相见吧。

时光如流水潺潺而过，第二年，春天。

她去山上采蕨菜，可她根本无心采摘，因为往年都是他陪她一同来采的，可今年，她却只能独自一人，萧萧孑然一身。

忽然，有急促的马蹄声嗒嗒响起。

她抬眸，仔细一看，却是空欢喜。

来人不是她的丈夫，只是打马而过的路人而已。

那一刻，眼泪再也忍不住，决堤而落。

从春天到夏天，往往只是一个眨眼的时间，迅如闪电。

是初夏了，草木荫荫正可人，可这满眼的绿，她看了却更伤心，她又独自一人登上了那高高的南山顶，去采摘那鲜嫩的薇菜苗，采着采着却毫无心绪，因为她在想他。

他还没有回来，他，究竟何时才能归来？

也罢，也罢，在梦中，我总能与你见面。

这首思念的歌儿叫《草虫》，是一首妻子思念丈夫的诗歌。全诗三章，每章七句。第一章写女主角在秋天思念丈夫的情景，第二、三章分别写来年春天和夏天她思念丈夫的情景。

这首诗，淋漓尽致地表现出了相思之情，感人至深。

4.《采蘋》——祭祀总是最忙时

于以[①]采蘋[②]？南涧之滨。于以采藻[③]？于彼行潦[④]。
于以盛之？维筐及筥[⑤]。于以湘[⑥]之？维锜[⑦]及釜[⑧]。
于以奠[⑨]之？宗室[⑩]牖[⑪]下。谁其尸[⑫]之？有[⑬]齐[⑭]季[⑮]女。

注释

①于以：在哪里。

②蘋（pín）：水生植物，又称四叶菜、田字草。

③藻：一种水草，可食。

④行潦（xíng lǎo）：沟中积水。

⑤筥（jǔ）：圆形的筐。

⑥湘：这里指烹煮供祭祀用的牛羊等。

⑦锜（qí）：三只脚的锅。

⑧釜：无脚的锅。

⑨奠：放置。

⑩宗室：宗庙、祠堂。

⑪牖（yǒu）：窗户。

⑫尸：主持。

⑬有：语首助词，无义。

⑭齐（zhāi）：通“斋”，斋戒，美好而恭敬。

⑮季：少、小。

译文

你到哪里去采蘋草呀？就在南边的河水旁。你到哪里去采藻草呀？就在水沟里。

那你要用什么东西来放它们呢？用圆筥和方筐就可以了。那你要用什么东西来煮它们呢？用锜和釜就可以了。

那把这些祭品放在哪里呢？放在宗庙的窗户下面最适合。那谁来主持这次的祭祀呢？恭敬虔诚的待嫁少女最合适。

赏析

南涧之滨，水流不止，人流不息。

采蘋女来去如风，她们步履匆匆，身手敏捷，动作也是神速。

她们一会在河水旁采蘋草，一会又在水沟里采藻草，半刻也不得休息。

因为，即将到来的这场祭祀十分重要。她们的女主人即将出嫁，而出嫁前，这些祭品都不能出半点差错。这些蘋草和藻草，是最重要的祭品之一。所以，她们半点也马虎不得。

这首《采蘋》反映了三千多年前的风尚习俗，在那时，贵族女子出嫁前必须要去宗庙祭祀祖先。而下人们就要为主人采办祭品、整治祭具，劳碌不堪。这首诗就是采蘋女们的写照。

全诗三章，每章四句，都是用两问两答的形式，这也是这首诗最大的艺术魅力所在，问答体的章法运用得行云流水。除此之外，诗人连续用了五个“于以”，更让全诗显得连绵起伏，节奏跌宕。

5.《甘棠》——甘棠有情，人有义

蔽芾[①]甘棠[②]，勿翦[③]勿伐，召伯[④]所茇[⑤]。
蔽芾甘棠，勿翦勿败[⑥]，召伯所憩[⑦]。
蔽芾甘棠，勿翦勿拜[⑧]，召伯所说[⑨]。

注释

①蔽芾（fèi）：树木茂盛的样子。

②甘棠：棠梨树。

③翦：通“剪”，修剪。

④召（shào）伯：指的是召公，姬姓，封于燕。

⑤茇（bá）：原指草舍，这里用为动词，居住。

⑥败：破坏，摧毁。

⑦憩：休息。

⑧拜：用作“拔”，拔除。

⑨说（shuì）：通“税”，休息。

译文

棠梨树很茂盛，不要剪它的枝叶，因为召伯曾经在那里住过。

棠梨树很茂盛，不要毁坏它，因为召伯曾经在那里休息过。

棠梨树很茂盛，不要拔除它，因为召伯曾经在那里歇息过。

赏析

他叫召伯。

三千多年前，他巡行乡里城邑。

那里有棵很醒目的棠梨树，他喜欢那棵树，便在树下处理政事。

那时，从侯伯到庶民，在他的治理下，都各得安置，没有一个人失职。

因此，他很得百姓拥护。

后来，他离开了世界。

可那棵棠梨树一直都在，时间久了，人们睹物思人，就把那棵树当作他的化身。

他虽然身死魂灭，可人们却永远记得他，并且把那棵树当作圣地。

对于那棵棠梨树，人们很珍视。

别说伐倒，就算是折断枝叶、攀缘弄弯也不行。

那是人们对于召伯无声的怀念。

这首叫作《甘棠》的诗，细细品味，令人很感动。全诗共三章，每章有三句，由睹物到思人，由思人到爱物，写到最后，人与物早已交融，合二为一。

甘棠有情，人亦有情。也许不论人世怎么翻转，不论沧海桑田如何变换，人间依然有真情在，无论何时。

深夜，一遍遍吟咏，感人肺腑。

6.《行露》——就是不跟你结婚

厌浥[①]行露[②]，岂不夙夜[③]，谓行多露[④]。

谁谓雀无角[⑤]？何以穿我屋？谁谓女[⑥]无家[⑦]？何以速[⑧]我狱[⑨]？虽[⑩]速我狱，室家不足[⑪]！

谁谓鼠无牙？何以穿我墉[⑫]？谁谓女无家？何以速我讼[⑬]？虽速我讼，亦不女从[⑭]！

注释

①厌浥（yì yì）：潮湿的样子。

②行（háng）露：道路上有露水。

③夙夜：这里指早夜，天还没亮的时候。

④谓行多露：意思是说害怕路上有很多露水。

⑤角（jué）：鸟喙。

⑥女（rǔ）：通“汝”，你。

⑦无家：没有成家，这里指还没有婚配。

⑧速：招致。

⑨狱：案件，打官司。

⑩虽：虽然，即使。

⑪室家不足：意思是说要求成婚的理由不足。

⑫墉（yōng）：墙。

⑬讼：诉讼。

⑭女从：听从你。

译文

道上有湿漉漉的露水，谁说我不想早点去赶路？只是我怕露水太多不好走。

谁说麻雀没有嘴？否则它怎么会啄穿我的屋子？谁说你还没有娶妻成家？你为什么要害我进监狱？就算你害我进监狱，你也不要妄想能娶我！

谁说老鼠没有牙齿？否则它怎么能打通我家的墙壁？谁说你还没有娶妻成家？你为什么要害我吃官司？就算你害我吃官司，我也绝对不会向你屈服，绝对不会嫁给你！

赏析

这个故事的女主角很勇敢。

这种勇敢，化为一道光，闪耀了三千年。

这种勇敢，盛放为一朵花，绝艳了千年，不曾凋敝，经了风雨，却更倾城了。

因为，它已化为一道风骨，注定惊艳人世。

那年，她初嫁不久，和丈夫一直生活美满，一家人其乐融融。

可是有一天，一个陌生男子闯进了她的生命，他对她说："我对你一见钟情，做我的妻子吧，我会对你好……"

她很厌烦，甚至觉得恶心，因为她知道他早就已经娶妻生子了！

她态度坚决，直接拒绝了他。

她以为此事就此作罢。

可不承想，这个无赖居然恼羞成怒，并且扬言要动用一切关系把她送进监狱！

他想以此来让她屈服吗？

不！绝不！她明明白白地告诉他：“就算你把我送到监狱，我也绝不会嫁给你，你的诡计休想得逞！”

他被她决绝的态度吓坏了，转身离去了，不再纠缠。

这个故事叫《行露》，主要讲述了一个女子拒绝与一个已有妻室的男子重婚。全诗的句式复沓，感染力却层层递进。

全诗读来很震撼，那种遒劲的风骨，那种女性为了捍卫自己的独立人格和爱情尊严所表现出的抗争，就算是几千年后再读，依然觉得震撼，依然会为她的勇敢拍案叫绝。

7.《羔羊》——这个故事很讽刺

羔羊之皮①，素丝五紽②。退食③自公，委蛇④委蛇。
羔羊之革⑤，素丝五緎⑥。委蛇委蛇，自公退食。
羔羊之缝⑦，素丝五总⑧。委蛇委蛇，退食自公。

注释

①羔羊之皮：小羊的软皮袄。

②五紽（tuó）：指缝制细密。五，通“午”，交错。紽，丝线数。

③食（sì）：公家供卿大夫的常膳。

④委蛇（wēi yí）：神态从容自得的样子。

⑤革：裘里。

⑥緎（yù）：缝也。

⑦缝：缝纫。

⑧总（zǒng）：纽结。

译文

他穿了一件羔皮裘，制作得真考究。他退朝以后吃了美味佳肴，慢悠悠地荡回家。

他穿了一件羔皮袄，做工真是精巧。他慢悠悠地荡回家，因为退朝以后已经吃饱了美味佳肴。

他穿了一件羔皮袍，质量非常好。他慢悠悠地荡回家，因为退朝以后已经吃饱了美味佳肴。

赏析

他们穿的是羔羊皮袄，吃的是美味佳肴，每天上朝退朝，吃饱喝足后，便优哉游哉地荡回家。

可另一波人，生活在社会最底层的劳动人民却吃不饱、穿不暖，并且每天还有做不完的农活，忙不完的琐事。

同样为人，所过的生活却是如此天壤之别。

他们悠闲自得，就连走路都是前倾后仰、弯弯曲曲的了。

可最底层的劳动人民，却被生活逼迫得没有一点自由，只能不停地往前。

年年岁岁，他们每天活得很滋润，官也做得很清闲，然而劳动人民却只能每天日出而作，日落而息，就像一个机器，分分秒秒都不能停止运行。

…………

这个讽刺的故事叫作《羔羊》，是一首讽刺诗，通过一个日常生活中的片段，揭发出了当时的衙门官吏和老百姓过的是天壤之别的生活。

全诗最大的特色在于作者用了回环讽咏的手法，全诗共三章，每章有三句，诗人的笔墨很形象，有声有色地写活了当时的贪官污吏，成功激发了读者的想象力。

8.《殷其雷》——你知道我在想你吗？

殷[①]其雷，在南山之阳[②]。何[③]斯[④]违斯，莫敢[⑤]或[⑥]遑[⑦]？振振[⑧]君子[⑨]，归哉归哉[⑩]！

殷其雷，在南山之侧[⑪]。何斯违斯，莫敢遑息[⑫]？振振君子，归哉归哉！

殷其雷，在南山之下。何斯违斯，莫或遑处[⑬]？振振君子，归哉归哉！

注释

①殷：形容雷声。

②阳：山的南边。

③何：为什么。

④斯：这个人。

⑤莫敢：不敢。

⑥或：有。

⑦遑：闲暇。

⑧振振：仁厚的样子。

⑨君子：指丈夫。

⑩归哉归哉：回来吧。

⑪侧：两边。

⑫遑息：有空闲的时间休息。

⑬处：停下来。

译文

那轰隆隆的雷声真是吓人，在南山的阳坡响起。你为什么偏偏这时候为公事奔走？我知道你是不敢有片刻的休息。希望我忠厚勤奋的丈夫，赶快回家来吧！

那轰隆隆的雷声真是吓人，在南山旁响起。你为什么偏偏这时候为公事奔走？我知道你是不敢闲下来休息。希望我忠厚勤奋的丈夫，赶快回家来吧！

那轰隆隆的雷声真是吓人，在南山的脚下轰鸣。你为什么偏偏这时候为公事奔走？我知道你是不敢停下来休息。希望我忠厚勤奋的丈夫，赶快回家来吧！

赏析

黑云压城。

那场雷声很吓人。

轰隆隆的夏日焦雷明明就是从南山边而来，却让人觉得是从头顶滚过。

听到这雷声，她坐在家中都觉得可怕，此刻，她的丈夫却在外为公事奔走，他可有一处避雷之所？

忽然，一道闪电破云而来，随后，炸裂的雷声如钱塘八月的潮水，滚滚响起。

她再也坐不住了，在屋内来回踱步，愁眉深锁着。

踱步到最后，她的眼泪止不住了，湿了月白色的裙裳。

她在思念他，她在担心他，她在等待他归来！

只愿，他能早一点，再早一点归来。

如此，她才心安，才能恢复如常。否则，她的心，永远都像缺失了一半。

这首《殷其雷》，语言简洁朴素，可却用“重章复叠句”的形式，成功唱出了妻子对丈夫的无穷思念，那来来回回的叠唱中，把女主角的情感表达推向了极致，一唱三叹。

不变的思念，原来已悠悠唱了三千年……

9.《摽有梅》——公子何时来提亲?

摽[1]有[2]梅，其实七兮[3]。求我庶[4]士[5]，迨[6]其吉[7]兮。
摽有梅，其实三兮。求我庶士，迨其今[8]兮。
摽有梅，顷筐[9]塈[10]之。求我庶士，迨其谓[11]之。

注释

①摽（biào）：坠落。

②有：语气助词，没有实义。

③其实七兮：指树上未落下的梅子还有七成。七，七成。

④庶：众多。

⑤士：指年轻的未婚男子。

⑥迨（dài）：及时。

⑦吉：好日子。

⑧今：现在。

⑨顷筐：斜口浅筐。

⑩塈（jì）：拾取。

⑪谓：以言相告。

译文

树上的梅子纷纷落下，树上还剩了七成。想要求娶我的好儿郎，趁着黄道吉日快来追求我吧。

树上的梅子纷纷落下，树上还剩了三成。想要求娶我的好儿郎，不要再等待了，乘着今天的好时光来娶我吧。

树上的梅子纷纷落下，我要用斜口的竹筐把它们都装进去，想要求娶我的好儿郎，不要再犹豫了，赶快开口吧。

赏析

暮春。

一川烟草，满城风絮。

梅子黄熟，纷纷坠落。

静谧的夜，不闻人声，她本在家中小院中纳凉，可今夜星月无踪，她无心再纳凉，偏偏听到那梅子坠落于地的声音。

一瞬间，她所有的心绪都被触动了，万千起伏的心事在黑夜中，再也无所遁形，也再无处可藏。

她已经到了待嫁的年龄，可是这么多年她都没有等到那个她所爱的男人，这个人何时才会来呢？

她想要和他一起，执子之手，与子偕老。

花开堪折直须折，莫待无花空折枝。

此时此刻的她，就像一朵开得最美的荷花，冉冉带露开。

她希望有那样一个人，能够为她穿云度月而来，而她则为他，迎风涉水袅袅而开。

到那时，才是华枝春满。

这首《摽有梅》非常与众不同，因为它是首大胆的求爱诗。

根据《周礼·媒氏》记载，先秦时代，在召南地区，每逢仲春时节，当地的媒官会让还未结婚的大龄青年去幽会。因为有这样的习俗，所以这首诗的产生便不奇怪了。

诗句质朴而清新，故事明朗而深情，诗中女主角的炽热情感，滚烫了三千年，仍然不绝。

10.《小星》——披星戴月的无奈

嘒[1]彼小星，三五[2]在东。肃肃[3]宵[4]征[5]，夙[6]夜在公。寔[7]命不同。

嘒彼小星，维[8]参[9]与昴[10]。肃肃宵征，抱[11]衾[12]与裯[13]。寔命不犹[14]。

注释

①嘒（huì）：微光闪烁。

②三五：用数字表示星星的稀少。

③肃肃：奔走忙碌的样子。

④宵：夜晚。

⑤征：行走。

⑥夙（sù）：早上。

⑦寔：通“实”，确实。

⑧维：语气助词，没有实义。

⑨参（shēn）：星宿名，二十八宿之一。

⑩昴（mǎo）：星宿名，二十八宿之一。

⑪抱：古“抛”字，抛弃。

⑫衾（qīn）：被子。

⑬裯（chóu）：被单。

⑭犹：同，一样。

译文

现在天上的星星还闪烁着，三三五五挂在东方。天还没有亮的时候我就出发了，从早到晚都在为公事忙碌。唉！人与人之间的命运实在太不一样了！

现在天上的星星还闪烁着，原来那是参星和昴星。天还没有亮的时候我就出发了，抛下暖和的被子。唉！人与人之间的命运实在太不一样了！

赏析

这个故事很无奈。

更深露重。

天还没有亮，万籁俱寂，大地还在沉睡，天上的星星都还一颗颗闪烁着。

可他却不得不出发，他只是一个小小的官吏，只能在这个寒冷的冬夜，离开温暖的被窝，去为公事奔波忙碌。

他没有选择生活的自由，他也曾无奈，也曾困惑，也沮丧，也懊恼，可是到最后，他还是妥协了。

因为他还有家人要养，人生的路只能这样一步步走下去。

生活是一张天罗地网，他注定逃脱不得。

这个无奈的故事叫《小星》，故事里的男主角为了公事奔忙，披星戴月，读来令人叹息。

全诗共两章，每章的前两句是写景，但景中有情，后三句则写情，但情中也带着叙事。

寥寥十句，却是情景交融，将那主人公星夜赶路的无奈和惆怅，描摹得十分生动、传神。

11.《江有汜》——你是梦，一场痛

江[1]有汜[2]，之子归[3]，不我以[4]。不我以，其后也悔。
江有渚[5]，之子归，不我与[6]。不我与，其后也处[7]。
江有沱[8]，之子归，不我过[9]。不我过，其啸[10]也歌。

注释

①江：长江。

②汜（sì）：江水决堤冲出后又重新退回江。

③归：荣归故里，也有女子出嫁的意思。

④不我以：不需要我。

⑤渚（zhǔ）：水中的小洲。

⑥不我与：不和我交往。

⑦处：忧愁。

⑧沱（tuó）：长江的支流名称。

⑨不我过：不到我这里来。

⑩啸：号，心口不平而大叫。

译文

江水决堤了又重新流回，我心爱的男子要娶别人了，他不再陪伴我，没有我的陪伴，他以后一定会后悔的。

江上的洲岛把江水分开了，我心爱的男子要娶别人了，他不再和我交往，在没有我的日子里，他将来一定会忧伤的。

江水有支流，可心爱的男子要娶别人了，他从此不再来看望我，他连最后一面都不看我，他将来只能叹息伤心。

赏析

那个久远的故事很悲伤，像一场幻梦。

彼岸花开，彼岸花落。

长江畔。

她独自一人，看着眼前的长江水滔滔奔流，来来去去又复回，眼泪忍不住落了下来。

为什么他要离她而去？

为什么他把她遗忘在了这里？

她记得，他曾经信誓旦旦地说过要和她凤凰于飞，要和她一辈子走到白头，可现在，那些誓言全部都破碎了，脆弱得就像从来没有来过这个世界一样。

往事已成空，有他的那些日子，像梦又像风，终究成了一场心尖上的痛。

也罢，既然君心已无忆，那她又为何放不下？

只愿你未来忆起我，不要后悔才好。

这个悲伤的故事叫《江有汜》，是一首标准的弃妇诗。

全诗每章的前三句叙事，后两句抒情，形式整齐，结构严谨，语言看似简单，没有雕琢的痕迹，感染力却很强，层层递进，把读者带回那年的长江畔，同诗中的女主角一同哀伤、叹息，久久不能回神。

我想，浑然天成的感染力，就是这首诗最大的艺术魅力。

12.《野有死麕》——那诗中的女子在含羞垂首

野有死麕[①]，白茅[②]包之。有女怀春[③]，吉士[④]诱之。
林有朴樕[⑤]，野有死鹿。白茅纯束[⑥]，有女如玉。
舒[⑦]而脱脱[⑧]兮！无感[⑨]我帨[⑩]兮！无使尨[⑪]也吠！

注释

①麕（jūn）：通“麇（jūn）”，也可用“野有死麇”，獐子，与鹿相似，无角。

②白茅：一种白而软的草，在阴历三四月间开白花。

③怀春：思春，比喻男女情欲萌动。

④吉士：古时对男子的美称。

⑤朴樕（sù）：小树。

⑥纯束：捆扎。

⑦舒：轻柔的。

⑧脱（tuì）脱：动作舒缓。

⑨感（hàn）：通假字，通“撼”，动摇。

⑩帨（shuì）：佩巾，围裙。

⑪尨（máng）：多毛的狗。

译文

小伙子在野外猎获了一头獐子，用白茅将它包起来。他心爱的女子春心荡漾，他将那头獐子送给她来求爱。

林中有很多小树木，荒野里有只小的死鹿。小伙子赶快用白茅将它捆好！他心爱的女子青春美貌。

“请你动作轻点！千万不要把我的围裙弄出声音来！否则，被这附近的狗听到汪汪大叫就不好了！”

赏析

野外，林间。

碧水青山，了无人烟。

忽然，嗖的一声，打破空气中的寂静。

有獐子疾驰而过。

他张弓，箭无虚发，獐子立刻倒地。他小心翼翼地用白茅包好，将它送给她。

她是他心爱的女子，收到这份特别的礼物，该是欢喜的吧？

他告诉她，此时此刻的她就如同这白茅一样美丽，洁白无瑕，如月瑰人。

他看到她脸红了，如黄昏的流霞，点点绯红，醉了这山这水……

他再也按捺不住了，想和她亲热，她含羞垂首，只是声音极轻地响起：“你动作轻缓点！千万不要把我的围裙弄出声音来！否则，狗听到汪汪大叫就不好了……”

这首《野有死麕》是《诗经》里非常特别的一首诗。

全诗共三段，前两段以叙事者的口吻旁白描绘男女之情，第三段则笔锋一转，直接切换到女主角这里，情景交融，朴实率真，活脱生动。

三千年过去，那诗中的女子还在含羞垂首。

13.《何彼襛矣》——豪门婚宴

何彼襛[①]矣，唐棣[②]之华？曷[③]不肃[④]雝[⑤]？王姬[⑥]之车。
何彼襛矣，华如桃李？平王[⑦]之孙，齐侯之子。
其钓维何？维丝伊缗[⑧]。齐侯之子，平王之孙。

注释

①襛（nóng）：花木繁盛的样子。

②唐棣（dì）：即“棠棣”，李树的一种。

③曷（hé）：何。

④肃：庄重肃静。

⑤雝（yōng）：雍容安详。

⑥王姬：指的是周王的女儿，姬姓，故称王姬，又代指美女。

⑦平王：与下文的“齐侯”都是夸美之词。

⑧其钓维何，维丝伊缗：指男女双方门当户对、婚姻美满，或指用适当的方法求婚。维、伊均是语气助词。缗，合股丝绳，比喻男女合婚。

译文

是什么开得那样秾丽绚烂？是盛开的棠棣花呀。是什么这样雍容华贵？是王姬的嫁车呀。

是什么开得那样秾丽绚烂？是盛开的桃花李花呀。那平王的孙女容貌姣好，那齐侯的儿子也风度翩翩，他们两个非常般配。

用什么东西去钓鱼最方便呢？可以用丝绳和麻绳组成的钓鱼线呀。就像那齐侯的儿子风度翩翩，平王的孙女容貌姣好，他们两个很般配呢。

赏析

那场婚礼很豪华，震撼人世。

那天，棠棣花开如雪。

她出嫁了。

盖上红盖头前，她抬眼一望，那漫天的红，惊艳了她，铺天盖地的喜气，散落在春风中，却未被吹散。

迎亲的车有千辆，一字排开，她盖着红盖头，也能感受到那份与众不同的气场。

棠棣如雪，桃李明媚，三春盛景中，她终于嫁给了他。

他们从小相识，门当户对，性格也十分合拍，这份美妙姻缘，是天定的。

从此，携手相伴，不离不弃。

这场豪华的婚礼叫《何彼襛矣》，全诗共三章，每章四句，重点描摹了女主角王姬出嫁时车服的豪华奢侈和结婚场面的气派。

它的结构也很有趣，每章的开头两句都是用一句设问和一句作答的形式，具有非常鲜明的民间色彩。

据考证，这种问答体的形式，是当时的歌谣惯用的一种形式。

14.《驺虞》——那个猎人很厉害

彼茁[①]者葭[②]，壹[③]发[④]五[⑤]豝[⑥]，于嗟乎[⑦]驺虞[⑧]！
彼茁者蓬[⑨]，壹发五豵[⑩]，于嗟乎驺虞！

注释

①茁（zhuó）：草木茂盛的样子。

②葭（jiā）：初生的芦苇。

③壹：通“一”，射满十二箭为一发。

④发：射箭出去。

⑤五：虚数，表示数目多。

⑥豝（bā）：母猪，这里指雌野猪。

⑦于（xū）嗟乎：感叹词，表示赞美。于，通“吁”，叹词，表示赞叹或悲叹。

⑧驺虞（zōu yú）：有三种不同的说法，分别是猎人、义兽和古代管理鸟兽的官。

⑨蓬（péng）：草名，蓬蒿。

⑩豵（zōng）：小猪，这里指一岁的小野猪。

译文

芦苇丛很繁茂，这个猎人却很厉害，居然能够箭箭射中母猪，真是像驺虞一样厉害的英雄啊！

蓬蒿丛很繁茂，这个猎人却很厉害，居然能够箭箭射中一岁的小野猪，真是像驺虞一样神勇的英雄啊！

赏析

春和日丽，花木扶疏。

郁郁葱葱的芦苇丛中，不时传来几声响动。

母猪以为藏在芦苇丛中很安全，其实它们错了。

因为下一秒，英勇的猎人便举起了长弓，对准了芦苇丛的方向。

嗖嗖嗖几下，猎人手中的箭刺穿了母猪。

猎人的目标不仅仅只是母猪。

蓬蒿遍生的原野，也不时传出响动。

猎人敏锐地觉察到了，他蹑手蹑脚地走近，然后弯弓搭箭，对准方向后，毫不犹豫地射出！

他一身狩猎的好本事是祖传手艺，从小便在山野林间狩猎，至今为止，还从未失过手。

这一次，当然也不例外。

蓬蒿丛内，藏着一岁的小野猪。

猎人这一次，和刚才射杀母猪一样，没有偏差。

这个神勇无敌的猎人，出现在《国风·召南》篇中的最后一首诗《驺虞》里。

全诗共两章，每章三句，作者选取了猎人打猎过程中的两个主要场景，用极简练的笔墨，勾勒出了猎人高超的狩猎水平。

这是首独属于猎人的赞歌，那精湛的狩猎水平，在时光中从不曾褪色。

国风·邶风

1.《柏舟》——姑娘的忧愁

泛[1]彼柏舟[2]，亦泛其流[3]。耿耿[4]不寐[5]，如有隐忧[6]。微[7]我无酒，以敖以游。

我心匪鉴[8]，不可以茹[9]。亦有兄弟，不可以据[10]。薄言[11]往愬[12]，逢[13]彼之怒。

我心匪石，不可转也。我心匪席，不可卷也。威仪棣棣[14]，不可选[15]也。

忧心悄悄[16]，愠[17]于群小。觏[18]闵[19]既多，受侮不少。静言思之，寤辟[20]有摽[21]。

日居[22]月诸，胡迭[23]而微[24]？心之忧矣，如匪澣衣[25]。静言思之，不能奋飞。

注释

①泛：在水面上漂浮。

②柏舟：柏木制成的小船。

③流：水流的中间。

④耿耿：形容心中不安的样子。

⑤寐：睡着。

⑥隐忧：内心深处的痛苦。

⑦微：不是。

⑧鉴：镜子。

⑨茹（rú）：包容。

⑩据：依靠。

⑪薄言：语气助词，无义。

⑫愬（sù）：通“诉”，倾诉。

⑬逢：碰上。

⑭棣（dài）棣：雍容娴雅的样子。

⑮选：屈挠退让。

⑯悄悄：忧愁的样子。

⑰愠（yùn）：恼怒。

⑱觏（gòu）：遭受。

⑲闵（mǐn）：痛苦。

⑳辟（pì）：通“擗”，捶胸。

㉑摽（biào）：捶打。

㉒居：与后文的“诸”均为语气助词，无实义。

㉓迭：更换。

㉔微：指隐微无光。

㉕如匪澣衣：就像没有洗衣服。

译文

我用两只手划起柏木船，在水中慢慢流。我心烦意乱睡不着，因为心里有很多忧愁。我不想借酒浇愁，还是去散心游玩比较好。

我的心不是镜子，不能把所有的东西都照出来。虽然我有亲兄弟，但我却不能倚靠他们。因为我之前去诉苦求安慰，结果他们还把我狠狠数落了一番。

我的心也不是石头，不能随便地翻转。我的心也不是草席，不能随意地翻卷。我看上去是一个既文雅又有威仪的人，不能被欺瞒。

可是我心里的忧愁却很难排解，因为有小人恨我，不停给我使绊子。我遭受了很多挫折，也遇到了不少侮辱。我冷静下心来仔细想想，一觉睡醒还是气难消。

白天的太阳和晚上的月亮，为什么微晦不明？我心中的忧愁一直堆积着，就像一件没洗干净的脏衣裳。我静下心来仔细想想，我很想逃离却没有飞翔的翅膀。

赏析

这个故事很幽怨。

她的生活已经变得绝望，彻夜难眠，他有了新欢，将曾经对她说的誓言忘得一干二净。

从前两人双宿双飞，如今只剩了她一人独守空房，形单影只。偌大的家瞬间变得如同冰窖，没有一丝温度。

她回娘家找她的兄弟倾诉，可换来的却不是安慰，而是冷嘲热讽和刺骨的数落。

万般无奈，她只能逃回了她的家，可这个家却再也没有了过去的温度！她很想逃离这一切，然而此时此刻的她，就像一只早就被折断了翅膀的鸟儿，再也飞不起来了。

如果可以，她多想乘风归去，或者化身月光，照耀这尘世的悲欢离合也很好，可偏偏她只能独倚高楼，独对明月，独自在冷风中露湿裙裳，梨花带雨……

这个幽怨的故事叫《柏舟》。这首诗共有五章三十句，全诗紧扣一个“忧”字，一气呵成，娓娓道来，写尽了故事主角的哀伤。

“我心匪石，不可转也。我心匪席，不可卷也”，闭上眼，那诗中的女子还在晚风中神伤……

2.《绿衣》——见绿衣，思亡妻

绿兮衣兮，绿衣黄里①。心之忧矣，曷②维③其已④！
绿兮衣兮，绿衣黄裳⑤。心之忧矣，曷维其亡⑥！
绿兮丝兮，女⑦所治⑧兮。我思古人⑨，俾⑩无訧⑪兮。
絺⑫兮绤⑬兮，凄⑭其以⑮风。我思古人，实获⑯我心。

注释

①里：衣服的衬里。

②曷（hé）：何，怎么。

③维：语气助同，没有实义。

④已：停止。

⑤裳（cháng）：下衣，像现在的裙子。

⑥亡：用作“忘”，忘记。

⑦女（rǔ）：通“汝”，你。

⑧治：纺织。

⑨古人：故人，这里指作者亡故的妻子。

⑩俾（bǐ）：使。

⑪訧（yóu）：通“尤”，过失。

⑫绨（chī）：细葛布。

⑬绤（xì）：粗葛布。

⑭凄：凉意。

⑮以：因。

⑯获：得。

译文

我看到那件绿颜色的上衣，想起了很多往事，绿色的外衣，黄色的里子。我的心好忧伤，这份忧伤不知道什么时候才能停止！

我看到那件绿颜色的上衣，想起了很多往事，绿色的上衣，黄色的裙子。我的心好忧伤，这份忧伤不知道什么时候才能忘记！

这件绿衣上的丝线，都是你亲手缝制的。我十分想念我亡故的妻子，她在世的时候，让我平时没有任何过失。

我找了件细葛布和粗葛布做的衣服，穿在身上很冷，好像瑟瑟秋风都钻进了我的衣襟。我十分想念我亡故的妻子，她在世的时候，所做的每件事情都让我称心如意。

赏析

那场思念很长，漫漫无期。

深秋。

今夜，星月无踪，只有萧瑟的风吹进屋内，吹得他瑟瑟发抖，亦吹得他心绪不宁。

屋内，他在睹物思人。

眼前的那件绿衣，是她在世时一针一线为他亲手缝制的，因为他最喜爱绿色。

可是如今，这件衣服，这满眼苍翠的绿，却让他变得无比忧伤。

绿衣还在，可为他缝这绿衣的人儿，却再也回不来！

佳人已去，音容宛在，却终究，这漫漫余生，他与她只能在梦中相会了。

那场大病夺走了她的生命，从此，他的世界再也没有春花秋月，只有冰冷彻骨的寒冬，只剩了天地一片苍茫！

她在世时，为他红袖添香，为他操持家务，为他把所有的事情都打理得井井有条，可现在，他只能独自一人，抵御这世间的冰冷！

这场漫长的思念被写进了中国文学史上传世最早的悼亡诗里，这首诗叫《绿衣》。全诗有四章，采用了重章叠句的手法，构思巧妙，由一件绿衣入手，层层递进，描写细腻，缠绵悱恻。

诗中男子对妻子的思念，横贯无数个春夏秋冬，永远都不会终结。

因为，只要爱不停息，这份思念便不会停止。

天长地久有时尽，此恨绵绵无绝期。

3.《燕燕》——公主出嫁了

燕燕[①]于飞，差池其羽[②]。之子于归，远送于野[③]。瞻[④]望弗[⑤]及，泣涕如雨。

燕燕于飞，颉[⑥]之颃[⑦]之。之子于归，远于将[⑧]之。瞻望弗及，伫[⑨]立以泣。

燕燕于飞，下上其音[⑩]。之子于归，远送于南。瞻望弗及，实劳我心。

仲[⑪]氏[⑫]任[⑬]只[⑭]，其心塞[⑮]渊[⑯]。终[⑰]温且惠[⑱]，淑[⑲]慎[⑳]其身。先君[㉑]之思，以勖[㉒]寡人[㉓]。

注释

①燕燕：燕子。

②差（cī）池其羽：参差，长短不齐的样子，在这里形容燕子舒展翅膀。

③远送于野：远远地送到郊野。

④瞻：往前看。

⑤弗：不能。

⑥颉（xié）：鸟往上飞。

⑦颃（háng）：鸟往下飞。

⑧将（jiāng）：送。

⑨伫：久立等待。

⑩下上其音：声音忽高忽低。

⑪仲：在兄弟或姐妹中排行第二。

⑫氏：姓氏。

⑬任：信任。

⑭只：语气助词，没有实义。

⑮塞（sè）：诚实。

⑯渊：宽厚。

⑰终：既。

⑱惠：和顺。

⑲淑：善良。

⑳慎：谨慎。

㉑先君：在这里指已故的国君。

㉒勖（xù）：勉励。

㉓寡人：寡德的人，这里指国君对自己的谦称。

译文

燕子在天上不停飞翔，舒展着翅膀。我的好妹妹今天要远嫁了，我亲自赶到郊外来送她。我看着她的身影渐渐远去，瞬间泪如雨下。

燕子在天上不停飞翔，忽下忽上摇摆着翅膀。我的好妹妹今天要远嫁了，我不怕路远来送她。我看着她的身影渐渐远去，站了好久，泪如雨下。

燕子在天上不停飞翔，叫声很凄凉。我的好妹妹今天要远嫁了，我把她送到南方。我看着她的身影渐渐远去，非常痛心。

我的这个二妹为人诚信稳当，做事考虑周到。她的性格也温柔和顺，为人谨慎善良。“要常常想父王以前在世时对我们说的话”，她经常说这句话来勉励我。

赏析

那场出嫁，让他心伤。

阳春三月，百花归来。

群燕飞翔，翩翩起舞。

漫天的红，大红的嫁衣，在晚风中猎猎飞扬。

可他却泪如雨下。自从父王去世后，他的二妹便一直替他分忧，今日，她要出嫁了，并且还是远嫁。

她这一去，不知何时才能归来。

她这一去，山高水远，不知会经历多少风云。

然而他不仅是她的兄长，更是一国之君，这场联姻，避无可避。

所以，哪怕他再不愿意，也只能亲自送她出嫁。

看着她一点点消逝在他的视线，他终究只能长叹一声，还有眼角的泪，再也藏不住了，簌簌落下。

山一程，水一程，柳外楼高空断魂。

马萧萧，车辚辚，落花和泥辗作尘。

这场让人心伤的出嫁被诗人写进诗中，叫《燕燕》。这首诗是中国诗史上最早的送别诗。诗人主要用了重章复唱的手法，还用乐景写哀情，成功地把整首诗的送别情境推到了极致，感染力很强。难怪清代诗人王士禛评价它为“万古送别之祖”。

4.《日月》——日月永恒，君心易变

日居月诸[①]，照临下土。乃[②]如之人[③]兮，逝[④]不古处[⑤]？胡[⑥]能有定[⑦]？宁[⑧]不我顾。

日居月诸，下土是冒[⑨]。乃如之人兮，逝不相好[⑩]。胡能有定？宁不我报。

日居月诸，出自东方。乃如之人兮，德音[⑪]无良。胡能有定？俾也可忘。

日居月诸，东方自出。父兮母兮，畜[⑫]我不卒[⑬]。胡能有定？报我不述[⑭]。

注释

①日居月诸：居、诸均为语气助词，没有实义。

②乃：可是。

③之人：这个人，代指她的丈夫。

④逝：助词，无实义。

⑤古处：像原来一样相处。

⑥胡：哪里，怎么。

⑦定：止，这里指心定。

⑧宁：难道。

⑨冒：覆盖。

⑩相好：相爱。

⑪德音：言词动听。

⑫畜：通“慉”，喜爱。

⑬不卒：不到最后。

⑭不述：不讲道理。

译文

天上的太阳和月亮，你们的光芒一直照耀着大地。可我嫁的这个人啊，却不再像过去那样对我了。他为什么会变成这样呢？他一点都不顾念我呀。

天上的太阳和月亮，大地都披上了你们的光芒。可我嫁的这个人啊，却不再像过去那样爱我了。他为什么会变成这样呢？他一点也不顾念夫妻之情呀。

天上的太阳和月亮，你们每天都从东方升起。可我嫁的这个人啊，却不再对我说好话安慰我了。他为什么会变成这样呢？我好想把他对我做的那些事都忘记呀。

天上的太阳和月亮，你们每天都从东方升起。父啊母啊，他就这样中途将我抛弃。他为什么会变成这样呢？对我如此无情无义！

赏析

她做梦都没想到，有一天，她会被他抛弃。

曾几何时，他会为她温柔地画眉，带她一同去郊外出游，去听海潮三落，看春花，听雨眠。

曾几何时呢？

都不过是往日之时了！

如今，她只能每天独自在屋内，守着一盏孤灯，从天亮等到天黑，再从天黑等到天亮，日日难眠，夜夜以泪洗面。

她的丈夫，已经很久很久没有回来了，甚至，她连此时此刻他在哪里都不知道。

也许，他早已去把玩新人了吧。

又哪里，还会记得她呢？

为何太阳月亮每日升起？为何江河山川、星辰大海不变？而人心，却如此易变！

她不解。

她只能沉沦在这漫长夜空，回想着往事如云烟。

他来时匆匆，没想到去也匆匆。

昨夜的梦中，还是当年的浓情。

郎骑竹马来，绕床弄青梅，负心如他，终究还是忘了她啊……

日月永恒，君心却易变。

奈何！

这首哀怨的诗叫《日月》，是公认的一首弃妇诗。

这首诗意象开阔，气势宏大，作者通过描述日月的永恒来与自己丈夫对她的始乱终弃，做了一个鲜明的对比，层次感很强。

5.《终风》——物是人非事事休，欲语泪先流

终[1]风且暴[2]，顾我则笑。谑[3]浪[4]笑敖[5]，中心[6]是悼[7]。
终风且霾[8]，惠然[9]肯来。莫往莫来[10]，悠悠我思。
终风且曀[11]，不日[12]有[13]曀。寤[14]言不寐[15]，愿言则嚏[16]。
曀曀[17]其阴，虺虺[18]其雷。寤言不寐，愿言则怀[19]。

注释

①终：终日。

②暴：急骤。

③谑（xuè）戏谑，调戏。

④浪，放荡。

⑤敖，放纵。

⑥中心：心中。

⑦悼：悲伤，痛苦。

⑧霾（mái）：阴霾。

⑨惠然：友好的样子。

⑩莫往莫来：不往来。

⑪曀（yì）：阴云密布有风。

⑫不日：没有太阳。

⑬有：通“又”。

⑭寤：醒着。

⑮寐：睡着。

⑯嚏（tì）：打喷嚏。民间有“打喷嚏，有人想”的说法。

⑰曀曀：天阴暗的样子。

⑱虺（huǐ）虺：形容雷声震动的样子。

⑲怀：思念。

译文

狂暴的风吹了一整天，我的丈夫看到我笑嘻嘻的。可他的笑十分放荡，他一直欺负我，让我很心痛。

狂风暴雨，天气恶劣，我的丈夫是否肯痛快回家来呢？这个负心人一直不回来，可我又不争气地想他。

天色阴沉，狂风大作，天又暗了下来。我一梦醒来就再也睡不着了，一直在想那个负心人。

狂风猛烈，天昏地暗，滚滚的雷声还远远地传来了。我一梦醒来就再也睡不着了，想到那个负心人，我就很心痛。

赏析

天气说变就变。

刚才还是阳光明媚，这一刻已是风雨大作。

他归家了。

一进门，就对她动手动脚，嬉皮笑脸的样子，令她十分反感。

她不明白，为什么婚前婚后他会变成两个人？

婚前，他与她恋爱时对她体贴入微，可为什么结婚没多久，他就这样待她了？

她越想越心伤，便转过头不理睬他。

没想到，他居然大怒，拂袖离去了。

她看着他渐渐远去的背影，心中的委屈再也藏不住了，眼泪更是决堤了。

漫天的尘土飞扬，轰隆隆的雷声要炸裂人的耳朵，黑云压城，如墨的天色，让人喘不过气来。

该是要下一场大雨了吧？

此时此刻，她的心里也正下着一场倾盆大雨。

她从梦中醒来，便再也睡不着了。

因为，梦中一切如旧，他待她还是那么温柔，像江南的柔蓝烟雨。

可一梦醒来，却是景如旧，人空瘦。

物是人非事事休，欲语泪先流。

想到他，她便再也睡不着了，只能这样煎熬着，度过每一分，每一秒。

这首诗很震撼，叫《终风》。全诗共四章，诗人所写的狂风疾走、尘土飞扬、日月无光、雷声隐隐等可怕的画面，其实是为了衬托女子的悲惨命运。

那份强烈的艺术震撼力，令人久久难以回神。

6.《击鼓》——只想执子之手，与子偕老

击鼓其镗①，踊跃②用兵③。土国④城漕⑤，我独南行。
从孙子仲⑥，平⑦陈与宋。不我以归⑧，忧心有忡⑨。
爰⑩居爰处？爰丧⑪其马？于以⑫求之？于林之下。
死生契阔⑬，与子成说⑭。执子之手，与子偕老。
于嗟⑮阔兮，不我活⑯兮。于嗟洵⑰兮，不我信⑱兮。

注释

①镗：击鼓的声音。

②踊跃：双声连绵词，犹言鼓舞。

③兵：刀枪等武器。

④土国：在国都服役。

⑤漕：地名。

⑥孙子仲：公孙文仲，字子仲，邶国的主帅。

⑦平：和好。

⑧不我以归：即“不以我归”，有家不让回的意思。

⑨有忡：忡忡。

⑩爰（yuán）：于是。

⑪丧：丧失，这里是指跑失。

⑫于以：于何。

⑬契阔：聚散离合。

⑭成说：指预先约定的话。

⑮于嗟：感叹词。

⑯活：相会。

⑰洵：远。

⑱信：履行。

译文

击鼓的声音很响，士兵们都在奋勇操练。人们都留在国内筑漕城，只有我向南方行去。

我跟随统帅孙子仲，平定了陈、宋两个国家。可是平定完以后，统帅还不肯让我回家，这让我很忧心。

于是我们睡在哪里？马儿都在哪里跑失？我们又要到哪里去寻找它？就在山间的林下。

我的妻子啊，我曾经对你说，我要和你生死不分离，拉着你的手，和你一起老去。

但是现在我们离得这么远，让我无法和你相会。我们离得这么远，让我的誓言不能履行。

赏析

月夜，星河璀璨，边关的风却极刺骨，胡笳声隐隐传来，一点点破碎风中。

今夜星光极美，可他却毫无心情，因为他已经很久没有回家了。

这场仗已经打了好久，今日，他们终于打胜了。

他本以为，他可以回到家里和他的妻子团聚，可主帅明确告诉他，他还不能走，还要继续看一看敌方有没有其他动作。

那一刻，他所有的情绪都上来了。

他记得，在他离开家的时候，他紧握她的手，告诉她，他一定会早点回来的。

如今，已经整整一年时间过去了。

这一刻，他忽然很心伤，想起成婚那日，他对她说，“死生契阔，与子成说。执子之手，与子偕老”。

不管怎么样，他都会和她生死不分离，这红尘阡陌，他只愿和她一同老去。

可现在，归期无定，他就如一朵天际的流云，来来去去、聚聚离离，却始终与家的那个方向背道而驰。

这首《击鼓》是一首典型的战争诗，是一位长期不得归家的士兵唱的一首思乡之歌，也是他对妻子的告白。

全诗共五章，每章四句，其中，“死生契阔，与子成说。执子之手，与子偕老”这句诗把整首诗的感情推向极致，如怨如慕，如泣如诉。

7.《凯风》——当你老了，头发白了

凯风[①]自南，吹彼棘心[②]。棘心夭夭[③]，母氏劬劳[④]。
凯风自南，吹彼棘薪[⑤]。母氏圣善[⑥]，我无令[⑦]人。
爰[⑧]有寒泉[⑨]？在浚[⑩]之下。有子七人，母氏劳苦。
睍睆[⑪]黄鸟[⑫]，载[⑬]好其音。有子七人，莫慰母心。

注释

①凯风：催生万物的南风，这里比喻母爱。

②棘心：酸枣树初发的嫩芽，这里比喻子女。棘，酸枣树。

③夭夭：茁壮茂盛的样子。

④劬（qú）劳：操劳。

⑤棘薪：长到可以当柴烧的酸枣树，这里比喻子女已经长大。

⑥圣善：明理而有美德。

⑦令：善，美好。

⑧爰：何处。

⑨寒泉：卫地水名，冬夏常冷。

⑩浚（xùn）：卫国地名。

⑪睍睆（xiàn huàn）：鸟儿婉转鸣叫的声音。

⑫黄鸟：黄雀。

⑬载：传载，载送。

译文

暖风由南方吹过来，吹在枣树的嫩芽上。那枣树苗一天比一天长得壮，母亲养儿十分辛苦。

暖风由南方吹过来，把枣树吹成了柴。母亲十分明理善良，可惜我们各个都不成材。

寒泉的水透骨凉，源头在浚邑那里。母亲养育了七个儿子，儿子们全部长成了，她却累坏了。

黄雀的叫声很婉转，十分悦耳动听。母亲养育了七个儿子，却没有人安慰母亲的心。

赏析

南风温柔地吹拂着，黄雀在枝头婉转歌唱，孩童在院中奔跑，像一只只被放飞的鸟儿，自由飞翔。

此时此刻，她在家中的小院喝茶。

她的发丝已经花白，风吹起，像一团团雪花。

她这大半辈子被人感叹命苦，因为她的丈夫早早便因病离世了，她一个人拉扯大了七个儿子。

这在外人看来，对于一个女人来说，自然是不容易的。

如今，七个儿子已经长大，可她却已经老了。

头发早已花白，背也弓了起来，有时候走路，都是颤颤巍巍的。

她的七个儿子对她很孝顺，只是他们总觉得对她这个老母亲报答得不够，如今，她已经心满意足了。

她只愿，看着他们一天天长大，然后，无疾而终。

这首《凯风》是儿子歌颂母亲的诗。全诗共四章，每章四句，各章前两句，作者用了“凯风、棘树、寒泉、黄鸟”等意象构成了一幅有声有色的夏日景色图，后两句则反复叠唱了孝子对母亲的深情，令人动容。

8.《雄雉》——她的思念，如日月悠长

雄雉[1]于[2]飞，泄泄[3]其羽。我之怀[4]矣，自诒[5]伊[6]阻[7]。
雄雉于飞，下上其音[8]。展[9]矣君子，实劳我心[10]。
瞻[11]彼日月，悠悠[12]我思。道之云[13]远，曷[14]云能来？
百尔君子[15]，不知德行[16]。不忮[17]不求[18]，何用[19]不臧[20]？

注释

①雉（zhì）：野鸡。

②于：往。

③泄（yì）泄：慢慢飞翔的样子。

④怀：因思念而忧伤。

⑤自诒（yí）：自己给自己。诒，通“贻”，遗留。

⑥伊：此，这。

⑦阻：一说忧愁，一说阻隔。

⑧下上其音：叫声随飞翔而忽上忽下。

⑨展：确实。

⑩劳我心：即“我心劳”，因挂怀而操心、忧愁。

⑪瞻：远看。

⑫悠悠：绵绵不断。

⑬云：语气助词，没有实义。

⑭曷（hé）：何，这里指何时。

⑮百尔君子：你们这些君子。

⑯德行：品德和行为。

⑰忮（zhì）：忌恨。

⑱求：贪求。

⑲何用：为何。

⑳不臧（zāng）：不善。

译文

雄性野鸡在翱翔，舒展着五彩的翅膀。我好想念我的丈夫，一想到他就很难过。

雄性野鸡在翱翔，高低起伏的歌声很悠扬。我那诚实的丈夫，一想到他就让我很神伤。

我每天看着太阳和月亮升起，我的思念也变得越来越悠长。我和他相隔万里，他什么时候才能回家乡呢？

那些高高在上的大人，不知我丈夫品德高尚。他既不贪名也不贪利，为何让他遭遇人祸呀！

赏析

家中的小院，她看到漂亮的雄野鸡自由自在地飞，叫声极欢快。

而她的心里却不是滋味。

因为这只雄野鸡就在她眼前，她看到它在自由飞翔，在欢歌。而她的丈夫，却见不到。

不知，他可还好？

夕阳西下，不知不觉间，月亮居然升起了。

皓月临空，散落一地清辉，今夜的月色依然很美。

她已经记不清第几次，独自痴痴朝着那个方向，凝望远方，凝望月光。

那个方向，是他当日离去前往的方向。

她大概是恍惚了，总以为，他回来了，身披满身月华而归。

可一抬头，却如幻影，只有月色依旧。

寂寂无人。

唯有她，依然独自一人，在月下沉吟、思念，然后，开启这无尽的等待……

这场悠长的思念叫《雄雉》，这是妻子深情思念远方丈夫的诗篇。全诗共四章，每章四句，前三章写思念之情，最后一章在前三章的基础上生发出她对统治者的批评与谴责，层层推进，感染力极强。

9.《匏有苦叶》——人在渡河，心在远方

匏[1]有苦叶，济[2]有深涉[3]。深则厉[4]，浅则揭[5]。
有弥济盈[6]，有鷕[7]雉鸣。济盈不[8]濡[9]轨[10]，雉鸣求其牡[11]。
雝雝[12]鸣雁，旭日始旦[13]。士如归妻[14]，迨[15]冰未泮[16]。
招招[17]舟子[18]，人涉[19]卬否[20]。人涉卬否，卬须[21]我友[22]。

注释

①匏（páo）：葫芦瓜，挖空后可以绑在人身上漂浮渡河。

②济：河的名称。

③涉：涉水过河。

④厉：穿着衣服渡河。

⑤揭（qì）：提起下衣渡水。

⑥盈：满。

⑦鷕（yǎo）：母山鸡的叫声。

⑧不：语气助词。

⑨濡（rú）：被水浸湿了。

⑩轨：车的轴头。

⑪牡：雄雉。

⑫雝（yōng）雝：大雁的叫声很和谐。

⑬旦：天亮了。

⑭归妻：娶妻。

⑮迨（dài）：等到。

⑯泮（pàn）：冰融化了。

⑰招招：船摇动的样子。

⑱舟子：摇船的人。

⑲人涉：他人要渡河。

⑳卬（áng）否：我不渡河。卬，代词，在这里代指“我”。

㉑须：等待。

㉒友：指爱侣。

译文

葫芦瓜成熟了，济水边有个渡口。水深了，我的腰上就系着葫芦走过，水浅了，我就提着裙子快走。

济河的水很满，看上去白茫茫一片，岸边野鸡叫得很快乐。水涨了浸不到车轴头，野鸡的叫声是在求偶。

又听到大雁的声音，天亮了。你如果真心想娶我，就趁现在这个秋冬好时节吧。

船夫挥手和我招呼，别人都在渡河，偏偏我不去和他们争。别人渡河我不争，因为我在等待我心爱的人来呀。

赏析

深秋。

葫芦的叶子已经枯黄一片，济河的水在不停往上涨，所有的人都在焦急地渡河。

只有一个人例外。

只有她，还在等待。

那水面波光粼粼，阳光照下，风儿吹过，好像荧光千点。

她环顾四周，她在庆幸，还好河水没有漫过车轴，不然就麻烦了。

草丛里忽然传出几声响动。

原来是岸边草丛里的野鸡在愉快地叫。

这一声声，响彻渡口，似乎它们也是在等待伴侣。

天空中划过雁影，那嘶鸣的大雁搅乱了她的心绪。

因为，她家这边有一个习俗啊，当冬天里河水结冰了，那婚嫁之事就只能停办了呀。

他为什么还不来？

忽然，这万顷碧波上出现了一只摆渡船。

她惊喜万分，几乎要跳起来。

是他，终于来了吗？

结果，是一道苍老的声音响起。“姑娘，你可要渡河？快上船！”

她忍不住连连摆手。“不！我不是要上船，我这是在等我的朋友呢。”

她说完，心里一阵惆怅。

他，到底何时能来呀？

这首《匏有苦叶》很有意思，全诗四章，各有四句，主要描述了一位年轻女子对情人又喜悦、又焦躁等候的心情。

全诗通过情境、对话和神态等多种描写，非常生动地再现了女主角既焦灼又喜悦的心情。

在这短小精悍的一首诗里，我们看到了山、水、人、物，还有那爱情中最美妙的等待。诗中有画，画中有诗，生动传神。

10.《谷风》——所有情深，换来心碎一场

习习[1]谷风[2]，以阴以雨[3]。黾勉[4]同心，不宜有怒。采葑[5]采菲[6]，无以下体[7]？德音[8]莫违，及尔同死。

行道迟迟[9]，中心[10]有违[11]。不远伊[12]迩[13]，薄[14]送我畿[15]。谁谓荼[16]苦？其甘如荠[17]。宴[18]尔新昏，如兄如弟。

泾以渭浊[19]，湜湜[20]其沚[21]。宴尔新昏，不我屑[22]矣。毋逝[23]我梁[24]，毋发[25]我笱[26]。我躬[27]不阅[28]，遑[29]恤[30]我后！

就其深矣，方[31]之舟之。就其浅矣，泳之游之。何有何亡[32]，黾勉求之。凡民有丧，匍匐[33]救之。

不我能[34]慉[35]，反以我为雠[36]。既阻我德，贾[37]用[38]不售[39]。昔育恐[40]育鞫[41]，及尔颠覆[42]。既生既育，比予于毒[43]。

我有旨蓄[44]，亦以御[45]冬。宴尔新昏，以我御穷。有洸有溃[46]，既[47]诒[48]我肄[49]。不念昔者，伊余来塈[50]。

注释

①习习：和暖舒适的样子。

②谷风：东风。

③以阴以雨：这里比喻女子的丈夫脾气暴怒。

④黾（mǐn）勉：勤奋。

⑤葑（fēng）：蔓菁，一种菜。

⑥菲：萝卜之类。

⑦无以下体：意思是要叶不要根，在这里比喻为喜欢新人而抛弃了旧人。

⑧德音：指丈夫曾对她说过的好话。

⑨迟迟：缓慢的样子。

⑩中心：心中。

⑪有违：指行动和心意相违背。

⑫伊：是。

⑬迩：近。

⑭薄：语气助词，没有实义。

⑮畿（jī）：指门槛。

⑯荼（tú）：苦菜。

⑰荠：荠菜。

⑱宴：快乐。

⑲泾以渭浊：泾、渭都是河水名。

⑳湜（shí）湜：水清见底的样子。

㉑沚（zhǐ）：水中小洲。

㉒屑：介意。

㉓逝：去。

㉔梁：捕鱼的水坝。

㉕发：打开。

㉖笱（gǒu）：捕鱼的竹篓。

㉗躬：自身。

㉘阅：容纳。

㉙遑：空闲。

㉚恤（xù）：忧，顾念。

㉛方：筏子，这里指用木筏渡河。

㉜亡（wú）：通“无”。

㉝匍匐（pú fú）：本意是指爬行，在这里指尽力。

㉞能：乃。

㉟慉（xù）：爱惜。

㊱雠（chóu）：通“仇”，仇人。

㊲贾（gǔ）：卖。

㊳用：指货物。

㊴不售：卖不出。

㊵育恐：生活在恐惧中。

㊶育鞫（jū）：生活在贫穷中。

㊷颠覆：艰难，患难。

㊸于毒：如毒虫。

㊹旨蓄：储藏的美味蔬菜。

㊺御：抵挡。

㊻有洸（guāng）有溃（kuì）：水流湍急的样子，这里比喻人动怒。

㊼既：尽。

㊽诒（yí）：遗，留给。

㊾肄（yì）：劳苦的工作。

㊿塈（jì）：爱。

译文

山谷里的大风来得很猛，阴云密布快要下大雨了。我和你夫妻同心，你不该对我动怒。就像你去摘萝卜和蔓青，难道只要叶子不要根吗？你以前对我说的誓言难道忘了吗？我到死都不想和你分开。

我慢腾腾地走在路上，心里却不是滋味。我也不想让你把我送得很远，但没想到你就把我送到房门口。谁说苦菜的味道最苦，如果我现在来品尝都觉得它很甜。你们两个新婚多快乐，就算是亲兄妹都不能比啊。

渭水流入泾水很浑浊，泾水虽然浑浊河底却清澈见底。你们两个新婚多快乐，你不怜惜我，让我很心痛。就请你不要到我的鱼坝来，不要再把鱼篓打开。既然现在你不理我，那以后有什么事儿也别来求我帮忙。

就像现在要过河，水很深，过河就要用木筏和船。如果河水很浅，那我就直接游泳到对岸去。从前我为你操心家里的一切琐事。就算是邻居有灾难，我都尽全力帮忙。

我为你付出这么多，你不爱我就算了，居然还把我当成仇家。你不理睬我的好心，就像好货没人买。从前我嫁给你时，家里还很穷，我陪你一起患难与共。可现在条件好了，你却嫌弃我。

我准备备好干菜和腌菜，贮存起来好好过冬。你们两个新婚多快乐，还花我的积蓄。还骂我欺负我，所有的粗活和重活都让我来干。当初的情意全都不见了，往日所有的恩爱全变成一场空。

赏析

漫天的红，刺痛了她的双眼。

他又娶妻了。

而她才是他的结发妻子。

结发为夫妻，恩爱两不疑。

所有往日的甜言蜜语，到如今，都成了一场笑话。

所有旧时光里的岁月静好，到此刻，都成了一场幻梦。

昨日，似乎他还对她欢颜笑语、体贴入微，可今日，他早已有了新人在侧。

他，不再像从前那般温柔，给她的，只有无尽的冷言冷语，甚至是肉体和精神上的双重虐待。

难道他忘了吗？

她初嫁给他时，家中一贫如洗，可她半分怨言都没有，为他付出一切。

原来，所有的一往情深，到最后，换来的不过是一场心碎。

这首悲凉的弃妇诗叫《谷风》，深刻反映了妇女的悲惨遭遇，是中国古代著名的弃妇诗。全诗分六章，每章有八句，构思新颖，写尽了凄楚哀婉之美。作品一唱三叹、反复吟诵，用生动的比喻来刻画女主角的心碎，大大增强了作品的艺术性和表现力。

三千年后，那份心碎的张力，依然震撼如旧。

11.《式微》——活着就得努力

式[1]微[2]，式微，胡不归？微君[3]之故[4]，胡为乎中露[5]？
式微，式微，胡不归？微君之躬[6]，胡为乎泥中？

注释

①式：语气助词，没有实义。

②微：黄昏或者天黑，幽暗不明。

③微君：如果不是你们。微：非。

④故：原因。

⑤中露：露中，在露水中。

⑥微君之躬：如果不是为了养活你们。

译文

天黑了，天黑了，你们为什么还不回家？如果不是为了养活你们，我们现在何必还在露水中劳作！

天黑了，天黑了，你们为什么还不回家？如果不是为了养活你们，我们现在何必还在泥浆中劳作！

赏析

天，已经黑透了。

可他们，依然在劳作，忙得连晚饭都没有时间去吃。

他们在露水中、在泥浆中劳作。

忽然，一阵马蹄声响起，打马路过的富家公子按捺不住心头的疑惑，问道："这么晚了，你们怎么还在劳作？"

他们很无奈。"为了养活你们这些人的贵体，我们才不得不终年累月、昼夜不分地劳作啊！"

富家公子听了，羞愧地转身离去。

马蹄飞扬，他们依然在劳作。

这首诗叫《式微》，诗虽然短小，可作者却采用了反问、隐语、互文等多种修辞手法，将这首诗写得很生动，将那些穷苦人民因为遭受统治者的压迫，只能夜以继日在野外干活的无奈，表现得淋漓尽致。

12.《旄丘》——最是心伤是流亡

旄丘[1]之葛兮，何诞[2]之节[3]兮。叔兮伯[4]兮，何多日[5]也？
何其处[6]也？必有与[7]也！何其[8]久也？必有以[9]也！
狐裘蒙戎[10]，匪[11]车不东[12]。叔兮伯兮，靡[13]所与[14]同[15]。
琐[16]兮尾[17]兮，流离[18]之子。叔兮伯兮，褎[19]如充耳[20]。

注释

①旄（máo）丘：一说卫国地名，一说前高后低的土山。

②诞（yán）：通“延”，延长。

③节：指葛藤的枝节。

④伯：与“叔”是兄弟间的排行，这里是指高层统治者君臣。

⑤多日：指拖延时日。

⑥处：居住。

⑦与：盟国。

⑧何其：为什么那样。

⑨以：原因。

⑩蒙戎：纷乱的样子。

⑪匪：非。

⑫东：此处作动词，指向东。

⑬靡：没有。

⑭所与：和自己在一起同处的人。

⑮同：同心。

⑯琐：细小。

⑰尾：通“微”，低微。

⑱流离：飘散流亡。

⑲褎（yòu）：聋。

⑳充耳：把耳朵塞住。

译文

旄丘上的葛藤啊，为什么蔓延得那么长！卫国的各位叔伯，为什么拖延时日，这么久都不互帮？

为何待在家里不出门？你们一定是在等人一起走。为什么等了这么久？其中一定有原因。

你们穿着毛茸茸的狐裘，乘车出行却不往东。卫国的各位叔伯，你们和我的心思不一样。

我们卑微又渺小，流离失所没有依靠。卫国的各位叔伯，对我们的遭遇，你们就装作不知道。

赏析

他们从黎国逃到卫国，已经很久了。

他们一直在等卫国的援军，可是日子一天天过去，卫国的援军迟迟不来。

他们一次次登上旄丘，一次次翘首以盼，一次次从日出等到月落，却始终没有等到。

后来，他们才明白，原来卫军根本就不肯帮忙，不肯援手，他们只是白白欢喜了一场，白白等待了很久。

他们丧亡流离，衣衫破弊，寄居卫国。

而卫国的达官贵人们，狐裘加身，日日笙歌，对待他们不仅没有同情心，反而还袖手旁观，趾高气扬。

他们感到彻骨的心寒，可他们纵然寄人篱下，也绝不会屈服。

这首《旄丘》是一首批评诗，主要批评了卫国君臣不救黎国，黎国臣民本来满心期望卫国能伸出援助之手，可愿望始终没能实现，所以他们倍感失望。全诗结构清楚，作者用了铺陈对比，把场景细节化，写得曲折动人。

13.《简兮》——他从西方来

简[①]兮简兮，方将[②]万舞[③]。日之方中[④]，在前上处[⑤]。

硕人[⑥]俣俣[⑦]，公庭[⑧]万舞。有力如虎，执辔[⑨]如组[⑩]。

左手执籥[⑪]，右手秉[⑫]翟[⑬]。赫[⑭]如渥[⑮]赭[⑯]，公言锡[⑰]爵[⑱]。

山有榛[⑲]，隰[⑳]有苓[㉑]。云谁之思？西方[㉒]美人[㉓]。彼美人兮，西方之人兮。

注释

①简：鼓声。

②方将：将要。

③万舞：舞名。

④方中：中午。

⑤在前上处：在行列前方。

⑥硕人：身材高大魁梧的人。

⑦俣（yǔ）俣：魁梧的样子。

⑧公庭：国君朝堂之庭。

⑨辔（pèi）：马的缰绳。

⑩组：用丝织成的宽带子。

⑪籥（yuè）：古乐器，三孔笛。

⑫秉：持。

⑬翟（dí）：野鸡尾巴的毛。

⑭赫：红色。

⑮渥（wò）：厚。

⑯赭（zhě）：红褐色。

⑰锡：赐。

⑱爵：一种青铜制酒器。

⑲榛（zhēn）：树名，落叶灌木，果仁可以吃。

⑳隰（xí）：低湿的地方。

㉑苓（líng）：有四种不同的说法，分别指甘草、苍耳、黄药、地黄。

㉒西方：西周地区，卫国在西周的东面。

㉓美人：在这里指舞师。

译文

鼓声敲得震天响，盛大的万舞要开场了。现在是中午，太阳当空照，舞蹈的领队站在最前方。

那舞师高大魁梧，在公庭上面表演万舞。他动作有力，就像猛虎，手握的缰绳就像用丝织成的宽带子。

他左手吹着三孔笛，右手拿着野鸡的翎毛挥舞。红光满面像上了色，公侯很喜欢他的表演，连忙让人赐酒给他。

高高的山上长着榛树，低湿的地方长着甘草。此时此刻，我的心里在思念谁呀？我在思念那个高大魁梧的舞师。他长得那么英俊，应该是从西方来的吧！

赏析

卫国。

红日当空照。

她坐在公庭的角落里，正偷偷瞧着公庭中央起舞的他。

他的舞，让她震撼，让她沸腾，更让她一见倾心，此生，再也难忘！

他先表演武舞，勇猛有力，动如猛虎。

然后是表演文舞，只见他左手执笛，右手拿着漂亮的野鸡翎毛挥舞。

刹那间，笛音清亮，而他的翩翩舞姿，与笛声相和。

她有种恍惚，此刻她不在人间，好像是在天上。

时光仿佛凝滞，不知今夕何夕……

这首《简兮》是一首赞美舞师的诗歌，作者用细腻的笔触，为读者描述了壮观的表演场面，诗中的舞师既勇猛矫健，又不失风度翩翩，诗中女子为他神魂颠倒，也并不让人意外。

14.《泉水》——愿他日归去，故人依旧

毖[①]彼泉水[②]，亦流于淇[③]。有怀[④]于卫，靡[⑤]日不思。娈[⑥]彼诸姬[⑦]，聊[⑧]与之谋。

出宿于泲[⑨]，饮饯[⑩]于祢[⑪]，女子有行[⑫]，远父母兄弟。问我诸姑[⑬]，遂及伯姊。

出宿于干[⑭]，饮饯于言[⑮]。载[⑯]脂[⑰]载舝[⑱]，还车[⑲]言迈[⑳]。遄[㉑]臻[㉒]于卫，不瑕[㉓]有害？

我思肥泉[㉔]，兹[㉕]之永叹。思须与漕[㉖]，我心悠悠[㉗]。驾言出游，以写[㉘]我忧。

注释

①毖（bì）：泉水流淌的样子。

②泉水：卫国水名，即诗中最后所写的“肥泉”。

③淇：淇水，河的名称。

④有怀：因怀念。

⑤靡：无。

⑥娈（luán）：美好的样子。

⑦诸姬：随嫁的姬姓女子。

⑧聊：姑且。

⑨泲（jǐ）：卫国地名。

⑩饯：以酒送行，饯行。

⑪祢（nǐ）：卫国地名。

⑫行：指女子出嫁。

⑬姑：父亲的姐妹称“姑”。

⑭干：卫国地名。

⑮言：卫国地名。

⑯载：语气助词，没有实义。

⑰脂：涂在车轴上的油脂。

⑱舝（xiá）：通“辖”，车轴两头的金属键。

⑲还车：掉转车头。

⑳迈：远行。

㉑遄（chuán）：迅速。

㉒臻：至，到达。

㉓瑕：通“何”，又有远的解释。

㉔肥泉：卫国的水名。

㉕兹：通“滋”，增加。

㉖思须与漕：须、漕都是卫国地名。

㉗悠悠：忧愁深长。

㉘写（xiè）：通“泻”，宣泄。

译文

泉水一直在流淌，浩浩荡荡地流进淇水。我好想念我的家乡卫国，没有一天不在想念。我要去和随我一同嫁来的姬姓姐妹，好好商量。

我想起当初和姐妹住在一起，她们为我在祢这个地方摆酒饯行。女子一旦结婚嫁到别国，就要远离父母和兄弟。记得出嫁前我问候了我的姑母，还有一群好姐妹。

如果回乡住宿的地方就在干，饯行之地就在言。抹好车油上好轴，掉转车头疾弛跑回家乡，不知道会不会招来祸患？

我思念家乡的肥泉，一响起就叹息。再想到须城与漕邑，我的忧伤就更多了。我决定驾着马车去出游，以此来排解我心底的忧愁。

赏析

那泉水一直流淌，浩浩荡荡流到最后，归处只有一个——淇水。

而淇水，在她的家乡卫国。

想到故土，她就神伤。

她已经很久没有回去了。自她出嫁后，便离故土越来越远。

如今，她听说故国的人事有变故，她多想化身燕子，飞去探望。

可这，不过是她的奢望！

红墙深锁，朱门紧闭，她在这许国的深宫里，如一只囚鸟，每日望着的，只是那巴掌大的天，重重束缚，她注定无法如愿回去。

如果可以，她多想一走了之，回到家乡。

可是，所有的理智告诉她，如果她真这般任性而为，那等待她的，将是一场浩劫！

她，只能外出去散散心，以此来排解一番忧愁。

她忽然想起，出嫁前，所有的姐妹为她在故国践行的画面。

那一幕幕，还历历在目。

不知多年过去，那些故人，是否无恙？

只愿他日归去，故人依旧在，山河不变。

这首《泉水》是一首思念的诗，诗中的卫国女子嫁到别国，因为多年未归而深深思念家乡。全诗共四章，每章六句，在艺术手法上以幻写真，通过虚无缥缈的描写来刻画女主角对家乡深沉的思念。

这首诗的作者是许穆夫人，她是卫国公族卫昭伯的女儿，长大后嫁给了许国许穆公，所以称她为许穆夫人。这首《泉水》可以看作她的自白，写的是她的心声。她不仅是中国文学史上见于记载的第一位爱国女诗人，也是世界文学史最早的爱国女诗人，因此，她的诗作在世界文学史上都享有极高的声誉。

15.《北门》——平凡人的悲哀

出自北门，忧心殷殷[①]。终窭[②]且贫，莫知我艰。已焉哉[③]！天实为之，谓[④]之何哉！

王事[⑤]适我[⑥]，政事[⑦]一[⑧]埤益[⑨]我。我入自外，室人交徧[⑩]谪[⑪]我。已焉哉！天实为之，谓之何哉！

王事敦[⑫]我，政事一埤遗[⑬]我。我入自外，室人交徧摧[⑭]我。已焉哉！天实为之，谓之何哉！

注释

①殷殷：忧伤的样子。

②窭（jù）：贫寒。

③已焉哉：既然这样，算了吧。

④谓：奈何不得的意思。

⑤王事：王室的差事。

⑥适（zhì）我：扔给我。适，通“擿”，扔。

⑦政事：公家的事。

⑧一：都。

⑨埤（pí）益：增加。

⑩偏：通“遍”。

⑪谪（zhé）：责备。

⑫敦：逼迫。

⑬遗：交给。

⑭摧：嘲讽。

译文

我从北门出城去，心中有很多忧伤。我现在的生活很贫困，有谁知道我如今的艰难。既然这样，那就算了吧，这一切都是老天爷的安排，那我又有什么办法呢！

上头把差事派给我，衙门公务也在一点点增加。我从外面回到家里，家人们纷纷责备我。既然这样，那就算了吧，这一切都是老天爷的安排，那我又有什么办法呢！

上头逼我做很多事，衙门公务也都交给我。我从外面回到家里，家人们纷纷嘲讽我。既然这样，那就算了吧，这一切都是老天爷的安排，那我又有什么办法呢！

赏析

他，又和往常一样，从府衙北门归来。

他只是一个小小的官吏，每天披星戴月，劳碌奔波。

上头交给他无数的工作，可他没有说“不”的能力，所以，他只能日复一日、年复一年地去坚持。

可这些，只是令他无奈，并没有让他心寒。

他真正心寒的是，无数个夜晚，当他满身疲惫地回到家，迎接他的不是温暖和热茶，而是他的老婆孩子带给他的无数冷嘲热讽。

他们讥笑他，说他真无能。当年和他一同去衙门里工作的人都早已平步青云，只有他还在当一个小小的官吏。

他们不知道，是他甘于清贫，他做人做事都有自己的一套准则，他不愿意违背本心去做那些刻意迎合的事。

就像他最爱的那丛竹，挺拔独立，经冬不凋。

他要怨，也只怨苍天弄人。

这首《北门》是小官吏诉说自己愁苦的诗，诗人通过描述古代下层小吏待遇很差，身心俱疲的情景，以此来反映当时的社会矛盾。全诗共三章，每章各七句，重章叠唱，有一唱三叹的艺术魅力。

诗人匠心独运，因为北通“背”，而诗人这样写其实是告诉我们读者，诗中的主人公正面临着背时的命运。他从府衙北门而出，这是一个很重要的意象，说明了他是背对光明而来的，自然他整个人物形象也是暗淡无光的。

16.《北风》——风雪肆虐，一起逃亡

北风其凉[①]，雨雪[②]其雱[③]。惠而[④]好我[⑤]，携手同行。其[⑥]虚其邪[⑦]？既[⑧]亟[⑨]只且[⑩]！

北风其喈[⑪]，雨雪其霏[⑫]。惠而好我，携手同归[⑬]。其虚其邪？既亟只且！

莫赤匪狐[⑭]，莫黑匪乌[⑮]。惠而好我，携手同车。其虚其邪？既亟只且！

注释

①凉：冰冷刺骨。

②雨（yù）雪：下雪。雨，在这里作动词。

③其雱（pāng）：雪大的样子。

④惠而：依赖、信任。

⑤好我：和我友好。

⑥其：通“岂”，语气词。

⑦邪：邪与“虚”，指舒缓的样子。

⑧既：已经。

⑨虚其亟（jí）：急。

⑩只且（jū）：语气词。

⑪喈（jiē）：寒凉。

⑫霏：雨雪纷飞。

⑬同归：一起到较好的国家去。

⑭莫赤匪狐：没有不红的狐狸。狐狸比喻坏人。

⑮莫黑匪乌：乌鸦没有不是黑色的。乌鸦比喻坏人。

译文

北风呼呼刮来，天气很冷，大雪漫天，白茫茫一片。我们是好朋友，赶快携手一起逃亡吧。千万不能慢吞吞地走！因为事情紧急，灾祸可能马上就要来了！

北风呼呼刮来，透骨凉，大雪漫天，白茫茫一片。我们是好朋友，赶快携手一起逃到别的国家去吧。千万不能慢吞吞地走！因为事情紧急，我们要赶紧逃！

天下所有的狐狸都是红色的，乌鸦都是黑色的。我们是好朋友，赶快携手乘车一起离去吧。千万不能慢吞吞地走！因为事情紧急，我们得赶快逃出！

赏析

北风呼呼，大雪纷纷。

天地苍茫，彻骨寒冷。

赤狐狂奔，黑乌鸦乱飞。

这天下，已经大乱了。

卫君暴虐，他们已经受不了了，不得不相呼同伴，一同乘车去逃亡。

纵然此刻天寒地冻，风紧雪急，他们也只能抓紧一切时间出发。

如果卫君从政清明，百姓们都能安居乐业，他们绝不会如此。

这一走，就是关山路远，故国难回，也曾犹豫，可若留下，那等着他们的，才是无路可退。

所以，他们只能在这风雪肆虐的日子走，一刻也耽搁不得了。

这首《北风》很有气势，全诗三章，每章六句，章节紧凑，气氛也如暴风雪一样肃杀，比喻也很形象，让读者一目了然。

这首诗对后来的诗歌创作有着不可忽视的影响，在《古诗十九首·凛凛岁云暮》中有“良人惟古欢，枉驾惠前绥。愿得常巧笑，携手同车归”的诗句，李白有《北风行》，等等，由此可见这首《北风》对后世的影响很深。

17.《静女》——娴静的女子惹人爱

静女[1]其姝[2]，俟[3]我于城隅[4]。爱[5]而不见，搔首踟蹰[6]。
静女其娈[7]，贻[8]我彤管[9]。彤管有炜[10]，说怿[11]女[12]美。
自牧[13]归[14]荑[15]，洵美且异[16]。匪[17]女之为美，美人之贻[18]。

注释

①静女：娴雅安静的姑娘。

②姝（shū）：美好。

③俟（sì）：等待，此处指约好地方等待。

④城隅：城角。

⑤爱：隐藏。

⑥踟蹰（chí chú）：心思不定。

⑦娈（luán）：面目姣好。

⑧贻（yí）：赠。

⑨彤管：指红管草。

⑩炜（wěi）：光彩的样子。

⑪说怿（yuè yì）：喜悦。

⑫女（rǔ）：汝，你，代指彤管。

⑬牧：野外。

⑭归：赠送。

⑮荑（tí）：一种香草，男女相赠表示结下爱情。

⑯洵美且异：实在美得特别。

⑰匪：非。

⑱贻：赠予。

译文

这个娴静的姑娘好漂亮，她约我一起等在城楼上。她故意躲藏起来让我找她，急得我搔头徘徊。

这个娴静的姑娘好娇美，她送我一枝红彤管。鲜艳的彤管有光彩，我爱它美丽的颜色。

她把从野外采来的荑草送给我，荑草美好又别致。其实啊，不是这荑草长得美，而是美人送给我的，所以它才显得格外好看。

赏析

城墙一角，他早早地赶到约会地点。

却发现，她还没来。

他急了，四处张望着。

然而，四周除了青山绿树，并无人烟。

那柳叶眉、芙蓉面的伊人，此时此刻，不知在何处。

他急得只能抓耳挠腮。

后来，不知等了多久，好像只是一个恍惚，又仿佛漫长得大半生都过去了，她终于出现了。

随她一同出现的，还有她从野外采来的一枝红彤管和荑草，不知是不是错觉，他第一次觉得，那彤管格外明艳夺目，荑草也别致可爱。

但他的理智告诉他，他之所以会产生这样的错觉，只是因为她。

彤管和荑草，乃美人所赠，自然格外不同了。

更何况，这美人又是他心心念念的人儿。

他只愿和她比翼双飞，天长地久。

这首《静女》是写青年男女幽会的诗歌，一字一句读来，那种年轻男女之间纯美爱情的美好，如杨柳舞春风，拂面而来。

全诗共三章，每章各四句，诗人构思灵巧，用男子的口吻来写，把那种年轻人恋爱的心理，刻画得十分生动传神。

18.《新台》——命运总无常

新台[①]有泚[②]，河[③]水弥弥[④]。燕婉[⑤]之求，籧篨[⑥]不鲜[⑦]。
新台有洒[⑧]，河水浼浼[⑨]。燕婉之求，籧篨不殄[⑩]。
鱼网之设[⑪]，鸿[⑫]则离[⑬]之。燕婉之求，得此戚施[⑭]。

注释

①新台：台名，故址在今山东省甄城县黄河北岸。台，台基，新建的房子。

②有泚（cǐ）：鲜明的样子。有，语气助词，没有实义。

③河：指黄河。

④弥（mí）弥：水盛大的样子。

⑤燕婉：指夫妇和好。

⑥籧篨（qú chú）：不能俯身的病人。

⑦鲜（xiǎn）：少，指年少。

⑧有洒（cuǐ）：高大气派的样子。

⑨浼（měi）浼：碧波荡漾。

⑩殄（tiǎn）：通“腆”，美好。

⑪设：设置。

⑫鸿：蛤蟆，一说大雁。

⑬离：离开。

⑭戚施（shī）：佝偻，驼背。

译文

新台很气派，河水浩浩荡荡地流淌着。她本来想嫁个如意郎，结果却嫁给了一个丑蛤蟆。

新台很壮丽，河水往东流去。她本来想嫁个如意郎，结果却嫁给了一个丑得不成样的人。

他本来设好鱼网想捕鱼，结果没想到蛤蟆钻进了网。她本来想嫁个如意郎，结果却嫁给了一个驼背的人。

赏析

她是齐僖公的女儿，本来她要嫁给卫国的太子公子伋，一个翩翩少年郎。

结果，命运无常，造化弄人，她偏偏嫁给了一个鸡胸驼背的糟老头子，而那个糟老头子偏偏不是别人，而是他的未来公公卫宣公。

那天，江南可采莲，莲叶何田田。

她披着红衣，出嫁了。

可半路上，卫宣公便改变主意，在河上高筑新台，把她截了下来，并且霸为己有。

于是后来，她有了一个新的名字——宣姜。

可世人不知道，她有多恨这个“宣”字！

也是后来，很多年以后，卫宣公那个糟老头子告诉她，看到她第一眼时便被她迷住了，她娇艳中自有清丽，远望如谪仙人，所以他控制不住了，便将她纳为已有。

然而她却觉得极讽刺，她此生注定在这个卫国的华丽囚笼里，深深沉沦辗转。

这首《新台》一直被认为是民众讽刺卫宣公劫夺儿媳姜氏（宣姜）的诗歌，因此，后世也用“新台”来以喻不正当的翁媳关系。

全诗三章，每章四句，前两章叠咏，第三章则用比法，来表现女主人公新婚生活出现的巨大反差。那种强烈的对比写出了女主人公郁积已久的怨愤之情，非常有冲击力，读来令人叹息。

19.《二子乘舟》——思念孩子们

二子[①]乘舟，泛泛[②]其景[③]。愿[④]言思子，中心养养[⑤]！
二子乘舟，泛泛其逝。愿言思子，不瑕[⑥]有害！

注释

①二子：指卫宣公的两个异母子。

②泛泛：船在水中行驶的样子。

③景：通“憬”，远行的样子。

④愿：思念的样子。

⑤养（yáng）养：烦躁不安。

⑥不瑕：疑惑、揣测的词，该不会。

译文

你们两个乘船走了，船儿渐渐漂远了。我多么思念你们呀，想着想着，心中都开始烦躁不安！

你们两个乘船走了，船影渐渐隐没看不见了。我多么思念你们呀，你们两个不会遭遇灾祸吧！

赏析

蓝天白云，群山叠翠。

河边。

兄弟二人拜别了亲友，登上了小舟。

于是，那叶小舟在浩渺的河上渐渐远去。

如风，如雾，如烟，如雪，慢慢消失在水天一线……

渐渐地，再也看不见，只留下一个零星小点，还在隐隐约约地浮现着。

而他们二人的父母和送行的亲友，却在岸边伫立，久久都不肯离去。

不知他们兄弟二人此去，可会遭遇不测。

但愿他们，一生无恙。

这首《二子乘舟》，是一首典型的送别诗。全诗只有两章，每章各四句，全诗没有一句比兴，诗中的意象也只有“二子”和渐渐消逝不见的小舟，但诗人却写得极为传神，内涵很丰富，那种空白的诗意，为读者反而留下了更多的想象空间。

国风·鄘风

1.《柏舟》——我心永恒

汎[1]彼柏舟，在彼中河[2]。髧[3]彼两髦[4]，实维[5]我仪[6]。之死[7]矢[8]靡它[9]。母也天只[10]！不谅[11]人只！

汎彼柏舟，在彼河侧。髧彼两髦，实维我特[12]。之死矢靡慝[13]。母也天只！不谅人只！

注释

①汎：浮行，这里形容为船在河中不停漂浮的样子。

②中河：河中。

③髧（dàn）：头发下垂的样子。

④两髦（máo）：古代男子没行冠礼前，头发向两边分流。

⑤维：乃，是。

⑥仪：配偶。

⑦之死：到死。

⑧矢：通“誓”，发誓。

⑨靡它：无他心。

⑩只：语气助词，没有实义。

⑪谅：相信。

⑫特：配偶。

⑬慝（tè）：通“忒”，改变。

译文

那柏木小船在不停漂荡，一直漂到河中央。泛舟的那个垂发齐眉的少年郎，就是我心中的好对象。我到死也不会改变心意。我的天啊，我的母亲！为什么就不肯相信我的心哪！

那柏木小船在不停漂荡，一直漂到河岸旁。泛舟的那个垂发齐眉的少年郎，就是我一直倾慕的对象。我到死也不会改变心意。我的天啊，我的母亲！为什么就不肯相信我的心哪！

赏析

她在看到他第一眼时，便喜欢上了他。他身上的那种风神朗朗之态，格外夺目，如芝兰玉树，一见就已倾心。

她兴奋地告诉母亲，她找到了一生的幸福。

可令她万万没想到的是，她的母亲居然态度坚定地告诉她，她绝不会把她嫁给他，让她趁早死了这条心。

她不解，为何母亲理解不了她的心思？

难道，一定要被她母亲任意操控吗？

难道，自己的幸福便要如此轻易妥协吗？

不！这一次，无论如何，她都不会妥协。她要和母亲抗争到底。

她至死都不会对他移情，也不会变心。

这首《柏舟》是一首决绝的诗，诗中的女主角是一个待嫁的姑娘，她爱上了一个不到二十岁的少年郎，然而她的母亲却不喜欢她相中的人，但是她态度坚定，所以她发誓要和母亲对抗到底。

2.《墙有茨》——宫廷秘事

墙有茨[1]，不可扫也。中冓[2]之言，不可道[3]也。所[4]可道也，言之丑也。

墙有茨，不可襄[5]也。中冓之言，不可详[6]也。所可详也，言之长也。

墙有茨，不可束[7]也。中冓之言，不可读[8]也。所可读也，言之辱也。

注释

①茨（cí）：蒺藜，一种草本植物，果实有刺。

②中冓（gòu）：宫室内部，在这里指的是宫中龌龊之事。

③道：说。

④所：若。

⑤襄：消除。

⑥详：详细讲述。

⑦束：捆扎。在这里是打扫干净的意思。

⑧读：宣扬。

译文

墙头上面长满了蒺藜，不能把它们全都扫除。就像你们宫中的私房话，也没办法全部说出口。如果真要全部说出来，那话就难听死了。

墙头上面长满了蒺藜，不能把它们全都除掉。就像你们宫中的私房话，也没办法详细地说出来。如果真要全部说详细，那话说来就很长了。

墙头上面长满了蒺藜，不能把它们全都捆起来带走。就像你们宫中的私房话，也没办法对人说。如果真的传扬开来，那简直就是羞辱啊。

赏析

墙上，那密密麻麻长满的蒺藜十分令人心惊。

他们想要清扫，却怎么也扫不掉，那蒺藜就如野火烧不尽，春风吹又生的野草。

永远都扫不完，永无尽头，不过是一场徒劳。

这，就像是卫国宫闱中淫乱的那些丑事，永远都盖不住，也抹不去。

凡是卫人，有谁不知王后宣姜和庶子卫公子顽私通？

这件事就像那铺天盖地无边蔓延的蒺藜一样，深深刺痛着卫国人民的颜面和心灵！

这首《墙有茨》是一首很有艺术力量的讽刺诗，全诗共三章，每章有六句，一唱三叹，在结构上层层递进，有效地增强着诗歌的讽刺力量。

全诗一唱三叹，三章诗排列整齐，十分押韵。

3.《君子偕老》——佳人倾国又倾城

君子[1]偕老[2]，副[3]笄[4]六珈[5]。委委佗佗，如山如河[6]，象服[7]是宜[8]。子[9]之不淑[10]，云[11]如之何[12]？

玼[13]兮玼兮，其之翟[14]也。鬒[15]发如云，不屑髢[16]也；玉之瑱[17]也，象[18]之揥[19]也，扬[20]且[21]之皙[22]也。胡[23]然[24]而[25]天也？胡然而帝也？

瑳[26]兮瑳兮，其之展[27]也。蒙彼绉絺[28]，是绁袢[29]也。子之清[30]扬[31]，扬且之颜[32]也。展[33]如之人兮，邦[34]之媛[35]也！

注释

①君子：指卫宣公。

②偕老：夫妻白头到老。

③副：妇人的一种首饰。

④笄（jī）：用来盘发的簪子。

⑤六珈：一种笄饰，用玉做成，垂珠有六颗。

⑥委委佗（yí）佗，如山如河：一说举止雍容华贵，一说体态轻盈。

⑦象服：带有珠宝绘有花纹图案的礼服。

⑧宜：合身。

⑨子：指宣姜。

⑩淑：善。

⑪云：句首发语词。

⑫如之何：奈之何。

⑬玼：鲜艳夺目。

⑭翟（dí）：绣着山鸡彩羽的象服。

⑮鬒（zhěn）：黑发。

⑯髢（dí）：假发。

⑰瑱（tiàn）：冠冕上垂在两耳旁边的玉。

⑱象：象牙。

⑲揥（tì）：剃发针，发钗一类的首饰。

⑳扬：额。

㉑且：助词，无实义。

㉒皙（xī）：白净。

㉓胡：怎么。

㉔然：这样。

㉕而：如、象。

㉖瑳（cuō）：玉色鲜明洁白。

㉗展：一说是古代后妃或命妇的一种礼服，一说是古代夏天常穿的一种纱衣。

㉘絺（chī）：细葛布。

㉙绁袢（xiè fàn）：夏天穿的内衣，白色。

㉚清：指眼神清秀。

㉛扬：指眉宇宽广。

㉜颜：额，引申为面容、脸色。

㉝展：的确。

㉞邦：国家。

㉟媛：美人。

译文

她自从嫁给他，就发誓要和他一起到白头，她的玉簪首饰插满头。她举止雍容自得，穿上这华丽的礼服很适合。可是她的德行却不好，所以她就算长得再美身份再高贵，人们也觉得她德不配位！

她穿的服饰很绚丽，礼服上面绣满了山鸡彩羽的图案。她一头长发如乌云黑，根本不用装饰假头发。她的耳饰在风中摇摇摆摆，头上戴的象牙发钗也很美丽。她眉宇开阔，皮肤白净，光彩照人，就像天上的美丽仙女，来到了人间！

她穿的服饰很绚丽，用绵软的轻纱做外衣。外面再罩上薄薄的细葛衫，里面穿着凉爽的内衣。她长得清秀美丽，姿容又很妩媚，实在是一个倾国倾城的大美人呀！

赏析

她的美艳，世所罕见。

金步摇，玉搔头，墨发如云。

霓裳衣，芙蓉面，倾国倾城。

她的名字叫宣姜，她身份尊贵，是卫国的一国之母。

可作为王后的她，本该母仪天下，然而她忘了自己的身份，和庶子顽私通，惹得国人厌弃。

她不明白，再美的容貌，经过岁月的更迭，终有一日，会如雨后的春花，凋谢殆尽。

终有一日，会如同国色天香的牡丹，就算曾经艳惊世人，也难逃“寂寞萎红低向雨，离披破艳散随风”的命运。

这首《君子偕老》是绝妙的讽刺诗，它讽刺了卫宣公的夫人宣姜。

全诗共三章，分别为七句、九句和八句，反复铺陈咏叹了宣姜的服饰和容貌有多美丽，其实诗人的目的很简单，就是为了反衬宣姜内心世界的丑恶与行为的污秽。诗中独树一帜的立意、鲜明的对比、幽默的语言、强烈的讽刺效果，铺天盖地席卷而来，让读者震撼。

4.《桑中》——此时此刻，我就在想你

爰[①]采唐[②]矣？沬[③]之乡[④]矣。云[⑤]谁之思[⑥]？美孟姜[⑦]矣。期我乎桑中[⑧]，要[⑨]我乎上宫[⑩]，送我乎淇[⑪]之上矣。

爰采麦矣？沬之北矣。云谁之思？美孟弋[⑫]矣。期我乎桑中，要我乎上宫，送我乎淇之上矣。

爰采葑[⑬]矣？沬之东矣。云谁之思？美孟庸[⑭]矣。期我乎桑中，要我乎上宫，送我乎淇之上矣。

注释

①爰：于何，在哪里。

②唐：植物名，即女萝，俗称“菟丝子”。

③沬（mèi）：春秋时期卫国的城市名，即牧野。

④乡：郊外。

⑤云：句首语助词，无义。

⑥谁之思：想念哪个人。

⑦孟姜：姜家的大姑娘。孟，是老大的意思。

⑧桑中：一说卫国地名，一说桑树林中。

⑨要（yāo）：通“邀”，邀请。

⑩上宫：一说宫室，一说地名。

⑪淇：水名。

⑫弋（yì）：姓。

⑬葑（fēng）：蔓草。

⑭庸：姓。

译文

要到哪里去采女萝？就在那卫国的沫乡。我此刻在想谁呢？我在想那个姓姜的漂亮姑娘。她约我在桑中约会，在上宫相会，她送我送到淇水旁。

要到哪里去采麦穗？就在那卫国的沫乡北面。我此刻在想谁呢？我在想那个姓弋的漂亮姑娘。她约我在桑中约会，在上宫相会，她送我送到淇水上。

要到哪里去采蔓菁？就在那卫国的沫乡东面。我此刻在想谁呢？我在想那个姓庸的漂亮姑娘。她约我在桑中约会，在上宫相会，她送我送到淇水滨。

赏析

桑林中，上宫里，淇水旁。

他与她，在幽会。

四周无人，唯有燕子时常飞过，见证他们的幽会。

他们二人，一见钟情，然后便认定，对方就是彼此那么多年一直在等的那个人。

所谓爱情，大概就是这么奇妙的事情吧。

只要有那个人出现过，眼中便不会再有旁人。

云谁之思？

此时此刻，我就在想你。

这首《桑中》是一首描写男女约会的情诗，全诗三章，每章七句，用自问自答的形式，表达出了对美好爱情的追求。

这首诗的三章，都是以采摘某种植物来开头，这也是上古时期吟咏爱情、婚嫁等内容时常用的手法。整首诗情绪欢快，音韵婉转，读来朗朗上口。

5.《鹑之奔奔》——这一次，她不再妥协

鹑[①]之奔奔[②]，鹊[③]之彊彊[④]。人之无良[⑤]，我[⑥]以为兄！
鹊之彊彊，鹑之奔奔。人之无良，我以为君[⑦]！

注释

①鹑：鸟名，即鹌鹑，大如小鸡，毛有斑点。

②奔奔：雌雄一起飞的样子。

③鹊：喜鹊。

④彊（qiáng）彊：鸟雌雄相随而飞的样子。泛指相随的样子。

⑤无良：不善。

⑥我：一说“何”之借字，一说为人称代词。

⑦君：一说君主，一说君子。

译文

鹌鹑成双一起飞，喜鹊也是成对飞翔。这个人十分不善良，为什么我还得称他为兄长！

喜鹊成双一起飞，鹌鹑也是成对飞翔。这个人非常没良心，为什么我还得把他当国君！

赏析

她恨他。

她一直真心待他，可是她的真心却并没有换来他的真心，反而是一次次变本加厉的所为。

她一直尊敬他，爱他如君，尊他如父，可他却一次次败坏纲常，肆意妄为。

他的所作所为，令她痛心。

这一次，她不再妥协。

这首《鹑之奔奔》一直被认为是女子责怪男人的诗。全诗两章，每章四句。上下两章前两句完全一样，只是位置发生了改变，给人一种回环与交错的感觉，这也是《诗经·国风》篇一种重要的艺术魅力所在。

全诗只有两章八句，然而男主人公的恶劣形象却迎面袭来，令人厌恶。

6.《定之方中》——这，也是他的使命

定①之方中，作于楚宫②。揆③之以日④，作于楚室。树之榛栗，椅桐梓漆⑤，爰伐琴瑟。

升彼虚⑥矣，以望楚矣。望楚与堂⑦，景山⑧与京⑨。降观于桑，卜云其吉，终焉允臧⑩。

灵⑪雨既零⑫，命彼倌⑬人。星言夙⑭驾，说⑮于桑田。匪⑯直⑰也人，秉心⑱塞渊⑲。騋⑳牝㉑三千㉒。

注释

①定：定星，星宿名，俗称营室星。

②作于楚宫：在楚丘营建宫庙。

③揆（kuí）：测量。

④日：日影。

⑤树之榛栗，椅桐梓漆：榛、栗、椅、桐、梓、漆都是树名。

⑥虚：通“墟”，废墟。

⑦堂：地名，位于楚丘旁。

⑧景山：大山。

⑨京：高岭。

⑩臧：好，善。

⑪灵：善。

⑫零：落雨。

⑬倌：驾车小臣。

⑭夙：早上。

⑮说（shuì）：通“税”，休息。

⑯匪：“彼”的意思，那个。

⑰直：正直。

⑱秉心：用心。

⑲塞渊：踏实深远。

⑳騋（lái）：高七尺的马。

㉑牝（pìn）：母马。

㉒三千：泛指多。

译文

营室星照在天的中央，楚丘上已经在造宗庙了。匠人们要根据日影来定方位，他们要在楚丘上造新的宫室。他们把榛树、栗树、椅桐和梓漆全都种上，成材后可以把它们的木头砍下做成琴瑟。

他登上漕邑那片废墟，眺望楚丘。他看完楚丘和堂邑，接着测量山陵与高冈，然后走到田地上看农桑。他求神占卜，结果显示出来是吉兆，看来前程美好有希望。

夜间开始下雨，天亮后停了，于是他吩咐驾车的小倌人。天晴了就早点驾车上路，然后在那桑田处休息。他正直为百姓，心地善良又有谋略，就连良马都要养到三千多匹。

赏析

黄昏。

定星出现了，在正南天空，与北极星相对应。

他决定在此时，在楚丘上修建宫庙，栽种树木。

他决定命人种下榛栗，它们的果实可用作祭祀，除此之外，还要种椅、桐、梓、漆，因为这四种树成材后都是制作琴瑟的好材料。

他为了国事奔波，披星戴月。

这一日，夜里下了春雨，淅淅沥沥，滋润了大地。

天明时分，天晴了，他吩咐车夫套车赶往桑田。

他希望，因为有他，卫国变得更加强盛。

这也是他的使命。

这首《定之方中》是一首称颂诗，称颂的对象是卫文公。全诗三章，每章七句，第一章写了他营造宫室，第二章写了他规划卜吉，第三章则写了他力劝农桑。三个情景十分形象，场面宏大。

7.《蝃蝀》——过自己想要的生活

蝃蝀①在东，莫之敢指。女子有行②，远父母兄弟。
朝隮③于西，崇朝其雨。女子有行，远兄弟父母。
乃如之人④也，怀⑤昏姻也。大⑥无信⑦也，不知命⑧也！

注释

①蝃蝀（dì dōng）：彩虹，爱情与婚姻的象征。

②有行：原指出嫁，这里指私奔。

③隮（jī）：一说升云，一说虹。

④乃如之人：像这样的人。

⑤怀：古与“坏”通用，败坏。

⑥大：很。

⑦信：贞信。

⑧命：父母之命。

译文

一条彩虹出东方，没人敢用手指它。女子成年就要出嫁了，远离父母和兄弟。

早上的彩虹出现在西方，整个早晨都下着蒙蒙细雨。女子成年就要出嫁了，远离兄弟和父母。

可是眼前这个女子啊，破坏婚姻的礼仪！不讲信用，就连父母的劝导也不听！

赏析

彩虹出现了，红橙黄绿青蓝紫，仿佛一个琉璃世界，美极了。

她决定在这个彩虹出现的日子和他一同私奔。

她本来也不想走这条路，可父母一定要把她嫁给一个她根本不爱的男人，她不能想象，这漫漫余生，该如何同一个自己根本不爱的男人度过。

所以她铤而走险，最终还是走了这一步。

虽然她和他都知道，这一走，他们二人将要为此付出的代价是什么。

从此，再也不能回故乡。

从此，远离了父母和兄弟。

从此，世人将以另一种眼光去看待他们。

可他们，不在乎了。

人活一辈子，难道不是为了自己而活的吗?

这首《蝃蝀》讽刺了一个女子不听从父母之命、不经媒妁之言，不惜远离父母兄弟去远嫁意中人的行为，虽然是一首标准的讽刺诗，但从另一个侧面来看，说明了当时妇女婚姻的不自由，诗人也反映了这个女子的反抗精神。全诗三章，每章四句，音调和谐，语气也越来越强烈。

另外，诗中的彩虹意象也值得一提，古人因为缺乏科学知识，他们认为虹的产生是由于阴阳不和，婚姻错乱，所以把它当作淫邪之气，而诗人这么写，无疑是将彩虹来象征这个私奔的女子。

8.《相鼠》——他们连老鼠都不如

相[①]鼠有皮，人而无仪[②]！人而无仪，不死何为[③]？
相鼠有齿，人而无止[④]！人而无止，不死何俟[⑤]？
相鼠有体[⑥]，人而无礼[⑦]！人而无礼，胡[⑧]不遄[⑨]死？

注释

①相：察看。

②仪：一说威仪，一说礼仪。

③何为：为何，为什么。

④止：通“耻”，德行。

⑤俟：等待。

⑥体：肢体。

⑦礼：礼仪。

⑧胡：为什么。

⑨遄（chuán）：迅速。

译文

你看那老鼠还有皮，人怎么能不要脸面呢！人如果不要脸面，那还不如死了算了。

你看那老鼠还有牙齿，人怎么能没有羞耻心呢！人如果不知羞耻，那还不如去死。

你看那老鼠还有肢体，人怎么能不知礼仪呢！人如果不知礼仪，那还不如赶快死了离开世界。

赏析

看看，卫国的那些在位者都干了些什么好事！

宣公强娶太子伋的未婚妻为王后，还与他这王后宣姜一起设局，谋杀了太子伋。惠公与兄长黔牟为了争位而大动干戈，昭伯与后母宣姜乱伦……

父子反目、兄弟争立、父淫子妻……

这一桩桩、一件件，无一不丑恶之极！

每一件，都深深地刺痛了卫国老百姓的心！

就连那人人喊打的过街老鼠，都要比他们强！

这首《相鼠》可以说是整部《诗经》里骂人最露骨、最直接的一首。这首诗，看上去是在写老鼠，其实是诗人对于那些高高在上的卫国统治者的讽刺，将他们种种无耻的作为比作老鼠。

全诗三章，每章四句，三章重叠，以鼠开头，感情逐层强烈，尖刻的语言步步升级，大大增强了讽刺的力量与风趣。

9.《干旄》——求贤若渴

孑孑[①]干旄[②]，在浚[③]之郊。素丝[④]纰[⑤]之，良马四之[⑥]。彼[⑦]姝[⑧]者子，何以畀[⑨]之？

孑孑干旟[⑩]，在浚之都[⑪]。素丝组[⑫]之，良马五之。彼姝者子，何以予[⑬]之？

孑孑干旌[⑭]，在浚之城。素丝祝[⑮]之，良马六之。彼姝者子，何以告[⑯]之？

注释

①孑（jié）孑：旗帜高举的样子。

②干旄（máo）：用牦牛尾来装饰旗杆。干，通“竿”“杆”。旄，通“牦”，牦牛尾。

③浚（xùn）：卫国的城邑。

④素丝：白丝。

⑤纰（pí）：在衣冠或旗帜上镶边。

⑥良马四之：这里指四匹马为聘礼。

⑦彼：那。

⑧姝（shū）：美好。

⑨畀（bì）：给。

⑩旟（yú）：画有鹰雕图案的旗帜。

⑪都：古时地方的区域名。

⑫组：编织，束丝之法。

⑬予：给予。

⑭旌（jīng）：用羽毛装饰的旗子。

⑮祝：缝合。

⑯告（gǔ）：作名词用，忠言。

译文

牛尾做成的旗子高高飘起，人马来到浚邑的城郊。白丝线缝彩旗，那四匹好马齐奔跑。那位忠顺的贤士，我该送你什么来回报呢？

鹰纹的旗子高高飘起，人马来到浚邑的近郊。层层束帛堆好，那五匹良马选得很好。那位忠顺的贤士，我该送你什么来回报呢？

鸟羽的旗子高高飘起，人马来到浚邑的都城。把束帛捆好，那六匹良马选得真好。那位忠顺的贤士，我该送你什么来回报呢？

赏析

卫国，浚邑，郊外大道。

马蹄阵阵，旗帜飘扬。

一群卫国的高官，带着布帛良马，竖起招贤大旗，只为了到浚邑访问贤才。

他们舟车劳顿，披星戴月，为了此事一直奔波在路上，然而没有一个人叫苦叫累。

因为他们的王——卫文公，求贤若渴。

这首《干旄》一直被认为是赞美卫文公和群臣乐于招贤纳士的诗。全诗三章，每章六句，篇幅并不长，可是画面感很强，读罢此诗，浮现在读者眼前的是这样一幅画面：车马隆隆，无数的旗帜飘扬，卫国的官吏马不停蹄地在奔跑，只是为了求取贤才……

全诗用了重章叠句的结构，写出了隆重的场面和热烈的气氛。

10.《载驰》——夫人救国，无所畏惧

载[1]驰载驱，归唁[2]卫侯[3]。驱马悠悠[4]，言至于漕[5]。大夫[6]跋涉，我心则忧。

既不我嘉[7]，不能旋反。视[8]尔不臧[9]，我思[10]不远[11]。既不我嘉，不能旋济[12]？视尔不臧，我思不閟[13]。

陟[14]彼阿丘[15]，言[16]采其蝱[17]。女子善怀[18]，亦各有行[19]。许人[20]尤[21]之，众[22]稚且狂。

我行其野，芃芃[23]其麦。控[24]于大邦，谁因[25]谁极[26]？大夫君子，无我有尤。百尔所思，不如我所之[27]。

注释

①载（zài）：语气助词，没有实义。

②唁（yàn）：向死者家属表示慰问，这里有凭吊宗国危亡的意思。

③卫侯：指作者的兄长、已死的卫戴公申。

④悠悠：遥远。

⑤漕：地名。

⑥大夫：指许国赶来阻止许穆夫人去卫国的臣子。

⑦嘉：赞成。

⑧视：表示比较。

⑨臧：善。

⑩思：忧思。

⑪远：摆脱。

⑫济：阻止。

⑬閟（bì）：通“闭”，闭塞不通。

⑭陟（zhì）：登。

⑮阿丘：偏高的山丘。

⑯言：语气助词。

⑰蝱（méng）：贝母草，在这里比喻设法救国。

⑱怀：怀恋。

⑲行：一说道理，一说道路。

⑳许人：许国的人们。

㉑尤：责备。

㉒众：“众人”或“终”。

㉓芃（péng）芃：草木茂盛的样子。

㉔控：赴告。

㉕因：依靠。

㉖极：指来援者的到达。

㉗之：指行动。

译文

我骑着马一路飞奔赶回卫国，回去凭吊卫侯。路途遥远，过了很久，我才终于到达漕邑。然而你们这些许国大夫翻越千山万水来追我，费尽心思要阻止我回卫国，这让我的心很忧愁。

即使你们都不赞成我回卫国，可我也不会和你们回去！我的救卫主张遭到了你们的阻挠，让我无法马上渡河回到故国。我知道你们心不善，但是你们永远都无法改变我的心意。

我登上了高高的山冈，采摘贝母来治疗忧郁。女子虽然多愁善感，但她们也有自己的思想。许国的大臣们，你们这样责难我，实在是非常狂妄又愚蠢的行为！

我在田野间缓缓行走，看见那些麦子密密麻麻，长得十分茂盛。我想向大国去求助，不知道谁能来救援呀。许国的大夫君子们，希望你们不要怪罪我。因为你们犹豫不决考虑几百次，还不如我亲自跑一趟效果好。

赏析

卫国被灭了。

她作为卫国的公主，虽然早已嫁到许国来，可在听到消息的那刻，又怎么能不为故国担忧？

于是，她马上骑马返回故土。

近了，又近了。

渡过这条河，就是卫国了。

可一阵阵急促的马鸣声如同催命符，让她心惊。

浩浩荡荡的许国人马来了，一步步朝她逼近。

她知道，如果不是她的丈夫授意，这些人又哪儿来的胆子，敢来阻挠她回故国呢？

那些老顽固一个个挡住了她的去路，如一张巨大的网，将她围得密不透风。

前去无路，后退亦不可能。

她到底该怎么办？

她抬眼，看到了远处田间麦苗青青，长势正旺，她的脑海里闪过一个念头！

也许，她可以去向强大的齐国求救！

卫国，生她养她的故土，她是救定了！

这首《载驰》是许穆夫人的作品，作于卫国被狄人占领以后，是她为吊唁祖国的危亡而作。

全诗四章，一、三章各六句，二、四章各八句，气势恢宏。第一章交代事情，第二章写她内心的矛盾，第三章矛盾开始变缓，第四章写她的归途所思。层层递进，沉郁顿挫，令人一唱三叹。

国风·卫风

1.《淇奥》——他活成了青青翠竹的样子

瞻彼淇[①]奥[②]，绿竹猗猗[③]。有匪[④]君子，如切如磋[⑤]，如琢如磨[⑥]。瑟[⑦]兮僩[⑧]兮，赫[⑨]兮咺[⑩]兮。有匪君子，终不可谖[⑪]兮。

瞻彼淇奥，绿竹青青。有匪君子，充耳[⑫]琇莹[⑬]，会弁[⑭]如星。瑟兮僩兮，赫兮咺兮。有匪君子，终不可谖兮。

瞻彼淇奥，绿竹如箦[⑮]。有匪君子，如金如锡[⑯]，如圭如璧[⑰]。宽兮绰[⑱]兮，猗[⑲]重较[⑳]兮。善戏谑[㉑]兮，不为虐[㉒]兮。

注释

①淇：淇水，源出河南林县。

②奥（yù）：水边弯曲的地方。

③猗（ē）猗：猗，通“阿”，长而美貌。

④匪：通“斐”，有文采的样子。

⑤如切如磋：就像切割打磨过的象牙般那么精致，比喻文采好。

⑥如琢如磨：就像雕琢、磨光的玉石般温润，比喻文采好。

⑦瑟：仪容庄重。

⑧僩（xiàn）：神态威严。

⑨赫：显赫。

⑩咺（xuān）：威严的样子。

⑪谖（xuān）：忘记。

⑫充耳：挂在冠冕两旁的饰物，一般会下垂到耳边。

⑬琇（xiù）莹：似玉的美石。

⑭会弁（kuài biàn）：鹿皮帽。

⑮箦（zé）：假借于“积”，堆积。

⑯如金如锡：就像铜和锡。铜和锡是古代青铜器的原材料。

⑰如圭如璧：圭、璧都指美玉。

⑱绰：旷达的样子。

⑲猗（yǐ）：通“倚”，倚靠。

⑳较：古时车两边的扶手。

㉑戏谑：开玩笑，说笑。

㉒虐：粗暴，伤人。

译文

看那淇水弯弯的地方，有一片青翠的竹林。那个男子不仅风度翩翩，学问也很精湛，品德也很好。他神态庄重胸怀宽广，地位显赫很威严。文采奕奕的君子，我第一眼看到就很难忘。

看那淇水弯弯的地方，有一片青翠的竹林。那个男子不仅风度翩翩，美丽的玉石垂在他的耳边，帽子上镶了宝石就像星星闪耀。他神态庄重胸怀宽广，地位显赫很威严。文采奕奕的君子，我第一眼看到就很难忘。

看那淇水弯弯的地方，有一片青翠的竹林。那个男子不仅风度翩翩，德行就像青铜器般牢固，人品高贵就像玉器般庄严。他神态庄重胸怀宽广，倚靠车两边的扶手向前。谈吐幽默很风趣，却从来都不会欺骗别人。

赏析

所有植物中，他最爱绿竹，也渴望活成绿竹，有风骨，有光芒，却又不骄傲。

他注重仪表，注重服饰，就连冠服上的装饰品也是精美的，可除此之外，他更注重内在的修养、学识的积淀和人品的端正。

所以，别人夸赞他，活成了那青青翠竹的样子。

也像一道光，照亮了别人，从来没有被人忘记过。

这首《淇奥》是一首赞美男子形象的诗歌。全诗三章，每章九句，每章都以“绿竹”来起兴，用绿竹四季如一不变的青翠来赞颂君子的高风亮节，开创了“以竹喻人”的先河。

整首诗的画面感也很强，读完后，一个“如切如磋，如琢如磨”的君子便成功浮现在读者面前了。

2.《考槃》——独处的快乐

考槃[①]在涧[②]，硕人之宽[③]。独寐寤言[④]，永[⑤]矢[⑥]弗谖[⑦]。
考槃在阿[⑧]，硕人之薖[⑨]。独寐寤歌[⑩]，永矢弗过[⑪]。
考槃在陆[⑫]，硕人之轴[⑬]。独寐寤宿，永矢弗告[⑭]。

注释

①考槃（pán）：逗留，盘桓，这里指避世隐居。考，筑成。槃，架木为屋。

②涧：山间流水的沟。

③硕人之宽：隐士宽阔的居处。硕人，贤人。宽，心宽。

④独寤寐言：独睡，独醒，独自言语，是指不与人交往。

⑤永：永久。

⑥矢：通“誓”。

⑦弗谖（xuān）：不忘记。

⑧阿（ē）：山坡。

⑨薖（kē）：心胸宽大。

⑩歌：这里作动词，歌唱。

⑪永矢弗过：永不过问世事。

⑫陆：高原。

⑬轴：本义是车轴，这里是说徘徊不愿意离去。

⑭告：表达。

译文

山涧里有一座木屋，贤人住在那里很舒服。他一个人睡觉，一个人醒来，一个人说话，这份快乐永远都不会忘记。

山坡上有一座木屋，贤人住在那里很快乐。他一个人睡觉，一个人醒来，一个人唱歌，永远都不会离开这里。

高原上有一座木屋，贤人独自住在那里。他一个人睡觉，一个人醒来，一个人居住，这份快乐永远都不会告诉别人。

赏析

别人都叫他隐士，可他却觉得他只是活出了自我。

他的足迹遍布山涧、山丘、高坡。

他一个人独寐独寤，独歌独言，自由惬意。

他一个人在山间散步、歌唱、游赏，自得其乐。

这份隐逸的快乐，他永远都不会忘记。

在这里归隐田园，所有的纷争、算计都远离了。

在这里只有日出而作，日落而息的清欢。

他的生命，终于回归到至真至纯。

从此，只剩琴茶相伴，只有那清风明月来相依。

这首《考槃》是隐士的赞歌，描写了一位在山涧结庐独居的隐士自得其乐的形象。全诗三章，每章四句，诗人用复沓的方式，反复吟咏隐士的形象，抒发了对隐士的赞美之情。

3.《硕人》——回眸一笑百媚生

硕人[1]其颀[2]，衣锦[3]褧[4]衣。齐侯[5]之子[6]，卫侯[7]之妻。东宫[8]之妹，邢[9]侯之姨[10]，谭公维私[11]。

手如柔荑[12]，肤如凝脂。领[13]如蝤蛴[14]，齿如瓠犀[15]。螓首[16]蛾眉[17]，巧笑倩[18]兮，美目盼[19]兮。

硕人敖敖[20]，说[21]于农郊。四牡[22]有骄[23]，朱幩[24]镳镳[25]。翟茀[26]以朝。大夫夙退[27]，无使君劳。

河水[28]洋洋[29]，北流[30]活活[31]。施[32]罛[33]濊濊[34]，鳣[35]鲔[36]发发[37]。葭[38]菼[39]揭揭[40]，庶姜[41]孽孽[42]，庶士[43]有朅[44]。

注释

①硕人：美人，这里指卫庄公夫人庄姜。

②颀（qí）：身材修长的样子。

③衣锦：穿着锦衣，翟衣。

④褧（jiǒng）：麻布罩衣，即披风。

⑤齐侯：指齐庄公。

⑥子：这里指女儿。

⑦卫侯：指卫庄公。

⑧东宫：太子。

⑨邢：春秋国名。

⑩姨：指妻子的姐妹。

⑪谭公维私：意思是谭公是庄姜的姐夫。

⑫荑（tí）：白茅初生的嫩芽。

⑬领：脖子。

⑭蝤蛴（qiú qí）：天牛的幼虫。

⑮瓠犀（hù xī）：葫芦籽。

⑯螓（qín）首：形容前额丰满开阔。螓，蝉类。

⑰蛾眉：形容眉毛细长弯曲的样子。

⑱倩：笑得很好看。

⑲盼：眼睛黑白分明。

⑳敖敖：身材苗条的样子。

㉑说（shuì）：通“税”，停车。

㉒四牡：驾车的四匹雄马。

㉓有骄：强壮的样子。

㉔朱幩（fén）：用红绸布包裹的马嚼子。

㉕镳（biāo）镳：盛美的样子。

㉖翟茀（dí fú）：以野鸡毛装饰的车篷。

㉗夙退：早早退朝。

㉘河水：指黄河。

㉙洋洋：水流浩荡的样子。

㉚北流：指黄河在齐、卫间北流入海。

㉛活（guō）活：水流声。

㉜施：设。

㉝罛（gū）：大的渔网。

㉞濊（huò）濊：撒网的声音。

㉟鳣（zhān）：鳇鱼。

㊱鲔（wěi）：鲟鱼。

㊲发（bō）发：鱼尾击水的声音。

㊳葭（jiā）：初生的芦苇。

㊴菼（tǎn）：初生的荻。

㊵揭揭：长的样子。

㊶庶姜：指随嫁的姜姓女子。

㊷孽孽：高大的样子。

㊸士：指从嫁的媵臣。

㊹朅（qiè）：威武的样子。

译文

好个高挑的美人，华丽的衣裳外面还穿着披风。她是齐庄公的爱女，是卫庄公的新娘。她是太子的胞妹，邢侯的小姨，而谭公又是她的姐夫。

她的手像春荑一样柔嫩，皮肤如凝脂一样白润。脖子像蝤蛴般优美，牙齿像瓠芦籽般齐整。额角丰满眉毛细长，嫣然一笑，美目一盼，就十分动人了。

好个高挑的美人，她的车停在了郊野农田旁。看她的那四匹马多雄健，红绸带系在马嚼上。她的马车驶向朝堂。士大夫们都早早退朝了，因为不想她等太久。

黄河水浩浩荡荡流向北方，下水渔网哗哗动，鱼尾击水的声音哗哗响，两边的芦苇又高又长。陪嫁的姑娘也都十分高挑，随从的男士更是雄壮威武！

赏析

她是庄姜。

父亲是齐庄公，丈夫是卫庄公，身份显赫。

她生来就异常美丽，身材修长，手如柔荑，皮肤白皙，回眸一笑百媚生。

所有人都告诉她，她的美貌将会迷倒很多人。

可她却觉得，有时候美貌对于一个女人来说，其实是另一种负担。

比起美貌，她更注重的是内心的修炼。

她出嫁那天，举国震动，都来为她送行，她风风光光地出嫁，漫天的红色，似乎染红了天边的晚霞……

她只愿，能和她的丈夫白头到老。

这首《硕人》是描写庄姜无可匹敌的美貌和她出嫁时的盛况的。全诗四章，每章七句，从她的身份写起，再写她的美貌，最后定格在“河水洋洋”的优美环境中，犹如一幅幅唯美的画面，回味深长。

这首诗描写细致，尤其是那一个个对于美人的比喻十分新鲜，开创了后世夸赞美人的先河，因此这首诗也备受人们的推崇。

4.《氓》——此生不再相见

氓[1]之蚩蚩[2]，抱布贸[3]丝。匪[4]来贸丝，来即[5]我谋[6]。送子涉淇[7]，至于顿丘[8]。匪我愆[9]期，子无良媒。将[10]子无[11]怒，秋以为期。

乘[12]彼垝垣[13]，以望复关[14]。不见复关，泣涕[15]涟涟[16]。既见复关，载[17]笑载言。尔卜尔筮[18]，体[19]无咎言[20]。以尔车来，以我贿[21]迁。

桑之未落，其叶沃若[22]。于嗟鸠兮[23]，无食桑葚！于嗟女兮，无与士耽[24]！士之耽兮，犹可说[25]也。女之耽兮，不可说也。

桑之落矣，其黄而陨[26]。自我徂尔[27]，三岁食贫[28]。淇水汤汤[29]，渐[30]车帷裳[31]。女也不爽[32]，士贰[33]其行。士也罔[34]极[35]，二三其德[36]。

三岁为妇，靡室劳矣[37]。夙兴夜寐，靡有朝矣[38]。言既遂矣[39]，至于暴矣。兄弟不知，咥[40]其笑矣。静言思之[41]，躬自悼矣[42]。

及尔偕老，老使我怨。淇则有岸，隰[43]则有泮。总角[44]之宴[45]，言笑晏晏[46]。信誓旦旦[47]，不思其反[48]。反是不思[49]，亦已焉哉[50]！

注释

①氓：本义是外来的百姓，这里是男子的代称。

②蚩（chī）蚩：通“嗤嗤”，笑嘻嘻的样子。

③贸：交易。

④匪（fěi）：通“非”。

⑤即：走近。

⑥谋：商量。

⑦淇：卫国河名。

⑧顿丘：地名。

⑨愆（qiān）：过失，这里指延误。

⑩将（qiāng）：请。

⑪无：通“毋”，不要。

⑫乘：登上。

⑬垝垣（guǐ yuán）：倒塌的墙壁。

⑭复关：地名，指诗中男子“氓”所居住的地方。

⑮涕：眼泪。

⑯涟涟：泪流不止的样子。

⑰载（zài）：动词词头，无义。

⑱尔卜尔筮（shì）：你去卜卦求神仙。

⑲体：指龟兆和卦兆，即卜筮的结果。

⑳无咎（jiù）言：没有凶卦。

㉑贿：财物，这里指嫁妆。

㉒沃若：润泽的样子。

㉓于（xū）嗟鸠兮：于通“吁”，本义是表示惊怪，此处与嗟都表示

感慨。鸠，斑鸠。

㉔耽（dān）：迷恋。

㉕说：通“脱”，摆脱。

㉖陨（yǔn）：坠落，掉下，这里用黄叶落下比喻女子年老色衰。

㉗徂（cú）尔：嫁到你家。

㉘食贫：过贫穷的生活。

㉙汤（shāng）汤：水势浩大的样子。

㉚渐（jiān）：浸湿。

㉛帷裳（wéi cháng）：车旁的帷幔。

㉜爽：过失。

㉝贰：指爱情不专一。

㉞罔：无，没有。

㉟极：标准。

㊱二三其德：三心二意，言行不一。

㊲靡室劳矣：所有的家庭劳作都自己一个人承担。

㊳夙兴夜寐，靡有朝矣：起得早睡得迟，每天都是这样。

㊴言既遂矣：言为语气助词，无义。既遂，愿望既然已经实现。

㊵咥（xì）：笑的样子。

㊶静言思之：静下心来好好想想。

㊷躬自悼矣：独自伤心。躬，自身。悼，伤心。

㊸隰（xí）：河名，漯河。

㊹总角：古时未成年男女的发式，这里指少年时代。

㊺宴：快乐。

㊻晏（yàn）晏：欢乐的样子。

㊼旦旦：诚恳的样子。

㊽不思其反：没想到会违背誓言。反，通“返”。

㊾反是不思：违反这些。是，指示代词，指代誓言。

㊿焉哉：语气词连用，加强语气，表示感叹，意思是“算了吧”。

译文

那时候氓老实忠厚，他抱着布匹来换丝。其实他不是真的来换丝，而是想和我谈婚事。我送他渡过淇水，一直送到顿丘那边。并不是我要拖延约定的婚期，而是因为你没有找好媒人。请你不要生气，秋天到了就来娶我吧。

从他走后，我就经常登上那倒塌的墙壁，一直凝神望他。可是我一直没有看到他，眼泪就忍不住掉下来。有一天，我看到他从复关那里来了，并且很开心。原来他是去卜卦求神仙了，占卜的结果没有不吉利。于是他用车来迎娶我，而我带上满满的嫁妆嫁给他。

桑树还没落叶的时候，桑叶翠绿，十分有光泽。唉，希望那些斑鸠鸟，不要多吃桑葚呀。唉，希望那些年轻的小姑娘呀，不要沉溺在与男人的情爱中。因为男人沉溺在爱情里是可以脱身的，但是女人就很难摆脱了。

桑树落叶的时候，它的叶子先变黄，然后全部掉下来了。自从我嫁到你家后，多年来一直忍受着贫苦的生活。那淇水的波涛滚滚，水花打湿了车上的布幔，也打乱了我的心思。我自认从来没有什么过错，可你的行为却前后不一。男人的爱情没有定准，他们的感情是会轻易改变的！

我结婚后一直勤勤恳恳操持家务，所有的重活粗活都是我一个人承担的。我每天早起晚睡为家付出。你的心愿慢慢实现后，便开始对我施暴。我的兄弟并不知道我的遭遇，见面时都还会笑我。我冷静下来，仔细想想这场婚变，只能独自伤心啊。

当初你对我说要和我一起白头到老，现在想想觉得很可笑。淇水滔滔却还是有岸的，漯河虽然宽却还是有尽头的。回想起年少时我们在一起很开心，那时候你多么温柔。那些你说的山盟海誓仿佛还在耳边，可没想到你会违背誓言。既然你违背誓言，那我就要和你分手了，这一次，我不再妥协！

赏析

这是一个悲伤的故事。

他叫氓，一个外来的小商人。

那时，他经常会拿着一些布匹到市集上去换丝。

那天，他便遇见了她。

他对她说，看到她的那一眼，他就心动了，前所未有。

她信了。

二人一见倾心，便立下白头偕老的盟约。

没过多久，他又怀抱布匹来到市集，只是这一次他不是来换丝，而是将布匹送到她手中，说要与她谈婚事。

她没想到，他会这么做，无媒无聘，不成体统。

她摇头，对他说："再等等吧。"

于是，她将他送过了淇水，送到了顿丘。

后来，她还是嫁给他了。

她本以为，他是她一生的幸福，却万万没料到，他让她饱受风雨折磨！

婚前婚后，她的氓像变了个人。

婚前，他老实憨厚，温柔贴心。

婚后，他好吃懒做，暴戾凶狠。

她嫁给他以后一直费尽心思操持家务，可这一切不过是徒劳无功，换来的，是他一次次的拳脚相加，到最后，他还将她赶出了家门！

她哭过、闹过、爱过、恨过，到最后，擦干眼泪，坚决和他此生不再相见！

原来男女情爱，终究是浮华浪荡一场。

这个悲伤的故事叫《氓》，是一首弃妇自诉婚姻悲剧的长诗。全诗六章，每章十句，将一个情爱故事表现得淋漓尽致，随着故事情节逐层深入，诗人的情绪也随之变得激烈，大大增加了叙事和抒情的色彩。

5.《竹竿》——山河简静，无有不好

籊籊[1]竹竿，以钓于淇。岂不尔思[2]？远莫致[3]之。
泉源[4]在左，淇水在右。女子有行[5]，远兄弟父母。
淇水在右，泉源在左。巧笑之瑳[6]，佩玉之傩[7]。
淇水滺滺[8]，桧楫[9]松舟。驾言[10]出游，以写[11]我忧。

注释

①籊（tì）籊：长而尖的样子。

②尔思：想念你。

③致：到。

④泉源：水名。

⑤行：远嫁。

⑥瑳（cuō）：玉色洁白，这里指巧笑的样子。

⑦傩（nuó）：通“娜”，轻盈优美。

⑧滺（yōu）滺：水流的样子。

⑨桧楫（jí）：桧木做的船桨。

⑩驾言：本指驾车，这里是指操舟。言，语气助词，相当“而”字。

⑪写（xiè）：通“泻”，宣泄。

译文

钓鱼竹竿又细又长，拿它钓鱼在淇水边。不是我不想你们啊，而是路途太远无法返回故乡啊。

泉源流左边，淇水流右边。姑娘长大要出嫁，就会远离父母兄弟了。

淇水流右边，泉源流左边。她笑起来还是那么美丽，就和当年一样，身上戴着美玉，比天仙还美。

淇水日夜缓缓流着，她用桧木做的船桨划船去远游，以此来排解心底的忧愁。

赏析

她是卫国人。

年少时，她本以为，她会一直在家乡的那片土地上纵情高歌，惬意生活。

那时，她和小伙伴们一起到淇水钓鱼游玩。

那时，天空特别蓝，山风浩荡。

可如今，不过一转眼的工夫，她出嫁了，并且远嫁到别国。

从此，她与故国离了十万八千里。

她只能一次次在梦中重回故乡，重回当年在淇水旁悠然垂钓的时光。

那时，她陶然忘机。

山河简静，无有不好。

这首《竹竿》是一首思念家乡的诗歌，主要写了一个卫国女子出嫁远离故乡而深深思念家乡。

全诗十六句，每四句为一章，共分四章，回忆与推想的不断交错，写出了她思乡怀亲的强烈感情。这首诗情感缠绵，语言含蓄，读来清新动人。

6.《芄兰》——郎骑竹马来，绕床弄青梅

芄兰[①]之支[②]，童子佩觿[③]。虽则佩觿，能[④]不我知[⑤]。容兮遂兮[⑥]，垂带悸[⑦]兮。

芄兰之叶，童子佩韘[⑧]。虽则佩韘，能不我甲[⑨]。容兮遂兮，垂带悸兮。

注释

①芄（wán）兰：兰草名，萝藦。

②支：通“枝”。

③觿（xī）：用兽骨制成的解结用具，供成年男子使用和佩戴。

④能：乃，于是。

⑤知：智。

⑥容兮遂兮：舒缓悠闲的样子。

⑦悸：本为心动，这里形容带子下垂。

⑧韘（shè）：用玉或象骨制的钩弦用具，一般用来拉弓弦，俗称“扳指”。

⑨甲（xiá）：通“狎”，亲近。

译文

芄兰的枝上结了尖荚，那个小小的童子佩戴了角锥。虽然你已经佩戴了角锥，但你却还不明白我对你的心思。你仍旧是慢悠悠地走路，带子也跟着下垂。

芄兰的枝上叶子向后弯，那个小小的童子佩戴扳指。虽然你已经佩戴了扳指，但却不主动来和我亲近了。你仍旧是慢悠悠地走路，带子也跟着下垂。

赏析

那年，郎骑竹马来，绕床弄青梅。

她与他从小一块长大，彼此心仪。

她本以为，他们的爱情故事会像所有的故事发展一样，一直这样亲密无间地走下去。

可是不知道为什么，他自从戴了角锥和扳指以后，反而疏远了她。

他不再和她像以前那样亲近了。

本来他们二人在一起，无拘无束，十分亲昵，可现在，他却对她疏远了。

他自以为他稳重老成，其实在她看来，不过是在假正经罢了。

一想到他，她就整日茶饭不思，对他，她是又气又恼又爱又恨，不知该怎么对他才好。

也罢，也罢，若是君心已无忆，那她便听从父母的话嫁与别人吧!

到时候后悔的也还是他呀。

这首《芄兰》很有意思，全诗两章重叠，只有几个字不同，寥寥几句，却把诗中女子对于心上人的恼怒形态描摹出来了，生动传神。

7.《河广》——无论如何，我要回家

谁谓河[1]广？一苇[2]杭[3]之。谁谓宋远？跂[4]予[5]望之。
谁谓河广？曾[6]不容刀[7]。谁谓宋远？曾不崇朝[8]。

注释

①河：黄河。

②苇：用芦苇编成的筏子。

③杭：通“航”。

④跂（qǐ）：踮起脚尖。

⑤予：一说而，一说我。

⑥曾：乃。

⑦刀：通“舠（dāo）”，小船。

⑧崇朝（zhāo）：终朝，自旦至食时。形容时间之短。崇，终结。

译文

谁说黄河水宽广？只要一片苇筏就能渡到对岸。谁说宋国很远？我只要踮起脚尖就能看到。

谁说黄河水宽广？它都很难容纳一条小船。谁说宋国很远？只要一个早上就能到达。

赏析

他是一位游子。

他是宋人，却侨居卫国。

在卫国与宋国之间，横亘着一条黄河。

可在他看来，壮阔绝伦的黄河又如何？他可以一苇渡航。

两国之间路途遥远又如何？他一个早上就能到达。

世人也许会笑他痴人说梦，可他们不会明白他此时此刻有多思念故国，有多想回家。

只要渡过眼前的这条黄河，他的家乡就到了。

这首《河广》是一首思归诗，全诗两章，每章四句，虽然内容简单，但诗人的感情激烈，诗中那些奇特的设问与夸张，令人拍案叫绝。

8.《伯兮》——女为悦己者容

伯[①]兮朅[②]兮，邦之桀[③]兮。伯也执殳[④]，为王前驱。
自伯之东，首[⑤]如飞蓬[⑥]。岂无膏沐[⑦]，谁适[⑧]为容[⑨]！
其雨其雨，杲杲[⑩]出日。愿言思伯，甘心首疾。
焉得谖草[⑪]，言树[⑫]之背[⑬]。愿言思伯，使我心痗[⑭]。

注释

①伯：兄弟姐妹中年长者称为伯，这里是指丈夫。

②朅（qiè）：威武的样子。

③桀：通“杰”，杰出。

④殳（shū）：一种兵器。

⑤首：头发。

⑥飞蓬：草。

⑦膏沐：妇女润发的油脂。

⑧适（dí）：取悦。

⑨为容：打扮。

⑩杲（gǎo）杲：明亮的样子。

⑪谖（xuān）草：忘忧草。

⑫树：这里用作动词，种树。

⑬背：屋子北面。

⑭痗（mèi）：忧思成病。

译文

我的丈夫很威猛，他是一个英雄。他手执长殳去从军，做了君王的前锋。

自从他去了东方，我的头发就一片散乱，不再打扮了。其实我不是缺少润发的油脂，而是我不知道我要打扮给谁看！

不管这天是下雨还是出太阳，我都一心想着丈夫，就算想到头痛也心甘情愿。

我要到哪里去找忘忧草？我要把它们种在屋子北面。我一心想着丈夫，都想到生病了。

赏析

她已经很久没有打扮了。

头发乱乱的，像飞蓬草一样，柳叶双眉也早已不描，那梳妆台已经蒙尘了。

自从她丈夫走后，她便一直这样。

女为悦己者容，直到今日，她才明白。

悦己者不在，她又哪来的心思去打扮呢？

不知他何时才能归来？

其实她该骄傲的，她的丈夫是好儿郎，是为国征战的英雄，在战场上英勇杀敌，拼尽全力冲在最前面，护卫祖国。

只是她实在想他呀，想到不管外面是刮风还是下雨，是打雷还是天晴，对她来说都已经没有区别！

不管他还要多久才能归来，她都一直在这里等他。

这首《伯兮》是一首思念的诗，写尽了妻子对远行出征的丈夫的思念。

全诗四章，每章四句，全以思妇的口吻来叙事抒情。全诗紧扣一个“思”字，描述细致，感情不断加深，情节一层层向前推进，那诗中强烈的艺术感染力一直震撼着几千年来的读者。

9.《有狐》——关山月冷，他可会冻着？

有狐[1]绥绥[2]，在彼淇[3]梁[4]。心之忧矣，之子[5]无裳[6]。
有狐绥绥，在彼淇厉[7]。心之忧矣，之子无带[8]。
有狐绥绥，在彼淇侧[9]。心之忧矣，之子无服[10]。

注释

①狐：狐狸，在这里比喻为男性。

②绥（suí）绥：慢走的样子。

③淇：卫国水名。

④梁：河梁。

⑤之子：这个人，那个人。

⑥裳（cháng）：下身的衣服。上曰衣，下曰裳。

⑦厉：水边浅滩。

⑧带：束衣的带子。

⑨侧：水边。

⑩服：衣服。

译文

那只狐狸在淇水的石桥上慢慢走，我好忧愁啊，因为你都没穿衣裳。

那只狐狸在淇水的浅滩上慢慢走，我好忧愁啊，因为你连一根系衣服的腰带都没有。

那只狐狸在淇水的河岸旁慢慢走，我好忧愁啊，因为你都没衣服穿。

赏析

深秋。

落叶萧瑟，黄花漫天。

一只弱小的狐狸，出没在淇水，孤独地行走着。

看狐狸那般形单影只地走着，她的泪湿了眼眶。

因为，眼前的这只狐狸让她想到了自己那久役在外的丈夫。

如今天变冷了，不知他有没有御寒的衣裳?

不知那关山月冷，他可会冻着?

这首《有狐》是一首情诗，是妻子担忧在外的丈夫没有御寒衣物的诗。全诗内容简单，却一唱三叹，每章只更换两个字，反复强化，却深刻地表达出了诗中女子对丈夫无穷无尽的担忧。

10.《木瓜》——木瓜和琼琚的爱情

投[①]我以木瓜[②]，报之以琼琚[③]。匪[④]报也，永以为好也[⑤]！

投我以木桃[⑥]，报之以琼瑶。匪报也，永以为好也！

投我以木李[⑦]，报之以琼玖。匪报也，永以为好也！

注释

①投：投送。

②木瓜：一种落叶灌木（或小乔木），蔷薇科，果实长椭圆形，色黄而香。

③琼琚（jū）：美玉，下文的“琼瑶”和“琼玖”，和它意思相同。

④匪：非。

⑤永以为好也：希望能永久相爱。

⑥木桃：果名，比木瓜小。

⑦木李：果名，又名木梨。

译文

你既然送我木瓜，那我就拿琼琚来回报你。不是为了刻意答谢你，希望我们能长久相爱。

你既然送我木桃，那我就拿琼瑶来回报你。不是为了刻意答谢你，希望我们能长久相爱。

你既然送我木李，那我就拿琼玖来回报你。不是为了刻意答谢你，希望我们能长久相爱。

赏析

他们的爱情很特别，是从那一只木瓜开始的。

她送他木瓜，他便送她琼琚。

她送他木桃，他便送她琼瑶。

她送他木李，他便送她琼玖。

旁人不知，他们并不是互换礼物，而是希望能天长地久，彼此相爱，相伴相随，直到白发苍苍。

他们的爱情，那只木瓜是最明白的。

这首《木瓜》非常有名，是传诵最广的《诗经》名篇之一。它是一首通过赠答来表达彼此深厚情意的诗作。

这首诗篇幅不长，可很有特色。诗人没有用《诗经》中最典型的句式“四字句”，而用这种句式造成了一种跌宕有致的韵味，读起来朗朗上口。

国风·王风

1.《黍离》——知我者，谓我心忧

彼黍[①]离离[②]，彼稷[③]之苗。行迈[④]靡靡[⑤]，中心[⑥]摇摇[⑦]。知我者，谓我心忧；不知我者，谓我何求。悠悠[⑧]苍天，此何人哉？

彼黍离离，彼稷之穗。行迈靡靡，中心如醉。知我者，谓我心忧；不知我者，谓我何求。悠悠苍天，此何人哉？

彼黍离离，彼稷之实。行迈靡靡，中心如噎[⑨]。知我者，谓我心忧；不知我者，谓我何求。悠悠苍天，此何人哉？

注释

①黍（shǔ）：一种农作物。

②离离：成排成行的样子。

③稷（jì）：一种粮食作物。

④行迈：前行。

⑤靡（mǐ）靡：步行缓慢的样子。

⑥中心：心中。

⑦摇摇：心中不安的样子。

⑧悠悠：遥远的样子。

⑨噎（yē）：无法喘息。

译文

那边的黍子一行行，稷苗也长得很旺。他慢腾腾地走在路上，心里却很忧伤。那些理解我的人，能明白我心中的忧伤。不理解我的人，还以为我在寻求什么。天啊，到底是谁害我们落得如此地步啊？

那边的黍子一行行，穗儿也在不停长大。他慢腾腾地走在路上，就像喝醉酒一样。那些理解我的人，能明白我心中的忧伤。不理解我的人，还以为我在寻求什么。天啊，到底是谁害我们落得如此地步啊？

那边的黍子一行行，穗儿也长得红彤彤的。他慢腾腾地走在路上，心中像被堵塞住了无法呼吸。那些理解我的人，能明白我心中的忧伤。不理解我的人，还以为我在寻求什么。天啊，到底是谁害我们落得如此地步啊？

赏析

他又踏上了那片土地。

曾经有多辉煌，如今就有多凋敝。

昔日的西周，那些歌舞升平，全部烟消云散了。

而今，只有绿油油的一片黍子在盛长。

他缓步行走在荒凉的小路上。

耳边不时拂过乌鸦叫，心里很惆怅。

刹那间，所有的情绪都被点燃了。

知我者，谓我心忧；不知我者，谓我何求！

这首《黍离》是一首有感于家国兴亡的诗歌。全诗三章，每章十句，三章的结构相同，都是用了同一个物象，只是通过在不同时间的表现，来完成时间的流逝和情景的转换，而诗中主人公的心情也变得越来越忧愁。于是，一个孤独的思想者成功浮现在了读者的眼前。

这首诗对后世的影响很大，“黍离”一词也成了历代文人感叹亡国时常用的一个典故。

2.《君子于役》——思念未归人

君子于[1]役[2]，不知其期[3]，曷[4]至[5]哉？鸡栖于埘[6]，日之夕矣，羊牛下来。君子于役，如之[7]何勿思！

君子于役，不日不月[8]，曷其有[9]佸[10]？鸡栖于桀[11]，日之夕矣，羊牛下括[12]。君子于役，苟[13]无饥渴！

注释

①于：往。

②役：服劳役。

③期：指服役的期限。

④曷（hé）：什么时候。

⑤至：归家。

⑥埘（shí）：墙壁上挖洞做成鸡窝。

⑦如之：对此。

⑧不日不月：指没法用日月来计算时间。

⑨有（yòu）：通“又”，再一次。

⑩佸（huó）：相会。

⑪桀：鸡栖木。

⑫括：来。

⑬苟：句首语气词，表示希望。

译文

我的丈夫去服役了，不知期限有多长，他什么时候才能回家呢？家里的鸡已经进了窝，太阳也已经下山了，牛羊都成群回到了圈里。丈夫在远方服役，我真的好思念他呀！

我的丈夫去服役了，时间无法用日、月来衡量，我们什么时候才能相会呢？鸡纷纷上架去休息了，太阳也西下了，牛羊都回到了家里。丈夫在远方服役，希望他不会饿肚肠呀！

赏析

夕阳西下，红透了半边天。

炊烟袅袅升起，飞鸟已经归林。

鸡鸭牛羊，也都纷纷回了各自的窝。

可她还在家门口等待。

每一分，每一秒，她都在想念。

邻人的丈夫归家了，一家人笑嘻嘻地吃着饭。

可她还在等待，还在思念。

她的丈夫，去了远方服役。

不知此刻，他可有吃上新鲜热乎的饭菜。

但愿他在战场上英勇杀敌，报效祖国，也能照顾好自己。

这首《君子于役》是一首思念的诗，诗人把女主角对丈夫的思念刻画得很真实，诗中的女主角看到牛羊归来，便联想到自己久役不归的丈夫，于是便展开了无尽的思念。

这首诗十分细腻委婉，读来令人难忘。

3.《君子阳阳》——春风沉醉，月下起舞

君子[1]阳阳[2]，左执簧[3]，右招我[4]由房[5]，其乐只且[6]！
君子陶陶[7]，左执翿[8]，右招我由敖[9]，其乐只且！

注释

①君子：指舞师。

②阳阳：得意的样子。

③簧：古代的一种吹奏乐器。

④我：舞师的同事。

⑤由房：由通“游”，房通“放”，游乐。

⑥只且：语气助词，没有实义。

⑦陶陶：快乐的样子。

⑧翿（dào）：歌舞所用的道具，用五彩的野鸡羽毛做成。

⑨由敖：舞曲名。

译文

那个舞师很开心，左手拿着笙簧，右手招我跳《由房》，我们两个都很快乐！

那个舞师很高兴，左手摇着羽旄，右手招我跳《由敖》，我们两个都很快乐！

赏析

那场歌舞很热闹。

他站在宴会中间，备受瞩目。

他左手拿着笙簧，仙乐飘飘，醉了在场的人儿。

不知他吹了多久，他忽然朝他招招手，让他和他一起跳《由房》和《由敖》。

他也是性情中人，况且今日，还饮了酒。

酒兴来了，自然是要好好跳一曲。

今夜，春风沉醉，百花归来，月色更是撩人。

温柔的月光破空照下，照亮了踏歌起舞的人儿，也照亮了在场的所有人。

这首《君子阳阳》是一首描写东周乐官奏乐歌舞的诗，全诗两章，每章四句，内容很简单，但是传递出来的意蕴很丰富，我们能感受到三千年前那场宴会的歌舞有多精彩。

4.《扬之水》——何时可归家？

扬[1]之水，不流[2]束薪[3]。彼其之子[4]，不与我[5]戍申[6]。怀[7]哉怀哉，曷[8]月予还归哉？

扬之水，不流束楚[9]。彼其之子，不与我戍甫[10]。怀哉怀哉，曷月予还归哉？

扬之水，不流束蒲[11]。彼其之子，不与我戍许[12]。怀哉怀哉，曷月予还归哉？

注释

①扬：缓慢的。

②不流：带不走。

③束薪：捆柴，比喻婚姻，这里指妻子。

④彼其之子：远方的那个人，这里指妻子。

⑤不与我：不和我一起。

⑥戍申：驻守申地。

⑦怀：思念。

⑧曷：何。

⑨束楚：成捆的荆条。

⑩甫：甫国。

⑪蒲：蒲柳。

⑫许：许国。

译文

小河水冲不走那成捆的木柴。那位远方的人儿，我的妻子啊，不能和我一起来驻守申地。我真的好想你啊，什么时候我才能回家呢？

小河水带不走那成捆的柴草。那位远方的人儿，我的妻子啊，不能和我一起守卫甫国的城堡。我真的好想你啊，什么时候我才能回家呢？

小河水流不走那成捆的蒲柳。那位远方的人儿，我的妻子啊，不能和我一起守卫许国的城池。我真的好想你啊，什么时候我才能回家呢？

赏析

他，已经很久没有回家了。

一天天，一月月，一年年。

时间如流水，就这样滔滔而去。

他不知道他还要在这里待多久，陪伴他的，只有朔风、飞雪、冷月、胡笳声。

还有眼前的这条小河。

那河沟里的水哗啦啦地流动，水面上不知何时出现了一捆捆柴草。

那些柴草又大又沉，那小小的河水根本就漂不起，自然也流不动。

看到这样的画面，他的心情更糟了。

他忽然觉得，自己就像那小河水，明明想流回故乡，却偏偏越流越远。

一切都是那么无能为力。

他好想念他的妻子。

这首《扬之水》是一首思念的诗歌，诗人是用远戍战士的口吻来写的。全诗三章，每章的内容基本相同。在诗歌的句式上，诗人采用了不整齐的句式，有三言、四言，也有五言和六言，句式的错综交错，让诗歌显得更加口语化，令人感到亲切朴实。

5.《中谷有蓷》——遇人不淑的伤痛

中谷[1]有蓷[2]，暵其乾矣[3]。有女仳离[4]，嘅其[5]叹矣。嘅其叹矣，遇人[6]之艰难矣！

中谷有蓷，暵其脩矣。有女仳离，条[7]其啸矣。条其啸[8]矣，遇人之不淑[9]矣！

中谷有蓷，暵其湿[10]矣。有女仳离，啜[11]其泣矣。啜其泣矣，何嗟及矣[12]！

注释

①中谷：山谷之中。

②蓷（tuī）：益母草。

③暵（hàn）其乾矣：天气大旱，树木枯干了。

④仳（pǐ）离：妇女被夫家抛弃逐出家门。仳，分别。

⑤嘅（kǎi）其：感叹。

⑥遇人：所遇见的人，这里指自己的丈夫。

⑦条：深长。

⑧啸：呼叫。

⑨不淑：不善，不好。

⑩湿：将要晒干的样子。

⑪啜：抽泣的样子。

⑫何嗟及矣：悲叹，悔恨莫及。

译文

山谷中的益母草，因为天气大旱全部都枯死了。她被丈夫抛弃了，既伤心又苦恼。她既伤心又苦恼，嫁错人就是这样备受煎熬啊！

山谷中的益母草，因为天气大旱全部都枯萎了。她被丈夫抛弃了，她仰天长叹。她仰天长叹，嫁错人就是这么苦恼啊！

山谷中的益母草，因为天气大旱全部都枯焦了。她被丈夫抛弃了，一直哭个不停。她一直哭个不停，感到追悔莫及，只能空叹息。

赏析

她从没想到，有一天她竟然会被他抛弃。

仿佛昨天他们二人还你侬我侬，他还对她说着山盟海誓。

言犹在耳，可人早已不是旧时人了。

不过一转眼的工夫，她就被他抛弃了，她成了一个弃妇。

她来到这山谷中，觉得那显眼的益母草与她倒挺像。

因为天气大旱，久不下雨，那些益母草或枯萎，或枯焦，甚至，枯死。

它们，多么像此时此刻的她。

不！她比那些益母草还要惨，因为它们还可以留在这山谷中，可她却无家可回，无路可退。

假如时光可以倒流，她宁愿此生从未遇见过他。

这首《中谷有蓷》是一首弃妇诗，全诗三章，每章六句，以益母草干枯起兴，抒发了弃妇内心深处的苦楚和慨叹。感情层层加深，极具感染力。

6.《兔爰》——不如乘风归去

有兔爰爰[①]，雉离[②]于罗[③]。我生之初，尚无为[④]；我生之后，逢此百罹[⑤]。尚寐无吪[⑥]！

有兔爰爰，雉离于罦[⑦]。我生之初，尚无造[⑧]；我生之后，逢此百忧。尚寐无觉[⑨]！

有兔爰爰，雉离于罿[⑩]。我生之初，尚无庸[⑪]；我生之后，逢此百凶。尚寐无聪[⑫]！

注释

①爰（yuán）爰：悠然自得的样子。

②离：遭难。

③罗：罗网。

④为：徭役。

⑤罹：祸患。

⑥无吪（é）：不说话。

⑦罦（fú）：一种装有机关的捕鸟兽的网。

⑧造：劳役。

⑨觉：醒过来。

⑩罿（chōng）：捕鸟兽的网。

⑪庸：劳役。

⑫聪：听。

译文

野兔悠闲自在，山鸡被网住了却很悲惨。在我刚出生的时候，没有徭役也没有灾难。可自从我出生之后，却遭遇了那么多苦难。我真想长睡，把嘴巴闭起！

野兔悠闲自在，山鸡被网住了却很悲惨。在我刚出生的时候，人们根本不用服劳役。可自从我出生之后，却遭受了数不清的忧患。我真想长睡，把眼睛合起！

野兔悠闲自在，山鸡被网住了却很悲惨。在我刚出生的时候，人们不用服劳役。可自从我出生之后，却遇见了数不清的灾祸。我真想长睡，把耳朵塞好！

赏析

无人知晓，他有多怀念过去的那个时代。

那时，没有徭役，也没有劳役。

那时，人们可以自由自在地生活。

可如今，细想起来，自从他出生后，他就一直遭遇各种灾难。

为何他会生在这样的时代？

不如乘风归去，不如长睡不醒。

这首《兔爰》是一个生活不如意的人的自诉诗。全诗三章，每章七句，每章开头两句都以兔、雉作比，以此来比喻自己生不逢时，中间四句，则都是以“我生之初”与“我生之后”做对比，表现出诗中男子对过去的怀恋和对现在的极度厌恶。这首诗的张力很强，读来令人感叹。

7.《葛藟》——他是天地间的孤儿

绵绵①葛藟②，在河之浒③。终④远⑤兄弟，谓他人父。谓他人父，亦莫我顾⑥。

绵绵葛藟，在河之涘⑦。终远兄弟，谓他人母。谓他人母，亦莫我有⑧。

绵绵葛藟，在河之漘⑨。终远兄弟，谓他人昆⑩。谓他人昆，亦莫我闻⑪。

注释

①绵绵：延长不断。

②葛藟（lěi）：藤类蔓生植物。

③浒（hǔ）：水边。

④终：既然。

⑤远：远离。

⑥顾：照顾。

⑦涘（sì）：水边。

⑧有：关爱。

⑨漘（chún）：河岸。

⑩昆：哥哥。

⑪闻：友好。

译文

葛藤很长，爬到河边湿地上。他和兄弟骨肉们都已离散，就是叫别人爹爹，人家也不会照看他啊。

葛藤很长，爬到河边陆地上。他和兄弟骨肉们都已离散，就是叫别人妈妈，人家也不会心生怜悯，慈爱地关怀他啊。

葛藤很长，爬到河边陆地上。他和兄弟骨肉们都已离散，就是叫别人哥哥，人家也不会体恤他啊。

赏析

他成了无家可归的人。

此时的他，是天地间的孤儿。

他流落到黄河边，他看到河边的葛藤十分茂盛。

它们绵绵不断的景象瞬间刺痛了他的眼，葛藤还有家人相依，可他呢？

他和兄弟姐妹早已失散，如今流落他乡，六亲无靠。

为了生存，他不得不乞求于人，他甚至叫别人“爹娘”！

可即便如此，他也没有得到别人的一丝怜悯，甚至还受尽了屈辱。

原来，他已经变成了一个彻底的孤儿了。

这首《葛藟》是一个流浪者发出的怨诗。全诗三章，每章六句，内容简单，语言质朴，却表现出了诗中男子飘零的凄苦和世情的冷漠，读来令人心酸。

8.《采葛》——一日不见，如隔三秋

彼采[1]葛[2]兮，一日不见，如三月兮！
彼采萧[3]兮，一日不见，如三秋[4]兮！
彼采艾[5]兮，一日不见，如三岁[6]兮！

注释

①采：采集。

②葛：葛藤。

③萧：艾蒿，有香气，古时用来祭祀。

④三秋：三个秋季。

⑤艾：艾草。

⑥岁：年。

译文

那个采葛藤的姑娘，我如果一天没有看到她，就好像三个月没有见面！

那个采艾蒿的姑娘，我如果一天没有看到她，就好像三个秋季没有见面！

那个采艾草的姑娘，我如果一天没有看到她，就好像整整三年没有见面！

赏析

他在思念她。

不知此时此刻，他的心上人在做什么。

想来她一定是在山间吧。不知她是在采葛藤，在采艾蒿还是在采艾草呢？

他越来越想她了。

从前是一天没有看到她，就好像三个月没有见面，如今已变成了一日不见，他就像整整三年都没有见到她！

旁人都说他疯魔了，可他也是没有办法呀。

他这一生从未这样爱过一个女子，他的心，今生今世，都只能给她一人了。

这首《采葛》是一首标准的相思诗。全诗三章，每章三句，诗人用了夸张的手法描写了男主角的心理活动。

整首诗很简单，只是直截了当地表白自己的思念，然而这首简单的诗却流传了千古，因为诗中的艺术感染力很强，诗人说“一日不见，如三月兮，如三秋兮，如三岁兮”，这些话是极度夸张的，虽然看上去是在“胡言乱语”，但却是恋人的心里话，所以三千多年后，依然能引人共鸣。

9.《大车》——生同衾，死同椁

大车槛槛①，毳衣②如菼③。岂不尔④思？畏子⑤不敢。
大车啍啍⑥，毳衣如璊⑦。岂不尔思？畏子不奔⑧。
穀⑨则异室⑩，死则同穴⑪。谓予⑫不信，有如皦⑬日。

注释

①槛（kǎn）槛：车辆行驶的声音。

②毳（cuì）衣：毛织成的衣服。

③菼（tǎn）：芦苇。

④尔：你。

⑤子：指女子所爱的男子。

⑥啍（tūn）啍：车行走缓慢的样子。

⑦璊（mén）：原指红色的美玉，这里比喻红色的车篷。

⑧奔：私奔。

⑨穀（gǔ）：活着。

⑩异室：两地分居。

⑪同穴：合葬在同一个墓穴。

⑫予：我。

⑬皦（jiǎo）：白，明亮。

译文

大车走过声音很响，他穿着青色的毛衣像初生的芦苇。难道我不想你吗？我是怕你没有胆量和我相爱。

大车慢慢地往前走，他穿着红色的衣服像美玉。难道是我不想你吗？我是怕你不敢和我私奔。

我们如果活着不能结婚，那我们死后也要埋在一个墓穴里。如果你不相信我说的话，那就让太阳来为我做证吧！

赏析

他决定带她一起私奔。

在世人看来，他与她成婚是不成体统的。

因为他的家世太过显赫，而她出生普通，父母早已为他相中了门当户对的女子。可他根本不爱那女子，他早已有了心仪的女子，此生，他非她不娶。

今日是个好日子，他坐在一辆青色车篷的大车上，一路奔驰着。

车声隆隆，他的心亦是跳个不停。

他知道，他心爱的她，必定不会拒绝。

他们早已心心相印。

更因为，他早已为了她指天发誓，这一辈子非她不娶。

他与她，即使生不能同床，死后也要同穴。

这首《大车》是一首爱情诗，诗中的主人公为了争取自己的婚姻自由，决定和心上人一起逃跑。全诗三章，每章四句，语言简明，故事简单，可诗中传递出的那份坚定不移的爱情光芒却很震撼。

10.《丘中有麻》——我在等风，也在等你

丘中有麻[①]，彼留[②]子嗟[③]。彼留子嗟，将[④]其来施施[⑤]。
丘中有麦，彼留子国[⑥]。彼留子国，将其来食[⑦]。
丘中有李，彼留之子。彼留之子，贻[⑧]我佩玖[⑨]。

注释

①麻：大麻，草本植物。

②留：停留、留住。

③子嗟：人名，也有说是对诗中男子的尊称。

④将（qiāng）：请。

⑤施施：行走舒缓的样子。

⑥子国：人名。

⑦食：吃饭。

⑧贻：赠。

⑨佩玖：黑色佩玉。

译文

山坡上有一片麻田，我想让子嗟留下。子嗟，请你留下啊，我在等你来相会。

山坡上有一片麦田，我在等子国来约会。子国，你快来吧，我在等你一起来吃饭。

山坡上有一片李树，我在等这个人来约会。我的爱人，请你快来吧，我现在还戴着你送给我的佩玉呢。

赏析

她永远都记得那片大麻地。

还有那片麦田垅间，还有那李子树下。

因为那里，是她与他的定情之所呀。

他送她的佩玖，她日日都不曾离身。

因为那佩玖，在她眼里，就代表着他呀。

她在等他来。

她也在等他来迎娶她。

她这辈子只想和他一起白头偕老。

这首《丘中有麻》是一首情诗，主要讲述了诗中的女子和她的有情郎定情的过程。全诗三章，每章四句，故事很简单，诗中的情绪却很热烈大胆，读完全诗，两人的情深意绵似乎还能跃然纸上。

国风·郑风

1.《缁衣》——一针一线的情意

缁衣[①]之宜[②]兮，敝[③]，予又改为兮。适[④]子之馆[⑤]兮，还，予授子之粲[⑥]兮。

缁衣之好[⑦]兮，敝，予又改造兮。适子之馆兮，还，予授子之粲兮。

缁衣之席[⑧]兮，敝，予又改作兮。适子之馆兮，还，予授子之粲兮。

注释

①缁（zī）衣：黑色的朝服。

②宜：合适，这里指衣服合身。

③敝：坏。

④适：往。

⑤馆：官署，客舍。

⑥粲（càn）：餐，饭食。

⑦好：指缁衣美好。

⑧席：宽大舒适。

译文

你穿上那黑色的礼服很得体，衣服破了，我就再给你做一件像样的衣衫。我送到你任职的官府，等你回家来，我再把精美丰盛的晚餐献给你。

你穿上那黑色的礼服很美好，衣服破了，我就再给你做一件像样的罩袍。我送到你任职的官府，等你回家来，我再把精美丰盛的晚餐献给你。

你穿上那黑色的礼服很舒展，衣服破了，我就再给你做一件像样的罩衫。我送到你任职的官府，等你回家来，我再把精美丰盛的晚餐献给你。

赏析

她的丈夫是卿大夫，按照规矩，他去官署理事，要穿上黑色的朝服。

而他的朝服，是她为他亲手一针一线缝制的。

他是她最亲最爱的枕边人，所以她为他做的朝服自然是最合体的。

如果这件朝服破旧了，她还会给他做新的。

旁人看来，他们太过恩爱。

但其实，这就是他们的生活日常。

这首《缁衣》写尽了女主人公对丈夫无微不至的体贴。全诗三章，每章四句，主要写了女主人公为丈夫制作朝服，虽然是简单的一件事，却表现出了她的一往情深，诗中传递出的一针一线的情意，令人感动。

2.《将仲子》——就算相思，也要克制

将[①]仲子[②]兮，无窬[③]我里[④]，无折我树[⑤]杞[⑥]。岂敢爱[⑦]之？畏我父母。仲可怀[⑧]也，父母之言亦可畏也。

将仲子兮，无窬我墙，无折我树桑。岂敢爱之？畏我诸兄。仲可怀也，诸兄之言亦可畏也。

将仲子兮，无窬我园，无折我树檀[⑨]。岂敢爱之？畏人之多言。仲可怀也，人之多言亦可畏也。

注释

①将（qiāng）：请。

②仲子：诗中男子的名字。

③窬（yú）：通“逾”，翻越。

④里：院子。

⑤树：种植。

⑥杞（qǐ）：木名，即杞柳。

⑦爱：吝惜。

⑧怀：思念。

⑨檀：檀树。

译文

我的仲子哥啊，你千万不要翻越我家的门啊，不要折了我种的杞树。我不是舍不得杞树啊，而是害怕我的父母。虽然我真的很牵挂你，但父母的话也让我害怕。

我的仲子哥啊，你千万不要翻越我家的围墙啊，不要折了我种的桑树。我不是舍不得桑树啊，而是害怕我的兄长。虽然我真的很牵挂你，但兄长的话也让我害怕。

我的仲子哥啊，你千万不要翻越我家的菜园啊，不要折了我种的檀树。我不是舍不得檀树啊，而是害怕邻居非议。虽然我真的很牵挂你，但邻居的流言蜚语也让我害怕。

赏析

她怕极了。

因为他，她最心爱的情郎告诉她，他想要翻墙过园，前来与她相会。

虽然她和他一样，早已相思成疾。

可她的理智告诉她，她必须拒绝。

因为他若真这么做了，那等待他们二人的，便是父母和邻居无尽的责骂呀。

人活在这世上，终归是没有办法完全独善其身的。

她只能告诉他再等等，他怕是要怪她吧。

秋风起了，她仍在风中惆怅……

这首《将仲子》是一首情诗。全诗三章，每章八句，诗句很有特色，因为整首诗都是由内心独白式的句子构成的。女主人公那种又爱又怕的情态，拂面而来。

3.《叔于田》——最优秀的猎人

叔[①]于[②]田[③]，巷[④]无居人。岂无居人？不如叔也。洵[⑤]美且仁[⑥]。

叔于狩[⑦]，巷无饮酒[⑧]。岂无饮酒？不如叔也。洵美且好[⑨]。

叔适[⑩]野[⑪]，巷无服马[⑫]。岂无服马？不如叔也。洵美且武[⑬]。

注释

①叔：古代兄弟次序为伯、仲、叔、季，年纪小的人统称为叔，这里是指年轻的猎人。

②于：去，往。

③田：通“畋（tián）”，打猎。

④巷：小路。

⑤洵（xún）：确实。

⑥仁：仁爱。

⑦狩：冬猎，这里是田猎的统称。

⑧饮酒：喝酒。

⑨好：品质好。

⑩适：到……去。

⑪野：郊外。

⑫服马：骑马。

⑬武：英武。

译文

叔出门去打猎了，整个巷子里就像没住人一样。难道真的是没住人吗？其实是没人能和英俊又仁爱的叔相比。

叔出门去打猎了，整个巷子里没人在喝酒。难道真的是没人在喝酒吗？其实是没人能和英俊又清秀的叔相比。

叔骑马去郊外了，整个巷子里没人骑马。难道真的是没人骑马吗？其实是没人能和英俊威武的叔相比呀。

赏析

那个男子英俊潇洒，高大威武，骑术过人，狩猎功夫也过人。

在他的心上人看来，他是这天下最优秀的男子，无人能及。

旁人都笑话她被爱情冲昏了头脑，可她却不以为意。

没办法，爱情就是这么不可思议。

爱上他后，整个世界仿佛都因为他而更有魅力了。

这首《叔于田》是一首赞美青年猎人的诗。全诗三章，每章五句，诗人除了运用《诗经》中常见的章段复沓的布局外，还用了设问自答、对比、夸张等艺术手法，那诗中高大威武的人物形象也呼之欲出了。

4.《大叔于田》——他比老虎还威猛

叔于田[①]，乘乘[②]马。执辔[③]如组[④]，两骖[⑤]如舞。叔在薮[⑥]，火烈[⑦]具[⑧]举[⑨]。袒裼[⑩]暴[⑪]虎，献于公所。将[⑫]叔勿狃[⑬]，戒[⑭]其伤女[⑮]。

叔于田，乘乘黄[⑯]。两服[⑰]上襄[⑱]，两骖雁行。叔在薮，火烈具扬。叔善射忌[⑲]，又良御[⑳]忌。抑磬控[㉑]忌，抑纵送[㉒]忌。

叔于田，乘乘鸨[㉓]。两服齐首[㉔]，两骖如手[㉕]。叔在薮，火烈具阜[㉖]。叔马慢忌，叔发罕[㉗]忌。抑释掤[㉘]忌，抑鬯[㉙]弓忌。

注释

①田：通“畋（tián）”，打猎。

②乘乘（chéng shèng）：第一个乘是动词，第二个乘是名词。一车四马叫一乘。

③辔（pèi）：嚼子和缰绳。

④组：编织丝带。

⑤骖（cān）：四马中外侧两边的马。

⑥薮（sǒu）：沼泽。

⑦烈：放火烧草，隔断野兽的逃路。

⑧具：通“俱”。

⑨举：起。

⑩襢裼（tǎn tì）：脱掉衣服。

⑪暴：通“搏”，搏斗。

⑫将（qiāng）：愿。

⑬狃（niǔ）：大意。

⑭戒：防备。

⑮女（rǔ）：通“汝”，指叔。

⑯黄：黄马。

⑰服：四马中间的两匹。

⑱襄：通“骧”，驾车。

⑲忌：语气词，表赞美。

⑳良御：精通驾马。

㉑磬（qìng）控：勒住马。

㉒纵送：放马奔跑。

㉓鸨（bǎo）：花马。

㉔齐首：齐头并进。

㉕如手：指驾马技术熟练。

㉖阜：旺盛。

㉗罕：稀少。

㉘掤（bīng）：箭筒盖。

㉙鬯（chàng）：弓囊。

译文

叔乘着四匹马拉的大车，出门去打猎。他抖动着马缰，驾驭的马儿像在舞蹈。他在草木丰茂的大泽驻马，四周驱兽的大火熊熊燃烧。他徒手搏猛虎，将猎物献给公府。我希望他要小心，不要让猛虎伤害到自己。

叔乘车去猎场，那拉车的四匹大马全都毛色金黄。马儿努力奔跑，如雁排行。他走到草丛中，四面驱兽的大火烈焰飞扬。大叔很厉害，不仅擅长射箭，也能驾驭马车。他时而驰骋时而勒缰，时而射箭时而骑马奔向前方。

叔去野外打猎，那拉车的四匹马很漂亮。他骑马的水平很高超，他在大泽中驻马，四面驱兽的大火还没有烧完。本来狂奔着的马儿忽然放慢速度，他射箭的频率也跟着降下来了。他打开箭筒盖，把宝雕弓放进袋子里装好。

赏析

他的恋人是一位深藏不露的青年猎手。

烈火熊熊燃烧着，那头猛虎被堵在深草之地。

只有他在和那头虎较量。

他脱去了上衣，火光照亮了他的脸和身。

那火光也照亮了那头准备拼死相搏的困兽。

她躲在暗处，根本没有看清他是如何出手的。

几乎是眨眼间，那头虎骤然倒地了。

而他，毫发无伤。

这首《大叔于田》是赞美青年猎人的诗。全诗三章，每章十句，诗人生动地描写了打猎的具体场面，成功塑造了一个能骑善射的青年猎手形象。

5.《清人》——好大喜功是昏庸

清人[1]在[2]彭[3]，驷介[4]旁旁[5]。二矛[6]重英[7]，河上乎翱翔[8]。

清人在消[9]，驷介麃麃[10]。二矛重乔[11]，河上乎逍遥[12]。

清人在轴[13]，驷介陶陶[14]。左旋[15]右抽[16]，中军[17]作好[18]。

注释

①清人：指郑国大臣带领的清邑的士兵。

②在：驻守。

③彭：地名。

④驷（sì）介：四匹一等马。

⑤旁旁：强壮的样子。

⑥二矛：酋矛、夷矛，兵器。

⑦重（chóng）英：做装饰的红缨。

⑧翱（áo）翔：游戏的样子。

⑨消：地名。

⑩麃（biāo）麃：威武的样子。

⑪乔：矛上的装饰物。

⑫逍遥：悠闲。

⑬轴：地名。

⑭陶陶：马疾驰的样子。

⑮旋：转车。

⑯抽：拔刀。

⑰中军：军中。

⑱作好：姿态美好。

译文

清邑军队在彭驻守，驷马披甲很威风。车上的两矛都装饰着璎珞，军队在黄河边上游荡。

清邑军队在消驻守，驷马披甲很威武。车上的两矛都装饰着野鸡毛，军队在黄河边上很逍遥。

清邑军队在轴驻守，驷马披甲，马儿跑得很快。士兵们左转身子右拔刀，做好随时能去打仗的准备。

赏析

郑国的百姓都讨厌他。

虽然他是郑国的最高统治者——郑文公，但是他昏庸无道，导致军心涣散。

狄人侵犯卫国，卫国在黄河以北，而郑国在黄河以南，他怕狄人渡过黄河入侵郑国，就派他最讨厌的大臣高克带领清邑的士兵去防御狄人。

时间一天天过去，可他却不把高克的军队召回，而是放任他们在驻地无所事事，整天游逛。

最后，军纪败坏，郑国的大军终于溃散而归。

这首《清人》是一首讽刺诗，讽刺了郑文公不爱惜民众，最终动摇了军心。全诗三章，每章四句，用反复咏叹的手法，大大增强了诗歌的气势。

6.《羔裘》——衣如其人

羔裘[①]如濡[②]，洵[③]直且侯[④]。彼其[⑤]之子，舍命[⑥]不渝[⑦]。
羔裘豹饰[⑧]，孔武[⑨]有力。彼其之子，邦之司直[⑩]。
羔裘晏[⑪]兮，三英[⑫]粲[⑬]兮。彼其之子，邦之彦[⑭]兮。

注释

①羔裘：羔羊皮裘，古大夫的朝服。

②濡（rú）：润泽。

③洵（xún）：的确。

④侯：美。

⑤其：语助词。

⑥舍命：舍弃生命。

⑦渝：变。

⑧豹饰：用豹皮来装饰皮袄的袖口。

⑨孔武：很勇武。

⑩司直：负责正人过失的官吏。

⑪晏：鲜艳的样子。

⑫三英：装饰袖口的三道豹皮镶边。

⑬粲（càn）：鲜艳。

⑭彦：人才。

译文

他穿着柔软有光泽的羔羊皮袄，为人正直品德好。他是一个宁愿丢生命也不变节的人啊。

他穿着有豹皮装饰袖口的羔羊皮袄，为人勇武豪气。他是一个人能帮人改过的人啊。

他穿的羔羊皮袄光鲜亮丽，三道豹皮装饰很显眼。他是一个人称得上“国之栋梁”的人啊。

赏析

她的丈夫是卿大夫，穿着羔裘皮袄上朝。

那羔裘皮袄很光鲜亮丽，皮毛质地润泽光滑，就连袍子上的豹皮装饰也是极其讲究的。

这羔裘皮袄与他很配。

因为好马配好鞍，而她的丈夫是国之栋梁，正直无私，与这羔裘皮袄相映生辉。

这首《羔裘》是赞美正直官吏的诗。全诗三章，每章四句，诗人以衣喻人，从羔裘皮袄朝服的质地、装饰等联想到这位官员的品德、才能，这个比喻很高明，也很自然。

7.《遵大路》——那场幻灭的昨日旧梦

遵①大路兮，掺②执子之袪③兮，无我恶④兮，不寁⑤故⑥也！
遵大路兮，掺执子之手兮，无我䰿⑦兮，不寁好⑧也！

注释

①遵：沿着。

②掺（shǎn）：拉住。

③袪（qū）：袖口。

④恶（è）：讨厌。

⑤寁（zǎn）：忘记。

⑥故：故人，旧情。

⑦䰿（chǒu）：通“丑”。

⑧好（hào）：情好。

译文

我沿着大路跟你走，双手拽住你的衣袖。请你不要嫌弃我，不要忘了我们从前的情意啊！

我沿着大路跟你走，紧紧握住你的手。请你不要嫌我丑，不要忘了我们从前的情意把我丢弃啊！

赏析

她被遗弃了。

那日秋风萧瑟，她在路上走着。

忽然，眼前闪过一道熟悉的人影。

那是她的丈夫。

他也看到她了，只是那眼神就像在看一个陌生人，目光冰冷，没有一丝暖意。

那一刻，她崩溃了。

所有的委屈、不甘、痛苦、挣扎，全部涌上心头。

她在哭诉，她在叫唤。

一遍遍，重复着一句话："难道我们这么多年的夫妻恩爱都是梦吗……"

他偏偏无动于衷。

原来昨日旧梦，纵然灿烂如烟火，终究还是幻灭了。

这首《遵大路》是一首弃妇诗，主要写了一个弃妇在路上与丈夫相遇了，并恳求他顾念旧情。全诗两章，每章四句，语言朴实自然，把女子拽着男子衣袖，苦苦哀求的画面表现得淋漓尽致。

8.《女曰鸡鸣》——琴瑟在御，和你一起老去

女曰鸡鸣，士曰昧旦[①]。子兴[②]视夜[③]，明星[④]有烂。将翱将翔[⑤]，弋[⑥]凫[⑦]与雁。

弋言[⑧]加[⑨]之，与[⑩]子宜[⑪]之。宜言饮酒，与子偕老。琴瑟在御[⑫]，莫不静好[⑬]。

知子之来[⑭]之，杂佩[⑮]以赠之。知子之顺[⑯]之，杂佩以问[⑰]之。知子之好[⑱]之，杂佩以报之。

注释

①昧旦：天快要亮的时候。

②兴：起。

③视夜：察看天色。

④明星：启明星。

⑤将翱将翔：到了破晓时分，宿鸟将出巢飞翔。

⑥弋（yì）：射。

⑦凫：野鸭。

⑧言：语气助词。

⑨加：射中。

⑩与：为。

⑪宜：烹饪。

⑫御：弹奏。

⑬静好：安好。

⑭来：慰劳。

⑮杂佩：古人佩戴的装饰物。

⑯顺：体贴。

⑰问：赠送。

⑱好（hào）：爱恋。

译文

妻子说："你听，公鸡已经开始鸣唱。"

丈夫说："天还没有亮。你不信的话，可以起床看看天色，现在启明星还在闪光。鸟儿正在空中飞翔，我去射些鸭雁带回来给你吃吧。"

妻子说："好呀，如果你把野鸭大雁射下来了，那我就为你做一桌子好菜。我们一边吃美味，一边饮酒，我们要一起白头偕老。我弹琴你鼓瑟，永远和谐美满地生活下去。"

丈夫说："我知道你对我很关怀，所以我把这个杂佩送给你来表达我对你的爱。我知道你对我很体贴，所以我把这个杂佩送给你来表达谢意。我明白你对我的真情，所以我把这个杂佩送给你来表同心呀。"

赏析

鸡鸣破晓。

她伸了个懒腰，轻轻摇了摇身边的丈夫，告诉他该起床了。

可是他却还在睡梦中，说这会儿启明星还亮着呢。

她忍不住对他撒娇，坚定地告诉他：“宜言饮酒，与子偕老。琴瑟在御，莫不静好。”

她这是在对他表决心呀。

她明确告诉他，她想要和他一起携手，共赴白头。

听了这话，他既感动也很感慨。

他自然能明白她的心意。

他又有什么理由再贪睡呢？

他自然要给她创造更美好的生活。

他没有多想，将贴身的杂佩赠予她。

他知道，聪慧如她，必定明了他的心意。

《女曰鸡鸣》是一首甜蜜的爱情诗，全诗三章，每章六句，通过夫妻对话的形式，完美地表现出了和睦的家庭生活和夫妻间真挚的爱情。

对话由短到长，节奏逐渐加快，情感也慢慢变得热烈，一幕灵动的生活剧，浮现在了读者眼前，读来情趣盎然。

9.《有女同车》——她比木槿花还要美丽

有女同车[①]，颜如舜华[②]。将翱将翔[③]，佩玉琼琚[④]。彼美孟姜[⑤]，洵[⑥]美且都[⑦]。

有女同行，颜如舜英。将翱将翔，佩玉将将[⑧]。彼美孟姜，德音[⑨]不忘。

注释

①同车：同乘一辆车。

②舜华（huā）：木槿花。

③将翱将翔：形容女子步履轻盈。

④琼琚：指珍美的佩玉。

⑤孟姜：姜姓长女。

⑥洵：实在。

⑦都：娴雅。

⑧将（qiāng）将：即“锵锵”，佩玉互相碰击的声音。

⑨德音：美好的声誉。

译文

姑娘和我同乘一辆车，她的容貌就像木槿花一样美丽。她体态轻盈如飞鸟，身上的佩玉都泛着光芒。她是美丽的姜姑娘，确实是美丽又娴雅的美人。

姑娘和我一路相伴，她的容貌就像木槿花一样美丽。她体态轻盈如飞鸟，佩玉相撞的声音很悦耳。她是美丽的姜姑娘，美好的声誉令人难忘。

赏析

时光潺湲，如流而去，转眼间，已是夏秋交替之际了。

那风中的木槿花正开得绝美。

他在这个木槿花开的时节，邂逅了如木槿花一样美丽的她。

他们被缘分牵引，同乘一辆车。

出身贵族的他，见过无数的美人，可偏偏只有她令他心动。

她身姿轻盈，芙蓉如面柳如眉，一步一袅，环佩叮当。

她虽然是个难得一见的美人，可最吸引他的，不是她的美貌，而是她的娴雅风度和高尚美德。

如果能和她共度此生，那他的人生便没有遗憾了吧。

这首《有女同车》是一首贵族男女的恋歌。全诗两章，每章六句，故事简单，但诗人却用寥寥几笔，写活了一个姿容出众的美人和一个痴情的少年郎。

这首诗中对于美人的描写，对后世的影响很大。宋玉《神女赋》的“婉若游龙乘云翔”、曹植《洛神赋》的“翩若惊鸿”等句，都是源于此。

10.《山有扶苏》——嫣然生华，一如初见

山有扶苏[①]，隰[②]有荷华[③]。不见子都[④]，乃见狂[⑤]且[⑥]。
山有桥[⑦]松，隰有游龙[⑧]。不见子充[⑨]，乃见狡童[⑩]。

注释

①扶苏：树木名。

②隰（xí）：洼地。

③荷华：荷花。

④子都：古代的美男子。

⑤狂：狂妄的人。

⑥且（jū）：句末的语气助词。

⑦桥：通“乔”，高大。

⑧游龙：水草名，水荭。

⑨子充：古代良人名。

⑩狡童：轻浮的少年。

译文

山上有茂盛的扶苏，池里有美丽的荷花。我没见到美男子，偏偏遇见了一个轻狂的人。

山上有挺拔的青松，池里有丛生的水荭。我没见到好男儿，偏偏遇见了一个轻浮的少年。

赏析

扶苏茂盛，青松挺拔。

风动荷花香，水荭在风中不停摇曳生姿。

她和他相约见面。

她以为这次他总要比从前聪明些了。

可是他还和从前一样，头脑愚钝，似乎完全听不懂她的话外之音。

她恼了，一跺脚，转身就要离去。

他见她这般，总算开了点窍。

她终于笑了，那笑容极明媚。

嫣然生华，一如初见。

这首《山有扶苏》是描写男女约会时女子对男子俏骂的诗歌。全诗两章，每章四句，充满了调侃的意味，女子的笑骂中蕴含着她对男子深厚的爱。读完全诗，女子的那种清新活泼跃然纸上。

11.《萚兮》——秋天里的对歌

萚①兮萚兮，风其②吹女③。叔兮伯兮④，倡⑤予和⑥女。
萚兮萚兮，风其漂⑦女。叔兮伯兮，倡予要⑧女。

注释

①萚（tuò）：脱落的木叶。

②其：助词，无义。

③女（rǔ）：通“汝”，你，指树叶。

④叔兮伯兮：叔、伯原指兄弟的排行，这里指众位小伙子。

⑤倡：通“唱”。

⑥和（hè）：跟着唱。

⑦漂：通“飘”，吹动。

⑧要（yāo）：相约。

译文

落叶不停往下掉，秋风把你吹起。今天来的小伙子啊，我先唱，然后你们再和啊。

落叶不停往下掉，秋风把你吹起。今天来的小伙子啊，我先唱，然后你们再跟我一起唱啊。

赏析

是深秋了。

落叶飞舞，落花缤纷。

那里却很热闹，感觉不像是秋天，反而像是阳春三月。

因为那里聚集了一群青年男女，他们在对歌。

女子先唱，男子再随之相和。

歌声从轻快到激烈，回环往复。

歌声中的那份朝气，洋溢着春天的光芒。

歌，向来为演唱者的心声。

他们的歌声自然、简单，却特别有穿透力，如那山涧深处的清泉，也如花瓣上的露珠，晶莹剔透、不染尘俗。

这首《萚兮》是一首描述少年男女唱和山歌的小诗。全诗两章，每章四句，故事简单，语言活泼，可整首诗的表现力却很强。

12.《狡童》——失恋之歌

彼[①]狡童[②]兮，不与我言兮。维[③]子之故，使我不能餐[④]兮。
彼狡童兮，不与我食[⑤]兮。维子之故，使我不能息[⑥]兮。

注释

①彼：那。

②狡童：狡猾的男子，是戏谑之语。

③维：因为。

④不能餐：吃不下饭。

⑤食：一起吃饭。

⑥息：安稳入睡。

译文

你这个狡猾的男人，为什么不和我说话？都是因为你，才害得我饭也吃不下。

你这个狡猾的男人，为什么不和我一起吃饭？都是因为你，才害得我睡不好觉。

赏析

她失恋了。

准确地说，她在和他赌气！

她没想到，这一次，他竟然会这么久都不和她联系。

她整日待在家里，不出门，也不多说话，吃不下饭，睡不好觉。

这一切，都是因为他！

因为他，她的心绪已乱，再也没办法回到从前，自然，也再也找不回从前那份平和的心境了。

夜又深了，她独自在窗下，抬头凝望月光。

那月色依旧撩人，可曾陪她一同赏月的人，却不知道是否还能回来……

这首《狡童》是一首女子失恋的诗歌。全诗两章，每章四句，诗人通过循序渐进的结构，刻画了一位深情的女子形象。

王鑑

13.《褰裳》——他可真是个呆子

子惠[①]思我，褰[②]裳[③]涉溱[④]。子不我思[⑤]，岂无他人？狂童[⑥]之狂也且[⑦]！

子惠思我，褰裳涉洧[⑧]。子不我思，岂无他士[⑨]？狂童之狂也且！

注释

①惠：爱我。

②褰（qiān）：提起。

③裳（cháng）：下身的衣服。

④溱（zhēn）：河名。

⑤不我思："不思我"的倒装，不思念我。

⑥狂童：傻小子。

⑦也且（jū）：语气助词。

⑧洧（wěi）：河名。

⑨士：指还未娶妻的人。

译文

你如果真的爱我、想念我，那就赶快提衣蹚过溱河来吧。你如果不再想念我，难道就没有别人来找我吗？你真是个傻小子！

你如果真的爱我、想念我，那就赶快提衣蹚过洧河来吧。你如果不再想念我，难道就没有别人来爱我吗？你真是个傻小子！

赏析

她很久没见到他了。

也不知道那个呆子近来在忙些什么。

记得那日是初春，疏雨桃花中，他对她表白了。

他说她是令他心动的第一个女子，也是最后一个。

她的心里像开了万千朵桃花。

从那以后，他们便相爱了。

可不知为何，最近他突然消失了。

她急了，也恼了。

若真心爱她，就该赶快提衣蹚过溱河和洧河来看她。

若不是真心对她，就该潇洒放手！

天涯何处无芳草，自然会有更好的男人来爱她。

他可真是个呆子。

夕阳余晖中，飞鸟归林，她踏着细碎的光影归家，心头还是浮起了几分惆怅。

这首《褰裳》是女子戏谑情人的情诗。诗中女主角虽然是用责备的口气来指责男子的，但她对男子的感情表达得十分大方、自然，那份爽朗拂面而来。全诗两章，每章五句，诗人用独白的方式来叙事和抒情，语言幽默，充分表现出了女子内心深处微妙的情感。

14.《丰》——你走了，我的心也走了

子之丰[①]兮，俟[②]我乎巷[③]兮，悔予[④]不送[⑤]兮。
子之昌[⑥]兮，俟我乎堂[⑦]兮，悔予不将[⑧]兮。
衣锦[⑨]褧[⑩]衣，裳锦褧裳[⑪]。叔兮伯兮[⑫]，驾[⑬]予与行[⑭]。
裳锦褧裳，衣锦褧衣。叔兮伯兮，驾予与归[⑮]。

注释

①丰：丰满，标致。

②俟（sì）：等待。

③巷：胡同。

④予：我，这里指“我家”。

⑤送：送女出嫁。

⑥昌：健壮。

⑦堂：客厅。

⑧将：迎送。

⑨锦：锦衣。

⑩褧（jiǒng）：麻布罩衣。

⑪裳（cháng）：下身的衣服。

⑫叔兮伯兮：叔、伯这里指男方来迎亲的人。

⑬驾：驾车。

⑭行（háng）：往。

⑮归：回。

译文

你长得很标致，曾经在胡同里等我很久，我很后悔当时没有跟你走。

你的身体很健壮，曾经在客厅里等我很久，我很后悔当时没有跟你走。

这一次，我决定穿上出嫁的华服嫁给你。希望你赶快派人来迎亲，你快点驾车来接我啊！

这一次，我决定穿上出嫁的华服嫁给你。希望你赶快派人来迎亲，你快点驾车来接我啊！

赏析

她又梦见了他。

梦中，他还和从前一样，风度翩翩、身材伟岸。

梦中，当年的往事又重现了。

那日，他穿花渡柳而来，准备好了迎亲的一切，在她家的那条胡同和客厅里等她许久。

他告诉她，从此只想和她淡云流水度此生。

可她的父母却变卦了。

他们明确告诉他，不会把女儿嫁给他，让他趁早死了这条心吧。

他把目光投向她，可她却不敢看他，只能不出声，默认父母的安排。

他难以置信，伤心而去。

他是她的初恋，也曾经是她的未婚夫。

如果不是因为当年她父母的阻挠，她现在早已和他生儿育女。

然而命运偏偏就是这么没有道理可言。

流年辗转，她终于明白他的心。

她多想穿上嫁衣，直奔他而去。

可惜这一切，都是她的想象。

梦醒了，梦中人已远。

这首《丰》中是一个悲伤的故事。诗中的女主人公是个屈从父母意志的女子，因为当年父母的干涉，她未能与心上人结合，但她对心上人的爱却没有被时间冲淡。故事并不复杂，可诗中的那份穿透力却很强，三千多年后，读者依然为那诗中的女子叹息。

15.《东门之墠》——这么近那么远

东门之墠[1]，茹藘[2]在阪[3]。其室则迩[4]，其人甚远。
东门之栗[5]，有践[6]家室[7]。岂不尔思[8]？子不我即[9]！

注释

①墠（shàn）：古代为祭祀而修整的平地。

②茹藘（rúlú）：茜草。

③阪（bǎn）：小山坡。

④迩（ěr）：近。

⑤栗：木名。

⑥有践：排列整齐。

⑦家室：房舍。

⑧不尔思：即“不思尔”，不想念你。

⑨不我即：即“不即我”，不想亲近你。

译文

东门附近的郊野是块平地，山坡上长满了茜草。其实他家离我家很近，可我却觉得他离我很远。

东门附近种着栗树，一排排房屋很整齐。其实，哪里是我不想念你呢？而是你不肯亲近我啊。

赏析

她与他的家离得很近。

可第一次，她却觉得他离她很远。

曾几何时，他们亲密无间，无话不说。

曾几何时，郎骑竹马来，绕床弄青梅。

曾几何时，他们二人的爱情羡煞了旁人。

可这些甜蜜，都不过是往日之时了呢。

如今，他们就像陌生人。

她不懂也不解，他为何要故意与她疏远？

如今的她，只能每天在往事的甜蜜里回想爱情最初的心动。

这首《东门之墠》是一首失恋的诗，诗中的男女主角明明离得很近却不能相见。全诗很短，故事也不复杂，可寥寥几笔，却把那种女主角对男主角的既想念又抱怨的微妙心理刻画得淋漓尽致。

16.《风雨》——你回来了，一切都好了

风雨凄凄，鸡鸣喈喈[①]。既见君子，云[②]胡[③]不夷[④]。
风雨潇潇，鸡鸣胶胶[⑤]。既见君子，云胡不瘳[⑥]。
风雨如晦[⑦]，鸡鸣不已。既见君子，云胡不喜。

注释

①喈（jiē）喈：鸡叫的声音。

②云：语气助词，无实义。

③胡：怎么。

④夷：平，这里指心中平静。

⑤胶胶：鸡叫的声音。

⑥瘳（chōu）：病愈，这里指愁思萦怀的心病消除。

⑦晦：昏暗。

译文

窗外刮风下雨，鸡叫个不停。我看见你回家来了，心里怎么会不平静？

窗外风雨交加，鸡叫个不停。我看见你回家来了，心病怎么会不消？

窗外天昏地暗，鸡叫个不停。我看见你回家来了，心里怎么会不高兴？

赏析

风雨交加，天昏地暗。

她坐在室内。

窗外的风声雨声，久久不息，如海潮翻涌。

她的心，更乱了。

为什么这样风雨大作的日子，他不能在她的身边陪伴她？

她的丈夫，究竟何时才能归来？

她越想越是烦躁，索性走到门口，把视线投向远方。

远处，江水茫茫，不时有人渡河而来。

可每一次，都不是她的丈夫。

想着想着，她落泪了。

忽然，一阵熟悉的脚步声响起。

然后，一个熟悉的人影落入眼帘。

她难以置信，却又不得不信。

是他！

是她的丈夫回来了，将她一把拥入怀中，在她耳边喃喃：“傻瓜，我这不是回来了吗……”

既见君子，云胡不喜。

你回来了，再大的风雨也会变成艳阳天。

这首《风雨》是写一位女子与久别的丈夫重逢的诗。全诗三章，诗人用了重章叠句的形式，反复吟咏，塑造了一唱三叹的效果。

17.《子衿》——爱情中最绮丽的等待

青青子衿[①]，悠悠[②]我心。纵[③]我不往，子宁[④]不嗣音[⑤]？
青青子佩[⑥]，悠悠我思。纵我不往，子宁不来？
挑兮达兮[⑦]，在城阙[⑧]兮。一日不见，如三月兮。

注释

①子衿：周代读书人的服装。子，男子的美称，这里是指“你”。衿，即襟，衣领。

②悠悠：指忧思不断的样子。

③纵：就算。

④宁（nìng）：难道。

⑤嗣（sì）音：寄传音讯。嗣，寄。

⑥佩：指男子佩玉的绶带。

⑦挑（tiāo，一说读 tāo）兮达（tà）兮：独自走来走去的样子。

⑧城阙：城楼。

译文

我想念你青色的衣领，一想到你，我就很惆怅。就算我不去找你，你就不会联系我吗?

我想念你青色的佩带，一想到你，我就很惆怅。就算我不去见你，你就不能主动来看我吗?

我在那高高的城楼上，不停地张望。一天没有见到你，就像三个月没见面一样漫长啊!

赏析

她在思念他。

家中的竹，青青翠翠，葱茏一片，风吹过，沙沙作响，却让她丢了魂。

因为，那青青碧色，让她湿了眼眶。

她最爱的那个男子，平日里最爱穿这种青色的衣服，就连他的佩玉也是青色的。

而她，已经许久未曾见到他了。

她不解，为何她不主动联系他，他就连一封书信也不寄来? 难道她不去找他，他便永远都不会主动来找她吗?

她决定去城楼上等他。

因为，她在最顶端俯视，如果他来了，那她一眼就能望到呀。

可是，她心爱的他，为何迟迟不来? 她走走停停，她来来回回，她不断踱步，却始终未曾见到他的影子。

难道，他真的如黄鹤杳杳不复返了吗?

君不见，夕阳西下，那道城门孤影，还在翘首企盼，还在望穿秋水。

君不知，一日不见，如三月兮! 甚至，一日不见，如三秋兮!

却始终，日日思君不见君。

既然如此，她只能把所有的思念都唱进歌里，春风会当使者，替她捎去这无限的思念给他吧。

这首歌叫作《子衿》，三千年前被唱进风中，三千年后依然没有失去风采。

那诗中女子的相思之情，被代代传诵，成为中国文学史上描写相思之情的经典作品。

原来，爱情里所有绮丽的等待，都化为了这一句——青青子衿，悠悠我心。纵我不往，子宁不嗣音？

我在这个白茶清欢并无别事的午后，等风去，等你来。

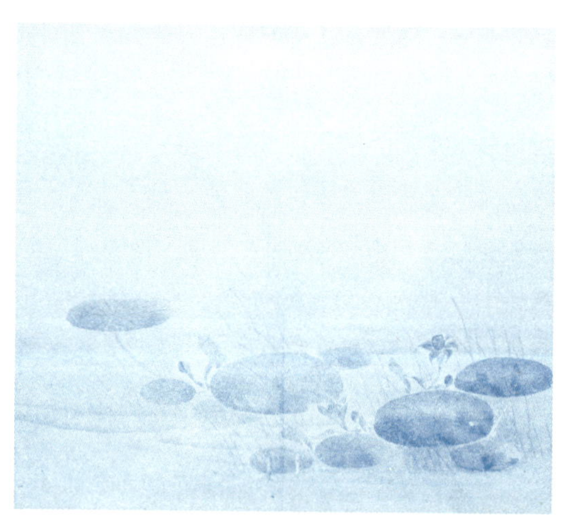

18.《扬之水》——在一起就应相互信任

扬之水[1]，不流束楚[2]。终鲜[3]兄弟，维予与女[4]。无信人之言[5]，人实诳[6]女。

扬之水，不流束薪。终鲜兄弟，维予二人。无信人之言，人实不信。

注释

①扬之水：平缓流动的水。

②楚：荆条。

③鲜（xiǎn）：缺少。

④女（rǔ）：通“汝”，你。

⑤言：流言。

⑥诳（kuáng）：欺骗。

译文

小河水慢慢流，连一捆荆条都冲不走。我娘家的兄弟那么少，而我和你有缘成了夫妻！你千万别信别人的闲话呀，他们那是在挑拨我们的感情啊！

小河水慢慢流，连一捆荆条都冲不走。我娘家的兄弟那么少，而我和你有缘成了夫妻！你千万别信别人的闲话呀，他们那些人实在不能信啊！

赏析

秋风起，落叶萧萧而下。

夜幕低垂，今夜星月都不知去了何处。

她在室内，对着红烛垂泪。

她在为一个人伤心。

那个人不是别人，正是她的丈夫。

她的丈夫听信了别人的闲话，误会了清清白白的她。

她忽然很是神伤。

为何他身为她的丈夫，居然不信自己的枕边人，反而去信别人刻意编造出来的谎言？

她的娘家并没有很多兄弟，她早已把他当作此生唯一的倚靠，可现在，他却将她从万丈悬崖上丢下，任她如何绝望呼唤，他都当作没有听到……

他们是夫妻，彼此的命运早已紧紧相连，可为何会因为旁人的三言两语就忘记了曾经的山盟海誓？

她越想越是伤心，索性打开窗，坐在冷风口，独自一人看沉沉夜色。

明日，等他回来，她决定最后去解释一次。

这首《扬之水》是写夫妻关系的诗。诗中的女主人公忠贞，和丈夫有很深的感情。她因为娘家缺少兄弟，就把丈夫当作她最大的倚靠，可是她平静的生活却被流言蜚语打破了。

整首诗句式灵活，三言、四言和五言的交替运用，让全诗的节奏感很强，同时又带有口语的感觉，感染力十足。

19.《出其东门》——原来爱情，就是非你不可的事

出其东门①，有女如云②。虽则如云，匪③我思存④。缟⑤衣綦巾⑥，聊⑦乐我员⑧。

出其闉阇⑨，有女如荼⑩。虽则如荼，匪我思且⑪。缟衣茹藘⑫，聊可与娱。

注释

①东门：城东门。

②如云：形容众多的意思。

③匪：非。

④思存：想念。

⑤缟（gǎo）：白色。

⑥綦（qí）巾：暗绿色的头巾。

⑦聊：愿。

⑧员（yún）：通“云”，语气助词，无义。

⑨闉阇（yīn dū）：指瓮城门。

⑩荼：白色的茅花，这里指女子众多。

⑪且（jū）：语气助词，无义。

⑫茹藘（rú lǘ）：茜草，可作绛红色染料，这里借指红色佩巾。

译文

我走到东城门，美女就像天上的云那么多。可虽然多若云，却没有一个是我每天思念的人。只有那个白衣绿巾的姑娘，才是我喜欢的。

我走到城门外，美女就像白茅花那么多。可虽然像白茅花那么多，却没有一个是我喜欢的人。只有那个白衣红巾的姑娘，才是我爱的。

赏析

那天城门外，美女如云。

那些美人，如开不尽的春花，姹紫嫣红百媚千娇。

可是，他丝毫不感兴趣。那些人再美，也打动不了他。

因为，让他记忆深刻的只有一个女子。

那个女子，容貌不是绝美，装扮不是第一流，可偏偏就打动了他，让他一见倾心，一生只为她钟情。

原来爱情，就是非你不可的事。

那女子，穿着素衣绿裙，穿着极简单质朴，不华丽，不鲜妍，也不夺目，然而落在他眼里，却是风华万千。

此生漫长，他只想和她一同度过。

这首《出其东门》讲了一位男子坚定不移的爱情誓言。全诗两章，每章六句，诗句朴实无华，表现了男子对女子的深情，千年后依然令人动容。

20.《野有蔓草》——惊艳的邂逅

野有蔓草[①]，零[②]露漙[③]兮。有美一人，清扬[④]婉[⑤]兮。邂逅[⑥]相遇，适[⑦]我愿兮。

野有蔓草，零露瀼瀼[⑧]。有美一人，婉如清扬。邂逅相遇，与子偕臧[⑨]。

注释

①蔓（màn）草：蔓延生长的草。

②零：滴落。

③漙（tuán）：露水多的样子。

④清扬：眉清目秀的样子。

⑤婉：美好。

⑥邂逅：无意中相见。

⑦适：适合。

⑧瀼（ráng）瀼：露水浓的样子。

⑨臧（zāng）：善，好。引申为快乐。

译文

郊外，有很多野草蔓延，小草上的露珠亮闪闪。有个美人出现在那里，她眉清目秀十分美丽。我和她不期而遇非常有缘分啊，正好符合我的心愿。

郊外，有很多野草蔓延，小草上的露珠大又圆。有个美人出现在那里，她眉清目秀十分美丽。我和她不期而遇非常有缘分啊，与她幽会我很快乐啊。

赏析

春晨的郊野，碧草青青，露水晶莹。

他难得有空，抽离所有繁杂，来这里散散心。

有一阵轻快的脚步声响起。

他抬头，却几乎忘记了呼吸。

因为那个女子，美到让他忘记了时间，不知今夕何夕。

她着了一身素衣，却偏偏光芒万丈。

她就站在那里，秋波一转，就折射出了万千风华。

他要感谢上天，让他和她在这个初春的早晨相见。

不期而遇的邂逅，往往是最惊艳的心动啊。

这首《野有蔓草》是一首求爱的情歌。全诗共两章，每章六句，两句一层，分别是写景、写人和抒情，表达出了纯真朴实的男女之情。

21.《溱洧》——上巳节，一路芬芳

溱与洧[①]，方[②]涣涣[③]兮。士与女[④]，方秉[⑤]蕑[⑥]兮。女曰观乎？士曰既[⑦]且[⑧]。且[⑨]往观乎？洧之外，洵訏[⑩]且乐。维[⑪]士与女，伊[⑫]其相谑[⑬]，赠之以勺药[⑭]。

溱与洧，浏[⑮]其清矣。士与女，殷[⑯]其盈[⑰]矣。女曰观乎？士曰既且。且往观乎？洧之外，洵訏且乐。维士与女，伊其将[⑱]谑，赠之以勺药。

注释

①溱（zhēn）与洧（wěi）：溱、洧是郑国两条河名。

②方：正。

③涣涣：水盛的样子。

④士与女：这里泛指男男女女。

⑤秉：执。

⑥蕑（jiān）：一种兰草，又名大泽兰。

⑦既：已经。

⑧且（cú）：通“徂”，去。

⑨且：再。

⑩洵訏（xún xū）：确实宽广。

⑪维：发语词。

⑫伊：发语词。

⑬相谑：互相调笑。

⑭勺药：即“芍药”，一种香草。

⑮浏：水清的样子。

⑯殷：众多。

⑰盈：满。

⑱将：相互。

译文

溱河与洧河，河水不停流淌向远方。一群男女都拿着兰草去求吉祥。女孩说：“咱们去看看？”男孩说：“我已经去过一次了！”女孩说：“那再去一趟又有什么关系呢！洧水对岸是个好地方，地方热闹又宽敞。”于是，男孩女孩结伴一起逛，相互开玩笑很热闹，男孩们拿着芍药送给中意的女孩。

溱河与洧河的河水很长，也很清亮。一群男女去城外游玩。女孩说：“咱们去看看？”男孩说：“我已经去过一次了！”女孩说：“那再去一趟又有什么关系呢！洧水对岸是个好地方，地方热闹又宽敞。”于是，男孩女孩结伴一起逛，相互开玩笑很热闹，男孩们拿着芍药送给中意的女孩。

赏析

初春，冰化雪消。

桃花初绽，杨柳正绿。

上巳节，溱河、洧河畔。

无数的男男女女，一同出游，带着兰草，一路芬芳。

那惊鸿一瞥，彼此便再也不会忘记。

于是，他送她芍药花。

芍药，是求爱的花朵。

她自然能明白他的心意。

他们开玩笑，互相打趣。

而春风记下了这一切。

所有的美好，爱情最初的心动，最适合在这样的日子里萌发啊。

这首《溱洧》是描写郑国三月上巳节青年男女在溱水和洧水岸边游春的诗歌。全诗两章，每章十二句，诗意明朗、欢快，又不失清新。诗人凭借诗中的两种自然意象“蕳”和“芍药”，完成了从风俗到爱情的转换，耐人寻味。

国风·齐风

1.《鸡鸣》——厌倦工作，只想赖床

鸡既鸣矣，朝[1]既盈矣。匪[2]鸡则鸣，苍蝇之声。

东方明矣，朝既昌[3]矣。匪东方则明，月出之光。

虫飞薨薨[4]，甘[5]与子同梦。会[6]且[7]归矣，无庶[8]予子憎[9]。

注释

①朝：朝堂。

②匪：通“非”。

③昌：人多。

④薨（hōng）薨：飞虫的振翅声。

⑤甘：愿。

⑥会：上朝。

⑦且：将。

⑧无庶：即“庶无”。

⑨予子憎：恨我。

译文

妻子说："公鸡已经开始叫了，上朝的官员也都已经到了。"

丈夫说："这不是公鸡叫，是苍蝇嗡嗡的声音！"

妻子说："东方已经亮了，上朝的官员肯定都已经到齐了！"

丈夫说："这不是东方亮，而是月亮的光芒！你看这些虫子飞来嗡嗡作响，看来它们是想要和我一起进入梦乡啊！"

妻子说："上朝官员都快散了，你还不起床去上朝，不是会让他们恨我们吗？"

赏析

鸡鸣破晓。

可她的丈夫还在呼呼大睡。

她推了推他，可他却没反应，她急了。

她忍不住开口说："公鸡已经开始叫了，你怎么还不起床？上朝的官员都已经到了！"

没想到，她的丈夫很淡定地说："你听错了！那不是鸡叫，而是苍蝇嗡嗡的声音！"

她摇头，继续劝他。

可每一次，结果都一样。

她的丈夫依然想赖床。

其实她明白，他为何会这么做。

因为他对为官，已经倦了。

这首《鸡鸣》既是诗中男女主角生活的情趣展现，也是对当时朝廷的讽刺。全诗三章，每章四句，句式以四言为主，五言为辅。诗人用男女对话来展开，角度十分新颖，构思巧妙，就像一出精彩的舞台剧。

2.《还》——高手都是惺惺相惜

子之还[①]兮，遭我乎猛[②]之间兮。并驱从[③]两肩[④]兮，揖[⑤]我谓我儇[⑥]兮。

子之茂[⑦]兮，遭我乎猛之道兮。并驱从两牡[⑧]兮，揖我谓我好兮。

子之昌[⑨]兮，遭我乎猛之阳兮。并驱从两狼兮，揖我谓我臧[⑩]兮。

注释

①还（xuán）：身手敏捷的样子。

②猛（náo）：齐国山名。

③从：追赶。

④肩：大兽。

⑤揖：作揖。

⑥儇（xuān）：轻快便捷。

⑦茂：美。

⑧牡：公兽。

⑨昌：强有力。

⑩臧（zāng）：善。

译文

你的身手真是敏捷啊！我进山打猎和你在山凹相遇。我们一起协力追捕到两头野兽，你还连连作揖夸我动作利索！

你的身材真好啊！我进山打猎和你在山道相逢。我们一起协力追捕到两头公野兽，你还连连作揖夸我本领高！

你的体魄好健壮啊！我进山打猎和你在山南相逢。我们一起协力追捕到两匹狡猾的狼，你还连连作揖夸我心地善良！

赏析

他们是因为打猎而惺惺相惜的。

那日，猺山。

春光灿烂，他准备好了所有工具，进山打猎。

一进猺山，他便遇见了他。

他体魄健壮、身手敏捷，令他叹服。

他们从彼此的眼神中，看出彼此是同类。

同类的气味，即使隔得再远，也会闻到。

野兽和公狼的出现，让他们有了合作的机会。

他们第一次合作，却十分默契，不像是第一次遇见的人，反倒像老友。

人生际遇，总是这么奇妙。

这首《还》是猎人互相赞美对方的小诗。全诗三章，每章四句，第一句四言，第二句七言，后两句六言，并且都用“兮”字来结尾，读起来既朗朗上口，也把猎人矫健的身手刻画得很形象。

3.《著》——君心似我心

俟[①]我于著[②]乎而[③]，充耳[④]以素[⑤]乎而，尚[⑥]之以琼[⑦]华[⑧]乎而。

俟我于庭[⑨]乎而，充耳以青乎而，尚之以琼莹乎而。

俟我于堂乎而，充耳以黄乎而，尚之以琼英乎而。

注释

①俟（sì）：等待。

②著（zhù）：指正门与屏风之间的地方，古代婚娶是在此处亲迎。

③乎而：语尾助词。

④充耳：又叫“塞耳”，饰物。

⑤素：白色，这里指悬充耳的丝色。

⑥尚：加上。

⑦琼：赤玉。

⑧华：形容玉瑱的光彩。

⑨庭：中庭。

译文

新郎在门屏间等我，我冠上洁白的丝绦垂在两耳边，那美玉在我眼前一直晃荡。

新郎在庭院等我，我冠上青绿的丝绦垂在两耳边，那晶莹的美玉一直悬荡在我眼前。

新郎在正堂前等我，我冠上明黄的丝绦垂在两耳边，那精美的玉石一直悬荡在我眼前。

赏析

鞭炮声响彻云天。

抬眼可见的红色，闪耀了所有人的眼。

她着了婚服，艳若桃花。

她跟着迎亲的车辆踏进了婆家的大门，一路上，无数的鲜花仿佛从天而降。

花的芬芳，连带着整个空气都是香甜的，更是喜庆的。

可是这一路上再怎么热闹，她都不为所动，因为她的目光只落在屏风前的那个男子身上。

那个男人，是她往后将要与之一生相伴的人。

从此，君心和我心，便要心心相印。

她的心跳，不知为何，居然开始加速了。

这样的感觉，从未有过。

她看到他脸上洋溢着灿烂的笑容，那笑容怎么也盖不住，是发自内心的。

她也回馈给他同样的笑容。

这一笑，如风乍起，吹皱一池春水。

今日过后，她便不是昔日的少女了，而有了新的身份。

她想，她会做好他的妻子，和他凤凰于飞。

这首《著》是写男女新婚时新郎迎亲的诗。全诗三章，每章三句，三章只换了三个字，可诗人却写得非常有层次感和画面感。整首诗通过新娘的视角来展现，诗人既刻画出了新娘微妙的心理状态，也把古老的结婚仪式写得很有情趣，写尽了新娘出嫁的喜悦。

4.《东方之日》——她比月光还美丽

东方之日[①]兮，彼姝[②]者子，在我室兮。在我室兮，履[③]我即[④]兮。

东方之月兮，彼姝者子，在我闼[⑤]兮。在我闼兮，履我发[⑥]兮。

注释

①日：比喻女子容貌美丽。

②姝：貌美。

③履：踏。

④即：就。

⑤闼（tà）：门内。

⑥发：一说走去，一说脚印。

译文

东方的太阳升起了，一片红彤彤，那个美丽的姑娘，现在就在我家的内房中啊。她在我家内房中，和我一起相伴很快乐。

东方的月亮升起了，一片白晃晃，那个美丽的姑娘，现在就在我家的内门旁啊。她在我家内门旁，和我一起相随很开心。

赏析

旭日和往常一样升起，照得山河其红如火。

可今天对他来说很特别。

他从来没有像今天这么开心过。

因为他最心爱的女子，此刻正躺在他的身边，陪伴他。

他觉得这一切都美好得像梦。

他对她钟情已久，也费了好多心思追求她，她终于答应了他。

现在，对他们彼此来说，都是一日不见，如三月兮。

在他心中，她美得像太阳像月光，像璀璨星辰。

对他来说，她就是他此生最美最闪耀的那个梦。

而此刻，他终于美梦成真。

这首《东方之日》是一首男子回忆与女子幽会的情诗。全诗两章，每章五句，故事简单，情感却很热烈，格调粗犷而不轻薄，体现出了中国古代情歌质朴的本色。

5.《东方未明》——工作的艰辛

东方未明，颠倒衣裳①。颠之倒之，自公②召之。
东方未晞③，颠倒裳衣。倒之颠之，自公令之。
折柳樊④圃⑤，狂夫⑥瞿瞿⑦。不能辰夜⑧，不夙⑨则莫⑩。

注释

①衣裳：古时上衣叫“衣”，下衣叫“裳”。

②公：公家。

③晞（xī）：天亮。

④樊：即“藩”，篱笆。

⑤圃：菜园。

⑥狂夫：指监工。

⑦瞿（jù）瞿：瞪着眼睛看的样子。

⑧不能辰夜：指不能白天黑夜。

⑨夙：早。

⑩莫（mù）：古同“暮”，晚。

译文

东方的太阳还没出来，我就已经匆匆忙忙把衣服裤子穿好了。有时候衣服和裤子都穿错了，因为上面催我去工作，我没有时间了。

东方还没有天亮，我就已经匆匆忙忙把衣服裤子穿好了。有时候衣服和裤子都穿错了，因为上面不停催我去工作，让我很害怕。

我折下柳条围篱笆，监工一直瞪着我，那样子真恐怖。我不分白天与黑夜地工作，每次上面有事找我不是白天就是黑夜，我也是没有办法。

赏析

天还未亮。

整个大地仿佛还在沉睡。

他们也正在酣睡。

可下一秒，他们就再也睡不了了，因为监工的吆喝声响起了，如一颗颗炸弹，瞬间把他们从美梦中炸醒！

他们一个个从各自的美梦中惊醒，在黑漆漆的夜色中东抓西摸，手忙脚乱，结果衣服都穿错了。

裤管套上了胳膊，衣袖伸进了双腿，乱作一堆，急成一团。

可他们没有办法，就算穿错了衣服，也照样得马上起床去工作，根本没有时间去把衣服再穿一遍！

因为，那一个个监工凶狠恐怖，稍有懈怠，换来的便是一顿毒打和责骂。

所有的委屈和不甘，他们只能憋在心里。

这首《东方未明》是无奈的诗，因为它描写了在奴隶主的残酷剥削和压榨下，奴隶们被强迫服苦役的痛苦生活。

全诗三章，都是四句，前两章运用回环复沓的艺术手法，排列工整，渲染了悲凉的环境气氛，增强了一定的音乐效果。从第三章开始，诗人转变风格，语言变得更通俗易懂，充满了生命力。

6.《南山》——纸是包不住火的

南山[①]崔崔[②]，雄狐绥绥[③]。鲁道有荡[④]，齐子[⑤]由归[⑥]。既曰归止[⑦]，曷[⑧]又怀[⑨]止？

葛屦[⑩]五两[⑪]，冠緌[⑫]双止。鲁道有荡，齐子庸[⑬]止。既曰庸止，曷又从[⑭]止？

蓺[⑮]麻如之何？衡从[⑯]其亩[⑰]。取[⑱]妻如之何？必告父母。既曰告止，曷又鞠[⑲]止？

析薪[⑳]如之何？匪[㉑]斧不克[㉒]。取妻如之何？匪媒不得。既曰得止，曷又极[㉓]止？

注释

①南山：齐国山名，又名牛山。

②崔崔：高峻的样子。

③绥（suí）绥：慢慢行走的样子。

④有荡：平坦。

⑤齐子：这里指和齐襄公同父异母的妹妹文姜。

⑥由归：从这儿去出嫁。

⑦止：句末语气词，无义。

⑧曷（hé）：为什么。

⑨怀：怀念。

⑩屦（jù）：麻、葛等制成的布鞋。

⑪五两：成双对。

⑫緌（ruí）：帽带下垂的部分。

⑬庸：用，指文姜经过此路嫁给鲁桓公。

⑭从：追求。

⑮蓺：种植。

⑯衡从（zòng）：纵横。

⑰亩：田垅。

⑱取：通“娶”。

⑲鞫（jū）：穷，放任无束。

⑳析薪：砍柴。

㉑匪：通“非”。

㉒克：能。

㉓极：放纵无束。

译文

南山高高耸立，一只雄狐在慢慢行走。鲁国大道十分宽阔，那文姜从这里出嫁。既然已经嫁给了鲁桓公，为什么还要这么思念难禁呢？

葛布的麻鞋成双对，冠帽的结带也成双。鲁国大道十分宽阔，那文姜从这里出嫁。她既然已经贵为一国之母了，为什么还要这么眷恋故乡呢？

到底该怎么去种麻？必须纵横耕耘田亩。那娶妻又应该怎么样呢？必须要先告诉父母。鲁桓公既然已经禀告了宗庙，为什么还要容忍文姜放肆呢？

到底该怎么劈柴呢？没有利斧是不行的。那娶妻又应该怎么样呢？必须要有媒人才行。鲁桓公既然已经娶了文姜，为什么还要由她放纵呢？

赏析

鲁桓公死了。

鲁国的百姓都很愤怒，因为他们的君王并不是正常死亡，而是被他的王后文姜和齐襄公合谋害死的！

这世上有谁不知？

文姜除了是齐襄公同父异母的妹妹之外，还和他一直不清不楚。

可是纸终究是包不住火的，无论他们二人如何使计掩盖真相，鲁桓公最终还是发现了两人的关系！

那年，他们二人同去齐国。齐襄公趁机又与文姜私通，鲁桓公发觉这一切端倪，便谴责了文姜。

文姜却告诉了齐襄公，所以他便设酒宴，将鲁桓公灌醉后，吩咐贴身侍从将他送回国！

这一去，鲁桓公还没到鲁国就一命呜呼了，因为齐襄公的侍从按照计划行事，趁他不注意在车里把他给活活掐死了！

齐国的百姓知道了这件事，他们都引以为耻。

原来他们的国君，竟是如此不堪的小人！

这首《南山》是一首讽刺诗，讽刺的对象是齐襄公和鲁桓公。诗人在遣词用语方面并没有很直白显露，而是用了隐晦曲折的笔墨来表现。比如一开始，诗人就用雄狐急切求偶来影射齐襄公急切觊觎回娘家的文姜。正是因为这新奇的比喻，所以整首诗的画面感很强。

7.《甫田》——那份思念

无田甫田[①]，维莠[②]骄骄[③]。无思远人，劳心忉忉[④]。
无田甫田，维莠桀桀[⑤]。无思远人，劳心怛怛[⑥]。
婉兮娈兮[⑦]。总角[⑧]丱[⑨]兮。未几见兮，突而弁[⑩]兮！

注释

①无田（diàn）甫田：不要耕种大田。

②莠（yǒu）：杂草。

③骄骄：茂盛的样子。

④忉（dāo）忉：忧愁的样子。

⑤桀桀：杂乱茂盛的样子。

⑥怛（dá）怛：悲伤。

⑦婉兮娈兮：指貌美。

⑧总角：古代未成年人将头发梳成的两个髻。

⑨丱（guàn）：形容儿童束发成两角的样子。

⑩弁（biàn）：成人的帽子，古代男子年满二十岁就要戴帽子了。

译文

不要种一大片田，因为野草生得太高。也不要太挂念远方的人，这只会弄得自己很惆怅。

不要种一大片田，因为野草长得太茂盛。也不要太挂念远方的人，这只会弄得自己很悲伤。

他长得很英俊，扎着小小的羊角辫。感觉我们才几天没见面，他就已经成年要戴冠帽了。

赏析

秋风起了，寒蝉凄切。

她的思念悠悠而起。

她的丈夫去了远方，一直都没有音讯。

因为他走了，所以家中也就没有劳力了，那本来长着绿油油庄稼的大田，如今已是荒草萋萋，一棵小苗的踪影都没有了。

他走了，她觉得整个世界都变了，不再像从前那么有光彩。

不知她的良人，何时能归来?

他走了，她的心事该对何人说?

不！不可说！

她只能每日守着孤灯，静静地等他归来。

然后，从天黑等到天亮，望断天涯路……

这首《甫田》是一首思念的诗，写尽了妻子对远方丈夫的思念。诗的前两章是写实，诗人用了重叠的形式，只换了四个字，表达的意思完全相同，直接说清了事情。第三章则写了女主角出现了幻觉，她想象丈夫离家时还是扎着羊角辫的小孩，忽然间就长大成人了，这个场景的设想背后，是她对丈夫早日平安归来的渴望，感情真挚，令人感怀。

8.《卢令》——这个猎人很英俊

卢[①]令令[②]，其人美且仁[③]。
卢重环[④]，其人美且鬈[⑤]。
卢重鋂[⑥]，其人美且偲[⑦]。

注释

①卢：猎犬。

②令令：即“铃铃”，猎犬脖子下面的套环发出的响声。

③仁：和善。

④重（chóng）环：子母环。

⑤鬈（quán）：勇猛。

⑥重鋂（méi）：一个大环里套了两个小环。

⑦偲（cāi）：有才华。

译文

那猎犬的颈圈一直在响，那个猎人很英俊，又善良。

那猎犬的脖子上套了双环，那个猎人很英俊，又勇猛。

那猎犬的脖子上套了环中环，那个猎人很英俊，又能干。

赏析

人人都说他是个成熟的猎人，别的不说，看看他的猎狗，就和别人的不同。

他的猎狗，既勇猛又可爱。

就像他这个主人一样，既英俊又和善，既勇猛强健又有才华。

打猎，是从他记事开始就一直在做的事情。

打猎于他，就像是本能。

对他来说，如今打猎已经和空气、呼吸，还有水一样重要了。

这世上，每个人来到世界，都有各自的使命。

有的人是文章传百世，有的人是精忠报国浴血奋战，而他的使命就是打猎。

因为他只有在打猎时，才能彻底释放那个最真的自己。

这首《卢令》是一首赞美猎人的诗。全诗三章，每章两句，每章的第一句诗人都是用写实的手法来具体描写猎犬，第二句则是虚写猎人，文字简练古朴，可画面感却很强。全诗只有二十四字，诗人却成功地刻画出了一个壮美、善良又有才华的青年猎人，形象生动。

9.《敝笱》——管不住的妻子，留不住的人

敝笱[①]在梁[②]，其鱼鲂[③]鳏[④]。齐子归止[⑤]，其从如云[⑥]。
敝笱在梁，其鱼鲂鱮[⑦]。齐子归止，其从如雨[⑧]。
敝笱在梁，其鱼唯唯[⑨]。齐子归止，其从如水[⑩]。

注释

①敝笱（gǒu）：破旧的鱼笼子。

②梁：捕鱼水坝。

③鲂（fáng）：鳊鱼。

④鳏（guān）：鲲鱼。

⑤齐子归止：文姜已经嫁人了。齐子，指文姜。

⑥其从如云：仆从很多。

⑦鱮（xù）：鲢鱼。

⑧如雨：形容仆从很多。

⑨唯唯：形容鱼儿出入自如。

⑩如水：形容仆从很多。

译文

捕鱼水坝上放着破鱼笼子，任由鳊鱼和鲲鱼自由进出。齐襄公的妹妹文姜回到齐国了，她的仆从多如云。

捕鱼水坝上放着破鱼笼子，任由鳊鱼和鲢鱼自由进出。齐襄公的妹妹文姜回到齐国了，她的仆从多如雨。

捕鱼水坝上放着破鱼笼子，任由这些鱼儿游进游出。齐襄公的妹妹文姜回到齐国了，她的仆从多如水。

赏析

看，水坝上的那只鱼笼子，已经很破了。

以至于那些鱼儿能够自由出入那只鱼笼子。

所以，它是形同虚设的。

这多么像鲁国的一国之君鲁桓公，他明明就是鲁国的最高统治者，可鲁国百姓谁不知道，他就连他的王后文姜都管不住！文姜总是用各种理由跑回齐国，和她的哥哥齐襄公行不苟之事。

每次回齐国，都是声势浩大，那仆从多得根本数不清！

面对这一切，鲁桓公也只能睁一只眼闭一只眼，就算最后他看出二人的不轨，也只是斥责了文姜一通。

结果，他这一番斥责，却为他招来了杀身之祸！

文姜告诉了她的哥哥齐襄公，二人便使计将鲁桓公谋杀了。

这一场谋杀，让齐国的百姓怒了。

原来他们的王，他们的公主，居然如此不堪！

这首《敝笱》和《南山》一样，都是一首讽刺诗，讽刺的对象是齐襄公、鲁桓公还有文姜。全诗三章，每章四句，诗人用了重章叠句的手法，让全诗读来一唱三叹。另外，诗中的比喻也很到位，捕鱼的“敝笱”形同虚设，各种各样的鱼都能轻松自如地游过，诗人用“敝笱”充分讽刺了鲁桓公的无能。

10.《载驱》——美人有毒

载[1]驱[2]薄薄[3]，簟[4]茀[5]朱鞹[6]。鲁道有荡[7]，齐子[8]发夕[9]。

四骊[10]济济[11]，垂辔[12]沵沵[13]。鲁道有荡，齐子岂弟[14]。

汶水[15]汤汤[16]，行人彭彭[17]。鲁道有荡，齐子翱翔[18]。

汶水滔滔[19]，行人儦儦[20]。鲁道有荡，齐子游敖[21]。

注释

①载：发语词，犹“乃”。

②驱：车马跑得快。

③薄薄：象声词，车疾行的声音。

④簟（diàn）：竹席。

⑤茀（fú）：车帘。

⑥鞹（kuò）：皮革。

⑦有荡：平坦的样子。

⑧齐子：指文姜。

⑨发夕：傍晚出发。

⑩骊（lí）：黑色的马。

⑪济济：美好的样子。

⑫辔：马缰。

⑬浓浓：柔软的样子。

⑭岂弟（kǎi tì）：天刚亮。

⑮汶水：流经齐鲁两国的水名。

⑯汤（shāng）汤：水势浩大的样子。

⑰彭彭：多的样子。

⑱翱翔：遨游。

⑲滔滔：水流浩荡。

⑳儦（biāo）儦：行人往来的样子。

㉑游敖：即“游遨”，悠游自在。

译文

马车奔驰轰隆隆作响，红色的竹席车帘包裹着车厢。鲁国的大路很平坦，文姜急匆匆地回来了。

四匹黑马很雄壮，柔软的马缰向下垂。鲁国的大路很平坦，天刚亮的时候文姜就回来了。

汶河的水浩浩荡荡，来往的路人都停下脚步看。鲁国的大路很平坦，文姜回到齐国后就去游逛了。

汶河的水滔滔不绝，来往的路人都停下脚步看。鲁国的大路很平坦，文姜回到齐国后就去纵情游荡了。

赏析

鲁桓公死了。

鲁国的百姓本以为他们的王后文姜，在鲁桓公死后总会有所克制。

可这世间的事总是出人意料。

文姜不仅没有收敛，反而还变本加厉，丝毫不顾忌新上任的国君鲁庄公的颜面，继续和她的哥哥齐襄公保持不正当的关系。

而令鲁国百姓大跌眼镜的是，鲁庄公居然也没有任何办法去整治文姜。

物极必反。

文姜回齐国的次数越来越频繁了，并且每次回去，都是声势浩大，唯恐天下无人不知。

她不知道，鲁国和齐国的百姓早就把她当作毒瘤，纵然她身份高贵、地位尊崇，纵然她日日华服加身、归来仆从如云，也掩盖不了她内心的肮脏与不堪!

她，就如那罂粟花，虽然绝美，却带着致命的毒，永远都不会让人真正喜爱。

这首《载驱》和《敝笱》一样，都是《南山》的续篇，也是一首讽刺齐女文姜与其同父异母的哥哥齐襄公私通的诗歌。全诗四章，每章四句，主要描写文姜与齐襄公在幽会往来途中的情景。这首诗用了很多双声叠韵联绵词的技巧，大大增强了诗歌的音乐性和节奏感。

11.《猗嗟》——上天的宠儿

猗嗟[1]昌[2]兮，颀而[3]长兮。抑[4]若扬[5]兮，美目扬兮。巧趋[6]跄[7]兮，射则臧[8]兮。

猗嗟名[9]兮，美目清兮。仪既成[10]兮，终日射侯[11]。不出正[12]兮，展[13]我甥[14]兮。

猗嗟娈[15]兮，清扬婉兮。舞则选[16]兮，射则贯[17]兮。四矢反兮，以御乱[18]兮。

注释

①猗（yī）嗟：叹词。

②昌：盛。

③颀而：指身材高大。

④抑（yì）：通“懿”，美好。

⑤扬：指额角。

⑥趋：急走。

⑦跄（qiāng）：脚步有节奏。

⑧臧（zāng）：好。

⑨名：面色干净。

⑩仪既成：完成仪式。

⑪射侯：射靶。

⑫正：靶心。

⑬展：真是。

⑭甥：古代指女儿的儿子，又指姐妹的儿子。

⑮娈（luán）：美好。

⑯选：才华出众。

⑰贯：穿透。

⑱御乱：指防御战乱。

译文

他身材高大，身体强壮。他前额饱满，双目有神。身手矫捷，射箭技艺高超。

他身体强壮，眼睛明亮。所有的仪式都完成了，他每天练习射靶，一日都没有停过。他箭无虚发，每次都正中靶心，真是让我骄傲的好外甥啊。

他英俊潇洒，眉清目秀。他舞姿端正，才华出众。他每次都箭无虚发，四支箭同中靶心中央，可以抵御外患，保卫国家！

赏析

他年纪很轻，可他一手射箭的功夫却厉害得惊人。

只要是他射出的箭，就不会虚发，并且每一支箭都能够稳中靶心。

人们赞扬他是上天的宠儿，因为除了一手惊艳的射箭功夫外，还长相俊美，风度翩翩。

人人都说，他是未来的国之栋梁。

他也这么觉得，他已经做好了随时去报效国家的准备。

这首《猗嗟》是一首赞美诗，赞美了一个英俊的美男子还有他高超出众的射箭功夫。全诗三章，每章六句，每章内容可以分为两个部分，分别赞美他的形象之美和技艺之高。诗人用生动的笔墨，成功塑造了一个英俊潇洒的射手形象。

国风·魏风

1.《葛屦》——人与人，生而不同

纠纠[①]葛屦[②]，可以履[③]霜？掺掺[④]女手，可以缝裳？要[⑤]之襋[⑥]之，好人[⑦]服之。

好人提提[⑧]，宛然[⑨]左辟[⑩]，佩其象揥[⑪]。维[⑫]是褊心[⑬]，是以为刺[⑭]。

注释

①纠纠：缠绕，纠结交错。

②葛屦（jù）：葛布鞋。

③履：踏。

④掺（shān）掺：纤细的样子。

⑤要（yāo）：作动词，缝好腰身。

⑥襋（jí）：作动词，缝好衣领。

⑦好人：指女主人。

⑧提（tí）提：通“媞媞”，安详的样子。

⑨宛然：回转的样子。

⑩辟（bì）：通“避”。

⑪象揥（tì）：象牙簪子。

⑫维：因为。

⑬褊（biǎn）心：心胸狭窄。

⑭刺：讽刺。

译文

一双夏天的破凉鞋，怎么能走在满地的寒霜上？我这双手越老越瘦弱，还怎么替别人来缝制衣裳？我做完衣服后还要提着衣带衣领，恭敬地等待女主人来试穿。

女主人试穿后觉得很满意，却一点都不理睬我，自顾自地戴上象牙簪子。就是因为她心肠太坏，所以我要写诗来讽刺她。

赏析

天已凉。

秋风起，秋雨落，秋草黄。

她住的地方简陋不堪，连那窗户上的纸都是破的，萧瑟的风肆意吹来，冻得她瑟瑟发抖。

这样的天气，她还穿着夏天的凉鞋。没有办法，她只有这一双鞋，除了深夜躲进被窝里，其他时候，她的脚都早已冻得麻木。

除了鞋子以外，她身上的衣服也极单薄，两只手也瘦成了皮包骨。

她既吃不饱，也穿不暖。

谁让她生来卑微呢？

她，生来就是一个仆人。

她的女主人每日华服加身，餐餐都是山珍海味。

她的手已经瘦弱到了极点，可她的女主人并不打算放过她，还要让她没日没夜地制作衣服。

可令她气愤的是，她好不容易做完了新衣，她的女主人直接穿上衣服，却一点都不理睬她，那一刻，她怀疑自己是不是空气。

她的女主人神情倨傲，穿上她做的新衣，自顾自地对镜打扮。

那一刻，所有的委屈和痛苦都涌上心头，将她彻底击垮了！

她跑回了屋里，放声大哭了起来。

为什么她这位女主人会如此铁石心肠？

她从小就伺候她，陪伴她长大，这十几年的辛勤付出，都没有换来她的一丝丝感恩！

秋风更凉了，她在屋内吃着冷食，擦干了眼泪。

不管多么苦，日子还是要咬牙过下去。

这首《葛屦》是一首讽刺诗，缝衣女工狠狠地讽刺了她的女主人。全诗两章，一章六句，一章五句，诗人用了对比和细节描写，成功塑造了挨饿劳作的缝衣女与心胸狭隘的贵夫人两个形象，反映了当时社会两个阶层的对立。

2.《汾沮洳》——世上最好的男子

彼汾[1]沮洳[2]，言[3]采其莫[4]。彼其之子[5]，美无度[6]。美无度，殊异[7]乎公路[8]。

彼汾一方，言采其桑[9]。彼其之子，美如英[10]。美如英，殊异乎公行[11]。

彼汾一曲[12]，言采其藚[13]。彼其之子，美如玉。美如玉，殊异乎公族[14]。

注释

①汾：水名。

②沮洳（jù rù）：低湿的地方。

③言：乃。

④莫：草名。

⑤彼其之子：他那个人。

⑥度：衡量。

⑦殊异：优异出众。

⑧公路：官名。

⑨桑：桑树叶。

⑩英：花。

⑪公行（háng）：官名。

⑫曲：拐弯的地方。

⑬藚（xù）：泽泻草。

⑭公族：指贵族子弟。

译文

在那汾河低湿的地方，有个小伙子正忙着采野菜。他十分勤劳，长得又那么英俊，连那王公家的官儿都比不上！

在那汾河水边，有个小伙子正忙着采桑叶。他十分勤劳，长得像怒放的鲜花一样，连那王公家的官儿都比不上！

在那汾河拐弯的地方，有个小伙子正忙着采泽泻草。他十分勤劳，品行如美玉高尚无瑕，连那王公家的官儿都比不上！

赏析

别人总说她眼光好。

因为她的意中人，她最心爱的那个男子优秀得令人嫉妒。

他不仅相貌堂堂，为人也正直善良。

谦谦君子，温润如玉。

这一刻，她回想起他们的初见，依旧觉得心动，如杨柳舞春风。

那日，阳光明媚，她在汾河采野菜。

采着采着，她有些累了，便想坐下休息。

可是，一阵脚步声忽然响起。

她抬眼，看到了他。

他长身玉立，风神朗朗，仿佛是画中的男子，不染尘俗。

他也是来采野菜的。

她的心，在看到他的时候，一直扑通扑通跳个不停。

后来，他们被缘分牵引，成了人人艳羡的情侣。

有他陪伴的日子，她每一日都是幸福的。

因为在她眼里，他就是这世上最好的男子，那些贵族子弟永远都比不上他。

这首《汾沮洳》是一首女子赞美情人的诗。全诗三章，每章六句，逐层深入地写了男子英俊的容貌和高尚的品行。在篇章结构上，这首诗仍然采用了《诗经》中最常见的重章叠句、反复吟咏的形式。

3.《园有桃》——冷暖自知

园有桃，其实之[①]肴[②]。心之忧矣，我歌[③]且谣[④]。不知我者，谓我士[⑤]也骄。彼人[⑥]是[⑦]哉，子[⑧]曰何其[⑨]？心之忧矣，其谁知之？其谁知之，盖[⑩]亦[⑪]勿思！

园有棘[⑫]，其实之食。心之忧矣，聊[⑬]以行国[⑭]。不知我者，谓我士也罔极[⑮]。彼人是哉，子曰何其？心之忧矣，其谁知之？其谁知之，盖亦勿思！

注释

①之：是。

②肴：吃。

③歌：有乐曲伴奏的歌唱。

④谣：无乐曲伴奏的歌唱。

⑤士：古代对知识分子或官吏的称呼。

⑥彼人：那人。

⑦是：正确。

⑧子：你。

⑨何其：为什么。

⑩盖（hé）：通“盍”，何不。

⑪亦：作语助词。

⑫棘：酸枣树。

⑬聊：姑且。

⑭行国：在国内周游。

⑮罔极：没有准则。

译文

园子里的树上结满了鲜桃，那些桃子味道很好。但我的心里充满了忧伤，我低声歌唱来排解情绪。那些不理解我的人，一定会说我太清高孤傲了。他们说得对啊，可是谁能告诉我到底该怎么办才好呢？我心里的忧伤，又有谁能知道呢！有谁能真正理解我，我还是不要再独自伤心了吧！

园子里的枣树长得很茂盛，那些果实很鲜美。但我的心里充满了忧伤，我决定在国内周游散散心。那些不理解我的人，一定会说我太清高孤傲了。他们说得对啊，可是谁能告诉我到底该怎么办才好呢？我心里的忧伤，又有谁能知道呢！有谁能真正理解我，我还是不要再独自伤心了吧！

赏析

春风和煦，百花争妍。

他一个人，漫无目的地闲逛。

走着走着，他就来到了这片桃园，那些桃树上结满了密密麻麻的桃子，十分诱人。

暖风吹来，可他却并不开心。

因为，他觉得自己生错了时代。

在这个时代里，他看不见他向往的那种天清地明。

原来，他与这个时代是格格不入的。

旁人说他是书呆子，书读傻了，沾满了文人的臭毛病，说他清高，说他孤傲。

对于这些误解，他只能苦笑，他也不去反驳。

也许人这一生，本就是孤独地来这世上走一遭。

赤条条来，最后也是赤条条去。

尘归尘，土归土，天地万物，都是殊途同归的。

可他内心深处，还是盼望有一个人能够真正地理解他，能够懂他，也能够为他解忧。

只可惜，他至今都没有遇到这样的人。

所有的委屈、挣扎、痛苦，他只能独自一人默默忍受，然后，独自挺过所有风雨。

这首《园有桃》是首怀才不遇的诗。全诗两章，每章十二句，以桃园起兴，然后开始诉说自己的忧愁，语调十分深沉，有“长歌当哭”的味道。

4.《陟岵》——登高思亲人

陟[①]彼岵[②]兮，瞻望父兮。父曰[③]：嗟！予子[④]行役，夙夜[⑤]无已。上[⑥]慎旃[⑦]哉，犹来[⑧]无止[⑨]！

陟彼屺[⑩]兮，瞻望母兮。母曰：嗟！予季[⑪]行役，夙夜无寐[⑫]。上慎旃哉，犹来无弃！

陟彼冈[⑬]兮，瞻望兄兮。兄曰：嗟！予弟行役，夙夜必偕[⑭]。上慎旃哉，犹来无死[⑮]！

注释

①陟（zhì）：登上。

②岵（hù）：多草木的山。

③父曰：这是诗人想象他父亲说的话。

④予子：诗人想象中他父亲对他的称呼。

⑤夙（sù）夜：日夜。

⑥上：通“尚”，祈祷。

⑦旃（zhān）：之，语气助词。

⑧犹来：还是归来。

⑨无止：不要停留。

⑩屺（qǐ）：无草木的山。

⑪季：兄弟中排行最小。

⑫无寐：没时间睡觉。

⑬冈：山脊。

⑭偕：在一起。

⑮无死：不要客死他乡。

译文

我登上草木繁茂的高山，向父亲所在的故乡眺望。我好像听到父亲叹息道："唉！我苦命的儿子在远方服役，你没日没夜地操劳，记得一定要好好保重自己的身体，希望你早点回来，不要在他乡多停留！"

我登到光秃秃的高山，向母亲所在的故乡眺望。我好像听到母亲叹息道："唉！我苦命的儿子在远方服役，你忙得连睡觉的时间都没有，记得一定要好好保重自己的身体，希望你早点回来，不要放弃能够回来的机会！"

我登上高低起伏的山冈，向兄长所在的故乡眺望。我好像听到兄长叹息道："唉！我苦命的小弟在远方服役，每天忙得都不能好好休息，你记得一定要好好保重自己的身体，希望你早点回来，不要死在他乡！"

赏析

高山巍峨，挺拔俊秀。

长风浩荡，他立于高山之巅，凝神眺望远方。

他眺望的方向不是别处，正是他的故乡。

不知此时此刻，他的父亲、母亲、兄长，家中所有亲人，可都还好？

不知道是不是错觉，他好像听到了他们三人传来的叹息声。

那些叹息声不停响起，萦绕在他耳边，令他动容。

他们让他一定要好好保重身体，要尽快回去。

他们会一直在家里等他。

想着想着，他的眼泪就忍不住掉下来了。

世人都说，男儿有泪不轻弹。

可是，男儿也会流泪。

无数个在边关征战的夜晚，他都想要放下一切，回去看看他的父母和兄长，可是他明白他走不了，他只能希望这场战争能赶快结束。

只有这样，他才能平安回到故乡，才能重新拾回从前家中的那些温暖。

这首《陟岵》是一首征人思亲的诗歌，主要表达了诗中男主人公对父母和兄长的思念之情。全诗三章，每章六句，在艺术上主要有两个特色，分别是幻境的创造和亲人的感叹。这两点，在整部《诗经》中并不多见，十分与众不同。

5.《十亩之间》——姑娘们的歌

十亩之间[①]兮，桑者[②]闲闲[③]兮，行[④]与子还[⑤]兮。
十亩之外兮，桑者泄泄[⑥]兮，行与子逝[⑦]兮。

注释

①十亩之间：指郊外的桑园。

②桑者：采桑的人。

③闲闲：悠闲的样子。

④行：走。

⑤还：回家。

⑥泄（yì）泄：舒畅和乐的样子。

⑦逝：返回。

译文

在一片宽广的桑园里，漂亮的姑娘们在悠闲地采桑，她们一起唱着歌儿回家。

在一片宽广的桑园里，漂亮的姑娘们在悠闲地采桑，她们一起说说笑笑地回家。

赏析

落日熔金，暮色四合。

夕阳西下，家家户户的炊烟不断升起。

远处，那片硕大的桑园里，不停传来女子的笑声和歌声。

她们的心情十分愉悦，因为忙碌了一天的她们，此刻终于可以回家了。

她们三五成群，一起说说笑笑，一起放声歌唱。

她们的步伐渐行渐远，可那说笑声和歌声却一直回荡在桑园深处。

这首《十亩之间》是一首描写采桑人完成劳作后愉快归家的诗。全诗两章，每章三句，描绘了一幅采桑女呼伴同归的桑园晚归图。全诗六句，重章复唱，诗人在每句后面都用了语气词“兮”，这样一来，诗中那种舒缓愉悦的情调就呼之欲出了。

6.《伐檀》——被剥削的人

坎坎[1]伐檀兮，置[2]之河之干[3]兮。河水清且涟[4]猗[5]。不稼[6]不穑[7]，胡[8]取禾[9]三百[10]廛[11]兮？不狩[12]不猎，胡瞻[13]尔庭有县[14]貆[15]兮？彼君子[16]兮，不素餐[17]兮！

坎坎伐辐[18]兮，置之河之侧兮。河水清且直[19]猗。不稼不穑，胡取禾三百亿[20]兮？不狩不猎，胡瞻尔庭有县特[21]兮？彼君子兮，不素食兮！

坎坎伐轮兮，置之河之漘[22]兮。河水清且沦[23]猗。不稼不穑，胡取禾三百囷[24]兮？不狩不猎，胡瞻尔庭有县鹑[25]兮？彼君子兮，不素飧[26]兮！

注释

①坎坎：用力伐木的声音。

②置：放置。

③干：河边。

④涟：风吹过水面形成的波纹。

⑤猗（yī）：和“兮”一样，都是语气助词。

⑥稼（jià）：播种。

⑦穑（sè）：收割。

⑧胡：为什么。

⑨禾：稻谷。

⑩三百：很多，并不是实数。

⑪廛（chán）：通“缠”，束，古代的度量单位，三百廛就是三百束。

⑫狩：冬猎。

⑬瞻：向前或向上看。

⑭县（xuán）：通“悬”，悬挂。

⑮貆（huán）：猪獾，一说是幼小的貉。

⑯君子：这里指有地位有权势的人。

⑰素餐：白吃饭不干活。

⑱辐：车轮上的辐条。

⑲直：河水直条状的波纹。

⑳亿：通“束”。

㉑特：三岁的兽。

㉒漘（chún）：水边。

㉓沦：小波纹。

㉔囷（qūn）：束，也说是圆形的谷仓。

㉕鹑（chún）：鹌鹑。

㉖飧（sūn）：熟食，这里指吃饭。

译文

砍伐檀树的声音很响，砍下的檀树都放在河边，河水清清泛着波澜。你们这些人，既不播种也不收割，凭什么把那么多禾往家里搬？你们从来没有打猎过，为什么你们的家里会有猪獾？你们这些老爷，就是白吃闲饭的人！

砍下檀树做车辐，把它们全部堆在河边，河水清清波浪直。你们这些人，既不播种也不收割，凭什么要霸占那么多禾？你们从来没有打猎过，为什么你们的家里有兽悬挂呢？你们这些老爷，就是白吃闲饭的人！

砍下檀树做车轮，把它们全部堆在河边，河水清清起波纹。你们这些人，既不播种也不收割，凭什么要独吞那么多禾？你们从来没有打猎过，为什么你们的家里会挂着鹌鹑？你们这些老爷，就是白吃闲饭的人！

赏析

他们已经砍了很久的檀树，因为他们要赶着用这些檀树来做车。

他们是一群可怜人，因为他们一直被剥削。

他们没日没夜地辛勤劳作种庄稼、打猎。

可是他们所有付出的收获，到最后全被那些剥削者夺去！

他们自己一无所有，不过是白忙活一场！

那些喜欢并习惯不劳而获的剥削者，从不种田，却会霸道地占有成百上千的稻谷；从不狩猎，家中后院却有数不清的猎物！

然而就算如此，他们还是相信公道的存在。

那些吸血鬼一样的剥削者，终有一日，会自食恶果。

这首《伐檀》是一首嘲骂剥削者不劳而获的诗，也是整部《诗经》中反剥削和压迫最有代表性的诗篇之一。全诗有三章，共二十七句，诗人用了反复咏叹的方式，强烈地反映出了当时劳动人民对剥削者的怨恨，他们大胆地向那些吸血鬼提出了正义的责问，荡气回肠。

7.《硕鼠》——他们比老鼠更可恶

硕鼠[①]硕鼠，无[②]食我黍[③]！三岁[④]贯[⑤]女[⑥]，莫我肯顾。逝[⑦]将去[⑧]女，适彼乐土。乐土乐土，爰[⑨]得我所[⑩]。

硕鼠硕鼠，无食我麦！三岁贯女，莫我肯德[⑪]。逝将去女，适彼乐国[⑫]。乐国乐国，爰得我直[⑬]。

硕鼠硕鼠，无食我苗！三岁贯女，莫我肯劳[⑭]。逝将去女，适彼乐郊。乐郊乐郊，谁之[⑮]永号[⑯]？

注释

①硕鼠：大老鼠，这里用来比喻贪得无厌的剥削统治者。

②无：不要。

③黍：黍子，也叫黄米，是重要的粮食作物。

④三岁：泛指多年。

⑤贯：侍奉。

⑥女：通“汝”，你。

⑦逝：通“誓”。

⑧去：离开。

⑨爰：于是。

⑩所：处所。

⑪德：感激。

⑫国：域，即地方。

⑬直：通“值”，代价。

⑭劳：慰劳。

⑮之：其，表示诘问语气。

⑯号：呼号。

译文

你们这些讨厌的大老鼠，不许再吃我们种的黍！我们这么多年一直勤劳地伺候你们，你们却对我们一点都不照顾。我们发誓要离开你们，去幸福的乐土生活。那个幸福的乐土，才是我们的好去处！

你们这些讨厌的大老鼠，不许再吃我们种的麦！我们这么多年一直勤劳地伺候你们，你们却连一点感恩之心都没有。我们发誓要摆脱你们，去仁爱的乐国生活。那个仁爱的乐国，才是我们的好去处！

你们这些讨厌的大老鼠，不许再吃我们种的苗！我们这么多年一直勤劳地伺候你们，你们却一点都不知道我们的辛苦！我们发誓要摆脱你们，去开心的乐郊生活。在那个开心的乐郊生活，谁还会整天唉声叹气呢！

赏析

在他们眼里，那群人就像一群贪婪的老鼠，甚至比老鼠还可恶。

因为在他们的世界里，只知道剥削，只会压迫，只会霸占别人的辛勤所得，就是一群喜欢不劳而获的寄生虫。

他们只喜欢不停地压榨他们的劳动力。

他们从来不用种庄稼，却有着永远都吃不完的稻谷。

他们从来不去打猎，却餐餐都是山珍海味。

因为有他们这些人为他们辛勤劳作，日日夜夜，没完没了。

日复一日，年复一年。

有时候，他们真想一走了之，去寻觅一处人间净土，放下所有事情，去重新生活。

那里没有压榨，没有逼迫，只有他们一直憧憬着的安居乐业。

他们相信，总有一天能够找到这样的桃花源。

这首《硕鼠》是一首反对剥削、向往乐土的诗。全诗三章，每章八句，诗人用“硕鼠”来比喻那些只知道剥削的统治者，比喻精准，诗歌的穿透力很强。

国风·唐风

1.《蟋蟀》——生活，需要劳逸结合

蟋蟀在堂[①]，岁聿[②]其莫[③]。今我不乐，日月其除[④]。无[⑤]已[⑥]大康[⑦]，职思其居[⑧]。好乐无荒，良士瞿瞿[⑨]。

蟋蟀在堂，岁聿其逝[⑩]。今我不乐，日月其迈[⑪]。无已大康，职思其外[⑫]。好乐无荒，良士蹶蹶[⑬]。

蟋蟀在堂，役车[⑭]其休。今我不乐，日月其慆[⑮]。无已大康，职思其忧。好乐无荒，良士休休[⑯]。

注释

①堂：堂屋。

②聿（yù）：语气助词，没有实义。

③莫：古“暮”字。

④除：消逝。

⑤无：勿。

⑥已：过度。

⑦大（tài）康：享乐。

⑧居：指所处的职位。

⑨瞿（jù）瞿：谨慎、勤勉的样子。

⑩逝：去。

⑪迈：流逝。

⑫外：指分外的事。

⑬蹶（guì）蹶：动作勤敏的样子。

⑭役车：服役出差乘坐的车子。

⑮慆（tāo）：逝去。

⑯休休：安闲自得的样子。

译文

天气冷了，蟋蟀都从野外进到堂屋了，眨眼间一年又快过去了。如果我们不及时去享乐，那时间很快就过去了。当然，我们也不能过分去追求享乐，本职的工作是不能荒废的。享乐可以，正业也不可以耽误，我常常这样告诫自己。

天气冷了，蟋蟀都从野外进到堂屋了，眨眼间一年又快过去了。如果我们不及时去享乐，那时间很快就过去了。当然，我们也不能过分去追求享乐，本职的工作是不能荒废的。享乐可以，正业也不可以耽误，我常常对自己说要勤奋工作。

天气冷了，蟋蟀都从野外进到堂屋了，就连服役出差乘坐的车子都休息了。如果我们不及时去享乐，那时间很快就过去了。当然，我们也不能过分去追求享乐，本职的工作是不能荒废的。享乐可以，正业也不可以耽误，只有这样，才能安闲自得。

赏析

天已凉。

秋风起，荒草离离。

此刻，结束了一天的忙碌，他回到家，正闲来无事，打量着那一只只蟋蟀。

都说草木有情，其实动物也有情，这些蟋蟀因为天气转凉，都从野外来到了屋内。

这一年，又快要过去了。

流光容易把人抛，红了樱桃，绿了芭蕉。

天地间，有什么是最无法琢磨的？

答案是流光。

因为流光一去，就如黄鹤杳杳，不再复返。

没有谁，能抵抗时间。

因为时间无法抵抗，所以它最尊贵。

要及时行乐，不要留有遗憾，但也不能忘了自己的使命。

行乐与正事，需要平衡。

劳逸结合的生活，才是最美的。

这首《蟋蟀》主要写诗人感物伤时。全诗三章，每章八句，以天气转凉蟋蟀进屋来起兴。整首诗很有真情实感，读来意味深长。

2.《山有枢》——学会及时行乐

山有枢[①]，隰[②]有榆[③]。子有衣裳，弗曳[④]弗娄[⑤]。子有车马，弗驰弗驱。宛[⑥]其死矣，他人是愉。

山有栲[⑦]，隰有杻[⑧]。子有廷[⑨]内，弗洒弗扫。子有钟鼓，弗鼓弗考[⑩]。宛其死矣，他人是保[⑪]。

山有漆[⑫]，隰有栗[⑬]。子有酒食，何不日鼓瑟？且以喜乐，且以永日。宛其死矣，他人入室。

注释

①枢（ōu）：刺榆树。

②隰（xí）：指低湿的地方。

③榆：白榆树。

④曳（yè）：拖。

⑤娄：即“搂”，用手把衣服拢着提起来。

⑥宛（yuàn）：通“苑”，枯萎的样子。

⑦栲（kǎo）：臭椿树。

⑧杻（niǔ）：菩提树。

⑨廷：宫室。

⑩考：敲击。

⑪保：占有。

⑫漆：漆树。

⑬栗：栗子树。

译文

山上长着刺榆树，低湿的洼地中间长着白榆树。你有很多漂亮衣裳，却从来都不穿。你有好车和好马，也从来不驾不骑，把它们放在一边。如果有一天你不幸离开人世了，那别人就会把这些都占为己有，尽情享受。

山上长着臭椿树，低湿的洼地里长着菩提树。你有宽敞华丽的庭院和房屋，却从不撒水，也不打扫。你家里有钟又有鼓，却从不敲打。如果有一天你不幸离开人世了，那别人就会把这些都占为己有，尽情享受。

山上长着漆树，低湿的洼地里长着栗子树。你每天都吃着佳肴，喝着美酒，为什么不边吃边听丝竹管弦呢？你完全可以用它们来找乐，来打发时间。如果有一天你不幸离开人世了，那别人就会住到你的房子里，尽情享受这一切。

赏析

他和他是好朋友。

他们都出身贵族家庭，可是他们的为人处事风格却极为不同。

他追求及时行乐，然而他那位朋友却喜欢把所有的时间都奉献给工作。

他明明就住着豪华的庭院，却忙得没时间派人打扫，明明有编钟大鼓，却从来都不敲不击，明明每餐都有山珍海味和美酒，却没时间听丝竹管弦来打发时间。

他常常对他说人要懂得及时行乐，因为时间如流水匆匆而逝，人生几十年，不过是朝宴晚饮，一下子就过去了。

可他每回听了，也只是笑笑，至于生活，还和从前一样，没有半分变化。

也许这世上，各人都有各自的活法，只要是自己喜欢的，就够了。

这首《山有枢》是诗人劝友人要及时行乐的诗。全诗三章，每章八句，三言、四言和五言句式的交错，让整首诗读来十分有力量。

3.《扬之水》——天下将变

扬[①]之水，白石凿凿[②]。素衣朱襮[③]，从[④]子于沃[⑤]。既[⑥]见君子[⑦]，云何[⑧]不乐？

扬之水，白石皓皓[⑨]。素衣朱绣，从子于鹄[⑩]。既见君子，云何其忧[⑪]？

扬之水，白石粼粼[⑫]。我闻有命[⑬]，不敢以告人。

注释

①扬：缓缓。

②凿凿：鲜明的样子。

③襮（bó）：绣有花纹的衣领。

④从：跟随。

⑤沃：曲沃，地名。

⑥既：已。

⑦君子：指桓叔。

⑧云何：如何。

⑨皓皓：光亮洁白的样子。

⑩鹄（hú）：地名。

⑪忧：担忧。

⑫粼粼：清澈的样子。

⑬命：命令。

译文

小河里的水慢慢流，把白石冲得更鲜明。白衣红领的士兵们准备出发，跟随他从曲沃奔赴疆场。我们见到了那勇武的桓叔，还有什么不欢乐呢？

小河里的水慢慢流，把白石冲得更发亮。白衣红袖的士兵们整装待发，跟随他从鹄邑奔赴疆场。我们见到了那勇武的桓叔，还有什么好担忧的呢？

小河里的水慢慢流，水底的白石更晶莹。我刚刚从上头得到起事的命令，不敢轻易把这个消息透露给别人。

赏析

曲沃。

小河水缓缓地流淌，连那水底的白石都清晰可见。

有风吹过，河面上泛起了粼粼波光。

周遭静极了，只能听到鸟雀的叫声。

可有时候，越是安静的地方，就越透露着古怪。

无人知晓，此时此刻，有一群人正在酝酿一件大事。

这件事若成了，这天下，恐怕就要变天了。

那群士兵身着白衣红领，旗甲鲜明，一个个整装待发、神采飞扬。

他们准备跟随一直敬重的桓叔，在曲沃起事。

这首《扬之水》是一首讽刺诗，是当时拥立晋昭公叔父的人来讽刺晋昭公的诗。全诗三章，整首诗的构思很巧妙，先以“扬之水”来引出人物，暗示当时的形势与政局很动荡。接着，故事的情节和内容，随之层层推进，到最后，诗人才为我们揭开了谜底。整首诗写得丝丝入扣，读来引人入胜。

4.《椒聊》——愿君安好

椒[①]聊[②]之实，蕃衍[③]盈[④]升[⑤]。彼其之子，硕大[⑥]无朋[⑦]。椒聊且[⑧]，远条[⑨]且。

椒聊之实，蕃衍盈匊[⑩]。彼其之子，硕大且笃[⑪]。椒聊且，远条且。

注释

①椒：花椒，又名山椒。

②聊：草木结成的果实。

③蕃衍：生长茂盛。

④盈：满。

⑤升：量器名。

⑥硕大：指身体高大强壮。

⑦无朋：无比。

⑧且（jū）：语末助词。

⑨远条：香气远扬。

⑩匊（jū）：古“掬”字，两手合捧。

⑪笃：厚道，形容人体丰满高大。

译文

花椒树上结满了一串串果实，采来的果实可以把升装满。你看那位君子，形象高大，一表人才。希望他像这果实累累的花椒树，能够一直枝繁叶茂下去。

花椒树上结满了一串串果实，采来的果实两只手都可以捧满。你看那位君子，身材高大，又忠厚老实。希望他像这果实累累的花椒树，能够一直枝繁叶茂下去。

赏析

青山叠翠，流云竞走。

那粗壮的花椒树，枝繁叶茂。

它碧绿的枝头，结满了鲜红的花椒子。

那一串串果实，随风飘动，清香阵阵，荡人心扉。

他和往年一样，来采摘这密密麻麻的果实。

他高大健壮，又娶了个好妻子，如今他有儿有女，一家子和和乐乐。

他只愿，他的子孙能像这棵花椒树一样，能一直这样枝繁叶茂下去。

这首《椒聊》是赞美男子的诗。全诗两章，每章六句，诗人用了比兴和复沓的手法，达到了一唱三叹的效果。内容虽简单，意味却深长。

5.《绸缪》——快乐的新人

绸缪[1]束薪[2]，三星[3]在天。今夕何夕，见此良人[4]？子兮[5]子兮，如此良人何？

绸缪束刍[6]，三星在隅[7]。今夕何夕，见此邂逅[8]？子兮子兮，如此邂逅何？

绸缪束楚[9]，三星在户[10]。今夕何夕，见此粲[11]者？子兮子兮，如此粲者何？

注释

①绸缪（chóu móu）：缠绕。

②束薪：比喻夫妇同心。

③三星：参星。

④良人：丈夫，这里指新郎。

⑤子兮：你呀。

⑥刍（chú）：喂牲口的青草。

⑦隅（yú）：指东南角。

⑧邂逅：不期而遇。

⑨楚：荆条。

⑩户：门。

⑪粲（càn）：漂亮的人，这里指新娘。

译文

我把柴火扎好，天上的参星亮晶晶。今夜到底是什么夜晚呢？我看到你真高兴。

我想问问你呀，我们接下来该做什么呢？

我把一捆牧草扎好，东南的参星正闪烁着。今夜到底是什么夜晚呢？在这个良辰美景遇见你真快活呀。

我想问问你呀，这美好良辰我们该如何度过呢？

我把一束荆条紧紧捆好，天边的参星正高高照在门上。今夜到底是什么夜晚呢？我看到我心心念念的美人来了真兴奋呀。

我想问问你呀，对你这美人，我该怎么办呢？

赏析

黄昏，霞光漫天，那女子大红的婚服和着夕阳一起，醉了半边天。

夜晚，星空璀璨，今夜的月色极美。

温柔的月光清凌凌破空照下，将她照得更妩媚了。

她终于成了他的妻子。

他从黄昏等到夜晚，看着她完成一道道仪式，终于来到了他的身边，同他一起饮下了合卺酒。

她是他第一个心动的女子，而他也是她第一个心动的男子，所以他们当年一见钟情，然后一生倾心。

这个洞房花烛夜，注定永生难忘。

今夕何夕，和你一起忘记时间。

这首《绸缪》是一首贺新婚时闹洞房唱的诗歌。全诗三章，每章六句，诗人借洞房花烛夜的欢愉，表达出了诗中男女主角温馨、甜蜜的情爱，令人动容。

6.《杕杜》——独自流亡，独自忧伤

有杕[①]之杜[②]，其叶湑湑[③]。独行踽踽[④]。岂无他人？不如我同父[⑤]。嗟行之人，胡不比[⑥]焉？人无兄弟，胡不佽[⑦]焉？

有杕之杜，其叶菁菁[⑧]。独行睘睘[⑨]。岂无他人？不如我同姓[⑩]。嗟行之人，胡不比焉？人无兄弟，胡不佽焉？

注释

①杕（dì）：树木挺立的样子。

②杜：木名，棠梨。

③湑（xǔ）湑：茂盛的样子。

④踽（jǔ）踽：孤独的样子。

⑤同父：指同胞兄弟。

⑥比：亲近。

⑦佽（cì）：帮助。

⑧菁菁：树叶茂盛的样子。

⑨睘（qióng）睘：无依无靠的样子。

⑩同姓：指一母所生的兄弟。

译文

路旁的棠梨树孤零零，它的叶子却生长得很茂盛。我独自在路上流浪，难道就没人和我一起同行吗？不如兄弟有真情。来往的那些过路人，为什么一个都不和我亲近呢？我没有兄弟，无依无靠，为什么不帮帮我呢？

路旁的棠梨树孤零零，它的叶子却生长得很茂盛。我独自在路上流浪，难道就没人和我一起同行吗？不如兄弟讲亲情。来往的那些过路人，为什么一个都不和我亲近呢？我没有兄弟，无依无靠，为什么不帮帮我呢？

赏析

那棵棠梨树，孤独地生长着。

它周遭无树，可它的树叶却极繁盛。

她漫无目的地走在路上。

看到那棵棠梨树，她的眼泪就止不住了。

棠梨树虽孤零零，可它还有繁盛的枝叶相伴。

而她呢？

独自一人，在这天地间，如孤魂野鬼。

她的流亡之路，看不到尽头。

原来，人不如树。

她很久没有吃饱了，原本瘦小的身姿，比从前更羸弱不堪了。

她很久没有梳洗了，早已尘土满身。

此刻，她在一条坑坑洼洼的乡间小道上独自行走，一路上，她遇到了很多风尘仆仆的行人，可他们都把她当作空气。

原来，这世上只有自己的亲人才会把你当回事。

这首《杕杜》主要描写了一个流落街头的少女既举目无亲，也无人问津的凄惨画面。全诗两章，每章九句，诗人用生动形象的笔墨，给读者描摹出了一幅真实的古代难民流亡图，令人震撼。

7.《羔裘》——友情易碎

羔裘①豹祛②，自我人③居居④。岂无他人？维⑤子⑥之故⑦。

羔裘豹褎⑧，自我人究究⑨。岂无他人？维子之好。

注释

①羔裘：羊皮袄。

②祛（qū）：袖口。

③自我人：对我们这些人。

④居（jū）居：通“倨倨”，傲慢无礼的样子。

⑤维：因为。

⑥子：你。

⑦故：故旧。

⑧褎（xiù）：后作“袖”，衣袖。

⑨究究：态度傲慢。

译文

你穿着豹纹装饰的羔皮礼服，对我们傲气十足。难道你就这样目中无人吗？看在我们曾经是老朋友的分上，我就不和你计较了。

你穿着豹纹装饰的羔皮礼服，对我们耀武扬威。难道你就这样目中无人吗？看在我们曾经的朋友情意上，我就不和你计较了。

赏析

他和他是老友，从小一块长大，长大后一起去朝廷为官。

经过多年拼搏后，他比他官职更高，穿上了豹纹装饰的羔皮朝服。

官职高了，他的本性也就暴露出来了。

渐渐地，他变得越来越目中无人，整日在他面前耀武扬威。

原来，在他心里，他们几十年的老交情还比不过一个官职。

既然如此，他就和他老死不相往来吧。

这首《羔裘》是一首讽刺诗，讽刺了一个当官者在职位不如他高的老朋友面前的傲慢态度。这首诗从结构上来看很简单，诗人用了《诗经》中最常见的回环往复的手法，另外，还用了设问和作答的形式，读来朗朗上口。

8.《鸨羽》——三年未归，家人可好？

肃肃[1]鸨[2]羽，集于苞[3]栩[4]。王事靡[5]盬[6]，不能蓺[7]稷[8]黍[9]。父母何怙[10]？悠悠苍天，曷[11]其有所[12]？

肃肃鸨翼，集于苞棘[13]。王事靡盬，不能蓺黍稷。父母何食？悠悠苍天，曷其有极[14]？

肃肃鸨行[15]，集于苞桑。王事靡盬，不能蓺稻粱。父母何尝[16]？悠悠苍天，曷其有常[17]？

注释

①肃肃：鸟翅扇动的声音。

②鸨（bǎo）：鸟名。

③苞：丛生。

④栩：柞树。

⑤靡：没有。

⑥盬（gǔ）：休止。

⑦蓺（yì）：种植。

⑧稷：古代一种粮食作物。

⑨黍：黍子。

⑩怙（hù）：依靠。

⑪曷：何。

⑫所：住所。

⑬棘：酸枣树。

⑭极：尽头。

⑮行：行列。

⑯尝：吃。

⑰常：正常。

译文

大鸨不停振动着翅膀，它们成群落在丛生的柞树上。王侯家的徭役无休无止，我不能回家种稷黍。我可怜的父母该怎么生活？请问老天爷，我什么时候才能回家？

大鸨不停扇动着翅膀，它们成群落在丛生的酸枣树上。王侯家的徭役无休无止，我不能回家种稷黍。我可怜的父母该吃什么？请问老天爷，我什么时候才能停止服役？

大鸨不停飞动着翅膀，它们成群栖息在丛生的桑树上。王侯家的徭役不知道什么时候才是个头，我不能回家种稻粱。我可怜的父母该吃什么啊？请问老天爷，我的生活什么时候才能恢复正常啊？

赏析

如果他没有记错，他已经有整整三年没有回去了。

不知他家中的父母是否安好？

三年前，他带着万分不情愿的心情被逼离家千里，来到这个寸草不生的地方服役。

本以为过一年，他便能回去。

可是一年过去了，他还在这里。

两年过去了，依然在此。

三年过去了，他还是没有回去，每日都有忙不完的事。

他担忧父母，没有他在家中种田，没有粮食，他的父母该吃什么来度日？

不知他的生活何时能回归正常。

他只愿来日归家，父母依旧健硕。

这首《鸨羽》是一首描述徭役沉重、民不聊生的诗，主要描写农民因为长期服役而不能耕种来养活父母，所以作诗表示抗争。全诗三章，每章七句，风格沧桑悲壮。

值得一提的是诗中的隐喻，鸨鸟生性只能浮水，不可能在树上栖息。而诗中的鸨鸟居然全部聚集在树上，这其实是诗人的良苦用心，他以此来比喻让农民抛弃务农的本业而常年从事徭役，结果只会导致他们无法过上正常的生活。

9.《无衣》——睹物思人

岂曰无衣？七[①]兮。不如子[②]之衣，安[③]且吉[④]兮。
岂曰无衣？六[⑤]兮。不如子之衣，安且燠[⑥]兮。

注释

①七：表示衣服很多。

②子：第二人称的尊称，这里指制衣的人。

③安：舒适。

④吉：漂亮。

⑤六：同“七”一样，表示衣服很多。

⑥燠（yù）：暖和。

译文

谁说我没有衣服穿？算算我有很多衣服。但是它们都不如你亲手做的衣服，既舒适又漂亮。

谁说我没有衣服穿？算算我有很多衣服。但是它们都不如你亲手做的衣服，既舒适又暖和。

赏析

夜深了。

天地归于一片静寂，只能听到窗外的知了声时不时响起。

他在屋内睹物思人。

他本来准备睡了，可他脱下身上的衣裳，便触动了记忆。

那记忆之门一旦开启，便再难合拢。

今夜，他又想起了她，他美丽贤惠的妻子，他心灵手巧的爱人。

可惜她红颜薄命，早早地便离他而去了。

他今日身上穿的这件衣裳，便是她当年初嫁给他没多久为他做的。

可如今，衣裳还在，伊人却没了踪迹，早已化为了一抔黄土。

旁人不知道，其实他有很多衣裳，可没有一件比得过她为他亲手而做的。

因为他们彼此早已心有灵犀，所以每一件她为他做的衣服，都是那样合身、美观且温暖。

而那些买来的衣服，就算式样再好，价格再高，也没有那种温暖。

这份温暖，放眼整个广袤天地间，也只有她才能给予。

这首《无衣》是一首睹物思人的诗。全诗分为两章，字句差不多都是一样的，就只有四个字不同。诗人用相同的句式重复，却一唱三叹，读来很感动。

10.《有杕之杜》——他和棠梨树一样孤独

有杕[①]之杜[②]，生于道左[③]。彼君子兮，噬[④]肯适我？中心好之，曷[⑤]饮食[⑥]之？

有杕之杜，生于道周[⑦]。彼君子兮，噬肯来游[⑧]？中心好之，曷饮食之？

注释

①杕：树木挺立的样子。

②杜：杜梨，又名棠梨。

③道左：道路左边。

④噬（shì）：发语词。

⑤曷：通“盍”，何不。

⑥饮食（yìn sì）：喝酒吃饭。

⑦周：右的假借，指右边。

⑧游：来看。

译文

那棵棠梨树好孤独啊，长在道路最左边的偏僻处。那些德高望重的君子们啊，你们愿不愿意靠近我呢？我对你们充满崇敬，为什么我们不能一起饮酒吃菜呢？

那棵棠梨树好孤独啊，长在道路最右边的偏僻处。那些德高望重的君子们啊，你们愿不愿意和我一起玩呢？我非常欣赏你们，为什么我们不能一起把酒言欢呢？

赏析

荒野，古道。

弯弯曲曲最偏僻的地方，立着一棵孤零零的棠梨树。

这棵棠梨树正对着一户人家。

家中的主人，此刻正在棠梨树下徘徊。

他来回踱步，始终凝望着远处。

那个方向，他邀请的人，快来了吧？

他是真心敬重他们，打心眼里佩服他们。

只愿他们能如约而来，同他一起把酒言欢，畅聊古今。

这首《有杕之杜》是一首描写一个孤独者等待友人来访的诗。全诗两章，每章六句，诗人用了《诗经》中常见的重章叠唱的结构，带有民歌中反复咏唱的特点，也把男主角的那种孤独感抒发得很极致。

11.《葛生》——总有一天，我会和你相会

葛[①]生蒙[②]楚[③]，蔹[④]蔓于野。予美[⑤]亡此[⑥]，谁与？独处？
葛生蒙棘[⑦]，蔹蔓于域[⑧]。予美亡此，谁与？独息？
角枕[⑨]粲[⑩]兮，锦衾[⑪]烂[⑫]兮。予美亡此，谁与？独旦[⑬]？
夏之日，冬之夜[⑭]。百岁之后，归于其居[⑮]。
冬之夜，夏之日。百岁之后，归于其室。

注释

①葛：葛藤。

②蒙：覆盖。

③楚：牡荆。

④蔹（liǎn）：攀缘性多年生草本植物。

⑤予美：指所爱的人。

⑥亡此：指死后埋在那里。

⑦棘：酸枣。

⑧域：坟地。

⑨角枕：牛角做的枕头。

⑩粲：通“灿”，色彩鲜明。

⑪ 锦衾：锦缎褥子。

⑫ 烂：灿烂。

⑬ 旦：天亮。

⑭ 夏之日，冬之夜：是指夏季白天长，冬季晚上长，都是指时间很长。

⑮ 其居：指亡夫的墓穴。

译文

葛藤覆盖了一丛丛的牡荆，野葡萄蔓延在荒凉的坟地。我的丈夫在这里长眠，没有人和他在一起，他一个人独守安宁！

葛藤覆盖了一丛丛的酸枣枝，野葡萄蔓延在荒凉的坟地。我的丈夫在这里埋葬，没有人和他在一起，他一个人独自安息！

看他头下牛角做的枕头还是那么光鲜，身上的锦被还是那么灿烂！我的丈夫在这里安眠，没有人和他在一起，他一个人独自等天明！

夏天是那样漫长，每分每秒都是煎熬，冬夜是那样漫长，我真的难耐孤寒。总有一天，我会化作清风，和你一起相会在碧落黄泉！

冬夜是那样漫长，我真的难耐孤寒，夏天是那样漫长，每分每秒都是煎熬。总有一天，我会化为尘土，和你一起相聚在这块宝地！

赏析

她又来到了这片荒凉的地方。

这里，荒草离离，风烟弥漫。

她的丈夫长眠在这块墓地里。

她今日，穿了他最爱的那身绿衣。

因为他生前，最爱看她穿这身衣裳，他说她穿绿色就像一朵碧荷，随风而动，袅袅而开。

如今，人如旧，衣如故，言犹在耳，可他却彻底消失在这个世界了。

自从他去后，她似乎一夜之间就老了。

没有人知道，她有多想和他一起长眠于此。

无他陪伴的日子，每一分，每一秒，都变得格外漫长。

春夏秋冬，漫漫四季，对她来说，不过都是日复一日、年复一年的煎熬。

可是，她残存的理智提醒她，她若走了，那他们的儿女该怎么办?

更何况，他走之前一直紧握她的手，一直叮嘱她要好好地活下去。

那日，她哭着答应他。

她明白，百年之后，她终究会和他一同长眠于此。

到那时，他们在碧落黄泉里，再一同携手，看花好月圆，听海潮三落……

这首《葛生》是一首悼亡诗。全诗五章，每章四句，诗人匠心独运，用了独白的方式，让整首诗更加动情。再加上独特的文字结构，更加深刻地表达出了女主人公对丈夫的爱和无尽的思念。诗人写出了永无止境的怀念和爱情的永恒。因此，这首诗被评为“悼亡之祖，悼亡诗之绝唱”！

12.《采苓》——清者自清

采苓[①]采苓，首阳[②]之巅。人之为言[③]，苟亦无信[④]。舍旃[⑤]舍旃，苟亦无然[⑥]。人之为言，胡[⑦]得焉？

采苦[⑧]采苦，首阳之下。人之为言，苟亦无与[⑨]。舍旃舍旃，苟亦无然。人之为言，胡得焉？

采葑[⑩]采葑，首阳之东。人之为言，苟亦无从[⑪]。舍旃舍旃，苟亦无然。人之为言，胡得焉？

注释

①苓（líng）：一种药草。

②首阳：山名。

③为（wěi）言：谎话。为，通“伪”。

④苟亦无信：不要轻信。

⑤舍旃（zhān）：放弃它吧。

⑥无然：不要以为然。

⑦胡：何。

⑧苦：苦菜。

⑨无与：不要理会。

⑩葑（fēng）：芜菁。

⑪从：听从。

译文

她翻山越岭，终于来到首阳山顶采茯苓。那些可恶的小人故意制造出她的闲话，你们一句都不要信啊。直接当作没有听到吧，因为清者自清。那些造谣生事的长舌妇们，最终还是白忙活！

她翻山越岭，终于来到首阳山下采苦菜。那些可恶的小人故意制造出她的闲话，你们不要理会啊。直接当作没有听到吧，因为真相终会大白。那些造谣生事的长舌妇们，最终还是白忙活！

她翻山越岭，终于来到首阳山下采芜菁。那些可恶的小人故意制造出她的闲话，你们最好堵上耳朵。直接当作没有听到吧，因为时间久了，那些人就会露出狐狸尾巴。那些造谣生事的长舌妇们，最终还是白忙活！

赏析

她没想到，自己有一天会被一群人制造闲话。

她一直与人为善，也乐于助人。

可她的真心，在那些人看来却一文不值，甚至还可笑。

她们在背后中伤她。

她很伤心，不明白为何她的真心不仅没能换来同等的真心，反而还换来了数不尽的明枪暗箭！

她只愿，她最在乎的人，不要听信谗言。

清者自清，她相信，所有的一切，都会在时间的沉淀下，真相大白。

这首《采苓》是一首劝说世人不要听信谗言的诗。全诗三章，每章八句，诗人用了重章叠句、反复咏唱的手法，带给读者一种回环复沓的阅读美感，如春天的垂柳，不断摇曳生姿。

国风·秦风

1.《车邻》——要快乐，趁年轻

有车邻邻[①]，有[②]马白颠[③]。未见君子[④]，寺人[⑤]之令。

阪[⑥]有漆，隰[⑦]有栗。既见君子，并坐[⑧]鼓瑟[⑨]。今者[⑩]不乐，逝[⑪]者其耋[⑫]。

阪有桑，隰有杨。既见君子，并坐鼓簧[⑬]。今者不乐，逝者其亡[⑭]。

注释

①邻邻：通“辚辚”，车行的声音。

②有：语助词。

③白颠：马额上长白毛，一种良马，也称戴星马。

④君子：这里是对友人的尊称。

⑤寺人：宦官。

⑥阪（bǎn）：山坡。

⑦隰（xí）：低湿的地方。

⑧并坐：同坐。

⑨鼓瑟：弹奏。

⑩今者：现在。

⑪逝：往。

⑫耋（dié）：八十岁，泛指老人。

⑬簧：古代乐器名，笙。

⑭亡：死亡。

译文

车队跑起来辚辚响，那一匹匹戴星马额头间长着白毛。贵族青年还没进去见到君子，等待守门的小臣前去传令。

那山坡上种着漆树，洼地里长着茂盛的板栗。他拜见了君子，君子邀请他并肩坐下，一起鼓瑟。人啊，就应该及时行乐，因为一转眼就老了。

那山坡上种着桑树，洼地里长着茂盛的大叶杨。他拜见了君子，君子邀请他并肩坐下，一起吹笙。人啊，就应该及时行乐，因为不知道哪天会出意外离开这个世界。

赏析

他出发了。

车马辚辚，那一匹匹戴星马十分耀眼，因为它们额头间的白毛，一团团洁白如雪。

他此行是去看他的至交的，他们都出身于贵族家庭。

到了朋友家里，他一点都不拘束。

因为他们虽然很久没见了，却仍然可以像过去那样。

朋友邀请他一起坐下，鼓瑟吹笙、饮酒对诗。

他从旭日东升一直待到皓月临空。

星空璀璨，那一颗颗耀眼的星触动了他们。

两人十分默契，发出了同样的感慨。

人生在世，就应该及时行乐，因为你永远都不知道，下一秒究竟会遇见什么。

流光最是容易把人抛，若不及时行乐，一不小心，就老了呀。

若成了耄耋老人，又该如何行乐呢？

这首《车邻》是一首宣扬及时行乐的诗。全诗三章，第一章四句，后二章各六句，三章都是自述，表现了友人欢聚一堂、饮酒作乐的情景。

2.《驷驖》——百发百中的神箭手

驷[1]驖[2]孔阜[3]，六辔[4]在手。公之媚子[5]，从公于狩[6]。
奉时[7]辰[8]牡[9]，辰牡孔硕[10]。公曰左之[11]，舍[12]拔[13]则获。
游于北园，四马既闲[14]。輶[15]车鸾[16]镳[17]，载猃[18]歇骄[19]。

注释

①驷：四马。

②驖（tiě）：毛色如铁的黑马。

③阜：肥硕。

④辔：马缰。

⑤媚子：亲信、宠爱的人。

⑥狩：冬猎。

⑦时：即“是”，这个。

⑧辰：母鹿。

⑨牡：公兽。

⑩硕：肥大。

⑪左之：从左面射它。

⑫舍：放。

⑬拔：箭末。

⑭闲：通“娴”，熟练。

⑮輶（yóu）：用于驱赶堵截野兽的便车。

⑯鸾：通“銮”，铃。

⑰镳（biāo）：马衔铁。

⑱猃（xiǎn）：长嘴的猎狗。

⑲歇骄：短嘴的猎狗。

译文

四匹黑马不停嘶鸣着，秦襄公娴熟地收放六条缰绳来驾驭它们。那些最得宠信的臣子，跟随秦襄公一起狩猎。

围场小吏放出公鹿，那些鹿群硕大诱人。秦襄公下令向左转，只要他放箭，就一定能射中猎物。

他们打猎尽兴后就到北园去玩，那四匹马儿非常悠闲。叮当随着车儿转悠而响起，车载着有功劳的猎狗而归。

赏析

狩猎开始了。

一声令下，四匹黑马拔蹄飞驰。

那管山林苑囿的狩猎官，急忙打开樊笼，放出一群早已养得肥肥胖胖的猎物。

这场狩猎的主人秦襄公瞄准方向，手中的长箭从左对准那些猎物。

嗖的一声，箭无虚发，那些猎物应声倒地。

他从小就勤练骑射，只要一出箭，就基本上都是百发百中的。

此刻，他带着那些大臣们一起狩猎。他早已下令，射中最多的人是有奖励的，那些大臣自然是拼尽全力参与进来。

时辰到了，他们便结束了狩猎，去北园游玩。

众人也恢复了常态，马蹄得得，轻松悠闲。

《驷驖》是一首描写秦襄公田猎盛况的诗，反映出了当时秦国的强大。全诗三章，每章四句，诗人匠心独运，抓住富于表现力的几个瞬间和细节，行文简练，只用了三章十二句四十八字就写尽了当时狩猎的全过程，让人觉得韵味无穷，可见诗人高超的艺术概括能力。

3.《小戎》——日日思君不见君

小戎[①]俴收[②]，五楘[③]梁辀[④]。游环[⑤]胁驱[⑥]，阴靷[⑦]鋈续[⑧]。文茵[⑨]畅毂[⑩]，驾我骐[⑪]馵[⑫]。言[⑬]念君子[⑭]，温其如玉[⑮]。在其板屋[⑯]，乱我心曲[⑰]。

四牡[⑱]孔阜[⑲]，六辔[⑳]在手。骐骝[㉑]是中，騧[㉒]骊[㉓]是骖[㉔]。龙盾[㉕]之合，鋈以觼[㉖]軜[㉗]。言念君子，温其在邑[㉘]。方[㉙]何为期[㉚]？胡然[㉛]我念之。

俴驷[㉜]孔群[㉝]，厹矛[㉞]鋈錞[㉟]。蒙[㊱]伐[㊲]有苑[㊳]，虎韔[㊴]镂膺[㊵]。交[㊶]韔[㊷]二弓，竹闭[㊸]绲[㊹]縢[㊺]。言念君子，载寝载兴[㊻]。厌厌[㊼]良人[㊽]，秩秩[㊾]德音[㊿]。

注释

①小戎：兵车。

②俴（jiàn）：浅的车厢。

③五楘（mù）：用皮革缠在车辕上形成X形，起加固和修饰作用。五，古文作X。

④梁辀（zhōu）：曲辕。

⑤游环：活动的环。

⑥胁驱：马车上的皮条。

⑦靷（yǐn）：引车前行的皮带。

⑧鋈（wù）续：用白铜环紧紧扣住皮带。

⑨文茵：虎皮坐垫。

⑩畅毂（gǔ）：长毂。毂，车轮中心的圆木。

⑪骐：青黑色如棋盘格子纹的马。

⑫馵（zhù）：四蹄皆白的马。

⑬言：乃。

⑭君子：指从军的丈夫。

⑮温其如玉：形容丈夫温润如玉。

⑯板屋：用木板建造的房屋。

⑰心曲：心灵深处。

⑱牡：公马。

⑲阜：肥大。

⑳辔（pèi）：缰绳。

㉑骝（liú）：枣骝马。

㉒騧（guā）：黄马黑嘴。

㉓骊（lí）：黑马。

㉔骖（cān）：车辕外侧二马称骖。

㉕龙盾：龙纹盾牌。

㉖觼（jué）：有舌的环。

㉗軜（nà）：骖马的辔绳。

㉘邑：秦国的属邑。

㉙方：将。

㉚期：指归期。

㉛胡然：为什么。

㉜俴驷（sì）：披薄金甲的四马。

㉝孔群：马群很协调。

㉞厹（qiú）矛：头有三棱锋刃的矛。

㉟錞（duì）：矛柄的金属套。

㊱蒙：画杂乱的羽纹。

㊲伐：通“瞂”，盾。

㊳苑（yuàn）：指花纹。

㊴虎韔（chàng）：虎皮做的弓袋。

㊵镂膺：在弓囊前雕刻花纹。

㊶交：互相交错。

㊷韔：作动词，藏。

㊸闭：弓檠（qíng）。

㊹绲（gǔn）：绳。

㊺縢（téng）：缠束。

㊻载（zài）寝载兴：形容睡不好。

㊼厌（yàn）厌：美盛的样子。

㊽良人：指女子的丈夫。

㊾秩秩：恭敬有序的样子。

㊿德音：声誉很好。

译文

战车很轻巧，车厢很浅，五根皮条缠绕住车辕。铜环的缰绳控制马，拉车的皮带穿着铜环。虎皮坐垫包裹着长长的车毂，他驾着花马奔向前方。我思念丈夫，他温和如玉。他现在住在木板搭的房里，让我很担心。

四匹雄马很健壮，驭手握着六条马缰。青马红马在正中间，黄马和黑马分别在两旁。那些龙纹盾牌都排在一起，铜环的辔绳也串连成行。我思念丈夫，他在家里我特别温暖。不知道他什么时候能回来，我真的很想他。

四匹马的步伐很协调，那三棱的矛柄戴着铜套。那大盾牌上的花纹很美，虎皮弓袋雕着金雕。两弓交错装进袋里，竹制的弓檠缠绕着绳子。我思念丈夫，反反复复都睡不着。我彬彬有礼的好丈夫，总有一天，他的名声会传遍天下。

赏析

那天，秦师出征，她去为他送行。

她的丈夫，跟着大部队一起出征了。

那出征队伍的阵容十分壮观，至今回想起，她都觉得震撼。

那列阵的战车、健壮的骏马、精良的兵器、神采焕发的将士们，一个个整装待发。

而她多么骄傲，她的丈夫是其中之一！

不过，虽然她为他骄傲，可她也是真的好想念他呀。

他是温润如玉的君子，从前他在家时，陪伴她的那些时光，是多么温暖。

可现在，没有他的日子，她只能一个人独行独坐，独唱独卧，独对明月，也独自相思。

只愿，他能早日平安归来。

这样，她为他担忧的心，才能彻底恢复如常。

这首《小戎》是一首妻子思念出征丈夫的诗。这首诗的章法结构很独特，诗人是精心安排过的。全诗共三章，每章十句，每句四字。每章的前六句都是赞美秦师兵车阵容的壮观，后四句则是女子抒发自己对丈夫的情意，重在她个人情感的抒发。内容充足，节奏跌宕，读来一气呵成。

4.《蒹葭》——他的伊人，在何方？

蒹[1]葭[2]苍苍[3]，白露为[4]霜。所谓[5]伊人[6]，在水一方[7]。溯洄[8]从[9]之，道阻[10]且长。溯游[11]从之，宛[12]在水中央。

蒹葭凄凄，白露未晞[13]。所谓伊人，在水之湄[14]。溯洄从之，道阻且跻[15]。溯游从之，宛在水中坻[16]。

蒹葭采采，白露未已。所谓伊人，在水之涘[17]。溯洄从之，道阻且右[18]。溯游从之，宛在水中沚[19]。

注释

①蒹（jiān）：没长穗的芦苇。

②葭（jiā）：初生的芦苇。

③苍苍：茂盛的样子。

④为：凝结成。

⑤所谓：这里指所怀念的。

⑥伊人：那个人。

⑦一方：那一边。

⑧溯洄：逆流而上。

⑨从：追寻。

⑩阻：道路难走。

⑪溯游：顺流而下。

⑫宛：好像。

⑬晞（xī）：干。

⑭湄：岸边。

⑮跻（jī）：水中高地。

⑯坻（chí）：水中的小沙洲。

⑰涘（sì）：水边。

⑱右：迂回曲折。

⑲沚（zhǐ）：水中的小沙洲。

译文

河边的芦苇很茂盛，早晨的露水结成了霜。我思念的人在哪里呢？就在河水那一方。我要逆着流水去找她，我知道前方的道路又险又长。我要顺着流水去找她，她好像就在那水中央伫立。

河边的芦苇很密，早晨的露水还没有干。我思念的人在哪里呢？就在河岸那一边。我要逆着流水去找她，我知道前方道路很险也很难。我要顺着流水去找她，她好像就在那水中滩伫立。

河边的芦苇密密麻麻，早晨的露水还没有全干透。我思念的人在哪里呢？就在水边那一头。我要逆着流水去找她，我知道前方道路弯弯曲曲并不好走。我要顺着流水去找她，她好像就在水中的沙滩伫立。

赏析

深秋。

天刚破晓，芦苇叶上还留着昨夜的露水。

那一朵朵霜花，晶莹剔透，带着不染尘俗的美。

他来到了那片芦苇丛，凝神眺望芦苇丛的对面。

对面看不到头，因为海天一色，茫茫无际。

他心中日日夜夜所思所想的那个人，就住在那里。

虽然那个女子，他只见过一面，却对她一见钟情。

他知道她住在河对岸，可是这条河很长，根本望不到头。

但他不怕，不管是逆流而上还是顺流而下，他都决定要去寻找她的芳踪。

此去，不管前方有多少困难险阻，他都坚定不移。

他心如磐石，永无转移。

这首《蒹葭》多被认为是一首情歌，写男子追求所爱之人而不及的惆怅与苦闷。全诗三章，每章八句，诗人用了《诗经》中常见的重章叠唱手法，后两章对第一章文字只是稍微改动了几个字，但整首诗读下来还是非常唯美动人的。这首诗也是流传最广的《诗经》名篇之一。

5.《终南》——有君如此，不负众望

终南[①]何有？有条[②]有梅。君子至止，锦衣狐裘[③]。颜如渥丹[④]，其君也哉！

终南何有？有纪[⑤]有堂[⑥]。君子至止，黻衣[⑦]绣裳[⑧]。佩玉将将[⑨]，寿考[⑩]不忘[⑪]！

注释

①终南：终南山。

②条：山楸树。

③锦衣狐裘：当时诸侯的礼服。

④渥（wò）丹：润泽的朱砂。形容面色红润。

⑤纪：山角，一说是杞柳树。

⑥堂：山上宽平的地方，一说是棠梨树。

⑦黻（fú）衣：古代礼服，绣有黑与青相间的花纹。

⑧绣裳：五彩绣成的下裳。

⑨将将：通“锵锵”，叮叮当当的声音。

⑩寿考：长寿。

⑪亡：通“忘”。

译文

终南山上有什么？有山楸和梅树。秦襄公来到这里，他穿了狐裘的礼服。他面色红润有光泽，他真是我们秦国的好君主啊！

终南山上有什么？有杞柳和棠梨树。秦襄公来到这里，他穿着青黑上衣和五彩下裳。身上的佩玉一直在叮当响，祝他福寿绵长，我们所有老百姓都不会忘记他的！

赏析

云烟渺渺。

他穿着那诸侯的礼服，狐白裘，外罩织锦衣，还有青白相间的上衣和五彩斑斓的下裳，来到了终南山。

人民纷纷来看他。

因为，他是这秦国的一国之主。

他一步步登向终南山，身上琳琅的美玉也一直叮当作响，随风而动。

他知道秦国的百姓对他寄予厚望，他自然会拼尽全力，护佑他的子民。

作为秦国的王，他有责任为秦国创造一个更好的未来。

他只愿，秦国在他的治理下，能焕发出不一样的风采。

秦国的子民，也能安居乐业。

那他便没有遗憾了。

这首《终南》是一首赞美秦襄公的诗。全诗两章，每章六句，以终南有梅起兴，抒发了诗人对秦襄公的褒扬，除了赞扬之外，也蕴含着他希望秦襄公能不负众望，写法很含蓄，也很巧妙。

6.《黄鸟》——黄雀的悲鸣

交交[①]黄鸟[②]，止于棘[③]。谁从[④]穆公[⑤]？子车[⑥]奄息[⑦]。维此奄息，百夫之特[⑧]。临其穴，惴惴其栗。彼苍者天[⑨]，歼我良人[⑩]！如可赎兮，人百其身[⑪]！

交交黄鸟，止于桑[⑫]。谁从穆公？子车仲行。维此仲行，百夫之防[⑬]。临其穴，惴惴其栗。彼苍者天，歼我良人！如可赎兮，人百其身！

交交黄鸟，止于楚[⑭]。谁从穆公？子车鍼虎[⑮]。维此鍼虎，百夫之御[⑯]。临其穴，惴惴其栗。彼苍者天，歼我良人！如可赎兮，人百其身！

注释

①交交：鸟鸣声。

②黄鸟：黄雀。

③棘：酸枣树。在这里，棘是指“急”，一语双关。

④从：殉葬。

⑤穆公：春秋时秦国国君。

⑥子车：复姓。

⑦奄息：字奄，名息。

⑧特：人才。

⑨彼苍者天：老天爷啊。

⑩良人：好人。

⑪人百其身：以百倍的生命来交换。

⑫桑：桑树。在这里，桑是指“丧”，一语双关。

⑬防：防备。

⑭楚：荆树。楚是指“痛楚”，也是一语双关。

⑮鍼（zhēn）虎：他与奄息、仲行是当时秦国有名的贤臣。

⑯御：抵御。

译文

黄雀的叫声很悲哀，它们栖息在枣树枝上。是谁和穆公一起殉葬了？子车奄息去殉葬了。这个奄息，可是个百里挑一的人才。众人来到他的墓穴，都全身发抖，悲痛他被活埋了。老天爷啊，请你张开眼看看，他这样的好人不该死得这么惨！如果可以代替他死，有一百个人都愿意替他去死！

黄雀的叫声很悲哀，它们栖息在桑树枝上。是谁和穆公一起殉葬了？子车仲行去殉葬了。这个仲行，一百个男人也抵不过他。众人来到他的墓穴，都全身发抖，悲痛他被活埋了。老天爷啊，请你张开眼看看，他这样的好人不该死得这么惨！如果可以代替他死，有一百个人都愿意替他去死！

黄雀的叫声很悲哀，它们栖息在荆树枝上。是谁和穆公一起殉葬了？子车鍼虎去殉葬了。这个鍼虎，是百里挑一的人才。众人来到他的墓穴，都全身发抖，悲痛他被活埋了。老天爷啊，请你张开眼看看，他这样的好人不该死得这么惨！如果可以代替他死，有一百个人都愿意替他去死！

赏析

成群的黄雀停在枣树上，叫个不停，没完没了。

万物有情，生物通灵。

也许，连它们都在为奄息、仲行和鍼虎三个人悲鸣。

他们三个人，个个都是秦国百里挑一的人才。

可如今，秦穆公死了，他们三人却被迫殉葬。

殉葬也就罢了，还是被硬生生地活埋而死的。

秦国的百姓实在无法接受这一切。

每一个来到他们墓穴的人，都会吓得瑟瑟发抖，因为实在是惨不忍睹！

苍天不知，如果可以代替他们三人死，秦国百姓里至少有一百个人都愿意替他们去死啊！

这首《黄鸟》是春秋时秦人讽刺当时秦穆公以人殉葬，悲叹秦国三个优秀人才——子车氏三子的挽诗。全诗三章，每章十二句，这首诗主要用了“一语双关”的用法，烘托了悲凉的气氛，也控诉了当时人殉制度的罪恶。

7.《晨风》——原来他早已忘了她

鴥[1]彼晨风[2]，郁[3]彼北林。未见君子，忧心钦钦[4]。如何[5]如何，忘我实多！

山有苞[6]栎[7]，隰[8]有六驳[9]。未见君子，忧心靡乐。如何如何，忘我实多！

山有苞棣[10]，隰有树[11]檖[12]。未见君子，忧心如醉[13]。如何如何，忘我实多！

注释

①鴥（yù）：疾飞的样子。

②晨风：鸟名，即鹯（zhān）鸟。

③郁：茂盛的样子。

④钦钦：忧思的样子。

⑤如何：怎么办，为什么。

⑥苞：丛生的样子。

⑦栎（lì）：树名。

⑧隰：低洼的地方。

⑨六驳（bó）：木名，梓榆。

⑩棣（dì）：唐棣。

⑪树：直立的样子。

⑫檖（suì）：山梨。

⑬醉：通“碎”，心碎。

译文

鹯鸟疾速飞过，栖落在茂盛的北树林里。我到现在还没见到他来，我的心里好忧伤。真想不到你会这样！看来你早就把我忘了！

高高的山上有茂密的栎树，洼地里长着梓树和榆树。我到现在还没见到他来，我真的是忧心如焚。真想不到你会这样！看来你早就把我忘了！

高高的山上有茂密的唐棣，洼地里长着一片山梨。我到现在还没见到他来，我的心都碎了。真想不到你会这样！看来你早就把我忘了！

赏析

鹯鸟归林。

暮色苍茫，她在他和她约定好的地方等他，可他迟迟未来。

时间一分一秒过去，可他还没有出现。

她急了。

她开始来回踱步，不停张望。

可她还是迟迟未看到那个熟悉的人影。

只有那些栎树、梓树、榆树，还有唐棣和山梨陪伴她。

她的心在晚风中碎了，在不停流逝的光阴中碎了。

原来他们夫妻一场，他还是忘了她。

这首《晨风》是妻子思念丈夫的诗。全诗三章，每章六句，诗人用重章叠句的形式，反复歌唱她心中对丈夫的思念和忧愁，语言质朴，感情却层层递进，耐人寻味。

8.《无衣》——同穿战袍，共同对敌

岂曰无衣？与子同袍[①]。王[②]于[③]兴师[④]，修我戈矛。与子同仇[⑤]！

岂曰无衣？与子同泽[⑥]。王于兴师，修我矛戟。与子偕作[⑦]！

岂曰无衣？与子同裳[⑧]。王于兴师，修我甲兵[⑨]。与子偕行[⑩]！

注释

①袍：长袍。

②王：这里指秦君。

③于：语气助词，没有实义。

④兴师：起兵。

⑤同仇：共同抗敌。

⑥泽：内衣，类似今天的汗衫。

⑦偕作：一起行动。

⑧裳：下衣，这里指战裙。

⑨甲兵：铠甲和兵器。

⑩偕行：一起上战场。

译文

谁说我们没衣服穿？和你同穿战袍。君王起兵，加快时间修整我的戈与矛，和你共同去对敌。

谁说我们没衣服穿？和你同穿内衣。君王起兵，加快时间修整我的矛与戟，和你一起行动。

谁说我们没衣服穿？和你同穿战裙。君王起兵，加快时间修整我的甲胄与兵器，和你一起上战场。

赏析

他们是秦国最勇敢的战士，即将代表秦国出征。

出征前，他们一个个在宣誓。

岂曰无衣？

与子同袍。

与子同泽。

与子同裳。

谁说他们没衣服穿？

他们可以彼此同穿战袍、内衣和战裙。

因为即将上战场的他们，早已亲如兄弟。

他们为秦国而生，为护卫秦国的安危而一生拼搏。

就算此去会战死沙场，他们也没有遗憾。

这首《无衣》是一首激昂慷慨的战歌，表现了秦国军民团结互助、共御外敌的高昂士气和乐观精神。全诗三章，诗人采用了重章叠唱的形式，每一章的字数虽然一样，但却不是简单机械的重复，而是不断递进的。

第一章的结句“与子同仇”是情绪方面的表现，第二章的结句“与子偕作”是行动的开始，第三章的结句是表明他们即将奔赴前线共同杀敌了。层层深入的叙述，读来令人澎湃。

9.《渭阳》——千里送亲人

我送舅氏，曰至渭[①]阳[②]。何以赠之？路车[③]乘[④]黄[⑤]。
我送舅氏，悠悠[⑥]我思[⑦]。何以赠之？琼[⑧]瑰[⑨]玉佩。

注释

①渭：渭水。

②阳：水之北为阳。

③路车：古代贵族乘坐的车。

④乘；四匹。

⑤黄：黄红相间的马。

⑥悠悠：思绪长久。

⑦思：思念。

⑧琼：美玉。

⑨瑰：美石。

译文

我送舅舅回晋国，转眼来到渭阳，我和他告别。我要送他什么呢？一辆大车和四匹黄马。

我送舅舅回晋国，一路上想到很多，其中包括母亲。我要送他什么呢？美玉和配饰来表达我的心意。

赏析

天气晴好，风清月明。

这个阳光明媚的好日子，适合送行。

他送他的舅舅一路远行。

他是秦康公，而他的舅舅是大名鼎鼎的重耳。

这一次，他将送他的舅舅回到晋国，继承君位。

送到渭水之阳后，他们二人告别。

临别前，他送给重耳一辆大车、四匹黄马，还有美玉，以此来表达他的心意。

送行的路上，他思绪万千，内心深处被触动了。

他想到了他的母亲。

他母亲生前最大的愿望，就是能看着他的舅舅重耳平安回到晋国，然后继承君位。

可惜，直到她离开这个世界，都没有看到。

而今，他终于费尽一切心思，完成了他母亲的心愿。

母亲的在天之灵，也该安息了。

这首《渭阳》是秦康公送别他舅舅晋文公重耳的诗，表达了他们甥舅之间的情谊。全诗虽然只有两章，每章四句，但是章法变换和主人公情绪的转变都是行云流水的，读来自然流畅。

10.《权舆》——十年河东十年河西

於我乎[1]，夏屋[2]渠渠[3]，今也每食无余。于嗟乎[4]，不承[5]权舆[6]！

於我乎，每食四簋[7]，今也每食不饱。于嗟乎，不承权舆！

注释

①於（wū）我乎：感叹词。

②夏屋：大的食器。

③渠渠：深而大的样子。

④于嗟乎：悲叹声。

⑤承：继承。

⑥权舆：本指草木初发，引申为起初，开始。

⑦簋（guǐ）：古代盛食物的器皿。

译文

唉！想当年，我住在豪华的房子里，可现在每顿饭的供应都不丰富。

我只能长叹一声！我远远没有当初过得好啊！

唉！想当年，我每顿都是山珍海味，可现在顿顿都吃不饱。我只能长叹一声！我远远没有当初过得好啊！

赏析

冬日，窗外大雪漫天，鹅毛般的雪花已经下了整整一天一夜。

整个世界因为这场雪，都变得天寒地冻，冷彻心扉。

他在室内，独自一人，听窗外雪落的声音，吃着眼前这盘根本吃不饱的食物。

他忽然很感慨，曾经他是秦国数一数二的贵族，可现在，经过年轮的更迭，几度风雨后，他彻底没落了。

曾经每顿山珍海味，可如今就连吃饱都成了奢侈。

曾经出门随从如云，可如今做什么都要亲力亲为。

他总在想，他为什么会落到这般田地?

也许，这就是命吧。

老天爷注定要让他先甜后苦，经历不一样的人生吧。

这首《权舆》是形容秦国没落贵族叹息生活不如从前的诗。全诗两章，每章五句，两章结构相同，都是通过过去和现在的对比来反复咏叹，他从每顿山珍海味变成每顿都吃不饱的悲惨境遇，令人叹息。

国风·陈风

1.《宛丘》——一舞倾情

子[1]之汤[2]兮，宛丘[3]之上兮。洵[4]有情兮，而无望[5]兮。
坎其[6]击鼓，宛丘之下。无[7]冬无夏，值[8]其鹭羽[9]。
坎其击缶[10]，宛丘之道。无冬无夏，值其鹭翿[11]。

注释

①子：你，这里指女巫。

②汤（dàng）：通“荡”，摇摆。

③宛丘：四周高中间平坦的土山。

④洵：确实。

⑤望：希望。

⑥坎其：即“坎坎”，指击鼓声。

⑦无：不管。

⑧值：拿着。

⑨鹭羽：用白鹭羽毛做的舞蹈道具。

⑩缶（fǒu）：瓦器。

⑪鹭翿（dào）：用鹭羽制成的伞形舞蹈道具。

译文

你的舞姿很飘逸，在宛丘之上尽情舞动。我真心爱慕你啊，却不敢怀有奢望。

那鼓声咚咚响，你在宛丘的平地上尽情舞动。不管是寒冬还是炎夏，你的手中始终有洁白的鹭羽飞扬着。

那瓦缶当当响，你在宛丘的大道上尽情舞动。不管是寒冬还是炎夏，你的手中始终有鹭羽制成的饰物飞扬着。

赏析

他被她迷住了。

她是一个巫女，舞姿绝美。

他清楚地记得，第一次看见她的舞，他就惊为天人。

那时她在欢腾的鼓声和缶声中，翩翩起舞。

她从宛丘山上，一直舞到山下道口。

翩若惊鸿，婉若游龙。

他心动了。

那种热烈奔放，那种夺目的风华，带着最原始的野性之美，彻底征服了他。

只是，他却不敢对她有太多的奢望。

这首《宛丘》写了一位男子对一位巫女舞蹈家的爱慕之情。全诗三章，每章四句，在写法上很有特色。全诗一开始用“汤”字来表现巫女舞蹈的欢快，后面的“无望”两个字表现了爱的悲怆。整首诗跌宕起伏，极富感染力。

2.《东门之枌》——最好的爱情就是彼此心仪

东门之枌[1]，宛丘之栩[2]。子仲[3]之子，婆娑[4]其下。
穀[5]旦于差[6]，南方之原。不绩[7]其麻，市[8]也婆娑。
穀旦于逝[9]，越以[10]鬷[11]迈。视尔如荍[12]，贻[13]我握[14]椒[15]。

注释

①枌（fén）：白榆树。

②栩（xǔ）：柞树。

③子仲：陈国的姓氏。

④婆娑：翩翩起舞的样子。

⑤穀（gǔ）：好日子。

⑥差（chāi）：选择。

⑦绩：纺织。

⑧市：集市。

⑨逝：往。

⑩越以：语气助词。

⑪鬷（zōng）：聚集。

⑫荍（qiáo）：锦葵花。

⑬贻：赠送。

⑭握：一把。

⑮椒：花椒。

译文

东门外的白榆树很茂盛，宛丘上的柞树也很茂盛。那子仲家的好女儿，正在树下翩翩起舞。

好日子来了，城南门外的广场上真热闹啊。她放下绩麻的活计，在集市上跳起欢快的舞。

聚会的好日子来临了，英俊的男子越过人群挡住她的道。看你的脸粉红一片好像锦葵花，你把一捧紫红的香花椒送给我。

赏析

他心爱的那个女子，又在那片白榆树下起舞了。

她的舞极飘逸秀美，如冬日的水仙，凌波微步，罗袜生尘。

他被她的舞，还有她的人，深深吸引了。

后来，他才发现，原来她对他也是一样的心意。

她为他起舞，他为她唱情歌。

在他眼里，她美如锦葵花。

而在她心目中，她心仪的这位男子就是她的希望和理想，所以她便送他一束花椒来表明自己的心意。

彼此心仪，最好的爱情便是如此。

这首《东门之枌》是一首写男女爱情的诗。全诗三章，每章四句，诗人是用小伙子为第一人称来写的，整首诗读来就像一场短电影，那种青春活力拂面而来。

3.《衡门》——泌水可解相思愁

衡门[①]之下，可以栖迟[②]。泌[③]之洋洋，可以乐饥[④]。
岂[⑤]其食鱼，必河[⑥]之鲂？岂其取[⑦]妻，必齐之姜[⑧]？
岂其食鱼，必河之鲤？岂其取妻，必宋之子[⑨]？

注释

①衡门：衡，通“横”，横木做成的门。形容居所简陋。

②栖迟：原指栖息，这里指幽会。

③泌（bì）：泉水名。

④乐饥：隐语，指满足性的饥渴。

⑤岂：难道。

⑥河：黄河。

⑦取：通“娶”。

⑧齐之姜：齐国姜姓的女子，姜姓在齐国是贵族。

⑨宋之子：宋国子姓的女子，子姓在宋国是贵族。

译文

横木为门的简陋屋，我们可以在那里幽会待一会儿。那浩荡流淌的泌水，可以解我的相思愁吧。

难道我们想吃鱼，一定要吃黄河鲂鱼才行吗？难道我们想要娶妻，一定要娶那齐国的姜姓女子才行吗？

难道我们想吃鱼，一定要吃黄河鲤鱼才行吗？难道我们想要娶妻，一定要娶那宋国的女子才行吗？

赏析

霞光褪去，月上柳梢。

城门下，他与她在幽会。

他们已经有好久没见了，这一见，自然是激动的，是雀跃的。

他们在月下紧紧相拥。

那郊外河边的哗哗流水，不停在他们耳边激荡。

他们的心，因为不停涌动的水流声，变得澎湃。

他们的感情一直很好，已经到了谈婚论嫁的地步。

彼此早已心意相通。

也许不久后，他们便会携手，饮下合卺酒。

这首《衡门》是一首男女情诗。全诗三章，每章四句，诗人在章法上另辟蹊径，先用了叙事，再由叙事引发议论。那形象化的对比和设问，令整首诗读来很有画面感。

4.《东门之池》——和她对歌，就是最快乐的事

东门之池[①]，可以沤[②]麻。彼美淑[③]姬[④]，可与晤歌[⑤]。
东门之池，可以沤纻[⑥]。彼美淑姬，可与晤语[⑦]。
东门之池，可以沤菅[⑧]。彼美淑姬，可与晤言。

注释

①池：护城河。

②沤（òu）：把麻用水浸泡。

③淑：善，美。

④姬：一说周之姓，一说是古代对妇女的美称。

⑤晤（wù）歌：用歌声互相唱和，对歌。

⑥纻（zhù）：苎麻。

⑦晤语：交谈。

⑧菅（jiān）：菅草。

译文

东门外的护城河里，可以泡麻做衣裳。那美丽善良的女子，我可以和她对歌。

东门外的护城河里，可以浸苎麻做衣裳。那美丽善良的女子，我可以和她聊天。

东门外的护城河里，可以浸菅草做衣裳。那美丽善良的女子，我可以和她诉衷肠。

赏析

他们的歌声，响彻整条护城河。

他先唱，她再和。

虽然他们在做一件非常辛苦的事，他们需要把那长久浸泡的麻从水中捞出，洗去泡出的浆液，剥离麻皮。

但此时此刻，他们不觉得苦，反而有一种前所未有的甜蜜，涌上心头。

因为他们只有在劳动中，才能见到彼此，才能放声对歌。

旁人眼中最艰苦的劳动，到了他们这里，反而变成了温馨的相聚。

和有情人在一起，无论何时，都是春天。

他们的歌声，久久回荡在护城河边。

这首《东门之池》是一首描写男女恋爱的诗，主要写了男子对东门外护城河中浸麻女子的爱慕。全诗三章，每章四句，诗人用了重章叠句的方式反复咏叹，展现在读者眼前的，是一幅有情人两情相悦的美好画面。

5.《东门之杨》——心碎的等待

东门之杨，其叶牂牂①。昏以为期②，明星③煌煌④。
东门之杨，其叶肺肺⑤。昏以为期，明星晢晢⑥。

注释

①牂（zāng）牂：茂盛的样子。

②昏以为期：以昏为期，以黄昏为约会时间。

③明星：一说明亮的星星，一说启明星，晨见东方。

④煌煌：光辉的样子。

⑤肺（pèi）肺：枝叶茂盛的样子。

⑥晢（zhé）晢：明亮的样子。

译文

东城门外有很多白杨树，它们生长得很茂盛。我们约好黄昏见面，可是你一直没有来，我等到第二天早上启明星都出来了，你还没有来。

东城门外有很多白杨树，它们生长得很茂盛。我们约好黄昏见面，可是你一直没有来，我等到晚上星星都出来了，你还没有来。

赏析

黄昏，夕阳渐渐西下。

她早早地吃好了晚饭，来到了城东门外。

因为，她要赴一场极其重要的约定。

她心爱的那个男子，约她今日相见。

那一排排高耸的白杨，枝繁叶茂。

放眼望去，满目都是青翠的碧色，那蔓延的绿，让她十分舒服。

她便在晚风中，静静等待心上人的来临。

可是，她一直没有等到。

耳畔，只有一次次风吹绿叶的沙沙声。

眼前，只有鸟儿成群结队飞过。

万千霞光悄然隐退，夜幕降临。

星空璀璨，可她却没有赏星空的情致。

时间流逝，如风，捉不住，

斗转星移，已是第二天凌晨了，就连那启明星都已闪耀在东天。

可她的那个爱人，却还没有来。

原来这场等待，还是成了空。

换来的，不过是一夜的惆怅和心碎。

这首《东门之杨》是一首写男女约会而久等不来的诗。全诗两章，每章四句，诗中描绘了一幅美丽又惆怅的画面，主人公从黄昏等到第二天清晨却还是没能等到心上人。

诗人的写作手法很巧妙，借白杨树声和煌煌明星来点染整个画面，烘托出了诗中主人公的焦灼和惆怅，全诗没有一句情语，但是哀伤之情却完全呈现出来了。

6.《墓门》——昏君误国

墓门[①]有棘[②]，斧以斯[③]之。夫[④]也不良，国人知之。知而不已[⑤]，谁昔[⑥]然[⑦]矣。

墓门有梅[⑧]，有鸮[⑨]萃[⑩]止。夫也不良，歌以讯[⑪]之。讯予不顾[⑫]，颠倒[⑬]思予。

注释

①墓门：墓道的门。

②棘：酸枣树。

③斯：用斧头劈开。

④夫：这个人。

⑤已：停止。

⑥谁昔：往昔。

⑦然：这样。

⑧梅：梅树。

⑨鸮（xiāo）：猫头鹰。

⑩萃：栖息。

⑪讯：劝告，警告。

交交[1]黄鸟[2]，止于棘[3]。谁从[4]穆公[5]？子车[6]奄息[7]。维此奄息，百夫之特[8]。临其穴，惴惴其栗。彼苍者天[9]，歼我良人[10]！如可赎兮，人百其身[11]！

交交黄鸟，止于楚[14]。谁从穆公？子车鍼虎[15]。维此鍼虎，百夫之御[16]。临其穴，惴惴其栗。彼苍者天，歼我良人！如可赎兮，人百其身！

鴥[①]彼晨风[②]，郁[③]彼北林。未见君子，忧心钦钦[④]。如何[⑤]如何，忘我实多！

山有苞棣[⑩]，隰有树[⑪]檖[⑫]。未见君子，忧心如醉[⑬]。如何如何，忘我实多！

於我乎[①]，夏屋[②]渠渠[③]，今也每食无余。于嗟乎[④]，不承[⑤]权舆[⑥]！

子[①]之汤[②]兮，宛丘[③]之上兮。洵[④]有情兮，而无望[⑤]兮。
坎其[⑥]击鼓，宛丘之下。无[⑦]冬无夏，值[⑧]其鹭羽[⑨]。
坎其击缶[⑩]，宛丘之道。无冬无夏，值其鹭翿[⑪]。

⑧棘：酸枣树。

⑨忒（tè）：差错。

⑩正：法则。

⑪榛（zhēn）：丛生的树。

⑫胡：何。

译文

布谷鸟在桑林筑巢，细心喂养七个小鸟。那位品性善良的君子，仪容端庄，始终如一，内心很坚定。

布谷鸟在桑林筑巢，小鸟在梅树间嬉戏。那位品性善良的君子，他的腰带白丝镶边，青黑色的皮帽戴在头上。

布谷鸟在桑林筑巢，小鸟在酸枣树上嬉戏。那位品性善良的君子，他的仪容端庄，从来都不走样，各国都拿他当榜样。

布谷鸟在桑林筑巢，小鸟在丛生的树上栖息。那位品性善良的君子，百姓都很敬仰他，将他看作榜样，人人都祝贺他万寿无疆！

赏析

他被天下人歌颂。

因为他治国有方，凡事都亲力亲为，在他的治理下，人民安居乐业。

他真正做到了爱民如子这四个字，所以天下所有人都祝他万寿无疆。

天下人都拿他当榜样。

他品性善良，做事向来以子民为先。

在他的带领下，没有贪官，也没有污吏，有的，只是天地清明和一片欣欣向荣的景象。

这首《鸤鸠》是一首赞美君子德行的诗。全诗四章，每章六句，每一章都以布谷鸟喂养小鸟来起兴，然后转入对君子的赞扬，紧扣主题。整首诗的结构中，第三章起到了承上启下的转折作用，而第四章的最后一句“胡不万年”则把诗中的赞扬之情推到了最高潮，令人心潮澎湃。

4.《下泉》——故国不堪回首

冽[①]彼下泉[②]，浸彼苞[③]稂[④]。忾[⑤]我寤[⑥]叹，念彼周京[⑦]。
冽彼下泉，浸彼苞萧[⑧]。忾我寤叹，念彼京周。
冽彼下泉，浸彼苞蓍[⑨]。忾我寤叹，念彼京师。
芃芃[⑩]黍苗，阴雨膏[⑪]之。四国有王[⑫]，郇伯劳[⑬]之。

注释

①冽（liè）：寒冷。

②下泉：地下涌出的泉水。

③苞：丛生。

④稂（láng）：野草。

⑤忾（xì）：叹息。

⑥寤：醒来。

⑦周京：周朝的京城。下文的“京周”“京师”和它意思相同。

⑧萧：艾蒿。

⑨蓍（shī）：一种用于占卦的草。

⑩芃（péng）芃：繁盛的样子。

⑪膏：滋润。

⑫有王：朝见天子。

⑬劳：慰劳。

译文

寒冷的泉水一直在地下流动着，一丛丛野草浸在寒泉里。我从梦中醒来，一直叹息，我好怀念那时繁华的周国京城啊。

寒冷的泉水一直在地下流动着，一丛丛艾蒿草浸在寒泉里。我从梦中醒来，一直叹息，我好怀念那时富庶的都城旧地啊。

寒冷的泉水一直在地下流动着，一丛丛蓍草浸在寒泉里。我从梦中醒来，一直叹息，我好怀念那时繁华的故都啊。

那时的黍苗很繁茂，那时风调雨顺，雨水滋润它们成长。四方的诸侯都来朝见天子，就连那贤德高贵的郇伯也亲自慰劳。

赏析

仿佛一夜之间，一切都变了。

面目全非。

曾经，这里车水马龙，万人来朝。

而现在，寒泉水冷，荒草离离。

曾经，百姓们在这里安居乐业。

而现在，百姓们流离失所，连温饱都成了问题。

为什么会变成这样？

他真的好怀念那个繁盛的周国京城啊，那时富庶的都城旧地，那个繁华的故都，真的再也回不去了吗？

这首《下泉》是一首感伤诗，主要写了曹国臣子感伤周王室衰微，深深怀念曾经安定的社会局面。

全诗四章，每章四句，一开始，诗人用寒泉水冷、浸淹野草来起兴，以此来比喻周王室的内乱和衰微。然后展开了感叹，充斥着浓郁的悲凉情调。连续三章的复沓叠咏，把这种悲凉之感推向了最高峰。到了最后一章，诗人来了一个转折，画面切换到当初周王朝鼎盛之时，万国朝拜的盛况。整首诗就像一部精彩的电影，场景不停切换，那种充满悲剧味道的艺术感，读来令人震撼。

国风·豳风

1.《七月》——他们每天都很忙

七月流火[①]，九月授衣[②]。一之日[③]觱发[④]，二之日栗烈。无衣无褐，何以卒岁。三之日于耜[⑤]，四之日举趾[⑥]。同我妇子，馌彼南亩[⑦]，田畯[⑧]至喜。

七月流火，九月授衣。春日载[⑨]阳，有鸣仓庚[⑩]。女执懿[⑪]筐，遵彼微行，爰求柔桑。春日迟迟[⑫]，采蘩[⑬]祁祁[⑭]。女心伤悲，殆及公子同归。

七月流火，八月萑苇[⑮]。蚕月条桑，取彼斧斨[⑯]，以伐远扬，猗[⑰]彼女桑。七月鸣鵙[⑱]，八月载绩。载玄载黄，我朱孔阳，为公子裳。

四月秀葽[⑲]，五月鸣蜩[⑳]。八月其获，十月陨箨[㉑]。一之日于貉[㉒]，取彼狐狸，为公子裘。二之日其同，载缵[㉓]武功[㉔]，言私其豵[㉕]，献豜[㉖]于公。

五月斯螽[㉗]动股，六月莎鸡[㉘]振羽，七月在野，八月在宇，九月在户，十月蟋蟀入我床下。穹窒[29]熏鼠，塞向墐户。嗟我妇子，曰为改岁，入此室处。

六月食郁及薁[30]，七月亨葵及菽[31]，八月剥[32]枣，十月获稻，为此春酒[33]，以介[34]眉寿。七月食瓜，八月断壶，九月叔[35]苴[36]，采荼薪樗[37]，食我农夫。

九月筑场圃，十月纳禾稼[38]。黍稷重穋[39]，禾麻菽麦。嗟我农夫，我稼既同，上入执宫功[40]。昼尔于茅，宵尔索绹[41]。亟[42]其乘屋，其始播百谷。

二之日凿冰冲冲[43]，三之日纳于凌[44]阴[45]。四之日其蚤，献羔祭韭[46]。九月肃霜，十月涤场。朋酒[47]斯飨，曰杀羔羊。跻[48]彼公堂，称[49]彼兕觥[50]，万寿无疆。

注释

①七月流火：火，或称大火，星名，即心宿。流，流动。每年夏历五月的黄昏时候，这颗星在正南方，过了六月就偏西向下了，这就叫作“流”。

②授衣：叫妇女缝制冬衣。

③一之日：十月以后第一个月的日子。后面的二之日、三之日也是如此。

④觱发（bì bō）：寒风吹起。

⑤于耜：修理耒耜（耕田起土的工具）。

⑥举趾：去耕田。

⑦同我妇子，馌（yè）彼南亩：妇人童子往田里送饭给种地的人。馌，

送食物。

⑧田畯（jùn）：农官名，又称为农正或田大夫。

⑨载：始。

⑩仓庚：黄鹂。

⑪懿（yì）：深。

⑫迟迟：缓慢的样子。

⑬蘩（fán）：白蒿，古人用于祭祀。

⑭祁祁：众多的样子，指采蘩者有很多。

⑮萑（huán）苇：芦苇。

⑯斨（qiāng）：方孔斧头。

⑰猗（jǐ）：能“掎”，牵引。

⑱鵙（jú）：伯劳鸟。

⑲葽（yāo）：植物名，今名远志。

⑳蜩（tiáo）：蝉的一种。

㉑陨萚（tuò）：落叶。

㉒于貉（hé）：举行貉祭。

㉓缵（zuǎn）：继续。

㉔武功：指田猎。

㉕豵（zòng）：一岁的小猪，代表小兽。

㉖豜（jiān）：三岁的猪，代表大兽。

㉗斯螽（zhōng）：虫名，蚱蜢、蚂蚱。

㉘莎（suō）鸡：虫名，即纺织娘。

㉙穹窒：将室内满塞的角落搬空。穹，穷尽。

㉚薁（yù）：野葡萄。

㉛菽（shū）：豆的总名。

㉜剥（pū）：通“扑”，打。

㉝春酒：冬天酿酒要经过春天，所以叫作“春酒”。

㉞介：祈祷。

㉟叔：拾。

㊱苴（jū）：秋麻的籽。

㊲樗（chū）：臭椿。

㊳禾稼：谷类通称。

㊴穋（lù）：即稑（lù），是后种先熟的谷。

㊵宫功：指建筑宫室。

㊶索绹（táo）：打绳子。

㊷亟：急。

㊸冲冲：凿冰的声音。

㊹凌：冰。

㊺阴：通“窨（yìn）”，地窖。指藏冰之处。

㊻献羔祭韭：用羔羊和韭菜祭祖。

㊼朋酒：两樽酒。

㊽跻（jī）：登。

㊾称：举。

㊿兕觥（sì gōng）：角爵，古代用兽角做的酒器。

译文

七月的大火向西落下，九月妇女开始缝制寒衣了。十一月北风开始呼呼吹，十二月天就很冷了，寒气逼人。我连一件粗麻衣服都没有，该怎么度过年关？正月就要开始忙着修农具了，二月要下地去耕种。我带着妻儿一起去，把饭菜送到向阳的土地上去，田官看了很高兴。

七月的大火向西落下，九月妇女开始缝制寒衣了。春天的阳光很暖，黄鹂欢快地唱着歌儿。那位姑娘提着竹筐，一路沿着小道走。她伸手采摘嫩嫩的桑叶，春天来了，白天的时间变得越来越长了。采白蒿的人越来越多，姑娘的心中很忧伤，她害怕自己要被人带走，远嫁他乡。

七月的大火向西落下，八月要开始割芦苇了。三月开始修剪桑树枝，用锋利的斧头砍掉那些又高又长的枝条，攀着细枝采摘嫩的桑叶。七月的伯劳鸟一直叫着，八月开始要织麻了。那些麻可以染成黑色，也可以染成黄色，但我觉得红色最鲜艳，我准备把它献给贵人做衣裳。

四月远志开了花，五月知了开始叫了。八月要忙着割庄稼，十月树上的叶子开始纷纷落下。十一月上山去打貉，如果猎到了狐狸，就把它的皮毛收藏好，送给贵人做皮袄。十二月我们这些猎人要会合，继续打磨自己的打猎功夫。如果打到了小兽那就归我们自己，如果打到了大兽就得上交给公府。

五月蚱蜢唧唧叫个不停，六月纺织娘不停地拍动翅膀。到了七月，蟋蟀在田野间出没，八月则来到屋檐下。九月蟋蟀就在家门口晃悠，到了十月则钻进我的床下。这个时候，我要准备堵塞好鼠洞熏老鼠，封牢北窗糊好门缝。我的妻儿真的好可怜啊，新的一年马上就要到来，希望他们住进这样的屋子不要嫌弃啊。

六月吃李和葡萄，七月煮葵和豆子。八月开始打红枣，十月要开始准备下田收稻谷。用稻酿成上好的春酒，喝了以后希望能够长寿。七月可以吃瓜，八月可以摘葫芦。九月来拾秋麻子、摘苦菜和砍柴，以此来养活自己。

九月修筑好打谷场，十月把庄稼都收进粮仓。那些小米、高粱和杂粮，粟麻豆麦全部都放进粮仓。我们这些农夫真的很辛苦啊，刚刚收拾好庄稼，就又要去为官家筑宫室了。我们白天要去割茅草，晚上要赶着搓绳索。把宫室修好，差不多就到了开春，又要准备种百谷了。

十二月开始凿冰，正月搬进冰窖中。二月初要祭拜祖先，摆上韭菜和羊羔。九月天气冷了，十月清扫打谷场。把美酒都献给宾客，宰杀羊羔让大家品尝。登上主人的庙堂，我们举杯一起敬主人，齐声高呼“万寿无疆”！

赏析

对他们来说，春夏秋冬都是忙碌的。

这一年四季，他们几乎没有一天是空闲的。

春有百花，夏有凉风，秋有明月，冬有飞雪，可是他们根本没有时间去欣赏这些美好。

因为，一年四季那忙不完的工作，迫使他们像陀螺一样，只能不停地旋转。

他们要种庄稼，时候到了再收割庄稼，要打猎，要采藏果蔬，要酿酒，还要为公家造宫室，有着做不完的事儿。

而另一群人——他们的主人，什么都不用做，却能享受到所有的好处。

一年四季，他们只能高强度地运动，就算再不情愿，也只能默默承受着这一切。

最让他们气愤和寒心的是，他们辛辛苦苦忙碌一年后，还要大办酒宴，为统治者庆贺祝寿。他们必须得举着酒杯，登上公堂，高呼统治者们万寿无疆。

而在那些统治者们的眼里，他们不过是天地间最可有可无的一群生命。

这首《七月》是《诗经·国风》中最长的一首诗，诗人向我们展示了一幅古代奴隶社会阶级压迫的图画。全诗共分为八章，全篇紧紧围绕着一个“苦”字，按照季节的先后，从年初写到年终，那一个个场景切换，犹如一场精彩的电影，十分生动传神。除此之外，诗的语词很凄苦，呈现在读者面前的，仿佛是一部在哭泣的历史，令人感怀。

2.《鸱鸮》——小鸟的哀号

鸱鸮[1]鸱鸮，既取我子[2]，无毁我室[3]。恩[4]斯勤斯，鬻[5]子之闵[6]斯。

迨[7]天之未阴雨，彻[8]彼桑土，绸缪[9]牖[10]户。今女下民[11]，或敢[12]侮予？

予手拮据[13]，予所捋[14]荼[15]。予所蓄租[16]，予口卒瘏[17]，曰予未有室家。

予羽谯谯[18]，予尾翛翛[19]，予室翘翘[20]。风雨所漂摇，予维音哓哓[21]！

注释

①鸱鸮（chī xiāo）：猫头鹰。

②子：指幼鸟。

③室：鸟窝。

④恩：勤劳。

⑤鬻（yù）：养育。

⑥闵：怜悯，同情，忧愁。

⑦迨（dài）：趁着。

⑧彻：通“撤”，取。

⑨绸缪（móu）：缠绕。

⑩牖（yǒu）：窗。

⑪下民：下面的人。

⑫或敢：谁敢。

⑬拮据：操作劳苦的样子。这里指鸟的脚和爪很劳累。

⑭捋（luō）：成把地摘取。

⑮荼：茅草花。

⑯租：积蓄。

⑰卒瘏（tú）：患病。

⑱谯（qiáo）谯：羽毛疏落的样子。

⑲翛（xiāo）翛：羽毛残破的样子。

⑳翘（qiáo）翘：危而不稳的样子。

㉑哓（xiāo）哓：因恐惧而发出的叫声。

译文

猫头鹰，你这可恶的鸟，你已经夺走了我的雏子，不可以再毁去我的窝巢。我这么多年含辛茹苦养育雏子，想来真是悲伤！

趁着天还没下雨，我剥着桑皮根，将窗户和门都紧紧关上。我倒要看看，你们这些树下的人，还有谁敢来欺负我！

我用早已劳累的手爪去采茅草花，还要摘取茅草，我的嘴巴也磨破了，只是为了那还没有筑好的家。

我身上的羽毛稀落，尾巴上的毛也掉了，我的窝很不牢靠，在风雨中不断飘摇，对这一切，我只能提心吊胆，不断哀号！

赏析

猫头鹰来了。

它含辛茹苦养育大的孩子被那可恶的猫头鹰掳走了。

猫头鹰盘旋在上空，似乎在向它示威。

它崩溃了。

它本以为，它的孩子会在它的庇护下，尽情歌唱，快乐成长。

可没想到，最后会是这样的结局。

但它也明白了一件事，在这个世上，只有自己强大到无坚不摧，才能更好地生活。

为了避免猫头鹰再来，它马不停蹄地开始巩固自己的鸟窝。

为了这个窝，它的爪子麻木了，嘴巴也破了，身上的羽毛稀稀落落，尾巴也毫无光泽。

然而，当它历经千辛万苦，终于筑好这个窝时，它又开始惆怅了。

因为就算猫头鹰进不了它的窝，可那天地间的狂风暴雨呢?

狂风暴雨一来，它这个窝就会像一朵被雨打风吹去的花朵，不能主宰自己的命运!

原来，它永远都掌控不了自己的命运。

它忍不住在枝头抽泣着。

这首《鸱鸮》是一首寓言诗，用动物的寓言故事来感慨人生。全诗四章，每章五句，通篇以母鸟的口吻，看似是代鸟写悲，其实是借鸟写人。文中的母鸟所经历的遭遇，以及在艰哭的生存中不能把握自身命运的悲哀，其实就是当时下层人民悲惨情状的写照。

3.《东山》——小雨送我回家乡

我徂[①]东山[②]，慆慆[③]不归。我来自东，零雨其濛。我东曰归，我心西悲。制彼裳衣，勿士[④]行枚[⑤]。蜎蜎[⑥]者蠋[⑦]，烝[⑧]在桑野。敦彼独宿，亦在车下。

我徂东山，慆慆不归。我来自东，零雨其濛。果臝[⑨]之实，亦施[⑩]于宇。伊威[⑪]在室，蠨蛸[⑫]在户。町畽[⑬]鹿场，熠燿[⑭]宵行[⑮]。不可畏也，伊可怀也。

我徂东山，慆慆不归。我来自东，零雨其濛。鹳鸣于垤[⑯]，妇叹于室。洒扫穹室，我征聿[⑰]至。有敦瓜苦[⑱]，烝在栗薪[⑲]。自我不见，于今三年。

我徂东山，慆慆不归。我来自东，零雨其濛。仓庚[⑳]于飞，熠燿其羽。之子于归，皇驳[㉑]其马。亲[㉒]结其缡，九十[㉓]其仪。其新孔嘉，其旧如之何？

注释

①徂（cú）：往。

②东山：周公伐奄驻军之地。

③慆（tāo）慆：久。

④士：通“事”。

⑤行枚：行军时含在口里以保证不出声的竹棍。

⑥蜎（yuān）蜎：屈曲蠕动的样子。

⑦蠋（zhú）：野蚕。

⑧烝：久。

⑨果臝（luǒ）：葫芦科植物，即栝楼。

⑩施（yì）：蔓延。

⑪伊威：一种小虫，土虱。

⑫蠨蛸（xiāo shāo）：一种长脚蜘蛛，通称嬉蛛或蟢子。

⑬町畽（tiǎn tuǎn）：屋旁的空地，禽兽践踏的地方。

⑭熠燿：光彩鲜明的样子。

⑮宵行：磷火。

⑯垤（dié）：小土丘。

⑰聿：语气助词，将要。

⑱瓜苦：古代婚礼上剖瓠瓜（葫芦）成两张瓢，夫妇各执一瓢盛酒漱口。

⑲栗薪：束薪。

⑳仓庚：黄鹂。

㉑皇驳：马毛淡黄的叫皇，淡红的叫驳。

㉒亲：这里指女方的母亲。

㉓九十：多。

译文

自从我远征东山，我就很久没有回家了。如今我从东山回，漫天小雨，雾蒙蒙一片。刚说要从东山归，心就忧伤向西飞。把家常的衣服换上，不再管军队里的事。我看到那野蚕爬得很慢，田野里的桑林就是它家。我将身子蜷成一团，睡在车底下。

自从我远征东山，我就很久没有回家了。如今我从东山回，漫天小雨，雾蒙蒙一片。栝楼的藤上结满了瓜，藤蔓都爬到屋檐下了。屋子里很潮湿，都生出了土虱，门上的蜘蛛也都结了网。房前屋后都有鹿出现，夜里闪烁的磷火一直跳跃。就算家园这么荒凉，我也不怕，越是如此，我越想回家。

自从我远征东山，我就很久没有回家了。如今我从东山回，漫天小雨，雾蒙蒙一片。此时此刻，那白鹳不断啼叫着，妻子一直在叹息。她打扫屋子，塞住老鼠洞，期盼我早早回家。那个圆圆的大葫芦早就劈成了两半，放在柴堆上一直没人管。那些旧物都已经闲置了，算起来已经有三年过去了。

自从我远征东山，我就很久没有回家了。如今我从东山回，漫天小雨，雾蒙蒙一片。我忽然回想起，那天黄鹂在太阳下飞翔，它的羽毛一直闪着光。她嫁给我做新娘，迎亲的骏马有白也有黄。她的母亲为她结佩巾，然后开启了重重的婚礼仪式。那时我们新婚，十分恩爱，不知道如今重逢，会是怎样?

赏析

微雨燕双飞。

他走在归乡的大道上，若有所思。

三年前，他去服兵役。

三年后的今天，他终于要回去了。

三年过去，不知他的妻子可还好，家中一切可都还好。

归乡路上，他看到了一片荒凉景象。

那栝楼藤蔓延在人家的房上，都长满了果实，可屋内却没有人，门外结满了蜘蛛网，田边有鹿的脚印，夜里闪烁着磷火，忽明忽暗……

虽然景象荒凉，但他并不怕，反而更加快了脚下的步伐。

这三年来，他无时无刻不在思念她。

不知，她的心思是否和他一样。

他忽然想起，三年前她初嫁给他时的场景。

那天，黄鹂叫声婉转，黄鹂的羽毛一直闪着光。

这道光十分惊艳，即使三年过去，他依然没有忘记。

那日，她之子于归，美如桃花。

那时，他们新婚燕尔，十分恩爱。

不知三年过去，再相见，又会是哪一番光景。

这首《东山》是一首行役诗，主要写了诗中的男主人公从军出征三年后回去的场景。虽然每章的开头都是“我徂东山”等四句，但并不是简单的重复，而是层层推进，诗人分别通过男主人公的所见、所闻、所感、所想来体现他回家路上一路悲喜交加的心情。整首诗一气呵成，感情充沛，令人震撼。

4.《破斧》——大乱平定，河山再绿

既破我斧[①]，又缺我斨[②]。周公东征，四国[③]是皇[④]。哀[⑤]我人[⑥]斯，亦孔之将[⑦]。

既破我斧，又缺我锜[⑧]。周公东征，四国是吪[⑨]。哀我人斯，亦孔之嘉[⑩]。

既破我斧，又缺我銶[⑪]。周公东征，四国是遒[⑫]。哀我人斯，亦孔之休[⑬]。

注释

①斧：斧头，圆孔。

②斨：斧的一种，方孔。

③四国：指殷、管、蔡、霍，即周公东征平定的四国。

④皇：通“匡”，匡正。

⑤哀：可怜。

⑥我人：我们这些人。

⑦将：大。

⑧锜（qí）：凿子，一种兵器。

⑨吪（é）：感化，教化。

⑩嘉：善，好。

⑪铼（qiú）：凿子或斧子一类的工具。

⑫遒（qiú）：团结。

⑬休：美好。

译文

激烈的征伐中，我们的斧都砍坏了。那英武的周公率领我们东征，帮四国平息了叛乱。可怜我们这些战后余生的人啊，回想起来，真是命大，谢谢老天有眼啊！

激烈的征伐中，我们的齐刃凿都砍坏了。那英武的周公率领我们东征，教化了四国，让它们的秩序重新回到正常。可怜我们这些九死一生的人啊，回想起来，真是命大，谢谢老天爷的仁爱啊！

激烈的征伐中，我们的独头斧都砍坏了。那英武的周公率领我们东征，我们一起巩固了四国的边疆。可怜我们这些劫后余生的人啊，能够凯旋真的是福气啊！

赏析

那时，四国大乱。

周公做好一切准备，带领他们出征。

他们用了无数个日日夜夜的奋斗，终于换回了成功。

其实他们在战场上英勇杀敌的时候，根本没有料到自己居然还能够凯旋。

本以为，这场战争注定无人生还，因为敌人太强大，也太过凶猛了。

可是，周公机智过人，一次次率领着他们反败为胜。

到最后，他们胜了。

四国战乱平息，天下回归到最初的清明。

河山再绿，世界和顺。

对于劫后余生的他们来说，从此，无论往后余生再发生什么，都没有让他们害怕的了。

这首《破斧》是一首赞颂周公东征的诗歌。全诗三章，每章六句，采用复沓的形式，每章只换了三个字，反复咏唱，却大气磅礴，表现出了将士们经过艰苦奋战后取得胜利的自豪，也表达出了他们对周公的感恩之情。

5.《伐柯》——姻缘天注定

伐柯[①]如何？匪[②]斧不克[③]。取[④]妻如何？匪媒不得。
伐柯伐柯，其则[⑤]不远。我觏[⑥]之子，笾豆有践[⑦]。

注释

①伐柯：砍取做斧柄的木料。

②匪：通“非”。

③克：能。

④取：通“娶”。

⑤则：法则。

⑥觏（gòu）：遇见。

⑦笾（biān）豆有践：古时家庭举办盛大喜庆活动时，用笾豆等器皿放满食品，整齐排列在活动场所。这里指迎亲礼仪有条不紊。笾和豆，古代的礼器，一为竹制，一为木制，笾盛果品，豆盛肉食。

译文

怎么砍伐那斧子柄呢？没有斧子是砍不成的。怎么迎娶她做我的妻子呢？没有媒人是娶不成的。

砍斧柄啊砍斧柄，这个规则在眼前啊。要想和那姑娘见面，我要摆好食具、设好酒宴啊。

赏析

良辰美景，霞光万丈。

今日，是他和她大婚的日子。

半年前，他第一次在杏花树下见到她，那时她穿了一袭粉衫，在杏花树下荡秋千。

她那随风而动的样子，令他心动了。

他对她一见钟情了。

后来，他便央告媒人去说媒。

终于，她答应嫁给他了。

他毫不犹豫，安排了隆重的迎亲礼，因为，他只想给她最好的。

今夜之后，他们二人的命运便紧紧相连了。

这首《伐柯》是男子新婚燕尔时所唱的歌，描述了他婚姻的美满。全诗两章，每章四句，全篇的四言句式，简单而又朗朗上口。

6.《九罭》——民之所望，心之所向

九罭[①]之鱼，鳟鲂[②]。我觏[③]之子，衮衣[④]绣裳。
鸿飞遵渚[⑤]，公归无所，于女[⑥]信处[⑦]。
鸿飞遵陆[⑧]，公归不复，于女信宿[⑨]。
是以[⑩]有[⑪]衮衣兮，无以[⑫]我公归兮，无使我心悲兮。

注释

①九罭（yù）：指捕捉小鱼的细孔网。

②鳟鲂：鱼的两个种类。

③觏：碰见。

④衮（gǔn）衣：古代的礼服，一般为君主或高级官员所穿。

⑤遵渚：沿着沙洲。

⑥女（rǔ）：汝，你。

⑦信处：连住两晚。

⑧陆：水边的陆地。

⑨信宿：同“信处”，连住两晚。

⑩是以：因此。

⑪有：留下。

⑫无以：不要让。

译文

用那细的渔网去捕捞，鳟鱼和鲂鱼都能捉到。在路上遇见官老爷，他的礼服真好看。

大雁沿着沙洲一路高飞，您走了就没地方住了，我留您两夜，在这里住下吧。

大雁沿着河岸一路高飞，您走了就不回来了，我留您两夜，在这里住下吧。

我要把您的礼服偷偷藏起来啊，因为我不想让您走啊，您走了，我会很悲伤！

赏析

马蹄声嗒嗒，不停传来。

那来人，让他和妻子心惊。

没想到，大忙人周公来了，并且机缘巧合下，还要在他家里住两晚。

周公智谋过人，在他摄政期间，百姓们安居乐业。

天下万民，都对他心怀感激。

到了第三天，周公要走。

可他们都舍不得他走，他们偷偷将周公的衣服藏起来。

周公看到此举，也只是笑笑，并未停下脚步。

他如天空的大雁，终究要飞行。

这首《九罭》表达了人们对周公的爱戴和挽留。整首诗先以大鱼网住小鱼起兴，象征周公备受人民的爱戴与敬重，接着又以大雁的飞行来象征周公的离开，最后写到诗中男主人公明知周公要离开却故意把他衣服藏起来，那种可爱神态，也被诗人描写得淋漓尽致。

7.《狼跋》——因为有他，所以山河无恙

狼跋[①]其胡[②]，载[③]疐[④]其尾。公孙[⑤]硕肤[⑥]，赤舄[⑦]几几[⑧]。
狼疐其尾，载跋其胡。公孙硕肤，德音[⑨]不瑕[⑩]。

注释

①跋（bá）：踏。

②胡：老狼颈项下的垂肉。

③载（zài）：则。

④疐（zhì）：跌倒。

⑤公孙：国君的子孙。

⑥硕肤：大腹便便的样子。

⑦赤舄（xì）：赤色鞋，贵族所穿。

⑧几几：装饰繁盛的样子。

⑨德音：名声很好。

⑩不瑕：没有过错。

译文

老狼前行踩到了那颈肉，后退则会被尾巴绊倒。那公孙挺着大肚囊，脚上的红鞋很显眼。

老狼如果后退，就会被尾巴绊倒，前行又会踩到那颈肉。那公孙挺着大肚囊，他的品德和声望都没有瑕疵！

赏析

世人都知道，如果不是因为周公进退从容，那么他们的日子一定会难过很多。

周公用尽全力辅佐成王，平定叛乱，让黎民百姓都过上了好日子。

虽然有人诋毁他、中伤他，可是百姓们都不会相信。

因为在他们心中，周公对江山社稷的付出，是无限伟大的。

如果没有周公，这山河又怎会一直安然无恙？

这首《狼跋》中的“公孙”是指“周公”，所以这首诗也是赞美周公的一首诗。诗人故意用“狼”的进退狼狈来衬托周公的进退有度。全诗两章，每章四句，幽默的调侃语调，令人捧腹大笑。

诗三百，思无邪。

诗经·雅颂

李悠 王杭丽 译注

台海出版社

图书在版编目（CIP）数据

诗经．2，雅颂 / 李悠，王杭丽译注．-- 北京 ：台海出版社，2021.2

ISBN 978-7-5168-2809-0

Ⅰ．①诗… Ⅱ．①李… ②王… Ⅲ．①古体诗－诗集－中国－春秋时代 Ⅳ．①I222.2

中国版本图书馆 CIP 数据核字（2020）第 218528 号

诗经·雅颂

译　　注：李　悠　王杭丽

出 版 人：蔡　旭　　　　封面设计：@嫁衣工舍

责任编辑：曹任云

出版发行：台海出版社

地　　址：北京市东城区景山东街 20 号　　邮政编码：100009

电　　话：010-64041652（发行，邮购）

传　　真：010-84045799（总编室）

网　　址：www.taimeng.org.cn/thcbs/default.htm

E - mail：thcbs@126.com

经　　销：全国各地新华书店

印　　刷：三河市金泰源印务有限公司

本书如有破损、缺页、装订错误，请与本社联系调换

开　　本：880 毫米 ×1290 毫米　1/32

字　　数：782 千字　　印　　张：31.75

版　　次：2021 年 2 月第 1 版　　印　　次：2021 年 2 月第 1 次印刷

书　　号：ISBN 978-7-5168-2809-0

定　　价：108.00 元（全二册）

目录

小雅·鹿鸣之什

小雅·南有嘉鱼之什

小雅·鸿雁之什

小雅·节南山之什

小雅·谷风之什

小雅·甫田之什

小雅·鱼藻之什

大雅·文王之什

大雅·生民之什

大雅·荡之什

周颂·清庙之什

周颂·臣工之什

周颂·闵予小子之什

鲁颂

商颂

小雅·鹿鸣之什

1.《鹿鸣》——宴友之乐

呦呦①鹿鸣，食野之苹②。我有嘉宾，鼓瑟吹笙。吹笙鼓簧③，承筐是将④。人之好我，示我周行⑤。

呦呦鹿鸣，食野之蒿⑥。我有嘉宾，德音孔昭⑦。视民不恌⑧，君子是则是傚⑨。我有旨⑩酒，嘉宾式⑪燕⑫以敖⑬。

呦呦鹿鸣，食野之芩⑭。我有嘉宾，鼓瑟鼓琴。鼓瑟鼓琴，和乐且湛⑮。我有旨酒，以燕乐嘉宾之心。

注释

①呦（yōu）呦：鹿的叫声。

②苹：藾蒿。一种青色、白茎的植物。

③簧：笙上的簧片。

④承筐是将：捧筐献礼。承，捧着。将，献上。

⑤周行（háng）：大道。

⑥蒿：青蒿。一种菊科蒿属草本植物。

⑦孔昭：非常明显。孔，非常。昭，明显。

⑧视民不恌（tiāo）：示民使之不轻佻。视，通“示”。恌，通“佻”，轻薄，轻浮。

⑨是则是傚：是楷模，让人效仿。则，楷模。傚，效仿。

⑩旨：甘美。

⑪式：语助词，无实义。

⑫燕：通“宴”。

⑬敖：通“遨”，游玩。

⑭芩（qín）：草本名，一种蒿类植物。

⑮湛（dān）：乐之长久。

译文

鹿儿呦呦地鸣叫，欢快地吃着藾蒿。我有贤德的客人来到，弹奏乐器欢迎他。竹笙吹响美妙音乐，成筐的礼物双手奉上。宾客对我真诚友好，向我指出真理大道。

鹿儿呦呦地鸣叫，欢快地吃着青蒿。我有贤德的客人来到，品德高尚美好。行为举止不轻佻，值得君子效仿。我用美酒佳肴，让他们在宴会上自由享用。

鹿儿呦呦地鸣叫，欢快地吃着芩草。我有贤德的客人来到，奏响音乐款待他。在音乐声中，主人宾客融洽快活。我用美酒佳肴，让他们在宴会上感到愉快。

赏析

在旷野之上，百草兴盛茂密。

多种多样的蒿类植物，一丛丛，一片片，让茫茫草原上空飘荡着浓烈的香气。

这美味的食物引来了一群聪慧敏捷的野鹿，它们你追我赶地奔跑嬉戏，在大自然的怀抱中撒着欢。玩累了，跑累了，便轻盈地踢踏着蹄子，在这碧空浮云之下悠闲地饱餐一顿。

这里的植物丰茂鲜美，是它们最爱的美食。

快活自在的鹿儿偶尔抬起头来，发出呦呦的鸣叫声。它们是在说着同伴才懂的语言，相互应和，彼此问候，让整个大地都充盈着和谐美好的氛围。

这种自由愉快的气息，是多么可贵呀！

《诗经》之中不乏比兴，此诗亦如是。野草地上的鹿群尚且能够悠然自在、和谐相处，人类社会中的君臣、主客岂不更应以礼相待、宽容仁义？

那日，臣子诸侯应邀前来，君主早已准备好了盛大的宴会。

来宾走至门外不禁停下脚步，拂了拂袖口，端正衣襟，却在此时听见清雅柔和的笙乐透过门帘传入耳中，顿感身心舒畅。原本因敬畏而生的拘谨，此时悄然散去。

音乐真是一剂人际关系的催化剂，来宾彼此微笑问候，在轻松愉快的气氛中畅所欲言。

作为主人，君主不仅安排了宴席之乐，还准备了许多礼物，命人盛放在竹筐里，双手奉上。

他希望可以借此机会，听到大家的真心话。

无论君臣还是朋友，最重要的便是怀有一颗真诚友好的心，明示正确的为人之道。

来客皆为贤良之才，品德高尚，拥有美好的声誉。放眼望去，每个人的言行举止都非常有风度，谦谦君子之德昭然可见。

君主看见这一派和谐之景，内心欢喜，命人送上甘美的酒，让大家尽情享用美酒佳肴。

就像那旷野之上的鹿群，它们自在快活地彼此交流、一同嬉戏；宴席之上的君臣，亦在欢愉的音乐之中，觥筹交错，互敬互唱，产生了深厚且长久的情感。

欲招揽贤臣，必以礼相待，使之心有敬畏却又亲近，方得人心。可谓德之所至，众望所归。

2.《四牡》——思乡人在天涯

四牡[①]骈骈[②]，周道倭迟[③]。岂不怀归？王事靡盬[④]，我心伤悲。

四牡骈骈，啴啴骆马[⑤]。岂不怀归？王事靡盬，不遑启处[⑥]。

翩翩者鵻[⑦]，载飞载下，集于苞栩[⑧]。王事靡盬，不遑将[⑨]父。

翩翩者鵻，载飞载止，集于苞杞。王事靡盬，不遑将母。

驾彼四骆，载骤骎骎[⑩]。岂不怀归？是用[⑪]作歌，将母来谂[⑫]。

注释

①四牡：四匹驾车的雄马。

②骈（fēi）骈：奔跑不停的样子。

③周道倭迟（wēi chí）：大路迂回遥远。周道，大路。倭迟，通“威迟”，道路迂回遥远的样子。

④靡盬（gǔ）：没有休止。靡，没有。盬，停止。

⑤啴（tān）啴骆马：喘息的黑鬃白马。啴啴，喘息的样子。骆，黑鬃

的白马。

⑥不遑（huáng）启处：没空回家休息。不遑，无暇。启，跪。古人席地而坐的姿势。

⑦鵻（zhuī）：一种短尾鸟，即鹁鸪。

⑧集于苞栩：落在茂密的柞木上。集，落。苞，丛密。栩，柞木。

⑨将：奉养。

⑩骎（qīn）骎：快速奔跑的样子。

⑪是用：所以。

⑫谂（shěn）：想念。

译文

四匹骏马奔跑不停，宽广大路蜿蜒无边。难道我心里不想回家吗？但君王差使没有休止，我只能心里徒自悲伤。

四匹骏马奔跑不停，黑鬃的白马不断喘息。难道我心里不想回家吗？但君王差使没有休止，我还没空回家休息。

短尾鸟儿翩翩展翅，时而高飞时而低翔，栖落在那茂盛的柞树上。但君王差使没有休止，我还无暇将老父亲奉养。

短尾鸟儿翩翩展翅，时而飞行时而休憩，栖落在丛密的枸杞树上。但君王差使没有休止，我还无暇将老母亲奉养。

驾着四匹黑鬃白马，一路奔驰没有停歇。难道我心里不想回家吗？只能将心思寄于歌里，表达我对亲人们的想念。

赏析

一朝为人臣子，便以天下大事为己任。

已经记不清，这是离家之后的第几天。从宽阔的大路到蜿蜒曲折的羊肠小道，从繁华城镇到荒野无人的崇山峻岭，脚下的路就这么无休止地延伸着，似乎永远看不到道路尽头。

陪伴着我的，除了这四匹骏马，就只有轮流升落的太阳和月亮。

初春的雨不时滋润着土地，浅草刚刚没过马蹄。我日夜奔波在路上，却无暇欣赏春天万物复苏的美景。

只有在夜深人静的时候，我才能稍事休息，每到这时，却忍不住想起家中的亲人。

先有国，才有家。我这么对自己说着。既然身居朝廷职位，就必须以君王差事为主。

内心的道德不断鞭策着自己，待到晨曦将至，又将策马奔驰在前方的路上，不可懈怠。

纷至沓来的使命，如同马蹄扬起的滚滚尘土，将整个人都包裹起来。

炎热的夏日，汗珠顺着眼睫毛滴落下来，衣衫早已湿透，紧紧贴着后背。这匹黑鬃的白马曾是马群之中最为英俊健美的，也终究经不住长途劳累，哼哧哼哧喘着粗气。

不知它是否也会思念驿站的伙伴，但它一定不知道，我有多希望脚下走过的这一条路，能是盼望已久的回家之路！

你看，天空的鹁鸪多么自在，随心所欲地高飞低翔。它们时而停落在柞树上，时而栖息在枸杞树上，可以与伴侣相依相守，对父母尽心尽孝。而我，却永远在疲于奔命的路上，父母都快忘记我的模样了吧。

家中的老父老母历经苦难将我养大，本以为事业稳定便可报答他们的养育之恩，却不料，连回家侍奉他们的时间都难以拥有。

秋风瑟瑟吹来，寒雨拍打着稀疏的树木，我不禁悲从心来。

拉车的马匹再雄壮高贵，也必须在规定的时间往来于指定地点。就算我再想回家孝敬双亲，又怎能徇私废公呢？唉，自古忠孝难以两全。

所有的思念与悲伤，都只能寄予在诗歌中，期盼君王能够感知到我的心情，父母能够原谅我的不孝啊！

诗中的小官员，一方面怀有尽忠职责的使命，在路途之上奔波；一方面，又惦念家中父母，郁结着思念与痛苦。正是这样的人性冲突，刻画出了一个生动的人物形象，也从侧面反映出了当时社会身不由己的现实状况。

3.《皇皇者华》——寻访贤者是我的使命

皇皇[①]者华，于彼原隰[②]。駪駪征夫[③]，每怀[④]靡及。
我马维驹，六辔如濡[⑤]。载[⑥]驰载驱，周爰咨诹[⑦]。
我马维骐[⑧]，六辔如丝[⑨]。载驰载驱，周爰咨谋[⑩]。
我马维骆[⑪]，六辔沃若[⑫]。载驰载驱，周爰咨度[⑬]。
我马维骃[⑭]，六辔既均[⑮]。载驰载驱，周爰咨询[⑯]。

注释

①皇皇：光彩明亮的样子。

②原隰（xí）：高平和低湿之处。原，为高平之处。隰，为低湿之处。

③駪（shēn）駪征夫：众多使臣和属从。駪駪，众多的样子。征夫，指使臣和属从。

④怀：思。

⑤六辔（pèi）如濡：六条缰绳有光泽的样子。六辔，古代一车四马，马各二辔，其中两骖马的内辔系于轼前不用，称为六辔。如濡，新鲜有光泽的样子。

⑥载：语气助词。

⑦周爰咨诹（zōu）：跑遍各地去走访询问。周，遍。爰，于。咨诹，

走访询问。

⑧骐：青黑色如格纹的马。

⑨如丝：有丝的光泽和韧性。

⑩咨谋：与“咨诹”同义。

⑪骆：黑鬣的白马。

⑫沃若：与“如濡”同义。

⑬咨度：与“咨诹”同义。

⑭骃（yīn）：浅黑带白色杂毛的马。

⑮均：协调。

⑯咨询：与“咨诹”同义。

译文

鲜艳明媚的花朵，盛放在高原，也盛放在山涧。众多使臣和属从奔波在路上，常常想着是不是还有不周到的地方。

我骑着年少力壮的骏马，六条缰绳有着光泽。不停奔跑在路上，走遍四处寻访贤者，讨教治国之道。

我骑着青黑格纹的骏马，六条缰绳有着韧性。不停奔跑在路上，走遍四处寻访贤者，咨询治国之策。

我骑着威武的黑鬃白马，六条缰绳闪耀光泽。不停奔跑在路上，走遍四处寻访贤者，商议治国之略。

我骑着雄壮的黑白花马，六条缰绳收放自如。不停奔跑在路上，走遍四处寻访贤者，请求治国之法。

赏析

山林之中，可能有隐士。喧嚣市井中，也可能有贤者。

在幅员辽阔的天下大地，在潮水般涌动的千万人之中，各个国家都存在着那么一些有才能德行的高人。

他们或许位居高处，身为人臣；或许已退隐江湖多年，久不闻世事；又或许安于平凡的日子，不想再抛头露面涉及纷杂繁复的国事。

可是，只要他们对人间百态有着目光如炬的洞察力，对治国管理有着深思熟虑的思想，他们的建议与策略，便是我等要寻求的良方。

作为君王的使臣，我等身负重任，不免有些惶恐，生怕有什么地方还思考得不够周全，考虑得不够细致。

我们深知，自己的言行举止代表着国家的形象，每一步都要行得谨慎小心，方可不负君王的托付。

朝廷给我们配备了良驹代步，提供了丰足的食物给我们享用。我等又怎会不知，手中的缰绳牵系着的，是使一个国家能够朝更好的方向发展的钥匙。

我们日夜兼程，带着使命奔向不同的地方。

在那里，可能有着与我们国家全然不同的风情与气候；路途之中，可能会遭遇风雪和坎坷。可是，没有什么能够阻挡我们前进的步伐。

穿越荒山野岭，横渡沙漠戈壁，我们时时谨记着君王的教诲，心怀天下百姓，用脚步丈量着世界，用真诚的言语和态度向贤者咨询求教。

在《诗经》之中，时常从不同的角度，体现出君王对臣子的体恤，臣子对君王的忠诚。使臣们不辞劳苦，博访广询，又何尝不是一种忠于职守的高尚精神！

这种特殊的身份，让他们既充满荣耀与光环，又背负着沉重的责任与义务。

走遍千山万水，苦口婆心与人交流，只为尽其所能，获取到更多的治国良策。当智慧之花开满这个国度，不正是盛世繁荣的景象吗？

4.《常棣》——兄弟之情深如海

常棣[①]之华[②]，鄂[③]不韡韡[④]。凡今之人，莫如兄弟。
死丧之威[⑤]，兄弟孔怀[⑥]。原隰裒[⑦]矣，兄弟求矣。
脊令[⑧]在原，兄弟急难。每[⑨]有良朋，况[⑩]也永叹。
兄弟阋[⑪]于墙，外御其务[⑫]。每有良朋，烝[⑬]也无戎[⑭]。
丧乱既平，既安且宁。虽有兄弟，不如友生[⑮]？
傧[⑯]尔笾豆，饮酒之饫[⑰]。兄弟既具[⑱]，和乐且孺[⑲]。
妻子好合，如鼓瑟琴。兄弟既翕[⑳]，和乐且湛。
宜尔室家，乐尔妻帑[㉑]。是究[㉒]是图[㉓]，亶[㉔]其然乎？

注释

①常棣（dì）：植物名，也叫郁李，果实比李子小，因花两三朵一缀，用以比喻兄弟。

②华：花。

③鄂：通“萼”，花萼。

④韡（wěi）韡：鲜明茂盛的样子。

⑤威：畏惧。

⑥孔怀：很关怀。孔，很。怀，关怀。

⑦裒（póu）：聚。

⑧脊令（jí líng）：一种水鸟，即鹡鸰。以水鸟在原野，比喻有患难。

⑨每：时常。

⑩况：发语词。

⑪阋（xì）：争吵。

⑫务（wǔ）：通“侮”。

⑬烝：发语词。一说长久。

⑭戎：帮助。

⑮友生：朋友。生，语气词，无实义。

⑯傧（bīn）：陈列。

⑰饫（yù）：满足、饱食。

⑱具：通“俱”，聚集。

⑲孺：相亲。

⑳翕（xī）：聚合。

㉑帑（nú）：通“孥”，子孙。

㉒究：深思体会。

㉓图：努力做到。

㉔亶（dǎn）：信。

译文

棠棣树的花盛开时，花萼都带着光芒。当今人与人的情感，都不如兄弟那样深厚。

当死丧之事来临时，只有兄弟会真切关怀。就算在战争中横尸荒野，兄弟也一定会不顾一切寻觅到他的尸体。

如同水鸟在原野上悲鸣，兄弟身陷患难之中时，那些平日时常相聚的朋友，面对危难也只不过为之长叹几声。

兄弟之间关起门争吵，一旦遇到外人欺负却总能鼎力相助。那些平日时常相聚的朋友，却没有给予什么帮助。

死丧战乱等平息之后，生活回归到安定有序。为何到了这种时候，兄弟之间的交往竟不如朋友那样亲密？

宴席之上摆着丰盛的食物，尽情吃喝到心满意足。兄弟家人相聚在一起，骨肉相亲，才是和乐美满。

夫妻之间亲密相爱，就像琴瑟和谐的乐曲一般。兄弟家人聚在一起，才能长久感受到快乐美好。

将家庭安顿得有条有理，让妻儿家人都高高兴兴。仔细想想，这么做是不是有道理？

赏析

记得小时候，他们常常光着脚丫在田间地头嬉戏奔跑。

春天的山野林间，有许多不知名的野菜，他们钻进荆棘丛生的灌木里，拔竹笋、采蘑菇，比赛看谁的战利品更多一些。

炎炎夏日里，趁着长辈们午睡的时间偷偷溜出家门玩耍，从不惧怕烈日的暴晒。接天荷叶无穷碧，刚刚好可以遮盖住高照的艳阳，而脚下湿软凉爽的泥土里，可以找到甘甜可口的莲藕，那是他们兄弟俩最喜欢的零食。

玩累了回到家，他们会争着抢吃母亲做好的饭菜。当然了，也会不时因为谁得到了公鸡尾巴上最漂亮的那根羽毛而大打出手。

每每这时，兄弟俩都会被父母呵斥，甚至狠狠教训一番。兄弟相亲，怎能骨肉相残？

就算闹得再怎么厉害，当月亮升上树梢，世间万籁俱寂时，他们依然并排躺在同一张草席上，很快就陷入甜美的梦乡。

他们渐渐长大，开始帮助父母做一些力所能及的活儿。就像小时候一样，会比赛看今天谁开垦的土地更多，谁抓到的鱼更大。

就算回到家中吵得不可开交，出门在外，若是有外人欺负自己的兄弟，他们立马又会忘记刚刚的不快，齐心协力共同对付外人。

伴随着不断的争吵与和好，他们逐渐有了各自的朋友，不再像儿时那样形影不离。

他们陆续成了家，有了各自的妻儿。彼此之间的来往也越来越少。

每天辛勤的劳作后，会约上三五好友聚会喝酒、谈天说地，却很少到兄弟家中串门。

生活从来不会一帆风顺。突如其来的战争打破了往日的平静，原本安宁的乡村不复存在，每天饱受战火袭击的村民们纷纷逃离，一时间，哀鸿遍野。

兄弟妻离子散，房屋损毁，家中亲人也未能幸免于难，一个个离开了人世。

当亲眼看着自己的家人在面前失去生命时，悲痛的心情如浩瀚大海淹没了所有往日欢乐。平日里时常相聚的朋友长长叹了口气，安慰他逝者已矣。

当所有人都四处流离的时候，兄弟俩却不顾浑身伤痕不停地寻到对方。他们心有所系，哪怕是豁出性命，也要找到自己的亲生兄弟，哪怕寻到的只是一具尸体。

在这样生命垂危的时刻，平日里恣意歌酒的朋友们，都早已看不见踪影。

孔门弟子谈道说理常常引《诗经》为证，谓之“不学诗，无以言”。这篇诗作中，以棠棣花为兴起，向我们生动地讲述了兄弟间应该相互友爱的道理。

反观自身，我们又何尝不是在安宁平静时疏于与亲人的交流沟通？

感到快乐的时候，摆酒设宴，与兄弟家人欢聚一堂。夫妻间和睦相爱，儿女子孙爱慕长辈，这才是真正美好的家庭呀！

5.《伐木》——与亲友尽欢

伐木丁丁[①]，鸟鸣嘤嘤[②]。出自幽谷，迁于乔木。嘤其鸣矣，求其友声。相[③]彼鸟矣，犹求友声。矧[④]伊人矣，不求友生？神之听之，终[⑤]和且平！

伐木许许[⑥]，酾酒有藇[⑦]。既有肥羜[⑧]，以速[⑨]诸父。宁[⑩]适不来？微我弗顾[⑪]！於粲洒埽[⑫]！陈馈八簋[⑬]。既有肥牡[⑭]，以速诸舅[⑮]。宁适不来？微我有咎[⑯]！

伐木于阪[⑰]，酾酒有衍[⑱]。笾豆有践[⑲]，兄弟无远！民之失德，乾餱以愆[⑳]。有酒湑[㉑]我，无酒酤我[㉒]。坎坎[㉓]鼓我，蹲蹲[㉔]舞我。迨[㉕]我暇矣，饮此湑矣！

注释

①丁（zhēng）丁：砍树的声音。

②嘤嘤：鸟鸣声。

③相：看。

④矧（shěn）：况且。

⑤终：既。

⑥许（hǔ）许：众人劳作时共同用力的呼声。

⑦ 釃（shī）酒有藇（xù）：过滤出甘美的酒。釃酒，过滤酒糟。藇，美好的样子。

⑧ 羜（zhù）：未长大的羊羔。

⑨ 速：邀请。

⑩ 宁：通“何”。

⑪ 微我弗顾：不能说我缺乏诚意。微，勿，不要。弗，不。

⑫ 於（wū）粲洒埽：指打扫干净明亮的样子。於，发声词。粲，鲜明的样子。埽，同“扫”。

⑬ 陈馈八簋（guǐ）：指摆满了丰盛的食物。陈：陈列。馈，食物。簋：盛放食物用的圆筒形器皿。

⑭ 牡：公羊。

⑮ 诸舅：异姓长辈。

⑯ 咎：过失。

⑰ 阪：山坡。

⑱ 有衍：满溢的样子。

⑲ 践：陈列。

⑳ 乾餱以愆：指以粗食招待的过错。愆，过失。

㉑ 湑（xǔ）：过滤。

㉒ 酤：买酒。

㉓ 坎坎：击鼓的声音。

㉔ 蹲（cún）蹲：跳舞的样子。

㉕ 迨（dài）：待。

译文

砍树的声音叮叮作响，鸟儿在嘤嘤地鸣叫。飞出深谷，飞往高大的树木。鸟儿为何嘤嘤叫？为了找到它的朋友。你看这鸟儿，尚知道寻找朋友的声音。况且我们人类，难道不寻求朋友吗？天上神灵听见了，会保佑我们和平安宁。

砍树的声音呼呼作响，过滤酒糟使之清澈甘美。既然宰了小肥羊，就邀请同姓长辈们来吃饭。他们有事不能来，也不能缺少我的诚意。将房屋打扫得干净亮堂，摆上丰盛的食物。既然宰了肥壮的公羊，就邀请异姓的长辈们来吃饭。他们有事不能来，也不是我的过失。

在山坡边砍着树，过滤的清酒已经要满溢。食物摆得满满当当，兄弟之情不会疏远。有些人早失美德，只是因为食物粗薄。有滤好的酒我们就喝，没酒就去买酒喝。咚咚敲起鼓，跳起舞。等我空闲之时，再约起来喝个痛快！

赏析

这里远离村庄，自然的宁静气息笼罩四野。

一片幽静的茂密树林中，阳光透过叶片之间的缝隙洒下点点光斑。

他又一次独自前往，背着坚实的斧头，踏着脚下熟悉的土地。随着太阳的西移，只有不断拉长的身影与之亲密相随。

他选中了一棵高大粗壮的乔木，撸起衣袖，挥舞起被磨得光亮锋利的斧头。丁丁，丁丁，砍伐树木的声音惊起一群飞鸟。

树叶沙沙作响，飘落在他的脚边。鸟儿嘤嘤地叫着，从低矮的山谷里振翅冲向天空，飞往另一棵更高的树木。嘤嘤的鸟鸣声越来越多，他抬起头来，看见不断有鸟儿从四周飞来，停留在相近的枝丫上蹦蹦跳跳，互相和鸣。

原来，它们的叫声是在寻找、呼唤自己的同伴。他不禁放下手中的斧子，连鸟儿都知道呼朋引伴，作为人类的自己，难道不重视伙伴吗？

头上的神明听见了他的内心，对于互相友爱的人类，其将赐予和平安宁。

回到村庄后，他寻找了一些朋友，告诉他们在那片树林有许多品质上乘的木材，以一己之力很难砍伐，不如大家齐心协力，共同劳作。

此后，树林中再也没有孤单的身影。众人同行，砍伐着选中的树木。鸟儿聚集在不远处的树枝上欢叫，似在为这热闹的劳动场景而歌唱、舞蹈。

人类是群居的动物，朋友的友好亲切，亲情的血脉相连，都能带给人莫大的力量。

随着生活的逐渐改善，他与亲朋好友的来往也越来越多。

今天，家里宰了肥羊羔，便赶紧邀请同族的长辈们前来享用。无论他们来与不来，他一定会一家家登门拜访，表达诚意。

为了招待得更为周到，他一早便起来打扫房屋，将里里外外都收拾得整洁亮堂。嘱咐家人准备好丰盛的食物，千万不可怠慢了客人。

明日，家中要宰杀一头壮实的公羊，应邀请异性的长辈们也一同来享用。无论他们来不来，都要尽礼数，做到无可指责。

劳作之余，他会邀请朋友们到家中吃喝。酿好的酒要仔细滤除酒糟，将清澈甘美的清酒奉上，供大家畅饮。收获的食材大方地搬出，烹饪尽可能丰富的菜品供大家饱餐。

民以食为天。听说，有些原本亲密的人们之间忽然有了裂痕，常常不是因为别的，只是因为吃的食物过于粗薄。这真是不应该呀！

物质的享乐，只有在辛勤的劳动过后才能产生内心愉悦。在劳作时，与同伴们共同协力，在收获之时，以美味侍奉长辈，这才是让人快意乐哉的做法！

在亲朋好友们齐相聚的宴会上，尽情地唱歌、跳舞吧！就像树林中那些自由自在的鸟儿一样。若是喝光了滤出来的清酒，就再去买，今朝有酒今朝醉！

等到劳作之后有闲暇的时间，大伙儿再约起来，继续喝个痛快！

此诗写于周宣王时期，当时，王室因动乱而呈衰微之势。诸侯国的国君大多辈分较高，他们的不满，导致周宣王虽有雄心却无能为力。诗中以伐木工孤独的形象来借喻周宣王的孤立，没有亲人的援助，纵使他胸中有志，想要重振周室大业，也是力不从心啊。

6.《天保》——但求国兴君安

天保[①]定尔[②]，亦孔之固[③]。俾尔单厚[④]，何福不除[⑤]？俾尔多益，以莫不庶。

天保定尔，俾尔戬穀[⑥]。罄无不宜，受天百禄。降尔遐福[⑦]，维[⑧]日不足。

天保定尔，以莫不兴。如山如阜[⑨]，如冈如陵，如川之方至[⑩]，以莫不增。

吉蠲为饎[⑪]，是用孝享[⑫]。禴祠烝尝[⑬]，于公先王。君曰卜[⑭]尔，万寿无疆。

神之吊[⑮]矣，诒[⑯]尔多福。民之质矣，日用饮食。群黎百姓，徧[⑰]为[⑱]尔德。

如月之恒，如日之升。如南山之寿，不骞[⑲]不崩。如松柏之茂，无不尔或承。

注释

①保：保佑。

②定尔：使你安定。定，安定。尔，指君王。

③固：稳固。

④单厚：确实很多。单，确实。

⑤除：赐予。

⑥戬穀（jiǎn gǔ）：福禄。

⑦遐福：长久的福气。

⑧维：通“唯”，唯恐。

⑨阜（fù）：土山。

⑩川之方至：河水涨潮。

⑪吉蠲（juān）为饎（chì）：选择吉日举行祭祖仪式。吉，挑选吉日。蠲，祭祀前的斋戒沐浴。饎，酒食。

⑫孝享：献祭。

⑬禴（yuè）祠烝尝：宗庙一年四季的祭祀，春为祠，夏为禴，秋为尝，冬为烝。

⑭卜：给予。

⑮弔（dì）：至。

⑯诒：通“贻”，赠给。

⑰徧（biàn）：通“遍”。

⑱为：通“化”，感化。

⑲骞（qiān）：亏，损。

译文

上天保佑国君安定，国家非常稳定。使您国力强盛，所有福禄都赐予您。使您日益富有，一切都兴盛有余。

上天保佑国君安定，使您福禄双收。所有事情都顺，上天赐福多多。给您长久的福气，唯恐有所不足。

上天保佑国君安定，一切都丰盈兴盛。这天赐之福如同高山、丘陵，如潮水涌动，没有什么不与日俱增。

择取吉日沐浴备食，用以祭献先祖。春夏秋冬四季，都向先王祭祀。先王借尸传神意给您，祝福您万年长寿。

神灵、先祖降临，赠予您洪福。百姓本质纯朴，只求吃饱喝足。庶民与贵族，都被您的德行感化。

您就像上弦明月，旭日东升。您就像南山那样长寿，不会亏损或塌崩。您就像松柏那样茂盛，一切都由您来继承。

赏析

那日，天还未亮，宫廷里就开始忙碌起来。

在不久之前，掌管祭祀的人游走在各个角落仔细观察，精心选取时辰和方位，为新皇的登基祭祀做好充足准备。

这是举国大庆的仪式，容不得半点差池和马虎。

士兵们整装待发，等候在自己的岗位。厨房里热火朝天地烹羊宰牛，将新鲜的瓜果清洗干净，盛放在祭祀专用的器皿中，为献祭先王而精心陈列。

另一处，侍女正在为新皇沐浴更衣，熏香净身。衣冠必须佩戴整齐，发髻必须一丝不苟。在天地和先祖面前，不能有丝毫怠慢。

以农耕文明为发源的古代，对于天地有着神圣的崇拜之情。天地有泽，才能让庄稼生长、丰收，让百姓衣食丰足。

山川河流奔流不息，养育着世世代代的炎黄子孙，也使得人们有繁衍生息的依靠。

对于天地自然，怀有一份虔诚的敬畏之心，才可遵循自然的规律，坚守做人的道德。

古代的皇帝，被称为“天子”，便是指受天命而成为皇上，统管江山社稷。

既然是上天之子，理当以尊敬爱戴之心侍奉天地，向天地父母献上最好的供品。

祭典在震撼的鼓乐声中拉开了帷幕，众人虔诚地祭拜叩首，请求上天赐予连绵不绝的福泽。

希望在上天的庇佑下，国君能够安康长寿，国家能够安定繁荣。在新皇的治理下，希望百姓都能够平安、衣食无忧，希望上天赐予的福气能够如同这亘古永恒的山川河流、日月星辰，长久地保护着整个国家。

当然，除了伟大的天地自然，还有先王祖先在上。领受了上天的护佑，亦不可忘却先祖的教诲与养育。一年四季，对于先祖的祭祀永不停歇。

这样的诚心与供奉，让天上的先祖也为之感动，降下洪福给予新皇，并向他传递神的旨意。

在这满满的祝福之中，饱含着对于新皇的殷殷期待与鼓舞。只要他能够沿袭天地规律，以德行感化民众，定会国泰民安，繁荣昌盛。

祭祀诗中，常常会有对于君王的歌颂和祝福，这不失为期待和希望的另一种表达。

7.《采薇》——征途漫漫

采薇采薇[①]，薇亦作止[②]。曰归曰归，岁亦莫[③]止。靡[④]室靡家，猃狁[⑤]之故。不遑启居[⑥]，猃狁之故。

采薇采薇，薇亦柔止。曰归曰归，心亦忧止。忧心烈烈，载饥载渴。我戍未定，靡使归聘[⑦]。

采薇采薇，薇亦刚止。曰归曰归，岁亦阳[⑧]止。王事靡盬，不遑启处。忧心孔疚[⑨]，我行不来！

彼尔维何？维常[⑩]之华。彼路[⑪]斯何？君子之车。戎车既驾，四牡[⑫]业业[⑬]。岂敢定居？一月三捷。

驾彼四牡，四牡骙骙[⑭]。君子所依，小人[⑮]所腓[⑯]。四牡翼翼[⑰]，象弭鱼服[⑱]。岂不日戒？猃狁孔棘[⑲]！

昔我往矣，杨柳依依[⑳]。今我来思，雨雪霏霏。行道迟迟，载渴载饥。我心伤悲，莫知我哀！

注释

①薇：豆科植物，又叫大巢菜，可食用。

②作止：生出地面。止，尾助词，无实义。

③莫（mù）：通“暮”。这里指一年将要结束时。

④靡（mǐ）：无。

⑤猃狁（xiǎn yǔn）：北方的少数民族。春秋时期称为狄，战国、秦汉称为匈奴。

⑥启居：跪、坐，指休息。

⑦聘：问候的音信。

⑧阳：农历十月。

⑨疚：病痛。

⑩常：棠棣，一种植物。

⑪路：通“辂”，指高大的战车。

⑫牡：雄马。

⑬业业：高大的样子。

⑭骙（kuí）骙：强壮的样子。

⑮小人：士兵。

⑯腓（féi）：庇护。

⑰翼翼：排列整齐的样子。

⑱象弭鱼服：象骨装饰的弓和鲨鱼皮制作的箭囊。弭，弓两端的弯曲处。鱼服，鲨鱼皮做成的箭袋。

⑲棘（jí）：急。

⑳依依：形容柳条轻柔随风的样子。

译文

大巢菜采呀采，它刚刚冒出芽尖。说回家啊回家，转眼就到岁末年关。没有妻室家庭，都因为猃狁侵犯。没有空闲休息，因为要与猃狁打仗。

大巢菜采呀采，它还非常肥嫩。说回家啊回家，心里多么忧闷。忧心似烈火，让人饥渴难忍。驻防哪有固定地点，家书也不能捎回。

大巢菜采呀采，它的茎叶变得粗老。说回家啊回家，十月小阳春又到。差事无休无止，不能回家休息。心里忧苦成疾，回家困难重重。

什么花开得如此艳丽？是棠棣花。什么车这样高大？是将帅们的大车。兵车已经驾好，四匹高大的雄马拉车。哪里敢安住呢？一个月内就行军多次！

驾起四匹雄马，四匹马都强壮威武。将帅们坐在车上，士兵们靠车遮挡。四匹马训练有素，装备也非常精良。怎能不每天警戒呢？猃狁猖獗，战事紧急。

当初从军出征时，杨柳轻轻随风飘。如今归家路途中，雨雪纷纷漫天飞。一路艰难缓慢地行走，饥渴交加。我心里这样悲伤，谁能体会到我的哀痛呢！

赏析

这是一条漫长而艰难的路。

寒冬时节，天空阴霾而低沉，不时飘起大片大片的雪花。

他迈着沉重的步子，在雨后泥泞的道路上形单影只地走着。这么多年过去了，他始终望着同一个方向，那是他出生的地方。

他无数次在短暂的梦中看见自己踏上这条回家的路，却也无数次在炮火纷飞的现实中醒来。

想起当初从军出征时，家乡正是杨柳随风飘扬的好时节。如今终于卸甲归家，独自走在路上，感到又渴又饿。

不知道已经走了多少天，曾经浴血拼杀的战场已经看不见边际，他心里明白，只要坚持向着这个方向前进，就能回到日夜思念的故乡。

艰难而漫长的路途啊，承载着他多少难以描绘的悲痛与哀伤。

这些年，战乱没有休止。他跟随着行军的部队，不断征战沙场，没有片刻能够停下脚步。

艰苦的军旅生活，在他的心中刻下道道伤痕。前方敌人猖獗，不时袭击，作为一名士兵，他必须日夜保持警觉，以防不测。

大巢菜破土而出，长出新芽，变得肥嫩，继而变得粗老，时间在这样的变换中逐渐流逝。而他们频繁转移着战场，一边，有随时丧失生命的危险，一边，被有家归不得的思念深深折磨着内心。

可是，也正是这份思念，给予他无限的勇气和力量。

边关的形势紧急，他们配备了精良的装备，在战车的掩护下冲锋陷阵。他心里深知，暂且没到可以归家休息的时候，他应该站在这里，保护好国家。

春去秋来，年复一年。这份对于故乡的思念，无数次支撑他挺过死亡的边缘。

期盼了如此多年，奋战了如此多年，终于可以如他所愿，回归故里。

在这离去、归来的时间里，到底有多少得到和失去?

他不停地向前走着，走在这条漫长而艰难的路上。没有人懂得他内心的悲伤。

此诗前三章采用了《诗经》之“风”“雅”中常见的形式，重章叠句，层层递进，将士兵们长年征战沙场，渴望归家的哀怨之情表达得淋漓尽致。四、五章转而描写军容之威武，装备之精良，回忆之处，抒发了胜利的自豪感。最后一章，作者从回忆转入现实，看着眼前漫天大雪，想到出征时的情景，不免触景生情。

全篇以“我”的口吻讲述，喜悦与悲伤的感情流淌在字里行间，塑造出丰满而感人的战士形象。

8.《出车》——南仲的征伐之事

我出我车，于彼牧[1]矣。自天子所，谓我来矣。召彼仆夫，谓之载矣。王事多难，维其棘矣。

我出我车，于彼郊矣。设此旐[2]矣，建彼旄矣[3]。彼旟[4]旐斯，胡不旆旆[5]？忧心悄悄[6]，仆夫况瘁[7]。

王命南仲，往城于方。出车彭彭[8]，旂旐央央[9]。天子命我，城彼朔方。赫赫南仲，玁狁于襄[10]。

昔我往矣，黍稷方华[11]。今我来思，雨雪载涂。王事多难，不遑启居。岂不怀归？畏此简书[12]。

喓喓[13]草虫，趯趯[14]阜螽。未见君子[15]，忧心忡忡。既见君子，我心则降[16]。赫赫南仲，薄伐西戎。

春日迟迟，卉木萋萋[17]。仓庚喈喈[18]，采蘩[19]祁祁[20]。执讯[21]获丑[22]，薄言还[23]归。赫赫南仲，玁狁于夷[24]。

注释

①牧：郊外放牧的地方。

②旐（zhào）：画有龟蛇的旗帜。

③建彼旄（máo）矣：竖立那装饰着牦牛尾的旗帜。建，竖立。旄，

装饰着牦牛尾的旗帜。

④旟（yú）：画有鸟隼图案的旗帜。

⑤旆（pèi）旆：下垂的样子。

⑥悄（qiǎo）悄：忧愁的样子。

⑦况瘁（cuì）：非常憔悴。

⑧彭（bāng）彭：众多的样子。

⑨旂（qí）旐央（yīng）央：交龙龟蛇的旗帜鲜艳明亮。旂，画有交龙的旗帜。央央，鲜明的样子。

⑩襄：通“攘”，平息。

⑪方华：正在开花。

⑫简书：写在竹简的文书，指周王的传令。

⑬喓（yāo）喓：虫叫的声音。

⑭趯（tì）趯：跳跃很快的样子。

⑮君子：家中眷属对征夫的称呼。

⑯降：安心。

⑰萋（qī）萋：草木茂盛的样子。

⑱喈（jiē）喈：鸟叫的声音。

⑲蘩（fán）：白蒿。

⑳祁祁：众多的样子。

㉑执讯：逮捕审问。

㉒丑：罪魁祸首。

㉓还（xuán）：通“旋”，凯旋。

㉔夷：扫平。

译文

我乘着战车准备出征，前军已等候在放牧之地。周王传出命令，让我来到这里。召集驾驭马车的人，让他们一同上车去前线。国家正临患难，需要紧急前往。

我乘着战车准备出征，后军还等候在城门之外。高立着龟蛇图案的旗帜，大旗的顶端挂着牛尾。这些龟蛇鸟旗，为何不下垂？责任的重大让我忧虑不安，驾车的随从也愁容满面。

周王向南仲大将军发出指令，让他去北边的朔方修建防守之城。车马浩浩荡荡，鲜明的旗帜飞舞。周王命令我，前往朔方修筑防城。威仪显赫的南仲，将玁狁的侵犯扫平。

当初从军出征时，高粱穗花才盛开。如今归家路途中，雨雪纷飞，泥泞满地。国家正临患难，没有片刻安宁。难道我不想回家吗？只是敬畏周王告急的诏书。

草丛里的虫子在喓喓地叫，蝗虫活泼地跳跃着。妻子见不到出征已久的丈夫，心有不安地牵挂着。要见到他平安归来，才能将心安放。威仪显赫的南仲，在归途中又西征平复了戎族。

春天的日子漫长，草木茂盛生长。黄鹂鸟儿唱着歌，满地白蒿任意采。逮捕审问俘虏，割下罪魁祸首的左耳，就急匆匆凯旋。威仪显赫的南仲，平息了猖狂的玁狁。

赏析

那是一个遥远的春天。

庄稼地里的高粱吮吸着甘甜的雨露，卖力生长。穗花刚刚抽出来，在阳光中摇摆着身姿，充满好奇地看着这个世界。

忽然，一封重要的文书急匆匆送至家中，打破了原本安静祥和的日子。

这是周王亲笔写下的竹简，命我即刻赶往北方名为“方”的地方。玁狁乱贼前来侵犯，须尽快率军修筑防城，阻止外敌入侵，救国土于患难之中。

读罢，手中的竹筒变得愈加沉重。这封告急的诏书，承载着君王的一片重负与信任，我为千军之首的统帅，自然要担负起保护国家的使命。

边关的情势刻不容缓，我立马更换装备，驾车出行。

此时，前方军队已经在郊外放牧的地方列队等候，后方的士兵也在城门之外严阵以待。远远望过去，无数面五彩斑斓的旗帜在风中摇曳，浩浩荡荡的军队气势雄伟。

依照周王的命令，我匆匆赶到指定地点寻找驾车的马夫，让他快点跳上车来，一同奔赴战乱的前线。如今，国家危难，匹夫有责。

我叫南仲，是周王的一名臣子。作为此次出征的大将军，我深知自己责任重大。

随着战车滚滚向前，我的心里也不免满怀担忧。随从在卖力地赶着马车，内心的恐惧让他此刻看起来面容憔悴。

历经长途跋涉，终于抵达浴血奋战的沙场。猃狁乱贼肆意杀掠，非常猖獗，成千上万的生命都在短兵相接中悬于一线。

那时刻，眼见国土被染成血红，我感到头脑中热血沸腾，持着兵器勇猛地冲锋陷阵。

天际弥漫着血光，冷兵器交接的声音不绝于耳。冲锋，杀敌。冲锋，杀敌。

战火纷飞的土地上，日月都显得无光。我不分昼夜地拼命御敌，终于，扫平了猃狁乱贼。

抓捕的俘虏被带至营地，逐一问询口供。按照军中惯例，割下罪魁祸首的左耳。

战事平息，我总算松了口气。

此刻，想起远方的家人，归家之心如箭飞驰而去。顾不上整顿休息，我们获胜而归。

南仲率领着军队策马奔驰在回家路上时，却意外接到周王的另一封文书。国家战乱不断，西边的戎族也来侵犯。

君命难违。回家的时间看来又要延期了。家中妻子，她一定满心担忧。丈夫已经离家许多天，走得那么匆忙，也不知现在身处何方。

战场之上容不得片刻安宁，我不能松懈，就算满身伤痕也要坚持战斗到最后。

漫无休止的战事，一直持续到雨雪纷飞的冬天。终于，我们大获全胜归来。

马蹄踏着泥泞的道路，回家的路如此漫长，走过了一季又一季。

此时，又到了阳光灿烂的春天。虫子在草丛中鸣叫，蝗虫活泼地跳跃着。花草树木葳蕤生长，黄鹂鸟儿在枝头歌唱。这份和平安宁，真是得来不易。

这首诗布局宏大且严整，不仅结构上可圈可点，还有多处引用《国风》之诗句，可见诗人对民歌非常熟悉，能够信手拈来、不着痕迹。

从此诗之中我们可以看到，作者没有对战争场面进行描写，而是通过不同的视角与叙事来营造氛围，这亦是《诗经》中战争诗的一大特色。

9.《杕杜》——望穿秋水盼君归

有杕之杜[①]，有睆[②]其实。王事靡盬，继嗣[③]我日。日月阳止，女心伤止，征夫遑止。

有杕之杜，其叶萋萋。王事靡盬，我心伤悲。卉木萋止，女心悲止，征夫归止！

陟[④]彼北山，言[⑤]采其杞。王事靡盬，忧我父母。檀车幝幝[⑥]，四牡痯痯[⑦]，征夫不远！

匪[⑧]载匪来，忧心孔疚。期逝不至，而多为恤[⑨]。卜筮偕[⑩]止，会言[⑪]近止，征夫迩[⑫]止。

注释

①有杕（dì）之杜：孤独生长的棠梨树。杕，孤独挺立的样子。杜，棠梨。

②睆（huǎn）：果实浑圆的样子。

③嗣：延长。

④陟（zhì）：登。

⑤言：语助词，无实义。

⑥幝（chǎn）幝：破旧的样子。

⑦痯（guǎn）痯：疲劳的样子。

⑧匪：没有。

⑨恤（xù）：担忧。

⑩偕：通“谐”。

⑪会言：都说。

⑫迩（ěr）：近。

译文

一棵孤独的棠梨树，结着圆圆的果实。君王差使没有休止，归家的日子拖了又拖。转眼已到农历十月，女子心里很忧伤，出征的丈夫该有空了吧。

一棵孤独的棠梨树，叶子繁茂成荫。君王差使没有休止，让我心里感到悲伤。草木郁郁葱葱，女子心里很伤感，期盼出征的丈夫早日归来。

登上北边的山崖，采摘枸杞。君王差使没有休止，我担忧父母不免哀伤。檀木车子已破旧不堪，拉车的马儿也疲惫不已，出征的丈夫应该快回了吧。

没有人来关心，思念与担忧积蓄成疾。过了归期还没回来，内心忧虑更加深重。占卜完了又问卦，都说归期已近，征夫快要回来了。

赏析

春去春回，年复一年。

曾经，我看着那棵孤零零的棠梨树，长久挺立在风雨之中无人陪伴，总忍不住为它伤感。

如今，棠梨树的枝头挂着圆滚滚的果实，一派欣欣向荣的模样。垂眉低目间，只看见单薄的影子，反倒自怜起来。

自从丈夫从军出征，就只剩我一个人在家。说好归来的时间一拖再拖，却总也盼不到。转眼又到小阳春，丈夫却依旧奔波在外，为了差事而忙碌操劳。

怀念起曾经相依相伴的时光，让我愈加感到孤单凄凉。这种伤感，如同夏季里繁茂的枝叶，无法遏制地在心中疯长。

无穷无尽的公事，让我的丈夫一直不能回家休息。而我，每天都在掰着手指头数日子。

时间流转，思念在不停地发酵膨胀。冬日里衰败的花草树木如今已是郁郁葱葱，他应该可以空闲下来了吧？

在他离家的日子里，虽说我在尽力侍奉公婆，可仍旧免不了他们的担忧。我小心地隐藏起自己的心思，假装若无其事地照料他们的饮食起居。

可是，谁又知道我的心里有多么凄苦？每天盼望着，祈祷着，那个人却始终没有出现在眼前，没有带来只言片语的安慰。

那天，我只身前往北边的山上，对公婆说要去采摘枸杞。只有我自己知道，那是方圆数十里最高的地方，若是登上山顶，兴许可以早些看到丈夫归来的身影。

望至蜿蜒曲折的山路尽头，那里似乎有一辆檀木制作的役车在缓慢行驶，不知历经了多少战火与厮杀，看起来已经破败不堪，连拉车的马儿也无比疲惫。

这如同蝼蚁般在远处爬行的役车正穿越云雾，向着我驶来。我的心中燃起希望，不顾一切地奔跑而去。

然而，希望再一次落空了。车中并没有我思念了无数个日夜的人。

站在车轮扬起的尘土之间，我只觉双腿发软，额头冒着滚烫的汗珠，背脊却无比冰凉。

说好的归期已经过去很多天，依旧没能盼来归人。我不禁心生担忧，生怕日思夜想的丈夫会在路途之中遭遇什么危险。

无奈之下，我开始寻求神灵的帮助。希望上天保佑，让我的丈夫平安归来。

兴许是我的一片诚心感动了天地，问卦和占卜的结果都说归期将至，出征的丈夫就快要回家了！

周朝的战乱非常频繁，因而常有这类思夫之作。空间上的隔离，并未阻断心灵上的牵系。女子深入骨髓的思念与担忧，在诗篇之间跃然纸上。

10.《鱼丽》——一桌鱼宴

鱼丽[①]于罶[②]，鲿[③]鲨[④]。君子有酒，旨且多。
鱼丽于罶，鲂鳢。君子有酒，多且旨。
鱼丽于罶，鰋[⑤]鲤。君子有酒，旨且有。
物其多矣，维其嘉矣！
物其旨矣，维其偕[⑥]矣！
物其有矣，惟其时[⑦]矣！

注释

①丽（lí）：通“罹”，遭遇。

②罶（liǔ）：竹编的捕鱼工具。

③鲿（cháng）：黄颊鱼。

④鲨：鮀鱼，一种会吹沙的小鱼。

⑤鰋（yǎn）：鲇鱼。

⑥偕（xié）：齐全。

⑦时：适时。

译文

鱼儿钻进竹篓里，有黄颊鱼和鲍鱼。热情好客的主人准备了美酒，味道醇厚数量多！

鱼儿钻进竹篓里，有鲂鱼和黑鱼。热情好客的主人准备了美酒，宴席丰盛酒甘美！

鱼儿钻进竹篓里，有鲇鱼和鲤鱼。热情好客的主人准备了美酒，食物丰盛酒香甜！

美味佳肴种类多，品质上乘味道好。

满桌食物多可口，种类齐全样样有。

丰足美食任君尝，都是新鲜好食材。

赏析

这真是一个好年头！

经过一年的辛苦耕种，庄稼有了不错的收成。成捆成捆的稻穗堆成山，粮食充盈着整个谷仓。

男人们天没亮就忙着下地干活，在清香的稻穗之间，挥汗如雨也不觉辛苦。

想到全家人可以丰衣足食，心里就美滋滋的。收获的快乐，是由心底升起的欢愉，只有付出过艰苦劳动之后才能感知。

晒干的粮食被如数收拢，盛放在准备好的容器里。妇女们笑眯眯地将稻米抚平，筛除谷壳，挑选出砂砾，准备酿酒。

辛苦劳作完的丈夫，每每喝上一杯，便感到一整天的疲劳尽消。今年的收成这样好，可以多酿些美酒招待客人呢！

她酿酒的手艺在附近的村庄都非常有名，常常有妇女跑来请教，寻求酿造的方法。

无酒不成席。她仔细将酒糟滤除，留下醇香甘美的液体。一坛一坛，封好存放在酒窖里。

有了丰盛的美酒，还要准备充足的食材。这个季节的河鱼尤其鲜美，可以成为宴席上的佳肴！

鱼的种类如此繁多，鲜嫩的鱼肉是下酒的好菜。既然要招待客人，礼遇不可不周，食物不可不丰。

《诗经》中有不少篇章都提到美味的鱼，甚至将鱼与妻相比。在这篇诗作中，以鱼和酒为主体，尽管略去了对其他菜品的描述，却已写尽宴席的丰盛与奢华。

人生得意须尽欢，有了好的收成，与亲朋好友共享美食，不失为人生的一大乐事！

小雅·南有嘉鱼之什

1.《南有嘉鱼》——美酒与嘉鱼

南有嘉鱼①，烝然罩罩②。君子有酒，嘉宾式③燕以乐。
南有嘉鱼，烝然汕汕④。君子有酒，嘉宾式燕以衎⑤。
南有樛⑥木，甘瓠累之⑦。君子有酒，嘉宾式燕绥⑧之。
翩翩者鵻，烝然来思⑨。君子有酒，嘉宾式燕又思。

注释

①南有嘉鱼：江汉等地有鲜美的鱼。南，长江与汉水等河川。嘉鱼，鲜美的鱼。

②烝然罩罩：许多鱼儿在水中摇头摆尾。烝然，众多的样子。罩罩，鱼游水的样子。

③式：助词。

④汕（shàn）汕：鱼游水的样子。

⑤衎（kàn）：快乐。

⑥樛（jiū）：树木向下弯曲。

⑦甘瓠（hù）累（léi）之：可食用的葫芦缠绕在上面。瓠，葫芦。累，缠绕。

⑧绥（suí）：安抚。

⑨思：语气助词。

译文

江汉有鲜美的鱼，一群鱼儿摇头摆尾。主人家中有美酒，宴请宾客同享快乐。

江汉有鲜美的鱼，一群鱼儿游来游去。主人家中有美酒，招待客人尽情欢乐。

南方有枝干弯曲的树，可食用的葫芦在树上缠绕。主人家中有美酒，宴请宾客安抚他们。

翩翩飞翔的鹁鸪，一群群聚集在枝头。主人家中有美酒，宴饮一杯接一杯。

赏析

那天，应邀前往朋友家赴宴。

如往常一样，主人家中备足了上乘的好酒。他举起杯盏，请大家尽情地喝，敞开肚皮吃，有好酒自然想要与好友共同品尝！

几千年来，诗酒人生是恣意快乐的典型形象。

主人与宾客在席间觥筹交错、推杯换盏，有美酒助兴，身心都感到放松且愉悦。这种快乐的气氛，正如那江汉之中的鱼群，在水里自由自在地摇着尾巴追逐、游玩。

源远流长的中华文明中，酒文化成了难以割舍的部分。诗经中的内容多次涉及酒，上至朝廷，下至百姓，形成了独特的酒之礼仪。

但凡有美酒存在，就少不了呼朋引伴开设宴席。正可谓，独乐乐不如众乐乐！

主人在席间热情周到，宾客们随意畅谈、交流。

在自然界中，葫芦有甘甜可食的，也有苦涩不能吃的；在社会之中，人有君子，也有小人。

主人高贵端庄、气质不凡，往来宾客亦是谦谦君子。

友好和谐的氛围，让聚会更为舒心。有如藤蔓缠绕在树上，宾客们围在主人身旁，互相诉说心事，一起开怀大笑。

酒杯空了再满上，兴致来了便高歌一曲。

水中的鱼，地上的树，天空的鸟，或群聚，或缠绕，在大自然里，一切都显露出祥和愉快的本质。

宾客之间的往来，亦如这般关系融洽、情感深厚。

此诗与前篇《鱼丽》和后篇《南山有台》可合为一组宴饮诗来欣赏，前篇说宴席菜肴之美盛，中篇讲宾主关系之融洽，后篇则是酒席之上的敬祝之词，共同构成一幅宴饮长卷。

2.《南山有台》——对你的祝福尽在酒中

南山有台[①]，北山有莱[②]。乐只[③]君子，邦家之基。乐只君子，万寿无期。

南山有桑，北山有杨。乐只君子，邦家之光。乐只君子，万寿无疆。

南山有杞，北山有李。乐只君子，民之父母。乐只君子，德音不已。

南山有栲[④]，北山有杻[⑤]。乐只君子，遐不眉寿[⑥]。乐只君子，德音是茂[⑦]。

南山有枸[⑧]，北山有楰[⑨]。乐只君子，遐不黄耇[⑩]。乐只君子，保艾[⑪]尔后。

注释

①台：莎草。

②莱：藜草，嫩苗可食。

③只：语气助词。

④栲：山樗，一种常绿乔木。

⑤杻：檍树。

⑥眉寿：长寿之相。

⑦茂：美盛。

⑧枸（jǔ）：枳椇，一种落叶乔木。

⑨楰（yú）：鼠梓树。

⑩黄耇（gǒu）：长寿，高寿。

⑪保艾：安养。

译文

南山有莎草，北山有藜草。使民众安乐，是国家的根本。使人安乐的君子，祝你万寿无期。

南山有桑树，北山有杨树。使民众安乐，是国家的荣耀。使人安乐的君子，祝你万寿无疆。

南山有枸杞，北山有李树。使民众安乐，民众尊你如父母。使人安乐的君子，祝你美誉常在。

南山有山樗，北山有檍树。使民众安乐，会有长寿之相。使人安乐的君子，祝你美名远扬。

南山有枳椇，北山有鼠梓。使民众安乐，自然延年益寿。使人安乐的君子，祝你子孙被保佑。

赏析

独自饮酒，总伴随着惆怅的情绪。不如与人共饮。

一群人共饮，若是不言不语，反倒会更显沉闷。一定要热闹交谈，举着杯、说着话，这酒才喝得香！

古往今来，祝酒词因此成了一道风景。

这首诗歌充满着宴席之上的祥和气息。

主人对宾客礼遇周到，宾客赞颂他的德行高洁，为之祝寿，说尽美辞。

你看，南山的草木多种多样，北山的树木也各有千秋。在这国土之上，有着众多的人才，像你这样的君子更是美德出众！

你对宾客如此礼遇，宾客祝你万寿无疆。有德之人，视百姓为子女，百姓自然会像尊敬父母那般敬重他。这样的美德，是立国之本，也是安家之道。

顺应自然的规律，坚守做人的道德，当你让民众获得安乐，便会得到更多人的帮助。这样的君子之举，不失为国家的荣耀。

因为有如此多的美德与荣光，你一定会延年益寿，福泽子孙！

席间，一众宾客纷纷举杯，向主人说着：你这般贤德，值得被上天祝福，我也要借此机会给你祝寿。生动的画面浮现在眼前。

几千年过去了，我们的宴席之上依然保留着这样的传统。酒在杯中，得说些什么，让这酒喝得更加痛快舒畅呀！

3.《蓼萧》——天子之宴

蓼[①]彼萧[②]斯，零露湑[③]兮。既见君子，我心写[④]兮。燕笑语兮，是以有誉处[⑤]兮。

蓼彼萧斯，零露瀼瀼[⑥]。既见君子，为龙为光[⑦]。其德不爽[⑧]，寿考不忘[⑨]。

蓼彼萧斯，零露泥泥[⑩]。既见君子，孔燕岂弟。宜兄宜弟，令德寿岂[⑪]。

蓼彼萧斯，零露浓浓。既见君子，鞗革忡忡[⑫]。和鸾雝雝[⑬]，万福攸同[⑭]。

注释

①蓼（lù）：长而大的样子。

②萧：艾蒿。

③湑（xǔ）：清澈的样子。

④写（xiè）：舒畅。

⑤誉处：愉快安乐。

⑥瀼（ráng）瀼：露水很多的样子。

⑦为龙为光：指喜欢诸侯的德行。

⑧不爽：不差。

⑨忘：止。

⑩泥泥：露水沾湿的样子。

⑪岂（kǎi）：快乐。

⑫鞗（tiáo）革冲（chōng）冲：辔头下垂的样子。鞗革，辔头，驾马的器具。忡忡，下垂的样子。

⑬和鸾雝雝：铜铃叮当作响。和鸾，铜铃，诸侯车马上的饰物。雝雝，铜铃的声音。

⑭攸同：汇聚一起。攸，所。同，聚。

译文

艾蒿长又大，叶上有露珠。诸侯见到天子，心情非常舒畅。宴会上欢歌笑语，气氛愉快安乐。

艾蒿长又大，叶上露水多。诸侯见到天子，德行让人欢喜。君王德行高贵，自然长寿无疆。

艾蒿长又大，露珠沾湿叶子。诸侯见到天子，心情和乐安详。兄弟互相友爱，美德让您长寿快乐。

艾蒿长又大，露水非常多。诸侯见到天子，车、马具装饰华贵。铜铃声响悦耳，万福汇聚在一起。

赏析

那日，我得知被天子召见，内心激动万分。

一早便起来沐浴更衣，收拾妥当。能有幸被天子邀请赴宴，这是多大的恩泽呀！许多同僚兢兢业业一辈子，也不见得有几次面圣的机会。

屋外，明媚的阳光照射着大地，一切都显露出欣欣向荣的模样。露珠在草叶之间闪动着光芒，我深深呼吸一口清新的空气，感觉世界都美好起来。

一路走去，难以掩饰心中的愉快，忍不住向遇见的每个人热情打招呼。

天子的宴席果然不同凡响，场面盛大华丽。在柔和典雅的音乐声中，诸侯们个个面带笑容、互相问候，萦绕着一派和谐的氛围。

座席之上，天子威仪庄严，圣容令人瞻仰。君临天下的王，就在我们眼前，一同享用美酒佳肴，我等怎能不感恩戴德！

诸侯们欢歌笑语，纷纷向天子举杯祝福。

他如此尊贵，又爱民如子，令人心生爱戴。贵为天子，与兄弟亦关系和睦，值得尊敬。他如此厚待我们这群臣子，衷心祝愿他能福气满满、长寿无疆！

盛大的宴席上，气氛和谐，热闹中又井然有序。不断有丰盛的食物与美酒奉上，让人感到祥和又舒畅。

赞颂的话语说也说不完。然而，天下无不散之筵席。

华贵的马车已经等待在门外，清脆的铜铃声叮叮当当敲响落幕的钟声。诸侯臣子整齐地站列在旁侧，行礼感谢天子的盛情，目送他离开。

这样德行兼备的君王，祝愿天下所有福气都汇聚于他一身！

本篇为典型的“雅诗”，臣子对天子的祝颂，难免溢美之词，但此篇特色在于叙事之中蕴含着抒情，赞颂之中寓以劝诫。

4.《湛露》——醉于你的恩泽

湛湛[1]露斯，匪阳不晞[2]。厌厌[3]夜饮，不醉无归。
湛湛露斯，在彼丰草。厌厌夜饮，在宗[4]载考。
湛湛露斯，在彼杞棘[5]。显允[6]君子，莫不令德。
其桐其椅[7]，其实离离[8]。岂弟君子，莫不令仪[9]。

注释

①湛（zhàn）湛：露水很多的样子。

②晞（xī）：干。

③厌（yān）厌：安详的样子。

④宗：宗室。

⑤杞棘：枸杞和酸枣。

⑥显允：光明诚信。

⑦椅：山桐子。

⑧离离：果实多而下垂的样子。

⑨令仪：威仪。

译文

露水多又多，没有阳光就不会蒸发。愉快的晚宴，不喝醉就不回家。

露水多又多，在茂盛的草木上。愉快的晚宴，奏乐击钟招待诸侯。

露水多又多，挂在枸杞和酸枣树上。光明诚信的君子，美德处处可见。

梧桐和山桐子树，果实累累。和乐平易的君子，时时拥有威仪。

赏析

君王恩泽有如阳光雨露，是如此厚重且广博。

诸侯之辈人才荟萃，涵盖了各种各样性格的贤者。无论你是直言不讳的正人君子，还是情商颇高、善于处世的贤者，只要拥有着高洁的德行，就能得到君王的恩宠。如雨露滋润大地万物，一视同仁。

月亮已经高高升起，君王的宴席之上依旧热闹非凡。众宾客热情洋溢，把酒言欢，如同温暖和煦的阳光遍洒大地。

在宫殿之外，夜晚的寒露沾湿了草木。梧桐和山桐子树上，挂着累累果实。

君王的晚宴还在继续狂欢，音乐没有停歇，渲染着气氛。如此良辰与美酒，又有君王款待，让人沉浸在欢乐之中，今夜不醉不归。

酒过三巡，醉意渐渐升起。眼前的舞者身姿曼妙，动作尤其轻盈柔美。典雅的音乐，在此时听起来也别有一番悠然的情绪。

醉了，醉了。是酒醉，也是心醉。

浓浓的酒香飘荡着，闻起来都令人飘飘欲仙。脸颊已浮动着红云，举止却依旧优雅。酒杯在手中已微微摇晃，言辞却还是那样平和有礼，令人听起来内心舒畅。

君子之威仪与美德，光明与诚信，这样高洁的人格品质，无论何时何地都与身相随！

《诗经》之中，《风》诗更为灵动，而《雅》诗更为讲究章法结构。此诗的章法与音韵之美是两大特色，读来声律和顺，音色谐美。

5.《彤弓》——这赏赐，是荣耀

彤弓[①]弨[②]兮，受言藏之[③]。我有嘉宾[④]，中心贶[⑤]之。钟鼓既设，一朝飨[⑥]之。

彤弓弨兮，受言载[⑦]之。我有嘉宾，中心喜之。钟鼓既设，一朝右[⑧]之。

彤弓弨兮，受言櫜[⑨]之。我有嘉宾，中心好之。钟鼓既设，一朝醻[⑩]之。

注释

①彤弓：红色的弓。天子将弓赏赐给有功的诸侯，是西周到春秋的一种礼仪。

②弨（chāo）：弓松弛的样子。

③受言藏之：接受并将之珍藏起来。言，助词。藏，珍藏。

④嘉宾：尊贵的客人。这里指有功的诸侯。

⑤贶（kuàng）：赐予。

⑥飨（xiǎng）：用酒食宴请。

⑦载：装。

⑧右：劝。

⑨櫜（gāo）：收藏，指装入收藏弓的口袋。

⑩醻：敬酒。

译文

红色弓箭弓弦松弛，功臣接过赏赐珍藏起来。我有功臣嘉宾，真心赐予奖赏。钟鼓乐器已摆好，一上午都在宴请嘉宾。

红色弓箭弓弦松弛，功臣接过赏赐装放起来。我有功臣嘉宾，真心感到高兴。钟鼓乐器已摆好，一上午都在劝饮酒食。

红色弓箭弓弦松弛，功臣接过赏赐装入弓袋。我有功臣嘉宾，真心感到欢愉。钟鼓乐器已摆好，一上午都在互相敬酒。

赏析

红色，寓意着吉祥。

那把弓人所献的珍品已在宫中收藏了许久，从不曾轻易示人。

这是荣耀与名誉的象征。朱红的颜料在日光下发出耀眼的光芒，彰显着尊贵与地位。只有获得了伟大功绩的臣子，才有资格拥有。

而这天，君王命人将之取出。大设宴席，要为诸侯举行隆重的仪式，奖赏他们为国家做出的贡献。

红色的弓箭在庄严的钟鼓之乐中被呈上。君王满心喜悦，亲手将之赐予功臣。

今天，功臣就是这宴席之上最璀璨的那颗明星。

万众瞩目下，他接过君王的赏赐，小心翼翼地装入弓袋。这份荣誉沉甸甸的，值得他用一生去珍藏。

在场各位都是君王的座上贵宾，尊贵的王为诸侯的勇猛与功绩而感到由衷开心。美酒佳肴丰盛无比，以犒劳他们日夜不休的付出。

酒席的气氛非常热烈，君王举杯向众，招呼诸臣尽情吃喝。诸臣继而回敬，行饮酒之礼。

这首诗歌采用了《诗经》典型的写作手法，回环反复，读来朗朗上口。一个字词的变化，便使得情绪随之而动，一唱三叹，余韵悠长。

6.《菁菁者莪》——一片痴心赋予君

菁菁者莪①，在彼中阿②。既见君子，乐且有仪。
菁菁者莪，在彼中沚③。既见君子，我心则喜。
菁菁者莪，在彼中陵④。既见君子，锡我百朋⑤。
汎汎杨舟⑥，载⑦沉载浮。既见君子，我心则休⑧。

注释

①菁菁者莪：茂盛的萝蒿。菁菁，茂盛的样子。莪，植物名，萝蒿。

②中阿：山湾之中。

③沚：水中的小块陆地。

④中陵：山陵之中。

⑤锡我百朋：赐我许多钱财。锡，通“赐”。朋，货币单位。

⑥汎汎杨舟：飘荡的杨木小船。汎汎，漂荡的样子。杨舟，杨木做的小舟。

⑦载：又。

⑧休：安定。

译文

茂盛的萝蒿，长在山湾之中。见到谦谦君子，仪容不凡又快乐。

茂盛的萝蒿，长在水中陆地。见到谦谦君子，我的心里很喜悦。

茂盛的萝蒿，长在山陵之中。见到谦谦君子，就像得到诸多财富。

漂荡的杨木小舟，随波逐流。见到谦谦君子，我的心就安定了。

赏析

在那山湾之中，遍地皆是茂盛的萝蒿。

绿意盎然的植物浸染着整个世界，目之所及，生机盎然。

那是我第一次见到他，仪表堂堂，快乐的模样。只是一眼，便让我心生荡漾，从此，一片痴心赋予君。

在山坳低处，在水流之旁，在丘陵之上，生长着那么多奇花异草。可是，我的眼中却只有那一丛丛、一簇簇的萝蒿。

它的根儿扎得如此之牢，就像我心系君子，忘也忘不掉。

只要看见他，我的心里便生起满满的喜悦，就像得到了一大堆财富和珍宝。

从前那么多年的时光，我如同一只不系之舟，在水面漂浮不定。而他的出现，瞬间便捕获了这颗流浪的心。

对这首诗歌的解析颇有争议。《毛诗序》中认为是“乐育材”，朱熹说是“燕饮宾客之诗”，另有说法是一首爱情诗。

就我本人而言，更愿意从爱情诗的角度赏析这首诗。万物生长的自然之中，唯独提到那一种植物，与后文见到君子的心情交相呼应，是以爱慕之情油然而生。

7.《六月》——张仲写给尹吉甫

六月栖栖[1]，戎车既饬[2]。四牡骙骙[3]，载是常服[4]。猃狁孔炽[5]，我是用[6]急。王于出征，以匡[7]王国。

比物[8]四骊，闲之维则[9]。维此六月，既成我服[10]。我服既成，于[11]三十里。王于出征，以佐天子。

四牡脩广[12]，其大有颙[13]。薄伐猃狁，以奏肤公[14]。有严[15]有翼，共武之服[16]。共武之服，以定王国。

猃狁匪茹[17]，整居焦获[18]。侵镐及方[19]，至于泾阳。织文鸟章[20]，白旆[21]央央。元戎[22]十乘，以先启行。

戎车既安，如轾如轩[23]。四牡既佶[24]，既佶且闲[25]。薄伐猃狁，至于大原[26]。文武吉甫，万邦为宪[27]。

吉甫燕喜，既多受祉[28]。来归自镐，我行永久。饮御[29]诸友，炰[30]鳖脍[31]鲤。侯谁在矣？张仲孝友。

注释

①栖（xī）栖：忙碌不安的样子。

②饬（chì）：整顿。

③骙（kuí）骙：强壮的样子。

④常服：战服。

⑤炽：猖獗。

⑥是用：是以。

⑦匡：扶助。

⑧比物：指挑选的战马毛色一致、马力一致。

⑨则：法则。

⑩服：战衣。

⑪于：往。

⑫脩广：指战马又高又大。

⑬颙（yóng）：高大的样子。

⑭以奏肤公：以建立大功。奏，建立。肤功，大功。

⑮严：威严。

⑯服：事。

⑰茹：软弱。

⑱焦获：地名。

⑲侵镐（hào）及方：入侵镐和方。镐，地名。方，地名。

⑳织文鸟章：绘有鸟的旗帜。

㉑旆（pèi）：旐旗末端的飘带。

㉒元戎：大的战车。

㉓如轾（zhì）如轩：形容战车稳固。轾，车身向前俯。轩，车身向后仰。

㉔佶（jí）：健壮的样子。

㉕闲：训练有素的样子。

㉖大原：地名。

㉗宪：榜样。

㉘祉：福。

㉙御：进献。

㉚炰（páo）：煨。

㉛脍（kuài）：切成薄片。

译文

六月忙碌不安，战车已整装待发。四匹强壮的雄马，战服已经穿好。猃狁非常猖獗，我方情况危急。周王命我出征讨伐，保家卫国。

四匹纯黑战马气力强，训练有素很听话。这个六月，我战服已经制好。全副武装，每天行军三十里。周王命我出征讨伐，辅佐天子。

四匹雄马又高又大，高大强壮有气势。讨伐猃狁，以建立大功。将帅威严纪律严谨，共同战斗守边防。共同战斗守边防，让国土安定。

猃狁来势汹汹，在焦获整顿备战。侵犯镐和方，很快到泾阳。绘有飞鸟的旗帜，飘荡着鲜明的白色飘带。十辆大战车，率先开道冲锋。

战车很安稳，前后高低很稳健。四匹雄马很健壮，不但健壮还训练有素。讨伐猃狁，进军到大原。文武双全的尹吉甫，是万国的好榜样。

宴席上的吉甫很喜乐，得到天子的许多奖赏。从镐京归来，行军很久。斟酒敬朋友，精致烹饪鳖和鲤鱼。谁在宴席上？孝友张仲也在场。

赏析

这个六月，猃狁前来侵犯，在边疆暴虐。

事态已经非常危急，周王下了出征令，命尹吉甫为将领，率军前往御敌。

吉甫将军受命在即，火速装备齐全，整顿好军马。四匹精心挑选的战马高大威猛，纯黑的毛色油光发亮，它们是如此强健有力，飞速奔跑时让人感到大地都在震动。

士兵们也都全副武装，战甲闪着熠熠光辉，在将军的带领下，每日师行三十里，誓取战争的胜利！

猃狁不自量力，非常猖狂。一路厮杀到镐地和方地，准备向泾阳发动攻击。

事发突然，但行军部队却丝毫没有紊乱。吉甫将军深思熟虑，命十辆大战车率先开道冲锋，士兵紧随其后。全军上下一心，在将军的指挥下骁勇作战。

刀光剑影间，士兵的战服被鲜血染红。唯有洁白的飘带，依旧在旗帜上迎风飞扬。

滚滚向前的战车不惧路途颠簸，军队上下训练有素，依据策略不断变化着布局方阵，怀着保家卫国的意志陷阵杀敌。

历经一场恶战后，终于大获全胜！

军队凯旋，有勇有谋的大将军尹吉甫成了世人的英雄。

周王设宴款待功臣，赐予诸多奖赏。多亏将士们豁出性命对抗敌人，立下赫赫战功，天下才得以安定，国土才得以保全。

席间，鲤鱼被切成薄片，精心烹饪了鳖。在此安乐升平的气氛中，吉甫想起一路行军之难，不免感慨万分。他举杯相敬，其中，就有他的朋友张仲。

此篇虽是对尹吉甫将军临危受命、打败猃狁进犯的颂歌，却也从侧面展现了战争的过程，以及他严明军队纪律，深有谋略的才智。

8.《采芑》——方叔的战绩

薄言[1]采芑[2]，于彼新田[3]，于此菑[4]亩。方叔涖[5]止，其车三千。师干之试[6]，方叔率止。乘其四骐，四骐翼翼[7]。路车有奭[8]，簟茀[9]鱼服，钩膺[10]鞗革。

薄言采芑，于彼新田，于此中乡[11]。方叔涖止，其车三千。旂旐央央，方叔率止。约軧[12]错衡[13]，八鸾玱玱[14]。服其命服[15]，朱芾[16]斯皇，有玱葱珩[17]。

鴥彼飞隼[18]，其飞戾[19]天，亦集爰止[20]。方叔涖止，其车三千。师干之试，方叔率止。钲人[21]伐鼓，陈师鞠[22]旅。显允方叔，伐鼓渊渊[23]，振旅[24]阗阗[25]。

蠢尔蛮荆[26]，大邦为仇。方叔元老，克壮其犹[27]。方叔率止，执讯获丑。戎车啴啴[28]，啴啴焞焞[29]，如霆如雷。显允方叔，征伐猃狁，蛮荆来威[30]。

注释

①薄言：语气助词。

②芑（qǐ）：一种野菜，似苦菜。

③新田：两年的田。

④菑（zī）：一年的田。

⑤涖（lì）：临。

⑥师干之试：指军队演练。干，盾。试，演习。

⑦翼翼：壮盛的样子。

⑧路车有奭（shì）：战车漆成红色。路车，战车。奭，红色的样子。

⑨簟茀（diàn fú）：盖在战车后的竹席。

⑩钩膺：马颔及胸上的革带，下垂缨饰。

⑪中乡：民居。

⑫约軝（qí）：用皮革缠住车轮的轴承并刷上红漆。

⑬错衡：在横木上绘制花纹。

⑭玱（qiāng）玱：玉的响声。

⑮服其命服：穿起朝服。服，穿起。命服，指朝服。

⑯朱芾（fú）：红色的诸侯朝服。

⑰珩（héng）：佩饰上的横玉。

⑱鴥（yù）彼飞隼（sǔn）：隼鹞疾飞。鴥，鸟疾飞的样子。隼，一类飞行很快的鸟。

⑲戾：到达。

⑳止：止息。

㉑钲（zhēng）人：掌管鸣钲击鼓的官吏。

㉒鞫：开战前的誓告。

㉓渊渊：平和的鼓声。

㉔振旅：指收兵。

㉕阗（tián）阗：鼓声。

㉖蛮荆：对黄河之南的部族的蔑称。

㉗犹：通“猷”，谋略。

㉘啴（tān）啴：指很多兵车的声音。

㉙焞（tuī）焞：车马众多的样子。

㉚威：威慑。

译文

行军途中采苦菜，从开垦两年的田，到开垦一年的田。方叔率军前来，三千战车声势浩大。挥舞着盾牌勤加训练，方叔带领大军行。乘坐着四匹青黑色骏马拉的车，四匹青黑色骏马训练有素。战车显露着红色，后方垂着方纹竹席，身上挂着鲨鱼皮做成的箭袋。马匹的革带上垂着璎珞，精致的缰绳用皮革制成。

行军途中采苦菜，从开垦两年的田，到民居的田中。方叔率军前来，三千战车声势浩大。蛟龙龟蛇的战旗飘荡在空中，方叔带领大军行。车轮的轴承用红漆皮革缠住，马嘴边的八只铃铛发出清脆声响。方叔身穿诸侯朝服，大色红蔽膝尊贵耀眼，青色佩玉叮叮响。

飞行疾速的隼鹞，展翅一飞冲天，也会时而栖落停歇。方叔率军前来，三千战车声势浩大。挥舞着盾牌勤加训练，方叔带领大军行。鸣钲击鼓的声音振奋人心，军队整装待发宣誓必胜。威仪高贵的方叔，鼓声咚咚进军向前，鼓声阵阵列队收兵。

愚蠢无知的南蛮人，竟然与周王朝为敌。年长功高的方叔，依然足智多谋。方叔率军前来，抓捕俘虏审讯，拿下罪魁祸首。众多战车滚滚向前，轰隆隆响彻天地，就像雷霆万钧。威仪高贵的方叔，出征讨伐猃狁，声名震慑无知的南蛮！

赏析

我是周宣王的卿士，名叫方叔。

虽已上了年纪，但仍忠心耿耿为国效力。

当初，北伐猃狁，我率兵出师大捷，得到君王的重用，拥有了崇高的名声和威望。

此番，听闻楚地南蛮也与我周王朝为敌，想要侵犯。周王命我南征楚国，平息战乱，我自当万死不辞！

朝廷给我准备了精良的车马与装备。战车高大雄伟，坚不可摧，红漆皮革紧紧包裹着车轮轴承，方纹竹席垂挂在后面。拉车的骏马也是万里挑一，强健有力且训练有素，马嘴两侧各挂着一个铜铃，革带上的璎珞随风飘荡。

而我，穿着天子赐予的战袍，身上挂着鲨鱼皮制作的精致箭袋，大红色的蔽膝彰显着身份的尊贵，青色佩玉昭示出我的地位。

在我身后，是浩浩荡荡的千军万马，气势恢宏。率领如此庞大的军队南征，我发誓要不胜不归！

列队整齐后，向士兵们发出军令，行军途中亦不可松懈，田间有苦菜，士兵与战马皆可借以充饥。

震耳欲聋的鼓声有节奏地敲起，士兵们斗志高涨，铺天盖地的箭雨纷纷袭击敌军。随着鼓声进退有节，攻防兼备的战术，让楚地南蛮节节败退，溃不成军。

我北伐击败猃狁的声誉，令南蛮闻风丧胆。坐镇大军之中，威风凛凛，令人不寒而栗。

猎猎军旗迎风招展，象征着我周王朝乃大势所趋。我军大获全胜，将罪魁祸首擒拿，战败俘虏一并收押审问。

此战，大捷。

此篇对于方叔人物形象的刻画栩栩如生，氛围的渲染极具画面感，然而，有趣之处在于，这并非一次真实的战事，而是关于屯兵演戏的雅歌。

9.《车攻》——狩猎是一场团队作战

我车既攻[①]，我马既同[②]。四牡庞庞[③]，驾言徂东[④]。
田车[⑤]既好，四牡孔阜[⑥]。东有甫草[⑦]，驾言行狩。
之子于苗[⑧]，选徒嚣嚣[⑨]。建旐设旄，搏兽于敖[⑩]。
驾彼四牡，四牡奕奕[⑪]。赤芾金舄[⑫]，会同有绎[⑬]。
决拾既佽[⑭]，弓矢既调[⑮]。射夫既同[⑯]，助我举柴[⑰]。
四黄既驾，两骖不猗[⑱]。不失其驰[⑲]，舍矢如破[⑳]。
萧萧[㉑]马鸣，悠悠旆旌。徒御不惊[㉒]，大庖[㉓]不盈。
之子于[㉔]征，有闻无声。允矣君子[㉕]，展[㉖]也大成。

注释

①攻：修固，指车已修理得很坚固。

②同：齐，指拉车的马挑选和训练得气力一致。

③庞（lóng）庞：高大强壮的样子。

④驾言徂东：驾着马车前往东边。言，语气助词。东，镐京东边的洛阳。

⑤田车：打猎乘坐的车。

⑥阜：高大肥壮。

⑦甫草：圃田。

⑧之子于苗：指周王去打猎。之子，那人，这里指周王。苗，打猎。

⑨选徒嚣（áo）嚣：形容人数众多。选，点数。徒，步兵。嚣嚣，声音嘈杂的样子。

⑩敖：地名。

⑪奕奕：马前后相接的样子。

⑫赤芾金舄（xì）：形容服饰华贵。赤芾，红色的诸侯朝服。舄，双层底的鞋。

⑬会同有绎：指诸侯会朝于东都。会同，诸侯聚会，这里指诸侯参加天子的狩猎活动。有绎，连续有序的样子。

⑭决拾既佽（cì）：指打猎的行头装备已妥当。决，象骨制成的扳指，用来扣住弓弦。拾，兽皮熟制的护臂。佽，排列有序。

⑮调（tiáo）：箭与弓调配得当。

⑯同：聚齐，指比赛射箭的人找到对手。

⑰柴（zì）：积聚。

⑱两骖（cān）不猗（yǐ）：指驰驱的技法好。两骖，左右两侧的马。猗，通“倚”，偏差。

⑲驰：驾车和射箭相配合的法则。

⑳舍矢如破：指射箭技法高。舍矢，放箭。破，射中。

㉑萧萧：马鸣的声音。

㉒徒御不惊：指士兵不喧哗。徒，步行的士兵。御，驾车的士兵。惊，警戒。

㉓大庖（páo）：周王的厨房。

㉔于：往。

㉕君子：指周王。

㉖展：诚然。

译文

我的车已修整坚固，我的马已整齐划一。四匹雄马健硕强壮，驾车前往东都洛阳。

打猎的车子非常好，四匹雄马高又壮。东都洛邑有圃田，驾车去那里狩猎。

周王前去狩猎，清点众多步兵。龟蛇旗和牦牛尾高高竖立，驾车去敖山打猎。

驾着四匹雄马的车，四匹雄马的车前后相接。红色蔽膝金马靴，诸侯纷纷来相会。

射箭的扳指和护臂已佩齐，弓与箭也都调试好。射手都已聚齐了，帮我收获众猎物。

驾着四匹黄马，左右两侧的马不偏不倚。驾车和射相配合，箭一离弦就射中。

马儿长鸣，旗帜招摇。步兵和驾车者都充满警戒，周王厨房很充实。

周王率众踏上归途，车行马鸣却无人语声。周王的指挥真得当，此次狩猎大功告成!

赏析

近来，艳阳高照，是飞禽走兽出来玩耍、活动的好天气。

周王寻思道，这些年，外敌时常入侵，趁着当下边境和平，不如召集诸臣将士一并前去狩猎。一来可以借此与臣子们多多联系，二来也可以尽情展示捕猎的高超技巧，训练御敌策略。

于是，择选好吉日，挑中了几处适合打猎的地方。

皇宫之中有不少健壮的雄马，周王命人从中挑选出气力一致的，经过严格训练，四马一车。如此一来，马匹在快速奔跑时也能不偏不倚，保持着稳健的步伐。

打猎的车制作工艺非常精致，每每及时修缮，坚固可靠。

这日，天刚蒙蒙亮，准备出行的士兵已列队排好，开始清点人数。诸侯臣子们穿着朝服，纷纷赶到集合的地方。弓箭手已佩戴好扳指和护臂，调试好弓与箭的强弱力度。

一切准备就绪，等待周王驾临。

各式各样的旗帜迎风飘扬，狩猎的车子整齐有序地向着目的地出发。如此宏大的阵势令诸侯臣子们心生敬畏。

雄鹰从天空疾驰飞过，野兔在草丛中忽而闪现。狩猎是一场团队作战，驾车的士兵要与弓箭手默契十足，才可捕捉到灵动的猎物。

一干人等身手不凡，只要猎物现身，必定箭无虚发。此番狩猎硕果累累，满载着成堆的猎物返回，周王的大厨有得忙了！

一路上，方才还生龙活虎展现英姿的诸臣士兵们，此时不言不语，军纪严明。

车上车下的士兵都集中精神，警觉地观察着四周动静。耳旁，只听见车轮滚动的声音和虫鸣鸟叫。

此篇详细描写了从准备到完成狩猎的全部过程，场面恢宏，在读者眼前展开了一幅生动的狩猎场景，只言片语间便在脑海中激发出无穷想象。

10.《吉日》——天子狩猎的故事

吉日维戊[①]，既伯既祷[②]。田车既好，四牡孔阜。升彼大阜[③]，从其群丑[④]。

吉日庚午，既差[⑤]我马。兽之所同，麀[⑥]鹿麌麌[⑦]。漆沮[⑧]之从，天子之所[⑨]。

瞻彼中原[⑩]，其祁孔有[⑪]。儦儦[⑫]俟俟[⑬]，或群或友[⑭]。悉率[⑮]左右，以燕天子。

既张我弓，既挟我矢。发彼小豝[⑯]，殪此大兕[⑰]。以御宾客，且以酌醴[⑱]。

注释

①戊：戊日。古人认为戊日适合外事活动。

②既伯既祷：指适合祭祀马神和祈福。伯，禡的假借字，祭祀马神。祷，祭祀。

③阜：山岗。

④从其群丑：指历险追逐群兽。从，追逐。丑，禽兽。

⑤差（chāi）：选择。

⑥麀（yōu）：母鹿。

⑦麌（yǔ）麌：群聚的样了。

⑧漆沮（jǔ）：水名。

⑨所：此指打猎的场地。

⑩中原：原野之中。

⑪其祁孔有：指土地广袤富饶。祁，大。有，丰富，指野兽多。

⑫儦（biāo）儦：快跑的样子。

⑬俟（sì）俟：野兽慢走的样子。

⑭或群或友：指野兽三两成群。

⑮率：驱逐。

⑯豝（bā）：母猪。

⑰殪（yì）此大兕（sì）：射死这头大野牛。殪，射死。兕，野牛。

⑱醴（lǐ）：甜酒。

译文

戊日是个好日子，祭祀马神又祈福。打猎的车已准备好，四匹雄马又高又大。驾车登上山岗，追逐这群野兽。

庚午是打猎的好日子，打猎的马已选好。寻找野兽聚集的地方，这里母鹿成群。从漆沮水边追赶，赶到天子打猎的地方。

你看这平旷之地，原野辽阔野兽多。有些奔跑有些慢走，两只成对三只成群。全都驱逐到天子那里，让天子感受打猎的快乐。

我的弓弦已拉开，我的箭已搭上弦。一箭射中小野猪，一箭射死野牛。烹猪宰牛宴请宾客，大家共同喝甜酒。

赏析

宫廷内一片忙碌的景象。

挑选好戊日吉时后，举行了庄重的仪式，祭祀保护军马的马神。在天子的带领下，诸臣共同祈福。

接下去，得忙着修缮好打猎的车子，挑选出身强力壮的马匹。不久之后，众臣便要与天子一道驱车上山，追逐野兽。

庚午是个不错的日子，很适合打猎。

这天，天子率着队伍前往漆沮，那里水草丰美，野鹿成群。

到了猎场，周王环顾四周，很快对地形做出了分析，并制定好策略。他召集众臣子、士兵仔细讲解，应当如此这般，互相配合。

只见这茫茫原野一望无际，野兽自由自在游荡其间，或成双成对，或三五成群。这一群在彼此追赶，尽情奔跑着。那几只站立在原地，悠闲地吃着鲜美的青草。

众人依地形而布局，将猎物围堵，追逐驱赶到周王附近。只见他英姿飒爽，拉弓之力非常饱满，箭一出弦便射中了一头鹿！众人欢呼，将猎物抬到车上。

在那片山地，野猪和野牛时常出没，臣子们采取迂回战术，诱敌深入。周王百发百中，雄姿英发。一天下来，收获了许多猎物，满载而归。

天子命御厨将野味烹饪，大摆筵席招待宾客，席间共饮甜酒，欢歌笑语，君王诸臣相处和谐，其乐融融！

周宣王每年都会举行田猎活动，作者采用了点面结合的手法，不急不缓地讲述了君王择吉日祭马神、外出打猎、收获猎物之后宴请群臣的过程，全诗呈现出轻松愉快的基调。

小雅·鸿雁之什

1.《鸿雁》——哀矜苦

鸿雁于飞[①]，肃肃[②]其羽。之子[③]于征[④]，劬劳[⑤]于野。爰[⑥]及矜人[⑦]，哀此鳏寡[⑧]。

鸿雁于飞，集于中泽[⑨]。之子于垣[⑩]，百堵皆作[⑪]。虽则劬劳，其究[⑫]安宅？

鸿雁于飞，哀鸣嗷嗷[⑬]。维此哲人[⑭]，谓我劬劳。维彼愚人，谓我宣骄[⑮]。

注释

①鸿雁于飞：大雁在天空飞。鸿雁，鸟名。大的叫鸿，小的叫雁。于，语气助词。

②肃肃：鸟飞行时翅膀扇动的声音。

③之子：这些人，指服劳役的人。

④征：远行。

⑤劬（qú）劳：劳苦。

⑥爰：语气助词。

⑦矜（jīn）人：贫病可怜的人。

⑧鳏（guān），寡：丧偶的老人。鳏，老而无妻或丧妻。寡，老而无

夫或丧夫。

⑨中泽：沼泽中。

⑩于垣：筑墙。

⑪作：筑起。

⑫究：终。

⑬嗷（áo）嗷：鸿雁的哀鸣声。

⑭哲人：智者。

⑮宣骄：骄傲。

译文

大雁在天空飞，两翅扇动肃肃作响。这些人出门远去，在荒郊野外历经劳苦。都是受苦之人，可怜无妻无夫的老人。

大雁在天空飞，停歇聚集在沼泽上。这些人辛苦筑墙，筑起了数百丈。尝尽苦与累，不知安身在何方。

大雁在天空飞，发出阵阵哀鸣声。这些明白人，知道我辛苦劳累。那些愚笨的人，说我闲暇不安分。

赏析

你看，那大雁在天空飞来飞去，南来北往。

我们长年无休地不停奔波在路上，任由差使，历经辛劳地干着苦活累活。

成群结队的人行走在茫茫大地上。我们在荒山野岭服劳役，那些孤独的老人，也在队伍之中拖着疲惫的步伐。

没有可以饱腹的食物，也没有足够御寒的衣服。我们脚步蹒跚，瘦得已经是皮包骨。放眼望去，都是些可怜的人在周围，谁也不能给予他人些许安慰和庇护。

大雁尚且可以自由地飞翔，偶尔成群结队栖息在沼泽之上。我们修筑了如此多的墙，却无论是在烈日当头的夏季，还是风雪交加的寒冬，都没有一处可以遮风避雨的安居之地。

你听，头顶飞过的大雁在发出声声哀鸣。谁又能知道，我们心里有多么苦楚?

明白的人知道我作歌是为唱出心中悲哀，这天地之大，却只能风餐露宿、颠沛流离，命运竟如此凄苦。

那些不曾经历的人们，又怎能体会我们这些穷苦悲惨的小人物是多么无奈!

此诗比兴交融，意蕴绵长，反应了当时社会流民的悲惨命运。“鸿雁”是用来代替那些底层的苦难流民，他们无法逃脱繁重的劳役，过着颠沛流离的人生，唯有借此歌唱出心中哀戚。

2.《庭燎》——夜不能寐思朝政

夜如何其①？夜未央②，庭燎③之光。君子④至止，鸾声将将⑤。

夜如何其？夜未艾⑥，庭燎晣晣⑦。君子至止，鸾声哕哕⑧。

夜如何其？夜乡⑨晨，庭燎有煇⑩。君子至止，言观其旂。

注释

①其（jī）：语尾助词。

②央：尽。

③庭燎：古人称“大烛”，在庭院中点燃的火把。

④君子：上朝的卿大夫或诸侯。

⑤将（qiāng）将：铃声。

⑥艾：尽，与“央”同义。

⑦晣（zhé）晣：明亮的样子。

⑧哕（huì）哕：有节奏的铃声。

⑨乡（xiàng）：今作“向”，将要。

⑩煇（huī）：通“辉”，光，光辉。

译文

现在到夜里什么时辰了？才到半夜，离天亮还早。庭院的火把光亮耀眼。大臣们来了，听到了马车的铃声在响。

现在到夜里什么时辰了？黑夜还在，没有出现晨光。庭院的火把明亮。大臣们来了，马车的铃声在叮当响。

现在到夜里什么时辰了？天将要亮，依稀看见曙光。庭院的火把只剩暗淡烟光。大臣们来了，已经能看见蛟龙旗迎风飘扬。

赏析

这首诗作非常生动，虽以简单的对话形式写出，却将人物的心理与当时的背景都反映了出来。

君王是一个国家的领导者，他的人格品质可以影响到文武百官，乃至黎民百姓。励精图治的君王心系国家大事，勤于理政；庸碌无能的君王却无心上朝，奢靡堕落。

诗作之中的周王一心惦记着朝廷之事，夜不能寐。天尚未亮，他看见宫廷之中已燃起大烛，便询问侍者：“现在是什么时候了？”此时，万籁俱寂，依稀可以听见遥远的车马铃声，应该是有大臣来上朝了。

过了一阵子，周王再次问道：“现在是什么时候了？”那时，夜色依旧没有消退，宫廷中的火光微微弱了些，车马的铃声却渐渐近了，听得更加清晰。

是有大臣来上朝了，周王勤政的作风对他们产生了很大的影响，文武百官内心敬畏，希望能早点觐见，尽己所能为朝廷和君王分忧。

又过了一会儿，周王再度向侍者询问：“现在是什么时候了？”回答说，天边已经出现鱼肚白，就快要天亮了。大臣们的马车已经到达宫廷，可以远远望见绘制着蛟龙的旗帜和仪仗。

从对话之中，可以看出此时朝廷上下一心，百官尽职尽责。这与君王平日里的严于律己有着分不开的关系，因此，臣子们也都兢兢业业，对于职守，不敢有丝毫怠慢。

3.《沔水》——乱世乱，愁思愁

沔[1]彼流水，朝宗[2]于海。鴥彼飞隼，载[3]飞载止。嗟[4]我兄弟，邦人[5]诸友。莫肯念[6]乱，谁无父母？

沔彼流水，其流汤汤[7]。鴥彼飞隼，载飞载扬。念彼不蹟[8]，载起载行。心之忧矣，不可弭[9]忘。

鴥彼飞隼，率彼中陵[10]。民之讹言[11]，宁莫之惩[12]？我友敬[13]矣，谗言其兴。

注释

①沔（miǎn）：水流满溢的样子。

②朝宗：去往。本意指诸侯朝见天子。

③载：语气助词。

④嗟：嗟叹。

⑤邦人：百姓。

⑥念：止。

⑦汤（shāng）汤：水流很急的样子。

⑧不蹟：不遵循法则。

⑨弭（mǐ）：平息。

⑩率彼中陵：指隼鸟沿着丘陵飞翔。率，沿着。中陵，丘陵中。

⑪讹（é）言：谣言。

⑫惩：止。

⑬敬：通“警”，警戒。

译文

河中流水满溢，朝着大海奔腾而去。隼鸟迅猛疾飞，有时高飞有时停歇。为我的兄弟忧叹，也为我的同乡和朋友忧叹。没人来制止丧乱，谁又没有父母呢？

河中流水满溢，水势浩大水流急。隼鸟迅猛疾飞，时而高飞时而低翔。有人不遵守法规，坐立不安，深感悲哀。心里忧闷不已，愁思不能遗忘。

隼鸟迅猛疾飞，沿着丘陵盘旋。谣言四处散播，就没有人来制止吗？我的朋友你要警惕，流言蜚语如此盛行。

赏析

生于社会之中，每个人都是独立的个体，却又彼此相连。

宇宙之大，万事万物都遵循着自然的法则。河流不断地奔腾向前，湍急的流水逐渐汇聚在一起，最终奔向浩瀚无边的大海里。

可是，作为人类的我们，却在频繁发生的祸乱中妻离子散，让人悲伤。为什么没有人来阻止这样的灾难？父母养育了我们，尚没有好好尽孝报答他们的恩情，如今乱世，竟然连他们的生命都无法好好保护。

亲朋好友、同乡邻里，身边的人都时时处于安危之中。我的心里感到无比哀伤。

暴乱之徒肆意横行，社会动荡令人不安。那些凶猛的飞鸟，在高空翱翔，也在低空盘旋。人间疾苦随处可见，让人想忘也忘不了。

我们的国家已经处于危难之中，若是没有人来治理，长此以往，国将不国。

正义已经变得如此式微，奸谗小人到处散布流言蜚语。看着这一切，我却无能为力，内心的忧伤满溢。

逢此暗无天日的乱世，我的朋友，你一定要小心谨慎，切莫被奸人所诬陷残害了啊！

天地浩大，如此渺小的我拼尽全力呼喊，也无法激起浪花与回声。可是，想到与自己戚戚相关的国家已经如此危急，又怎能不满心忧患?

诗作之中没有写到具体的事件，却流露出诗人内心的沉重悲伤与呐喊。

4.《鹤鸣》——别有一番寓意

鹤鸣于九皋[①]，声闻于野。鱼潜在渊，或在于渚[②]。乐彼之园，爰有树檀，其下维萚[③]。他山之石，可以为错[④]。

鹤鸣于九皋，声闻于天。鱼在于渚，或潜在渊。乐彼之园，爰有树檀，其下维榖[⑤]。他山之石，可以攻[⑥]玉。

注释

①皋：沼泽。

②渚：水中的小块陆地。

③萚（tuò）：枯落的枝叶，比喻小人。

④错：打磨玉器的石头。

⑤榖（gǔ）：楮树，比喻小人。

⑥攻：同上文的“错”。

译文

仙鹤在深远的沼泽鸣叫，声音传遍四野。鱼儿时而在深水之中潜游，时而浮游在浅滩。那片美丽的园林里，有高贵的檀木，树下落满枯叶。其他山上的石头，可以用来磨玉。

仙鹤在深远的沼泽鸣叫，声音响彻天际。鱼儿时而在浅滩浮游，时而潜入深水之中。那片美丽的园林里，有高贵的檀木，下方长着低矮的楮树。其他山上的石头，可以用来琢玉。

赏析

优雅的仙鹤在水面扑棱着翅膀，发出清脆悦耳的鸣叫声。这声音如此悠扬，像美妙的乐曲一般，让人听来感到身心舒畅。

身姿轻灵的鱼儿在水中自在游玩，时而潜入深水之中，时而浮上水面调皮地探出头。快活的模样，令人不觉心生愉悦。

那片美丽的园林里，生长着各式各样茂盛的植物。檀木高大华贵，浓密的树荫遮蔽着刺眼的阳光。低矮的楮树躲在角落里，四周的土地上覆盖着飘落的枯叶，踩上去咔咔作响。

不远处，有座形状奇特的山，样子突兀，实在是引人注目。那山上的石块，说不定刚好可以用来琢磨玉器呢！

这首诗作清丽优美，其中，“他山之石，可以攻玉”成了一句有名的哲言，广为流传几千年。

阅读字面意思，眼前徐徐展开一幅自然美景图。深思字句背后的寓意，却包含了可以运用到一切事物之中的深远道理。

朱熹在《诗集传》中将仙鹤、鱼、树、山石四句，解读为诚、理、爱、憎四种思想，将之引申，用辩证的方式分析，用发展的眼光看待，认为诚是无法掩盖的，理是不据教条的，爱也应当知道其不足，憎也应当知道其好的一面。

如此读来，又别有寓意，引人深思。

5.《祈父》——内心的呼喊

祈父！[①]予王之爪牙[②]。胡[③]转予于恤[④]，靡所止居？
祈父！予王之爪士[⑤]。胡转予于恤，靡所厎止[⑥]？
祈父！亶[⑦]不聪。胡转予于恤？有母之尸饔[⑧]。

注释

①祈父（qí fǔ）：古代官名，指执掌京畿兵马的官员。

②爪牙：护卫。

③胡：为何。

④恤：忧愁，这里指可忧的战场。

⑤爪士：武士。

⑥厎（zhǐ）止：居住，与上文“止居”同义。厎，停止。

⑦亶（dǎn）：确实。

⑧尸饔（yōng）：主管炊食劳作的事。

译文

祈父！我是君王的护卫。为何让我置身险境？背井离乡无定所。

祈父！我是君王的武士。为何让我冲锋陷阵？没完没了不停歇。

祈父！你真是不了解情况。为何让我征战沙场？家中老母无人赡养。

赏析

我本是君王的一名护卫。

做好京城的警戒防卫、保护君王的安危，这是我的职责本分，亦是我坚守的承诺。

每日天未亮，我便在城墙内巡逻，四处查看。就算要值守到深夜，也绝没有半句怨言。至少，我还能常常回家侍奉年迈的老母亲，给她做些饭菜，略尽孝心。

家中亲人都以我为荣，能够担任宫廷守卫，这让他们感到莫大的自豪。

可是这一年，我却被莫名其妙派往边塞驻军。这是以前从来不曾有过的事情！

掌管兵马的官吏不知道是怎么想的，竟然把我们这些宫廷禁卫军调派去征战。

前线沙场战火纷争，没有片刻安宁。我被迫背井离乡，到遥远的边境，每天面临着残酷的厮杀，生命时常陷于垂危的境地。

说实话，作为一名武士，保家卫国没有什么不对。可是，我家中还有老母亲无人照顾，想到她孤苦伶仃地生活着，就让我心里饱受煎熬。

自古以来，只要高堂尚在，又没有子女陪伴左右的，都不会被发配征战。我恳切地提出了申请，请司马将军体谅我的处境，不要将我派遣到离家千里之外的边疆。

但他根本不理会我的请求，他真是完全不了解情况！

《诗经》的妙处之一，便是朗朗上口。这首诗读来畅快淋漓，护卫直抒胸臆，发泄自己的不满，情绪瞬间就感染了读者。这呐喊声，是为惊醒那些一意孤行、不为下属着想的官吏。

人生在世，谁无父母？多关心、了解对方，妥善安排，才能以德服人，获得人心呀！

6.《白驹》——君子之交

皎皎白驹，食我场[①]苗。絷[②]之维[③]之，以永[④]今朝。所谓伊人[⑤]，于焉[⑥]逍遥。

皎皎白驹，食我场藿[⑦]。絷之维之，以永今夕。所谓伊人，于焉嘉客。

皎皎白驹，贲[⑧]然来思。尔公尔侯[⑨]，逸豫[⑩]无期。慎尔优游[⑪]，勉[⑫]尔遁思。

皎皎白驹，在彼空谷[⑬]。生刍[⑭]一束，其人如玉[⑮]。毋金玉[⑯]尔音，而有遐心[⑰]。

注释

①场：菜园。

②絷（zhí）：缠住马足。

③维：用缰绳将马拴住。

④永：延长。

⑤伊人：此处指白驹的主人。

⑥于焉：在这里。

⑦藿：豆类的叶子。

⑧贲（bì）：文饰、装饰华美。

⑨尔公尔侯：此处指白驹的主人。

⑩逸豫：安乐。

⑪优游：逍遥。

⑫勉：打消。

⑬空谷：深谷。

⑭生刍（chú）：喂马的青草。

⑮如玉：形容美德。

⑯金玉：吝惜，用作动词。

⑰遐（xiá）心：疏远之心。

译文

雪白亮眼的小马，吃我菜地里的豆苗。用缰绳将它拴好，就在我家过今朝。希望这位贤德的人，在这里尽享快活。

雪白亮眼的小马，吃我菜地里的豆叶。用缰绳将它拴好，就在我家过今夜。希望这位贤德的人，在这里做我的座上贵宾。

雪白亮眼的小马，带来了光彩。你如此尊贵，好好享受此地安乐。逍遥自在要有度，打消避世的念头吧！

雪白亮眼的小马，离开此地走向深谷。吃着一束青草，那人品德如玉般美好。不要吝惜你的音讯，切莫产生疏远之心。

赏析

自从上次分别，已经许久不曾见过他了。

在我众多的朋友之中，他很特别。无论何时何地，都有着一种与世无争的淡泊。第一次遇见的时候，就给我留下了深刻的印象。

这世上，恃才傲物的人不少，但明明才华横溢，却待人谦和有礼的却不多。他是其中一个。

那次，我们交谈得非常愉快。他看待事情，有着一眼就穿过现象看透本质的能力。若是能够走上仕途，定是能成为侯王将相的贤者。

只可惜，他对名利这等身外之物并无兴趣，反倒热衷于自然山水，不想涉足钩心斗角的尘世纷争。

这天，他骑着雪白的小马驹来到我家。我们在院中煮茶、饮酒，随意聊天，心情无比愉快。小马驹跑到一旁的菜地里，鼓着腮帮子咀嚼我的豆苗，模样煞是可爱。

酒逢知己千杯少，朋友的聪明才智令我心生敬佩。没过多久，他便起身要告辞。

好不容易一聚，总要吃个饭再喝几杯吧！我将小马驹拴在树下，请他再多待一会儿。这里非常安静，与朋友共享惬意时光，是最美妙的事情！

我们谈天说地，也不时聊到当今时事。朋友的见解总是能够让我产生很多顿悟，他真是位不可多得的人才！

不知不觉间，天色暗了下来。我盛情挽留他在此过夜，刚好可以秉烛夜谈，喝个痛快。趁着这个机会，我忍不住劝他打消避世的念头。

如今恰逢乱世，像他这样的贤者，若是能够入世担起大任，是天下百姓的福气！可他淡然一笑，说志不在此，还是喜欢逍遥自在的隐居生活。

虽然心有不舍，但分别的时刻还是如期来临。君子之交淡如水，但我不想失去这样一位有才有德的朋友，叮嘱他要记得不时给我捎来消息，让我得知他的近况。

对于挚友，我心里会时常牵挂，也希望他不要因为长久不见而产生了疏远。

夕阳西下，我站在小院的栅栏外，一直目送着他和小马驹走向深谷。

在古代，有许多种留客的方式。诗中主人将客人的小马拴住，热情挽留，体现了他对客人真挚的情感。

从写作手法上而言，作者的笔法灵活多变，读罢全篇，我的情绪依然停留在那份依依惜别之情和留贤者而不得的思念之中。

7.《黄鸟》——异乡远不如家乡

黄鸟[①]黄鸟，无集于穀[②]，无啄我粟[③]。此邦之人，不我肯穀[④]。言旋[⑤]言归，复我邦族[⑥]。

黄鸟黄鸟，无集于桑，无啄我粱。此邦之人，不可与明[⑦]。言旋言归，复我诸兄[⑧]。

黄鸟黄鸟，无集于栩，无啄我黍[⑨]。此邦之人，不可与处[⑩]。言旋言归，复我诸父[⑪]。

注释

①黄鸟：黄雀。

②穀（gǔ）：楮树。

③粟：谷子，去糠叫小米。

④穀：善待。

⑤言旋：指回到家乡。言，语气助词。旋，通“还”，回归。

⑥复我邦族：回到我的国家。复，返回。邦族，邦国家族。

⑦明：信任、结盟。

⑧诸兄：家族中的同辈。

⑨黍：黍米，去皮后是黄米。

⑩处：相处。

⑪诸父：同姓的长辈。

译文

黄雀啊黄雀，你不要落在楮树上，也不要吃我的小米。这个国家的人，待我非常不友好。回家啊回家，回到我的故乡。

黄雀啊黄雀，你不要落在桑树上，也不要吃我的高粱。这个国家的人，简直不可信任。回家啊回家，回到我的兄弟身旁。

黄雀啊黄雀，你不要落在柞树上，不要啄食我的黄米。这个国家的人，没办法和谐相处。回家啊回家，回到我的叔伯身旁。

赏析

那年，家乡遭遇到巨大的灾难。

我们不得已背起行囊，一路向前逃离。迁徙的途中，只能吃野菜充饥，困了就在树上暂且休息片刻。颠沛流离的生活，让不少人丧尸荒野。

好不容易安顿下来，举目无亲，只能做些苦活累活，想办法维持生计。

在异国他乡，始终有着寄人篱下的漂泊感。这个国家的人太不友好了，对待我们这样底层的劳苦大众非常苛刻，搜刮我们的粮食，掠夺我们的劳动成果。

可悲的是，完全没有办法跟他们讲道理。哪管你家中老小有没有吃喝，他们只顾着自己中饱私囊。

望尽天涯路，却看不到家乡的影子。我们有泪也只能往心里咽。

就算再大声地呼喊、求助，也不会引发他们的同情之心。这异国他乡的人，真的是铁石心肠！

日复一日，我们想要回家的心情越发强烈。

尽管在故乡也不能丰衣足食，但至少有兄弟叔伯这些亲人在身边，家庭的温暖时刻陪伴。那里有我们熟悉的土地，有亲切的同乡。

我再也不想在这个人情冷漠的地方待下去了，就算历经艰辛，也要回到我的国家和故乡。

全诗以吃粮食的黄雀为比喻，写尽流民的辛酸。

8.《我行其野》——心比荒野凉

我行其野，蔽芾[①]其樗。昏姻[②]之故，言就尔居[③]。尔不我畜[④]，复我邦家[⑤]。

我行其野，言采其蓫[⑥]。昏姻之故，言就尔宿[⑦]。尔不我畜，言[⑧]归思复[⑨]。

我行其野，言采其葍[⑩]。不思旧姻，求尔新特[⑪]。成[⑫]不以富，亦祇[⑬]以異[⑭]。

注释

①蔽芾（fèi）：树叶茂盛的样子。

②昏姻：即婚姻。

③言就尔居：与你同住。言，语气助词。就，从。

④畜（xù）：喜爱。

⑤邦家：故乡。

⑥蓫（zhú）：羊蹄菜。

⑦宿（sù）：居住。

⑧言：语气助词。

⑨斯：语气助词。

⑩ 菖（fú）：多年生蔓草，地下茎可蒸食。

⑪ 新特：新配偶。特，匹。

⑫ 成：同“诚”，确实。

⑬ 衹（zhǐ）：只。

⑭ 異：变心。

译文

我走在荒郊野外，臭椿树枝叶茂盛。因为结为夫妻，才与你住在同一屋檐下。你不爱我，我还是回故土家乡吧。

我走在荒郊野外，采摘羊蹄菜。因为结为夫妻，才与你同床共枕。你不爱我，我还是从哪里来回哪里去吧。

我走在荒郊野外，采摘那蔓草。你不顾夫妻情分，见异思迁。不是因为我穷她富，是你喜新厌旧罢了。

赏析

走在这茫茫原野之上，触目所及，是一片荒凉。

而我的心里，亦充满孤苦悲凄之感。放眼望去，脚下恶草丛生，只有那无用的臭椿树可以稍稍为我遮蔽风雨。

归家的路途如此漫长，可怜我孑然一身，只能采摘喂养牲畜的羊蹄菜和蔓草果腹充饥。

想当年，流落在这异国他乡。我怀着少女的天真，满以为与他结为夫妻之后，可以过上相夫教子的安定生活。

哪里想到，他丝毫不顾及夫妻情分，视我如尘土。那些誓言如此空洞，说什么一生一世相守到白头，这只是我一厢情愿的忠诚罢了。

婚后没过多久，他对我的态度愈发地令人发指。尽管我每天仔细收拾着家，努力做出更可口的饭菜，可是，却换不来他的一丝温情。

爱情，只有两个人彼此付出真心，才可换来美满的结局。我独自坚守着贞洁，又有什么意义？

他在婚姻里，那么轻易就变了心。这个见异思迁的男人，与新欢你侬我侬。从此，我就像衣服上黏着的一粒米，让他恨不得立刻扔掉。

天下有多少女子遇人不淑，在爱情中被背叛，在婚姻里被抛弃。我终日以泪洗面，也得不到一丁点儿温暖安慰。

在这异国他乡，没有一个可以倾诉心事的人。不得已之下，我只能离开此地，回生我养我的故乡。

独自走在归途上，寒风冷雨扑面而来。想起自己经历的一切，更觉内心痛苦不堪。

作为一首弃妇诗，本篇的特色在于对主人公的心理活动描写。茫茫原野上，被遗弃的妇女孤小无助地行走着，悲伤的情绪由是被无限放大，却也只能留下一声哀叹。

9.《斯干》——终南山上的新宅

秩秩斯干[1]，幽幽南山。如竹苞[2]矣，如松茂矣。兄及弟矣，式[3]相好矣，无相犹[4]矣。

似续妣祖[5]，筑室百堵，西南其户[6]。爰[7]居爰处，爰笑爰语。

约之阁阁[8]，椓之橐橐[9]。风雨攸[10]除，鸟鼠攸去，君子攸芋[11]。

如跂斯翼[12]，如矢斯棘[13]，如鸟斯革[14]，如翚[15]斯飞，君子攸跻[16]。

殖殖[17]其庭，有觉[18]其楹。哙哙[19]其正[20]，哕哕[21]其冥[22]，君子攸宁[23]。

下莞[24]上簟，乃安斯寝。乃寝乃兴[25]，乃占我梦。吉梦维[26]何？维熊维罴[27]，维虺[28]维蛇。

大人[29]占之：维熊维罴，男子之祥；维虺维蛇，女子之祥。

乃[30]生男子，载[31]寝之床。载衣[32]之裳，载弄[33]之璋。其泣喤喤[34]，朱芾斯皇[35]，室家[36]君王。

乃生女子，载寝之地。载衣之裼[37]，载弄之瓦[38]。无非无仪[39]，唯酒食是议[40]，无父母诒罹[41]。

注释

①秩秩斯干：山间水流潺潺。秩秩，水流动的样子。干，通“涧”，山间流水。

②苞：植物茂盛丛生的样子。

③式：语气助词。

④犹：欺诈。

⑤似续妣（bǐ）祖：继承先祖基业。似，同“嗣”，继续。妣祖，先祖。

⑥户：门。古代正室向南开门，侧室向东西开门。

⑦爰：于是。

⑧约之阁阁：捆扎得整齐牢固。约，捆扎。阁阁，捆扎牢固、条理分明的样子。

⑨椓（zhuó）之橐（tuó）橐：夯实泥土。橐橐，捣土的声音。

⑩攸：语气助词。

⑪芋：居住。

⑫如跂（qǐ）斯翼：指像人一样站立得很端正。跂，站立。翼，端庄的样子。

⑬棘：急，指箭羽翎。

⑭革：鸟翅。

⑮翚（huī）：野鸡。

⑯跻（jī）：登。

⑰殖殖：平正的样子。

⑱觉：高大而直立的样子。

⑲哙（kuài）哙：宽敞明亮的样子。

⑳正：指白天。

㉑哕（huì）哕：深暗的样子。

㉒冥：黑夜，黑暗。

㉓宁：安宁。

㉔莞（guān）：植物名，蒲草，也指用莞草织的席子。

㉕兴：起床。

㉖维：是。

㉗罴（pí）：棕熊。

㉘虺（huǐ）：毒蛇。

㉙大人：掌管占卜的官员。

㉚乃：如果。

㉛载：就。

㉜衣：穿衣。

㉝弄：放在手边玩耍的样子。

㉞喤（huáng）喤：形容婴儿哭声洪亮。

㉟皇：光亮的样子。

㊱室家：指周室。

㊲裼（tì）：婴儿的褓衣。

㊳瓦：纺线的陶锤。

㊴无非无仪：指女子顺从温良。无非，顺从。无仪，做事不出格。

㊵议：操持。

㊶诒罹：指让父母担忧。诒，通“贻”，给与。罹（lí），担忧。

译文

山涧的水流潺潺，终南山树木幽深。就像丛生的竹林，就像繁茂的青松。兄长幼弟，友好和睦，不会互相算计。

继承先祖的家业，建造宏伟的房屋，全家住在一起，欢声笑语，和谐相处。

捆扎得严严实实，敲击夯实泥土。将风雨阻挡在外，燕雀老鼠都进不来，君子在此安住。

房屋庄严如人站立，齐整有如利箭，宽广好似鸟展翅，华丽赛过锦鸡飞羽，君子在此听政。

前庭方方正正，廊柱高大雄伟。白天宽敞明亮，晚上非常幽静。君子在这里得到安宁。

下有草席上有竹席，睡得非常安心。从睡梦中醒来，占卜梦中情境。是做了什么好梦呢？梦到了大棕熊，还梦到了花毒蛇。

占卜的官员来分析：梦见大棕熊，是生男孩的祥兆；梦见花毒蛇，是生女孩的祥兆。

如果生的是男孩，就让他睡在床上，给他穿上衣裳，给他玉器把玩。他的哭声非常洪亮，将来一定会穿着大红蔽膝，成为周朝的王侯将相。

如果生的是女孩，就让她睡在地上，包上婴儿襁褓，给她把玩纺线的陶锤。希望她顺从温良，操持好厨房家事，不要让父母担忧惹麻烦。

赏析

终南山上，有着郁郁葱葱的幽静树林，山涧里清澈的溪水汩汩流淌，四周鸟语花香。

在这片依山傍水的好地方，他们继承先祖的家业，准备建立一栋大宅院，造福子孙后代。

工人们日夜忙碌，将砍伐的木材抛光打磨，用绳索将之紧紧地捆扎牢固。打夯的壮士挥汗如雨，尽力将每一块泥土都锤得厚重坚实。

随着时间的推移，一幢恢宏雄伟的房屋初具雏形，傲然耸立在山水之间。

走进前庭，宽敞又方正，一排高大的廊柱如同威武的士兵，守护着家园。房屋的外形非常讲究，飞檐冲向天空，有着展翅欲飞的灵动。

房屋的布局相当巧妙地利用了自然光线，向西边和南边敞开的门户，保证了充足的阳光和温暖。白天显得宽敞明亮，晚上则非常幽静。

室内装潢也布置得尤其舒适，床上铺着柔软的草席和凉爽的竹席，家具一应齐全，分散在房间各个角落里，规整有序。

在众人的期盼中，新家终于落成。从此，风雨再也无法侵入室内，虫蛇鸟兽也都被阻拦在外面，不会侵扰到家人。

房间数量很多，一家老小都可以安心地居住在一起。他们相亲相爱，其乐融融。兄弟之间友好和睦，绝无明争暗斗的阴谋诡计。

如同那挺拔坚韧的茂密竹林，亦如那高洁不屈的常青松树，他们的品行值得世人赞颂。

居住在这环境优雅、舒适宜人的地方，连睡眠都格外香甜。

那天，房主做了个梦，梦见熊，是威猛壮实的大棕熊，还梦见了蛇，是身上覆盖着鲜艳花纹的毒蛇。

他醒来后，急匆匆找到占卜梦境的官员，细细道来，请求对方解析这个奇怪的梦。

占卜官一听，拍着腿大呼："好事呀！好事！"梦见大棕熊，是生儿子的吉兆；梦见花毒蛇，则是生女儿的吉兆。儿女双全，真是天下的一桩美事！

只不过，对待儿女当男女有别。

如果生下的是男婴，那么，应当让他睡在舒服的床褥之上，给他穿上漂亮的衣裳，还要给他一块玉器把玩。男孩子嘛，哭声也是非常洪亮的。等他长大以后，必定是周朝的王侯将相，穿上尊贵的大红蔽膝。

如果生下的是女婴，那么，就让她睡在角落的地上吧，用襁褓包起来就行，再把纺线用的陶锤给她玩。希望她长大以后能够温良恭顺，别给家中父母惹什么麻烦。

此篇详细描写了新宅落成的过程，从中可见古代建筑在当时已有较高水平。全诗层次错落有致、情景交融，让人颇为感慨的是其反映出男尊女卑的思想，这在几千年前已是社会风尚。可幸的是，时代在不断发展，今天的女儿也成了家中的宝贝。

10.《无羊》——牧羊的生活

谁谓尔无羊？三百维[1]群。谁谓尔无牛？九十其犉[2]。尔羊来思，其角濈濈[3]。尔牛来思，其耳湿湿[4]。

或降于阿[5]，或饮于池，或寝或讹[6]。尔牧来思，何[7]蓑何笠，或负其餱[8]。三十维物[9]，尔牲则具[10]。

尔牧来思，以薪以蒸[11]，以雌以雄[12]。尔羊来思，矜矜兢兢[13]，不骞不崩[14]。麾[15]之以肱，毕来既升[16]。

牧人乃梦，众[17]维鱼矣，旐维旟矣，大人占之：众维鱼矣，实维丰年；旐维旟矣，室家溱溱[18]。

注释

①维：为。

②犉（rún）：七尺的牛。

③濈（jí）濈：聚集的样子。

④湿湿：牛反刍时耳朵摇动的样子。

⑤阿（ē）：丘陵。

⑥讹：动。

⑦何：同“荷”，肩上背着。

⑧餱（hóu）：干粮。

⑨物：毛色。

⑩具：齐备。

⑪以薪以蒸：指捡拾柴火。以，取。薪，粗柴。蒸，细柴。

⑫以雌以雄：指猎取飞禽。

⑬矜矜兢兢：指小心谨慎。

⑭不骞不崩：指避免牛羊走散。骞，走失。崩，走散。

⑮麾：指挥。

⑯既升：指牛羊全部进到牛羊圈中。既，尽。升，进。

⑰众：蝗虫。

⑱溱（zhēn）溱：众多、繁盛的样子。

译文

谁说你家没有羊？一群就有好几百。谁说你家没有牛？七尺大牛都有几十头。你的羊群来了，众多羊角聚一起。你的牛群来了，牛耳不停摆动。

它们跑下丘陵，或者饮水池边，有些已经睡着，有些仍在跑动。你放牧来了，披着斗笠蓑衣，背着干粮口袋。牛羊的毛色几十种，祭祀的牲口应有尽有。

你放牧来了，一路捡拾柴火，捕捉各种飞鸟。你的羊群来了，温驯小心地跟着，不用担心走失。你挥了挥手臂，就全都跑进牛羊圈里。

牧官做了一个梦，梦见蝗虫变成鱼，旗上龟蛇变为鸟。邀请大人来解梦：梦见蝗虫变成鱼，是会获得好收成；旗上龟蛇变为鸟，家里将要添新丁。

赏析

苍茫原野之上，白云在空中飘浮，不时吹来和煦的微风。

这真是个好天气！牧羊人赶着成群牛羊，爬上那青草茂盛的山坡。他们一边行走，一边捡拾可以用来做饭的木头和细柴，熟练地扎成捆，随意摆放在野地上。

牧场是牛羊们的大乐园，到了这里，只待牧羊人一声令下，便可以开心地自由玩耍。

它们有些朝着山坡跑下去，有些在池边低头饮水。大自然的空气如此清新，它们悠闲地在此地漫步，有些舒适地打个小盹。

牧羊人互相开着玩笑。“还说你家没有羊，一群就有几百只呢！山坡都快被它们占满了。”“你还说家里没有牛呢！我看这儿光是七尺大牛，就至少有几十头。”说罢，都哈哈大笑起来。是呀，虽然这些牛羊不属于他们，但成年累月待在一起，也有了深厚的感情。

他们将斗笠摘下，席地而坐，拿出口袋里的干粮，边吃边聊着天。“你家的羊群训练得真不错！刚刚看见它们聚在一起时，犄角相抵，都没有发生打斗。”“我看你家的牛也养得很好呀！耳朵湿润得很，身强力壮的模样。”

主人的家中真是富有，牛羊如此众多，不同毛色的少说都有几十种！按照祭祀的要求，不管是进献什么毛色的牺牲，都一应俱全了。

两人有说有笑，看着这漫山遍野不属于自己的牛羊，心里依然升起了强烈的自豪感。

牛羊们自顾享受着快乐时光，天空不时有飞鸟低低掠过。他提议道：“咱们不如去打猎，捕捉几只飞禽带回去！”这是个好主意！

生活清贫穷苦的牧羊人，却怀着满满的热情，即便在劳作的时候，也能自娱自乐，对待生活兴趣盎然。

直至夕阳西下，他们才挥舞起手臂，赶着牛羊归去。驯良的牲畜紧紧挨在一起，乖巧地排着队走进牛羊圈内。

他们辛勤劳作，尽力饲养，让牛羊都保持健康的体魄。与此同时，牧官在做什么呢?

他做了一个奇怪的梦，梦见蝗虫变成了鱼，绘制在旗帜上的龙蛇变成了飞鸟。于是，请了占卜官来解梦。占卜官说道:“这蝗虫变成鱼，说明会获得大丰收。旗帜上的龙蛇变成鸟，预示你家里将要添新丁啦！”牧官一听，笑得合不拢嘴。

人生的快乐，真的是分许多种!

全诗以清丽的牧歌徐徐展开，体物入微，将牧羊人的生活场景生动地呈现于读者眼前，而其艺术妙处在于笔头一转，以“梦”收尾，使得虚实结合，有了言外之意。

小雅·节南山之什

1.《节南山》——尹师太，我想和你谈谈

节[1]彼南山，维石巖巖[2]。赫赫师尹[3]，民具[4]尔瞻。忧心如惔[5]，不敢戏谈。国既卒斩，何用[6]不监[7]！

节彼南山，有实其猗[8]。赫赫师尹，不平谓何。天方荐瘥[9]，丧乱弘多。民言无嘉，憯[10]莫惩嗟。

尹氏大师，维周之氐[11]。秉国之均[12]，四方是维。天子是毗[13]，俾民不迷。不吊[14]昊天，不宜空我师[15]。

弗躬弗亲，庶民弗信。弗问弗仕，勿罔君子。式夷式已[16]，无小人殆[17]。琐琐[18]姻亚[19]，则无膴仕[20]。

昊天不佣[21]，降此鞠訩[22]。昊天不惠[23]，降此大戾[24]。君子如届[25]，俾民心阕[26]。君子如夷，恶怒是违。

不吊昊天，乱靡有定。式月[27]斯生，俾民不宁。忧心如酲[28]，谁秉国成？不自为政，卒劳百姓。

驾彼四牡，四牡项领[29]。我瞻四方，蹙蹙[30]靡所骋。

方茂尔恶，相[31]尔矛矣。既夷既怿[32]，如相醻矣。

昊天不平，我王不宁。不惩其心，覆怨其正[33]。

家父作诵，以究王訩[34]。式讹[35]尔心，以畜万邦。

注释

①节：高峻的样子。

②巖巖：山石堆积的样子。

③师尹：尹太师。师，太师。尹，周朝有名的族姓。

④具：通“俱”。

⑤惔（tán）：通“炎”，如火烧。

⑥用：以。

⑦监：察。

⑧猗：通“阿”，山隅。

⑨瘥（cuó）：病。

⑩憯（cǎn）：曾，乃。

⑪氐：树根。

⑫均：通“钧”，制陶器的模具下端的转盘。

⑬毗（pí）：犹“裨”，辅助。

⑭弔：善，好。

⑮空我师：使我师空。空，穷。师，大众。

⑯式夷式已：指任用正直的人。式，语气助词。夷，平息。已，指以身作则。

⑰殆：接近。

⑱琐琐：卑微渺小的样子。

⑲姻亚：婚姻裙带关系，这里指亲戚。

⑳膴（wǔ）仕：高官厚禄。

㉑不佣：不均。

㉒鞠讻（xiōng）：极大灾难。

㉓惠：眷顾。

㉔戾：灾难。

㉕届：来临。

㉖阕：止息。

㉗月：“抈”，扼杀。

㉘酲：醉后神志不清。

㉙项领：脖颈肿大。

㉚蹙（cù）蹙：局促的样子。

㉛相：视。

㉜怿：高兴。

㉝正：规劝纠正。

㉞王讻：代指尹氏。

㉟讹（é）：感化，改变。

译文

终南山高峻巍峨，岩石层层耸立。权势显赫的尹师太，令万众瞩目。就算忧心如焚，也不敢随意开玩笑。国运就要终了，为何还熟视无睹！

终南山高峻巍峨，草木丰盛茂密。权势显赫的尹师太，为政不公，还有什么可说？上天降下重重灾难，丧乱灾祸如此多。百姓没一句好话，尹氏还不自我惩戒。

尹氏太师，是周朝的根本。执掌国家的大权，天下都需要你来护持。你是天子的辅助，是百姓的向导。不眷顾我们的上天，别让百姓陷入穷途绝境。

周王你不勤政也不亲政，百姓都不再信任。对朝廷任职不闻不问，别再欺哄君子。要任用正直的人，别再和小人接近。那些宵小的亲戚，别再给高官厚禄。

老天爷如此不公，降下极大的灾难。老天爷不愿眷顾，降下祸乱重重。如果是贤者执政，百姓的怨恨就会平息。贤者公平公正，百姓的暴怒也会消散。

上天不眷顾我们，大乱至今没有平定。百姓民不聊生，令人不得安宁。我忧国忧民的心如酒醉，是谁执掌着国家的成规？君王不勤政，老百姓遭殃。

驾驭着四匹雄马，四匹马脖颈肿大。我放眼望向四方，却惶惶然没有投奔的方向。

尹氏你刚刚还恶意满满，望着你的长矛想要大动干戈。怒气平息之后又立刻堆起笑容，就像与朋友把酒言欢。

上天如此不平，君王不得安宁。尹氏却不端正其心，反倒埋怨别人规劝纠正他。

家父作下这首诗，探究王室遭难的原因。希望感化你的内心，造福天下百姓。

赏析

尹氏，为周朝名门望族，掌管着重要政权。

他担任着朝廷要职，是国运的根本，理应为百姓谋福利，引导他们从善从德，勤加努力，创造出美好生活。

可是，这些年来，他却任人唯亲，尽让一些有着裙带关系的庸碌小人拥有高官厚禄。

为了一己私欲，他根本不顾朝廷的法规，想做什么就做什么，横行霸道，行为令人发指。

朝廷重臣都是这样，天下百姓又如何能够得到安生？

面对这样的肆意妄为，周王却熟视无睹，既不劝阻也不干涉。可怜天下老百姓，生活日益穷困潦倒，就快走向穷途末路。

尹氏太师嚣张跋扈，终于惹怒了老天爷，向我们的国土境内降下重重灾祸。疾病、瘟疫、饥荒接踵而来，百姓怨声载道，一句好话也听不到。

上不公，而下有怨言。君王不作为，则丧失民心。水能载舟，亦能覆舟。失去百姓的信任，这个国家也就如同一盘散沙，国运殆尽。

就算已经到了这般地步，尹氏太师仍不知悔改，仗着自己的显赫权势，稍有不满就怒气迸发，意图大打出手，等到愤怒消散，又可以立刻若无其事，简直是喜怒无常！

看到这样的悲惨境况，我内心充满了忧虑。大抵我的马儿也感受到了不可遏制的气愤，压抑得脖子都肿大了。

放眼望去，天下已经混乱不堪，就算要离开此地，也没有可以投奔的地方。

君王对朝政不闻不问，任由权臣执政不公。这样的卑劣小人辅助君王，这个国家还有什么前途可言？

若是君王能够亲理政事，明察秋毫、任人唯贤，这样的混乱又怎么会出现？

君子贤者以德服人，处事公平公正，让他们来管理朝政的话，百姓的怨气与怒火也会平息消散吧！

遗憾的是，尹氏自始至终毫无愧疚、反省之心，反倒对那些规劝纠正他行为的人感到不满。

眼见这样可悲的事情发生，我却无能为力。只能写下这首诗，冒着惹怒尹氏太师的风险，将灾难背后的原因仔细剖析给太师和君王听，希望能够让他的心受到感化，改变自己的行为，造福天下百姓。

此篇堪称文人佳作，作者以充沛的情感揭露了政治黑暗，在当局混乱的时刻，言之铮铮，将爱憎之情溢于言表。千年之后的读者，仍可从中感知到当时现实社会的腐败与危机。

2.《正月》——生不逢时心忧伤

正月[1]繁霜，我心忧伤。民之讹言[2]，亦孔之将[3]。念我独兮，忧心京京[4]。哀我小心，癙忧以痒[5]。

父母生我，胡俾我瘉[6]？不自我先，不自我后。好言自口，莠言自口。忧心愈愈，是以有侮[7]。

忧心惸惸[8]，念我无禄[9]。民之无辜，并其臣仆。哀我人斯，于何从禄[10]？瞻乌[11]爰止，于谁之屋？

瞻彼中林，侯薪侯蒸。民今方殆，视天梦梦。既克有定，靡人弗胜。有皇上帝，伊谁云憎？

谓山盖[12]卑，为冈为陵。民之讹言，宁莫之惩[13]。召彼故老[14]，讯之占梦。具曰予圣[15]，谁知乌之雌雄！

谓天盖高，不敢不局[16]。谓地盖厚，不敢不蹐[17]。维号斯言，有伦有脊[18]。哀今之人，胡为虺蜴[19]？

瞻彼阪田[20]，有菀[21]其特。天之杌[22]我，如不我克[23]。彼求我则，如不我得。执我仇仇[24]，亦不我力[25]。

心之忧矣，如或结之。今兹之正[26]，胡然厉矣？燎之方扬[27]，宁或灭之？赫赫宗周，褒姒威[28]之！

终其永怀[29]，又窘阴雨。其车既载，乃弃尔辅[30]。载输尔载[31]，将伯助予[32]！

无弃尔辅，员[33]于尔辐。屡顾尔仆[34]，不输尔载。终逾绝险，曾是不意[35]。

鱼在于沼，亦匪[36]克乐。潜虽伏矣，亦孔之炤[37]。忧心惨惨，念国之为虐！

彼有旨酒，又有嘉肴。洽比[38]其邻，昏姻孔云。念我独兮，忧心慇慇[39]。

佌佌[40]彼有屋，蔌蔌[41]方有谷。民今之无禄，天夭是椓[42]。哿[43]矣富人，哀此惸[44]独。

注释

①正（zhēng）月：夏历四月，孟夏时节。

②讹言：谣言。

③将：大。

④京京：忧愁不止的样子。

⑤癙（shǔ）忧以痒：指心忧伤而病。癙，忧闷。痒，病。

⑥瘉：病，此处指灾难。

⑦有侮：被小人轻蔑侮辱。

⑧惸（qióng）惸：忧思的样子。

⑨无禄：不幸。

⑩禄：谋生的钱。

⑪乌：乌鸦。

⑫盍（hé）：为何。

⑬惩：警戒，制止。

⑭故老：旧臣。

⑮予圣：自以为是圣人。

⑯局：弯曲。

⑰蹐（jǐ）：放轻脚步。

⑱脊：道理。

⑲虺蜴：毒蛇和蜥蜴。古人都视为毒虫。

⑳阪（bǎn）田：山坡上的田。

㉑有菀：茂盛的样子。

㉒扤（wù）：动摇。

㉓克：致胜。

㉔仇（qiú）仇：缓慢不用力的样子。

㉕不我力：不重用我。

㉖正：政。

㉗扬：指野火烧得正旺。

㉘威（miè）：即“灭”。

㉙怀：忧虑。

㉚辅：车两侧的挡板。

㉛载输尔载：前一个“载”为语气助词。后一个“载”为所载的货物。输，掉落。

㉜将伯助予：请求年长者的帮助。将，请。伯，比自己年长的男子。

㉝员（yún）：加固。

㉞仆：驾车者。

㉟不意：不加考虑。

㊱匪：非。

㊲炤（zhāo）：明显。

㊳比：亲近。

㊴慇（yīn）慇：忧愁的样子。

㊵佌（cǐ）佌：细小的样子。

㊶蔌蔌：鄙陋的样子。与上文的“佌佌”指卑下的小官。

㊷椓：打击。

㊸哿（gě）：欢乐。

㊹惸：没有兄弟。

译文

孟夏时节霜满地，我的心里很忧伤。民众之间谣言起，流言蜚语传四方。我独自一人为时政担忧，这忧愁更无止境。我小心谨慎真可悲，忧思引发了疾病。

父母生下我，为何让我遭此灾难？灾难不早不晚，刚好被我赶上。好话从口中说出，坏话也是从口中说出。我忧心不止，反倒被人轻蔑侮辱。

忧愁满腹，想来真是不幸。无辜的黎民百姓，都要成为奴隶。可怜这些人，要去哪里谋生？看那乌鸦飞去停留，是在谁的屋檐？

看那树林之中，一切只能当柴烧。百姓处于危难，老天却不开眼。若是天命已定，没人可以战胜。天上的主宰之神，你到底憎恶什么人？

言说山岭为何不高，其实依然是高山峻岭。民众之间谣言起，为何不能去惩治。召唤老臣来相见，又请占卜询问解梦。都说自己是圣明，乌鸦的雌雄有谁能分清？

言说天空如此高，还是不敢不弯腰。言说大地如此厚，却不敢不轻脚走路。大声喊出这些话，道理有迹可循。可怜当今世上人，东逃西窜如蛇蜥。

看那山坡的田地，有苗长得尤其茂。上天如此摧残我，唯恐我不会倒下。那时朝廷来征求我，生怕我会不答应。得到之后又不重用，想出力都没人理。

我心里非常忧伤，就像绳索打了结。今天这样的政局，为何如此暴乱？草原野火烧得正旺，难道有谁能扑灭它？西周辉煌盛世时，褒姒就把它毁灭了。

我时常忧心满怀，就像遭遇阴雨绵绵。车子已经装满货，就把挡板扔掉。货物掉下来的时候，才叫着“大哥帮忙”。

不要丢掉车上的挡板，你的车辐要加固。时常照看你的车夫，便不会掉落你的货物。这样就能渡过险关，只是你从不上心。

鱼儿身在池沼，也并非可以快乐。虽然潜藏在深处，也很容易被看见。忧愁令我不安，是因为想到朝政如此暴虐！

他有甘甜的美酒，又有美味佳肴。与邻人融洽亲近，借姻亲周旋关系。可怜我独自一人，为国为民忧心。

卑鄙小人有房屋可住，猥琐小人粮食满仓。百姓如今却没有生活资本，饱受灾祸的打击。富人家中充满欢乐，这孤苦无依的人真可怜。

赏析

知我者，谓我心忧，不知我者，谓我何求。

想当初，朝廷派人前来找我，态度恳切，似乎怕我不会答应。出于感动，我接受了朝廷的任命，满以为可以为国效力，施展抱负。

哪里想到，这世道会变成如今这副模样？

奸臣当道，为非作歹。他们太善于心计，拉帮结党，不惜用姻亲裙带关系扩大自己的势力范围。搞得整个朝廷乌烟瘴气，黎民百姓苦不堪言。

君王昏庸啊！听信小人的花言巧语，将庸碌之人提拔重任，君子贤臣反倒备受排挤，没有安身之所，更别谈振兴国家。

如此暴政之下，还有什么兴旺发达可言？

朱门酒肉臭，路有冻死骨。这样的情景随处可见，整个国家的风气已经败坏到极点。

每每想到这些，就让我忧愁如潮水袭来。世风日下，我却只能眼睁睁地看着。这忧虑终日累积，在精神上折磨着我，让我夜不能寐、食不知味，身体被疾病缠绕，痛苦难忍。

父母含辛茹苦养大我，哪知生不逢时，遇上这样的乱世。我只不过坚持自己做人为官的原则，却反倒被冷落、嘲讽。在这朝廷之上，没有朋友、没有知己，只能凭着一己之力捍卫正义。但这力量终究是过于单薄，很快便淹没在风雨之中。

昏庸的君王，时至如今还没有醒悟过来！他以为国家强盛，便可以不管不问吗？西周兴盛之时，不也因为幽王的宠妃褒姒谗言惑之，导致国破家亡吗？历史有前车之鉴，君王却不知反省。

他每天忙着占卜和解梦，却对天下苍生之苦置若罔闻。我忍不住要问问老天爷，他究竟青睐什么人？又憎恶什么人？

民间流言蜚语盛行，却没有人去制止。百姓四处流亡，不得安宁；卑劣的当权小人却都丰衣足食，住在华丽的大屋子里。

如此下去，劳苦大众们怕是都要沦为他国的奴隶，不知会去何处讨生活。

这些达官权贵们以为他们就能幸免于难吗？国与民之间，定是唇亡齿寒啊！对于侵略者而言，亡国之奴没有贵贱之分。就像那树林里的粗柴和细柴，不过都是用来烧火罢了！

我虽深知其间道理，却孑然一身、无依无靠，在朝野之上也只能忍气吞声。

孟夏时节，却降下寒霜。我内心为国为民的忧思长长久久，没有尽头。

作者以形象的比喻将忧国忧民的心思展露无遗，诗作之中的士大夫空有一腔报效国家的热情，却不容于世，巧言令色的小人反倒高官厚禄，最为苦难的是底层的广大百姓。

此诗以作者情感为线索，以物喻人，读来令人愤慨。昏君当道，是国之不幸啊！

3.《十月之交》——天象都兆示着不详

十月之交[1]，朔月[2]辛卯。日有食之，亦孔之丑[3]。彼月而微，此日而微；今此下民，亦孔之哀。

日月告凶，不用其行[4]。四国[5]无政，不用其良。彼月而食，则[6]维其常；此日而食，于何不臧[7]。

爗爗[8]震电，不宁不令[9]。百川沸腾，山冢崒崩[10]。高岸为谷，深谷为陵[11]。哀矜之人，胡憯[12]莫惩？

皇父卿士[13]，番维司徒[14]。家伯维宰[15]，仲允膳夫[16]。棸子内史[17]，蹶维趣马[18]。楀维师氏[19]，艳妻[20]煽方处。

抑[21]此皇父，岂曰不时[22]？胡为我作[23]，不即我谋？彻[24]我墙屋，田卒污莱[25]。曰予不戕[26]，礼则然矣。

皇父孔圣，作都于向[27]。择三有事[28]，亶[29]侯多藏。不慭[30]遗一老，俾守我王。择有车马，以居徂[31]向。

黾勉[32]从事，不敢告劳。无罪无辜，谗口嚣嚣[33]。下民之孽，匪降自天。噂沓[34]背憎[35]，职[36]竞由人。

悠悠我里[37]，亦孔之痗[38]。四方有羡，我独居忧。民莫不逸，我独不敢休。天命不彻[39]，我不敢傚我友自逸。

注释

①交：日月交会。

②朔月：农历初一。

③丑：凶恶。

④行（háng）：规律。

⑤四国：泛指天下。

⑥则：犹。

⑦不臧：不吉。

⑧爗爗：电光闪耀的样子。

⑨令：安宁。

⑩山冢崒崩：高山崩顶。山冢，山顶。崒，高大的山。

⑪陵：山丘。

⑫胡憯（cǎn）：为何。

⑬皇父卿士：卿士字皇父。皇父，人名。卿士，百官之长，总管朝廷政事。后文中“家伯”“仲允”皆为人名；“番”、“聚（zōu）”、“蹶（guì）”、“楀（yǔ）”皆为姓。

⑭司徒：官名，掌管民事。

⑮维宰：官名，掌管宫内事务。

⑯膳夫：官名，掌管饮食。

⑰内史：官名，掌管法令。

⑱趣马：官名，掌管宫廷之马。

⑲师氏：官名，掌管贵族子弟的教育。

⑳艳妻：指周幽王的宠妃褒姒。

㉑抑：通“噫”，感叹词。

㉒时：农时。

㉓作：役使。

㉔彻：拆毁。

㉕田卒污莱：指田地都无法耕种。卒，都。污，积水。莱，荒芜。

㉖戕：残害。

㉗向：地名，指孟州河阳县。

㉘三有事：三卿。

㉙亶（dǎn）：信，确实。

㉚慭（yìn）：愿意。

㉛徂（cú）：去到。

㉜黾（mǐn）勉：努力。

㉝嚣嚣：众多的样子。

㉞噂（zǔn）沓：议论纷杂的样子。

㉟背憎：背后互相憎恨。

㊱职：主要。

㊲里：同“悝”，忧愁。

㊳痗（mèi）：病。

㊴不彻：不循轨道，即“无常”之意。

译文

十月里日月交会，初一是辛卯日。发生了日食，恐怕是凶兆。那时候月食夜晚黑，如今日食白天都黑了。如今天下的老百姓，将要遭遇大灾难。

日食月食都是凶兆，不按规律来运行。天下国家无善政，不用贤良的人才。那时出现了月食，以为没什么事。现在又出现日食，为何如此不吉祥。

雷声轰鸣电光闪，天下都不得安宁。条条江河水沸腾，座座山峦都崩塌。高山变成了深谷，深谷变成高山。悲叹当今执政者，为何面临凶险不警惕。

皇父成为卿士，番氏成为司徒。家伯担任冢宰，仲允掌管御膳。聚子担任内史，蹶氏成为趣马。楀氏掌管教育，褒姒迷惑君王的势头正旺。

唉！这个皇父，哪会说自己有违农时？为什么让我去服役，事先却不和我商议？拆毁我的房屋，让田地变荒芜。还说不是我残害你，礼法本来就这样。

皇父真是很聪明，远去向邑建都城。挑选亲信担任三卿，家财万贯数不清。不愿留下一个老臣，让他守卫着君王。有钱富人都被挑走，迁往向邑落新居。

勤勉努力做好本职，不敢说自己辛苦。我没有罪也没有错，却被无数谗言扰。黎民百姓受灾难，不是上天降大祸。当面谈笑背后憎，主要罪责在小人。

忧思愁绪连绵不断，劳心伤神终成病。天下人有欢乐，我独自沉浸在忧伤中。人们都很安逸，只有我忙碌不停。只要天命尚在，我就不敢学朋友那样自我安闲。

赏析

那天是十月初一。

忽然之间，像是有人从天际盖下一块厚重的布帘，将整个世界都笼罩起来。白天变得像黑夜一样，太阳被完全吞噬。

民众惶惶不安，怕是有大灾难要降临人间了！

近年来，天相频繁显露出异样，日月都不再按照规律运行。犹记得不久前，夜空中明亮皎洁的月光瞬间就光芒尽消，夜晚陷入更深的黑暗之中。

更有可怕的现象，让大地震动，山河颠倒。一时之间，高山变成深谷，深谷反倒隆起，成了山岭。无数的河流都开始奔腾汹涌，山石滚落崩塌。

这是要面临末日了吗？整个国家岌岌可危，君王却还沉浸在温柔乡里，听信褒姒的谗言，对国家政事不管不问。

我放眼天下，感到忧心忡忡。

如今，国家政权被皇父等一帮逆臣贼子掌控着，他们毫无人性，拆人房屋、乱抓壮丁，使得天下良田荒芜，黎民百姓流离失所。

整个国家就要灭亡了，他们却丝毫没有反省和愧疚之心，只顾着自己中饱私囊，搜刮民脂民膏，聚集家中财富。做了如此多丧尽天良的事情，他们还恬不知耻地说自己是在按规章制度办事，并非胡作非为。

君王真是昏庸无能！大政方针不交给贤德之人制定，国家要职不仔细挑选人才，任由这些鄙陋小人作威作福，搞得天下大乱。

他还不知道，皇父已经掏空了整个国家！皇父精心布局，迁徙到向邑去建都定居，把家境殷实的富人全部带走，重要职位都安排了自己的亲信，连一个老臣都没有给君王留下。

天道逆行，人道不复存在。这些当面一套背后一套的小人，将君王哄骗得团团转。而我这等鞠躬尽瘁的臣子，虽然无罪无过，却受尽谗言的诬陷。

国家已经处于十分危难的境地，人们却还如此安逸，真是让我忍不住哀叹！这种忧虑交加的心情长久地折磨着我，我终于病倒了。可是，除了坚持做好自己的本职，守护着心里的良知，我还能做什么呢？

这既是一首政治抒情诗，又是一首有着实录意义的史诗。在古代，人们对自然的力量有着无限敬畏，诗中记录的日月食成为后世天文学研究的珍贵史料，而作者从自然灾害频发说到朝廷用人不善，抒发了自己对君王昏庸、朝廷混乱的悲痛之情，深深影响了后世的爱国主义诗人屈原。

4.《雨无正》——王都已是空城

浩浩昊[1]天，不骏[2]其德。降丧饥馑[3]，斩伐四国[4]。旻天疾威[5]，弗虑弗图[6]。舍[7]彼有罪，既伏[8]其辜。若此无罪，沦胥以铺[9]。

周宗[10]既灭，靡所止戾[11]。正大夫[12]离居，莫知我勩[13]。三事大夫[14]，莫肯夙夜。邦君[15]诸侯，莫肯朝夕[16]。庶曰式臧[17]，覆[18]出为恶。

如何昊天，辟言[19]不信。如彼行迈[20]，则靡所臻[21]。凡百君子，各敬[22]尔身。胡[23]不相畏，不畏于天？

戎成不退，饥成不遂[24]。曾我暬御[25]，憯憯[26]日瘁。凡百君子，莫肯用讯[27]。听言[28]则答，谮言[29]则退。

哀哉不能言，匪舌是出[30]，维躬[31]是瘁。哿矣能言，巧言如流，俾躬处休[32]！

维曰予仕[33]，孔棘[34]且殆。云不可使，得罪于天子；亦云可使，怨及朋友。

谓尔[35]迁于王都。曰予未有室家。鼠[36]思泣血，无言不疾[37]。昔尔出居，谁从作尔室？

注释

①昊：广大无边。

②骏：长，长久。

③饥馑：饥荒。

④四国：指天下。

⑤疾威：暴虐。

⑥图：谋划。

⑦舍：放置。

⑧伏：隐藏。

⑨沦胥以铺：指无罪者都遭殃受牵连。沦胥，牵连沦陷。铺，遍。

⑩周宗：周氏宗亲。

⑪靡所止戾：没处定居。止戾，定居。

⑫正大夫：即上大夫，为六官之长。

⑬勚（yì）：辛苦。

⑭三事大夫：指三公，即太师、太傅、太保。

⑮邦君：封国的君主。

⑯莫肯朝夕：朝夕觐见君王。

⑰庶曰式臧：希望他们能行善。庶，希望。式，助词。臧，善。

⑱覆：反而。

⑲辟言：合乎法度的话。

⑳行迈：行走不停。

㉑臻：到达。

㉒敬：谨慎。

㉓胡：为何。

㉔遂：消亡。

㉕暬（xiè）御：近身侍卫。

㉖憯（cǎn）憯：忧愁的样子。

㉗讯：直言规劝。

㉘听言：顺耳之言。

㉙谮（zèn）言：中伤人的话。

㉚出：笨拙。

㉛躬：亲身。

㉜休：安乐之地。

㉝于仕：去做官。

㉞棘：比喻艰难。

㉟尔：上文的正大夫、三事大夫等人。

㊱鼠：通“癙（shǔ）”，忧闷成病。

㊲疾：通“嫉”。

译文

苍茫无际的上天，你的恩泽不长久。降下丧乱与饥荒，天下百姓遭残害。老天如此施行暴虐，简直是不管不顾。有罪的人逍遥在外，过错全都被隐瞒。无罪的人呢，反倒被牵连遭殃。

周氏宗亲都被灭了，没有地方可以安居。六官之长也逃离在外，不理解我的苦口婆心。六卿和中下大夫，没人愿意为国事没日没夜操劳。君王和诸侯，也不愿意朝夕觐见朝拜。希望他们能行善，反倒趁机作恶多端。

上天你为什么这样！忠言一句都听不进去。就好比虽然在不停行走，却永远走不到目的地。群臣百官们，各个明哲保身。为什么不再畏惧，不畏惧上天？

兵祸已经酿成难以消退，饥荒已经降临灾害难免。这些昔日的君王近身侍卫，愁容惨淡很憔悴。群臣百官们，都不愿直言规劝。好听的话就回答，逆耳忠言就躲闪不说。

唉！那些不善言辞的人，直言进谏，是为了鞠躬尽瘁。恭喜那些能说会道的人，花言巧语，就可以置身安乐之地！

都说去做官，做官真是艰难又危险。如果直言不讳，可能得罪天子；如果讨好顺从，则会被朋友埋怨。

让这些逃离的官员回到王都，却回答说没有房屋。真是让人忧闷成疾，嫉恨不已。当初你逃离的时候，谁给你建了房屋？

赏析

人生最悲惨的经历，莫过于国破家亡。

而我，恰恰生在这样的时代。在饥荒遍野的哀鸿声中，在明哲保身的朝廷之上，见证着这个王朝的陨落。

都说忠言逆耳利于行。可是，当今圣上冥顽不灵，从来只听得进好话。谁要是敢当面指出他的不是，反倒会被定罪。如此一来，大臣们唯唯诺诺不敢出声。那些能言善辩的小人抓住机会，说些好听的谎话哄骗君王，以此获得大笔奖赏。忠心耿耿的臣子们却只能哀叹，在这暴君的统治下，真理何存？

君王不理朝政，性格乖戾。诸侯臣子们谁也不愿意为国事没日没夜地操劳，早朝觐见之后，一天都不想再去朝拜，更别说指望他们能尽力辅助君王，救国家于水火之中。

近身侍卫们终日愁容惨淡，憔悴不堪。都说伴君如伴虎，哪个不小心说错话，很可能就小命不保。这样的日子，让人忧虑不已。

暴乱已经四起，君王却还安享在那些谎言之中自得其乐。老天都不再庇护这个国家，频繁降下灾难。

可是，尽管君王这般不堪，作为朝廷身居要职的官员，难道也可以泯灭人性、肆意妄为吗？

为了躲避饥荒和战乱，高官们走的走、逃的逃，置君王于不顾。他们已经没有什么敬畏之心，也不再担心会遭到上天的惩罚。

你看这天下，有罪之人反而逍遥法外，受苦受难的全是无辜的平民百姓。这般不公无处可诉，我只能指着上天质问，为何要降下如此灾祸？

但我终究还是不忍心看着这一切，苦口婆心地劝那些逃离的高官回到朝廷，辅佐君王。谁曾想，他们竟然回答我说没有房屋。

这个回答真是令人痛心疾首却又哭笑不得，莫非当初仓皇逃离时，有人给他们建造好了金碧辉煌的房屋吗？

与前几篇政治讽刺诗不同的是，此篇用摆事实的方式直接讲述，摒弃了形式的装点，反倒有着一种冷静的哀伤。

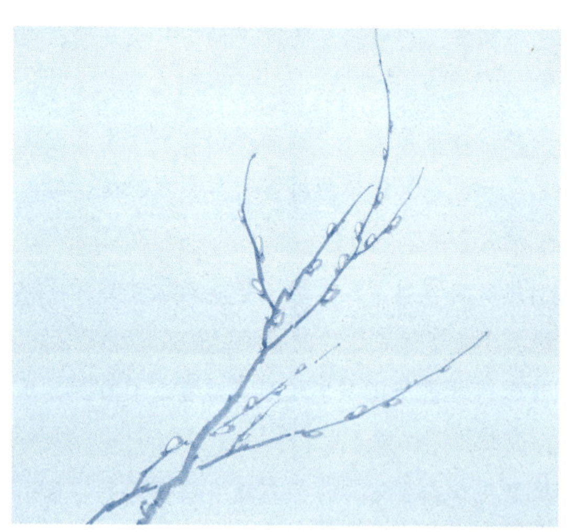

5.《小旻》——君不明，臣心忧

旻天[1]疾威，敷于下土[2]。谋犹[3]回遹[4]，何日斯沮[5]？谋臧不从[6]，不臧覆用。我视谋犹，亦孔之邛[7]。

潝潝[8]訿訿[9]，亦孔之哀。谋之其臧，则具是违。谋之不臧，则具是依[10]。我视谋犹，伊于胡底[11]。

我龟[12]既厌，不我告[13]犹。谋夫孔多，是用不集[14]。发言盈庭，谁敢执其咎[15]？如匪行迈谋[16]，是用不得于道。

哀哉为犹，匪先民是程[17]，匪大犹是经[18]。维迩言[19]是听，维迩言是争[20]。如彼筑室于道谋，是用不溃[21]于成。

国虽靡止[22]，或圣或否。民虽靡膴[23]，或哲或谋，或肃或艾[24]。如彼泉流，无[25]沦胥以败。

不敢暴[26]虎，不敢冯河[27]。人知其一，莫知其他。战战兢兢，如临深渊，如履薄冰。

注释

①旻（mín）天：即“皇天”“老天”之意。

②下土：人间。

③犹：与“谋”同义，谋划。

④回遹（yù）：邪僻。

⑤沮：停止。

⑥从：听从。

⑦邛（qióng）：毛病。

⑧潝（xì）潝：众口附和的样子。

⑨訿（zǐ）訿：诋毁诽谤。

⑩依：依从。

⑪底（dǐ）：至。

⑫龟：指占卜用的灵龟。

⑬不我告：不告知我。

⑭集：成就。

⑮咎：罪责。

⑯行迈谋：远行的策略。

⑰匪先民是程：不效法古圣贤。匪，非。先民，指古贤者。程，效法。

⑱匪大犹是经：不遵循真理大道。大犹，真理。经，遵循。

⑲迩言：指肤浅的言论。

⑳争：争论。

㉑溃：通“遂”，成功。

㉒止：至，极。指大。

㉓膴（hū）：法则。

㉔艾（yì）：治理。

㉕无：通“勿”。

㉖暴：徒手搏斗。

㉗冯（píng）河：徒步过河。

译文

上天如此暴虐，降下灾祸到人间。朝廷政策不端正，何时才能够停止。好的计谋不听从，歪门邪道反而采用。我看这朝廷政策，真是毛病一大堆。

卑鄙小人党同伐异，实在让人很悲哀。提出一些好策略，全都不执行。祸国殃民的计谋，反而全都同意。我看这朝廷政策，不知道要弄到什么地步。

占卜灵龟已厌倦，不再告知我吉与凶。谋臣策士如此多，都是空谈没有实用。发言的人一大堆，谁敢真的担其责？就像谋划要远行，到了路上根本用不了。

朝廷政策让人哀叹，既不效法古圣贤，也不遵从大道理。偏听肤浅的耳边好话，纷纷提出没有远见的争论。就像建造房屋却和路人一起谋划，用这样的计划当然不会成功。

国家虽然不大，有人贤明、有人糊涂。人民虽然不懂法度，有些知理懂策略，有人严肃懂治理。就像那泉水流淌，不会腐败衰亡。

不敢徒手与老虎搏斗，不敢徒步跨过河流。这个道理人人皆知，却不知其他隐患更危险。在暴政面前小心谨慎，就像面对着万丈深渊，脚踏着易碎的薄冰。

赏析

自古以来，就有圣贤之道流传。他们总结自然规律，形成适用于国家社会的道理。若是能够遵从圣贤的教诲，对于朝廷与天下百姓都是有百益而无一害的。

悲哀的是，如今朝廷上，只见卑鄙小人党同伐异，一旦有忠臣提出建议影响到他们的利益，必定群起而攻之，不惜打压诬陷，让忠臣难以保全自身。

这都怪君王眼不明、耳不聪，竟然连善恶都不知道如何分辨！听信小人谗言，把国家大政方针搞得乱七八糟，造成祸国殃民的结局，还不自知、不反省。

在众多的国民之中，不乏有才有德之人，他们聪慧明理，懂得治理国家的策略。我多希望君王能够善用人才，挑选有用的贤良来为国效力。

但现实却不遂人愿。君王只听得进对自己有利的好话，听不进对国家有用的道理。一个国家的政策制定，不以江山社稷和百姓安危为前提，实行起来又怎么能靠得住呢？

你看这帮所谓的谋士，在朝廷之上侃侃而谈，说的全都是些没用的空话套话，肤浅又没远见，只会争论一些无关紧要的小事。这让我感到无比忧伤。

与这等无德无能的臣子谈论国家大事，简直就像跟路人谈论如何建造房屋。若是真的按照这样的建议去执行，怎么可能会获得成功？

偏偏君王还就爱听这些顺耳的见解，但凡对百姓有利的好建议一概没有采纳，反而听从一些歪门邪道的计谋。叫人如何不悲愤！

要说徒手与猛兽搏斗，或者徒步蹚过河流，这样浅显的事例，大家都知道这是危险的。可是，危险的事情难道只有这些吗？若是方针政策都出了问题，埋下的隐患是会导致国家灭亡的呀！

此篇诗作，言辞恳切朴实，谴责了周王的暴虐和谋士们的无能。其中，结尾三个词语“战战兢兢”“如临深渊”“如履薄冰”将提心吊胆的心境描绘至深，成为后世广为流传的成语。

6.《小宛》——失去父母之后

宛[1]彼鸣鸠，翰飞[2]戾天。我心忧伤，念昔先人。明发[3]不寐，有怀二人[4]。

人之齐圣[5]，饮酒温克[6]。彼昏[7]不知，壹醉日富[8]。各敬[9]尔仪，天命不又[10]。

中原有菽[11]，庶民采之。螟蛉[12]有子，蜾蠃[13]负之。教诲尔子，式穀似[14]之。

题彼脊令[15]，载飞载鸣。我日斯迈[16]，而[17]月斯征。夙兴夜寐，毋忝尔所生[18]。

交交桑扈[19]，率场[20]啄粟。哀我填[21]寡，宜岸[22]宜狱。握粟出卜，自何能穀？

温温恭人[23]，如集于木[24]。惴惴小心，如临于谷。战战兢兢，如履薄冰。

注释

①宛：小的样子。

②翰飞：高飞。

③明发：天亮。

④二人：指父母。

⑤齐圣：聪明睿智。

⑥温克：克制自己，保持温和恭敬。

⑦昏：糊涂。

⑧壹醉日富：日复一日地喝醉。壹醉，一饮必醉。富，甚。

⑨敬：通“儆”，警戒。

⑩又：通“佑”，保佑。

⑪中原有菽：田野之中有大豆。中原，田野之中。菽，大豆。

⑫螟蛉（míng líng）：螟蛾的幼虫。

⑬蜾蠃（guǒ luǒ）：细腰土蜂，常捕捉螟蛉入巢，以养育其幼虫，古人误以为是代螟蛾哺养幼虫。

⑭似：借作“嗣”，继承。

⑮题（dì）彼脊令：看那鹡鸰鸟。题，视，看。脊令，鸟名，鹡鸰。

⑯迈：远行。

⑰而：你。

⑱毋忝尔所生：别辱没父母的生养。忝，辱没。尔所生，指父母。

⑲交交桑扈：青雀飞来飞去。交交，飞来飞去的样子。桑扈，鸟名，青雀。

⑳场：打谷场。

㉑填：通“瘨（diān）”，病。

㉒岸：诉讼。

㉓恭人：谦逊谨慎的人。

㉔如集于木：像鸟站在树上。

译文

小小的斑鸠在鸣叫，一飞冲向云天上。我的心里很忧伤，怀念去世的先人。天亮都没有入睡，想念已故的父母二人。

聪明睿智的人，饮酒也能保持仪态。那些糊涂愚昧的人，天天都在酒醉中。各自举止要慎重，天恩已经不护佑。

原野上长着豆苗，百姓都会去采摘。螟蛉生下幼子，蜾蠃会把它背走。我教育你的孩子，继承先祖的好品德。

看那鹡鸰鸟，一边飞一边鸣叫。我每天出门在外，你每月奔波远行。起早贪黑很努力，不要辱没父母的名声。

青雀鸟飞来飞去，沿着打谷场啄小米。可怜我贫病无依靠，遭遇诉讼进大牢。抓把小米去占卜，看看何时能好运。

谦逊恭谨的人，就像鸟儿站在大树上。担心害怕很小心，就像站在深谷边。心惊胆战很谨慎，就像踩在薄冰上。

赏析

曾经，我们生于富贵人家。

父亲严厉，教导我们做人的道理。礼法规章要遵守，待人谦和有教养。母亲则非常温柔，将我们兄弟几个照顾得无微不至，每天变着花样做出美味可口的饭菜，冬天来临之前便会替我们准备好厚衣裳。

因为父母反复叮嘱，言传身教，家中长幼有序，勤勉努力，生活得其乐融融。

原本美满的家庭，随着父母的离世而支离破碎。

自从他们与世长辞，心中变得空落落的。我常常会在恍惚间听见母亲叫我吃饭，定下神来，四周却是一片寂静清冷。每逢夕阳西下时，似乎都看见父亲像往常一样走进家门，教育我们不要顾着玩耍、虚度时光。

可是，这一切都不会再回来。

很长一段时间里，我就像失去根的小草，在疾风之中艰难地不让自己倒下。夜晚来临时，对父母的思念会愈加强烈，想起曾经温馨的画面，眼泪忍不住流下来，浸湿了枕头。一直到曙光初现，还没能入眠。

我的兄弟因为失去父母伤心过度，终日饮酒买醉，不愿清醒过来面对现实。

然而，尽管悲伤难以排遣，生活还是要继续。

都说树倒猢狲散。家道中落后，从前与父母交情颇深的人，也都不再与我们兄弟往来。这个社会很残酷，我对兄弟说："聪明人就算在酒后也会自我克制，保持自己的风度仪态，只有傻子才会天天醉酒。以后，我们一定要更注意自己的言行举止。父母不在了，我们更应该谨记他们生前的谆谆教诲。"

家族的礼教需要传承，我将先人的美德教授给兄弟的孩子们，让他们也能铭记于心。

父母一生勤勉，兢兢业业。我也努力振作起来，每天忙于生计，四处奔波。我对兄弟说："不能再这么消沉下去了，你要打起精神，别再萎靡堕落，辱没了父母生前的名声。"

日子虽然过得清贫，倒也不再慌乱。我的内心坚守着父母教导的做人准则，恪守本分，辛勤劳作。

但这个社会从来都不会可怜底层的人，明明奉公守法，我却招人状告，莫名被关进大牢。判官并不顾及你是否贫困或疾病缠身，没有权势护佑的人，往往身不由己。

孤苦无依地在尘世挣扎，我每天谨小慎微，忐忑不安。就像鸟儿站在树上，人站在深渊旁，脚踏在薄冰上，总担心一个不留神就会坠落，摔得粉身碎骨。

我忍不住抓把小米来占卜，在这样的世道中，什么时候才能遇到吉时好运？

此诗的感情基调是沉重的，父母离世后的现实生活岂是艰难二字可以形容？但作者全诗采用比兴的手法，将这份千疮百孔的痛苦之情描绘得真切而深沉。

7.《小弁》——被亲生父亲放逐

弁彼鸒斯[1]，归飞提提[2]。民莫不穀[3]，我独于罹[4]。何辜[5]于天？我罪伊[6]何？心之忧矣，云[7]如之何！

踧踧[8]周道，鞫[9]为茂草。我心忧伤，惄[10]焉如擣。假寐[11]永叹，维忧用[12]老。心之忧矣，疢[13]如疾首。

维桑与梓[14]，必恭敬止[15]。靡瞻[16]匪父，靡依[17]匪母。不属于毛[18]？不罹[19]于里？天之生我，我辰[20]安在？

菀[21]彼柳斯，鸣蜩嘒嘒[22]。有漼[23]者渊，萑苇[24]淠淠[25]。譬彼舟流，不知所届[26]，心之忧矣，不遑假寐。

鹿斯之奔，维足伎伎[27]。雉之朝雊[28]，尚求其雌。譬彼坏木[29]，疾用[30]无枝。心之忧矣，宁[31]莫之知！

相彼投兔[32]，尚或先[33]之。行[34]有死人，尚或墐[35]之。君子秉心[36]，维其忍[37]之。心之忧矣，涕既陨[38]之。

君子信谗，如或醻[39]之。君子不惠，不舒[40]究之。伐木掎[41]矣，析薪扡[42]矣。舍彼有罪，予之佗[43]矣。

莫高匪山，莫浚[44]匪泉。君子无易由[45]言，耳属于垣[46]。无逝我梁[47]，无发我笱[48]。我躬[49]不阅，遑恤[50]我后！

注释

①弁（pán）彼鸒（yù）斯：那快乐的乌鸦。弁，通“昪”，快乐的样子。鸒，鸟名，又叫雅乌，乌鸦的一种。斯，语气助词。

②提（shí）提：安闲群飞的样子。

③穀：美好。

④罹：忧愁。

⑤辜：罪过。

⑥伊：是。

⑦云：语气助词。

⑧踧（dí）踧：平坦的样子。

⑨鞫（jū）：尽，皆。

⑩惄（nì）：忧思。

⑪假寐：不脱衣帽而睡。

⑫用：而。

⑬疢（chèn）：痛苦。

⑭桑与梓：桑树和梓树。古代桑树和梓树多种在住宅附近，容易引起对故乡和父母的怀念。

⑮止：语气助词。

⑯瞻：敬仰。

⑰依：依恋。

⑱毛：古代裘衣的皮毛。

⑲罹：附着。

⑳辰：时运。

㉑菀：茂盛。

㉒鸣蜩（tiáo）嘒嘒：形容蝉鸣。蜩，蝉。嘒嘒，蝉鸣的声音。

㉓漼（cuǐ）：水深的样子。

㉔萑（huán）苇：芦苇。

㉕淠（pì）淠：茂盛的样子。

㉖届：到。

㉗伎（qí）伎：舒展的样子。

㉘雊（gòu）：野鸡的叫声。

㉙坏木：有病的树。

㉚用：而。

㉛宁：难道。

㉜投兔：自投罗网的兔子。

㉝先：入网前先驱赶它。

㉞行（háng）：路上。

㉟墐（jìn）：通“殣”，埋。

㊱秉心：居心。

㊲忍：残忍。

㊳陨：落。

㊴醻：劝酒。

㊵舒：慢慢。

㊶掎（jǐ）：牵引。

㊷扡（chǐ）：顺着纹理劈开。

㊸佗（tuó）：加。

㊹浚（jùn）：深。

㊺由：于。

㊻耳属于垣：隔墙有耳。属，连接。垣，墙。

㊼无逝我梁：不要到我的鱼梁去。无，勿，不要。逝，到。梁，拦水捕鱼的堤坝。

㊽无发我笱（gǒu）：不要打开我的鱼篓。发，打开。笱，捕鱼用的竹笼。

㊾躬：自身。

㊿恤：忧虑，顾及。

译文

雅乌在快乐地飞行，成群结队安闲地飞回巢。天下人都过得好，就我一个人如此忧愁。我对上天犯了什么过错？我的罪过到底是什么？心里非常地忧伤，叫我怎么办才好！

宽阔平坦的大道，被茂盛的野草阻塞了。我的心里很忧伤，就像木棒在不停捣动。和衣而眠长叹息，忧伤容易催人老。我的心里很忧伤，感到烦热又头痛。

看到桑树和梓树，我一定会很恭敬。怎么会不敬仰父亲，怎么会不依恋母亲。难道我外不和皮毛相连，里不跟心腹血肉相连吗？上天让我生下来，我的好运何时来？

那柳树枝繁叶茂，蝉在枝头鸣叫。深深的水潭，芦苇茂盛一片。我就像不系之舟，不知道会漂到哪里。心里忧伤不止，让我无心睡眠。

鹿儿在奔跑，四条腿矫健又轻灵。野鸡在早晨鸣叫，为了吸引母鸡到来。我就像那生病的树木，病得树枝都落尽。心里是这样忧伤，难道就没人了解？

看那兔子自投罗网，或许有人帮它逃脱。大路上有人死去，或许还有人替他埋葬。君子你的居心，为何如此残忍。我的心里太难过了，忍不住眼泪掉落。

君子你偏信谗言，就像被劝酒一样乐于接受。君子你不理不睬，不愿意追究原委。砍树还需要拉住绳索以免砸伤人，砍柴还需要顺着纹路劈开。你将有罪之人放过，却让这罪过加在我身上。

没有山不高，没有泉不深。君子别轻易将话说出口，小心隔墙有耳。不要去到我捕鱼的梁坝，不要打开我的鱼篓。我如今已不被容得下，哪还顾得上我的身后事！

赏析

身为君王之子，在他人眼中，我从小锦衣玉食，享尽荣华富贵和万千宠爱。

而我的宿命，却并非如此。

宫廷之中，有太多钩心斗角、尔虞我诈。偏偏，我又有着一个不会明辨是非的父亲。

自幼，我便对父亲充满敬仰与爱戴，对母亲怀着深深的依恋。这份情感深入骨髓，即便只是看见种植在家宅前后的桑树和梓树，都不禁毕恭毕敬。只因为，念及家中的父母。

却不曾想，有一天会被自己的亲生父亲放逐。

你看，那天空中的飞鸟都成群结队，和自己的同伴一起归巢。垂柳在水边随风摇摆，蝉在枝头不厌其烦地鸣叫。深深的水潭之中，芦苇茂密丛生。天地之大，风景如此优美，唯独我孤身一人，满怀忧虑地在这旷野之外行走。

原本以为，这一生如光明坦途，哪知道，这道路却被疯长的野草阻拦。

我那敬爱的父亲，听信小人的谗言，竟然不加追究就接受了。结果让那罪人逍遥法外，却让他的亲生儿子背负着莫须有的罪名啊！

当我得知自己莫名其妙就被飞来横祸砸中，真是无法相信眼前的事实。他是我的父亲，如此亲近、血脉相连的人，怎么能不管不问，狠心将我推至深渊？

上天既然让我降临人世，为何双亲都将我割舍？可怜我一人满腹委屈无处可诉，忧伤与日俱增，终于让身体不堪重负。可是，就算我如同枝条落尽的病树一样倒在荒野，怕是也没有人来顾念。

身份地位犹如浮云，没有人懂得我内心的伤悲。

那自投罗网的野兔，或许还会遇见好心将它驱赶、使之逃脱危险的人；大路之上有人死去，或许还有陌生的好心人将之埋葬。而我，却如同一只随波逐流的小舟，不知道会漂到什么地方去。

若说我内心没有一丝怨念，肯定不是真的。你看，砍树的时候，人们还会拉起绳索将树木放倒，以免被砸伤；砍柴的时候人们还会看看纹路，顺着纹理将之劈开。我的父亲却待我如此残忍，任由我在外自生自灭。

一路上，身心备受折磨，我时常感到烦热头痛。这忧伤重重淤积在内心，让人经不起岁月的摧残。

我心里明白，这一切没有那么简单。冤情的背后，一定还有着其他阴谋。

只不过，现在我自身难保，也顾不上那么许多身后事了。

此诗读来，更像是一篇意识流小说，作者以赋、比、兴相结合的手法，寓情于景，将心中的哀怨逐一道来。在流放的路途上，他能向谁去质问呢？痛苦的思考，也只能徒增痛苦罢了。

8.《巧言》——谗言噬心

悠悠昊天[1]，曰父母且[2]。无罪无辜，乱如此怃[3]。昊天已威[4]，予慎[5]无罪。昊天泰[6]怃，予慎无辜。

乱之初生，僭[7]始既涵；乱之又生，君子信谗。君子如怒，乱庶遄[8]沮[9]；君子如祉[10]，乱庶遄已。

君子屡盟[11]，乱是用长。君子信盗[12]，乱是用暴[13]。盗言孔甘，乱是用餤[14]。匪其止[15]共[16]，维王之邛[17]。

奕奕[18]寝庙，君子作之。秩秩大猷[19]，圣人莫[20]之。他人有心，予忖度之。跃跃[21]毚兔[22]，遇犬获之。

荏染[23]柔木，君子树之。往来行言[24]，心焉数之。蛇蛇硕言[25]，出自口矣。巧言如簧，颜之厚矣。

彼何人斯？居河之麋[26]。无拳无勇，职为乱阶[27]。既微[28]且尰[29]，尔勇伊何？为犹[30]将多，尔居[31]徒[32]几何？

注释

①昊天：老天，苍天。

②且（jū）：语气助词。

③怃（hū）：大。

④威：发怒。

⑤慎：确实。

⑥泰：太。

⑦僭（jiàn）：通“谮”，谗言。

⑧遄：迅速。

⑨沮：终止。

⑩祉（zhǐ）：福，这里指任用贤人。

⑪盟：结盟。

⑫盗：指谗言之人。

⑬暴：严重。

⑭餤（tán）：原意为进食，此处指增加。

⑮止：做到。

⑯共：尽职尽责。

⑰邛（qióng）：病。

⑱奕奕：高大的样子。

⑲大猷（yóu）：治国大法。

⑳莫：制定。

㉑跃（tì）跃：飞快跳跃的样子。

㉒毚（chán）兔：狡兔。

㉓荏（rěn）染：娇柔的样子。

㉔行言：流言。

㉕蛇（yí）蛇硕言：夸夸其谈的大话。蛇蛇，浅薄自大的样子。

㉖麋（méi）：通“湄”，水边。

㉗乱阶：引出一连串祸乱。

㉘微：小腿生疮。

㉙尰（zhǒng）：脚肿。

㉚犹：通“猷”，诡计。

㉛居：语气助词。

㉜徒：同伙。

译文

高远的苍天，就像父母一样。人们无罪也无过，却遭到这样的大祸。上天已经威怒，但我确实没有罪。上天太过疏忽，我确实没有过错。

祸乱刚刚出现时，谗言已经开始被包容。祸乱再次发生时，君子又听信谗言。君子如果听见谗言就怒责，祸乱很快能消停；君子如果能任用贤人，祸乱很快就能终止。

君子屡次与谗言小人结盟，祸乱因此更加多。君子相信那谗言小人，祸乱因此更严重。谗言听来很动人，祸乱因此更频发。谗言小人哪能尽职尽责，只能成为君王的祸患。

高大雄伟的宫室与宗庙，是君子建造的。条理明晰的治国大法，是圣人制定的。谗言之人的阴谋诡计，我能揣测到。狡猾的兔子飞快跳跃，遇上猎狗就被捕获。

娇柔的树木，是君子种植的。传来传去的谣言，心里有数能分辨。夸夸其谈的大话，从口中说出。花言巧语像奏乐，真是厚颜无耻。

那是什么人？住在河岸水边。没有力气和勇气，主要就是惹祸造事端。腿上生疮脚肿大，你的勇气哪里来？阴谋诡计如此多，你的同伙有几个？

赏析

朝政之中，是明枪易躲，暗箭难防。

我一直以来奉公守法，为朝廷之事起早贪黑地忙碌，竭尽全力将每件事都做得完美。尽管没有任何过错，却还是被可怕的谣言中伤。

卑鄙小人哪里有什么战斗的力量，也根本不敢与人赤手空拳地搏斗，肚子里却装满阴谋诡计，善于花言巧语欺骗君王。

他巧舌如簧，说得比唱得还好听。君王被谗言蛊惑，多次与小人结下盟约，将他们提拔，委以重任。却不曾想想，这等满腹坏水、毫无正义可言的人，又怎么能指望他尽心尽力辅佐君王？

我忍不住向天呼喊：“君王啊，你为何如此愚昧！如果你能够在听见谗言时显露你的威严，大声斥责那鄙陋的小人，就算谗言已经造成了祸端，也能很快消停。”

可是，君王不但没有制止，反倒一而再、再而三地包容和听信谣言。贤者不用，祸乱不止，整个国家岌岌可危。

我知道那个罪魁祸首是谁，他就住在水边，小腿上生了疮，脚也肿大，根本没有什么战斗力。只不过，他善于言辞，死的也能说成活的。君王沉迷在他的糖衣炮弹中，殊不知，在不知不觉间，已经发动了一场兵不血刃的战役。

面对这只会夸夸其谈的虚妄敌人，我一眼就能看穿他打的什么如意算盘。这愚蠢的人，以为他将朝廷搞得乌烟瘴气，国家民不聊生，最终他能获得什么好处吗？

可悲的是，卑鄙是卑鄙者的通行证。

厚颜无耻的奸佞小人在这环境之中如鱼得水，酿造了一场又一场灾难，唯恐天下不乱。反倒是我这样的忠臣背腹受敌，无处申冤。

谗言者的丑陋面目在作者笔下毫无遮掩地呈现，他几乎是在大声呐喊，无法按捺内心喷薄而出的痛恨。此诗可谓是当政者的一面明镜，谗言者可恨，但更可悲的是君王不能明辨是非啊！

9.《何人斯》——人心最为叵测

彼何人斯[1]？其心孔艰[2]。胡逝我梁，不入我门？伊[3]谁云从[4]？维暴[5]之云。

二人[6]从行，谁为此祸？胡逝我梁，不入唁[7]我？始者[8]不如今，云不我可[9]。

彼何人斯？胡逝我陈[10]？我闻其声，不见其身。不愧于人？不畏于天？

彼何人斯？其为飘风。胡不自北？胡不自南？胡逝我梁？祇[11]搅我心。

尔之安行，亦不遑舍[12]。尔之亟[13]行，遑脂[14]尔车。壹者[15]之来，云何其盱[16]。

尔还而入，我心易[17]也。还而不入，否难知也。壹者之来，俾我祇[18]也。

伯氏[19]吹壎[20]，仲氏[21]吹篪[22]。及尔如贯[23]，谅[24]不我知。出此三物[25]，以诅[26]尔斯。

为鬼为蜮[27]，则不可得。有靦[28]面目，视人罔极[29]。作此好歌，以极反侧。

注释

①斯：语气助词。

②艰：此处指险恶。

③伊：其。

④从：跟随。

⑤暴：暴公。

⑥二人：暴公与上文所指的人。

⑦唁（yàn）：慰问。

⑧始者：当初。

⑨可：通“哿”，好。

⑩陈：堂下至门的路。

⑪祇（zhǐ）：正好。

⑫舍：止息。

⑬亟：急。

⑭脂：以油脂涂车。

⑮壹者：从前。

⑯盱（xū）：通“吁”，忧，病。

⑰易：高兴。

⑱祇（qí）：通“疧”，病。

⑲伯氏：兄。

⑳埙（xūn）：陶制吹奏乐器。

㉑仲氏：弟。

㉒篪（chí）：竹制吹奏乐器。

㉓贯：为绳贯串之物。

㉔谅：诚。

㉕三物：狗、猪、鸡。

㉖诅：歃血为盟。

㉗蜮（yù）：传说能在水中含沙射人的动物。

㉘靦（tiǎn）：人面之貌，人模人样的外表。

㉙罔极：没有准则，指其心多变难测。

译文

那是个什么样的人？用心如此险恶。为什么去了我的鱼梁，却不进我家门？你现在跟随谁？是暴公那个奸佞小人。

你们二人一路随行，是谁造成了这场灾难？为什么去了我的鱼梁，却不来我家慰问？当初关系亲厚不像现在疏远，你我已经道不同不相为谋。

那是个什么样的人？为什么来到我的院庭？我听到了他的脚步声，但没有看到人。他在人前不觉得羞愧吗？在上天面前不觉得敬畏吗？

那是个什么样的人？好像吹来吹去的风。为什么不是从北边来？为什么不是从南边来？为什么去了我的鱼梁？搅得我心里不安宁。

你徐徐前行时，都没有空闲停歇。你匆忙赶路时，反倒有空给车轮上油。上次的事，使我苦闷心头冷。

你返程路上进我家门，我心里会很高兴。返程路上不进我家门，我就不知道你心里怎么想的了。上次的事，气得我竟生了病。

伯氏兄长吹陶埙，仲氏老弟吹竹篪。你我原本亲得就像穿在一根绳上，难道你还不了解我？摆出狗、猪、鸡，可以歃血为盟。

若你是鬼或是蜮，就没法相见。你外表有模有样像个人，却看起来变幻莫测。我写下这首善意的歌，以慰我心。

赏析

最为坚固的，是人与人之间彼此相连的心。

最为脆弱的，也是人与人之间彼此猜忌的心。

我的朋友，犹记得当初我们关系亲近，可以无话不谈，相互信任。如今，你跟随暴公那个奸佞小人，听信谗言，变得面目全非。

你我结交多年，我是什么样的为人，你心里不清楚吗？别人在耳边煽风点火的话，怎么可以信以为真？

自从你听信谗言小人的挑拨，就再也不与我来往了。你成了个什么样的人？每天偷偷摸摸，行踪不定。去我的鱼梁，却不进家门；来到我的庭院，却不打照面。整天跟个鬼影子一样，不知道心里怀着什么鬼胎！

我每天盼着你来，只要你来了，我就会觉得很高兴。朋友之间，就算有天大的误会，保持着来往联系，就可以冰释前嫌。

但这不安终究只能在我心里不断发酵，你总推说忙碌，却有空给车轮上油，明明就是不想面对我。

想见的人，就算相隔千里也不会觉得远；不想见的人，就算近在咫尺，也会绕道走开。

你听信他人谗言，不知对方的险恶用心，让我们关系变得如此疏远，成为两条道上的人。你的心变幻莫测，心思难猜，我已经不知道你到底是怎么想的。

以猜忌之心，对待自己曾经亲密的朋友，你不觉得羞愧，没脸见人吗？我多年来待你如何，你心里没有数吗？如果需要证明，我可以摆上三牲，以血盟誓。

如果你能在返程路上来我家坐坐，我也就可以安下心来。你若是不来，我们只能分道扬镳，老死不相往来。

我写下这首歌，其间含义，你自己好好想想吧！

这首诗作，旧说解释为“苏公刺暴公”之作，今人多解读为弃妇的闺怨。因诗中提到“伯仲”，代表兄弟，弃妇说貌似解释不通。愚以为，诗作内容是关于朋友之间关系破裂的。

10.《巷伯》[1]——谗言小人真可恨

萋兮斐兮[2]，成是贝锦[3]。彼谮人[4]者，亦已大[5]甚！

哆[6]兮侈兮，成是南箕[7]。彼谮人者，谁适[8]与谋。

缉缉[9]翩翩[10]，谋欲谮人。慎尔[11]言也，谓尔不信。

捷捷[12]幡幡[13]，谋欲谮言。岂不尔受[14]？既其女[15]迁。

骄人好好[16]，劳人草草[17]。苍天苍天，视彼骄人，矜[18]此劳人。

彼谮人者，谁适与谋？取彼谮人，投畀[19]豺虎。豺虎不食，投畀有北[20]。有北不受，投畀有昊[21]！

杨园之道，猗[22]于亩丘。寺人孟子[23]，作为此诗。凡百[24]君子，敬而听之。

注释

①巷伯：掌管宫内之事的太监。

②萋兮斐兮：花纹错杂的样子。

③贝锦：织有贝纹图案的锦缎。

④谮（zèn）人：诬陷别人的人。

⑤大（tài）：通“太”。

⑥哆（chǐ）：张口的样子。

⑦南箕（jī）：星宿名，形如簸箕，古人认为箕掌管口舌。

⑧适：往。

⑨缉缉：耳边私语的样子。

⑩翩翩：亦作“谝谝”，花言巧语。

⑪尔：指谗人。

⑫捷（qiè）捷：巧辩的样子。

⑬幡幡：反复无常的样子。

⑭受：承受。

⑮女（rǔ）：通“汝”。

⑯骄人好好：谗言者风光得意。骄人，谗言者。好好，得意的样子。

⑰劳人草草：被诬陷的人忧愁满腹。劳人，被谗言祸害的人。草草，忧愁的样子。

⑱矜：怜悯。

⑲畀（bì）：给予。

⑳有北：北方极寒之地。

㉑有昊：苍天。

㉒猗：在……之上。

㉓寺人孟子：作者是叫孟子的太监。寺人，太监。孟子，作者的表字。

㉔凡百：一切。

译文

花纹鲜艳又明亮，织成贝纹的锦缎。那个造谣的人，实在太坏！

张开大嘴，就像南天的箕星。那个造谣的人，谁给你出的馊点子？

巧言私语说不停，意欲造谣残害人。注意你说出口的话，乱说没人相信你。

花言巧语说鬼话，信口开河想造谣。难道你不用承受？不久就落到你身上。

谗言之人得意忘形，被诬陷的人忧愁不已。老天啊老天，你看那些害人精，可怜这些被谗言谋害的人。

那个造谣的人，谁给你出的坏主意？抓住这个造谣者，把他丢去喂狼虎。狼虎都不吃他，把他丢去北方的极寒之地。北方的极寒之地都不要他，把他交给上天发落！

杨园有大路，在亩丘上面。我是太监叫孟子，写下这首诗。各位君子们，请认真听听。

赏析

我叫孟子，是一名太监。

这天，独自走在亩丘上面的杨园大路，看着那被无形黑暗笼罩着的宫廷，想到自己被奸人谗言所害，不禁感慨万千。

内心的忧愁，渐渐化为悲愤，势不可挡地喷涌而出。

于是，我写下了这首诗，希望能让各位君子们认真听听。

这世上，杀人放火是犯罪，夺人钱财是犯罪，却独独不认为乱说话也是犯罪。其实，最可怕的正是这些躲在阴暗处造谣生事的人！

罗织之罪，罪不可赦。

这些人毫无良知，你看他们整天俯首帖耳，窃窃私语，不知道在商议什么鬼点子。他们可以把谎话编得活灵活现，无中生有地捏造事件，四处陷害无辜的人。

真不知道他们的心是什么做的，坏点子和馊主意一箩筐。一张大嘴信口开河，花言巧语像锦缎一样迷惑人的心智。

忠良被陷害，却无能为力。你看他们那副小人得志的模样，让人看着就恨得牙痒痒！

这些可恨的人，把他们扔去喂豺狼虎豹，连这些猛兽都嫌弃，不想吃他们。把他们扔到北方的极寒无人之地去受苦，北极都嫌他们恶心。你等着看吧，总有一天上天会给他们惩罚！

我行不改名，坐不改姓。我叫孟子，是一名太监。

希望世上君子贤良能够读到这篇诗作，今后谨言慎行，小心谗言。

《诗经》中少有这样留下作者姓名的作品，可见，这是一篇实名揭露谣言罪行的诗作。作者的情感直接流露，越说越激动，越说越愤怒。几千年后，我们读来，依然能感受到他对谗言小人恨之入骨。

小雅·谷风之什

1.《谷风》——曾患难与共，如今却成空

习习谷风[①]，维[②]风及雨。将[③]恐将惧，维予与[④]女。将安将乐，女转[⑤]弃予。

习习谷风，维风及颓[⑥]。将恐将惧，寘[⑦]予于怀。将安将乐，弃予如遗[⑧]。

习习谷风，维山崔嵬[⑨]。无草不死，无木不萎。忘我大德，思我小怨[⑩]。

注释

①谷风：东风。

②维：是。

③将：正当。

④与：助。

⑤转：反而。

⑥颓：旋风。

⑦寘（zhì）：同“置”，放置。

⑧遗：遗忘。

⑨崔嵬（wéi）：高峻的样子。

⑩小怨：小过错。

译文

东风轻轻吹，风里夹着细雨。当初患难不安时，只有我替你分忧。现在安乐无忧了，你却转而抛弃我。

东风轻轻吹，旋风阵阵不停息。当初患难不安时，你将我搂在怀里。现在安乐无忧了，你就全然忘记。

东风轻轻吹，吹过高峻的山岭。没有什么草不会死，没有什么树不会枯。我的恩情你全忘了，小过错倒是记得清。

赏析

她与他相遇时，和煦的东风抚摸着脸颊。

那时，他正临患难，贫苦交加。她不辞辛劳，照顾着他的饮食起居，给他以温暖和安慰。

他仕途不顺，前途坎坷。但她依旧陪伴在身边，从来没有一丝怨言。

在夜里，他们相守着一盏烛火，吃着粗茶淡饭，却也感到温馨。他将她搂在怀里，说这世上唯一的依靠就是她。

他就像是初遇时的那缕东风，在她的心中久久回荡。

时光流逝，他的努力终于有了回报，日子也渐渐有了起色。哪知，他却是只能共患难，不可同享富贵安乐的人。

东风轻轻吹过，生活却起了变化。他对她越来越不满，挑剔她做的饭菜不可口，指责她让窗框沾染了灰尘。无论做什么，似乎都不能让他满意。

她不是没有委屈，却只是尽力做得更好一些。

这日子虽然丰衣足食，她却感到每天过得更为艰辛。他已经不再爱她，从前的恩情全然抛之脑后，归家的时间越来越少，回来也只是数落她的不是。

人生漫漫长途，草木亦有枯荣。他与她再也回不到从前，徒留一阵东风吹过空空的房间，留下一声叹息。

这首诗作，旧说是写朋友之间的埋怨，今人认为是弃妇诗。我从中读到更多的，是女子的忧思与哀叹，故作此解读。

2.《蓼莪》——子欲养而亲不在

蓼蓼[1]者莪，匪莪伊[2]蒿；哀哀父母，生我劬劳[3]。

蓼蓼者莪，匪莪伊蔚[4]；哀哀父母，生我劳瘁。

瓶[5]之罄矣，维罍[6]之耻。鲜民[7]之生，不如死之久矣！无父何怙[8]？无母何恃？出则衔恤[9]，入则靡至。

父兮生我，母兮鞠[10]我。拊[11]我畜我，长我育我，顾我复[12]我，出入腹[13]我。欲报之德，昊天罔极[14]！

南山烈烈[15]，飘风[16]发发[17]。民莫不穀，我独何害？

南山律律[18]，飘风弗弗[19]。民莫不穀，我独不卒[20]！

注释

①蓼（lù）蓼：长又大的样子。

②伊：是。

③劬（qú）劳：劳累。

④蔚：牡蒿。

⑤瓶：指酒器。

⑥罍（léi）：一种酒器。

⑦鲜（xiǎn）民：无父母的孤穷之民。

⑧怙（hù）：依靠。

⑨恤：忧。

⑩鞠：养。

⑪拊：通“抚”，抚养。

⑫复：指不忍离去。

⑬腹：抱在怀里。

⑭罔极；无穷尽。

⑮烈烈：险峻的样子。

⑯飘风：疾风。

⑰发发：风疾吹的声音。

⑱律律：同“烈烈”。

⑲弗弗：同“发发”。

⑳卒：终，指养老送终。

译文

又高又大的是莪蒿吗？不是莪蒿是青蒿。可怜我的父母，生养我如此劳累。

又高又大的是莪蒿吗？不是莪蒿是牡蒿。可怜我的父母，养育我辛劳成疾。

酒瓶见底了，是酒坛的耻辱。孤独地活着，不如死了算了。没有父亲，可以依仗谁？没有母亲，可以依靠谁？出门饱含忧愁，入门也没有家的感觉。

父母生下我，抚育我。抚养我长大，培育我成长，照顾看护我，出入都抱着我。想要报答你们的大恩大德，就像苍天那样无穷无尽。

南山如此高峻，疾风呼啸不停。人们都可赡养父母，为何只有我遭此灾难？

南山如此巍峨，狂风呼呼作响。人们都可赡养父母，就我不能给父母养老送终。

赏析

我从来不曾想过，有一天会失去他们。

在那么漫长的岁月里，他们看着呱呱坠地的婴儿，满怀欣喜地相视而笑，从此，历尽艰辛哺育我，给予我无微不至的照料。

我就这样，在父母的温暖关怀下一天天长大，开始学着走路，学着说话。

他们的怀抱是我最为安全可靠的港湾，双手的抚摸充满了浓浓爱意。

家，就是有父母，有爱的地方。

我的家中虽不富裕，但父母总会让我先吃饱穿暖。在我幼小的心里种下了一颗种子，那是父母的恩情。这恩情随着时间不断长大，长成了一棵参天大树。

然而，我从来不曾想过，他们有一天会离我而去。

人生在世，最怕子欲养而亲不待。

自从父母去世后，整个世界都变得空荡荡的，再也没有一丝温暖。我每天如同行尸走肉，满怀着悲伤与忧愁，孤独地活着。

回想起儿时，被父母呵护在掌心。失去了父母，又该去哪里寻找曾经的温馨？

家，已经不再是家的模样。

这份痛苦让我生不如死，痛恨自己没能好好尽孝，服侍他们，报答他们的养育之恩。

我又何尝不知，这份恩情深重无穷，是怎么报答也不够的。只恨自己不成材，连给父母养老送终都没有做到。

而如今，前方是崇山峻岭与凄厉狂风，独留我站在旷野之中，被浸骨的悲凉包围着。

此篇诗作被方玉润称为“千古孝思绝作”，作者从婴儿呱呱坠地之时，写到子欲养而亲不待的哀痛，是最早表现中华民族孝顺父母之美德的文学作品，常常在后世的诗文赋中被引用，甚至被用至朝廷诏书之中。

3.《大东》——谁怜东方苦

有饛簋飧[①]，有捄棘匕[②]。周道如砥[③]，其直如矢。君子[④]所履，小人所视。睠[⑤]言顾之，潸[⑥]焉出涕。

小东大东[⑦]，杼柚[⑧]其空。纠纠[⑨]葛屦，可以履霜。佻佻[⑩]公子，行彼周行[⑪]。既往既来，使我心疚。

有冽氿泉[⑫]，无浸获薪[⑬]。契契[⑭]寤叹，哀我惮[⑮]人。薪是获薪，尚可载也。哀我惮人，亦可息也。

东人之子，职劳不来[⑯]。西人[⑰]之子，粲粲衣服。舟人[⑱]之子，熊罴是裘[⑲]。私人[⑳]之子，百僚是试[㉑]。

或以其酒，不以其浆[㉒]。鞙鞙[㉓]佩璲，不以其长[㉔]。维天有汉[㉕]，监[㉖]亦有光。跂[㉗]彼织女，终日七襄[㉘]。

虽则七襄，不成报[㉙]章。睆[㉚]彼牵牛，不以服箱[㉛]。东有启明，西有长庚[㉜]。有捄天毕[㉝]，载施[㉞]之行。

维南有箕[㉟]，不可以簸扬。维北有斗[㊱]，不可以挹[㊲]酒浆。维南有箕，载翕[㊳]其舌。维北有斗，西柄之揭[㊴]。

注释

①有饛（méng）簋（guǐ）飧（sūn）：形容晚餐的丰盛。饛，食物盛

满的样子。簋，青铜制或陶制的盛食物的容器。飧，晚饭。

②有捄（qíu）棘匕：有弯曲长柄的棘勺。捄，弯曲而长的样子。匕，勺子。

③砥：磨刀石，形容平坦。

④君子：指贵族。下文的“小人”为平民。

⑤睠：回顾。

⑥潸：流泪的样子。

⑦小东大东：以距离镐京的远近划分的诸侯国。小东，距离镐京近的东方诸侯国。大东，距离镐京远的东方各诸侯国。

⑧杼柚（zhù zhóu）：指织布机。柚：通“轴”。

⑨纠纠：绳索缠绕的样子。

⑩佻（tiáo）佻：独行的样子。

⑪周行：即“周道”。

⑫氿（guǐ）泉：流道受阻，从旁侧狭长流出的泉水。

⑬获薪：砍下的柴。

⑭契契：忧苦的样子。

⑮惮：通“瘅”，劳苦。

⑯来：慰勉。

⑰西人：周人。

⑱舟人：周人中的船家。

⑲裘：皮衣。

⑳私人：家奴。

㉑试：任用。

㉒浆：薄酒。

㉓鞙（juān）鞙：美好的样子。

㉔长：善。

㉕汉：银河。

㉖监：通“鉴”，镜。

㉗跂（qí）：分岔状。形容鼎足而成三角形的织女三星岔开的样子。

㉘七襄：七次移动位置。

㉙报：来回反复。

㉚睆（huàn）：明亮的样子。

㉛服箱：驾车。

㉜长庚：晚上在西方的金星。

㉝天毕：星座名，由八颗星组成，形状像手持的捕兔小网。

㉞施（yí）：斜行。

㉟箕：星座名，俗称簸箕星。

㊱斗：南斗星座，在箕星北边。

㊲挹（yì）：舀。

㊳翕：缩敛，收敛。

㊴揭：举起。

译文

晚饭盛得满满当当，勺子的长柄弯弯。大路就像磨刀石那么平坦，笔直得就像箭一样。贵族在路上走来走去，平民在旁侧看着他们。回顾起来，忍不住眼泪鼻涕一把。

东方的诸侯之国，织布机上已空空荡荡。制作精美的葛鞋，可以踩在霜上不怕寒。独行的公子哥儿，在大道上来来往往。他们去了又来，让我心里痛苦不堪。

旁侧流出的泉水如此冰凉，不要浸湿了砍好的柴。我睡醒忍不住忧伤叹息，可怜我这劳苦的人。要用这些砍好的柴，就要用车来装载。可怜我这劳苦的人，也应该休息片刻了。

东方诸侯国的臣民，辛劳没有人慰问。西部诸侯国的贵族，华丽的衣裳光彩照人。连周人船家的子弟，都穿着裘皮大衣。家奴的子弟，都可以当上百官。

东方臣民认为的美酒，西部贵族觉得连薄酒都算不上。那佩戴上镶着的宝玉，也并不认为珍贵。天上有银河，明镜似的闪着光辉。三足鼎位的织女星，每天七次移动位置。

虽然一天移动七次，依然无法织成布纹。那牵牛星闪闪发光，却拉不了车厢。东方有启明星，西方有长庚星。长柄弯弯的天毕星，斜挂在天上。

南边有箕星，不能用来筛糠。北边有斗星，不能用来舀酒。南边有箕星，也只能张口缩舌。北边有斗星，举着长柄向西边。

赏析

我生于东方诸侯之国，在远离镐京的东边。

虽然同在周朝国土，但东边和西边却像是两个世界。一边，是沉重的劳役和清贫的生活；另一边，是荣华富贵和养尊处优。

这个社会是如此不公平，让人想起来就禁不住潸然泪下。

为了方便掠夺物资，运送到镐京，供西边的贵族家庭使用，他们在东西方之间铺设了一条宽敞平坦的大路。

我们埋头在一旁劳作的时候，偶尔抬起头，总能看见那些轻佻的公子哥们在大路上悠闲地踱着步子，他们频繁地往来在这条路上，让我们的生活更加捉襟见肘。

放眼望去，东方诸侯之国的织布机上已经空空如也，所有的布帛都被拿走了。西方贵族们穿着制作精美的鞋子在大道上走来走去，就算是踩在寒霜之上也不会觉得冷。

他们的晚餐堆满了桌子，盛得满满当当，吃也吃不完。而我们，只能一家人就着一口青菜填肚子，吃不饱就拼命喝水。

若是有口酒喝，那真是天大的高兴事。可那些公子哥们，觉得这水酒根本无法下咽。就连腰上佩戴的大颗宝玉，对于他们而言，也不是什么值得珍藏的东西。

我们每天都在早出晚归地劳作，总有干不完的活。就算已经累得病倒了，也得不到片刻闲时可以休息。从来没有人来慰问一句，他们只会不断地索取。

这个世界怎么会如此不公平？

你看，西方的贵族们都穿着华丽的衣裳，金丝万缕，裁剪讲究。就连西方的船家，也都穿着裘皮大衣，光彩照人。哪怕是身为西方的家仆，都可能当上官员，让后代改变命运。

夜晚从梦中醒来，想到这日复一日没有尽头的劳苦生活，痛苦和忧伤汹涌袭来，我忍不住长长叹息。此时，夜空中的银河溢洒着光辉。

那织女星座，每天移动七次位置，还不是织不了布纹。牵牛星座不能牵牛，也拉不了车。长柄弯弯的天毕星座，就像手持的捕兔小网，斜挂在天上。还有东方那明亮的启明星和西方的长庚星，又有什么用呢？

就算什么用也没有，它们还是高高地挂在天空，闪耀着光芒。

你看，那南边的箕星筛不了糠，却反倒看起来要吞噬掉外界的东西。北边的斗星也舀不了酒，可那长长的柄却指向西方。

可怜我们这些在东方劳作的人，怎么可能违抗天命呢？

东方小国的人民背负着沉重劳役，周王朝的贵族们却锦衣玉食。现实的对比将东方小国百姓的悲惨生活刻画得入木三分，在这怨愤之中，作者转而望向星空并展开了带有奇幻色彩的浪漫想象，以独特的艺术手法，更进一步深化了全诗的主题。

4.《四月》——心有哀思，寄予纸上

四月[①]维夏，六月徂暑[②]。先祖匪[③]人，胡宁[④]忍予？
秋日凄凄，百卉俱腓[⑤]。乱离[⑥]瘼矣，爰其适[⑦]归？
冬日烈烈[⑧]，飘风发发。民莫不穀，我独何[⑨]害？
山有嘉卉，侯[⑩]栗侯梅。废[⑪]为残贼[⑫]，莫知其尤[⑬]！
相[⑭]彼泉水，载[⑮]清载浊。我日构[⑯]祸，曷[⑰]云能穀？
滔滔江汉，南国之纪[⑱]。尽瘁以仕[⑲]，宁莫我有[⑳]？
匪鹑[㉑]匪鸢[㉒]，翰飞戾[㉓]天。匪鳣[㉔]匪鲔[㉕]，潜逃于渊。
山有蕨薇[㉖]，隰有杞桋[㉗]。君子作歌，维以告哀。

注释

①四月：农历四月。

②徂：过去。

③匪：不是。

④胡宁：为什么。

⑤腓（féi）：“痱”的假借字，枯萎。

⑥离：忧。

⑦适：往。

⑧烈烈：严寒的样子。

⑨何（hè）：通“荷”，承受。

⑩侯：有。

⑪废：变。

⑫残贼：残害。

⑬尤：罪过。

⑭相：看。

⑮载：又。

⑯构：遭遇。

⑰曷（hé）：何。

⑱纪：纲纪，约束，包络。

⑲仕：任职。

⑳有：通“友”，友爱。

㉑鹑（tuán）：雕。

㉒鸢：老鹰。

㉓戾：到达。

㉔鳣（zhān）：鱼名。

㉕鲔（wěi）：鲟鱼。

㉖蕨薇：两种野菜。

㉗桋（yí）：赤楝。

译文

农历四月进入夏季，农历六月盛夏将过去。我的先祖难道不是人，为什么忍心让我受苦？

秋天凄冷萧瑟，花草全都枯萎。忧伤病痛缠于一身，我要到哪里才能归于安宁？

冬天严寒难耐，疾风呼啸。天下人都过得好，为什么就我一个人遭受祸害？

山上长着名贵花草，有栗树也有梅花。变成了残花败叶，不知道是谁的罪过。

你看那泉水，有时清澈有时混浊。我天天遭遇祸害，何时才能好起来？

奔流的长江和汉水，包络起整个南国。我鞠躬尽瘁为朝廷，为什么不善待我？

我不是雕也不是老鹰，所以不能一飞冲天。我不是鳣鱼也不是鲔鱼，所以不能潜逃到深渊。

高山上长着蕨菜和薇菜，低湿的地方长着枸杞和赤楝。我写下这首诗，是用来倾诉内心的哀思。

赏析

我跋山涉水，历经万水千山，不为看风景，只因为被人残害，有家归不得。

不久之前，我还是朝廷的一名重臣，为政事忙碌，鞠躬尽瘁。但这份付出却并没有得到君王的善待，反而遭到奸人陷害，被放逐在外。

你看那泉水，有清有浊。人又何尝不是如此，有君子，也有小人。

好端端长在高山上的名贵花木，品质高洁，挺拔优美，也可能变成枯枝败叶，残花落尽。我该去问谁的过错呢？

难道是我的先祖存心让我遭受苦难？

这流放的路途看不到尽头，我一路向南，从烈日当头的酷暑，走到了凄冷萧瑟的秋天。转眼之间，又开始刮起刺骨的寒风，雪花纷飞朝怀里钻。

天下人都在温暖的家中，吃着热乎乎的饭菜，睡在柔软舒适的被窝里。只有我，每天日晒雨淋地在荒野之中行走，不知道何时才能找到安宁的归处。

可惜啊，我不是那雄姿英发的雕和老鹰，没有展翅高飞、一飞冲天的本领，也不是那深水之鱼，可以潜入深渊躲避灾难。

我只能独自承受着这巨大的悲痛，踽踽独行在被放逐的路上。

走过四季，走过万水千山，内心的悲苦无处安放。

我的冤屈能向谁诉说？只有寄予文字，写下这首诗作。

在漫长的南谪途中，作者从炎热盛夏走到寒冷冬季，还未达到被贬的荒远之地。据说，此诗开创了迁谪诗的先河，其表现的意境与精神，对屈原、杜甫等大诗人都有着巨大的影响。

5.《北山》——别难过，自古分配就不均

陟彼北山，言[①]采其杞。偕偕[②]士子[③]，朝夕从事。王事靡盬，忧我父母。

溥[④]天之下，莫非王土；率土之滨[⑤]，莫非王臣。大夫[⑥]不均，我从事独贤[⑦]。

四牡彭彭[⑧]，王事傍傍[⑨]。嘉我未老，鲜我方将[⑩]。旅力[⑪]方刚，经营[⑫]四方。

或燕燕[⑬]居息，或尽瘁[⑭]事国；或息偃[⑮]在牀，或不已于行[⑯]。

或不知叫号[⑰]，或惨惨[⑱]劬劳；或栖迟[⑲]偃仰，或王事鞅掌[⑳]。

或湛[㉑]乐饮酒，或惨惨畏咎[㉒]；或出入风议[㉓]，或靡事不为[㉔]。

注释

①言：语气助词。

②偕偕：强壮的样子。

③士子：作者自称。

④溥（pǔ）：通“普”。

⑤率土之滨：四海之内。

⑥大夫：执政大臣。

⑦贤：多、劳。

⑧彭（bāng）彭：壮盛的样子。

⑨傍（bēng）傍：繁忙、紧急的样子。

⑩鲜（xiǎn）我方将：称赞我未老力壮。鲜，称赞。将，强壮。

⑪旅力：体力。

⑫经营：规划治理。

⑬燕燕：安闲的样子。

⑭尽瘁：不遗余力。

⑮偃：躺着。

⑯行（háng）：道路。

⑰叫号（háo）：号哭。

⑱惨惨：愁苦的样子。

⑲栖迟：闲游。

⑳鞅（yāng）掌：忙乱。

㉑湛（dān）：通“耽”，沉湎。

㉒畏咎（jiù）：怕出差错获罪招祸。

㉓风议：夸夸其谈。

㉔靡事不为：无事不做。

译文

登上北边的山坡，采摘枸杞。强壮的士子，从早到晚忙不停。君王差事没有休止，担忧父母无人照顾。

普天之下，没有一处不属于君王；四海之内，没有一人不是君王的臣仆。执政大臣不公平，派给我的工作尤其多！

四匹雄马奔跑不息，君王差事无穷尽。夸我还没老，赞我正强壮。因为体力旺盛，派我奔波打理四方。

有的人安闲地在家休息，有的人为国事不遗余力；有的人躺在床上休息，有的人在路上奔走不停。

有的人不知人间疾苦，有的人身心劳苦；有的人早睡晚起多悠闲，有的人国事忙乱多烦忧。

有的人沉溺于饮酒作乐，有的人谨小慎微怕招祸；有的人只会夸夸其谈，有的人为朝廷无事不做。

赏析

这天，我被指派到北边山坡去采摘枸杞。

天没亮就出门了，一颗颗红果装满筐，我背着沉甸甸的果实往回走。路过上司家门前，发现他刚刚才起床，正在悠闲地喝着茶。

他招呼道："小伙子，身强力壮呀！看来今天收获不少。"

我擦了擦额头的汗珠，继续马不停蹄地朝前走着。一路上，许多大院的宅门还未敞开，这些地位显赫的执政大臣应该还在梦乡中没有醒来。

终于卸下肩头的重担，我正在吃早餐时，却接到命令要赶去另一处地方。于是，匆匆忙忙地驾着马车出门。

等到我办理完公事，大臣们正在饮酒作乐。

上司说："你年轻，那些事情就交给你了！"我又被派遣到其他的地方履行公差。

日复一日，我就像个陀螺在不停地打转，没有片刻休息。虽然身为一个卑微的小官员，但我一直尽职尽责地在为朝廷之事操劳，可这无穷无尽的公事让我分不开身，已经许久没有好好侍奉我的父母了。

想到父母，我的心里忍不住有些酸。他们含辛茹苦把我养大，如今，正是我能够报答父母恩情的年纪，却总是忙于公事无法抽身。

为什么偏偏只有我忙碌不停？你看，那些达官贵人们多清闲啊！每天睡到自然醒，酒足饭饱后聚在一起，优哉游哉地闲扯。

他们每天沉溺在寻欢作乐里，哪里知道这人间疾苦。像我这样地位低下的小官，却只能任劳任怨地埋头苦干，还得小心翼翼地，生怕说错话、做错事会成为他们的把柄，从而惹祸上身。

这执政大臣太不公平，可我又能怎么样呢？唉！

周朝社会等级森严，《诗经》之中有不少作品体现了下层“士”的辛酸与劳苦。“人不患贫患不均”，此诗以强烈的对比表达了作者对不平等的怨愤。

6.《无将大车》[1]——阿Q精神

无将大车，祇自尘兮。无思百忧，祇自疷[2]兮。
无将大车，维尘冥冥[3]。无思百忧，不出于颎[4]。
无将大车，维尘雝[5]兮。无思百忧，祇自重[6]兮。

注释

①无将大车：不要去推那牛车。将，推车。大车，牛车。此诗为行役劳苦的忧思之人所作。

②疷（qí）：病痛。

③冥冥：昏暗的样子。

④颎（jiǒng）：光明。

⑤雝（yōng）：通“壅”，遮蔽。

⑥重：累。

译文

不要推那沉重的牛车，只会落得满身尘埃。不要想那烦心的事情，只会惹得病痛上身。

不要推那沉重的牛车，只会扬起迷蒙的尘土。不要想那烦心的事情，只会越想越看不到光明。

不要推那沉重的牛车，尘土遮蔽住视线。不要想那烦心的事情，只会让心更加累。

赏析

人生在世，有多少无奈与不得已。

兴许，肩负沉重的使命，想尽一己之力。可现实中却不能改变分毫，反倒惹得麻烦上身，徒添烦忧。倒不如远离这乱世纷争角斗，还能轻松自在一些。

在多少个夜里，辗转反侧不能入睡，想要放下心头重负。可是，一觉醒来依然要面对残酷的现实。逃离到安逸的地方，只不过是自我安慰的空想罢了。

小人当道，贤者受苦。忧国忧民的心思如同空气弥漫在每一处，又怎么可能不去想，不去理会？

这艰难的局势如同沉重的牛车，就算自己拼尽全力，也无法使之顺畅地运作起来。可以预见的，也就是扬起漫天尘土，让自己浑身上下沾满灰尘。

这尘土飞扬遮蔽了视线，整个国家的前途变得一片昏暗。

每每念及此事，心中就感到烦闷忧伤。这不安的心情伴随着日升月落，让我忧思成疾。多希望自己可以放下这一切，但内心良知不断谴责鞭策，又如何能放得下呢？

古往今来，对这首诗的题旨背景众说纷纭。愚以为，正是因为作者想要推动那“沉重的牛车”，才会被遮天蔽日的灰尘所笼罩，正是因为不得不劳心去思考，才会被这烦忧侵扰。诗人以规劝世人的口吻反其意而言，话语背后，却明明是感其世的愤懑之情。

7.《小明》——疲于奔命的差事

明明上天，照临下土。我征徂西[①]，至于艽野[②]。二月初吉[③]，载离[④]寒暑。心之忧矣，其毒[⑤]大苦。念彼共人[⑥]，涕零如雨。岂不怀归？畏此罪罟[⑦]！

昔我往矣，日月方除[⑧]。曷云其还[⑨]？岁聿云莫[⑩]。念我独兮，我事孔庶[⑪]。心之忧矣，惮我不暇。念彼共人，眷眷[⑫]怀顾！岂不怀归？畏此谴怒[⑬]。

昔我往矣，日月方奥[⑭]。曷云其还？政事愈蹙[⑮]。岁聿云莫，采萧[⑯]获菽。心之忧矣，自诒伊戚[⑰]。念彼共人，兴言出宿[⑱]。岂不怀归？畏此反覆[⑲]。

嗟尔君子，无恒安处[⑳]。靖共尔位[㉑]，正直是与[㉒]。神之听之，式穀以女。

嗟尔君子，无恒安息。靖共尔位，好是正直。神之听之，介[㉓]尔景[㉔]福。

注释

①徂西：前往西边。

②艽（qiú）野：荒远的地方。

③初吉：上旬的吉日。

④离：经历。

⑤毒：痛苦。

⑥共人：宽和谦恭的人，这里指同事。共，通“恭”。

⑦罪罟（gǔ）：指法网。

⑧除：除旧迎新。

⑨曷云其还：何时将回去。其，将。还，回去。

⑩莫：古“暮”字，年末。

⑪庶：多。

⑫眷眷：依依不舍。

⑬谴怒：罪责。

⑭奥：温暖。

⑮蹙：紧急。

⑯萧：艾蒿。

⑰戚：忧伤。

⑱出宿：不能安睡。

⑲反覆：指不测之祸。

⑳无恒安处：不要常享安逸。无，勿，不要。恒，常。安处，安逸享乐。

㉑靖共尔位：敬重和履行自己的职责。靖，敬。共，通“恭”，履行。位，职责。

㉒与：亲近。

㉓介：给予。

㉔景：大。

译文

明朗的天空，照耀着大地。我奉命前往西边出征，到荒远的地方去。

二月上旬吉日启程，经过酷暑和严寒。心里非常忧伤，痛苦难耐。想到我的同僚，不禁泪如雨下。难道我不想回家吗？只是怕触碰法网罢了。

当初我踏上征途时，正是辞旧迎新时。什么时候才能够回去？眼看年末都回不去了。可怜我独自一人，事情多得数不清。心里非常忧伤，却无暇自顾。想到我的同僚，升起无限眷念。难道我不想回家吗？只是怕遭受责罚。

当初我踏上征途时，天气刚刚暖和起来。什么时候才能够回去？公差越来越紧急。眼看年末都回不去了，人们已经在采摘艾蒿和大豆。心里非常忧伤，我独自承受。想到我的同僚，无法安睡。难道我不想回家吗？只怕有不测之祸。

唉，你们这些君子，不要贪图安逸享乐。要履行自己的职责，与贤人亲近。神灵会听见，给你好运。

唉，你们这些君子，不要总是清闲无作为。要履行自己的职责，善待贤人。神灵会听见，给你洪福。

赏析

我已在路上走了很久很久。

出发的日子我还记得很清楚，是二月上旬的吉日。新年刚刚开始没多久，天气乍暖还寒的时候。我接到朝廷使命，要前往西边出征。

那天，天空非常晴朗，阳光洒在广阔的大地上。向西的路途，却越走越荒凉。

怀抱着一颗赤诚的忠心，我每天忙着处理各项事务，不得片刻清闲。在这边陲之地，距离故乡千万里，只希望能够早点办完差事，回到家中。

从盛夏直到深秋，一封接一封的文书送到手里，差事似乎没有休止，越来越紧急。

我马不停蹄地在路上奔波着，冬天已经来临，又到岁末之际了。看来，过年都不能赶回家中。

遥想远方的亲人，我恨不得插上翅膀飞到他们身边。可是，一想到自己的同僚也在如此忙碌劳累，自己又怎么能不恪尽职守呢？

更何况，我也害怕临阵脱逃会受到法律的制裁，即便回到家中，也免不了灾祸。

愁思无处安放，化成思念的眼泪，在孤单的夜里扑簌扑簌往下落。

朝廷的政事庞大繁杂，我们作为辅佐君王的臣子，又怎么能置身事外，贪图安逸享乐呢？

一边，是心力交瘁的疲惫，忙到无暇自顾，迫切地想要回到家中；一边，是同僚忠于职守的榜样激励着自己。作者内心矛盾交加，虽然累到想要放弃，却又依然在坚持着。

虽然他说想临阵脱逃，可又在劝诫君子们履行职责，从侧面反映出他不忍弃朝廷君王和天下百姓于不顾。

8.《鼓钟》——聆听乐声，哀思贤良

鼓[①]钟将将，淮水汤汤[②]，忧心且伤。淑[③]人君子，怀允不忘。

鼓钟喈喈[④]，淮水湝湝[⑤]，忧心且悲。淑人君子，其德不回[⑥]。

鼓钟伐[⑦]鼛[⑧]，淮有三洲，忧心且妯[⑨]。淑人君子，其德不犹[⑩]。

鼓钟钦钦[⑪]，鼓瑟鼓琴，笙磬同音。以雅[⑫]以南[⑬]，以籥[⑭]不僭。

注释

①鼓：敲击。

②汤（shāng）汤：大水奔流的样子。

③淑：善。

④喈（jiē）喈：和谐的钟声。

⑤湝（jiē）湝：水势盛大的样子。

⑥回：邪。

⑦伐：敲击。

⑧鼛（gāo）：一种大鼓。

⑨妯（chōu）：动容。

⑩犹：止。

⑪钦钦：形容钟声。

⑫以雅：演奏正乐。以，指演奏。雅，指天子之乐，即正乐。

⑬南：指南方江汉地区的乐调。

⑭籥（yuè）：乐器名，似排箫。古代羽舞时边吹籥，边持翟羽舞蹈。

译文

乐钟被敲响，在汹涌奔腾的淮水旁，我心里忧愁又难过。那些贤良君子，让人思念难忘。

和谐的钟声被敲响，淮水流淌不息，我心里忧愁又悲伤。那些贤良君子，品德高洁无邪。

钟声鼓声齐鸣，回荡在三洲，我心里忧愁又动容。那些贤良君子，美德流传千秋。

乐钟被敲响，鼓瑟又弹琴，笙乐磬乐很和谐。奏起雅乐和南乐，籥管合奏很悦耳。

赏析

淮河之水汹涌奔腾，向前流淌，激起层层浪花。

这亘古流逝的长河，注视着朝代的更迭，兴衰交替，却始终不曾驻足停留。

我站在水边，耳边传来一阵响彻天际的钟声，将思绪从远处拉回。

乐钟已被敲响，这磅礴的气势震撼着天地，又悠长连绵地在心中久久回荡。

君王的乐典盛况空前，钟声、鼓声此起彼伏，高亢的音符如同一串串滚落的玉珠，敲打着金银和翡翠制作的精美器皿，低沉的音符又如同阵阵雷鸣在暗流之中吼叫。

这乐声如此美妙，让我不知不觉沉浸其中。

音乐是一把打开心灵的钥匙，只需要轻轻扭动，内心里的情感便喷薄而出，无法阻拦。

在繁华与热闹的人群中，我独自忧伤。音乐或许可以流传千古，但那些品德高洁的贤人君子，却已永远地离开人世，不再回来。

鼓瑟的旋律在水面飘荡，那凄凉的音色钻入我的心中，化成浓浓的思念。忆古思今，不禁感到满怀忧伤。

柔和高雅的箫乐与短促清脆的磬乐交织在一起，雅乐与南乐彼此交融，悦耳的旋律形成一张无形的大网，将我的悲伤包裹其间。

这音乐是如此恢宏动人，如同盛世之巅的王朝，一派欣欣向荣。如今，却世事变迁，一切都恍若隔世。

我在奔流的淮水旁，听着和谐的音乐，不免心有感念，追思起古代的贤人君子。

此篇诗作描写了多种古代乐器，这些乐器在淮水之畔和谐共鸣，演奏出美妙的音乐。然而，周朝辉煌的历史在那时已走向衰微，这天籁般的盛世之音，也不禁让诗人生出末世的伤感。

9.《楚茨》——祭祀先祖的隆重从春耕开始

楚楚[1]者茨[2]，言抽其棘[3]。自昔何为？我蓺[4]黍稷。我黍与与[5]，我稷翼翼。我仓既盈，我庾[6]维亿。以为酒食，以享[7]以祀，以妥[8]以侑[9]，以介景福。

济济[10]跄跄[11]，絜[12]尔牛羊，以往烝尝[13]。或剥或亨[14]，或肆或将。祝[15]祭于祊[16]，祀事孔明[17]。先祖是皇[18]，神保[19]是飨。孝孙[20]有庆[21]，报以介福，万寿无疆！

执爨踖踖[22]，为俎[23]孔硕，或燔[24]或炙。君妇莫莫[25]，为豆[26]孔庶。为宾为客，献[27]酬交错。礼仪卒度[28]，笑语卒获[29]。神保是格[30]，报以介福，万寿攸酢[31]！

我孔熯[32]矣，式礼莫愆。工祝[33]致告[34]，徂赉[35]孝孙。苾[36]芬孝祀，神嗜饮食。卜[37]尔百福，如几如式[38]。既齐既稷[39]，既匡既敕[40]。永锡尔极[41]，时[42]万时亿！

礼仪既备，钟鼓既戒[43]，孝孙徂位[44]，工祝致告，神具[45]醉止，皇尸[46]载起。鼓钟送尸，神保聿[47]归。诸宰[48]君妇，废彻[49]不迟。诸父[50]兄弟，备言燕私[51]。

乐具入[52]奏，以绥后禄[53]。尔肴既将[54]，莫怨[55]具庆。既醉既饱，小大[56]稽首。神嗜饮食，使君寿考。孔惠[57]孔时[58]，维其尽之[59]。子子孙孙，勿替引[60]之！

注释

①楚楚：茂盛的样子。

②茨：蒺藜，一种有刺的草本植物。

③抽：拔除。

④蓺（yì）：种植。

⑤与与：茂盛的样子。

⑥庾（yǔ）：露天的粮仓。

⑦享：祭献。

⑧妥：安坐。

⑨侑：劝酒。

⑩济（jǐ）济：端庄礼敬的样子。

⑪跄（qiāng）跄：走路有节奏的样子。

⑫絜（jié）：同“洁”，清洗。

⑬烝尝：秋冬祭祀。这里是泛指。烝，冬季祭祀。尝，秋季祭祀。

⑭亨（pēng）：通“烹”，煮熟。

⑮祝：太祝，司祭礼的人。

⑯祊（bēng）：设祭的地方，在宗庙门内。

⑰明：完备。

⑱皇：往。

⑲神保：神灵，指祖先之灵。

⑳孝孙：主祭的人。

㉑庆：福。

㉒执爨（cuàn）踖（jí）踖：形容厨师恭敬敏捷。爨，灶，指烧火做饭。踖踖，恭谨而敏捷的样子。

㉓俎（zǔ）：祭祀时盛牲肉的礼器。

㉔燔（fán）：烧肉。

㉕莫莫：恭谨的样子。

㉖豆：高脚盘。

㉗献：主人劝宾客饮酒。

㉘度：法度。

㉙获：恰到好处。

㉚格：来到。

㉛酢（zuò）：报酬。

㉜熯（nǎn）：通“戁”，敬惧，恭敬。

㉝工祝：太祝。

㉞致告：代神致辞，以告祭者。

㉟赉（lài）：赐予。

㊱苾（bì）：芳香。

㊲卜：给予。

㊳如几如式：使福禄来如期，多如法。如，合。几，期。式，法。

㊴稷：“亟”的假借字，敏捷。

㊵敕：通“饬”，严整。

㊶极：指最大的福气。

㊷时：是。

㊸戒：准备。一说告。

㊹徂位：回到原位。

㊺具：俱。

㊻皇尸：代表神祇受祭的人。

㊼聿（yù）：于是。

㊽宰：厨师。

㊾彻：通“撤”，撤下供品。

㊿诸父：同姓长辈。

(51)燕私：祭祀后，同姓亲属的宴饮。

(52)入：进入后殿。

(53)后禄：祭祀后所余的酒肉。

(54)将：美好。

(55)莫怨：没有怨言。

(56)小大：指尊卑长幼的各种人。

(57)惠：顺利。

(58)时：好。

(59)尽之：礼仪周到。

(60)引：延长。

译文

地里蒺藜丛生，拔掉这些有刺的植物。为什么自古就这么做？因为我要种植小米和高粱。我的小米很繁茂，我的高粱很整齐。我的粮仓已经装满，露天的仓库也堆成山。用它们来做美酒佳肴，祭献给列位先祖。请他们享用，赐我们大福。

我们亦步亦趋很庄重，将牛羊清洗干净，准备送去祭祀。有人剥皮，有人烹煮，有人盛入盘中，有人捧盘献上。太祝在宗庙门内祭祀，仪式非常隆重而完备。先祖大驾光临，神灵开始享受祭祀。孝子贤孙们都会有福，先祖降下洪福，保佑子孙们万寿无疆！

厨师恭敬又麻利，盛肉的礼器非常大，有人烧肉，有人烤肉。主妇们恭谨有礼，高脚盘内食物丰盛。宾客满堂，主人与客人之间互相敬酒。仪态合规合矩，谈笑恰到好处。神灵大驾光临，降下洪福，保佑子孙们长寿！

我们举止恭敬，礼仪周到没差错。太祝向大家致辞，赐予孝子贤孙福分。祭祀的供品香味四溢，神灵很喜欢这些饮食。赐予你们极大的福气，如期如法。举止庄重又敏捷，仪式隆重又严谨。赐予你们连绵不绝的洪福，多到数也数不清！

仪式流程已完成，钟鼓之乐已准备好。孝子贤孙回到原位，太祝向大家致辞：神灵们都已喝醉，神尸起身离开。鸣响钟鼓送神尸，神灵于是归去。厨师和主妇们，迅速撤下祭品。同姓长辈和兄弟，都来参加家族宴饮。

乐队进入后殿演奏，安享祭祀后的美味。吃了这美味佳肴，欢欢喜喜没烦忧。大家吃饱喝足，一家老小都行跪拜礼。神灵很喜欢这些饮食，让您长寿不老。祭祀顺利又圆满，主人尽守孝道礼仪周到。子孙们不要荒废这些礼节，应当继承流传下去！

赏析

自古以来，祭祀先祖的仪式就盛大而隆重。

从初春的耕地开始，便要仔细清理杂草荆棘，翻耕土壤，种植粮食。如此一来，才能在秋收时获得丰富的收成。

整个家族的人都在忙碌着，各司其职。精心挑选的粮食拿来酿酒，养肥的牺牲送去清洗和宰杀。

每一个步骤，都非常严谨而庄重，容不得一丝一毫马虎。

主妇们都在帮忙处理食材，厨师恭恭敬敬烹饪每一道供品，烧肉的烧肉，烤肉的烤肉，有人专门负责将煮好的食物盛进祭祀礼器，有人专门负责传菜进献。

整个场面热闹非凡，家族中的每个人都怀着敬畏之心，忙碌却有序。每一个细小的动作，或是说出口的每一句话，都将分寸拿捏得刚刚好。

在仪式的准备过程中，大家欢颜笑语，却举止有度。祖先的规矩不能忘，对待祭祀的食物要满怀着尊敬的心情，让神灵可以感知到子孙后代的诚心。

宗庙门内，太祝已准备就绪，开始仪式的流程。

站立在祭祀现场，会不由自主地肃然起敬。庄重而盛大的气氛，让在场的每个人都屏住呼吸，仔细听从太祝的指令，小心谨慎做好每个环节。

香气四溢的供品摆放得满满当当，子孙后代进献孝心，虔诚要求先祖神灵前来享用。肃穆敬仰的神情在眉眼间流露，似乎先祖就站在跟前。

待到先祖们吃饮完毕，心满意足，便会向子孙后代们降下洪福，保佑他们顺顺利利、平安吉祥，护佑他们万寿无疆、福泽绵延。

等到太祝宣布：先祖们很满意，都已吃好喝醉，家族所有人便行跪拜大礼，恭送神灵。

所有仪式都完成后，一家老小便全都到后殿参与家族宴饮。这祭祀之后的酒肉包含着神灵赐予的福气，被称为口福。

祭祀先祖的仪式，不仅饱含着后代的孝心，更因为严整周到，显露出节奏与韵律的美感。对于仪式的传承，亦是对于孝道的传承，保持着赤子之心恭敬虔诚，自然会得到上天与神灵的眷顾，福气伴随！

此诗从祭祀准备写到仪式的过程，再到祭祀后的宴席，完整展示了周朝祭祀的制度与风貌，重现了当时热烈又庄严的气氛，是古代文化人类学研究的重要文献资料。

10.《信南山》——尽心种养，诚心祭祀

信彼南山[①]，维禹甸[②]之。畇畇[③]原隰，曾孙田之。我疆[④]我理[⑤]，南东[⑥]其亩。

上天[⑦]同云，雨雪雰雰[⑧]。益之以霢霂[⑨]，既优[⑩]既渥，既霑[⑪]既足，生我百穀。

疆埸[⑫]翼翼，黍稷彧彧[⑬]。曾孙之穑[⑭]，以为酒食。畀我尸宾[⑮]，寿考万年。

中田有庐[⑯]，疆埸有瓜。是剥是菹[⑰]，献之皇祖[⑱]。曾孙寿考，受天之祜[⑲]。

祭以清酒[⑳]，从以骍牡[㉑]，享于祖考。执其鸾刀[㉒]，以启其毛，取其血膋[㉓]。

是烝是享，苾苾芬芬。祀事孔明，先祖是皇。报以介福。万寿无疆。

注释

①信（shēn）彼南山：绵延不绝的终南山。信，通“伸”，长而远的样子。南山：终南山。

②甸：治理。

③畇（yún）畇：形容开垦后的土地平坦整齐的样子。

④疆：田界。

⑤理：沟陇。

⑥南东：开辟成南北向或东西向，泛指四方。

⑦上天：冬季的天空。

⑧雰（fēn）雰：霜雪等很盛的样子。

⑨霢霂（mài mù）：小雨。

⑩优：充足。

⑪霑：沾湿。

⑫埸（yì）：田界。

⑬彧（yù）彧：茂盛的样子。

⑭穑：收获庄稼。

⑮尸宾：神主与宾客。

⑯庐：房屋。

⑰菹（zū）：腌菜。

⑱皇祖：对先祖的美称。

⑲祜（hù）：福。

⑳清酒：清澈的酒。

㉑骍牡：红色的公牛。

㉒鸾刀：带铃的刀。

㉓膋（liáo）：脂膏，此处指牛油。

译文

终南山绵延起伏，是大禹开辟的地方。开垦好的土地平平整整，子孙后代在这里耕种。划分好田界，挖好沟渠，纵横四方开辟好田陇。

冬季时云天一色，雪花纷纷飘落。加上小雨飘洒，水分充足丰沛，滋养着湿润的大地，让庄稼得以生长。

田界整齐有序，小米和高粱蓬勃生长。子孙后代获得丰收，用收成制作食物和酿酒。进献先祖款待宾客，神灵保佑长寿无疆。

田中有房屋，田埂上种着瓜果。削皮腌渍成腌菜，进献给尊敬的先祖。子孙后代得长寿，是受到老天的赐福。

用清澈的酒祭祀，用红色的公牛做供品，让先祖神灵享用。拿起带铃的刀，剥开公牛的皮毛，取出鲜血和牛油。

冬祭进献的祭品，香味四溢。仪式非常隆重而完备，列祖列宗们大驾光临。先祖降下洪福，保佑子孙后代万寿无疆。

赏析

我的故乡在终南山附近，这里是大禹治水开辟出来的土地。

从那时候起，我们便世代居住在这里。

开垦好的土地平整有序，划分了大的田界，其间又挖好了小的沟渠。再根据地形和水流的走势，按照南北或者东西的方向开辟田陇。

我们在田地之间建好房屋，方便每家每户治理田中事务。田埂之上的土地则种植瓜果，收获采摘的果实用清水洗净，削皮腌渍，做成爽口的腌菜进献给祖先。

都说瑞雪兆丰年。大抵我们得到上天和先祖的庇佑，冬季来临的时候，雪花纷纷，加上不时有小雨飘落，让这片土地得到滋养，始终保持着充足丰沛的水分。

来年春季，因为土地肥沃，播种下的庄稼都生长得特别茂盛，高粱整齐有序地排列在地里，一根根挺直了腰杆。

家族里的人们喜获丰收，粮食堆满了仓。我们会挑选出最好的，用来酿酒和烹饪食物，在祭祀典礼上进献给先祖，款待宾客。

一年四季，对于先祖有四次祭祀，这是岁末的冬季祭典。

清澈的酒已经过滤好，接下来，就要准备祭祀的牺牲了。冬季祭典要选择红色的公牛，先用带着铃铛的刀剥开它的皮毛，再宰杀放血，取出脂肪。只留下最好的部分，烹饪成供品，让先祖享用。

祭典的仪式非常隆重，每个步骤都井井有条，一丝不苟。

我们虔诚地邀请列祖列宗享受美食和美酒，感谢他们的护佑，让我们得以身体健康，福泽绵延。先祖在上，他们的神灵看着子孙后代勤勉孝顺，必会降下洪福，让我们万寿无疆。

周王朝的祭祀活动一年分四季，上篇《楚茨》写的是秋冬二祭，此篇则是专门写岁末的冬祭。作者从大禹治水、开拓疆土写起，虽没有严整的叙事，但对于农事细节的描写却别有一番韵味。

小雅·甫田之什

1.《甫田》——春耕勤，秋收丰

倬彼甫田[①]，岁取十千[②]。我取其陈[③]，食[④]我农人。自古有年[⑤]，今适[⑥]南亩。或耘或耔[⑦]，黍稷薿薿[⑧]。攸介攸止，烝[⑨]我髦士[⑩]。

以我齐明[⑪]，与我牺羊[⑫]，以社以方[⑬]。我田既臧[⑭]，农夫之庆。琴瑟击鼓，以御[⑮]田祖。以祈甘雨，以介我稷黍，以穀我士女[⑯]。

曾孙[⑰]来止，以其妇子。馌[⑱]彼南亩，田畯[⑲]至喜。攘其左右，尝其旨[⑳]否。禾易[㉑]长亩，终善且有。曾孙不怒，农夫克[㉒]敏。

曾孙之稼，如茨[㉓]如梁[㉔]。曾孙之庾，如坻[㉕]如京[㉖]。乃求千斯仓，乃求万斯箱。黍稷稻粱，农夫之庆。报以介福，万寿无疆。

注释

①倬（zhuō）彼甫田：宽广的田地。倬，宽广。甫，大。

②十千：泛指很多。

③陈：陈年的粮食。

④食（sì）：把食物给人吃。

⑤有年：丰收年。

⑥适：去往。

⑦耔（zǐ）：培土。

⑧薿（nǐ）薿：茂盛的样子。

⑨烝：进呈。

⑩髦士：俊美的人。

⑪齐（zī）明：祭祀用的谷物。齐，通“粢”。

⑫牺羊：祭祀用的纯色羊。

⑬以社以方：用来祭祀土地神和四方神。以，用作。社，祭土地神。方，祭四方神。

⑭臧（zāng）：善，指丰收。

⑮御（yà）：迎接。

⑯穀我士女：养其子民。穀，养。士女，指贵族男女。

⑰曾孙：主导祭祀的人。

⑱馌（yè）：送饭。

⑲田畯（jùn）：官名，掌管农事。

⑳旨：味美。

㉑易：禾苗茂盛的样子。

㉒克：能干。

㉓茨（cí）：屋盖。

㉔梁：桥梁。

㉕坻（chí）：小丘。

㉖京：山峦。

译文

那片田地宽广无垠，每年收获的粮食无数。我拿出往年的粮食，就能让我的农夫吃饱。自古以来都五谷丰登，今天我去南边的地里巡视。有人在除草，有人在修土垄，小米和高粱都长得很茂盛。就在这块丰沃的土地上，赏赐我那些能干的子民。

献上五谷制作的美食，供奉纯色的羊儿，祭祀土地神和四方神。我的田地大获丰收，是百姓的福气。奏乐祭典，迎接神农氏到来。祈祷天降甘霖，祈祷粮食大丰收，以养活我的天下子民。

周王来到这里，携带妻子和儿子，带着食物到南边的那块田地，农事官看见了很开心。他招呼身边的人们聚在一起，品尝美味的食物。庄稼都治理得非常茂盛，今年一定又有好收成。周王满怀欣喜、不露天子威怒，农夫们感怀天恩、勤劳又能干。

周王收获的庄稼，堆得像屋顶那么密、桥梁那么高。周王的露天粮仓，堆得像山丘一样。需要再建千座粮仓，再造万辆车厢。五谷丰登，是百姓的福气。祈求上天降下洪福，保佑周王万寿无疆！

赏析

一望无垠的田地上，庄稼贪婪地吸吮着甘甜的雨露，茂盛地生长。

辛勤的农夫们每日耕作，仔细除去杂草，将田地的土陇修治得整整齐齐。

这片肥沃的土地，自古以来就年年丰收。每年收获的粮食，多得数也数不清。

周王治理有方，新粮收割下来后，他会将去年的余粮拿出来，赏赐给辛苦劳作的农夫们，让大家都能不为温饱发愁。

日复一日，年复一年，农夫们感恩于天子的善政，愈加埋头苦干，任劳任怨。

收获的粮食，被制作成精美丰盛的供品；挑选出纯色的牺牲，烹饪成佳肴。周王每年都会举行盛大的祭祀典礼，迎接神农氏的到来，祭祀土地神和四方神，感谢他们教给我们耕种的知识，护佑这片土地丰收，让天下子民都能衣食无忧。

这天，周王携带妻儿一起来到南边的地里巡视，他们带来了丰美的食物，犒劳在田地间做着农活的人们。

农事官远远看见周王，欣喜不已，赶去接驾。继而，忙不迭地招呼四周劳作的人们，聚在一起享用周王馈赠的美食。

此时，小米和高粱都长得非常茂盛，威仪的君王面露喜色，夸赞农夫们勤劳又能干，今年一定又是个丰收年！

周王德政受万民敬仰，天降洪福使得年年五谷丰登，百姓的生活也因此得到改善。

这片土地收获的庄稼堆得像小山一样高，怕是要再建千座粮仓才装得下，怕是要造万辆车厢才运送得了！

德行天下，终有善果。百姓感念君王恩德，祈求上天保佑他万寿无疆。

周朝对于农事的重视，在《诗经》之中不乏篇章。此篇诗歌向我们展示了先祖的农耕风貌，且具有极大的史学价值。

2.《大田》——秋收之美，在于周王德政

大田多稼，既种[1]既戒[2]，既备[3]乃事。以我覃[4]耜，俶[5]载南亩。播厥[6]百穀，既庭[7]且硕，曾孙是若[8]。

既方[9]既皁[10]，既坚既好，不稂[11]不莠。去其螟螣[12]，及其蟊贼[13]，无害我田稚[14]。田祖有神[15]，秉畀炎火[16]。

有渰[17]萋萋，兴雨祈祈[18]。雨我公田，遂及我私。彼有不获稚[19]，此有不敛穧[20]。彼有遗秉[21]，此有滞[22]穗，伊[23]寡妇之利。

曾孙来止，以其妇子。馌彼南亩，田畯至喜。来方禋祀[24]，以其骍黑[25]，与其黍稷。以享以祀，以介景福。

注释

①种：选种子。

②戒（xiè）：修农具。

③既备：准备妥当（上文的事）。

④覃（yǎn）："剡"的假借，锋利。

⑤俶（chù）：开始。

⑥厥：其。

⑦庭：挺拔。

⑧若：顺。

⑨方：通“房”，指谷粒已有嫩壳，但还没有合满。

⑩皁（zào）：指谷壳已经结成，但还未坚实。

⑪稂（láng）：穗粒空瘪的禾。

⑫螟螣（míng tè）：吃苗心和苗叶的两种害虫。

⑬蟊（máo）贼：吃禾根和禾节的两种害虫。蟊，吃禾根的虫。贼，吃禾节的虫。

⑭稚：幼禾。

⑮田祖有神：指农人寄希望于神农氏。

⑯秉畀炎火：指将四种害虫投入炎火之中。

⑰渰（yǎn）：阴云密布的样子。

⑱祁祁：徐徐，慢慢的样子。指细雨。

⑲不获稚：未成熟而没收割的禾。

⑳不敛穧（jì）：指来不及收的禾束。

㉑秉：捆扎成束的禾把。

㉒滞：遗留。

㉓伊：是。

㉔禋（yīn）祀：升烟以祭，泛指祭祀。

㉕黑：黑色的猪羊。

译文

广阔的田地庄稼多，选好种子、修好农具，准备就绪开始干活。用我锋利的犁，开始耕种南亩的地。播种五谷杂粮，庄稼生长得挺拔茁壮，顺了周王的心愿。

禾苗抽穗长谷壳，谷粒长得很饱满，地里没有秕禾和杂草。除掉食心和食叶的害虫，还有啃根啃节的害虫，免得祸害我田地里的嫩苗。神农氏显灵，一把大火烧死害虫。

天上阴云密布，徐徐小雨落下来。浇灌了公家的田地，再润泽私家的田地。那里有没收割的嫩禾，这里有没收起来的稻穗，那里有捆扎成束的禾把，这里有遗落的禾穗，都是孤寡老妇的宝。

周王来到这里，携带他的妻和儿子。带着食物到南边的那块田地，农事官看见了很开心。周王来祭祀四方神，献祭红色的牛和黑色的猪羊，供奉五谷杂粮制作的美食。虔诚祭祀请神灵享用，祈求上天降下洪福。

赏析

农耕之道，可不是儿戏。

在耕种之前，我们就得挑选好种子，修理好农具，做好万全的准备工作才能下地干活。

别以为播种完就可以安闲度日，放任庄稼自己生长。那样的话，可得不到好收成！我们得勤于治理，经常除去杂草、消灭害虫，保护庄稼在健康的环境里成长。

因为治理有方，上天才会予以关照，降下甘霖，让公田和私田都得到滋养。

这篇诗作被奉为上一篇《小雅·甫田》的姊妹篇，都写了周王到田地间巡察，并带着美食犒劳辛苦劳作的人们，用丰收的粮食祭祀上天的神灵。

此篇的不同之处，也正是最精彩的部分。描述了秋收之时，田地里的场景。

整片整片的庄稼被收割完之后，难免会遗漏一些、掉落一些。周王德政，遗漏的禾穗是允许穷苦寡妇去捡拾的。

这些庄稼或不够饱满，或零零散散洒落在田地间，但对于没有劳动力的孤寡老妇来说，都是可以用来糊口的粮食，更别说偶尔还能捡到成捆的禾束。那种喜悦的心情，真是不言而喻呀！

收获的画面如此生动，穿越千年，透过纸张散发出清新的稻谷香，让我们读来忍不住深深呼吸，沉醉其间。

周王善待天下子民，子民亦祈祷上天眷顾周王朝，众人一心，自然会更加得到上天神灵的青睐，赐予洪福齐天！

3.《瞻彼洛矣》——洛水奔腾，阅兵雄壮

瞻彼洛①矣，维水泱泱②。君子③至止④，福禄如茨。韎⑤韐⑥有奭，以作六师⑦。

瞻彼洛矣，维水泱泱。君子至止，鞞琫有珌⑧。君子万年，保其家室⑨。

瞻彼洛矣，维水泱泱。君子至止，福禄既同⑩。君子万年，保其家邦。

注释

①洛：洛水。

②泱泱：水势浩荡的样子。

③君子：指周王。

④止：语助词。

⑤韎（mèi）：用茜草染成赤黄色的革制品。

⑥韐（gé）：天子战服的蔽膝。

⑦六师：六军。

⑧鞞（bǐng）琫（běng）有珌（bì）：形容刀鞘装饰华贵。鞞，刀鞘。琫，刀鞘上端的玉饰。珌，刀鞘下端的饰物。

⑨家室：国家。

⑩同：汇聚。

译文

看那洛水，水势浩荡奔腾。周王来到洛水边，福禄多得数不清。战服显露出尊贵的红色，检阅六军将士。

看那洛水，水势浩荡奔腾。周王来到洛水边，刀鞘装饰很华贵。周王长寿万万岁，保卫国家安康。

看那洛水，水势浩荡奔腾。周王来到洛水边，福禄聚集在一身。周王长寿万万岁，保卫国家兴盛。

赏析

自古以来，兵力雄厚就是国家强盛的保障。

周王勤于政事，对练兵习武一向重视。这天，他亲自来到洛水边，只为表达对军队的关怀，检阅六军的训练成果。

浩浩荡荡的洛水奔流向前，岸边站立的六军将士亦是雄姿英发。千军万马汇聚在一处，却严整有序，气势雄伟。

他们听闻天子要亲临洛水看望六军，心里都非常激动，一个个精神抖擞，翘首等待。

在万众瞩目下，周王来到隆重的阅兵仪式。只见他身穿战服威风凛凛，大红蔽膝在阳光下如此夺目。他戎装整齐，佩戴着刀剑，那刀鞘上装饰着珍贵的玉石，一颗颗闪耀着光芒。

天子威仪，与那泱泱洛水的气势不相上下。

如此庄重的军容，表达着周王对六军将士们的尊重。士兵们大声高呼："周王万岁万万岁！"

阅兵仪式进行得非常顺利，将士们的表现让周王非常满意。他再一次向六军说明了练兵习武对于国家的重要性，他们身负着保家卫国的使命，天下百姓的安危与他们的战斗力密不可分。

在周王的鼓励和鞭策下，英勇的将士们齐声应答，誓死保卫国家！君王圣明，在一片兴奋欢乐的气氛中，对六军大加赏赐。将士们万众一心，齐呼万岁。

此篇诗歌讲述了周王会合诸侯，在洛水讲习武事的经过。以水势浩荡衬托军队的阵容强大，以君王着戎服的威仪展现检阅六军的隆重仪式，反应出当时周朝势力的中兴。

4.《裳裳者华》——得贤臣如斯，夫复何求

裳裳①者华，其叶湑②兮。我觏③之子，我心写④兮。我心写兮，是以有誉处⑤兮。

裳裳者华，芸其⑥黄矣。我觏之子，维其有章⑦矣。维其有章矣，是以有庆矣。

裳裳者华，或黄或白。我觏之子，乘其四骆。乘其四骆，六辔沃若。

左之左之⑧，君子宜⑨之。右之右之，君子有之⑩。维其有之，是以似⑪之。

注释

①裳（cháng）裳：鲜明美盛的样子。

②湑（xǔ）：茂盛的样子。

③觏（gòu）：遇见。

④写：宣泄。指心中排除忧愁而舒畅。

⑤誉处：快乐安居。誉，通“豫”。

⑥芸其：花叶繁多、色彩鲜艳的样子。

⑦章：才华、教养。

⑧左之左之：左边辅助的人。

⑨宜：适宜。

⑩有之：取其所长。

⑪似：通“嗣”，继承。

译文

盛放的花朵鲜艳明亮，它的叶子很茂盛。我遇见的这个人，让我心情舒畅。我的心情舒畅，因此快乐安居。

盛放的花朵鲜艳明亮，黄得如此灿烂。我遇见的这个人，有才华又有教养。有才华又有教养，因此有福庆。

盛放的花朵鲜艳明亮，有黄色也有白色。我遇见的这个人，驾着四匹黑鬃白马。驾着四匹黑鬃白马，六条缰绳有光泽。

左边辅佐的人，君王认为他无所不宜。右边辅佐的人，君王也很满意。因为德才兼备，所以能世代继承。

赏析

盛世之下，是人才荟萃。

环顾朝廷上下，左右辅助，我感到心情舒畅又安心。

我作为一国之君，最需要的就是德才兼备的君子，有他们的辅佐帮助，国家才能兴盛，百姓才能生活安宁。

如今，我身边聚集的都是彬彬有礼的臣子，举止仪态有规矩，言辞谈吐有道理。真是忍不住想夸夸他们！

文臣谋士，个个有着远见，看待问题深思熟虑，治国策略考虑周全。

武臣将领，个个是威风凛凛，驾着马车奔跑在路上，忙于处理边疆事务，保我国土安宁。

天下子民都爱戴我，这美誉要与我的臣子们共享！正因为他们的相助，才让整个国家风清气正，兴旺昌盛。

我的左右辅臣，无不是表里如一的谦谦君子。君王用人，就当用这样的贤德之人，才能相继相承，千秋万代。

全诗以花起兴，赞美遇见的“那个人”。虽没有明言是天子对诸侯的称赞，却能从言辞之间，感受到遇见君子的愉悦心境，不失为一首清丽的雅诗。

5.《桑扈》——君王宴诸侯

交交桑扈，有莺[1]其羽。君子[2]乐胥[3]，受天之祜。
交交桑扈，有莺其领[4]。君子乐胥，万邦之屏[5]。
之屏之翰[6]，百辟[7]为宪。不戢[8]不难[9]，受福不那[10]。
兕觥其觩[11]，旨酒思柔。彼交匪敖[12]，万福来求[13]。

注释

①有莺：羽毛有花纹，比喻诸侯有文采和才华。

②君子：指诸侯。

③胥（xū）：语气助词。

④领：此处指颈部羽毛。

⑤屏：屏障，比喻重臣。

⑥翰：支柱。

⑦百辟：诸侯。

⑧戢（jí）：克制。

⑨难（nuó）：通“傩”，行有节度。

⑩那（nuó）：多。

⑪觩（qiú）：弯曲的样子。

⑫敖：傲慢。

⑬求：聚集。

译文

青雀在天空飞来飞去，羽毛有美丽的花纹。诸侯大臣很欢乐，是受到上天赐予的福禄。

青雀在天空飞来飞去，颈上的羽色很漂亮。诸侯大臣很欢乐，是家国的护卫与屏障。

守卫国家的重臣，各国诸侯都以你为榜样。行为收敛有礼节，受到赐福多又多。

弯曲的牛角杯，柔和醇厚的美酒。贤者交往时毫不傲慢，万福都汇聚到你身上。

赏析

窗外阳光明媚，色彩鲜艳的青雀鸟唱着歌，从一根树枝跳到另一根树枝，无比快活自在。让人看见，心情都愉悦起来。

宫廷宴席上，君王诸侯齐聚满堂，一派和谐。

美酒佳肴不断上桌，君王诸侯斟满酒，端起杯，互敬同饮。

席间，众人不论是否结识或熟知，都彬彬有礼地向遇见的每个人打招呼，谦和地敬酒，言行举止风度翩翩。

在座的都是有才之人，却并不恃才傲物，反倒能见到对方的优点，谦虚地看到自身的不足。

君王见此情景，内心欢喜。他举杯敬众人，称赞各位诸侯臣子是国家的屏障，保护了国土安定与百姓安宁。

作为一名朝廷重臣，自当是有法度、知礼节，向世人树立起榜样。德行兼备的人，会受到上天的护佑，赐予众多福禄！

此篇为周王宴请诸侯的一首乐歌，以青雀起兴，呈现出明快的节奏，顺着这样的情感，作者自然而然地引出贤者应知礼节、不傲慢，此中深意不言而喻。

6.《鸳鸯》——愿你们喜结连理永相随

鸳鸯于飞，毕[①]之罗[②]之。君子万年，福禄宜之。
鸳鸯在梁，戢[③]其左翼。君子万年，宜其遐[④]福。
乘马在厩，摧[⑤]之秣[⑥]之。君子万年，福禄艾[⑦]之。
乘马在厩，秣之摧之。君子万年，福禄绥之。

注释

①毕：长柄的小网。

②罗：张在地上无柄的捕鸟大网。

③戢：收拢。

④遐：长远。

⑤摧（cuò）：通“莝”，铡草喂马。

⑥秣（mò）：用粮草喂马。

⑦艾：养。

译文

鸳鸯成双成对在天上飞，大网小网来捕捉。祝福君子健康长命，安享福禄满堂。

鸳鸯双双栖息在鱼梁，相依相偎在一块儿。祝福君子健康长命，幸福长久伴身旁。

驾车的四匹马在马棚，铡碎粮草喂养它。祝福君子健康长命，福禄多多永相随。

驾车的四匹马在马棚，铡碎粮草喂养它。祝福君子健康长命，永葆福禄齐天。

赏析

他与她，在初遇的时候，便埋下了爱慕的种子。

她如此贤良淑德，亭亭玉立的模样惹人疼爱。而他，站在人群之中，散发着独特的气质，吸引她频频回首。

爱情开始得这样突然，一见倾心，从此日夜思念萦绕心头。

他已在心里悄悄许下心愿，要用大红花轿将心上的她娶回家，成为他的妻子，彼此相爱相守到白头。

驾车的四匹马已准备好，他命人每日悉心喂养，皮毛刷得亮堂堂，青草细粮切碎了，将马喂得膘肥体壮。

不久之后，就要载着满满的礼物前往她的家中，将她明媒正娶迎回来。

婚礼的准备已经拉开帷幕，大红喜字贴在门窗上，新居铺上有着美丽刺绣的床单被褥。

这天，宾客满堂喝彩，家中热闹非凡。

婚礼的酒席上，一对新人接受了无数的祝福，这祝福声中饱含着对婚后美好生活的期待。

掀起这块红盖头，从此，她就是他的妻。

就像那原野之上双宿双栖的鸳鸯，他们始终恩爱如初，相依相伴。

此诗的妙处，在于象征手法的运用。前两章以鸳鸯起兴，写出男欢女爱、两情相悦的美好；后两章以马起兴，联想到迎亲结婚，以及对婚后生活的憧憬。

7.《頍弁》——家族聚会，今朝有酒今朝醉

有頍[①]者弁，实[②]维伊何？尔酒既旨，尔殽[③]既嘉。岂伊异人[④]？兄弟匪他。茑[⑤]与女萝[⑥]，施[⑦]于松柏。未见君子，忧心弈弈[⑧]；既见君子，庶几说[⑨]怿[⑩]。

有頍者弁，实维何期？尔酒既旨，尔殽既时[⑪]。岂伊异人？兄弟具来。茑与女萝，施于松上。未见君子，忧心怲怲[⑫]；既见君子，庶几有臧。

有頍者弁，实维在首。尔酒既旨，尔殽既阜[⑬]。岂伊异人？兄弟甥舅。如彼雨雪，先集维霰[⑭]。死丧无日[⑮]，无几相见[⑯]。乐酒今夕，君子维宴。

注释

①頍（kuǐ）：古代一种用来固定帽子的发饰。

②实：犹“是”。

③殽：通“肴”，荤菜。

④异人：他人。

⑤茑（niǎo）：一种寄生植物。

⑥女萝：菟丝子，也是蔓生植物。

⑦施：延伸。

⑧弈弈：心神不安的样子。

⑨说（yuè）：通“悦”，高兴。

⑩怿（yì）：喜悦。

⑪时：时令新鲜。

⑫怲怲：忧愁的样子。

⑬阜：多，指酒肴丰盛。

⑭霰（xiàn）：雪珠。

⑮无日：不知哪一天。

⑯无几：没有多久。

译文

尊贵的帽儿顶尖尖，所为何事办酒宴？你的美酒甘又醇，大鱼大肉都美味。宾客难道是外人？都是兄弟和亲人。就像茑萝和女萝，都攀缘在松柏上。没有见到君子，难免心神不安；已经见到君子，喜悦之情满怀。

尊贵的帽儿顶尖尖，所为何事办酒宴？你的美酒甘又醇，大鱼大肉都鲜美。宾客难道是外人？老哥老弟聚一堂。就像茑萝和女萝，攀在松树上生长。没有见到君子，感到忧愁不已；已经见到君子，心里非常舒畅。

尊贵的帽儿顶尖尖，戴在头上很端庄。你的美酒甘又醇，大鱼大肉多丰盛。宾客难道是外人？全是兄弟和舅甥。就像天空要下雪，先是一阵雪珠坠下来。生死之日难预料，相聚时间并不多。今天有酒就开心地喝，君子他为此举办酒宴。

赏析

他又举办宴会了。

这段时间，在贵族的社交圈里宴会不断。

家族里的兄弟亲人全受邀来到府中，酒席的排场盛大，新鲜的时令菜肴摆得满桌都是。放眼望去，那尊贵的冠冕尤其醒目。

宾客们各个起身，轮流向主人敬酒。彼此之间互相奉承，仰仗对方的权势地位，拉近双方的亲密关系。

人生在世，谁也无法预料明天和意外哪个先来。因此，倒不如今朝有酒今朝醉，及时行乐，享受当下的财富与名望。

至于遥远的未来，谁也不想去考虑那么多。

当今社会，已经动乱不安。他们的心里，不是没有忧虑，却又不想去面对残酷的现实。

这荣华富贵，还能够拥有多久呢?

等到离开人世的时候，身外之物也不过就是一片浮云，带不走也留不下。

诗中“茑”与“女萝”成为经典比喻，展现了贵族之间的依附关系。西周末年，国家日渐衰微，贵族的华丽生活也将随之而去。社会动乱，命运未卜，这宴席之上的热闹，亦遮掩不住他们心中的愁思。

8.《车舝》——从此，你就是我的妻

间关[①]车之舝[②]兮，思娈[③]季女逝[④]兮。匪饥匪渴，德音来括[⑤]。虽无好友，式燕且喜。

依[⑥]彼平林，有集维鷮[⑦]。辰[⑧]彼硕女，令德[⑨]来教。式燕且誉，好尔无射[⑩]。

虽无旨酒，式饮庶几。虽无嘉肴，式食庶几。虽无德与[⑪]女，式歌且舞。

陟彼高冈，析[⑫]其柞薪[⑬]。析其柞薪，其叶湑兮。鲜我觏尔，我心写兮。

高山仰止[⑭]，景行[⑮]行止。四牡騑騑，六辔如琴[⑯]。觏尔新昏，以慰我心。

注释

①间（jiàn）关：车行时发出的声响。

②舝（xiá）：车轴两头的铁键。

③娈：美好的样子。

④逝：此处指出嫁。

⑤括：会合。

⑥依：茂盛的样子。

⑦鷮（jiāo）：长尾野鸡。

⑧辰：此处指结合。

⑨令德：美德。

⑩无射（yì）：不讨厌。

⑪与：相配。

⑫析：砍。

⑬柞薪：柞树的木柴。

⑭止：之。

⑮景行：大路。

⑯如琴：如琴弦般协调，指驾驭技术高。

译文

车子向前滚动发出声响，美貌的少女就要出嫁了。不是因为我心饥渴，是她的美德让我来会合。虽然没有要好的朋友，也要办一场喜庆的婚宴。

那片平地的树林非常茂密，长尾的野鸡在林中栖息。要与那位成年的女子结合了，她贤良淑德有教养。婚宴酒席真喜庆，我会爱你永不变。

虽然没有美酒，希望你能喝一杯。虽然没有好菜，希望你能吃一点。虽然没有美德与你相配，希望你也能在这宴席歌舞中感到快乐。

登上那高高的山冈，劈开柞树当柴烧。劈开柞树当柴烧，那柞树叶子新鲜茂盛。多不容易才遇见你，我心里的忧愁全消散。

美德如高山要仰视，德行如大道能行走在上面。四匹公马不停奔跑，六根缰绳就像琴弦一样和谐。遇见了我的好新娘，让我心里安慰很欢喜。

赏析

这天，我驾着马车出门去。

一路上穿过树林，越过高山。马儿在我的缰绳下不停奔跑，嗒嗒的马蹄声与车轮滚动的声音和谐地交织在一起，奏响婚礼的乐章。

是啊，我就要去迎娶我美丽的新娘！

树林里的长尾野鸡在栖息，漂亮的羽毛在绿色的植物丛中闪着光芒。高高的山岗上，那柞树被劈开当柴烧，枝头的叶子如此新鲜，嫩绿可人。可是，再光鲜亮丽的羽毛，再柔嫩新鲜的叶子，都比不上我心中的她！

她是如此美丽的少女，谈吐温柔、举止优雅，让我自从遇见开始就再也无法忘怀。

她贤良淑德，品行与外貌一样动人。只要看见那羞涩的微笑，我的心就柔软得如同云朵一般，那么轻盈，所有的忧愁都消散不见踪迹。

今天，我终于要将她迎娶进家门，成为我合法的妻子。

喜悦的情绪一路伴随着我，一想到马上就可以再也不与她分开，我就忍不住露出幸福的笑容。

虽然没有什么亲友在我身旁，但婚礼的喜宴还是不能少。她是这样美好的存在，我又怎么舍得让她受半点委屈？

一杯薄酒，与她交杯同饮。清爽小菜，替她夹入碗中。婚礼的仪式虽然简单，但我与她载歌载舞，共同沉浸在幸福喜悦的气氛之中。

她的美德如高山、如大道，让我爱慕的心更加为之倾倒。婚后，我亦会永远爱她如初，琴瑟和谐，与她相伴到老！

全诗以一位男子在迎娶新娘途中的所见、所思、所想为线索，善用比兴，寓情于景，展现了喜遇良缘佳偶的浓烈情感。诗篇之中“高山仰止，景行行止”成为后世表达仰慕之情的经典名句。

9.《青蝇》——谗言小人如苍蝇

营营[①]青蝇[②]，止于樊[③]。岂弟君子，无信谗言。
营营青蝇，止于棘。谗人罔极，交乱四国。
营营青蝇，止于榛。谗人罔极，构[④]我二人。

注释

①营营：苍蝇飞动的声音。

②青蝇：苍蝇，比喻谗人。

③樊：篱笆。

④构：离间。

译文

苍蝇嗡嗡四处飞，停在篱笆上。平和有礼的君子，不要相信挑拨的话。

苍蝇嗡嗡四处飞，停在酸枣树上。谗言小人行为不轨，祸害天下不安宁。

苍蝇嗡嗡四处飞，停在榛树上。谗言小人行为不轨，离间我俩的感情。

赏析

你看那绿头苍蝇多恶心，整天嗡嗡地四处乱飞，专门寻找散发着恶臭的地方。

在臭水沟中，在粪坑旁边，在腐烂的食物和垃圾堆里，都可以看见它们的身影。沾染了病毒和细菌，又散播到其他地方。让人挥之不去、赶之不尽。

可悲的是，人群之中，也有这样让人厌恶的绿头苍蝇！

他们有着层出不穷的阴谋诡计，专门盯着可以获取私人利益的地方，为了达到目的不择手段，四处散播谣言，还试图隐藏起那阴险丑恶的嘴脸。

君子你如此平易近人，可别轻易相信那些谗言小人的花言巧语！小人反复，行为毫无道德准则。看看这世界，已经被这些无事生非的谗言小人搞得天下大乱。

四国战火纷飞，君臣不和，朋友反目，实在是令人气愤难当！

这首诗篇虽然短小，却令人印象深刻。以"青蝇"作比喻使得祸国殃民的谗言者形象跃然纸上，对于君王的谴责与讽刺，更是如一把利刃，锋利有劲。

10.《宾之初筵》——酒醉失态，有失风雅

宾之初筵[1]，左右[2]秩秩。笾豆有楚[3]，殽核维旅[4]。酒既和旨[5]，饮酒孔偕[6]。钟鼓既设，举酬[7]逸逸[8]。大侯[9]既抗[10]，弓矢斯张。射夫既同，献尔发功[11]。发彼有的[12]，以祈尔爵[13]。

籥舞笙鼓，乐既和奏。烝衎[14]烈祖，以洽百礼。百礼既至，有壬[15]有林[16]。锡尔纯嘏[17]，子孙其湛[18]。其湛曰乐，各奏[19]尔能。宾载手仇[20]，室人入又[21]。酌彼康爵[22]，以奏尔时[23]。

宾之初筵，温温其恭。其未醉止[24]，威仪反反[25]。曰[26]既醉止，威仪幡幡[27]。舍其坐迁[28]，屡舞仙仙[29]。其未醉止，威仪抑抑[30]。曰既醉止，威仪怭怭[31]。是曰既醉，不知其秩[32]。

宾既醉止，载号载呶[33]。乱我笾豆，屡舞僛僛[34]。是曰既醉，不知其邮[35]。侧弁之俄[36]，屡舞傞傞[37]。既醉而出，并受其福。醉而不出，是谓伐德[38]。饮酒孔嘉，维其令仪[39]。

凡此饮酒，或醉或否。既立之监[40]，或佐之史[41]。彼醉不臧，不醉反耻。式勿从谓[42]，无俾大怠[43]。匪言[44]勿言，匪由[45]勿语。由醉之言，俾出童羖[46]。三爵[47]不识，矧[48]敢多又[49]。

注释

①初筵：刚入席时。

②左右：主宾，主人在东（左），客人在西（右）。

③有楚：陈列整齐的样子。

④旅：陈放有序。

⑤和旨：柔和醇厚。

⑥偕：通“皆”，齐。

⑦举酬：举杯。

⑧逸逸：连续不断的样子。

⑨大侯：皮制的箭靶。

⑩抗：高挂。

⑪发功：射箭的技能。

⑫的：靶心。

⑬爵：古酒器名，这里指饮酒。

⑭衎（kàn）：快乐。

⑮有壬：形容场面大。

⑯有林：形容礼数多。

⑰纯嘏（gǔ）：大福。

⑱湛（dān）：和乐。

⑲奏：进献。

⑳手仇：选择对手。

㉑入又：指主人加入宾客陪赛。

㉒康爵：空酒杯。

㉓时：射中的宾客。

㉔止：语气助词。

㉕反（fàn）反：顾礼节的样子。

㉖曰：语气助词。

㉗幡幡：举止轻浮的样子。

㉘坐迁：饮酒的一种礼仪，对入座和离席都有规矩。

㉙仙（xiān）仙：飞舞的样子。

㉚抑抑：谨慎谦和的样子。

㉛怭（bì）怭：轻佻的样子。

㉜秩：常规。

㉝呶（náo）：喧哗。

㉞僛（qī）僛：醉舞欹斜的样子。

㉟邮：通“訧”，过失。

㊱俄：倾斜的样子。

㊲傞（suō）傞：醉舞失态的样子。

㊳伐德：败德。

㊴令仪：美好的礼仪。

㊵监：酒监，监督礼仪的官。

㊶史：酒史，记录饮酒时言行的官员。

㊷谓：指劝酒。

㊸大怠：太轻慢失礼。

㊹匪言：指不该说的话。

㊺匪由：指不合规矩的话。

㊻童羖（gǔ）：没角的公羊。

㊼三爵：三杯，指饮酒的礼仪。

㊽矧（shěn）：何况。

㊾又：通“侑”，劝酒。

译文

宾客刚入席的时候，主宾落座有秩序。食器礼器陈列整齐，菜肴果品盛放有序。美酒柔和又醇厚，大家喝起来都很开心。钟鼓乐器都已摆好，举杯互敬从容有礼。皮制的靶子已经挂起，弓已拉开，箭在弦上。射手们都聚集在靶场，准备好展示射箭的本领。箭箭射出中靶心，给你送上庆功酒。

伴随着笙乐，拿着籥起舞，众多乐器的旋律很和谐。进献歌舞让先祖快乐，以此遵循各种礼节。各种礼仪都已周全，场面盛大有气氛。先祖神灵赐予你洪福，子孙后代多安乐。安逸快乐，进献你的才能。宾客们各自选择对手，主人加入陪同比赛。大酒杯斟满饮尽，庆祝你射中靶心。

宾客刚入席的时候，温文尔雅又恭谦。还没喝醉的时候，威仪堂堂顾礼节。等到酩酊大醉后，举止轻浮威严丧。入座离席全不守规矩，手舞足蹈很失礼。还没喝醉的时候，谨慎谦和又庄重。等到酩酊大醉后，放浪形骸仪态全无。饮酒无度烂醉如泥，规则全抛到脑后。

宾客已经醉倒，又叫又闹吵个没停。打翻了我的器皿，跳舞跳得东倒西歪。饮酒无度烂醉如泥，不知道自己有多少过失。帽子歪歪斜斜戴在头上，醉舞不止出尽洋相。喝醉之后赶紧离席，对于主人宾客都是好事。喝醉之后还不走，就是酒品败坏人品差。喝酒本来是好事，但要记得那些饮酒的美好礼仪。

说起饮酒这件事，不是喝醉就是清醒。已经设立的监酒官不管用，就再设个史官来辅助。那些喝醉的本来就不好，没喝醉的反倒被认为可耻。不要向他们劝酒了，别让他们太轻慢无礼。不该说的话不要乱说，没有根据的话不要刨根问底。那些乱七八糟的醉话，让你拿出没角的小公羊也不奇怪。三杯酒下肚就什么都分不清，又怎么敢再让他们多喝呢?

赏析

饮酒，本是风雅之事。

只不过，应当遵循酒桌礼仪。

这爱酒之人分许多种，酒品酒德也大相径庭。

都说无酒不成席，在宴席之上，酒是不可或缺的角色。刚刚开始宴饮的时候，大家都谦和有礼，彼此让座，主人与客人互相敬酒，气氛一派和谐融洽。

主人家还特别安排了射箭的比试，众宾客纷纷展示自己的才能技艺，看谁能射中靶心，以此作为饮酒的条件。

丰盛的菜肴和果品摆放得整齐有序，繁文缛节再多，众人也都一丝不苟地执行。奏乐起舞，向先祖进献，礼数齐全又周到。

可是，等到所有的流程走完之后，宴饮就成了烂醉。

那些谦谦君子，喝醉之后都开始群魔乱舞，什么礼节规矩全都抛诸脑后，连自己是谁都不记得了。

教养和道德都忘得一干二净，帽子倒扣、衣冠不整，整个人摇摇晃晃地在大厅里手舞足蹈，举止轻浮到不堪入目。

可他们还忘乎所以地陶醉其间，全然不觉自己失态。

等到喝得烂醉如泥后，他们已经完全控制不了自己的言行举止了。整个宴席场地都给掀翻了，盘子被打倒，菜肴果品散落得到处都是，酒水四处流淌。

放眼四周，哪里还有好端端坐在席上的正常人？

到此时，风雅之事成了庸俗的笑话。他们醉态毕露，开始胡言乱语。

若是弄到这个地步，真是令主人和宾客双方都尴尬。倒不如感觉到醉意时，先行告辞，保持着自身的风度，也不至于给主人添乱。

看来，设立的监管和史官都起不到什么作用。饮酒还是要有度呀！

诗人的写作技巧可谓相当高明，对醉酒之态的细节描写甚是精彩，与前文彬彬有礼的美好场面产生强烈冲突，不必多言，道理自明。

在中华流传几千年的酒文化，派生出以酒为题材的“酒文学”，此篇诗作被陈子展称为酒文学的首创杰作，对后世产生了极大影响。

小雅·鱼藻之什

1.《鱼藻》——天下太平，君臣同乐

鱼在在藻，有颁[1]其首。王在在镐[2]，岂乐[3]饮酒。
鱼在在藻，有莘[4]其尾。王在在镐，饮酒乐岂。
鱼在在藻，依于其蒲。王在在镐，有那[5]其居。

注释

①颁（fén）：头大的样子。

②镐（hào）：西周都城镐京，在今陕西西安。

③岂（kǎi）乐：和乐。

④莘（shēn）：长长的样子。

⑤那（nuó）：安闲的样子。

译文

鱼儿在水藻间游动，有着胖乎乎的大头。周王在镐京都城里，快乐地喝着酒。

鱼儿在水藻间游动，长长的尾巴摇来摆去。周王在镐京都城里，喝着酒尽享欢乐。

鱼儿在水藻间游动，依附在蒲草上休息。周王在镐京都城里，住在安闲的居所。

赏析

清澈的溪水之中，碧绿的水草随波摇摆。

一群快乐的鱼儿在水草之间来回穿梭，玩着各种游戏。

捉迷藏的时候，它们四处寻找宽大的叶子和水底岩石，小心翼翼地藏起胖乎乎的大头。

玩老鹰捉小鸡的游戏时，它们灵活地摆动着长尾巴，绕行在密匝匝的水草间，你追我赶，笑得嘴里冒出一串串小水泡。

鱼儿们追逐嬉戏着，无忧无虑。玩得累了，便依附在柔软的蒲草旁，打个盹，享受那透过水面的温暖阳光。

镐京都城里，周王举办的宴会上，亦是一幅欢乐的“鱼在藻间嬉戏图”。

如今天下太平，田地五谷丰收，才酿成这桌上的美酒，做成这盘中的佳肴。百姓都有栖身之处，得以安居乐业。

开心的酒，是越喝越有劲。国强民富的盛世年景，让周王感到内心畅快。他斟满美酒，与臣民同饮，共享欢乐的情绪。

全诗欢快活泼，以鱼在藻间嬉戏和君王安居宴饮的画面交替呈现，浑然天成，是《雅》诗之中为数不多的民谣风格，以至于方玉润认为这首诗乃民众所作。

2.《采菽》——君恩有加赏赐你

采菽采菽，筐之莒[①]之。君子[②]来朝，何锡予之？虽无予之，路车乘马。又何予之？玄衮[③]及黼[④]。

觱沸[⑤]槛泉[⑥]，言采其芹。君子来朝，言观其旂。其旂淠淠[⑦]，鸾声嘒嘒[⑧]。载骖[⑨]载驷[⑩]，君子所届[⑪]。

赤芾在股，邪幅[⑫]在下。彼交[⑬]匪纾[⑭]，天子所予。乐只[⑮]君子，天子命[⑯]之。乐只君子，福禄申[⑰]之。

维柞之枝，其叶蓬蓬。乐只君子，殿[⑱]天子之邦。乐只君子，万福攸同。平平[⑲]左右，亦是率从[⑳]。

汎汎[㉑]杨舟，绋[㉒]纚[㉓]维之。乐只君子，天子葵[㉔]之。乐只君子，福禄膍[㉕]之。优哉游哉，亦是戾[㉖]矣。

注释

①莒（jǔ）：圆形的盛器。

②君子：诸侯。

③玄衮（gǔn）：画着卷龙的黑色礼服。

④黼（fǔ）：斧形刺绣。

⑤觱（bì）沸：泉水涌出的样子。

⑥槛泉：正向上涌出之泉。

⑦淠（pèi）淠：飘动的样子。

⑧嘒（huì）嘒：车上的鸾铃声。

⑨骖（cān）：一车驾三马。

⑩驷（sì）：一车驾四马。

⑪届：来到。

⑫邪幅：裹腿。

⑬彼交：不急不躁。

⑭纾：怠慢。

⑮只：语气助词。

⑯命：册封。

⑰申：重复。

⑱殿：镇抚。

⑲平平：长于口才、办事能干的样子。

⑳率从：遵从。

㉑汎汎：随波逐流的样子。

㉒绋（fú）：粗大的绳索。

㉓缅（lí）：绳索。

㉔葵：借为“揆”，审度。

㉕膍（pí）：厚赐。

㉖戾（lì）：到。

译文

采大豆啊采大豆，把方筐和圆篮都盛满。诸侯大臣们要来朝见天子，赐予他们什么做奖赏？虽然没什么可赏赐，有华贵的车马给他们乘坐。还有什么做奖赏？刺绣的卷龙黑官袍。

清泉咕咕朝上冒，是采水芹菜的好地方。诸侯大臣们要来朝见天子，已经看见他们的旌旗仪仗。蛟龙旗迎风飘扬，马车的铜铃叮当响。三马和四马拉的车都有，诸侯大臣们都到了。

大红的蔽膝在大腿，裹腿缠绕在小腿上。严整恭敬不怠慢，这些都是周王所赐的。诸侯大臣们很开心，天子颁诏册封他们。诸侯大臣们很开心，福禄赏赐多又多。

柞树高大树枝多，枝繁叶茂很蓬勃。诸侯大臣们很开心，镇守国土保安定。诸侯大臣们很开心，洪福聚集在一身。众亲信都很能干，恭谨跟从朝拜天子。

杨木小舟随波逐流，粗大的缆绳将它系住。诸侯大臣们很开心，天子审度有分寸。诸侯大臣们很开心，高官厚禄赏赐有加。悠闲自得，是时候了。

赏析

这日，诸侯大臣们纷纷乘坐车马进宫，准备朝见天子。

一路上，看见采大豆的方筐、圆篮都已装得满满当当，不禁心想，天子今天会赐予什么奖赏？

如今天下得以治理，万邦邻国都相安无事，大家也终于过上了悠闲的生活。按照往常的惯例来说，即便没有什么别的赏赐，诸侯车马与精致的朝服是少不了的。

期待的心情就像那咕咕往上冒的清泉一般，欢乐地跳动着。

这边，天子已命人在外守候迎接。

马车的铜铃声悠扬地响起，远远地，已经可以看见诸侯们的旗帜和仪仗。你看那迎风飘扬的蛟龙旗，呼啦啦地喊着前进的调子，车马接连不断地驶向大殿。

他们都穿着代表身份的大红蔽膝，小腿上也缠绕着裹腿。天子赏赐的服饰，臣子不敢怠慢，穿戴整洁去朝拜，以示对天子的敬重。

百官陆续下车进殿，有序地排起了一道长龙。他们一个个都很能干，见面之时互相点头行礼，拜见天子之时谦卑恭敬。

只见诸侯臣子们威仪有风度，如同大树的繁枝茂叶，遮蔽护佑起国土的安宁。天子心生喜悦，论功行赏，赐予他们许多福禄。

国家的兴盛，依赖于诸侯们的赫赫功绩。天子恩赐，册封他们高官厚禄，用礼法和制度管理着朝廷百官，赏罚分明，治理有方。

此篇以诸侯朝见天子的过程为线索，从采摘的盛况带入，到宴饮之后的赏赐，既有心理描写，也对实景的描绘，情绪层层递进，再现了天子接见诸侯的历史盛况。

3.《角弓》——君当以身作则

骍骍[①]角弓[②]，翩[③]其反矣。兄弟昏姻，无胥远矣。

尔之远矣，民胥然矣。尔之教矣，民胥傚矣。

此令兄弟，绰绰有裕。不令兄弟，交相为瘉。

民之无良，相怨一方。受爵不让，至于己斯亡[④]。

老马反为驹，不顾其后。如食宜饇[⑤]，如酌孔取。

毋教猱[⑥]升木，如涂[⑦]涂附。君子有徽[⑧]猷，小人与属[⑨]。

雨雪瀌瀌[⑩]，见晛[⑪]曰消。莫肯下遗[⑫]，式居娄[⑬]骄。

雨雪浮浮[⑭]，见晛曰流。如蛮如髦[⑮]，我是用忧。

注释

①骍（xīn）骍：弓调和后成弯曲的形状。

②角弓：两端用兽角装饰的弓。

③翩：此指反过来弯曲的样子。

④亡：通“忘”。

⑤饇（yù）：饱。

⑥猱（náo）：猿类。

⑦涂：泥土。

⑧徽：美。

⑨与属：依附。

⑩瀌（biāo）瀌：雪很大的样子。

⑪晛（xiàn）：阳光。

⑫遗：通“隤”，柔顺的样子。

⑬娄：“屡”的假借字，屡次。

⑭浮浮：意义同“瀌瀌”。

⑮髦（máo）：古代对西南少数民族的称呼。这里指小人无知粗野。

译文

兽角装饰的弓箭已调好弦，若是松弛便会朝反面弯。兄弟姻亲都是一家人，相互之间不要疏远。

你若是和亲人疏远，民众也都会这样。你若能言传身教，民众就会效仿你。

与兄弟友好和睦，感情就会深厚。对兄弟不好不善，则会彼此残害。

民众若是不善良，总会埋怨对方。官位钱财不相让，牵涉自身利益就把道理忘。

老马反倒当作小马用，不顾以后生祸患。就像吃饭吃饱就好，就像喝酒不贪杯。

猴子爬树不用教，用泥涂墙，墙上就沾上泥。君子有好的谋略和思想，其他人就会跟随。

大雪纷纷扬扬，太阳出来就会消融。对下不谦恭，别人势必更加傲慢神气。

大雪漫天飞舞，太阳出来就会化成水。谗言小人就像南蛮和西夷，让我因此深感烦忧。

赏析

身为皇室的成员、君王的父兄，我地位崇高，受万人瞻仰。

可是，世事很难尽如人意。

近些年，君王被一些图谋不轨的小人说的花言巧语迷惑，与亲人交往甚少。

一国之君，是天下百姓的榜样和领袖，他若是与兄弟姻亲的关系融洽友善、时常往来，那么，诸侯臣子也会纷纷效仿，从而使得天下百姓像他们一样，重视家庭成员之间的联系，不至于被奸诈小人钻空子，使之产生裂痕。

相反，若是一国之君都疏远九族，反倒与那些善于阿谀奉承的小人亲密，让他们有机可乘并挖空心思获取自身利益，那么，诸侯百姓也会变得贪婪，目无法纪。

眼下的状况，让我心如刀绞。看天下苍生，兄弟之间可以为了一己私欲而互相残害，一旦遇见与利益相关的事情，就把伦理道德都抛之脑后，一门心思想着怎么让自己获利。

受到贪婪的驱使，兄弟之间不再友好，无数的指责和抱怨激发了更深的矛盾。说起对方的不是，各个都振振有词，可一旦涉及自己，就全然不顾什么道理。

这样的贪欲，就像是把老马当作小马用，只顾眼前得失，却不想想，在不久的将来，这匹老马是否能够承受得了那样繁重的活计。这就像是吃饭刚刚吃饱，喝酒刚刚喝好，不撑破肚皮也不喝到烂醉，才是最好的状态。

只不过，现在的人啊，都不满足于眼下拥有的，总想要得到更多。

在这种时候，若是君王能够言传身教，以自身的美好品德和思想谋略影响天下苍生，他们自然会跟从，使得朝野上下能够风清气正。

就像大雪纷纷的时候，如果艳阳高照，雪自然会消融、化成水。谗言小人妄图祸害他人的时候，若是君王能够及时惩戒，以儆效尤，他们定会感到害怕，不敢再如此作恶多端。可是，君王若是不罚，反而包容，甚至奖赏，小人只会变本加厉。

这些愚妄的卑鄙小人，就像不教化的南蛮人和西夷人，扰乱我大周王朝，毒害我君王的思想行为，让我深感烦忧。

此篇以“角弓不可松弛”来劝诫同宗兄弟不要亲小人而疏兄弟，言辞之间的教化虽然直接，但比喻新奇，别具一格。

4.《菀柳》——伴君如伴虎

有菀[①]者柳，不尚[②]息焉。上帝甚蹈[③]，无自暱[④]焉。俾予靖[⑤]之，后予极[⑥]焉。

有菀者柳，不尚愒[⑦]焉。上帝甚蹈，无自瘵[⑧]焉。俾予靖之，后予迈[⑨]焉。

有鸟高飞，亦傅[⑩]于天。彼人之心，于何其臻。曷[⑪]予靖之，居以凶矜[⑫]？

注释

①菀（yù）：通“郁”，茂盛的样子。

②尚：因为某种原因而希望。

③蹈：变化无常。

④暱（nì）：亲近。

⑤靖：谋。

⑥极：通“殛（jí）”，惩罚，诛杀。

⑦愒（qì）：休息。

⑧瘵（zhài）：病。

⑨迈：行，指放逐。

⑩傅：至。

⑪曷（hé）：为什么。

⑫凶矜：凶祸。

译文

柳树长得很茂盛，却不能倚靠它休息。帝王心思变化无常，不要自己去亲近他。起先让我做谋士，后来却遭到惩罚。

柳树长得很茂盛，却不能栖息在树下。帝王心思变化无常，不要去自讨苦吃。起先让我做谋士，后来反倒被放逐。

鸟儿飞得很高，也冲不过天际。那个人的心思，到底坏到什么地步。为什么让我做谋士，竟然还陷入凶险危机？

赏析

伴君如伴虎，真是一句至理名言。

我本是一介谋士，当初，朝廷派人来找我，希望我能前去辅佐，为君王出谋划策、治理国事。

能够有机会为国家效力，为君王分忧，这是莫大的荣幸。

没有做太多的考虑，我便接受了这份差事。怀着满腔的热情，以为可以报效国家，成就自己作为大丈夫的远大志向。

却不料，这是个错误的决定！

都说伴着大树好乘凉，可是，君王这棵大树，却不是让人栖息的好地方。

他喜怒无常，一个不留神就可能惹得他暴虐无端。那些直言进谏的贤德人才，明明怀着赤诚忠心，想要救朝廷于危难之中，反倒因此惹怒君王，被斩立决，甚至诛九族。

朝廷之上，朋党勾结。如我这般正义之士，被小人排挤诬陷，惹祸上身。

如今，我被放逐到这边陲之地，远离故土和亲人，却还是不得安宁，每天都小心谨慎，一个疏忽就可能有掉脑袋的危险。

想当初，我为了国事日夜操劳不休，没有得到奖赏也就罢了，现在还陷入了如此凶险的境地，让自己进退两难。

鸟儿飞得再高，也不能冲破天际。君王的暴虐与无常，却没有尽头。杀死忠臣，残害贤良。一个人的心到底要坏到什么地步，才能做出这样的事情?

我就不该踏进这黑暗的朝廷，想来真是后悔。

此篇诗作亦是对君王暴虐的揭露之作，短短三章，却引人入胜。诗人忧闷怨愤的心情不断加深，在最后连续的反问中达到高潮，令读者心中为之颤动。

5.《都人士》——繁华落尽，徒留追忆

彼都人士[1]，狐裘黄黄。其容不改，出言有章。行归于周，万民所望。

彼都人士，臺笠[2]缁撮[3]。彼君子女[4]，绸直[5]如发。我不见兮，我心不说。

彼都人士，充耳[6]琇[7]实。彼君子女，谓之尹吉[8]。我不见兮，我心苑结[9]。

彼都人士，垂带而厉[10]。彼君子女，卷发如虿[11]。我不见兮，言从之[12]迈。

匪伊垂之，带则有余。匪伊卷之，发则有旟[13]。我不见兮，云何盱[14]矣。

注释

①都人士：王都贵族。

②臺笠：沙草编成的草帽。臺，通“薹”，沙草。

③缁撮（zī cuō）：黑布制成的束发小帽。

④君子女：贵族女子。

⑤绸直：头发稠密而直。

⑥充耳：又名瑱（tiàn），塞耳，垂在冠冕两侧的装饰物。

⑦琇（xiù）：一种宝石。

⑧尹吉：周室姻亲的旧姓，代指京都女子。

⑨苑（yùn）结：蕴结，抑郁。苑，通“蕴”。

⑩厉：丝带下垂的样子。

⑪虿（chài）：蝎类的一种。虿发为古代女子的一种发型。

⑫之：指君子女。

⑬旟（yú）：向上扬。

⑭盱（xū）：忧伤。

译文

那京都的贵族，穿着黄亮的狐裘皮衣。他们的仪容举止都没变，开口说话就成文章。他们回到西周的京都来，是众人所盼望的。

那京都的贵族，戴着黑布的束发小帽和草帽。那贵族的女子，头发稠密又直顺。我看不见她们的时候，心中非常郁闷。

那京都的贵族，宝石塞耳晶莹地垂在耳旁。那贵族的女子，人们称为尹吉姑娘。我看不见她们的时候，心里抑郁不安。

那京都的贵族，丝带从腰间垂落下来。那贵族的女子，弯曲的头发如蝎尾。我看不见她们的时候，想要跟着一起走。

不是她们有意垂下丝带，是丝带本来就很长。不是她们故意弄卷头发，是头发本来就向上扬。我看不见她们的时候，心情是何等忧伤。

赏析

我走在京都街头，看着离乱后萧条的景象，心中无限感慨。

这座都城，曾经繁华如锦。谁曾料到，会有一天落到这般门可罗雀的境地。

回想起旧时，这大道上随处可见穿着狐裘皮衣的京都贵族，他们的衣服雍容华贵，浑身上下都闪着珠光宝气。他们戴着黑布的束发小帽和草帽，仪态十分优雅，容貌异常俊美，行为举止都透露出翩翩风度。你听他们交谈的话语，就像文章一样流畅。

还有那贵族的女子，乌黑的长发稠密又直顺，如同绸缎一般闪着光泽。她们的冠冕两侧垂下晶莹宝石串成的塞耳，行走的时候，不时遮住面容，别有一番娇羞的风情。她们梳着当时流行的蛋发，卷曲的秀发像蝎子尾巴一样向上翘起。

她们的腰间垂着长长的丝带，跟随着步伐的节奏在空中轻轻摆动，脚步因此而显得尤其轻盈。

这些美丽可爱的贵族女子，人们叫她们尹吉姑娘，因为她们知礼节又有教养，无论谁见到都觉得喜欢。

可如今，只剩下一片荒凉。

繁华与安定一同逝去，我的心里忧闷又压抑。周朝衰败，贵族们纷纷逃离，留下这座空城与哀伤的我们。

多么希望，有一天能够看见他们回来。兴许那一天，这京都的繁华又将重现，百姓又会回到安居乐业的好日子里。只是，不知道我的有生之年还能不能看见。

全诗读来，有一种苍凉的落寞。这是繁华逝去之后，对往昔的追忆；是社会巨变之后，对旧日的伤感。作者细致入微地描写了往日里都城男女的仪容之美，从服饰到发型，而这一切，如今都不见踪迹，只是他脑海中留下的回忆。

6.《采绿》——以后，要做你的影子

终朝采绿[①]，不盈一匊[②]。予发曲局[③]，薄言[④]归沐。
终朝采蓝[⑤]，不盈一襜[⑥]。五日为期，六日不詹[⑦]。
之子[⑧]于狩，言韔[⑨]其弓。之子于钓，言纶[⑩]之绳。
其钓维何？维鲂及鱮[⑪]。维鲂及鱮，薄言观者[⑫]。

注释

①绿（lù）：通“菉”，草名，即荩草，又名王刍（chú）。

②匊（jū）：通“掬”，两手合捧。

③曲局：弯曲。

④薄言：语气助词。

⑤蓝：草名，蓼蓝。

⑥襜（chān）：围裙。

⑦詹：来到。

⑧之子：指丈夫。

⑨韔（chàng）：弓袋，此处用作动词。

⑩纶：钓鱼线，此处作动词。

⑪鱮（xù）：鲢鱼。

⑫者：诸。

译文

采了一早上的荩草，还没有一捧。我头发蓬乱，要回家洗洗。

采了一早上的蓼蓝，还不满一围兜。他说五天就回来，过了六天还没回。

以后他要出去打猎，我就替他装弓箭。他要出去钓鱼，我就为他整理钓鱼线。

他钓的是什么鱼？是鳊鱼和鲢鱼。就是鳊鱼和鲢鱼，我也待在一旁看不够。

赏析

一觉醒来，房间里还是空荡荡的。

我独守空房许多天，他还没有回家。这日子过得太没劲了。

丈夫不在跟前，我也没有心思梳妆打扮，在镜子前坐了半晌也只是发呆。算了，还是出门找些事情做吧。

想来，也该给他做件新衣裳了。不如去前边的山坡上采些荩草和蓼蓝，用来染布，等他回家时就能晾晒好了。

这么想着的时候，已经走出了家门。走到半路，才想起来自己还是蓬头垢面的，头发乱糟糟的不像样，也该回去洗洗了。

山坡上的植物长得非常茂盛，我一边走着，一边随手摘上一株，眼睛却总是不自觉地望向山下那条小路，那是他回家必经的地方。

山风呼呼地吹过，小草在风里摇着头。连它们都在同情我，一副望眼欲穿、可怜巴巴的模样。

真是委屈得想哭鼻子！他离家的时候，明明说好五天就回来，结果呢，六天都过完了，还是没看到他的身影。七天、八天、九天都过去了，他这是在哪乐不思蜀呢？

怎么就不能考虑考虑我的心情？被独自留在家中，得有多煎熬啊！

哼，我决定了！以后不管他去哪里，我都要跟着一道去。他要去打猎，我就替他把弓箭装进弓袋；他要去钓鱼，我就帮他整理钓鱼的丝线。

说到钓鱼，他可真是高手呢！我安静地待在一旁看着他，平静的水面起了波纹时，就是有鱼上钩啦！他忽然就提起钓竿，哈，一条鳊鱼在空中摇头摆尾，鱼鳞上的水在阳光下发出五彩光芒。不一会儿，又钓上了一条鲢鱼！

哈哈，真是太欢乐了！就算只有鳊鱼和鲢鱼，我也看一天都看不够。

不知不觉间，我的思绪跑出很远，想象出许多跟着他一起出门的情景。一早上时间都过完了，采的荩草还没有一捧，蓼蓝还没有一围兜。

此诗不同于一般的闺怨诗，而是以主人公的行为和细微的心理变化来表达她对丈夫的思念。她头发也没梳洗，心不在焉地采摘着，思绪却早已飞远。就在这样终日等待的时间里，她还是随时都能产生两人共处的甜蜜联想。字里行间，一位可爱的女子形象油然而生。

7.《黍苗》——营建谢邑，召伯功高

芃芃[①]黍苗，阴雨膏[②]之。悠悠[③]南行，召伯[④]劳之。
我任[⑤]我辇[⑥]，我车我牛。我行既集，盖云归哉。
我徒[⑦]我御，我师我旅。我行既集，盖云归处[⑧]。
肃肃谢功[⑨]，召伯营[⑩]之。烈烈[⑪]征师，召伯成[⑫]之。
原隰既平，泉流既清[⑬]。召伯有成，王心则宁。

注释

①芃（péng）芃：植物繁盛的样子。

②膏：滋润。

③悠悠：形容路远。

④召（shào）伯：指召穆公，西周大臣。

⑤任：负载的器具。

⑥辇（niǎn）：人拉的车。

⑦徒：步行。

⑧处：安居。

⑨谢功：谢地的工程。

⑩营：营建。

⑪烈烈：威武的样子。

⑫成：完成。

⑬清：此指疏通泉流。

译文

黄米的嫩苗多茂盛，天降雨露滋润它。南行的路途很遥远，唯有辛苦召伯了。

我们又拉车来又肩扛，背不动的让牛车装载。此行的工程已完成，何不马上回家去。

我步行来你驾车，千百人浩浩荡荡。此行的工程已完成，何不归家享安居。

谢邑修建得严正又完善，多亏召伯苦心经营。声势威武的施工大军，多亏召伯指挥才告成。

土地已经治理平整，泉流也都已疏清。召伯的营建大功告成，宣王总算放下心。

赏析

当年，周厉王施行暴政，被国人推翻政权。

召伯用自己的儿子代替太子靖被杀，秘密将之藏在家中。太子靖便是后来的周宣王。

周宣王治理有方，勤于理政，重用人才，终于使得周王朝复兴。

这年，为了巩固疆土，加强对南方的管辖和控制，他决定封母舅申伯为谢邑的统治者。在此之前，需要一名才德兼备的将领率军前去建营。

如此重要的军事要地，自然要选择信得过的人才。于是，召伯成了不二人选。

接到任命之后，召伯便率领着成百上千的师旅浩浩荡荡地向着南方的谢邑出发了。虽然路途遥远，难免坎坷辛劳，但召伯善于抚慰民心。在他的带领下，众人如同那茂盛的黍苗接受了雨露滋润一般，克服了千难万阻，并毫无怨言。

这建营的工程非常庞大，即便有千军万马，也辛苦劳累难当。从行的人员需要背负许多杂物，那些实在背负不了的重物便用牛车装载，一石一木，将规划中的谢邑建成。

召伯亲自临阵指挥，划分任务和人员，布置得井井有条。大家各司其职，有条不紊地进行着工程建设。不但要修建营地，还要治理土地和水系。

无数个日夜，召伯为研究规划图而绞尽脑汁，彻夜不眠。

在众人齐心协力的配合下，终于将谢邑建造成理想中的样子。召伯立下了大功，宣王看到谢邑完工，心上的石头也总算落了地。

众人都很开心，想着高高兴兴地班师回朝，归家休息。在路上，唱出了这首歌歌颂召伯。

全诗读来，音律起伏有致，句与句之间的押韵变化自然、不着痕迹，《雅》诗在结构上倾注了极大的匠心精神，从中可见一斑。

8.《隰桑》——暗恋在心口难开

隰桑有阿[①]，其叶有难[②]。既见君子，其乐如何。
隰桑有阿，其叶有沃。既见君子，云何不乐。
隰桑有阿，其叶有幽[③]。既见君子，德音孔胶[④]。
心乎爱矣，遐不[⑤]谓矣？中心[⑥]藏之，何日忘之？

注释

①阿（ē）：通“婀”，柔美的样子。

②难（nuó）：茂盛的样子。

③幽：通“黝”，青黑色。

④胶：缠绵。

⑤遐不：何不。

⑥中心：心中。

译文

洼地里的桑树是多么柔美，树叶丛密而繁茂。见到我的心上人，心里是无比快乐。

洼地里的桑树是多么柔美，树叶丰美有光泽。见到我的心上人，怎么可能不快活。

洼地里的桑树是多么柔美，树叶绿得那样深。见到我的心上人，情话缠绵爱意深。

心已陷入爱河，为何不敢开口说？把你深藏在我心中，哪天才可能忘记？

赏析

那天，春光明媚，桑树的嫩叶刚刚泛出新绿。

我与他擦肩而过时，忽然感到心脏猛烈地跳动起来，悄悄回头看了一眼，正遇上他回眸的目光。那一刻，我知道，爱情已经悄然降临。

春天的桑树是这样柔美，鲜嫩的叶子闪着光芒。爱情就这样在我的心头萌发，叫人心生喜悦，却又不知所措。

从那天起，每当路过这丛桑树，我都忍不住驻足停留。婆娑的树荫下，似乎还留有我们的影子，看起来，像是相依相偎、饱含深情的对视。

多希望可以再次见到他，与他在此地共赏春色，互诉衷肠。心中不断翻滚着缠绵的情话，脑海中是他俊逸的模样，他拉起我的手，说“爱你不渝”。

这样坚贞的誓言，让人又害羞又激动，低眉垂目地摩挲着衣角，不敢抬头直视他的眼睛。但终究，这一切都只是我的想象而已。

虽然看见他就让我欢喜不已，虽然已经动了情，却始终开不了口告诉他。

这份温柔的情怀，被深深埋藏在我的心底。

他的身影，停留在我的心上，一刻也不曾离去。忘不掉，也不想忘掉。

《雅》诗之中，极少有爱情诗，这篇在古时也不曾被当作情诗来解读。可是，那如火般炽热的爱情明明就在诗中涌动着，是爱情悄然降临的模样，“中心藏之”，如何能藏得住？“何日忘之”，又怎么能忘得了呀！

9.《白华》——新欢，旧爱

白华菅[①]兮，白茅[②]束兮。之子之远，俾我独兮。
英英[③]白云，露[④]彼菅茅。天步[⑤]艰难，之子不犹[⑥]。
滮[⑦]池北流，浸彼稻田。啸歌[⑧]伤怀，念彼硕人[⑨]。
樵彼桑薪，卬[⑩]烘于煁[⑪]。维彼硕人，实劳我心。
鼓钟于宫，声闻于外。念子懆懆[⑫]，视我迈迈[⑬]。
有鹙[⑭]在梁，有鹤在林。维彼硕人，实劳我心。
鸳鸯在梁，戢其左翼。之子无良，二三其德[⑮]。
有扁[⑯]斯石[⑰]，履[⑱]之卑兮。之子之远，俾我疷兮。

注释

①菅（jiān）：植物名。

②白茅：植物名。

③英英：云白的样子。

④露：滋润。

⑤天步：命运。

⑥不犹：不如。

⑦滮：圣女泉。

⑧啸歌：号哭而歌。

⑨硕人：高大的人，犹“美人”。

⑩卬（áng）：我。

⑪煁（shén）：可以移动的灶。

⑫懆（cǎo）懆：愁苦不安的样子。

⑬迈迈：不高兴的样子。

⑭鹙（qīu）：秃鹫。

⑮二三其德：三心二意。

⑯扁：低，此处指乘石的样子。

⑰石：乘车时所踩的石头。

⑱履：踩，指乘车时踩在脚下。

译文

菅草开着白色的花，用白茅将之捆扎。这人却去了远方，使我独守空房。

白云朵朵降甘露，滋润着菅草和白茅。我的命运真艰难，这人太不靠谱。

圣女泉水向北流，浸湿了那边的稻田。我忧伤地放声悲歌，思念那心上人。

砍伐那桑木作柴火，我将行炉烧暖和。想起那个美人，实在让我忧愁难消散。

宫内的钟鼓被敲响，在外面也能听见声音。我想他想得愁苦不安，他却不想正眼看我。

有秃鹫在鱼梁上，有白鹤在树林里。想起那个美人，实在伤透我的心。

鸳鸯栖息在鱼梁上，嘴插进左翅下相偎相伴。这人却没良心，朝三暮四把我抛弃。

乘车石扁又平，虽然低下有人踩。这个人弃我远去，让我相思成疾。

赏析

婚姻，是一场漫长的旅途。

犹记得当初喜结连理，大红盖头掀起的时候，彼此含情脉脉地注视着对方，以为今生今世都永不分离。

菅草要用白茅来捆扎，夫妻二人本是如此亲密。

那誓言仿佛还在耳边，身旁的人却已另寻新欢，月光下，只有我孤独的身影被拉得细长。

圣女泉的涓涓细流，尚且可以滋润稻田，使之茂盛生长。而我，洁身自好如白鹤，却只能独自在林间徘徊。

那个女人，就像秃鹫一样阴险狡诈，妖言魅惑，将我的丈夫哄骗得团团转。他竟然如此愚蠢，放着贤良淑德的妻子不闻不问，视如敝帚，却一片温柔地对着外面居心不良的女人。

宫内的乐钟与鼓声，一下子就能传得很远。丈夫出轨，狠心将我抛弃，已经是众人皆知的事情。

珍贵的桑木被拿来当柴火烧，家中的贤妻连陪伴的资格都没有，他正眼都懒得瞧一瞧。

我的心里是这样悲伤，忍不住放声哭喊，哀悼命运的艰难。

那边，有对鸳鸯栖息在鱼梁上，彼此相依相偎。我不禁顾影自怜，想起那个负心人此时正在别人那，眼泪就止不住地流下来。

我出身高贵的家族，从小受到教养，有礼有节。他却偏偏向着那个天使容貌、蛇蝎心肠的卑贱女子。

我又气又怨，可是，心中却还是爱着他，还是会想他。

从诗歌的内容可以看出，主人公是一位贵族女子，尽管她出生良好、贤良淑德，也依然避免不了被丈夫遗弃冷落的命运。

《诗经》之中的弃妇诗数量众多，由此也可看出，古代社会中，无论贵族阶层还是平民阶层，女性的地位都非常卑微。

10.《緜蛮》——劳役累，累出幻觉

緜蛮[①]黄鸟，止于丘阿[②]。道之云远，我劳如何。饮之食之，教之诲之。命彼后车[③]，谓之载之[④]。

緜蛮黄鸟，止于丘隅[⑤]。岂敢惮行[⑥]，畏不能趋[⑦]。饮之食之，教之诲之。命彼后车，谓之载之。

緜蛮黄鸟，止于丘侧[⑧]。岂敢惮行，畏不能极[⑨]。饮之食之，教之诲之。命彼后车，谓之载之。

注释

①緜（mián）蛮：指鸟叫声。

②丘阿（ē）：山凹。

③后车：诸侯出行时的从车，又叫副车。

④谓之载之：命副车的驾车者载上他。

⑤丘隅：山丘一角。

⑥惮（dàn）行：怕行路。

⑦趋：快走。

⑧丘侧：山丘的旁坡。

⑨极：犹“至”，到达。

译文

黄雀叽叽喳喳叫着，停落在弯曲的山坡上。道路是这么遥远，我长途跋涉劳累不已。让他吃饱喝足，教他懂得道理。命令后面的副车，让他乘坐在上面。

黄雀叽叽喳喳叫着，停落在山坡的一角。哪里敢害怕走路，只怕不能走快点。让他吃饱喝足，教他懂得道理。命令后面的副车，让他乘坐在上面。

黄雀叽叽喳喳叫着，停落在山坡的一侧。哪里敢害怕走路，只怕走不到终点。让他吃饱喝足，教他懂得道理。命令后面的副车，让他乘坐在上面。

赏析

这山路漫漫，似乎没有尽头。

我已经在路上行走了很多天，累得浑身无力，感觉四肢都要散架了。

长途跋涉，历经风吹雨淋又日晒，身心已经疲惫至极，就快要承受不住了。

你看那天空中飞翔的黄雀，它们时而停落在这里，时而栖息在那里，还能够自由自在地休息。我却不能停下脚步，只恨不能走得再快一些，可以早点到目的地。

草鞋已经被坚硬的石子磨破，脚趾头也磨出了血。但我还是不能歇息，身体如同机械一般重复着行走的动作，脑海里却渐渐变得不清醒。

真希望这时可以出现一个人，给我些水解解渴，给我一些食物填填肚子。

恍惚间，似乎出现一队诸侯的行车，他停下来，送了些食物和水给我，温和关怀，那些明理的话语宛若涓涓清流，让我感到身心舒畅。

随后，他又向驾驶后车的人下达命令，让我乘坐在上面，搭乘一段路。

这情景在脑海中反复出现，我内心多渴望能够梦想成真。

可是，生疼的双脚将我拉回现实。眼前，只有花白的日光和绵延的山路。

此篇类似民谣，前半部分节奏舒缓而低沉，抒发了行役者身心俱疲的沉重感，就在他快要支撑不下去时，后半部分转向欢快的副歌，展开了美好想象。然而，想象越美好，却越加反衬出行役者现实处境的悲惨。

11.《瓠叶》——清淡酒菜也是一种小确幸

幡幡[①]瓠叶，采之亨之。君子有酒，酌言尝之。
有兔斯首，炮[②]之燔[③]之。君子有酒，酌言献之。
有兔斯首，燔之炙之。君子有酒，酌言酢之。
有兔斯首，燔之炮之。君子有酒，酌言酬之。

注释

①幡幡：翻动的样子。

②炮（páo）：将带毛的动物裹上泥煨熟。

③燔（fán）：用明火烤熟。

译文

瓠瓜的叶子在风中翻动，摘下来煮熟了吃。君子准备了酒，斟满了来品尝。

野兔有一整只，煨熟或者烤熟它。君子准备了酒，斟满之后敬宾客。

野兔有一整只，烧烤兔肉味道鲜。君子准备了酒，客人斟满来回敬。

野兔有一整只，烧烤或者煨熟它。君子准备了酒，斟满一杯互相劝饮。

赏析

那天，家中要来客。

平日里，粗茶淡饭倒也能对付过去。今天客人来了，还是得尽力周到一些。

没有什么新鲜的时令蔬菜，就去院子里采摘一些瓠瓜叶子吧！虽然味道微苦，算不上好菜，但至少也还新鲜。

好在主人打回来一只野兔，今天就把它宰了，煨熟了烤肉吃。

客人进了家门，野兔也已经烧好，散发出香味。

主人从坛中取出酒，虽然没有美酒佳酿，但借一杯薄酒来表达诚意。他将酒斟满，举杯敬客，请他尝尝。

桌上仅有的两道菜，就是清炒瓠瓜叶和烧烤兔肉。

薄酒小菜不足为贵，但真心诚意的待客之礼，便是最好的美酒佳肴。主客有说有笑，互相给对方斟酒，你一杯，我一杯，喝得很开心。

就着肉质鲜嫩的野兔，吃着微苦的瓠瓜叶，倒也其乐融融，甚是满足。

这首诗作用词朴实，使用白描的手法，将朋友私宴写得颇有意境。虽是小酒小菜，倒也热情周到，不失待客之礼，从侧面展现了一些中华民族在饮食上的传统礼仪。

12.《渐渐之石》——我们的征途

渐渐[①]之石，维其高矣。山川悠远，维其劳矣。武人[②]东征，不皇朝矣。

渐渐之石，维其卒[③]矣。山川悠远，曷其没[④]矣？武人东征，不皇出[⑤]矣。

有豕白蹢[⑥]，烝[⑦]涉波矣。月离[⑧]于毕[⑨]，俾滂沱矣。武人东征，不皇他矣。

注释

①渐（chán）渐：险峭的样子。

②武人：指东征将士。

③卒：通“崒”，高峻而危险。

④曷其没：何时是个尽头。

⑤出：出险。

⑥蹢（dí）：蹄子。

⑦烝（zhēng）：众多。

⑧离（lì）：依附，靠近。

⑨毕：天毕星，二十八星宿之一。

译文

悬崖峭壁多艰险，山峦是如此雄伟。山路崎岖水路蜿蜒，行军在路上劳苦奔波。将士们去东征，日夜赶路不知道走了多少天。

悬崖峭壁多艰险，山峰是如此高峻。山路崎岖水路蜿蜒，什么时候才能走完？将士们去东征，顾不上考虑什么时候出险关。

有白蹄子的猪，成群结队从水中走过。月亮靠近天毕星，使得大雨滂沱。将士们去东征，没空考虑其他的事情。

赏析

东征的路途漫长而遥远。

接到君王指令后，我们马不停蹄地踏上了征途。这路上，崇山峻岭一座接一座，连绵不休。山上怪石嶙峋，悬崖之下是万丈深渊，若是不留神踩空了，定会摔得粉身碎骨。

士兵们接踵连肩，紧紧挨着山石边缘鱼贯而行。这条小道刚刚好一车宽，路面颠簸坎坷，时刻都需要集中精神看着脚下。

军令十分火急，我们没日没夜地赶着路，已经不知道走了多少天。高山翻过一座又一座，始终看不到尽头。

丛林之中，有许多凶猛的野兽潜伏着。灌木之间，毒蛇会冷不丁蹿出来。危险始终伴随在身旁，但我们顾不上这么多，必须加快步伐继续前进。高度紧张的精神，加上长途跋涉得不到休息，士兵们都已疲惫不堪。

越过高山密林，来到低谷。一群白蹄的猪成群结队蹚过小河，溅起一朵朵素色的水花。

我们从白天一直走到了夜晚，天空中，那轮明月与天毕星靠得很近。

这是有大雨的预兆。

尽管天象已经预示了次日将有暴雨，我们却不能找个安全的地方避雨。

军令告急，众将士没空想别的事情。

此诗展现了古代急行军在路途之中跋山涉水、历尽艰辛的过程，诗人在这段苦旅之中插入环境描写，更为深刻地烘托出紧迫感。尽管战士们随时都有可能遭遇险境，却顾不上恶劣的气候与周遭危机，只是专注地盯着前路，连生命都无暇顾及。

13.《苕之华》——星光很美，却无法抵御饥荒

苕[1]之华，芸其黄矣。心之忧矣，维其伤矣！
苕之华，其叶青青。知我如此，不如无生。
牂羊[2]坟[3]首，三星[4]在罶[5]。人可以食，鲜[6]可以饱。

注释

①苕（tiáo）：植物名，又名凌霄或紫葳。

②牂（zāng）羊：母羊。

③坟：大。

④三星：泛指星光。

⑤罶（liǔ）：捕鱼的竹器。

⑥鲜（xiǎn）：少。

译文

凌霄花开，花朵鲜黄明亮。我的心里很忧愁，悲伤无处安放！
凌霄花开，叶子还很嫩绿。早知道这样痛苦，还不如别降临人世。
母羊瘦得只见大头，鱼篓空空映出星光。人们什么都吃，却根本就吃不饱。

赏析

盛夏时节，墙头的凌霄花开得正艳，明亮的黄色花朵，嫩绿的枝叶，看起来生机蓬勃。

本该是万物生长最为繁茂的季节，百姓却遭遇饥荒，粮食颗粒无收，百草也都枯竭。

家中已经很久都揭不开锅了，米缸和菜篮都空空如也，没有食物可以下炊，孩子和老人已饿得奄奄一息。

走出家门，四处都可以听见无助的哀号和呻吟。年轻的男子各个面露菜色，手脚无力地行走在荒野上。放眼望去，地里找不到能挖的野菜，连虫鱼鸟兽都不见了踪迹。

这样的日子已经过了很多天，再没有食物可吃，怕是要饿死了。家中仅剩的那只母羊，如今也瘦骨嶙峋到只有头大了。

放了捕鱼的竹篓到水中，想要抓一些河鱼来充饥。流淌的河水中却没有鱼的影子，一汪清水映照出夜空中的星光。

饥饿让人丧失理智。树皮草根都被刨光了，即便这样，也还是无法填饱肚子。

如此凄惨的世界，让我没有办法去直视。内心里被无限的痛苦和忧伤占据着，却无处宣泄。早知道要遭遇这样人道尽丧的悲剧，经历这样的惨剧，当初还不如别被生下来！

饥荒的年代里，人连草木都不如啊。

此篇为诗人哀叹百姓饥荒之苦而作的诗歌，面对现实的残酷，他哀其生不逢时，充满绝望。末章的比喻奇特新颖，而最后一句“人可以食，鲜可以饱”更是令人触目惊心，悲哉，痛哉！

14.《何草不黄》——出征的人，活得没人样

何草不黄？何日不行？何人不将？经营四方。
何草不玄？何人不矜[①]？哀我征夫，独为匪民[②]。
匪兕[③]匪虎，率彼旷野。哀我征夫，朝夕不暇。
有芃[④]者狐，率彼幽草。有栈[⑤]之车，行彼周道。

注释

①矜（guān）：通“鳏”，年老无妻者。

②匪民：不是人。

③兕（sì）：野牛。

④芃（péng）：即芃芃，指狐狸毛蓬松的样子。

⑤有栈：即栈栈，役车高高的样子。

译文

有什么草不会枯黄？有哪天不在路上？有什么人可以不出征？东西南北走遍。

有什么草不会腐烂？有什么人不是光棍？可怜我们这些出征的人，独独不被当作人。

不是野牛也不是老虎，却沿着那旷野奔走不停。可怜我们这些出征的人，从早到晚都没空闲。

狐狸的毛很蓬松，在深草丛中穿来穿去。役车很高大，行驶在那大道上。

赏析

这是《诗经·小雅》的最后一篇，如同一曲末世之音，带着无限苍凉的回声，久久地回荡在历史上空，穿越千年，让我们感同身受。

这是行役之人的一首挽歌，唱出了心中的悲痛。那声音发自肺腑，如此悲怆，令人不禁哀怜起同为人类的他们。

人生在世，总有一天会归于尘土。就如同草木枯荣有规律，总会有衰败腐烂的那一天。

可是，在当时活着的人们，却过着非人的从军生活。没日没夜地走在行军路上，像丛林的野兽一般，整天在旷野之中奔波，不得片刻安歇。

这些人啊，在漫长无期的军旅生涯中打着光棍，至于妻儿家室，就算有也像没有一样。

终日劳苦地行走，拼命与敌军厮杀，南来北往，如同一枚冷兵器，已然丧失了作为人该有的生活。

他们在声嘶力竭地呐喊，在痛苦地哀号，却没有人听见，也没有人伸出援手。

最可悲的是，这样的命运伴随着他们的整个人生，一直到离开人世也没有改变。

大雅・文王之什

1.《文王》——兴亡天定，文王受命

文王[1]在上，於[2]昭于天！周虽旧邦，其命[3]维新。有周不[4]显，帝命不时[5]。文王陟降[6]，在帝左右。

亹亹[7]文王，令闻不已。陈锡[8]哉周，侯文王孙子[9]。文王孙子，本支[10]百世，凡周之士，不显亦世[11]。

世之不显，厥犹翼翼[12]。思皇多士[13]，生此王国。王国克[14]生，维周之桢[15]；济济多士，文王以宁。

穆穆文王，於缉熙[16]敬止[17]。假[18]哉天命，有商孙子[19]。商之孙子，其丽不亿[20]。上帝既命，侯于周服[21]。

侯服于周，天命靡常。殷士肤[22]敏，祼[23]将于京。厥作祼将，常服[24]黼[25]冔[26]。王之荩臣[27]，无念尔祖。

无念尔祖，聿修厥德。永言配命[28]，自求多福。殷之未丧师[29]，克配上帝。宜鉴于殷，骏命[30]不易！

命之不易，无遏尔躬。宣昭[31]义问[32]，有[33]虞[34]殷自天。上天之载[35]，无声无臭[36]。仪刑[37]文王，万邦作孚[38]。

注释

①文王：周文王，姬姓，名昌，周武王的父亲。

②於（wū）：感叹词。

③命：天命。

④不（pī）：通“丕”，大。

⑤时：是，适时。

⑥陟降：上行为陟，下行为降，指神灵升天和降临。

⑦亹（wěi）亹：勤勉不倦的样子。

⑧陈锡：一再赏赐。

⑨孙子：子孙。

⑩本支：指本宗和支系。

⑪亦世：犹“奕世”，世世代代。

⑫翼翼：恭谨勤勉的样子。

⑬多士：众多贤士。

⑭克：能。

⑮桢：栋梁。

⑯缉熙：形容文王品德光明正大的样子。

⑰敬止：被臣民尊敬。

⑱假：大。

⑲商孙子：殷商子孙后代。

⑳其丽不亿：指数量极多。

㉑周服：臣服于周。

㉒肤：美。

㉓祼（guàn）：古代一种祭礼，祭祀时把酒浇在地上。

㉔常服：祭服。

㉕黼（fǔ）：指殷之礼服。

㉖冔（xǔ）：殷冠。

㉗荩臣：指忠臣。

㉘配命：与天命相合，指德行合乎天理。

㉙丧师：指丧失民心。

㉚骏命：大命，即天命。

㉛宣昭：宣扬。

㉜义问：美善的名声。义，美善。问，通“闻”，名声。

㉝有：又。

㉞虞：推度。

㉟载：事。

㊱臭（xiù）：气味。

㊲仪刑：效法。

㊳孚：信服。

译文

文王神灵在天，啊！在天上光明显耀。周虽然是古老的邦国，但国运出现新气象。周朝功绩辉煌，上天之意合乎时宜。文王神灵升天降临，在天帝身边辅佐。

勤勉不倦的文王，美好的名声永世相传。上天一再厚赐他开创周朝，福泽他的子孙后代。文王的子孙后代，本宗百世为天子，支系百世为诸侯。周朝的公侯卿士，也世代都爵禄尊显。

世代都荣耀尊显，他们谋事恭谨勤勉。众多的贤良之人，生在这个王国。王国能生存发展，因为他们是周朝的栋梁。人才济济为朝廷，文王得以安心。

庄重美好的文王，啊！光明磊落被臣子尊敬。伟大的天命，让殷商子孙后代臣服于周。殷商的子孙后代不计其数。上天已经命令，他们得顺应天命臣服于周。

商朝子孙臣服于周朝，可见天命无常。殷人美好而勤敏，在京都助祭浇酒。他们在助祭浇酒时，穿的是殷商礼服，戴的是殷商帽子。作为君王的忠臣，你们怎么能不念及先祖？

念及你们的先祖，修养你们的美德善行。长久地顺应天命，才能求得上天赐予的许多福气。商朝没有丧失民心时，也能顺应天意。应该以殷商作为借鉴，才能让天命不改变。

天命不是不会改变，不要让天命在你们身上终止。宣扬美善的名声，想到殷地兴亡都是天定。上天行事难以预测，没有声音没有气味。应当效法先祖文王，让天下都信服。

赏析

他，周文王，是周王朝的时代人物。

身为君王，他却过着勤俭有节的朴素生活，不讲究华贵的排场，也不安逸作乐，反倒常常到田间地头劳作。在他的管理下，田地被划分为公田和私田，百姓没有那么沉重的赋税，日子得以改善，因而更积极地投入到农业生产之中。

当时，暴虐的商纣王使得天下百姓苦不堪言，文王却尊老爱幼，礼贤下士。曾经，为了让商纣废除残酷的炮烙之刑，他主动割让一块土地来换取。这样的善德令他受到百姓的爱戴，国家得以发展。

他一生勤于政事，励精图治，许多贤德的人才纷纷前来投奔。在众多贤臣的辅佐下，周朝的势力范围扩大到了江汉和汝水流域，大半个天下的诸侯都归顺于他。

文王去世之后，武王继承他未完的事业，一举推翻了殷商的统治。

殷商失民心从而失天命，周公以此为鉴，在此篇对文王的颂歌中饱含着对周朝臣民及王孙后代的苦口婆心。

他告诫殷商遗民与周朝诸臣，应当忠诚于周；同时，又提出殷切希望，勉励成王继承先祖的美德，效法他施行仁德以顺应天命，让天下信服，国家才能得以长盛不衰。

这篇章之中，蕴藏着许多治国理政的重要思想。即便在千年之后读来，亦不禁点头称赞。

2.《大明》——文王身前身后事

明明[1]在下[2]，赫赫[3]在上[4]。天难忱[5]斯，不易[6]维王。天位殷適[7]，使不挟[8]四方。

挚[9]仲氏任，自彼殷商，来嫁于周，曰嫔[10]于京。乃及王季[11]，维德之行[12]。

大任有身[13]，生此文王。维此文王，小心翼翼。昭事上帝，聿怀[14]多福。厥德不回，以受[15]方国。

天监在下，有命既集。文王初载[16]，天作之合。在洽[17]之阳，在渭[18]之涘[19]。

文王嘉[20]止，大邦[21]有子[22]。大邦有子，伣天之妹[23]。文定[24]厥祥，亲迎于渭。造舟为梁[25]，不[26]显其光。

有命自天，命此文王。于周于京，缵[27]女维莘[28]。长子[29]维行[30]，笃生武王。保右[31]命尔，燮[32]伐大商。

殷商之旅，其会[33]如林。矢[34]于牧野，维予侯[35]兴。上帝临[36]女，无贰尔心[37]。

牧野洋洋，檀车煌煌，驷騵[38]彭彭。维师尚父[39]，时[40]维鹰扬。凉[41]彼武王，肆[42]伐大商，会朝[43]清明。

注释

①明明：德行光辉。多用以颂扬帝王、神灵。

②在下：人间。

③赫赫：天命显赫。

④在上：天上。

⑤忱：信任。

⑥易：容易。

⑦殷嫡（dí）：指纣王。適，通“嫡”，嫡子。

⑧挟：占有。

⑨挚：古诸侯国名。

⑩嫔（pín）：出嫁为妇。

⑪王季：文王的父亲。

⑫维德之行：只做有德行的事情。

⑬有身：怀孕。

⑭怀：招来。

⑮受：享有。

⑯初载：初始，指即位之初。

⑰洽（hé）：水名。

⑱渭：水名。

⑲涘（sì）：水边。

⑳嘉：婚礼。

㉑大邦：指殷商。

㉒子：未嫁的女子。

㉓伣（qiàn）天之妹：就像仙女一样。伣，就像。天之妹，天上的美女。

㉔文定：订婚。

㉕梁：桥。

㉖不：通“丕”，大。

㉗缵（zuǎn）：继。

㉘莘（shēn）：国名。

㉙长子：指太姒。

㉚行：嫁。

㉛保右：即“保佑”。

㉜燮：会合。

㉝会（kuài）：古代一种军旗。

㉞矢：同“誓”，誓师。

㉟侯：乃。

㊱临：监察。

㊲无贰尔心：不要有疑心。无，通“勿”。贰，怀疑。

㊳骠（yuán）：赤毛白腹的马。

㊴尚父：指姜太公。

㊵时：是。

㊶凉：辅佐。

㊷肆：迅猛。

㊸会朝（zhāo）：会战的早晨。

译文

人间的功过清楚明白，上天的威严如此显赫。天命难以信任，君王不容易当。天命殷商嫡子位居天子，后来又令他丧失天下。

挚国的任家二闺女，来自殷商。她嫁到了周国，在京都做了人妇。就是嫁给了王季，夫妻二人广施仁德。

她婚后怀有身孕，生下了周文王。这周文王，行事恭敬又谨慎。他光明正大地侍奉上天，上天赐予他许多福祥。他的德行光明磊落，因此承受天命治理大国。

上天监察着人间，天命已经聚集在文王身上。在他执政之初，上天就赐予了好姻缘。这女子在洽水北面，渭水边上。

文王大婚，与殷商的一位姑娘。殷商的这位姑娘，就像那天仙一样漂亮。订婚的兆示很吉祥，文王到渭水边迎亲。造船连接成浮桥，婚礼盛大而光耀。

上天之命从天而降，天命降在文王身上。在周国的京都，娶了莘国的姑娘。太姒嫁给文王，天降厚恩生下武王。武王得天命保佑，会合诸侯征伐殷商。

殷商的军队集结，军旗多得就像树林一样密。武王誓师在牧野，说我们周国要兴起。上帝监察着你们，你们不要有任何疑心。

牧野的战场广阔无垠，檀木战车鲜明耀眼，那四匹赤色白腹的马非常强壮。太师尚父姜太公，就像飞鹰一样勇猛。他辅佐那武王，迅猛袭击讨伐殷商，会战到早晨大获全胜，天下清平。

赏析

话说，在很久之前，殷商的属地有个叫挚的小国，那里住着一位姓任的贵族姑娘。

这位贵族姑娘太任远嫁到了周国，嫁给一个叫季历的男人，他就是周王朝的奠基人古公亶父的接班人。之后，善良美好的夫妻二人，在周国广施德政。

婚后不久，太任怀孕生下了姬昌，也就是后来的周文王。这个儿子继承了他们的美德，行事恭敬谨慎，又光明磊落，成了一代明君，扩大了先祖的基业。

这个儿子履行君主的使命，因为德行优良，得到上天的厚爱与赐福，并且许给他一段佳缘。他娶了住在洽水北面、渭水边上的一位姑娘。这姑娘来自殷商属地那个叫莘的小国，长得美若天仙。

文王姬昌按照传统习俗，亲自到渭水边去迎亲，用船只搭成浮桥，迎娶河对岸那位叫太姒的姑娘，并且在京都举行了盛大而隆重的婚礼。

婚后，太姒得到上天的厚爱，生下了儿子姬发，也就是后来的周武王。周武王顺应天命，成了新的君主，继承文王未竟的事业，会同各国诸侯一起征战讨伐殷商。

最后的决战地在牧野。对面是殷商集结的大军，密密麻麻的军旗迎风飘扬；这边是高大威武的檀木战车，匹匹雄马彪悍强壮。在这苍茫的大地上，就要决一死战。文王率领众将士誓师，鼓励众人同心，不要有疑虑，他们是应上天之命来剿灭残暴的殷商的。

将领之中，就有太师尚父姜太公，他在战场上如雄鹰一般冲锋陷阵，勇猛地攻击，辅佐武王获取了牧野之战的胜利。

至此，殷商被灭，天下恢复太平。

此篇文字，如同一位老者在给年轻的后代讲述老祖宗的历史，娓娓道来，从三代先祖的婚姻、生子，到治理国家，一直讲到最后对于周朝而言无比重要的牧野之战。其中，“小心翼翼”“天作之合”都成了后世流传甚广的成语。

在这讲述之中，虽然是为彰显周朝先祖的辉煌功绩，却也时刻不忘与上天呼应。国运是天命护佑，好的配偶也是上天选定。可见，古人顺应天命的思想，真是深入骨髓。

3.《緜》——古公亶父的创业故事

緜緜[①]瓜瓞[②]，民之初生，自土沮漆[③]。古公亶父[④]，陶复陶穴[⑤]，未有家室[⑥]。

古公亶父，来朝走马[⑦]。率西水浒[⑧]，至于岐下[⑨]。爰及姜女[⑩]，聿来胥宇[⑪]。

周原膴膴[⑫]，堇荼如饴[⑬]。爰始爰谋，爰契[⑭]我龟，曰止曰时[⑮]，筑室於兹[⑯]。

乃慰[⑰]乃止，乃左乃右，乃疆[⑱]乃理[⑲]，乃宣[⑳]乃亩[㉑]。自西徂东，周爰执事。

乃召司空[㉒]，乃召司徒[㉓]，俾立室家。其绳则直，缩[㉔]版以载[㉕]，作庙翼翼。

捄[㉖]之陾陾[㉗]，度[㉘]之薨薨[㉙]，筑之登登，削屡冯冯[㉚]。百堵[㉛]皆兴，鼛鼓弗胜[㉜]。

乃立皋门[㉝]，皋门有伉[㉞]。乃立应门[㉟]，应门将将[㊱]。乃立冢土[㊲]，戎丑[㊳]攸行。

肆不殄厥愠，亦不陨厥问[㊴]。柞棫[㊵]拔矣，行道兑[㊶]矣。混夷[㊷]駾[㊸]矣，维其喙[㊹]矣！

虞[㊺]芮[㊻]质厥成，文王蹶[㊼]厥生。予[㊽]曰有疏附，予曰有先后[49]，予曰有奔奏[50]，予曰有御侮[51]。

注释

①緜緜：连续不断的样子。緜，通“绵”。

②瓞（dié）：小瓜。

③自土沮漆：从杜水到沮漆。土，又作“杜”，指杜水。漆，水名。

④古公亶（dǎn）父：周王朝奠基人，周太王。古公是称号，亶父是名。

⑤陶复陶穴：居住在窑灶土室。陶，窑灶。复，土室，古时的一种窑洞。

⑥家室：宫室。

⑦走马：策马奔驰。

⑧水浒：水边。

⑨岐下：岐山之下。

⑩姜女：指古公亶父的妻子，姜氏。

⑪胥宇：考察地势，选择建筑宫室的地址。

⑫膴（wǔ）膴：肥沃的样子。

⑬堇荼如饴：苦味野菜都很甜。形容这片土地肥沃。堇，一种略带苦味的野菜。荼，苦菜。饴，用米芽或麦芽熬成的糖浆。

⑭契：锲刻。

⑮曰止曰时：卦象显示可以在此安居。曰，卦象显示。止，可以在此居住。时，可以动工。

⑯兹：这里。

⑰慰：安定。

⑱疆：划分疆界。

⑲理：治理土地。

⑳宣：疏通沟渠。

㉑亩：整治田垄。

㉒司空：管营建的官。

㉓司徒：管人事调配的官。

㉔缩：束紧。

㉕载：装土夯实。

㉖捄（jiū）：盛土。

㉗陾（réng）陾：众多的样子。

㉘度：向筑板内填土。

㉙薨（hōng）薨：填土的声音。

㉚削屡冯（píng）冯：削墙发出的呼呼声。屡，土墙隆起的地方。冯冯，把墙削平捶实的声音。

㉛堵：五版为一堵。

㉜鼛（gāo）鼓弗胜：指鼓声盖不过劳动的声音。鼛，长一丈二尺的大鼓。

㉝皋门：王都的外城门。

㉞伉（kàng）：高大的样子。

㉟应门：王宫的正门。

㊱将（qiāng）将：庄严雄伟的样子。

㊲冢土：大社，祭祀土神的坛。

㊳戎丑：大众。

㊴问：通“闻”，声誉。

㊵棫（yù）：白桵，丛生有刺。

㊶兑：通达。

㊷混夷：种族名，即昆夷。

㊸駾（tuì）：奔逃。

㊹喙（huì）：疲劳困倦。

㊺虞：古国名。

㊻芮：古国名。

㊼蹶（guì）：感动。

㊽予：周人自称。

㊾先后：在君王前后辅佐导引的臣子。

㊿ 奔奏：奔走四方宣扬君王德誉的臣子。

(51) 御侮：捍卫国家抵御外敌的臣子。

译文

连续不断地结出大瓜小瓜，周族最早的发祥地，是在杜水和漆水旁。古公亶父，在那挖窑洞、挖土室，当时还没有修建房屋宫室。

古公亶父，有天早晨策马奔走。沿着漆水西岸，来到岐山脚下的周原。他与妻子姜氏，在这里察看地势，准备安家。

周原的土地真肥沃，苦味的野菜都像麦芽糖一样甜。他们开始谋划，刻龟甲占卜。卦象显示这里适合定居，他们便在这里修建房屋。

于是在这里安家定宅，将土地划分东西，划分疆界又治理土地，疏通沟渠又整治田垄。从东到西，从南到北，忙着所有的事情。

于是叫来管营建的官，又叫来管人事调配的官，让他们建造宫室。施工的准绳拉直了，绑好木板装土夯实，建造起庄严的宗庙。

铲土入筐装得满满当当，倒土到板中发出轰轰声，打夯的声音噔噔响，削平墙面的声音呼呼响。百堵高墙同时兴工，擂大鼓的声音都被淹没了。

于是建起了外城门，外城门高大雄伟。于是建起了王宫正门，正门气势轩昂。于是修建了大社的社坛，出兵之时好来祭社。

没有灭绝对敌军的怒火，也没丧失他的名誉。拔除那长刺丛生的栎树和白桵，让大道畅通无阻。昆夷四处奔逃，何其疲惫困乏！

虞芮两国的争执被平定，文王感化了他们的天性。我们有率下亲上的臣子，我们有在君王前后辅佐导引的臣子，我们有奔走四方、宣扬君王德誉的臣子，我们有捍卫国家、抵御外敌的臣子。

赏析

周朝的子孙世代相续，生生不息。

在那遥远的年代，周人的故乡还在邠地，居住在窑洞之中。那时，彪悍凶猛的游牧民族昆夷前来掠夺，先祖古公亶父为求和平，献上金银珠宝和马匹兽皮，但这也无法消除昆夷的侵扰。无奈之下，他想要率领部族迁徙到别处。

为了寻找到一块肥沃的土地，古公亶父策马奔驰，四处探索。终于，发现岐山脚下的这片土地非常丰美，连地里生长的苦味野菜吃起来都甜得像糖。于是，他娶了姜氏，开始在岐山察看地势，准备定居。

民族迁徙的过程是漫长的，但华夏儿女们都充满着生活的热情。他们先谋划布局，用龟甲占卜，确定这是可以居住安家的地方后，便开始投入到建设新家园的工作中。

在古公亶父的带领下，划分好疆界和田地，治理水域，整治田垄。所有人都激情满满地干着活，平原文明从这里兴起。

众人协力，在岐山建造宫室住宅，修建好祭社的社坛。这劳作的场面热闹非凡，连大鼓的声音都被淹没其中。

古公亶父经历艰辛的创业，为后世的兴盛奠定了基础。周人自此有了新的发展，天堑变通途。因为古公亶父的善行美德，四方人士纷纷迁来归顺。曾经侵略周族的昆夷被打得落花流水，四处逃窜。

后来，文王秉承先祖的德行，治国有方，举国上下谦和有礼。虞国和芮国因争执土地吵闹不休时，想要找文王裁判，却发现周国人都礼尚谦让，使他们深受感动，最终，他们争夺的那块土地也因谦让而被闲置。天下诸侯国听闻此事，都来归顺周朝。

这部漫长的周朝兴起史，不只是君王的丰功伟绩，也离不开贤臣的辅佐。在篇章的末尾，提及四类臣子，文武兼备，贤德有才。正是因为有他们的协助，周朝才得以统治天下，成为我华夏民族的先祖。

在这篇对古公亶父创业史的书写中，亦蕴含着精神力量的传承。从古至今，连绵不绝的不只是子孙后代的繁衍，还有那不畏艰险勇于开创的民族精神。

4.《棫朴》——得道者多助

芃芃棫朴[①]，薪之槱[②]之。济济辟王[③]，左右趣[④]之。
济济辟王，左右奉[⑤]璋。奉璋峨峨[⑥]，髦士[⑦]攸宜。
淠[⑧]彼泾[⑨]舟，烝徒[⑩]楫之[⑪]。周王于迈，六师及[⑫]之。
倬彼云汉，为章于天。周王寿考，遐不作[⑬]人？
追琢[⑭]其章，金玉其相[⑮]。勉勉[⑯]我王，纲纪[⑰]四方。

注释

①芃芃棫朴：比喻人才众多。朴，枹（bāo）木。

②槱（yǒu）：聚积。积柴燃烧以祭天。

③辟（bì）王：君王。

④趣（qū）：通“趋”，趋向，疾走。

⑤奉：捧。

⑥峨峨：盛美的样子。

⑦髦士：俊士。

⑧淠（pì）：船行的样子。

⑨泾：泾河。

⑩烝徒：众人。

⑪楫之：用桨划船。

⑫及：跟随。

⑬作：培育。

⑭追（duī）琢：雕琢。

⑮相：本质。

⑯勉勉：勤勉不已。

⑰纲纪：治理。

译文

棫树和朴树都很茂盛，砍成木柴堆积起来。周王的气质庄重美好，左右群臣靠近他。

周王的气质庄重美好，左右群臣捧着璋瓒。捧着璋瓒的仪容盛美，样貌英俊举止得体。

船在泾河水中行驶，众人齐力用桨划船。周王出兵去远征，六军跟随一同前往。

那银河如此宽广，在天空闪耀着光彩。周王万寿无疆，怎么会不培育人才？

雕琢那金玉的花纹，呈现出金玉的本质。我周王勤勉不已，培养人才治国理天下。

赏析

摆在眼前的，是江山社稷，他的每一个决策都牵系着国家的命运与百姓的生存。周王行事审慎，每每与诸侯臣子共议政事，尽力想得周全完善。

他心里深知，国家的治理涉及方方面面，既需要文臣的策划谋略，也需要武将的骁勇善战。

如今，朝廷之上众臣云集，文武百官如同那茂盛的棫树和朴树，都欣欣然为他所用。他们身上各有所长，也有不足。作为君王，他不仅要勤于政事，更需要为国家的发展培育人才。

这人仪表堂堂，对于礼节规章熟记于心，言行举止俊逸得体，适合从事礼仪教化；那人性格率直，体魄强健，拥有一身好本领，但缺乏谋略，让他带领士兵习武演练应该不错！

臣子们各个得以施展自身才华，都愿意跟随在周王身边为他效劳。祭祀之时，助祭的文官仪容盛美，左右侍奉有礼有节。出征之时，六军将士齐心协力，都愿意跟随他御敌奋战。

自古以来，圣贤明君都对人才极为重视。

周朝从一个默默无闻的民族，逐渐发展成天下大国，与周王善于鼓励培养臣子、任人唯贤有着分不开的关系。

5.《旱麓》——祭祀祈福

瞻彼旱麓[①]，榛楛[②]济济。岂弟君子[③]，干禄[④]岂弟。
瑟彼玉瓒[⑤]，黄流[⑥]在中。岂弟君子，福禄攸降。
鸢飞戾天，鱼跃于渊。岂弟君子，遐不作人？
清酒既载，骍牡既备。以享以祀，以介景福。
瑟彼柞棫，民所燎[⑦]矣。岂弟君子，神所劳[⑧]矣。
莫莫[⑨]葛藟，施[⑩]于条枚[⑪]。岂弟君子，求福不回[⑫]。

注释

①旱麓：旱山山脚。

②榛楛（hù）：两种灌木名。

③君子：指周文王。

④干禄：求福。

⑤玉瓒（zàn）：天子祭祀时用来舀酒的酒器。玉圭做柄，柄的一端是勺。

⑥黄流：用黑黍和郁金草酿造配制的酒，用于祭祀。

⑦燎：烧柴祭天。

⑧劳：抚慰。

⑨莫莫：茂盛的样子。

⑩施（yì）：蔓延。

⑪条枚：树枝和树干。

⑫回：邪僻。

译文

看那旱山山脚处，榛树和楛树在茂盛生长。和乐平易的文王，和乐平易地向上天求福。

那玉瓒酒器光鲜明亮，琼浆般的酒在勺中流淌。和乐平易的文王，上天将福禄降在他身上。

老鹰飞翔起来直冲蓝天，鱼儿可以从深水中跃起。和乐平易的文王，怎能不去培养人才？

清酒已经斟满酒器，红色公牛也准备妥当。祭祀时供给上天神灵，祈求降下大福报。

柞树和棫树都很繁茂，人们砍来烧柴祭天神。和乐平易的文王，神灵保佑他福禄安康。

葛藤蔓延成一片，缠绕着树枝和树干。和乐平易的文王，遵循正道以祈求上天赐福。

赏析

在祭祀仪式上，文王手持光泽的白玉长柄勺，舀出美酒倒在铺好的茅草上，用黑黍和郁金草酿造配制的酒很快就渗入茅草之中，寓意着神灵饮尽了美酒。

这金玉之色的礼器与琼浆，彰显着华贵。文王的举止之间，则显露着庄严与肃穆。

丰盛的佳肴摆放得整整齐齐，祭祀的牺牲都烹饪好，盛放在礼器里。和乐平易的文王，得到上天赐予的洪福，因而拥有和乐平易的心态。

依循祭祀的流程与礼节，枝叶繁茂的柞树和棫树被砍伐下来，烧火升烟，将祭品供奉给先祖和上天。子孙后代在神灵的保佑下，将享有连绵不尽的福禄与长寿。

盛世要得以延续，是当有任人施展才能的空间。文王礼贤下士，重视人才的培养，以德政教化诸臣百姓，因而，天降福泽，使得自然之中草木茂盛，朝廷之中人才荟萃。

这祭祀的乐歌充满自然的生态气息，洋溢着和乐平易的氛围，庄重而又显露着优雅高贵的气质。这气质，便源于文王遵行的美德大道。

6.《思齐》——修身齐家治国平天下

思齐①大任②，文王之母，思媚③周姜④，京室之妇。大姒⑤嗣徽音，则百斯男⑥。

惠⑦于宗公⑧，神罔时怨，神罔时恫。刑⑨于寡妻⑩，至于兄弟，以御⑪于家邦。

雝雝⑫在宫，肃肃⑬在庙。不显⑭亦临，无射⑮亦保。

肆戎疾⑯不殄，烈假⑰不瑕⑱。不闻亦式，不谏亦入⑲。

肆成人有德，小子⑳有造。古之人㉑无斁，誉髦斯士。

注释

①齐（zhāi）：端庄。

②大任：即太任，王季的妻子，文王的母亲。

③媚：美好。

④周姜：即太姜。古公亶父的妻子，王季的母亲，文王的祖母。

⑤大姒（sì）：即太姒，文王之妻。

⑥则百斯男：指子孙众多。百，指数量多。斯，语气助词。男，子孙。

⑦惠：孝顺。

⑧宗公：宗庙里的先公，即祖先。

⑨刑：法。做动词，指以礼法对待其妻。

⑩寡妻：正妻。

⑪御：治理。

⑫雝（yōng）雝：和谐的样子。

⑬肃肃：恭敬的样子。

⑭不显：幽隐之处。

⑮无射（yì）：即“无斁”，不厌倦。

⑯戎疾：大灾难。

⑰烈假：恶疾。

⑱瑕（xiá）：消失。

⑲入：接纳。

⑳小子：儿童。

㉑古之人：指文王。

译文

端庄的太任，是周文王的母亲，她敬爱婆婆太姜，到周京嫁入王室为妻。太姒继承了她的美好品德，为周家生了许多子孙。

文王对先祖孝顺祭祀，先祖神灵没有怨恨，也没有哀痛。他以礼法对待妻子，对兄弟也一样，这美德同样用于治理国家。

他在家里和睦亲善，在宗庙则恭敬肃穆。他在幽暗处也像有神监督一样，修身克己保持着美德。

因此大灾难灭绝，恶疾在人间消失。行事合乎法度，没有谏言也能兼听。

他使得成年人有美德，小孩子有造就。文王诲人不倦，成就天下俊士的美誉。

赏析

他作为一代伟大的君王，集了所有美好品德于一身。

周文王的美德，可以追溯到他的祖母——古公亶父的妻子太姜。她怀着一颗美好的心灵，相夫教子，是母仪天下的典范。而母亲太任，则对婆婆充满敬爱之心，效法她的美德善行，成为王季的贤内助。他的妻子太姒，同样继承了母亲的优良品德。因而，她得到上天的厚爱，为周家生育了许多子孙后代。

这温良谦和的品性，延续一生，惠及子孙。

于家庭而言，孝字当先。文王对先祖孝敬有加，虔诚供奉，使得先祖神灵都非常满意。

于个人而言，克己修身。他时时刻刻都严于律己，即便在没有人看见的地方，也坚持君子作为，仿若有神灵在监察一般。

于国家而言，有礼有法。他广施善行，规范自己的所作所为，又能海纳百川，兼听他人意见。为人处世的分寸，都拿捏得非常到位。

后人所说的“修身齐家治国平天下”，用来概括文王的美德是恰如其分的。

因而，从妻子、兄弟，到诸侯臣子，再到天下百姓，都受到他的感染。上行下效，遍及儿童和成人，使得周朝俊士誉满天下。

于是，有了辉煌的功绩和当时的太平盛世。

言传不如身教，最好的培养莫过于以身作则，这正如周文王所为啊！

诗篇虽为赞美文王之作，亦从侧面反映出中华民族的传统美德与教化，君子应时刻保持着美好的节操，勤于修身、好善修德，以良好的品行成为家庭和众人的榜样，如是代代相传，社会风尚高洁，才能得以惠及子孙后代。

7.《皇矣》——周朝兴起史

皇[1]矣上帝，临下有赫[2]。监观四方，求民之莫[3]。维此二国[4]，其政不获[5]。维彼四国，爰究爰度。上帝耆[6]之，憎其式廓[7]。乃眷西顾[8]，此[9]维与宅。

作之屏[10]之，其菑[11]其翳[12]。修之平之，其灌其栵[13]。启[14]之辟之，其柽[15]其椐[16]。攘之剔之，其檿[17]其柘[18]。帝迁明德[19]，串夷[20]载路。天立厥配，受命既固。

帝省[21]其山[22]，柞棫斯拔，松柏斯兑[23]。帝作邦作对[24]，自大伯[25]王季。维此王季，因心[26]则友。则友其兄，则笃其庆，载锡之光。受禄无丧，奄有四方。

维此王季，帝度其心。貊[27]其德音，其德克明[28]。克明克类[29]，克长[30]克君[31]，王[32]此大邦。克顺[33]克比[34]，比于文王。其德靡悔。既受帝祉，施于孙子。

帝谓文王：无然[35]畔援[36]，无然歆羡[37]，诞先登于岸[38]。密[39]人不恭，敢距大邦，侵阮[40]徂共[41]。王赫[42]斯怒，爰整其旅，以按[43]徂旅。以笃于周祜，以对于天下。

依[44]其在京，侵自阮疆。陟我高冈。无矢[45]我陵，我陵我阿[46]，无饮我泉，我泉我池。度其鲜原[47]，居岐之阳，在渭之将[48]。万邦之方[49]，下民之王。

帝谓文王：予怀明德，不大声以[50]色，不长[51]夏[52]以革[53]；不识不知，顺帝之则。帝谓文王：询尔仇方[54]，同尔弟兄[55]；以尔钩援[56]，与尔临[57]冲[58]，以伐崇[59]墉[60]。

临冲闲闲[61]，崇墉言言[62]。执讯连连，攸馘[63]安安[64]。是类[65]是祃[66]，是致[67]是附[68]，四方以无侮。临冲茀茀[69]，崇墉仡仡[70]。是伐是肆[71]，是绝是忽[72]，四方以无拂[73]。

注释

①皇：伟大。

②赫：威严明察。

③莫：通“瘼”，疾苦。

④二国：指夏商。

⑤不获：不得民心。

⑥耆：考察。

⑦式廓：规模。

⑧西顾：向西看。指岐周之地。

⑨此：岐周之地。

⑩屏（bǐng）：除去。

⑪菑（zì）：枯而未倒的树木。

⑫翳：通“殪”，倒下的死木。

⑬栵：从老树椿上再生的树。

⑭启：开辟。

⑮柽（chēng）：木名，红柳。

⑯椐（jū）：木名，灵寿木。

⑰檿（yǎn）：木名，山桑。

⑱柘（zhè）：木名，黄桑。

⑲明德：品德光明的人，指太王古公亶父。

⑳串夷：即昆夷。

㉑省：察看。

㉒山：岐山。

㉓兑（duì）：指松柏挺拔。

㉔对：与天相配的君王。

㉕大伯：即太伯，太王的长子。

㉖因心：顺太王之心。

㉗貊（mò）：静修。

㉘明：明察是非。

㉙类：分辨善恶。

㉚长：师长。

㉛君：国君。

㉜王（wàng）：统治。

㉝顺：使民顺从。

㉞比：使民亲附。

㉟无然：不可。

㊱畔援：犹言“盘桓”，徘徊不进的样子。

㊲歆羡：犹言“觊觎”，非分的贪欲或企图。

㊳先登于岸：喻占据有利形势。

㊴密：古国名。

㊵阮：古国名，周的属国。

㊶共（gōng）：古国名，周的属国。

㊷赫：勃然大怒的样子。

㊸按：遏止。

㊹依：安然。

㊺矢：陈设。这里指陈兵。

㊻阿：大的丘陵。

㊼鲜（xiǎn）原：与大山不相连的小山和平原。鲜，与大山不相连的小山。

㊽将：旁边。

㊾方：榜样。

㊿以：犹“与”。

51长：挟。

55夏：夏楚，刑具。

52革：皮鞭。

53仇方：敌国。

54弟兄：盟国。

56钩援：古代攻城的兵器。绳系飞钩，攀缘入城墙。

57临：一种战车，可以瞭望敌人，也可居高临下地攻城。

58冲：一种战车，从旁边攻城。

59崇：古国名。

60墉：城墙。

61闲闲：强盛的样子。

62言言：高大深邃的样子。

63馘（guó）：古代战争中割取所杀之敌的左耳以计数献功。

64安安：从容的样子。

65类：出征时祭天。

66祃（mà）：到所征之地举行的祭祀。

67致：招降。

68附：安抚。

69茀茀：强盛的样子。

70仡（yì）仡：高大的样子。

⑪ 肆：突袭。

⑫ 忽：灭绝。

⑬ 拂：违抗。

译文

伟大的天帝，威严明察着人间。他监察着天下四方，了解民间的疾苦。夏商两朝末，执政不得民心。那天下四方的国家，得寻求谋划一下哪适合。天帝考察了一番，憎恶他们的暴虐统治。于是往西边看去，发现岐周之地是适合百姓安居的地方。

把那些直立的和倒下的枯木都砍伐去除。把那些灌木丛和再生的小树都修剪铲平。把那些红柳和灵寿木都挖掉清除。把那些山桑和黄桑都拔除。天帝迁命于明德之君古公亶父，使之打败了昆夷。又给他安排了配偶，受天命使国家稳固。

天帝察看岐山的情况，柞树棫树已拔除，松柏直立挺拔。天帝兴建周国，挑选了与天相配的君王，从太伯王季开始。王季顺从太王的意愿继承君位，对兄弟友爱。因为能对兄长友爱，他的吉庆不断增加，天帝又赐予他荣光。他受到无穷无尽的福禄，尽拥天下四方。

这先祖王季，天帝审度了他的用心。他静修自己的美德和名声，能够明辨是非，能够分清善恶，能够既为师长又为国君。他统治这大国，能顺应民意也能使民众亲附。到了文王，他依然继承了美德，使先祖没有遗恨。他已经受到天帝的赐福，这福气又惠及子孙后代。

天帝对文王说："不要徘徊不进，也不要有非分的贪欲，行事要占据有利地形。"密国人对周国不恭敬，胆敢对抗大国，侵犯周国的属地阮国和共国。文王勃然大怒，整顿军队出战，痛击密国的军队，遏止了他们的侵犯。这使得周国洪福大增，回应了天下的归顺之心。

文王安然在周京，他整顿的军队从阮国边疆继续攻打密国。登上的高山，就是我国的山。没人敢陈兵在那丘陵，那是我国的丘陵山冈；无人敢饮用那泉水，那是我国的泉井池塘。越过那小山和原野，定居在岐山南边，渭水边上。他是万国的榜样，天下民众的君王。

天帝对文王说：“我很关心你的德行，不要疾言厉色，不要用刑具迫人服从。你要做到不声不响，顺应天帝的法则。”天帝还对文王说，“要研究谁是你的敌国，联合你的盟国。用你那攻城墙的钩援，连同你那些攻城的战车，讨伐攻破崇国的城墙。”

临车、冲车滚滚出动，崇国的城墙高大坚固。他们连接不断抓来俘虏进行审讯，从容地割下敌军左耳。于是，举行了祭天仪式，招降崇国民众，安抚百姓，四方诸国都不敢来抵御。临车、冲车强盛无比，崇国高大的城墙也被攻陷。他们讨伐突袭，将那顽敌灭绝，四方诸国都不敢再违抗周王。

赏析

这是一部周朝的发展史。

在神灵的护佑下，先祖们的显赫功绩亦不可忘怀。

这篇章之中，从夏商失民心而失天命开始，写到古公亶父在岐山的创业与奋斗史，他打退了彪悍的昆夷，使周国得以发展。

到王季执政时，他的美德顺应民意又使民众依附，为周朝的统治打下了很好的基础。

而文王，他继承了先祖的德行，又听从天帝的旨意，大举进军，击败了前来侵犯的密国，扩大了疆域，增强了周国的威望与军事实力，之后又发起突袭，剿灭了强大的崇国。

至此，强盛的周王朝已然威震四方。

虽然带有神话色彩，但遥观这幅恢宏的历史长卷，我们看到了敬天爱祖的思想，而这天赐的荣光与福禄又源于民心所向、天下归顺的美德。

8.《灵台》——水上离宫，处处映显文王美德

经始[①]灵台[②]，经之营之。庶民攻[③]之，不日成之。经始勿亟，庶民子来[④]。

王在灵囿[⑤]，麀鹿[⑥]攸伏。麀鹿濯濯[⑦]，白鸟翯翯[⑧]。王在灵沼[⑨]，於牣[⑩]鱼跃。

虡[⑪]业[⑫]维枞[⑬]，贲鼓[⑭]维镛[⑮]。於论[⑯]鼓钟，於乐辟廱[⑰]。

於论鼓钟，於乐辟廱。鼍[⑱]鼓逢逢，蒙瞍[⑲]奏公[⑳]。

注释

①经始：开始营建。

②灵台：古台名。

③攻：建造。

④子来：像儿子为父亲效劳似的自发赶来。

⑤灵囿：文王畜养禽兽的园林。

⑥麀（yōu）鹿：母鹿。

⑦濯濯：肥壮的样子。

⑧翯（hè）翯：羽毛洁白润泽的样子。

⑨灵沼：文王养鱼的池塘。

⑩ 牣（rèn）：满。

⑪ 虡（jù）：悬挂乐器的木架。

⑫ 业：横木上的大板。

⑬ 枞：崇牙，大板上的锯齿状部分，用以悬钟。

⑭ 贲（fén）鼓：大鼓。

⑮ 镛：大钟。

⑯ 论：通“伦”，指合乎音律。

⑰ 辟廱（bì yōng）：指文王的水上离宫。

⑱ 鼍（tuó）：扬子鳄。

⑲ 蒙瞍：指盲人乐师。

⑳ 公：歌。指灵台落成。

译文

文王开始营建灵台，又是测量又是规划。百姓都来修建它，没多少天就建好了。开始修建的时候不着急，但百姓们都主动来效劳。

文王在饲养禽兽的园林里，母鹿驯服地趴在地上。这母鹿肥壮、毛色光泽，那仙鹤、白鹭都洁白无瑕。文王在养鱼的池塘边，啊！满池的鱼儿跃出水面。

乐架横板上有崇牙，大鼓大钟都挂好了。啊！这优美和谐的鼓声钟声。啊！这是文王那水上离宫的奏乐。

啊！这优美和谐的鼓声钟声。啊！这是文王那水上离宫的奏乐。敲起鳄鱼皮鼓嘭嘭响，这是盲人乐师在演奏歌曲。

赏析

近日，有人在那片土地上测量、规划，像是要建造什么。

百姓询问得知，是文王要在此地建一座台。此事像旋风一般，很快就在四方民众之间传遍了。大家伙儿扛着工具，喜气洋洋地朝施工地走去，一路上，不忘向遇见的人招呼道：“文王要在那边建台，我去搭把手！”

一传十,十传百。过了没多久，成千上万的民众就都聚集到了这儿。这修建的工程原本并不着急，却因为得到众人的帮助，转眼之间就建好了，简直如同神造!

大伙儿都从心里爱戴文王，很高兴能有机会帮他做些事情。

有些人，身上始终带有强大的气场，能够不断吸引旁人靠近他、亲附他，文王显然就是这样特别的存在。

你看，那平日里惊慌不已的母鹿，在文王跟前却能安逸闲适，温顺地趴在地上；那池中的鱼儿平时都在水中潜游，看见文王来到，也都跃出水面欢迎他。

这灵囿的景色如此优美，鸟兽虫鱼都驯服于文王，一派安乐和谐的景象。

那边，是文王的水上离宫。你听，钟鼓的乐声已经响起。

乐架上，悬挂着大大小小的钟鼓乐器，盲人乐师都已就位。他们轻轻地抬起手腕，再有节奏地落下，曼妙悠扬的乐曲便敲奏了出来。

如今，这天下太平盛世，百姓安居乐业，文王亦可在此离宫休息赏乐了。

君王因百姓的快乐而安乐，百姓也以君王的安乐为快乐。这不就是最好的时代吗?

9.《下武》——周朝千秋万载，君王代代相承

下武[①]维周，世有哲王[②]。三后[③]在天，王[④]配于京。
王配于京，世德作求[⑤]。永言配命，成王之孚。
成王之孚，下土[⑥]之式[⑦]。永言孝思，孝思维则。
媚兹一人[⑧]，应[⑨]侯顺德。永言孝思，昭哉嗣服[⑩]。
昭兹来许[⑪]，绳[⑫]其祖武。於万斯年，受天之祜。
受天之祜，四方来贺。於万斯年，不遐[⑬]有佐。

注释

①下武：在后继承。

②哲王：贤明智慧的君主。

③三后：指周太王、王季、文王。

④王：指武王。

⑤求：通“逑”，匹配。

⑥下土：指人间。

⑦式：榜样。

⑧一人：指周天子。

⑨应：顺应。

⑩嗣服：继承先祖的事业。

⑪来许：后世。

⑫绳：继承。

⑬不遐：何不。

译文

后代继承先祖唯有周朝，世代都有贤明的君王。太王、王季、文王的神灵在天，武王顺应天命在镐京为君王。

武王顺应天命在镐京为君王，继承美德以匹配先祖。长久顺应天命，成王也令天下人信服。

成王令天下人信服，成了众人的榜样。他长久保持孝顺的心，孝心善德成了天下的法则。

众人都爱戴周天子，顺应他的美德。他长久保持孝顺的心，继承先祖的事业获得辉煌功绩。

后世继承先祖的事业，依循祖先的德行。啊！千秋万载，都受到上天赐予的洪福。

受到上天赐予的洪福，天下诸侯都来朝拜祝贺。千秋万载，不用担心没有良臣来辅佐。

赏析

《诗经》之中，不乏歌颂先祖及君王的篇章，而此篇的独特之处，在于节奏的把控，读起来如行云流水般顺畅，又有一唱三叹的绝妙。

开篇便说到周朝代代相承，从太王、王季、文王，再到武王、成王。正是因为每一代君王都继承了先祖的美德，顺应上天的规律，遵从先王的法则，对天下百姓又以身作则，因此，他们成为众人的榜样，得到上天的赐福，洪福绵延至子孙后代。在先祖的庇护下，君王得到天下百姓的信赖，朝政有了良臣的辅佐，天下四方都来归顺与朝拜，基业自然也愈加辉煌伟大。

篇章结构完美，展现了强大的逻辑思维，环环相扣，首尾呼应。此篇顶针的写作技法比内容更让人印象深刻。

10.《文王有声》——城池，是一朝之功业

文王有声，遹骏有声[①]。遹求厥宁，遹观厥成。文王烝哉！

文王受命，有此武功[②]。既伐于崇，作邑于丰[③]。文王烝哉！

筑城伊淢[④]，作丰伊匹。匪棘其欲，遹追来孝。王后[⑤]烝哉！

王公[⑥]伊濯，维丰之垣。四方攸同，王后维翰。王后烝哉！

丰水东注，维禹之绩。四方攸同，皇王[⑦]维辟。皇王烝哉！

镐京辟廱，自西自东，自南自北，无思不服。皇王烝哉！

考卜维王，宅是镐京。维龟正之，武王成之。武王烝哉！

丰水有芑[⑧]，武王岂不仕[⑨]？诒厥[⑩]孙谋，以燕翼[⑪]子。武王烝哉！

注释

①遹（yù）骏有声：有大好的名声。遹，发语词。骏，大。有声，有好名声。

②功：功绩。

③丰：地名。

④淢（xù）：通“洫”，护城河。

⑤王后：指周文王。

⑥王公：即王事。公，通“功”。

⑦皇王：周武王。

⑧芑（qǐ）：通“杞”，杞柳。

⑨仕：通“事”。

⑩诒厥：指子孙。诒，遗留。

⑪燕翼：惠及。

译文

文王有着好名声，盛名如雷贯耳。他只求天下安宁，终见大功告成。文王真是英明伟大！

文王受命于天，武业功绩显赫。他讨伐了崇国，又在丰邑修建了城。文王真是英明伟大！

他修筑城墙和护城河，新城可以与岐山的都城媲美。他不是贪图自己的欲望，而是继承先祖的功业。他真是英明伟大！

文王功绩显耀，丰功伟绩高大如城墙。四方诸侯都来朝拜，将他视为天下的支柱和保护伞。他真是英明伟大！

丰水向东奔流，是大禹治水的功绩。四方诸侯都来朝拜，将武王视为好榜样。武王真是英明伟大！

他在镐京修建了离宫，从西到东，从南到北，没有人不归顺服从。武王真是英明伟大！

他占卜问卦，选定了可以安居的镐京。龟甲卦象是吉兆，武王修建好了新城。武王真是英明伟大！

丰水边上杞柳茂盛，武王怎么会不忙于政事？他留下治国理政的好谋略，惠及子子孙孙。武王真是英明伟大！

赏析

他，周文王，一向以美好的德行闻名天下。

这样一个重视文治的君王，在建国初期，也不乏武业的功绩。他平定叛乱，使得天下百姓拥有太平安乐的日子。

崇国被灭，周朝有了新的开始。此时，需要一座坚固的城池，以保护百姓的安宁和国家的安危。

于是，文王做了另一件在历史上赫赫有名的事情，就是修建了雄壮伟大的丰邑。这座城池固若金汤，城墙高大严实，象征着周朝的坚固地位不可侵犯。

然而，文王被天下四方的诸侯和百姓尊崇，却不是因为暴力镇压，而是他广施德政，关心民生，因而获得了民心。

这美德被继承下来，周朝的基业到他的儿子武王这一代，有了更为辉煌的功绩。

父亲文王已经打下很好的基础，让周朝成为与殷商分庭抗礼的大国。而这最后一击，是在武王的手中完成的。他派兵突袭，在牧野之战最终战胜殷商，使周朝成为天下的中心。

这是周朝史上浓墨重彩的一笔，而此篇却并不宣扬武王的战役，而是详细写他精心选址，策划建设了镐京离宫。

全篇的重点都在修建城池，为何如此呢？

因为王朝的建立虽艰难，但守护好先祖的基业更不易。君王修建城池、治理国家，要考虑到下下代，将谋略与德行传承下去，才能让子孙后代平安无事呀！

大雅·生民之什

1.《生民》——后稷，农耕始祖

厥初生民[①]，时维姜嫄[②]。生民如何？克禋[③]克祀，以弗[④]无子。履帝武敏歆[⑤]，攸介攸止。载震[⑥]载夙[⑦]，载生载育，时维后稷。

诞弥厥月[⑧]，先生如达[⑨]。不坼[⑩]不副[⑪]，无菑无害，以赫厥灵。上帝不宁，不康禋祀，居然生子。

诞寘[⑫]之隘巷，牛羊腓[⑬]字[⑭]之。诞寘之平林[⑮]，会伐平林。诞寘之寒冰，鸟覆翼之。鸟乃去矣，后稷呱矣。实覃实訏[⑯]，厥声载[⑰]路。

诞实匍匐，克岐[⑱]克嶷[⑲]，以就[⑳]口食。蓺之荏菽，荏菽旆旆[㉑]。禾役[㉒]穟穟[㉓]，麻麦幪幪[㉔]，瓜瓞唪唪[㉕]。

诞后稷之穑，有相[㉖]之道。茀厥丰草，种之黄茂[㉗]。实方[㉘]实苞[㉙]，实种[㉚]实褎[㉛]，实发[㉜]实秀[㉝]，实坚[㉞]实好，实颖[㉟]实栗[㊱]。即有邰家室。

诞降嘉种，维秬[㊲]维秠[㊳]，维穈[㊴]维芑[㊵]。恒[㊶]之秬秠，是获是亩[㊷]。恒之穈芑，是任[㊸]是负，以归肇祀。

诞我祀如何？或舂或揄[㊹]，或簸或蹂[㊺]。释[㊻]之叟叟[㊼]，烝[㊽]之浮浮[㊾]。载谋载惟，取萧祭脂。取羝[㊿]以軷[51]，载燔载烈[52]，以兴嗣岁[53]。

印盛于豆，于豆于登[54]，其香始升。上帝居歆[55]，胡臭亶时。后稷肇祀，庶无罪悔，以迄于今。

注释

①民：指周人。

②姜嫄（yuán）：传说中有邰氏之女，周始祖后稷的母亲。

③禋（yīn）：祭天的一种仪式。

④弗："祓"的假借字，一种除灾求福的祭祀。

⑤履帝武敏歆：踩在上帝的足迹上感到内心欣然。帝，天帝。武，足迹。敏，通"拇"，脚拇趾。歆，欣喜的感觉。

⑥震：通"娠"，怀孕，胎动。

⑦夙：通"肃"，肃敬。指谨守胎教。

⑧弥厥月：怀孕足月。

⑨先生如达：第一胎像生小羊一样容易。先生，第一胎。

⑩坼（chè）：裂开。

⑪副（pì）：裂。

⑫寘（zhì）：抛弃。

⑬腓（féi）：庇护。

⑭字：哺育。

⑮平林：平原的树林。

⑯实覃（tán）实訏（xū）：指哭声又长又响亮。实，是。覃，长。訏，大。

⑰载：充满。

⑱岐：知意。

⑲嶷：认识。

⑳就：趋往。

㉑旆（pèi）旆：茂盛的样子。

㉒役：行列。

㉓穟（suì）穟：丰茂的样子。

㉔幪（měng）幪：茂盛的样子。

㉕唪（běng）唪：果实累累的样子。

㉖相：助。

㉗黄茂：指五谷。

㉘方：谷种破土发芽。

㉙苞：谷种吐芽，苗将出未出时。

㉚种：谷种生出短苗。

㉛褎（yòu）：禾苗渐渐长高。

㉜发：拔节生长。

㉝秀：结穗。

㉞坚：谷粒饱满。

㉟颖：禾穗饱满下垂。

㊱栗：形容收获众多的样子。

㊲秬（jù）：黑黍。

㊳秠（pī）：黑黍的一种，一个黍壳中含有两粒黍米。

㊴穈（mén）：赤色粱。

㊵芑（qǐ）：白色粱。

㊶恒：遍布。

㊷亩：堆在田里。

㊸任：抱。

㊹揄（yóu）：舀出。

㊺蹂：以手搓去谷壳。

㊻释：淘米。

㊼叟叟：淘米的声音。

㊽烝：同“蒸”。

㊾浮浮：热气蒸腾的样子。

㊿羝（dī）：公羊。

51 軷（bá）：祭祀道路之神。

52 烈：架在火上烤。

53 嗣岁：来年。

54 登：盛食物的礼器。

55 居歆：安享。

译文

最初诞生的周人，是姜嫄所生。怎么生下来的呢？她祭祀祷告，祈求免于无子的灾难。她踩在天帝的脚印上感到心里欣然，祭祀后在一旁休息。她因为怀孕而行为谨慎，后来生下的孩子，就是后稷。

怀胎十月，初次生孩子就很顺利。胎衣完好没有破裂，母子健康没有伤害，显得非常灵异奇怪。姜嫄心想，是不是上天不开心，没能安享祭祀，所以让我这样生下孩子？

她把婴儿扔在狭窄的小巷，牛羊都来保护和喂养。她将婴儿扔在树林里，刚好赶上樵夫来砍树。她又把婴儿扔在寒冰上，有鸟儿飞来用羽翼遮盖，为他取暖。鸟儿飞走时，后稷哇哇大哭起来。这哭声又长又响亮，整条大路都听得清楚。

后稷刚会爬行的时候，就很聪明又有意识，会找到食物放进嘴里。他种大豆的时候，大豆长得非常茁壮。禾苗长得非常丰茂，麻麦长得一片茂盛，小瓜的果实结得满满。

后稷从事耕作，有适合的好方法。他会拔除杂草，种下好的五谷粮食。种子破土的时候就很茁壮，生长起来蓬勃旺盛，不久就抽穗结籽，谷粒颗颗都沉甸甸的，收获了饱满的五谷。后来他受封于邰，成家立业。

上天赐予嘉禾良种，黑黍就有两种，红高粱白高粱也都有。这两种黑黍遍地都是，收割的粮食堆满田亩。红高粱和白高粱也种满了，多得又是抱，又是背，运回去祭天求福。

我们怎么祭祀呢？有人捣米、有人舀米，有人筛糠、有人搓谷皮。淘米淘得嗖嗖响，蒸饭的热气腾腾。思考谋划好祭祀仪式，燃烧香蒿和牛脂。先宰公羊祭祀路神，又烧又烤，祈求来年更丰收。

祭品装在木碗中，碗盘都装满，香气开始飘上天空。天帝来安享祭祀，这味道实在是香气扑鼻。自从后稷开创了祭祀，无灾无难，所以代代相传至今。

赏析

传说，在遥远的有邰氏部落，有个叫姜嫄的女子。

有一天，她向上天祭祀，虔诚祷告，希望自己能免于没有孩子的灾难。她看见地上有巨大的脚印，于是踩了上去。

说来也怪，就这么踩了一脚，她感到心里有阵异样，后来便怀孕了。

因为有了胎动，姜嫄的举止也小心谨慎了许多。怀胎整整十个月，生下了一个孩子。虽然这是她头一次怀孕生子，却出奇地顺利。孩子包着胎盘，哧溜一下就滑了出来，母子俩都没有任何损伤。

这让姜嫄感到非常吃惊，也有些害怕，觉得这个孩子可能是不祥之兆。于是，她怀着担忧和恐惧，想把婴儿抛弃。

神奇的事情发生了。她把孩子扔在狭窄小巷里时，牛羊不但不踩踏，还都来保护他、哺育他；她想把孩子扔在树林里，却遇见许多前来砍伐的樵夫；于是，她又把孩子扔到寒冷的冰上，结果鸟儿都飞落在他身旁，展开翅膀给他取暖。直到鸟儿飞走，这个孩子才哇哇大哭起来，哭得是惊天动地，整条大道都能听见。

这个孩子，就是周人的始祖后稷。

他的生平充满了传奇色彩。据说，在刚刚学会爬行的时候，他已经知道选择可以吃的东西。长大之后，尤其擅长农耕种植。他懂得挑选适合的种子，除去杂草，在田地里种上庄稼。五谷杂粮、蔬菜瓜果，他种什么，什么就能获得丰收。

上天赐予人间的嘉禾，被他识别挑选出来，分发给大众。这套因地制宜的农耕方法也被传授给天下百姓，使得民众都能够通过自己的劳作获得粮食，解决温饱问题。

后稷被尊称为司农之神。他不仅建造了粮仓，让大家收获的粮食可以储存起来，还开创了祭天的仪式，将丰收的农作物献祭给上天神灵，以祈求来年能获得更好的收成。

祭祀的典礼非常隆重。要将粮食筛选去壳，淘洗干净，蒸煮好；要宰杀牲口，烧烤成美味的肉；还要点燃香蒿和牛脂，让上天可以闻见味道，前来享用这盛得满满当当的丰盛祭品。上天神灵享用了这美味佳肴，自然会保佑天下百姓，降下福禄，让他们远离灾难，年年都有充足的粮食。于是，这祭祀的仪式被传承下来，从后稷开始，世代延续。

此篇虚实结合，以神话和纪实交替的方式，讲述了关于周人始祖后稷的传说故事。农耕文化从那时起，便在华夏大地普及开来。直至千年之后，我们依然以“社稷”和“民生”来指代百姓的生活。后稷作为华夏民族的先祖，实在是令子孙后代福泽绵延。

2.《行苇》——周室宴饮之礼

敦[①]彼行苇[②]，牛羊勿践履。方苞方体[③]，维叶泥泥[④]。戚戚[⑤]兄弟，莫远具尔[⑥]。或肆之筵[⑦]，或授之几[⑧]。

肆筵设席，授几有缉御[⑨]。或献或酢，洗爵奠[⑩]斝[⑪]。醓[⑫]醢[⑬]以荐，或燔或炙。嘉殽脾[⑭]臄[⑮]，或歌或咢[⑯]。

敦[⑰]弓既坚，四鍭[⑱]既钧；舍矢既均[⑲]，序宾以贤[⑳]。敦弓既句[㉑]，既挟四鍭。四鍭如树[㉒]，序宾以不侮[㉓]。

曾孙[㉔]维主，酒醴维醹[㉕]，酌以大斗，以祈黄耇[㉖]。黄耇台背[㉗]，以引[㉘]以翼[㉙]。寿考维祺[㉚]，以介景福。

注释

①敦：一簇簇的样子。

②行苇：道路边的芦苇。

③体：成形。

④泥（nǐ）泥：润泽的样子。

⑤戚戚：相亲的样子。

⑥尔：亲近。

⑦筵：竹席。

⑧几：矮脚小木桌。

⑨缉御：相继有人侍候。

⑩奠：放置。

⑪斝（jiǎ）：酒器。

⑫醓（tǎn）：肉酱的汁。

⑬醢（hǎi）：肉酱。

⑭脾：牛百叶。

⑮臄（jué）：牛舌。

⑯咢（è）：徒手击鼓。

⑰敦（diāo）：彩画，刻画。

⑱镞（hóu）：箭名。箭头有金属，箭尾有鸟羽。

⑲均：射中。

⑳贤：射中得多。

㉑句（gōu）：拉满弓。

㉒树：指箭直直地射在靶子上。

㉓侮：怠慢。

㉔曾孙：主祭者自称。

㉕醹（rú）：酒味醇厚。

㉖黄耇（gǒu）：指长寿。

㉗台背：指年老长寿的人。台，通“鲐”。老年人背上生有斑纹似鲐鱼之纹，故名。

㉘引：在前面引道。

㉙翼：在旁侧搀扶。

㉚祺：吉祥。

译文

道路边的芦苇丛生，牛羊别去踩踏。芦苇拔节长成形，叶子鲜嫩润泽。兄弟之间很亲近，不要疏远要团结。陈列竹席开宴席，在前面摆上茶几。

宴席铺设好，茶几旁相继有人侍候。主人宾客互相敬酒，按酒桌礼仪推杯换盏。端上肉酱邀请客人品尝，还有烧烤的美味肉食。有好吃的牛百叶和牛舌，众人击着鼓唱着歌。

雕弓非常强劲有力，四支羽箭都很标准；射出的箭都正中靶心，按射箭成绩给宾客座位排序。雕弓已经拉满弦，四支羽箭都在弦上。射出的四支箭稳稳插在靶子上，按得分给宾客排座，毫不怠慢。

周家曾孙是宴会主人，清酒甜酒都很醇厚。斟满大杯一饮而尽，祈祷大家都能长寿。年寿高的老人行动不便，大家都去引道和搀扶。长寿是福，祈求神灵赐予大家洪福。

赏析

你看，这大自然之中的草木皆有灵，新生的芦苇鲜嫩光泽，希望牛羊都别去踩踏。对待草木，要施以仁德，对待亲人，更要团结亲近。

在闲暇的时候，亲人们多多聚在一起，可以增进彼此之间的感情。

周室贵族的宴饮非常注重礼节。

这宴席的摆设要遵循礼仪，竹席排列要整齐，座位前要摆好盛放酒水食物的茶几，旁边要有人持续斟酒上菜，侍候周全。

开席之后，酒桌礼仪也很讲究。主人向客人敬酒后，客人喝完，将酒杯放置在茶几上。之后，客人也要举杯回敬主人，每喝完一杯都得洗杯，容不得一丝马虎。

宴席的菜品准备得尤其丰盛，各种盛放食物的容器里，装着多汁的肉酱、美味的烧肉和烤肉，还有牛百叶、牛舌等佳肴。上菜后，主人盛情邀请宾客品尝，客人亦谦让有礼。

除了美酒佳肴，宴席上少不了音乐的助兴。众人或听着音乐感受欢乐，或跟着旋律唱起歌，大家都沉浸在融洽欢愉的气氛里。

而这宴席的高潮部分，是射箭的比试。宾客们各个大显身手，以得分的高低排序，安排宴席上的座位。这庄重而谦和的射礼，展现了宾客礼让的美德。

兄弟之间尚且如此谦让，对待年长者更是尊敬有加。头发花白的老人，总有人在前面替他引路，在身旁搀扶。凡是敬酒，也必定先敬老者，以示尊重。大家彼此祝福，希望在座各位都能健康长寿，洪福齐天。

这周室宴饮之作，却向我们呈现了诸多礼仪与美德。即便在多年之后，亦值得我们反复品读，以继承那些美好的品德。

3.《既醉》——神尸的颂词

既[①]醉以酒，既饱以德[②]。君子万年，介尔景福。

既醉以酒，尔殽既将。君子万年，介尔昭明。

昭明有融[③]，高朗[④]令终[⑤]；令终有俶，公尸[⑥]嘉告。

其告维何？笾豆静嘉[⑦]，朋友攸摄[⑧]，摄以威仪。

威仪孔时[⑨]，君子有孝子。孝子不匮，永锡尔类。

其类维何？室家之壸[⑩]。君子万年，永锡祚[⑪]胤[⑫]。

其胤维何？天被[⑬]尔禄。君子万年，景命有仆[⑭]。

其仆维何？釐[⑮]尔女士[⑯]。釐尔女士，从以[⑰]孙子[⑱]。

注释

①既：已经。

②德：恩惠。

③有融：长远的样子。

④高朗：高明的名誉。

⑤令终：好的结果。

⑥公尸：代去世的君主诸侯受祭，象征先祖神灵的人。

⑦静嘉：干净漂亮。

⑧摄：辅助。

⑨孔时：合乎时宜，很好。

⑩壸（kǔn）：宫中道路，指深远而严肃。

⑪祚（zuò）：福，赐福。

⑫胤（yìn）：后代。

⑬被：赐予。

⑭仆：归附。

⑮釐（lí）：赐予。

⑯女士：女子贤淑能为妃。

⑰从以：追随。

⑱孙子：子孙后代。

译文

已经喝你的美酒喝到醉，已经饱受你的恩惠。祝福君王万寿无疆，赐予你洪福齐天。

已经喝你的美酒喝到醉，你的美味佳肴也都奉上。祝福君王万寿无疆，赐予你光明美好的名声。

你光明美好的名声源远流长，高明的德行会令你有好结果；好的结果又有好的开端，先王神灵说出美好的祝愿。

他说了什么呢？祭祀用的礼器干净美好，亲朋好友都来助祭，助祭很有威仪。

威仪非常合乎时宜，君王有孝子；孝子世代传承无穷尽，永远赐予你孝子贤孙。

孝子贤孙是什么人？就像宫中道路一样深远又严肃的人。祝福君王万寿无疆，上天永远赐福你的子孙后代。

子孙后代会怎么样？上天会赐予他们大富大贵。祝福君王万寿无疆，天命始终归附你。

天命怎么归附？赐予你贤淑的妃子。赐予你贤淑的妃子，又生孝子贤孙。

赏析

在周代对先祖的祭祀典礼上，会专门请一个人来扮演先祖神灵，接受祭祀。这个人若是代替君王或诸侯的神灵，则被称为“公尸”。

在仪式完成之后，祝官便代为宣布神灵已经吃好喝好，并向主祭者献上祝福。这篇章的趣味，在于不断地设问。在这一问一答之中，对祭祀的夸赞与对众人和子孙后代的祝福都得以展现。最妙的是，篇尾落在娶贤妃生子上，因而，子孙后代又继承先祖的孝顺与美德，使得家族之中人才辈出，生生不息。

这就像一个完美的圆圈，首尾相接，周而复始。无论是美德还是子嗣，都得以延续不止。

4.《凫鹥》——宾尸之礼

凫[1]鹥[2]在泾，公尸来燕来宁[3]。尔[4]酒既清，尔殽既馨[5]。公尸燕饮，福禄来成[6]。

凫鹥在沙[7]，公尸来燕来宜[8]。尔酒既多，尔殽既嘉。公尸燕饮，福禄来为[9]。

凫鹥在渚，公尸来燕来处[10]。尔酒既湑，尔殽伊脯[11]。公尸燕饮，福禄来下。

凫鹥在潀[12]，公尸来燕来宗[13]，既燕于宗[14]，福禄攸降。公尸燕饮，福禄来崇[15]。

凫鹥在亹[16]，公尸来止熏熏[17]。旨酒欣欣，燔炙芬芬。公尸燕饮，无有后艰。

注释

①凫（fú）：野鸭。

②鹥（yī）：沙鸥。

③宁：安闲。

④尔：指主祭者。

⑤馨：香气。

⑥成：成全。

⑦沙：水边沙滩。

⑧宜：顺，安享。

⑨为：助。

⑩处：安坐。

⑪脯（fǔ）：肉干。

⑫潨（cóng）：水流汇合处。

⑬宗：尊敬。一说借为“悰（cóng）”，快乐。

⑭宗：祭祀先祖的宗庙。

⑮崇：增长。

⑯亹（mén）：峡中两岸对峙如门的地方。

⑰熏熏：和悦的样子。

译文

野鸭沙鸥在水中，公尸在宴席上很安闲。你的酒又清又醇，你的菜肴香气四溢。公尸来宴饮，福禄得以成全。

野鸭沙鸥在水边沙滩，公尸在宴席上安享。你的酒又好又多，你的菜肴味道鲜美。公尸来宴饮，助你福禄又增添。

野鸭沙鸥在水中陆地，公尸在宴席上安坐。你的酒已经滤清，你的菜肴有肉干。公尸来宴饮，上天降下福禄。

野鸭沙鸥在水流汇合处，公尸在宴席上安乐。已在宗庙摆设好宴席，大福大禄都降临。公尸来宴饮，福禄都不断增长。

野鸭沙鸥在峡门，公尸在宴席上很和悦。喝起美酒很快乐，烧烤的肉味道香浓。公尸来宴饮，从此往后没有灾难与艰辛。

赏析

祭祀先祖的第二天。

在宗庙之中，摆设了丰富的美酒和佳肴，这是主人盛情宴请代替先祖受祭之人的宾尸之礼。一来感谢他在祭祀中的辛劳付出，二来也希望他能与神灵沟通，让祭祀的人获得上天赐予的福禄。

这宴席安排得周到妥帖，有精心过滤的清酒和甜酒，有香气四溢的烧烤和肉干。公尸饮着美酒，享用着美食，感到舒适自在。就如同那水边的野鸭和沙鸥，安逸又快乐。

公尸吃好喝好，意味着先祖的神灵也得到了满足。于是，他给予主人无限的祝福，预言上天将降临源源不断的福禄，让孝子贤孙们都能安享。

篇章末尾，在一片欢乐的气氛之中，提及“无有后艰”。转念一想，这种居安思危的思想，亦不失为先祖留给后代的宝贵财富呢！

5.《假乐》——这便是心中完美的君王

假[①]乐君子[②]，显显[③]令德，宜民宜人。受禄于天，保右命之，自天申[④]之。

干[⑤]禄百福，子孙千亿[⑥]。穆穆[⑦]皇皇[⑧]，宜君宜王。不愆不忘[⑨]，率由旧章。

威仪抑抑[⑩]，德音秩秩。无怨无恶，率由群匹[⑪]。受福无疆，四方之纲。

之纲之纪，燕[⑫]及朋友[⑬]。百辟卿士，媚于天子。不解[⑭]于位，民之攸塈[⑮]。

注释

①假：通“嘉”，美好。

②君子：指周王。

③显显：显耀。

④申：重复。

⑤干：“千”字之误。一说祈求。

⑥千亿：虚数，指很多。

⑦穆穆：端庄的样子。

⑧皇皇：美盛的样子。

⑨忘：糊涂。

⑩抑抑：庄美的样子。

⑪群匹：众臣。

⑫燕：安。

⑬朋友：臣子。

⑭解（xiè）：通“懈”，怠慢。

⑮塈（xì）：通“塈”，休息。

译文

令人喜爱又赞美的周王，拥有显赫的美德，顺应民心又善用贤臣。上天赐予他福禄，天命自会保佑他，反复赐予他洪福。

他祈求上天便得到无穷福禄，子孙后代不计其数。他端庄又美盛的模样，是君王得体的仪态。他没有过失也从不昏庸，一直遵循服从先祖的典章。

他威仪又庄美，美好的名声远扬四方。他既不遭人怨恨也不与人交恶，凡事听从群臣的谏言。他受到上天的赐福无穷无尽，是天下四方的榜样。

作为天下的榜样，他使得臣子得安宁。诸侯百官，都爱戴周王。他勤于朝政从不懈怠，所以百姓得以休养生息。

赏析

他，作为一代君王，要守住先祖的基业何其不易。

对于此篇赞美的是周宣王、周成王，还是周武王，向来颇有争议，学者们各执一词。但纵观全篇，可以肯定的是人们心目中美善的君王形象到底如何。

他要有美好的声誉与威望，既能顺应民心又能善用贤臣；他要依循典章法则，继承先祖的美德；他要有威仪又能兼听，成为世人的纲纪与榜样；他要在其位、谋其政，勤政德政才能使得天下安宁。

上天的赐福与君王的作为息息相关。这赞歌又何尝不是一种深切的希望，但愿君王能坚守美德善行，才可让天下归顺，王室延续。

6.《公刘》——一个部落的兴起

笃[①]公刘，匪居匪康[②]。乃埸[③]乃疆，乃积[④]乃仓。乃裹餱粮，于[⑤]橐[⑥]于囊[⑦]。思辑[⑧]用光[⑨]。弓矢斯张[⑩]，干[⑪]戈戚[⑫]扬[⑬]，爰方启行。

笃公刘，于胥[⑭]斯原。既庶既繁，既顺乃宣[⑮]，而无永叹。陟则在巘[⑯]，复降在原。何以舟[⑰]之？维玉及瑶，鞞[⑱]琫[⑲]容刀。

笃公刘，逝彼百泉，瞻彼溥原。乃陟南冈，乃覯于京[⑳]。京师[㉑]之野，于时[㉒]处处[㉓]，于时庐旅[㉔]，于时言言，于时语语。

笃公刘，于京斯依。跄跄济济，俾筵俾几。既登乃依，乃造其曹[㉕]。执豕于牢[㉖]，酌之用匏。食之饮之，君之宗之[㉗]。

笃公刘，既溥既长。既景[㉘]乃冈[㉙]，相其阴阳，观其流泉。其军三单[㉚]，度其隰原。彻田[㉛]为粮，度其夕阳[㉜]。豳居允[㉝]荒[㉞]。

笃公刘，于豳斯馆。涉渭为乱[㉟]，取厉[㊱]取锻，止[㊲]基[㊳]乃理。爰众爰有[㊴]，夹其皇涧[㊵]。遡其过涧[㊶]。止旅乃密[㊷]，芮[㊸]鞫[㊹]之即。

注释

①笃：诚实忠厚。

②康：安宁。

③埸（yì）：田界。

④积：也称“庾”，指露天堆积粮的地方。

⑤于：放入。

⑥橐：没有底的袋子，捆扎后背挎在身上。

⑦囊：有底的口袋。

⑧辑：和睦。

⑨光：荣光。

⑩张：上好弓弦。

⑪干：盾牌。

⑫戚：长柄斧。

⑬扬：大斧，也叫钺。

⑭胥：视察。

⑮宣：心情舒畅。

⑯巘（yǎn）：小山。

⑰舟：通“周”，环绕。指佩戴。

⑱鞞（bǐng）：刀鞘。

⑲琫（běng）：刀鞘口上的玉饰。

⑳京：高丘，指豳地。

㉑京师：国都。

㉒于时：于是。

㉓处处：定居。

㉔庐旅：寄居。

㉕曹：祭猪神。

㉖牢：猪圈。

㉗宗之：为宗主。

㉘景：观测日影。

㉙冈：登高以望。

㉚三单（shàn）：指军事编制分为三部分，轮流值班。

㉛彻田：周人管理田亩的制度。

㉜夕阳：指山的西面。

㉝允：确实。

㉞荒：广大。

㉟乱：横流而渡。

㊱厉：通“砺”，磨刀石。

㊲止：居住。一说既。

㊳基：基地，基础。

㊴有：富有。

㊵皇涧：豳地水名。

㊶过涧：水名。

㊷密：指人口稠密。

㊸芮：水名。

㊹鞫（jū）：水外。

译文

诚实忠厚的公刘，不贪图安居享乐。忙着划分疆界和田埂，建立粮仓储存余粮。他包起干粮，装进包袱和口袋里。大家和睦有荣光。弓箭佩戴好，拿起盾牌和斧头，开始出发去远方。

诚实忠厚的公刘，视察豳地的原野。众多人员跟随着他，民心归顺，心情也舒畅，没有长吁短叹。登上那孤立的小山，下山到一片平原。他们身上佩戴了什么？是美玉和宝石，还有镶嵌了玉饰的刀。

诚实忠厚的公刘，往那泉水溪岸走去，察看那广阔的原野。登上南边的高冈，看见这高高的京地。京师广袤肥沃，于是在这里定居下来。暂住寄居在这里，人们有说有笑。

诚实忠厚的公刘，定都在这京师。随行的群臣都有威仪，他设宴邀请大家入席。宾客都入席就座，先祭告猪神，再到猪圈里捉猪宰杀。用葫芦瓢儿喝美酒，尽情吃喝，公刘成为大家的君王和宗主。

诚实忠厚的公刘，开辟的疆土又宽又长。他测量日影，登上山冈，察看泉流的走势。军事编制分为三单，轮流值班，测量那低湿的平地。他治理田亩开荒种粮，察看山的西边地形。豳地的居住地确实广大。

诚实忠厚的公刘，在豳地建造房屋。他们横流渡过渭水，采取了建房需要的石头，治理好定居的基础。人口和财富都有了，在皇涧两岸住了下来。在对面的过涧，定居和暂住的人口稠密，就在芮水外居住下来。

赏析

那时候，北边的游牧民族不断侵犯，使得百姓的生活遭受影响。公刘作为部落首领，为了给族人寻求一块可以安居的土地，开始了漫长的征途。

他背起干粮，佩戴武器，在广袤的原野上四处察看。一次又一次翻过高山，越过平原，终于在豳地寻觅到那片肥沃的土地，适合安家定居。

这里的土壤性质优良，很适合庄稼的生长。山泉环绕，有河流从旁边经过，能够满足耕种和生活的需求。公刘仔细勘察了地形，以脚步丈量山冈，测量日影计算出适宜的地方，他们便开始动工。

划分好田疆地界，安排妥当耕地与宅地，他们渡过河流，到对岸采石，准备建造房屋。为了早日建设好新的家乡，公刘将军事编制分为三单，轮流值班进行工作。

京师建造得雄伟而壮丽，公刘设宴席邀请众人尽情吃喝，祭祀、宰猪，举行了盛大的典礼。他勤勉又质朴，一心为百姓，大家都愿意跟随他，尊崇他为君王。

从此，公刘便带领族人在这里开始了快乐的新生活。百姓丰衣足食，越来越多的人迁徙、定居在此地，部落日益壮大，发展成了新的王朝。

这便是周朝八百年历史的开端之地。

篇章之中，对于细节的描写尤其精彩，不仅将公刘率众人迁徙到豳地的过程详细记录了下来，他的人物形象也在这迁徙劳作的经历中得以丰满。

7.《泂酌》——爱民如子，民之所向

泂[1]酌彼行潦，挹[2]彼注兹，可以餴[3]饎[4]。岂弟君子，民之父母。

泂酌彼行潦，挹彼注兹，可以濯罍。岂弟君子，民之攸归。

泂酌彼行潦，挹彼注兹，可以濯溉[5]。岂弟君子，民之攸塈。

注释

①泂（jiǒng）：远。

②挹（yì）：舀出。

③餴（fēn）：蒸。

④饎（chì）煮熟。

⑤溉：通“概”，盛酒的漆器。

译文

到远处舀那路边的积水，舀出来灌入这容器，可以用来蒸煮饭菜。和乐平易的君子，就像百姓的父母一样。

到远处舀那路边的积水，舀出来灌入这容器，可以用来清洗酒器。和乐平易的君子，是百姓的心之所向。

到远处舀那路边的积水，舀出来灌入这容器，可以用来清洗漆器。和乐平易的君子，百姓归附他得以休养生息。

赏析

那路边的积水，又少又浑浊，通常都不被人所注意。若是这积水在很远的地方，就更没有人去关心和利用了。可是呢，如果将它舀出来盛在容器中，沉淀之后，这水清澈下来，还是可以用来蒸饭煮菜和清洗器皿的。

可见君子要得民心，就得像父母爱护孩子一样去爱所有的子民，无论他是在跟前还是在远方，都要使他能够发挥作用。贤者大用，庸者小用。只有如此一视同仁地去关心子民，才会得到天下百姓的信任和服从。也只有这样胸怀大爱的君王，才能使百姓归顺他之后，能够休养生息，安居乐业。

圣明君子，是百姓的心之所向。

此诗简短却富含哲理，细细品味，别有一番深意。

8.《卷阿》——郊游有闲情，来作诗献歌吧

有卷[1]者阿，飘风[2]自南。岂弟君子，来游来歌，以矢[3]其音。

伴奂[4]尔游矣，优游[5]尔休矣。岂弟君子，俾尔弥尔性[6]，似先公酋[7]矣。

尔土宇[8]昄章[9]，亦孔之厚矣。岂弟君子，俾尔弥尔性，百神尔主[10]矣。

尔受命长矣，茀[11]禄尔康矣。岂弟君子，俾尔弥尔性，纯嘏[12]尔常矣。

有冯[13]有翼，有孝有德，以引以翼。岂弟君子，四方为则。

颙颙[14]卬卬[15]，如圭如璋，令闻令望。岂弟君子，四方为纲。

凤皇于飞，翙翙[16]其羽，亦集爰止。蔼蔼[17]王多吉士[18]，维君子使，媚于天子。

凤皇于飞，翙翙其羽，亦傅[19]于天。蔼蔼王多吉人，维君子命，媚于庶人。

凤皇鸣矣，于彼高冈。梧桐生矣，于彼朝阳。菶菶[20]萋萋，雝雝喈喈[21]。

君子之车，既庶且多。君子之马，既闲[22]且驰。矢诗不[23]多，维以遂歌。

注释

①卷（quán）：卷曲，蜿蜒。

②飘风：旋风。

③矢：陈述。

④伴奂：广大而有文采。一说纵驰，闲暇。

⑤优游：悠然自得的样子。

⑥性：生命。

⑦酋：终，终结。这里指功业。

⑧土宇：领土。

⑨昄（bǎn）章：版图。

⑩主：指主祭者。

⑪茀（fú）：通“福”。

⑫纯嘏（gǔ）：大福。

⑬冯（píng）：辅助，倚靠。

⑭颙（yóng）颙：庄严的样子。

⑮卬（áng）卬：气宇轩昂的样子。

⑯翙（huì）翙：鸟翅振动的声音。

⑰蔼蔼：众多的样子。

⑱吉士：贤臣。

⑲傅：至。

⑳菶（běng）菶：茂盛的样子。

㉑雝（yōng）雝喈（jiē）喈：鸟和鸣的声音。

㉒闲：娴熟。

㉓不：语气助词，无意。

译文

有条蜿蜒曲折的丘陵，旋风从南边刮来。和乐平易的君子，来到这里游玩吟唱，让大家作诗献歌。

你自由自在地游玩，悠然自得地休息。和乐平易的君子，你善始善终，就像先祖一样继承千秋功业。

你的疆域版图，如此广大丰厚。和乐平易的君子，你善始善终，主祭百神最相配。

你受天命长久为王，福禄安康都赐予你。和乐平易的君子，你善始善终，洪福永久伴你左右。

有可以凭借和辅佐你的贤良之才，你勤勉有美德，他们都引导和辅佐你。和乐平易的君子，天下四方都以你为榜样。

你庄严又气宇轩昂，品德高贵纯洁如圭璋，有美好的名声和威望。和乐平易的君子，天下四方都以你为准则。

凤凰展翅飞翔，百鸟扑扇着羽毛跟随，纷纷围绕它停落在树上。君王有众多的贤臣，都供天子差使，爱戴天子。

凤凰展翅飞翔，百鸟扑扇着羽毛跟随，飞上青天。君王有众多的贤者，听从天子的命令，爱护百姓。

凤凰和鸣，在那高高的山冈上。梧桐在那里生长，面向东方的朝阳。枝叶葱郁茂盛，鸟鸣声和谐悠扬。

天子和贤臣的车，数量非常多。君子和贤臣的马，训练有素，跑得飞快。进献的诗如此多，因此我也写下这首诗歌。

赏析

那是一个南风天，周王与臣子们乘车马出门游玩。

沿着这条蜿蜒曲折的山路，穿行在葱葱郁郁的林间。花草葳蕤丛生，鸟儿不时从头顶飞过。登上山顶，迎着风俯瞰这广阔的江山，令人心旷神怡。

他们悠然自得地欣赏着美景，呼吸着草木的清新气息。周王说：“如此美景尽收眼底，情绪激荡于胸中，诸位贤臣，不如来作诗献歌！”

于是，大家纷纷作诗吟唱，献给周王。

这江山如此多娇，是周王的疆域辽阔呀！你如此高贵又有美德，所以贤臣们都愿意跟随辅佐，天下百姓也都爱戴你。你是天下四方的榜样，大家都归顺于你，天命长久伴随，上天也赐予你洪福厚禄。

周王你就像是百鸟之中的凤凰，被众多的贤臣所围绕。凤凰飞翔，百鸟随行；凤凰栖息，百鸟朝凤；凤凰鸣叫，百鸟和鸣。这贤士良臣跟随着君王，供你差遣，听你命令，尽心尽力辅佐你治理国家，使得国土安宁，众人得以自由自在地生活。

周王听着大家的诗作，连声称赞。君王和众臣都沉浸在欢乐的气氛之中。

此篇向我们展现了周代的献诗制度，在欢快的出游气氛中，诗人“以美为谏”，对周王的赞美之词中亦蕴含着温和的劝谏。全诗结构宏大，盛世之象贯穿其间。

9.《民劳》——民生多艰，愿君能体恤

民亦劳止，汔[1]可小康。惠此中国[2]，以绥四方。无纵[3]诡随[4]，以谨无良。式遏寇虐，憯不畏明。柔[5]远能[6]迩，以定我王。

民亦劳止，汔可小休。惠此中国，以为民逑[7]。无纵诡随，以谨惛怓[8]。式遏寇虐，无俾民忧。无弃尔劳[9]，以为王休[10]。

民亦劳止，汔可小息。惠此京师，以绥四国。无纵诡随，以谨罔极。式遏寇虐，无俾作慝[11]。敬慎威仪，以近有德。

民亦劳止，汔可小愒[12]。惠此中国，俾民忧泄。无纵诡随，以谨丑厉[13]。式遏寇虐，无俾正[14]败[15]。戎[16]虽小子[17]，而式[18]弘大。

民亦劳止，汔可小安。惠此中国，国无有残。无纵诡随，以谨缱绻[19]。式遏寇虐，无俾正反[20]。王欲玉女[21]，是用大谏。

注释

①汔（qì）：庶几，差不多。

②中国：王城周围，由周王直辖的区域。

③纵：放纵。

④诡随：不顾是非胡乱放肆。

⑤柔：安抚。

⑥能：亲善。

⑦逑（qiú）：聚集。

⑧惛怓（hūn náo）：喧扰、争吵。指朝廷昏乱。

⑨劳：功劳。

⑩休：美。

⑪慝（tè）：恶。

⑫愒（qì）：休息。

⑬丑厉：恶人。

⑭正：通“政”。

⑮败：腐败。

⑯戎：你，指周王。

⑰小子：年轻人。

⑱式：作用。

⑲缱绻：指朝廷纷乱。

⑳正反：政治动乱。

㉑玉女（rǔ）：爱护你。玉：作动词。

译文

民众实在是太劳苦，他们只希望稍得安康。你要爱护这京城之地，以安抚天下四方。不要放纵那些不顾是非、胡乱放肆的人，要提防无良小人。遏止残暴的行为，不要怕他们的强权手段。要安抚远方、亲善近处，使得国家安定。

民众实在是太劳苦，他们只希望稍得安闲。你要爱护这京城之地，使它成为百姓聚集的地方。不要放纵那些不顾是非、胡乱放肆的人，要提防朝廷昏乱。遏止残暴的行为，不要让民众忧心。不要抛弃你之前的功绩，以此成就君王的美誉。

民众实在是太劳苦，他们只希望稍得休息。你要爱护这京城之地，以安抚天下四方。不要放纵那些不顾是非、胡乱放肆的人，要提防反复小人。遏止残暴的行为，不要让他们作恶。仪容举止要恭敬谨慎，亲近贤德之人。

民众实在是太劳苦，他们只希望稍得安歇。你要爱护这京城之地，使民众的忧愤可以发泄。不要放纵那些不顾是非、胡乱放肆的人，要提防那些恶人。遏止残暴的行为，不要让朝政腐败。你虽然是年轻人，但作用无比大。

民众实在是太劳苦，他们只希望稍得安宁。你要爱护这京城之地，使国家没有残酷暴虐。不要放纵那些不顾是非、胡乱放肆的人，要提防朝廷纷乱。遏止残暴的行为，不要让政治动乱。我是想爱护你啊君王，因此才大力劝谏。

赏析

那时的周朝，已昏天暗地。

在暴虐的强权之下，百姓们劳苦不已，生活困顿到难以为继。他们被压制着，脚上似有无形的沉重镣铐，举步维艰。

而朝廷之上，君王昏庸残暴，使得小人从中作乱，借助权势与地位胡作非为，搅得天下百姓都不得安宁。

京城都如此混乱，天下四方又如何能安稳？周朝忠臣实在不忍目睹这样的惨况，大胆谏言，希望君王能够体恤百姓，关爱民生。对于那些居心叵测的恶人，应该小心谨慎地提防，不要让他们有机可乘，使得政治动乱，引发朝廷危机。

亲贤臣、远小人，才可以肃清朝政纲纪，解救民众于水火之中。

这篇章饱含感情，言辞恳切，希望年轻的君王能够力挽狂澜，改变眼下悲惨的境况。行文回环重叠，有着《国风》的格调。

10.《板》——忠言逆耳利于行

上帝板板[①]，下民卒瘅。出话不然[②]，为犹[③]不远[④]。靡圣[⑤]管管[⑥]，不实于亶。犹之未远，是用大谏。

天之方难，无然[⑦]宪宪[⑧]。天之方蹶[⑨]，无然泄泄[⑩]。辞[⑪]之辑矣，民之洽矣。辞之怿[⑫]矣，民之莫[⑬]矣。

我虽异事，及尔同寮。我即尔谋，听我嚣嚣[⑭]。我言维服[⑮]，勿以为笑。先民有言，询于刍荛[⑯]。

天之方虐，无然谑谑[⑰]。老夫灌灌[⑱]，小子蹻蹻[⑲]。匪我言耄[⑳]，尔用忧谑。多将熇熇[㉑]，不可救药。

天之方懠[㉒]。无为夸毗[㉓]。威仪卒迷，善人载尸[㉔]。民之方殿屎[㉕]，则莫我敢葵[㉖]？丧乱蔑资，曾莫惠我师[㉗]？

天之牖[㉘]民，如壎如篪，如璋如圭，如取如擕。擕无曰益[㉙]，牖民孔易。民之多辟[㉚]，无自立辟[㉛]。

价人[㉜]维藩，大师[㉝]维垣，大邦维屏，大宗维翰，怀德维宁，宗子维城。无俾城坏，无独斯畏。

敬天之怒，无敢戏豫[㉞]。敬天之渝，无敢驰驱[㉟]。昊天曰明，及尔出王[㊱]。昊天曰旦，及尔游衍[㊲]。

注释

①板板：反常，指违背常道。

②不然：不兑现。

③犹：通“猷”，谋划。

④不远：不久就变。

⑤圣：圣贤。

⑥管管：无所依系的样子。

⑦无然：不要这样。

⑧宪宪：欢欣的样子。

⑨蹶：动乱。

⑩泄（yì）泄：多言的样子。

⑪辞：政令。

⑫怿：败坏。

⑬莫：通“瘼”，疾苦。

⑭嚣（áo）嚣：傲慢的样子。

⑮服：合理。

⑯刍荛（ráo）：指割草砍柴的人。

⑰谑谑：嬉笑的样子。

⑱灌灌：恳切的样子。

⑲蹻（jiǎo）蹻：骄纵的样子。

⑳言耄：人老话昏。

㉑熇（hè）熇：火势炽烈的样子。

㉒懠（qí）：愤怒。

㉓夸毗：谄媚，卑屈。

㉔尸：祭祀时的神尸，指一言不发。

㉕殿屎（xī）：呻吟之声。

㉖葵：通“揆”，猜疑。

㉗师：民众。

㉘牖：引导。

㉙益（ài）：通“隘”，阻碍。

㉚辟：通“僻”，邪僻。

㉛立辟（bì）：立法。

㉜价人：贤人。

㉝大师：大众。

㉞戏豫：玩乐闲逸。

㉟驰驱：肆意妄为。

㊱王（wǎng）：通“往”。

㊲游衍：游荡，肆意游乐。

译文

上帝违离常道，让下界民众受尽辛劳疾苦。他说出口的话不兑现，做的决策没多久就改变。他不把圣贤放在眼里，根本不讲诚信。他谋划完全没远见，因此我郑重劝谏。

上天正在降临灾难，不要这样欢欣作乐。上天正在发起动乱，不要这样一派胡言。如果政令能和缓，百姓也能和睦与共。如果政令败坏，百姓肯定要遭患难。

我虽然职位不同，但也是你的同事。我来找你商议，听我说话时你根本不在乎。我说的都合情合理，别把我的话当成玩笑话。先人圣贤曾说过，向割草砍柴的人虚心请教。

上天正在施行暴虐，不要这样嬉笑纵乐。老夫我满心恳切，你这个年轻人如此骄纵傲慢。不是我人老话昏，是你当成了戏谑。多行不义就像烈火旺盛，到时候就收不了场了。

上天现在已经愤怒，屈膝谄媚也没什么用。朝廷礼节如今一团混乱，好人就像神尸一样不敢吱声。百姓正在痛苦地呻吟，怎么敢猜疑真实的原因？国家丧乱导致民穷财尽，又怎么去爱护我的百姓？

上天要引导民众，就像吹埙、吹篪那么容易，就像璋圭契合那么容易，就像取出和拿起一样简单。拿起东西时没有阻力，引导民众就很容易。如今民众多邪僻，自己立法就是自寻死路。

贤人就像篱笆，民众就像高墙，大国就像屏障，王室宗族就像栋梁。怀有德行才能安宁，宗室子弟就是国家的城池。不要使城池崩塌，弄到一个人独居的可怕境地。

要敬畏上天的怒气，怎么敢再玩乐闲逸。要敬畏上天的变化，怎么敢再肆意妄为。上天光明可鉴，与你一同来往。上天明朗常在，伴你一起游逛。

赏析

周厉王当政时期，昏庸暴虐到了令人发指的地步。

作为君王，他言而无信，朝令夕改。朝廷之上，已经被贪图权财的小人搅得乌烟瘴气。厉王完全不顾先祖的德行与利民的准则，生活奢侈，性情贪婪。他的所作所为，使得周朝礼仪丧尽，百姓怨声载道。

当时，有忠臣进谏劝说，百姓已经痛苦不堪，希望他能改变政令，多施善行，否则将会彻底丧失民心，导致国破家亡。结果，厉王不但不改过，还派人监听言论，凡有怨言和不满的人，统统杀光。这使得朝廷上的贤臣都噤若寒蝉，像祭祀上的神尸一样不敢吱声。黎民百姓心有怨恨，却也是敢怒不敢言。

反叛的种子已经种下，朝廷动乱，国家岌岌可危。在这样的时刻，厉王却依旧寻欢作乐，每天陶醉在奢靡放荡的生活中，不闻不问外界的哀号。

老臣不忍目睹这样的惨况，冒着生命危险向君王谏言。厉王却骄纵傲慢，完全不把他苦口婆心的劝告当回事。

此篇文字借诗讽谏，以上天违背常道让民众受苦，喻君王胡作非为令天下苍生饱受煎熬。言辞犀利又真诚，饱含着情感，也不乏直言警告。他提出了贤人、民众、宗室子弟对于国家的重要性，提醒君王若是多行不义，必然会落得众叛亲离、无可救药的悲惨结局。

千年之后，再来纵观历史，篇章中的劝诫不失为治国的真理。

大雅·荡之什

1.《荡》——倒行逆施，行将灭亡

荡荡[1]上帝，下民之辟[2]。疾威上帝，其命多辟。天生烝民，其命匪谌[3]。靡不有初，鲜克有终。

文王曰咨[4]，咨女殷商。曾是彊御[5]，曾是掊克[6]；曾是在位，曾是在服。天降慆[7]德，女兴[8]是力。

文王曰咨，咨女殷商。而[9]秉义类[10]，彊御多怼[11]。流言以对，寇攘[12]式内。侯作侯祝[13]，靡届[14]靡究[15]。

文王曰咨，咨女殷商。女炰烋[16]于中国，敛怨以为德。不明尔德，时无背无侧[17]。尔德不明，以无陪[18]无卿。

文王曰咨，咨女殷商。天不湎尔以酒，不义[19]从式。既愆尔止[20]，靡明靡晦。式号式呼，俾昼作夜。

文王曰咨，咨女殷商。如蜩如螗[21]，如沸如羹。小大近丧，人尚乎由行[22]。内奰[23]于中国，覃及鬼方[24]。

文王曰咨，咨女殷商。匪上帝不时，殷不用旧。虽无老成人，尚有典刑[25]。曾是莫听，大命以倾。

文王曰咨，咨女殷商。人亦有言：颠沛[26]之揭[27]，枝叶未有害，本[28]实先拨。殷鉴不远，在夏后[29]之世。

注释

①荡荡：恣意妄为、不守法制的样子。

②辟（bì）：君王。

③谌（chén）：诚信。

④咨：叹息声。

⑤彊御：暴虐。

⑥掊（póu）克：搜刮。

⑦慆：傲慢。

⑧兴：助长。

⑨而：通“尔”，你。

⑩义类：好人。

⑪怼（duì）：怨恨。

⑫寇攘：像盗寇一样掠夺。

⑬侯作侯祝：诅咒贤臣陷害忠良。作，诅。祝，咒。

⑭届：尽。

⑮究：穷尽。

⑯炰烋（páo xiāo）：猛兽怒吼。形容人骄矜气盛，或暴怒猛厉。

⑰无背无侧：不知有人背叛。

⑱陪：辅佐之臣。

⑲不义：同“不宜”，不应该。

⑳止：仪容礼节。

㉑螗（táng）：一种蝉。

㉒由行：照老样子做。

㉓奰（bì）：愤怒。

㉔鬼方：指远方。

㉕典刑：指旧的典章法规。

㉖颠沛：指树木倒下。

㉗揭：指树根翻出。

㉘本：根。

㉙夏后：指夏桀王。

译文

上帝恣意妄为，却是下民的君王。上帝如此暴虐，他的本性这样邪僻。是上天生养了民众，他们的本性却没有诚信。人之初，性本善，却很少人能善始善终。

文王长长叹息，叹息你们殷商。怎么如此暴虐，如此搜刮民脂民膏，如此占据高官厚禄，如此倚仗权势却不谋政。上天降下这些傲慢的德行，你又助长了这力量。

文王长长叹息，叹息你们殷商。你若是任用善良好人，暴虐之徒便心怀怨恨。他们必然以流言诽谤，像盗贼一样掠夺，祸害朝廷。他们会诅咒这些好人，无穷无尽地陷害贤良。

文王长长叹息，叹息你们殷商。你在京师横行跋扈，积聚怨恨还当成德行。你的德行就是昏庸，叛臣结党都不知道。你的德行就是昏庸，不知道谁该成为左右公卿之臣。

文王长长叹息，叹息你们殷商。上天没让你沉迷于酒，不应该放纵滥饮。已经丧失了你的仪容礼节，没日没夜地喝到烂醉。醉后大呼小叫，过得是昼夜颠倒。

文王长长叹息，叹息你们殷商。四处哀号就像蝉鸣，一片混乱就像沸腾的汤羹。大事小事都丧亡，你还是那个老样子。京师的百姓已经愤怒不已，这怒火蔓延到远方。

文王长长叹息，叹息你们殷商。不是上帝不善良，是殷商不用先王的旧规章。虽然没有老臣在，还有先王的典章成法可以遵循。你这样不听先王遗训，天命将转移使国家灭亡。

文王长长叹息，叹息你们殷商。人们有话这样说的：“大树拔根倒下，枝叶暂且没有损害，但根已经断绝。”殷商的借鉴并不遥远，就在灭朝的夏桀王。

赏析

王朝的兴衰与更替周而复始，历史总是惊人的相似。

当初，夏桀王荒淫无度，暴虐惨无人道。商汤将之灭亡。

而眼下，周厉王又重蹈覆辙。他将先祖的遗训置之脑后，没日没夜地沉迷于奢靡的美酒佳肴之中；只顾寻欢作乐，导致朝政荒废；小人结党营私，陷害忠良；天下百姓处于水深火热之中，濒临崩溃。

内忧外患，已经使得周朝摇摇欲坠。而君王还是如此骄纵淫逸，让忠臣心如刀绞。迫于周厉王的淫威，他只得借文王叹息殷商的口吻，细数君王的劣迹斑斑。

这言辞之中，显露出无比悲痛与沉重的心情。

此篇《荡》与上篇《板》同为对周厉王的讽谏，对于天下局势动荡不安、朝廷政治黑暗混乱的描写，赤裸裸地表现出周厉王的惨无人道。“板荡”一词，便出自此处。这乱世之中，忠臣的谏言怀着一片赤诚之心，于是，后世有了“板荡识忠臣”的说法。

2.《抑》——年轻人，你应当如此才好

抑抑[①]威仪，维德之隅[②]。人亦有言：靡哲不愚。庶人之愚，亦职[③]维疾[④]。哲人之愚，亦维斯戾。

无竞[⑤]维人，四方其训[⑥]之。有觉[⑦]德行，四国顺之。讦谟[⑧]定[⑨]命[⑩]，远犹辰告。敬慎威仪，维民之则。

其在于今，兴迷乱于政。颠覆厥德，荒湛于酒。女虽[⑪]湛乐从，弗念厥绍[⑫]。罔敷求先王[⑬]，克共[⑭]明刑。

肆皇天弗尚[⑮]，如彼泉流，无沦胥以亡。夙兴夜寐，洒扫庭内，维民之章。修尔车马，弓矢戎兵，用戒戎作，用逷[⑯]蛮方[⑰]。

质[⑱]尔人民，谨尔侯度，用戒不虞[⑲]。慎尔出话，敬尔威仪，无不柔嘉。白圭之玷，尚可磨也；斯言之玷，不可为也！

无易由言，无曰苟矣，莫扪朕舌，言不可逝矣。无言不雠[⑳]，无德不报。惠于朋友，庶民小子。子孙绳绳[㉑]，万民靡不承。

视尔友君子[㉒]，辑柔尔颜，不遐有愆。相在尔室[㉓]，尚不愧于屋漏。无曰不显，莫予云觏。神之格[㉔]思[㉕]，不可度思，矧[26]可射[27]思！

辟尔为德，俾臧俾嘉。淑慎尔止，不愆于仪。不僭不贼[28]，鲜不为则。投我以桃，报之以李。彼童而角，实虹[29]小子。

荏染[30]柔木，言缗[31]之丝。温温恭人，维德之基。其维哲人，告之话言[32]，顺德之行。其维愚人，覆谓我僭。民各有心。

於乎小子，未知臧否。匪手携之，言示之事。匪面命之，言提其耳。借曰未知，亦既抱子。民之靡盈[33]，谁夙知而莫成？

昊天孔昭，我生靡乐。视尔梦梦[34]，我心惨惨。诲尔谆谆，听我藐藐。匪用为教，覆用为虐[35]。借曰未知，亦聿既耄。

於乎小子，告尔旧止。听用我谋，庶无大悔。天方艰难，曰丧厥国。取譬不远，昊天不忒[36]。回遹其德，俾民大棘。

注释

①抑抑：审慎的样子。

②隅：方角。此处指品行方正。

③职：主。

④疾：病，指缺点。

⑤竞：强盛。

⑥训：顺从。

⑦觉：正直。

⑧讦（xū）谟：大谋。

⑨定：审定。

⑩命：政令。

⑪虽：惟。

⑫绍：继承。

⑬先王：指先王治国之道。

⑭共：执行。

⑮尚：佑助。

⑯逷（tì）：治服。

⑰蛮方：边远的部落民族。

⑱质：安定。

⑲不虞：不测。

⑳雠（chóu）：回应。

㉑绳绳（mǐn mǐn）：谨慎戒惧的样子。

㉒友君子：指与君子交际的时候。

㉓在尔室：指独处。

㉔格：到来。

㉕思：助词。

㉖矧（shěn）：况且。

㉗射（yì）：通“斁”，厌。

㉘贼：伤害。

㉙虹：通“讧”，溃乱。

㉚荏（rěn）染：坚韧。

㉛缗（mín）：给乐器安上弦。

㉜话言：老古话。

㉝盈：圆满。

㉞梦（méng）梦：昏乱。

㉟虐：“谑”的假借，戏谑。

㊱忒（tè）：偏差。

译文

容貌举止庄严审慎，是品德端正。人们有这样的说法：“智者也有愚蠢的时候。”普通人的愚蠢，那是缺陷。智者的愚蠢，就是罪过了。

不要强盛地对待他人，天下四方就会顺从。有正直的德行，各国诸侯就会归顺。制定大政方针，将这长远的政令及时宣告。容貌举止恭敬谨慎，就会成为民众的表率。

当今天下，朝政纲领已经乱七八糟。德行败坏，沉湎于饮酒作乐。你只知道放纵享乐，完全不顾念对传统的继承。不广求先王的治国之道，怎么能执行明正的法则？

因此上天不来护佑你，就像那泉水流逝，君臣相率牵连，一起走向败亡。你应该早起晚睡，打扫屋内屋外，成为民众的榜样。你应该修理好车马，整顿好护弓箭和武器，用以戒备战事兴起，用以治服远方的部落民族。

你应该安定你的子民，谨守法度，以防止意外之事发生。你说话要谨慎，行为举止要恭谨，处处展现温和美好的品行。白玉上有污点，还可以磨除；说出口的话有问题，就难以弥补了。

不要轻率地对待语言，不要说得草率马虎，没人按住你的舌头，说出口的话就追不回了。没有什么语言不会得到回应，善德败行都会有报应。要爱护朋友和群臣，安抚百姓和子弟。子孙后代都谨言慎行，民众就都会归顺服从。

看你跟君子交际的时候，和颜悦色，没有任何过失。看你在室内独处时，言行举止也无愧于神明。不要说室内光线昏暗，没人看得见我。神明来去无踪迹，无法猜测他的行踪，你怎么能厌弃礼法呢！

修明你的德行，使它更高尚更美好。举止行为要端正恭谨，不要在礼仪上出差错。不犯错也不害人，这就很少不被人视为典范。别人送我桃子，我就回赠他李子。羊羔自以为头上生角，实在是自己混乱不清。

坚韧的木材，可以安置丝弦制成琴。做温和恭谦的人，是修行品德的根基。若是明哲的人，告诉他古代圣贤的话，就会顺从美德去施行。若是愚蠢的人，反而会说是我的过错。真是人心各异。

唉，年轻人，不知分辨善恶。非但要用手扶持你，还要指示你行事。非但要当面教诲你，还要提着耳朵让你听。假如说你不懂事，也已经是有孩子的人。民众不可能完美，谁会早慧却晚成？

上天明鉴，我活得不快乐。看见你那昏乱不明的样子，我心里无比忧闷。对你耐心地教导，你的态度轻视又傲慢。非但不认为是指导，反而认为是戏谑的笑话。假如说我无知，也已经是九十岁的老人了。

唉，年轻人，我告诉你旧的礼法典章。你听我的建议去执行，还不会造成大悔恨。上天正在降临灾难，怕是国家快要灭亡。就近打个比方，上天不会有差失。如果你德行邪僻，就会让百姓遭遇大灾祸。

赏析

那时，卫武公已是九十多的老人。

作为周朝的元老，他目睹了厉王遭民众反叛、宣王的兴衰、幽王灭亡的进程。如今，已经垂垂老矣，仍不得安闲平静地度过晚年。

眼见平王的所作所为如此荒诞，就要让国家陷入万劫不复的境地，他内心无比忧闷，写下这篇诗作，希望君王能悬崖勒马，使天下免遭灾难。

在卫武公的心里，平王并非是个天生蠢笨的人，但他如今却正在做着愚蠢的事情，每天沉迷在饮酒作乐中，荒废朝政；言行举止也毫无礼法规章，肆意妄为。君王尚且如此，整个国家更是一团混乱。

但卫武公并没有放弃对君王的扶持，仍旧抱有一丝希望，希望他能够听从劝谏，遵从先祖圣贤的美德，勤修自己的品行，成为天下百姓的榜样，重振朝纲。

幽王被灭的惨痛教训尚历历在目，他忧心忡忡地提醒平王，要勤于内政治理，也要强兵习武，做好应对外患的准备。

他反复强调谨言慎行的重要性，君子一言既出，驷马难追，更何况是一言九鼎的君王。信口开河的话，可能会给天下造成无法挽回的灾难。

他循循善诱，不厌其烦地从修身立德和识善知恶两个方面指导，殷切盼望君王能够注重礼仪教化，亲近任用贤者，从而改变国家的命运。

这篇章之中，既有生动的比喻，又有精炼直接的劝说，不但是一位老者对年轻人推心置腹的教诲，也体现了臣子对君王的忠诚，其中，许多句子都成了后世的经典成语，被广为流传。

3.《桑柔》——世道昏乱，百姓苦难

菀彼桑柔[①]，其下侯旬[②]，捋采其刘[③]，瘼此下民。不殄心忧，仓兄[④]填[⑤]兮。倬彼昊天，宁不我矜？

四牡骙骙，旟旐有翩。乱生不夷，靡国不泯。民靡有黎，具祸以烬。於乎有哀，国步[⑥]斯频[⑦]。

国步蔑资，天不我将[⑧]。靡所止疑[⑨]，云徂何往？君子实维，秉心无竞。谁生厉阶[⑩]，至今为梗？

忧心慇慇[⑪]，念我土宇。我生不辰，逢天僤怒[⑫]。自西徂东，靡所定处。多我觏痻，孔棘我圉[⑬]。

为谋为毖，乱况斯削。告尔忧恤，诲尔序爵[⑭]。谁能执[⑮]热，逝不以濯？其何能淑，载胥及溺。

如彼溯风，亦孔之僾[⑯]。民有肃心[⑰]，荓[⑱]云不逮。好是稼穑，力民代食。稼穑维宝，代食维好。

天降丧乱，灭我立王。降此蟊贼，稼穑卒痒。哀恫中国，具赘[⑲]卒荒。靡有旅力[⑳]，以念[㉑]穹苍。

维此惠君，民人所瞻。秉心宣犹[㉒]，考慎[㉓]其相[㉔]。维彼不顺，自独[㉕]俾臧。自有肺肠[㉖]，俾民卒狂[㉗]。

瞻彼中林，甡甡[㉘]其鹿。朋友已谮[㉙]，不胥以穀。人亦有言：进退维谷。

维此圣人，瞻言百里。维彼愚人，覆狂以喜。匪言不能[30]，胡斯畏忌？

维此良人，弗求弗迪[31]。维彼忍心，是顾是复。民之贪乱，宁为荼毒。

大风有隧，有空大谷。维此良人，作为式穀。维彼不顺，征[32]以中垢[33]。

大风有隧，贪人败类。听言[34]则对，诵言[35]如醉。匪用其良，覆俾我悖。

嗟尔朋友，予[36]岂不知而作。如彼飞虫，时亦弋[37]获。既之阴[38]女，反予来赫[39]。

民之罔极，职凉善背[40]。为民不利，如云不克。民之回遹，职竞用力。

民之未戾，职盗为寇。凉曰[41]不可，覆背善詈。虽曰匪予，既作尔歌！

注释

①桑柔：柔嫩的桑树。

②旬：树荫遍布。

③刘：枝叶稀疏的样子。

④仓兄（chuàng huǎng）：悲伤失意的样子。

⑤填（chén）：长久。

⑥国步：指国运。

⑦频：危急。

⑧我将：扶助我。

⑨止疑：停息。

⑩厉阶：祸端。

⑪慇（yīn）慇：痛心的样子。

⑫倬（dàn）怒：盛怒。

⑬圉（yù）：通“御”，抵御。这里指边疆。

⑭序爵：辨别贤否的方法。序，用作动词，合理安排。

⑮执：救治。

⑯僾（ài）：呼吸不顺的样子。

⑰肃心：进取的心。

⑱荓（pīng）：使，任用。

⑲赘：通“缀”，连缀。

⑳旅力：体力。

㉑念：感念。

㉒宣犹：明道。

㉓考慎：慎重考察。

㉔相：辅佐大臣。

㉕自独：自以为。

㉖肺肠：心思。

㉗卒狂：全都迷惑狂乱。

㉘甡（shēn）甡：众多的样子。

㉙谮（jiàn）：不信任。

㉚匪言不能：即“匪不能言”，不是不能说。

㉛迪：进。

㉜征：行。

㉝中垢：指宫廷秽闻。

㉞听言：顺从心意的话。

㉟诵言：忠告的言语。

㊱予：作者自称，指芮良夫。

㊲弋：用来射鸟的带绳的箭。

㊳阴：通“谙”，熟悉。

㊴赫：威吓。

㊵背：背叛。

㊶凉曰：通“薄言”，助词。

译文

柔嫩的桑树很茂密，下方有浓密的树荫。桑叶被采摘得稀疏凋零，害苦了躲荫的百姓。心里的愁思连绵不绝，悲怆失意久久在心头。上天高大又光明，怎么不对我怜悯？

四匹强壮的公马不停奔跑，车上的旌旗迎风飘扬。社会动荡不平，举国不宁。百姓遭遇灾难所剩无几，全都在灾祸中遭殃。唉，我心悲哀，国运已经如此危急。

国运危急，民穷财匮，上天不来扶持我们。没有地方可以停留，应该去往哪里安居？君子的作为，似乎有意不和命运抗争。是谁制造了这祸端？到现在还在引发灾害。

我感到忧愁又痛心，想念故乡和老宅。我真是生不逢时，遇上老天发怒的时候。从西边到东边，没有地方可以安身。我遭遇这么多疾苦，边疆的危难最紧急。

要小心谨慎地谋划，混乱的境况才能减轻。告诉你要为国事担忧，告诉你要分辨贤良官员。谁能救治发烧之苦，而不用凉水冲洗？这些小人怎么能办好事，只能相率让大家一起灭亡。

就像那逆风行走的人，连呼吸都不顺畅。就算民众有进取心，也没法使上劲。只好去种庄稼，收获粮食代替俸禄。耕种是好事，比领着俸禄钩心斗角要好。

上天降下祸乱，要灭亡我们立的君王。降下这些害虫，让庄稼都遭殃。哀痛这京都之地，连绵土地都遭受灾荒。民众已没有体力来感念天祸。

顺应人心的君王，百姓才会瞻仰和敬爱。他会广纳众议细心谋划，慎重考察辅佐大臣。没有仁义的君王，独断专行以为自己用的都是贤人。那些坏心思，使民众全都迷惑狂乱。

看那丛林之中，鹿群生活在一起。朋友之间却没有信任，互相之间不能友善以待。人们也有这样的说法：进退两难。

这圣贤的人，能够深谋远虑。那愚蠢的人，反而欣喜又狂妄。我们不是不能说，为什么这样畏惧顾忌？

这善良仁德的人，不被寻求任用。那狠心不仁的人，却被反复瞻顾。百姓贪求，世道昏乱，实在是不能忍受这政局下的苦难。

大风刮起来有它的通道，空旷的山谷最适合。这善良仁德的人，所作所为都很好。那妄为的小人，行为阴暗污秽。

大风刮起来有它的通道，贪婪的小人败坏同类。顺从心意的话就回应，听到劝谏的忠告就像醉了一样装糊涂。不任用那些贤良的人，反而将我看成悖乱的人。

可叹你啊朋友，我难道是不知情才写这诗歌。就像那飞鸟，有时也被射中捕获。我已经熟悉你的底细，你反倒来威吓我。

民众心里没有准则，因为你善于欺骗背叛。你做这些危害人的事情，好像生怕自己不能获胜。民众心思邪僻，因为你专门在坏事上使劲。

百姓心里不能安定，朝廷上盗臣为寇。我说不能再这样下去，你转头就骂我。虽然不是我说的，但我还是为你写下这诗歌。

赏析

君王圣明，天下百姓便可在国家的庇护下躲荫乘凉；君王昏庸，天下百姓则被弃置于灾难祸乱之中不得安生。

我生在这样一个昏暗无明的年代，内心的悲痛与愁闷无处诉说。君王多行不义，朝廷小人当道，百姓无处栖身。

内忧不停，外患更为危急。我们被抓去服兵役，接连不断地在边疆奔波，已经很久都没有回到故乡。这战乱没有片刻停歇，无数人的生命在厮杀中被夺走。

国家到了民穷财匮的境地，我们这些可怜的人找不到安身之所，每天担惊受怕，苟且地活着。到底是谁引发了巨大的灾难，让上天如此勃然大怒，要灭亡我们的君王和国家？

人怨天怒，这源源不断的天灾人祸，使得老百姓连基本的生存权利都丧失了。用心经营的土地，被虫灾给吞噬，饥荒让原本就苦不堪言的百姓更加凄惨。

真希望能有圣明的君主、贤德的大臣，来解救我们于苦难之中。可那朝廷之上，分明被昏庸无能之辈占领。君王暴政，丝毫不体恤民情。奸臣当道，只顾着中饱私囊。谁能来为我们讨个公道？百姓已经举步维艰，就快要活不下去了。

这世道已经善恶不分，从上到下，言行举止都完全没有规矩可言。如果执政者再这样执迷不悟，怕是整个国家都要被小人拉进毁灭的深渊。

可悲可叹，忧愤难以释怀！

芮良夫为厉王写下的这洋洋洒洒的长篇诗作，感叹百姓的苦难深重，提出合理的治国之道，劝谏君王要任用贤良，制定政令要有深谋远虑等等诸类，尽诉忠言。其间，不仅内容值得后世不断借鉴反思，还运用了各种写作手法，在文学上也有深远影响。

4.《云汉》——山无草木流水枯，君为祈雨苦

倬彼云汉，昭回[①]于天。王曰於乎：何辜今之人？天降丧乱，饥馑荐[②]臻。靡神不举[③]，靡爱[④]斯牲。圭壁既卒，宁莫我听[⑤]？

旱既大甚，蕴隆[⑥]虫虫[⑦]。不殄禋祀，自郊徂宫[⑧]。上下奠瘗[⑨]，靡神不宗[⑩]。后稷不克，上帝不临。耗斁下土，宁丁[⑪]我梗。

旱既大甚，则不可推。兢兢业业，如霆如雷。周馀黎民，靡有孑遗。昊天上帝，则不我遗[⑫]。胡不相畏？先祖于摧。

旱既大甚，则不可沮。赫赫炎炎，云我无所。大命近止，靡瞻靡顾。群公[⑬]先正[⑭]，则不我助。父母先祖，胡宁忍予？

旱既大甚，涤涤[⑮]山川。旱魃[⑯]为虐，如惔如焚。我心惮暑，忧心如熏。群公先正，则不我闻[⑰]。昊天上帝，宁俾我遯[⑱]？

旱既大甚，黾勉畏去。胡宁瘨我以旱？憯不知其故。祈年[⑲]孔夙，方社不莫。昊天上帝，则不我虞。敬恭明神，宜无悔怒。

旱既大甚，散无友纪。鞫[⑳]哉庶正[㉑]，疚[㉒]哉冢宰[㉓]。趣马[㉔]

师氏[25]，膳夫左右。靡人不周[26]，无不能止。瞻卬昊天，云如何里！

瞻卬昊天，有嘒[27]其星。大夫君子，昭假[28]无赢[29]。大命近止，无弃尔成。何求为我。以戾庶正。瞻卬昊天，曷惠其宁？

注释

①回：旋转。

②荐：一再。

③举：祭祀。

④爱：吝惜。

⑤莫我听：不听我。

⑥蕴隆：暑气郁积。

⑦虫虫：通“爞爞”，热气熏蒸的样子。

⑧宫：祭天之坛。

⑨瘞（yì）：埋，把祭品埋在地下。

⑩宗：尊崇。

⑪丁：遭逢。

⑫遗（wèi）：馈赠。

⑬群公：诸侯之神。

⑭先正：卿士的神灵。

⑮涤涤：形容干旱，山无草木、水流枯竭的样子。

⑯旱魃（bá）：传说中能造成旱灾的妖怪。

⑰闻（wèn）：通“问”，恤问。

⑱遯：逃。

⑲祈年：祈求丰收的祭礼。

⑳鞫（jū）：穷困。

㉑庶正：众官之长。

㉒疚：痛苦，忧虑。

㉓冢宰：六卿之首。

㉔趣马：掌管马匹的官。

㉕师氏：掌管教育的官。

㉖周：救济。

㉗嘒（huì）：明亮的样子。形容众星闪烁。

㉘昭假：祈祷。

㉙无赢：没有收获。

译文

那浩渺的银河，在天空闪烁着光明。周王说：唉！当今百姓有什么罪过？上天降下这样的灾祸，让饥荒连接不断。我们不是没有祭祀神灵，也没有吝惜供奉的牛羊。祭俸的玉器都已经用完，为什么听不见我们的祈祷？

干旱已经非常严重，暑气笼罩着整个大地。祭天仪式一直没有间断，从郊野一直到祭坛。天神和地神都祭祀了，没有对任何神灵不敬。先祖后稷都不能保佑百姓，上天也不庇护苍生。人间的土地不断被消耗败坏，为什么恰好让我遭逢。

干旱已经非常严重，到了不可阻拦的地步。我每天小心谨慎，就像头上正在落下雷霆。周地活着的这些百姓，已经没有任何遗留。高高在上的天帝，竟然不赐予我任何东西。怎么会不惶恐呢？对先祖的祭祀也会因死亡而毁灭。

干旱已经非常严重，到了没法止息的地步。这炎炎烈日蒸腾着大地，我找不到一处遮阴的地方。死亡之期已经非常近，没空再瞻前顾后。诸侯公卿的神灵，不佑助我周国。父母先祖的神灵，怎么也忍心让我遭这样的苦难！

干旱已经非常严重，山无草木，水流枯竭。旱妖在大地上肆虐，就像大火熊熊燃烧。这暑热让我心里害怕，忧闷的心就像被火熏一样痛苦。诸侯公卿的神灵，不理会我的呼喊。光明的上天，难道要我逃离此地吗？

干旱已经非常严重，尽力祈求，希望能消除灾难。为什么让我遭受旱灾的疾苦？不曾弄清楚这原因。祈求丰收的祭礼每年都举行很早，祭社祭方也从未推迟。光明的上天，就是不肯帮助我们。我们一向对神明恭敬虔诚，你不应该愤怒降灾啊。

干旱已经非常严重，饥荒离散使纪纲沦丧。众官之长很穷困，六卿之首也很痛苦。还有趣马和师氏，包括膳夫和其他官员。没有人不需要救济，没有什么能止息这灾祸。我抬头仰望上天，问他应该怎么办才好。

抬头仰望上天，有星星在闪烁着光芒。公卿大夫和众位君子，哪怕祈祷没有收获也不能休止。死亡之期已经非常近，继续祈祷不要放弃。这哪里是为了我，只是为了安定众位官员的心。抬头仰望上天，什么时候才能赐予我们安宁？

赏析

已经好几年没有下过雨了。土地因干旱而龟裂成块，田里的庄稼也全都枯死，满目死寂的山河，看不到一丝绿色和生机。

举目遥望，那连绵起伏的山岭都光秃秃的，连河流也变成了凹陷的土沟，这广大的土地只剩眼泪流干的痕迹。

国家的粮仓早已空无，群臣百官和天下黎民一样，都饱受着饥荒的煎熬。君王忧心如焚，除了不停地祭祀祈祷，不知道该怎么办才好。只能寄希望于上天和先祖的庇护，能够降下一场甘霖。可是，神灵们却似乎遗忘了这片土地，没有人听见他们的哀号。

满怀着对天下苍生的担忧，周王在夜里无法入睡。抬头望天，却看见漫天星辰闪烁。看来，一觉醒来还是艳阳天。

这白花花的太阳照耀着国土，暑气郁积，就像蒸笼一样包围着大地。周王率领着众臣，遵从仪式礼节，虔诚地祭祀四方神灵，不敢有任何的怠慢与推迟。献上丰盛的牛羊供品，祭祀的玉器也都用尽，可是，上天仍旧没有一丝回应。这片土地已经没办法让人生存下去，难道要他们抛弃国土逃亡他方吗？

渐渐地，跟随君王祭祀的群臣越来越少。这烈日与暑气像火一样焦灼着周王的内心，眼看着死亡之期就要到了，他却无能为力。除了祈祷，又能怎么办呢？他在绝望中坚持着最后的气力，安抚群臣百官一起祭祀，盼望能借助众人之力感动神灵。

在那遥远的年代，面对自然灾害，人们是多么渺小又无助啊！即便身为君王，也只能不断地求助于先祖和神灵。这诗篇，虽是为了祈雨，却饱含着君王对天下苍生的关怀。那种忧愁与痛苦的情绪，那种惶恐与敬畏的心情，在字里行间流淌，情与景彼此交融，令人感叹。

5.《崧高》——派驻南方的贤臣申伯

崧[1]高维岳[2]，骏极于天。维岳降神，生甫[3]及申[4]。维申及甫，维周之翰。四国于蕃[5]。四方于宣[6]。

亹亹[7]申伯，王缵[8]之事。于邑于谢，南国是式。王命召伯[9]，定申伯之宅。登[10]是南邦，世执其功。

王命申伯，式是南邦。因是谢人，以作尔庸[11]。王命召伯，彻[12]申伯土田。王命傅御[13]，迁其私人[14]。

申伯之功[15]，召伯是营。有俶其城，寝庙[16]既成。既成藐藐[17]，王锡申伯。四牡蹻蹻，钩膺[18]濯濯。

王遣申伯，路车乘马。我图尔居，莫如南土。锡尔介圭[19]，以作尔宝。往近[20]王舅，南土是保。

申伯信迈，王饯于郿[21]。申伯还南，谢于诚归[22]。王命召伯，彻申伯土疆。以峙[23]其粻[24]，式遄其行。

申伯番番[25]，既入于谢。徒御啴啴。周邦咸喜，戎有良翰。不显申伯，王之元舅[26]，文武是宪。

申伯之德，柔惠[27]且直。揉[28]此万邦，闻于四国。吉甫[29]作诵，其诗孔硕。其风[30]肆好，以赠申伯。

注释

①崧（sōng）：又作“嵩”，山高而大。

②岳：特别高大的山，指东岳岱山、南岳衡山、西岳华山、北岳恒山、中岳嵩山。

③甫：指甫侯。

④申：指申伯，宣王的舅舅。

⑤蕃：通“藩”，藩篱。

⑥宣：假借“垣”，墙。

⑦亹（wěi）亹：勤勉的样子。

⑧缵：继承。这里是使动用法。

⑨召伯：召虎，召穆公。

⑩登：建成。

⑪庸：通“墉”，城墙。

⑫彻：指划定地界。

⑬傅御：辅助诸侯治事的官。

⑭私人：家臣。

⑮功：事，指建城的工作。

⑯寝庙：宗庙的前殿和后寝两部分，合称寝庙。

⑰藐藐：壮美的样子。

⑱钩膺：佩戴在马胸前颈上的马具。

⑲介圭：诸侯的封圭。

⑳近（jì）：语气词，略同“矣”。

㉑郿（méi）：地名。

㉒谢于诚归：即“诚归于谢”。

㉓峙：储备。

㉔粻（zhāng）：米粮。

㉕番（bō）番：勇武的样子。

㉖元舅：大舅。

㉗柔惠：温顺恭谨。

㉘揉：即“柔”，治理。

㉙吉甫：尹吉甫，周宣王的大臣。

㉚风：声，曲调。

译文

五岳居中是嵩山。巍巍高耸直达天际。这崇峻的中岳降下灵气，诞生了甫侯和申伯。甫侯和申伯这两位贤臣，是周朝的栋梁。他们是四方诸侯国的屏障，是天下四方的保护墙。

申伯勤勉不怠，周王命他继承先世的事业。让他到谢地去建造城邑，以成为南方诸侯国的榜样。周王命令召伯，先到谢地为申伯确定建造地。建成这南方的国土后，申伯世代子孙都将守持这功业。

周王委任申伯，成为南方诸侯国的标杆。依靠这谢地百姓的力量，兴建自己的城墙。周王又委任召伯，划分好申伯的封土和疆界。接着，周王命令申伯的家臣之长，把他的家臣都迁到谢地。

申伯负责建造谢邑，召伯协助他经营。修建起谢邑的城墙，建造好寝宫和宗庙。寝庙修建得非常壮丽，周王赐给申伯祭祀先祖。四匹公马强壮威武，骏马的佩饰也光鲜明亮。

周王派遣申伯到谢地，赠送他华贵的大车和骏马。我为你谋划好了安居之地，没有哪里比得上这南方土地。赏赐你玉制礼器，以此作为你的国宝。大舅你去吧，南方的国土就由你来保护。

申伯真的要出发去谢地了，周王在郿邑为他饯行。申伯向着南方前去，诚心归向封邑谢地。周王又命令召伯，测定申伯应纳税的领地。并且储备好充足的粮食，以让申伯加快南下的速度。

申伯威仪勇武，已经踏入谢地。步兵车兵阵势雄伟，周国上下都充满喜悦，周王你有好的栋梁之材。申伯荣耀大显，周王的大舅舅，是文武百官的表率。

申伯的品德，温顺恭谨又正直。他治理这南方诸国，美好的名声流传于天下。尹吉甫我写下这首诗歌，这诗篇幅很长，这歌的声调极好，以此赠送给申伯。

赏析

周王在郿邑设宴，备有丰盛的酒食，华贵的玉制礼器装在锦盒之中，外边有雄壮的马匹和大车在等待着。

这是周王在给自己的亲大舅践行。

当时，已经处于西周末期。南方的一些诸侯国蠢蠢欲动，叛乱时有发生。周王为了稳定江山，要在南边修建城邑，派遣重臣驻守，治理好边疆，以稳固周王朝的统治地位。

大舅申伯作为周王朝的卿士，在朝廷内外都有着美名善誉，是最适合的人选。于是，周王命召伯先去南边的谢地，划分好田疆地界，修建城墙，做好前期的准备工作。

这边，给予申伯丰厚的赏赐，备好充足的粮食和随行车马、士兵，以随时前往封地。

大大小小的事宜，周王都安排得井井有条。他对申伯寄予了厚望，希望他能够到封地谢邑之后用心治理，成为南方各诸侯国的表率。

此篇诗歌，对于申伯的美德和功绩赞誉颇高，虽是大臣尹吉甫写给申伯的颂歌，但也蕴藏着对周王任用贤者、亲臣亲民的夸赞。

6.《烝民》——派驻东方的贤臣仲山甫

天生烝民，有物有则。民之秉彝[1]，好是懿德。天监有周，昭假于下。保兹天子，生仲山甫。

仲山甫之德，柔嘉维则。令仪令色，小心翼翼。古训是式，威仪是力。天子是若，明命使赋。

王命仲山甫，式是百辟，缵戎祖考，王躬是保。出纳[2]王命，王之喉舌。赋政於外，四方爰发[3]。

肃肃王命，仲山甫将之。邦国若否，仲山甫明之。既明且哲，以保其身。夙夜匪解，以事一人。

人亦有言：柔则茹之，刚则吐之。维仲山甫，柔亦不茹，刚亦不吐。不侮矜寡，不畏彊御。

人亦有言：德輶[4]如毛，民鲜克举之。我仪图[5]之，维仲山甫举之，爱莫助之。衮职[6]有阙，维仲山甫补之。

仲山甫出祖[7]，四牡业业。征夫捷捷，每怀靡及。四牡彭彭，八鸾锵锵。王命仲山甫，城彼东方。

四牡骙骙，八鸾喈喈。仲山甫徂齐，式遄其归。吉甫作诵，穆如清风。仲山甫永怀，以慰其心。

注释

①秉彝：常理。

②出纳：指受命与传令。

③发：执行。

④輶（yóu）：轻。

⑤仪图：考虑。

⑥衮（gǔn）职：王职。借指帝王。

⑦祖：祭路神。

译文

上天生下民众万千，有形体的一切都有着法则。民众生来的天性，就爱好美善的品德。上天监视着周王朝，对百姓有着光明的德行。于是保佑这周天子，让仲山甫降生辅佐他。

仲山甫品德优良，温恭和善是他的准则。他和颜悦色仪容端庄，处事谨慎又细致。他效法圣贤先王的遗训行事，努力保持着威严礼仪。天子选择他做辅佐大臣，颁布政令让他施行。

周王命令仲山甫，要成为诸侯的榜样。继承发扬先祖的功业，好好辅佐天子理政。他负责受令和传出天子的政令，是君王的重臣。对王畿之外颁布政令，四方诸国按照命令施行。

严肃对待周王的命令，仲山甫尽力来执行。国家治理得好不好，仲山甫心里清楚明白。既明白又聪慧，能顺应形势保全自身。他早晚忙于政事不懈怠，忠诚侍奉周王。

人们有这样的说法："软的东西吃下去，硬的东西吐出来。"唯独仲山甫，软的东西他不吃，硬的东西他也不吐。不欺负孤寡老人，也不畏惧强敌暴徒。

人们有这样的说法："德行轻如羽毛，人们很少能高举。"我思来想去，只有仲山甫举起了它，别人关切天子却无能为力。王职有任何错缺，只有仲山甫能弥补。

仲山甫出行前祭路神，四匹公马高大强壮。随行使臣行动敏捷，常常担心王命不能完成。四匹公马奔跑不停，八只鸾铃锵锵作响。周王命令仲山甫，到东边的齐地修建城邑。

四匹公马健硕有力，八只鸾铃发出悦耳的声音。仲山甫前往齐地，希望早日完工归来。吉甫我写下这首诗歌，和美如微风。仲山甫远行有怀思，以此宽慰他安心。

赏析

上天造物，万物皆美。作为万物之灵的人类，也天生就喜爱美好的事物和品德。

什么样的品德是美好的呢？就像仲山甫这样的人。

他本是一介平民，入朝之后得到重用，成了周王的辅佐之臣。他不仅有着美好的仪容与风度，而且能够坚守圣贤和先王的准则，言行举止都保持着威仪，待人却温恭和善。

作为朝廷重臣，他负责传递政令，对国家大事和朝政情况了解得一清二楚。在为人处世上，他努力修行，严肃对待天子的命令，可谓有礼有节。

身处一人之下、万人之上的位置，仲山甫行事小心谨慎。他勤勉于朝政，继承并发扬先祖的功业，成为文武百官的表率，得到天下诸侯的响应。

他对待周王有着赤诚的忠心，心思清明又有智慧，能够辅助君王处理好大小国事。对待众臣和百姓，他也能秉持公正和怜悯，从不欺软怕硬。

这言辞之间，将仲山甫刻画得几近完美。

在篇章的最后两节，才说到周王派遣他前去东方的齐地修建城邑。送行的场面雄伟壮观，而即将远行的仲山甫内心却难免有忧思。因而，尹吉甫写下这首诗歌宽慰他。

那时，西周已经到了末期。君王派仲山甫前去齐地，是为了稳定东边的疆界。而作为朝廷重臣，对政局的形势自然是心知肚明。作为一名忠臣，他的伟大之处就在于明知前路困难，却还是奉命前往，尽心尽力辅助君王。

值得一提的是此篇对于俗语的运用，让说理的文字多了一分生动。

7.《韩奕》——派驻北方的贤臣韩侯

奕奕梁山，维禹甸之。有倬其道，韩侯受命。王[1]亲命之：缵戎祖考，无废朕命，夙夜匪解。虔共[2]尔位，朕命不易。榦[3]不庭方[4]，以佐戎辟[5]。

四牡奕奕，孔脩且张。韩侯入觐，以其介圭，入觐于王。王锡韩侯：淑旂绥章，簟茀错衡，玄衮赤舄，钩膺镂钖[6]，鞹鞃[7]浅[8]幭[9]，鞗革金厄[10]。

韩侯出祖，出宿于屠[11]。显父[12]饯之，清酒百壶。其殽维何？炰鳖鲜鱼。其蔌[13]维何？维笋及蒲。其赠维何？乘马路车。笾豆有且，侯氏燕胥。

韩侯取妻，汾王[14]之甥，蹶父[15]之子。韩侯迎止，于蹶之里。百两彭彭，八鸾锵锵，不显其光。诸娣[16]从之，祁祁如云。韩侯顾之，烂其盈门。

蹶父孔武，靡国不到。为韩姞[17]相攸[18]，莫如韩乐。孔乐韩土：川泽讦讦，鲂鲊甫甫[19]，麀鹿噳噳[20]，有熊有罴，有猫有虎。庆既令居，韩姞燕誉[21]。

溥彼韩城[22]，燕师所完。以先祖受命，因时[23]百蛮。王锡韩侯，其追其貊[24]，奄[25]受北国，因以其伯[26]。实墉实壑，实亩实藉。献其貔[27]皮，赤豹黄罴。

注释

①王：周宣王。

②虔共（gōng）：虔诚恭谨。

③榦：匡正。

④不庭方：不来朝拜的方国诸侯。

⑤辟（bì）：君王。

⑥钖（yáng）：马额上的金属制装饰品。

⑦鞹鞃（kuò hóng）：缠绕皮革的车轼横木。

⑧浅：毛不厚的兽皮。

⑨幭（miè）：覆盖。

⑩厄：马轭。

⑪屠：地名。

⑫显父：周宣王的卿士。

⑬蔌（sù）：蔬菜。

⑭汾王：厉王。

⑮蹶（jué）父：周的卿士。

⑯诸娣（dì）：众妾。

⑰韩姞（jí）：即蹶父之女，姞姓，嫁入韩门的姞氏。

⑱相攸：察看合适的地方。

⑲甫甫：大而多的样子。

⑳噳（yǔ）噳：成群的样子。

㉑燕誉：安乐。

㉒韩城：韩国都城。

㉓时：犹“司”，掌管。

㉔其追其貊（mò）：有追有貊。追、貊，北方两个少数民族。

㉕奄：包括。

㉖伯：诸侯之长。

㉗貔（pí）：一种猛兽。

译文

高大巍峨的梁山，是大禹治理的功劳。山上开辟了宽大的道路，韩侯入朝接受天子的册封。周王亲自下达命令：继承你先祖的功业，不要辜负我的重任，日夜勤政不要懈怠。虔诚恭谨地履职，我的任命就不会改变。你要匡正不来朝拜的方国诸侯，忠于朝廷，辅佐你的君王。

四匹公马高大威武，身材又长又雄壮。韩侯入朝拜见天子，手上拿着介圭进殿，行觐礼拜见周王。周王给韩侯赏赐：有精致的蛟龙旗和仪仗饰物，有竹席车篷和涂金横木，有黑色龙袍和红色复底鞋，有马具和雕金装饰，裹着皮革的车前横木被兽皮覆盖，还有皮革的马辔头和金光闪闪的马轭。

韩侯出发前祭路神，离京后住在杜陵。卿士显父代天子为他饯行，准备了上百壶清酒。宴席的菜肴是什么？是炖煮的鳖和新鲜的鱼。宴席的蔬菜是什么？是鲜嫩的笋和蒲。赠送的礼物是什么？是装饰华丽的四马大车。食器中摆得满满当当，韩侯在宴席尽享欢乐。

韩侯娶的妻子，是厉王的外甥，蹶父的长女。韩侯亲自去迎亲，到蹶地的里巷。上百辆车滚滚前行，八只銮铃叮当作响，婚礼大显荣光。众多陪嫁的姑娘，就像云霞一样聚集。韩侯行过曲顾礼，满门光彩照耀。

蹶父很勇武，没有国家不曾踏足。他为女儿找合适的婆家，没有哪里比韩国安乐。韩国真是很快乐的地方：山岭流水遍布，鳊鱼和鲢鱼都很肥大，母鹿一群群聚集，有黑熊和棕熊，还有山猫与老虎。庆幸她嫁到好地方，韩姞可以安乐度日了。

韩城扩建得广大雄伟，燕国民众协助建成。依循先祖所接受的天子命令，韩侯管辖北方的所有部落小国。君王赏赐韩侯，包括追国和貊国，包括北方所有国家，他作为诸侯的首领。修筑城墙挖深壕沟，划分田亩制定租税。向周王进献珍贵的貔皮，以及赤豹和黄罴等。

赏析

在周厉王长期的黑暗统治下，周朝已经逐渐衰败。为了改变政局，让天下重获安定，周宣王勤加治理，做出了一系列重要的政治举措。

他将申伯派驻到南边的谢地，修建城池，掌管南方的小国；又任命仲山甫到东边统辖，稳定周朝的统治局面；年轻的韩侯则被册封为北边的诸侯，成为北方小国的首领。

篇章之中，对于周朝礼仪的细节描写尤其出彩。

君王册封诸侯，有着正规的仪式流程。臣子觐见，需要手持介圭为礼节。君王任命，不仅要亲自宣布，送上寄语，还配置了与官职相匹配的各种服装和车马的赏赐。

依照礼法规定，诸侯出行要祭祀路神，并且由卿士在郊外代君王践行。宴席的规模与美酒佳肴都不得随意任用。

有趣的是，中间还穿插了对娶妻迎亲和婚宴的描写，可以从中看到古代婚礼的一些习俗。给诸侯安排婚事，这大概是宣王的亲臣策略之一。

文中借蹶父替女儿谋婆家，展现出韩地的富饶。这里山水优美，环境很好，野生动物也非常多。想来，是个可以安乐的好地方。

最后，写到韩侯到了领地，依照周王命令治理北方，并且纳税进贡，送上珍贵的动物皮毛。

此篇完整呈现了韩侯从入朝到统治领地的一系列过程，行文庄重又活泼，使得隆重而盛大的场面一幕幕在眼前放映。

8.《江汉》——召虎受命讨伐淮夷

江汉浮浮[1]，武夫[2]滔滔[3]。匪安匪游，淮夷来求[4]。既出我车，既设[5]我旟。匪安匪舒，淮夷来铺[6]。

江汉汤汤，武夫洸洸[7]。经营四方，告成于王。四方既平，王国庶定。时靡有争，王心载宁。

江汉之浒，王命召虎：式辟四方，彻我疆土。匪疚匪棘，王国来极[8]。于疆于理，至于南海。

王命召虎，来旬[9]来宣：文武受命，召公[10]维翰。无曰予小子，召公是似。肇[11]敏戎公，用锡尔祉。

厘[12]尔圭瓒，秬鬯[13]一卣[14]。告于文人[15]，锡山土田。于周受命，自召祖[16]命。虎拜稽首，天子万年。

虎拜稽首，对[17]扬[18]王休[19]。作召公考[20]，天子万寿。明明[21]天子，令闻不已。矢[22]其文德，洽此四国。

注释

①浮浮：雨雪或水势浩大的样子。

②武夫：出征的将士。

③滔滔：大水奔流的样子。

④求：讨伐。

⑤设：竖立。

⑥铺：遏止。

⑦洸（guāng）洸：勇武的样子。

⑧极：准则。

⑨旬（xùn）：通“徇”，巡视。

⑩召（shào）公：召康公。

⑪肇：创立，创建。

⑫厘：赏赐。

⑬秬鬯（jù chàng）：用郁金香草和黑黍酿造的酒，供祭祀用。

⑭卣（yǒu）：青铜酒器。

⑮文人：有文德的人。

⑯召祖：召氏之祖，指召康公。

⑰对：报答。

⑱扬：颂扬。

⑲休：指美好的赏赐和策命。

⑳考：“簋（guǐ）”的假借字，指召伯簋的铭文。

㉑明明：勤勉的样子。

㉒矢：施行。

译文

长江和汉水滚滚流淌，出征的将士如流水一样多。不图安闲也不为游玩，是为讨伐淮夷。我的战车已经出动，我的军旗已经竖立。不图安逸也不为舒适，是为遏止这淮夷。

长江和汉水汹涌浩荡，出征的将士勇武雄壮。他们征战于天下四方，将捷报汇报给周王。天下四方已经平定，希望周朝能够安定。从此没有战争，周王心里得以安宁。

在长江和汉水之畔，周王命令召虎："开辟四方的国土，治理我国的疆界土地。不要让民众忧苦，也不要急于功业，以朝廷政策为准则。治理疆界和田地，一直到南海海边。"

周王册命召虎，巡视南方宣布政令："文王武王受上天之命，召伯康公是国家的梁栋。不要说是为了我，你要继承召公的德行和功绩。建立你的功业，我会以此赐予你无限福禄。

"赐你圭柄玉勺，还有黑黍和郁金香草酿的酒。告慰那文德显赫的先祖，赐予你土地田亩。你到岐周去接受册封，我会依从康公受封的仪式。"召虎行跪拜礼，说："敬祝天子长寿万年！"

召虎行跪拜礼，报答颂扬天子美好的赏赐和策命。写下召伯簋的铭文："祝福天子万寿无疆！"勤勉的周天子，美名善誉流传不休。他施行文德教化，使得天下四方和谐融洽。

赏析

这天，周宣王带着浩浩荡荡的车马前往长江和汉水。军旗在空中飞扬，众将士如滔滔流水一般雄壮威武。

他们各个神情严肃，展露着庄重的仪态，显然不是来出游玩耍的。天下政局尚未稳定，为了平定淮夷之乱，周宣王亲自率兵出征，驻扎在此地。

他心系天下百姓，经过审慎布局策划，使四方疆土直至南海都得到妥善治理，遵循着周朝的法则。

老臣召虎接受周王命令，誓师出兵，他们勇敢地冲锋陷阵，打败叛乱之徒，向君王送呈捷报。他继承先祖功业，平定边疆危急，使周王政令在南方宣布施行。因此，得到周王的丰厚赏赐和册封。

召虎的武业功绩，宣王的文德教化，在文中得以交错体现。君臣之间有礼有节，臣子对君王充满体恤之情，为朝廷骁勇作战，获取天下太平；君王对臣子关怀有加，以先祖的功业勉励他，又以尊贵的礼仪对之重赏。如此君臣关系，自然令天下四方和谐融洽。

9.《常武》——周王大战徐国

赫赫明明。王命卿士，南仲大祖，大师皇父。整我六师，以脩[①]我戎。既敬既戒，惠此南国。

王谓尹氏，命程伯休父[②]，左右陈行。戒[③]我师旅，率彼淮浦，省此徐土。不留[④]不处[⑤]，三事[⑥]就绪。

赫赫业业，有严[⑦]天子。王舒[⑧]保[⑨]作[⑩]，匪绍[⑪]匪游。徐方绎骚，震惊徐方。如雷如霆，徐方震惊。

王奋[⑫]厥[⑬]武，如震如怒。进[⑭]厥虎臣[⑮]，阚[⑯]如虓[⑰]虎。铺敦[⑱]淮濆[⑲]，仍执丑虏。截彼淮浦，王师之所。

王旅啴啴[⑳]，如飞如翰[㉑]。如江如汉，如山之苞。如川之流，绵绵翼翼。不测不克，濯征徐国。

王犹允[㉒]塞[㉓]，徐方既来。徐方既同，天子之功。四方既平，徐方来庭[㉔]。徐方不回[㉕]，王曰还归。

注释

①脩：整顿。

②程伯休父：人名，宣王时的大司马。

③戒：诫命。

④留：借作“刘”，杀。

⑤处：安抚。

⑥三事：三农之事。

⑦严：威严。

⑧舒：从容。

⑨保：泰然。

⑩作：指开始行军。

⑪绍（chāo）：舒缓。

⑫奋：振作。

⑬厥：指宣王。

⑭进：奋进，进军。

⑮虎臣：猛如虎的勇臣。

⑯阚（hǎn）：老虎发怒的样子。

⑰虓（xiāo）：虎啸。

⑱敦（tún）：屯聚。

⑲渍（fén）：沿河的高地。

⑳啴（tān）啴：众人威武的样子。

㉑翰：凶猛的鸟。

㉒允：得当。

㉓塞：严实。

㉔来庭：来朝觐。

㉕回：违背。

译文

周王威武显赫又明智洞察。他任命执政大臣，在太祖庙策命了南仲，又策命皇父掌管军政。整顿我朝六师军队，加强军队的训练准备。军队已经做好警惕和戒备，平定叛乱施惠这南方的百姓。

周王对尹吉甫说，下令给大司马程伯休父，让军队左右排列。命令全军上下整顿好，沿着淮河岸边进军，视察徐国境内的情况。杀死判敌、安抚百姓，做好三农之事的安排。

军队庞大又雄壮，天子仪态威严。周王从容不迫地开始行军，不急不缓。徐国上下引起接连不断的骚动，将士和百姓都震惊慌乱。这威猛迅疾的征伐，让徐国人士感到紧张害怕。

周王振作军队奋力出击，就像雷霆震怒一般气势汹涌。勇猛的将士大举进攻，声势如同怒气冲冲的虎啸。他们在淮河高岸屯扎布兵，抓捕了许多敌军俘虏。整治那淮河沿岸，大军所到之处都得以平定。

周王的军队气势雄伟，就像凶猛的鸟在天空翱翔。就像长江和汉水一样水势奔腾，就像山的根基一样岿然不动。就像大河流水，势不可挡，连绵不休。不可预测也不可战胜，大举征伐了徐国。

周王的谋略周密又妥当，徐国上下来归顺。徐国已经弃械投降，是天子的伟大功绩。天下四方已经太平，徐国来朝廷进贡。徐国不敢再起叛乱，周王诏命凯旋回朝。

赏析

南方的徐国叛乱不息，使得边疆的国土不得安宁。为了平息这战火，周王决定亲自率兵征讨。他先命令南仲和皇父整顿军队，又命令尹吉甫传令大司马程伯休父，将士兵分列做好出战准备。一切准备就绪后，浩浩荡荡的大部队向着徐国进军。

那长江和汉水奔腾汹涌，流淌不息，这威武雄伟的军队在君王的带领下向前挺进。周王已经做了周密的部署，计划好作战策略，因为成竹在胸而显得从容不迫。那边，徐国上下听闻大军来临，已经吓得惊慌失措，乱成一锅粥。

战火尚未开启，周王的军队已经先声夺人。君王威风凛凛，他亲自出征，让士气得到极大鼓舞，将士们个个都精神振作，如猛虎一般奋力杀敌。两军厮杀，刀光剑影。只见周军攻势强悍，势不可挡。

叛乱的徐国军队被杀得一败涂地，周王军队骁勇如鹰，壮烈的战火在河岸延绵数里。众多敌军俘虏被抓捕，徐国士兵节节溃败，最终弃械投降。

此次出征，以徐国归顺进贡而告终，周王的军队大获全胜，天下得以太平。

这篇章之中，以简练的笔法向我们勾勒出一幅雄壮的战役场面，如史诗一般，宏伟震撼，读来仿若还能闻见那硝烟弥漫的气息。

10.《瞻卬》——幽王暴政，女色亡国

瞻卬昊天，则不我惠？孔填[1]不宁，降此大厉。邦靡有定，士民[2]其瘵[3]。蟊贼蟊疾，靡有夷届。罪罟不收，靡有夷瘳[4]！

人有土田，女反有之。人有民人，女覆夺之。此宜无罪，女反收之。彼宜有罪，女覆说[5]之。

哲夫成城，哲妇倾城。懿[6]厥哲妇，为枭[7]为鸱[8]。妇有长舌，维厉之阶！乱匪降自天，生自妇人。匪教匪诲，时维妇寺。

鞫人忮[9]忒，谮始竟背。岂曰不极，伊胡为慝？如贾三倍，君子是识。妇无公事[10]，休其蚕织。

天何以刺[11]？何神不富[12]？舍尔介狄，维予胥忌[13]。不吊[14]不祥，威仪不类。人[15]之云亡[16]，邦国殄瘁[17]！

天之降罔[18]，维其优[19]矣。人之云亡，心之忧矣。天之降罔，维其几[20]矣。人之云亡，心之悲矣！

觱沸[21]槛泉，维其深矣。心之忧矣，宁自今矣？不自我先，不自我后。藐藐昊天，无不克巩。无忝皇祖，式救尔后。

注释

①填（chén）：长久。

②士民：士大夫与平民。

③瘵（zhài）：疾苦。

④瘳（chōu）：病愈。

⑤说：通“脱”，开脱。

⑥懿：通“噫”，叹词。

⑦枭：传说长大后食母的恶鸟。

⑧鸱（chī）：恶鸟，即猫头鹰。

⑨忮（zhì）：害人。

⑩公事：即功事，妇女从事的养蚕纺织的事。

⑪刺：指责。

⑫富：降福。

⑬忌：怨恨。

⑭弔：悯恤。

⑮人：善人。

⑯亡：逃离。

⑰殄瘁：病苦。

⑱罔：通“网”，法网。

⑲优：多。

⑳几：迫近。

㉑觱（bì）沸：泉水涌出的样子。

译文

仰望这苍茫上天，为什么不对我施恩惠？长久没有安宁，降下这大灾祸。国家不得安定，士大夫和百姓都遭受疾苦。害虫毁坏庄稼，灾难一直没有终结。法网不收拢，疾苦就没有尽头。

别人有田地，你却占有它。别人有家仆，你却夺取他。这人本来没有罪，你反而拘捕他。那人是有罪的，你反而宽恕他。

聪慧有谋略的男人建立城邦，聪慧有谋略的女人倾覆城邦。唉，那个足智多谋的女人，就像恶鸟一样。她有花言巧语的长舌，是灾难的本源。这祸乱不是从天而降，是来自妇人。她不指导也不教诲，亲近女色导致国难。

穷尽花样以谗言陷害他人，前后矛盾竞相违背。难道说这不善的行为，还不是罪恶？奸商的利润有三倍，君子心里洞察明了。妇人不做分内的事，养蚕、纺织全都不做。

上天为什么降灾责难？神灵为什么不降福？狄夷当前不管不问，反倒对我忌恨。对受灾的百姓毫无悯恤之情，纲纪礼仪全都败坏。贤良都逃离远去，国家危亡也没人相助。

上天降下法网，多的没处躲藏。贤良都逃离远去，我心里感到忧伤。上天降下法网，已经迫近灭亡。贤良都逃离远去，我的心里无比悲哀。

泉水喷涌而出，下面的流水是那样渊深。我心里的忧愁，难道是现在才开始的？不在我降生之前，也不在我去世之后。高远的上天，没有什么不能巩固。不要再辱没你的先祖，拯救你的子孙后代吧。

赏析

举目四望，天下一片痛苦的哀号。

上天接连不断地降下灾难，庄稼被害虫啃食，百姓忍受着没完没了的饥荒。

天灾已经如此严重，人祸更甚。

他是个什么样的君王啊？占有土地、抢夺奴隶、肆意滥杀无辜，却任那有罪之人逍遥法外、胡作非为。

这个世界已经黑白颠倒，善恶不分。君子本不应该知道奸商谋利的勾当，却了解得一清二楚。妇人本不应该涉足朝廷政事，却不去养蚕纺织，反倒在君王耳边搬弄是非。

幽王被宠妃褒姒迷惑得神魂颠倒，过着奢靡荒淫的生活，完全不顾朝中臣子与天下百姓的生死。竟然为了博得美人一笑，做出烽火戏诸侯这样毫无底线的事情。

朝廷之上已经完全没有纲纪法规，君王也失了威仪和风度。他一味听信褒姒的谗言，贤能的人被迫害，忠良的人被杀死，奸诈小人反倒从中获利，耀武扬威。

此时，西周已经摇摇欲坠。外有狄夷叛乱，让边疆动荡不安；内部政治黑暗，可怜那一腔热血为朝廷的忠臣，反而被怨恨，遭受灭顶之灾。

天下苍生苦不堪言，已经没有人愿意再留在这暴虐无常的君王身边辅佐他。

作者发出痛苦的呼喊，这心中忧国忧时的痛无法消减，仍希望幽王可以醒悟，改变他的所作所为，拯救自己的国家。

然而，幽王的昏庸腐朽，最终还是辱没了先祖，导致西周灭亡。

11.《召旻》——民怨天怒，国将不国

旻天[①]疾威，天笃降丧。瘨我饥馑，民卒流亡。我居圉卒荒。

天降罪罟，蟊贼内讧。昏椓[②]靡共，溃溃回遹，实靖[③]夷我邦。

皋皋[④]訿訿[⑤]，曾不知其玷。兢兢业业，孔填不宁，我位孔贬。

如彼岁旱，草不溃茂，如彼栖苴[⑥]。我相此邦，无不溃止。

维昔之富不如时，维今之疚不如兹。彼疏[⑦]斯粺[⑧]，胡不自替？职兄斯引。

池之竭矣，不云自频[⑨]。泉之竭矣，不云自中。溥斯害矣，职兄斯弘，不烖我躬。

昔先王[⑩]受命，有如召公，日辟国百里，今也日蹙[⑪]国百里。於乎哀哉！维今之人，不尚有旧！

注释

①旻（mín）天：秋天，泛指天。

②椓（zhuó）：挑拨，谗毁。

③靖：图谋。

④皋皋：顽慢的样子。

⑤訿（zǐ）訿：诽谤。

⑥苴（chá）：枯草。

⑦疏：糙米。

⑧粺（bài）：精米。

⑨频（bīn）：水边。后作“滨”。

⑩先王：指文王、武王。

⑪蹙（cù）：收缩。

译文

上天如此暴虐，降下重重的丧乱祸害。饥荒的疾苦难忍，百姓都流亡在外。我国境内和边疆都一片荒芜。

上天降下罪网，害虫们互相之间起内讧。官吏彼此诋毁却不履职，政治昏乱黑暗，实在是想要毁灭我国。

这些人欺诈诽谤，却不知道自己有污点。我兢兢业业恪尽职守，心里很不安宁，但我职位还一再降低。

就像那干旱的年份，百草都不茂盛，像那枯草歪又倒。我看这国家，免不了溃败灭亡。

以往厚待贤臣，不像现在这样，现在时弊严重到了如此地步。别人吃粗粮他吃白米，为什么不废退让贤？反而还让这情况愈加延长。

池水的枯竭，从边缘开始。泉水的枯竭，从内部开始。这灾害如此普遍，情况还越来越严重，早已不是我一个人受难。

从前先王受天命为国君，有像召公这样的贤臣辅佐，每天可以开辟百里国土，如今每天丧失国土百里。真是可悲可叹啊！当今这执政者，不崇尚有旧德的贤人！

赏析

君王昏庸，上天都为之震怒，降下重重灾祸。

可怜天下老百姓，饱受饥荒之苦，颠沛流离，没有可以安生的地方。

而这朝廷之上，已经黑暗到了无以复加的地步。乱臣贼子当道，互相诋毁诽谤，钩心斗角，没有一个做正事的。贤良人才都被流放，恪尽职守的忠臣反遭贬职。

上梁不正下梁歪，国家已经混乱不堪，就快要灭亡了。君王却还不知醒悟，任由这种不良的现象像病毒一样弥漫延伸，越来越严重。

当初，有贤良之臣的辅佐，先祖的江山基业雄伟恢宏，不断有小国归顺。而今，内有妃子妖言迷惑，外无忠臣尽力协助，国家危机重重，令人悲叹痛苦。

这是《大雅》的最后一篇，与前一篇《瞻卬》同为对幽王的劝谏，希望他能避小人、任贤臣。只可惜，这些金玉良言并没有力挽狂澜、改变历史。西周，最终没有逃离灭亡的结局。

周颂·清庙之什

1.《清庙》——宗庙祭祀之美

於穆清庙，肃雝[①]显相[②]。济济多士，秉文之德。对越[③]在天[④]，骏奔走在庙。不显不承，无射于人斯！

注释

①肃雝（yōng）：庄重和谐。

②相：助祭的人，此指助祭的公卿诸侯。

③对越：犹“对扬”，答谢颂扬。

④在天：指周文王的在天之灵。

译文

啊！壮美又清静的宗庙，助祭的诸侯庄重又高贵。众多的公卿各司其职，心中秉承着文王的美德教化。为颂扬答谢文王的在天之灵，他们敏捷地在宗庙内奔走。后人尊奉着先王的德行，千秋万代都将继承不遗忘！

赏析

宗庙，是壮美而又庄严的地方。

一旦置身其间，便会不自觉地被一种肃穆的感觉包围着，仿若冥冥之中有神灵在注视，令人肃然起敬，连心思都变得跟这宗庙一般清静无邪。

助祭的诸侯们神色庄重，气质高贵。负责祭祀事务的公卿也都有礼有节。

他们依照礼仪流程，敏捷地在宗庙内奔走，将各项烦琐的事务处理得井井有条。

上至天子，下至黎民百姓，都在心中秉承着周文王的美德教化。

他们一代又一代地遵循着先祖的美德，一代又一代将祭祀的礼仪继承下来。

这首颂歌，也流传了千秋万代。

2.《维天之命》——天行之道，文王遵之

维天之命，於穆不已。於乎不显，文王之德之纯。
假①以溢②我，我其收之。骏惠我文王，曾孙笃之。

注释

①假：通“嘉”，美好。

②溢：戒慎。

译文

想那天行之道，啊！如此壮美不息。啊！如此辉煌且光明，文王的美德纯粹至极。

这美德和教化时刻提醒我，我将继承和发扬光大。长久地顺从文王之道，子孙后代都真诚地奉行。

赏析

道生万物。

天之道，是万物永恒不变的规律与真理。

没有具象，却又如此庄严壮美，生生不息。

周文王的美德善行，就如同这天道一般，至纯至美，直至永久。

这德行与教化将永远指导着我们，提醒着我们。

若是子孙后代能够长久地继承和遵从，真诚地将美德植入心中，并发扬光大，那么，就会顺应天道，得到福泽与回报。

此篇，满怀着对周文王的深深恭敬之情。

3.《维清》——文王法规有荣光

维清缉熙，文王之典[①]。肇禋，迄[②]用有成，维周之祯。

注释

①典：法。这里指用兵之法。

②迄：至今。

译文

周朝政清明，因为文王善用兵。升烟祭天始于文王，直到武王才功成，这是周朝的吉祥。

赏析

当时，天下太平，风清气正。

周文王始创了出师之前举办升烟祭天的典礼。

诸侯们也拥有了祭祀的权利，可以自由地向上天祈福。

曾经的宿命论被打破，文王以自身的德行教化众人，人道即是天道。

他征伐乱贼，打下了周朝的根基。

子孙后代继承他的美德，奉为治国理政的法则规章，获得了辉煌的功绩。

这段颂歌，配以雄壮的象舞，以士兵刺击的舞蹈形式展现武功，更展现其内在的精神。

现在虽无法看见那样宏大壮丽的盛况，只是想想，亦可想象出那幅震撼人心的画面来。

4.《烈文》——勿忘先王典范

烈文辟公[①]，锡兹祉福。惠我无疆，子孙保之。

无封靡于尔邦，维王其崇之。念兹戎功，继序[②]其皇之[③]。

无竞维人，四方其训之。不显维德，百辟其刑之。於乎，前王不忘。

注释

①辟（bì）公：君王，诸侯。

②继序：继承祖业。

③皇之：发扬光大。

译文

有武功、有文德的诸侯们，先王赐予你们福气。福气无穷无尽，子孙后代都能拥有。

不要对国家造成大损害，要尊崇先王。念及你们立了大功，继承祖业发扬光大。

礼让谦和的贤德之人，天下四方都会顺从他。大显美德善行，诸侯都会效仿他。啊！先王的典范不要忘了！

赏析

周王祭祀先祖，典礼仪式恢宏盛大，邀请了诸侯百官参与助祭。

能够亲身参与周王的祭祖，是莫大的荣耀。在场的诸侯们都是有功有德的人，因而，先王将赐予他们洪福齐身，并让子孙后代都能够享受这连绵不尽的福泽。

如今，虽然天下太平，但各位诸侯们，依然不要忘记先王的德行教化。理应遵从他的美德，不要对江山社稷造成损害，要做贤德的人，天下四方才会心甘情愿地归顺。用美德感化天下众苍生，众人才会以之为榜样，纷纷效仿。

时刻将先王的德行放在心上，世代继承，祖业才能得以发扬光大，周朝才能兴盛不衰。

周朝灭商之后，广封诸侯，因此，对政权的巩固也有赖于诸侯们的效忠。此篇被认为是周成王祭祀祖先时，对诸侯的诫勉之诗，既有对他们的感激和赞颂，亦有对他们的训诫和约束。

5.《天作》——祖上基业，愿你能守护

天作高山①，大王②荒③之。彼作④矣，文王康⑤之。彼徂矣，岐有夷之行。子孙保之。

注释

①高山：指岐山。

②大王：即太王古公亶父，周文王的祖父。

③荒：开垦。

④作：治理。

⑤康：安宁。

译文

上天造就了高耸的岐山，太王将它开垦。太王治理了这里，文王又使之安定繁荣。天下百姓都前往岐山，有平坦的道路可以走。子孙后代要守护。

赏析

当年，太王古公亶父在这险峻的岐山开创基业，治理有方，奠定了周朝的根基。他施行仁爱，对待天下苍生一视同仁，百姓纷纷前往岐山安家定居。

此后多年，周朝得以发展。岐山，因而也成了一块有着特殊意义的圣地。

周文王继承祖业，在此基础上大力发展，使天下安定。

曾经的险僻之地，如今变成了平坦的大道。

此篇虽为祭祀岐山之颂歌，实则希望子孙后代们都能依循太王和文王的美德，将国土好好地守护下去。

6.《昊天有成命》——成王勤政谋安定

昊天有成命，二后[①]受之[②]。成王不敢康，夙夜基[③]命宥密[④]。於缉熙！单厥心，肆其靖之。

注释

①二后：二王，指周文王与周武王。

②受之：承受天命。

③基：谋划。

④宥（yòu）密：宽仁宁静。形容施政宽大而又能安定人心。

译文

上天有既定的天命，文王与武王承受天命而有大成。成王不敢坐享安宁，早晚都在谋政，他施政宽仁又宁静。啊！多么光明！他尽心竭力地治理，使得天下得以安定。

赏析

江山社稷，要守护好，并非易事。

当初，先祖周文王和周武王有德有功，使得天下太平，四方安定。

他们承受了天命的眷顾，而后代子孙要想将祖业长久继承和发扬光大，是万万不能坐享安乐的。必须勤于理政、励精图治，才能保护好国土和百姓，让盛世得以延续。

周成王对先祖的德行教化谨记于心，为政事日夜操劳，使得国家的政局得以巩固，百姓得以安居。

此篇颂歌，歌颂了成王的勤勉与功绩。

7.《我将》——我将如此，祈求先祖护佑

我将我享，维羊维牛，维天其右之！
仪式刑①文王之典，日靖四方。伊嘏文王，既右飨之。
我其夙夜，畏天之威，于时②保之。

注释

①仪式刑：效法。三字意义相同。

②于时：是以。

译文

我供奉上我的祭品，有牛还有羊，祈求上天保佑。

效法文王的典章制度，每天谋求四方平定。文王福德，请尽力助佑我们，请享用祭品。

我们日夜不休地治理国家，敬畏上天的威仪，以此保住天命、保卫国邦。

赏析

万物始于天，人类始于祖。

周武王率兵出师北渡前，举行了盛大的祭天祭祖仪式，宰牛烹羊，献上祭品。

他向上天和先祖虔诚地祈祷，说自己遵从了文王的礼仪，为治理国家鞠躬尽瘁、日夜操劳，希望能谋求天下太平，守护祖先基业。

丰盛的食物整整齐齐陈列着，以供奉上天和先祖。请他们尽力协助和保佑自己出师大捷。

此颂歌与乐舞相配，演绎了武王率诸侯伐纣、姜太公领军与敌人厮杀、周公召公平息叛乱等战争场景，以及获取最终胜利后，阅兵庆典的盛况。

8.《时迈》——武王威名震天下

时迈其邦，昊天其子之[①]，实右序有周。

薄言震之，莫不震叠[②]。怀柔百神，及河乔岳。允王维后！

明昭有周，式序在位[③]。载戢干戈，载櫜[④]弓矢。我求懿德，肆[⑤]于时[⑥]夏，允王保之！

注释

①子之：以之为子。

②叠（zhé）：通“慴”，恐惧。

③序在位：指合理安排在位的诸侯。

④櫜（gāo）：装放衣甲或弓箭的袋子。

⑤肆：施行。

⑥时：犹“是”，这。

译文

我王巡视诸侯各国，上天视他为儿子，保佑诸侯各国归顺周王朝。

我王威震四方，天下都震惊恐惧。君王招祭众神，包括河神和山神。我王是天下主宰。

周朝荣光显赫，论功封赏在位诸侯。于是收起兵器，弓箭和兵甲都装进袋子。追求文治教化，在华夏大地施行德政。我王保有天命和先祖的功业！

赏析

周武王出兵讨伐，剿灭了商纣之后，在诸侯各国巡行视察。

周朝对于上天有着特别的敬畏，对于先祖有着至高的崇敬之心。身为天子，在出师大捷之后，武王不忘举行典礼，祭祀上天和山川百神，感谢神灵的护佑。

他的威名早已震慑天下，诸侯各国都依附顺从，天下得以太平安定。

暴力压制始终不是治国良方，因此，他主张以文治教化的方式来稳固先祖基业，继承美德善行，将兵器如数收起。论功行赏，册封各位诸侯。

礼仪与美德从此遍及华夏大地。武王顺应天道，将先祖的功业发扬光大。

此篇颂歌，便是歌颂武王伐纣之后，偃武修文之功德。全篇未用谥号“武”，是为武王在世时对他的赞颂。

9.《执竞》——愿天降洪福世代传

执竞[①]武王，无竞维烈。不显成[②]康[③]，上帝是皇。
自彼成康，奄有四方，斤斤[④]其明。
钟鼓喤喤，磬筦将将，降福穰穰[⑤]。
降福简简[⑥]，威仪反反[⑦]。既醉既饱，福禄来反。

注释

①执竞：指武王能制服强暴。竞，强。

②成：周成王。

③康：周康王。

④斤斤：明察的样子。

⑤穰（rǎng）穰：众多。

⑥简简：巨大的样子。

⑦反（fàn）反：谨重、和善的样子。

译文

制服强暴数武王，无人功业比他强。成王和康王大显荣耀，连上天也赞赏。

从成王康王那时起，周朝统一天下四方，显而易见。

钟鼓之乐宏亮和谐，磬乐管乐的声音交融汇集，上天降下洪福。

无边洪福从天降，先祖仪态慎重又和善，吃饱喝醉后，反复不断将福禄赐予周朝。

赏析

宗庙之上，祭祀典礼庄严肃穆。

先祖神灵在上，君王与诸侯百官在下，丰富的祭品被献上，请神灵享用。

祭祀者心中虔诚，似看见先祖就在跟前，内心百感交集。武王功绩显赫，成王和康王的德行誉满天下。后代子孙对他们的功业感到荣耀，上天亦对他们称赞不已。

如今天下太平，四方得以统一，不由得想到他们当初开创基业时的艰辛与万难。

钟鼓之乐响起，众多声乐交融汇集在一起，和谐又美妙。在这隆重无比的祭典乐礼声中，在场所有人都被深深地震撼了。

怀着对先祖的无限崇敬和缅怀之情，诚心祈求他们降下洪福，护佑周朝繁荣昌盛永不衰。

此篇在对先王开国之功业的赞颂中，追忆创业之艰难，以虚实结合的手法，将祭祀大礼上的盛况与声音多维呈现，展现了庙堂文化的庄严肃穆。

10.《思文》——农耕始祖，我赞美你

思文后稷，克配彼天。立①我烝民，莫匪尔极。贻我来②牟③，帝命率育，无此疆尔界。陈常④于时夏。

注释

①立：通“粒”，作动词，养育。

②来：小麦。

③牟：大麦。

④常：常规，指种植农作物的方法。

译文

先祖后稷文德至上，可以配享上天的祭祀。用粮食养育天下众生，无人不受到你的恩惠。你留给我们大麦、小麦的种子，上天命令我们都来种植，不分田疆地界。这种农作物的种植方法遍布华夏大地。

赏析

此篇讲述了周人始祖后稷的故事。

虽然只是简短的几句颂歌，却向我们展示了一幅宏大的历史长卷，在肃穆的祭祀典礼中，这讲述尤其显得动人心弦，令人感动。

后稷是尧舜时代的司农之神，他承上天之命，发明了种植农作物的方法，并将之教授给天下百姓，给他们粮食种子，使得百姓可以通过劳作获得粮食，有饭可吃。

与此同时，他还继承了上天博爱的善德，不分田疆地界，将开创的农事交给所有天下苍生，养育万民。他被尊称为农神、耕神、谷神。

后稷如此厚德，是以能够配得上在祭天的仪式中同享祭祀。

周颂·臣工之什

1.《周颂·臣工》——遵循时节，勤谨耕种

嗟嗟臣工[①]，敬尔在公。王厘尔成，来咨来茹[②]。

嗟嗟保介[③]，维莫之春，亦又何求？如何新畬[④]？

於皇来牟，将受厥明。明昭上帝，迄用康年。命我众人：庤[⑤]乃钱[⑥]镈[⑦]，奄观铚[⑧]艾[⑨]。

注释

①臣工：群臣百官。

②茹：调度。

③保介：农官的副官。

④新畬（yú）：耕种二年的田叫新，耕种三年的田叫畬。

⑤庤（zhì）：储备。

⑥钱（jiǎn）：农具名，锹。

⑦镈（bó）：农具名，锄头。

⑧铚（zhì）：农具名，短的镰刀。

⑨艾（yì）：通“刈”，收割。

译文

哎！群臣百官，要勤劳谨慎地谋公职。君王赐予你农业成法，你应该研究调度。

哎！农官副官们，暮春时节麦子要成熟了，你们有什么需求吗？怎么耕种新田和旧田？

啊！小麦大麦都长得好，将会有好收成。上天明智而洞察，赐予我们丰收年。君王命令众人：准备好铁锹锄头，他日一同看开镰。

赏析

周朝的农耕文化非常深远，当时，农业被视为立国之本，并且制定了一系列土地法，以及完善的农耕技术。

这套成法被广泛推行，关于土地治理和农作物耕种都有详细的指导说明。

周王对农业生产非常重视，每年春、秋两季都会亲自到田间地头，带领众臣一起视察和祭祀。

此篇颂歌便是周王对群臣百官的劝勉和指导，让他们要勤谨为公，研究和调度已经颁布的农业成法。在暮春时节，麦子快要成熟了，就应该做好下一步的规划和打算，根据不同的田地因地制宜，让土壤保持肥沃，农作物才能在下个年头获得丰收。最后，他交代农夫们，先准备好耕种的铁锹和锄头，到时一起看开镰。

虽然文中并未提到祭祀，但依然说到了上天明智洞察，赐予了丰收年。在当时，春耕和秋收时节，祭天仪式是必不可少的。春耕时，通过祭祀祈求上天的神明保佑，秋收时，则通过祭祀感谢上天的护佑。怀有感恩的心，亦不失为一种礼仪教化呢！

2.《噫嘻》——春耕祭天

噫嘻[1]成王，既昭假尔。率时农夫，播厥百穀。
骏发尔私，终[2]三十里。亦服尔耕，十千维耦[3]。

注释

①噫嘻：感叹声。

②终：井田制的土地单位之一。

③耦：两人各持一耜并肩共耕。

译文

成王宣告，已经招请过上天和先祖。田官们率领这些农夫，播种下五谷杂粮。

将大量的私田耕作起来，纵横三十里那么宽。同时也要耕种好公田，万人协力就如同两人并肩共耕。

赏析

周成王在春耕前举行了盛大的祭天仪式。

礼毕，他向各位田官宣布，可以开始耕田播种了。

田地宽阔无垠，所有的田官和农夫都开始忙活起来。按照划分好的土地，各有公田与私田需要耕种。一年之计在于春，得赶在这个好时节把五谷杂粮都种植下去。

成王率领百官，田官率领农夫，一层层分配任务，计划得井井有条。公田和私田都要全面耕作起来。万人齐心协力，忙活开来。

此篇读来，眼前展现出一幅雄壮的农耕生活图。

3.《振鹭》——殷商后裔来助祭

振鹭于飞，于彼西雝[①]。我客戾止，亦有斯容。
在彼[②]无恶，在此无斁。庶几夙夜，以永终[③]誉。

注释

①雝：通“邕”。水被壅积而形成的沼泽。

②彼：诸侯本国的封地。

③终：通“众”，盛。

译文

一群白鹭展翅飞翔，在那西边的沼泽。我的宾客来了，有着白鹭的仪容风度。

你在封地没人怨恨，在此地也没人厌弃。希望你能日夜勤勉，让这美誉一直盛行。

赏析

一群美丽的白鹭在西边的水畔飞行，姿态优雅而从容。

那高洁的白色，一直是商朝人士所崇尚、喜爱的。高贵无瑕的仪态姿容，是内外兼修的美好象征。

殷商后人宋微子应邀来到大周王室助祭，他俊逸潇洒，有着令人赞赏的风度。

宋微子虽为殷商之后，却并未表现出对周王的不满，在封地尽心公职，广施德政，受到百姓的拥护爱戴。来到周王室朝见，参与助祭，他亦受到了热情的欢迎，天子、诸臣都对他赞誉有加。

这双方，曾经发生过那样激烈的战争。如今，有着亡国之伤的一方不卑不亢，保持着礼仪风度；作为胜利者的一方亦没有傲慢骄矜的态度，能够以礼相待，多加照顾。

此篇虽短，却意味深长。天下和睦，各族携手共谋发展，方可让美誉长久存在，生生不息。

4.《丰年》——秋收祭天

丰年多黍多稌[①]，亦有高廪[②]，万亿及秭[③]。为酒为醴，烝畀祖妣[④]。以洽百礼，降福孔皆。

注释

①稌（tú）：稻子。

②廪（lǐn）：粮仓。

③秭（zǐ）：数词。古代亿亿为秭。

④祖妣（bǐ）：指男女祖先。

译文

丰收之年的小米和稻子都收获很多，粮仓高大，堆着数不胜数的粮食。这新粮酿成清酒和甜酒，祭献给先祖来享用。以此来配合祭典的各种仪式，先祖神灵降下洪福。

赏析

这是个丰收的好年景，小米、稻子等五谷杂粮都收获满满。

宽广的田地之间，农夫们正在忙着收割。他们面朝黄土背朝天，手中锋利的镰刀在飞快地舞动，一束束金黄的农作物被装载到小车上，负责运送的人来往穿梭于田地和粮仓之间，四处都洋溢着喜悦的气氛。

日落时分，又有好几座高大的粮仓被装满了。谷物堆得像小山一样，金灿灿的，散发着粮食的清香。谷粒颗颗饱满，多得数也数不清。

新鲜的粮食被挑选出一部分，酿造成柔和的清酒和甘美的甜酒，用来在祭祀典礼上进献给先祖神灵享用。

能有这样的好收成，要感谢先祖神灵在上天保佑。今年的祭祀典礼尤其盛大，丰富的祭品陈列在案，每个人的脸上都露出喜悦的笑容，使得神圣的仪式上也充满欢愉。

希望先祖在天有灵，能够继续降下洪福，遍及所有土地，让来年还有好收成!

周朝的农业生产是当时社会关注的头等大事，遇上丰收的好年景，自然要举行盛大的祭祀庆典，感谢上天赐福。此篇以庞大的数字单位，展现了丰收的壮观，写法颇为独特，同时，也显露了周朝当时的经济强盛。

5.《有瞽》——祭祀之乐礼

有瞽[①]有瞽，在周之庭。设业设虡，崇牙树羽，应[②]田[③]县[④]鼓，鞉[⑤]磬柷[⑥]圉[⑦]。既备乃奏，箫管备举。喤喤厥声，肃雝和鸣，先祖是听。我客戾止，永观厥成。

注释

①瞽（gǔ）：盲人乐官。

②应（yìng）：小鼓。

③田：大鼓。

④县（xuán）："悬"的古字，悬挂。

⑤鞉（táo）：有柄的手摇鼓。

⑥柷（zhù）：木制的打击乐器，形状如漆桶。用于音乐开始时。

⑦圉（yǔ）：即"敔"，打击乐器，形状如伏虎，背上有锯齿。用于音乐结束时。

译文

各位盲人乐师，已在周王宗庙的前庭就位。摆设好钟鼓乐架，在锯齿上插上五彩的羽毛。小鼓大鼓都悬挂好，各种打击乐器都备齐。准备停当开始演奏，多种管类乐器一齐吹响。这交响乐洪亮而和谐，庄严又整齐地鸣奏着，先祖神灵来聆听欣赏。我的宾客都到了，一直观看到祭礼完成。

赏析

这是一场规模盛大恢宏的音乐会。

在宗庙的祭祀典礼上，各位盲人乐师早早已在前庭就位，成百上千的乐团成员在忙碌地摆设乐架，安置好锯齿大板，用五彩的美丽羽毛装饰好，再将钟鼓悬挂其上。

打击乐器与管弦乐器多种多样，按照乐礼的规章，层次分明地进行鸣奏，向各位列祖列宗献礼。

音乐起时，先以木棒敲击柷。继而，各种乐器依次奏响。清脆悠扬的编钟声穿透时空，久久回荡，大鼓小鼓那低沉有力的音色彼此交错，箫管类的乐器细腻而带着丝丝伤感，这所有的乐声在宗庙上空汇集交融，形成和谐又洪亮的交响曲。

在座的宾客都侧耳聆听，沉浸在美妙的音乐声中。先祖神灵也都来欣赏，感受周朝子孙们辉煌的音乐成就。

在周朝，有选用盲人乐师的制度，“乐”在古代的政治生活中具有特殊地位。此篇专门写了周王祭祀先祖时的音乐盛况，布场华丽而讲究，可以从中见识到周朝王室乐队已具备了一定的规模和水准。

6.《潜》——鱼之祭

猗与[①]漆沮，潜[②]有多鱼。有鳣有鲔，鲦[③]鲿鰋鲤。以享以祀，以介景福。

注释

①猗（yī）与：表赞美的叹词。

②潜：放在水中供鱼隐藏和避寒的柴堆。

③鲦（tiáo）：白条鱼。

译文

富饶的漆水和沮水啊，潜藏着许多种鱼。有鳇鱼和鲟鱼，白条鱼、黄颊鱼、鲇鱼和鲤鱼。用来祭献给神灵，祈求赐予洪福。

赏析

祭祀的大典上，鱼是不可或缺的祭品。

周朝不但重视农耕，在渔业方面也有着巨大的成就。他们将柴堆放置在水中，可以吸引大量的鱼类围绕在附近避寒，还可借以藏身和栖息。

富饶的河流之中，有着许多品种的鱼类。有肉质肥嫩的鳇鱼和鲟鱼，鱼骨柔软，营养丰富；有细嫩鲜美的白条鱼和黄颊鱼；还有美味滑口的鲇鱼。

天子命人将各种美味的鱼打捞起来，烹饪成佳肴，在祭祀典礼上进献给先祖神灵，祈求他们降下大福，泽福后世。

至今，在我们的新年饭桌上，鱼依旧是必不可少的一道菜。有鱼，寓意着年年有余。

此篇短小精悍，却包含了许多史料。漆水和沮水作为周朝的重要水域，在《诗经》中多次出现，水中鱼类丰富，催生了原始的养鱼方法，渔业成为周朝除农耕之外的另一产业。虽是专门写鱼类供品的祭祀诗，我们却可以透过文字，看见一片富饶又昌盛的景象。

7.《雝》——助祭之臣

有来[1]雝雝，至止肃肃。相维辟公，天子穆穆。
於荐广牡，相予肆祀。假哉皇考！绥予孝子。
宣哲[2]维人，文武维后。燕及皇天，克昌厥后。
绥我眉寿，介以繁祉，既右烈考，亦右文母[3]。

注释

①来：前来祭祀的人。

②宣哲：明智。

③文母：指周文王之妃太姒。

译文

前来祭祀的人一派和谐，带着恭敬到达宗庙。助祭的是众位诸侯，周天子端庄肃穆。

啊！进献的公牛很壮硕，臣子协助我摆好祭品。伟大的亡父如此光明，安抚我的内心。

臣子们各个明智，君王能文又能武。他让上天都感到安宁，让子孙后代繁荣昌盛。

他赐予我长寿，保佑我多福。已劝圣明的父王来享用酒食，再劝有文德的母后也来品尝。

赏析

在祭祀大典上，周王端庄而肃穆，威风凛凛，众诸侯也都带着恭敬的神情到达宗庙。

置身在场，无形之中就被那种庄严的气氛所感染，内心不禁充满敬畏。

祭祖仪式上，君王臣子一派和睦，国家的安宁团结可见一斑。一国之君与诸侯重臣都列席在位，以隆重的形式表达对先祖的尊敬。

进献的祭品种类繁多，精心准备的牺牲都壮硕无比。诸侯们协助君主一一摆放，陈列在祭台之上，邀请先祖来享用。

天子虔诚地赞颂先祖的辉煌功绩，也讲述当今天下的形势。先请父王的神灵品尝丰盛的酒食，再请母后的神灵前来享用。希望他们能护佑国土安定，赐予子孙后代长寿多福。

祭祀的仪式，直到所有祭品礼器如数撤下，才算结束。此篇颂歌，便是在祭祀后撤祭品时的一首乐歌。

8.《载见》——初见成王

载见辟王，曰求厥章。龙旂阳阳[①]，和铃央央。鞗革有鸧[②]，休[③]有烈光。

率见昭考，以孝以享，以介眉寿。永言保之，思皇多祜。烈文辟公，绥以多福，俾缉熙于纯嘏。

注释

①阳阳：鲜明的样子。

②鸧（qiāng）：小鸟形状的铜饰。

③休：美。

译文

助祭诸侯们初次朝见周王，求赐典章法度。蛟龙旗帜鲜艳明亮，车上铜铃发出悦耳的声响。马缰头有小鸟形状的铜饰，闪着动人的光芒。

相率拜祭先王，进献祭品给他的在天之灵，祈求赐予长寿。先王永保安康，赐予的福气大而多。诸侯公卿文武兼备，先王赐予你多福，使你福气满满，显耀辉煌。

赏析

年纪尚幼的周成王登基后，还很懵懂。好在有周公的辅助。

周公不仅时常规劝他，还为他策划了这次祭祖大典，邀请众诸侯臣子前来助祭。

先祖武王德高望重，众诸侯自当踊跃前来。周公亦希望借此机会，让成王继承先祖的文德教化，将先祖基业发扬光大。可谓是用心良苦！

这是诸侯们初次朝见当今周王。只见浩浩荡荡的车马向着宗庙前进，那鲜艳明亮的蛟龙旗在空中飘扬，显露出威仪。车上的铜铃随着行驶的节奏而发出悦耳的声响，马缰头也装饰得无比辉煌。

众诸侯参见新的君王，并求赐新的典章法度。继而，是对先王的祭祀大典。

此篇颂歌除了祭祀武王，祈求先王降福，特别之处在于最后落在对诸侯公卿的祝福上。这自然也是希望他们能够继续鞠躬尽瘁，辅佐新的君王稳固周朝的国土，使之繁荣昌盛，生生不息。

9.《有客》——殷之贤良，周有厚待

有客[①]有客，亦白其马[②]。有萋有且[③]，敦琢其旅。
有客宿宿[④]，有客信信[⑤]。言授之絷，以絷[⑥]其马。
薄言追之，左右绥之。既有淫威[⑦]，降福孔夷。

注释

①客：指宋微子。

②白其马：带着白色的马作为礼物。

③有萋有且（jū）：即“萋萋且且”，形容随从众多。

④宿宿：住一夜是“宿”，宿宿指住了两夜。

⑤信信：住两夜称为“信”，信信指住了四夜。

⑥絷（zhí）：绳索。这里用作动词，用绳索拴住或绊住马脚。

⑦淫威：大德，引申为优待的意思。

译文

有客人来了，带着白色的马。随从的人士很多，个个都看起来贤良美好。

住了一夜又一夜，再住几天别着急。给他拿了根绳索，拴住他的马别让走。

客人临走时为他践行，左右臣子都去安抚慰劳。以大德厚待来客，上天降下洪福。

赏析

周武王伐纣灭商后，封微子于宋。

宋微子依然保持着殷商对于白色的崇敬之情，不仅乘坐着白色马匹拉的车，并且挑选了白色的骏马作为献给周王的礼物。

此次朝见，随行的公卿大臣很多，他精心筛选了品德贤良的君子，个个都是风度翩翩，显露出优雅的仪态。

每一个细节，他都准备得妥善完备，以示对周王的尊重与礼仪。

这边，周王已经准备好盛大而周全的宴席，以待客之礼迎接宋微子一行。

欢歌乐舞，丰盛的美酒佳肴，周王热情备至，命人拴住来客的马，留宿了一夜又一夜。

席间，众人其乐融融，谈笑风生。

直至临行之时，周王及诸侯大臣们都前来践行，送上珍贵的礼物，尽主人之谊。

如此厚德，上天必定赐予洪福连绵。

这是一首周王为殷商遗民宋微子践行所唱的乐歌，全诗语言质朴，亲切真实。诗人用词极简，如“有客宿宿，有客信信”，只言片语，便流露出真挚的情感，也体现了周王的待客之道。

10.《武》——文武颂

於皇武王！无竞维烈。允文文王，克开厥后。
嗣武受之，胜殷遏刘①，耆②定尔功。

注释

①遏刘：阻止杀伐。

②耆（zhǐ）：致。

译文

啊！伟大的武王，功绩如此辉煌！诚信有文德的文王，开启了后代的基业。

后嗣武王继承天命，战胜殷商阻止杀伐，创造了丰功伟绩！

赏析

武王伐纣灭商，是周朝平定天下的大事，亦是历史上的伟大功绩。在对他的歌颂中，追思到先祖文王当年的礼贤下士。正因为他德行天下，使得人心所向，为周朝的基业奠定了基础。

而武王继承了天命，终于战胜殷商，将天下百姓从战乱杀戮的痛苦中拯救出来，回归到平静安定的生活中，这更是值得赞颂的丰功伟绩！

此篇颂歌虽然简短，却饱含着气势，令我们在千年之后，亦可从字里行间读到当时的激动与崇敬之心。

周颂·闵予小子之什

1.《闵予小子》——成王怀思先祖

闵[①]予小子[②]，遭家不造[③]，嬛嬛[④]在疚[⑤]。於乎皇考，永世克孝。

念兹皇祖，陟降[⑥]庭止。维予小子，夙夜敬止。

於乎皇王，继序思不忘。

注释

①闵：通“悯”，可怜。

②予小子：成王自谦。

③不造：不幸。

④嬛（qióng）嬛：孤独无依的样子。

⑤疚：痛苦。

⑥陟（zhì）降：上下，升降。

译文

可怜我这个孩子，遭遇了丧父的家庭不幸，让我孤独无依又痛苦万分。呜呼！我的亡父！他终身都能够对祖先行孝道。

因为思念我的皇祖文王，他仿若常常看见文王上下往来于上天和前庭。我这个小孩子，也一定恭谨勤勉地治理朝政。

呜呼，伟大的文王和武王！我会继承先祖基业永不忘怀！

赏析

年幼丧父，是多么痛苦的事情！

周成王在遭遇家庭的不幸时，并不能像其他百姓家的孩子一样，只是哭泣和悲痛。他的肩上，还承载着一个国家的兴衰成败。

在武王去世不久时，他的情绪尚未稳定，感到自己孤独无依，内心的忧伤与悲苦交织在一起，化成对先祖的浓浓思念。

他想到亡父一生尽守孝道，在武王去世后，还常常像是看见他的身影在前庭出现。而自己，如今也一样思念着亡父。

可是，他身为天子，要继承起先祖的基业，将周王朝好好治理，让国家昌盛繁荣。

悲痛被放在心中。他在亡父灵前许下誓言，一定会勤勉有加，日夜为朝廷之事谋划打算，将国家经营妥善。

成王登基之时年纪尚幼，此篇以第一人称自述，在对先祖的祭祀誓词中，将内心孤苦的情感倾泻而出。

2.《访落》——愿君多辅佐，先祖请护佑

访予落止，率时昭考。於乎悠哉，朕未有艾[①]。
将予就之，继犹判涣[②]。维予小子，未堪家[③]多难。
绍庭上下，陟降厥家。休矣皇考，以保明其身。

注释

①艾：指阅历。

②判涣：分散。

③家：指国家。

译文

我刚刚当政商讨国事，遵循武王的治国之道。如此任重道远，我阅历浅薄心惶恐。

纵使你们都在身边相助，继承先王的法则，仍生怕自己有失妥当。我这个孩子，还承受不了国家的这么多灾难。

继承先王的事天治民之道，神灵保佑周王朝。光明美好的武王，请保佑勉励我安康吉祥。

赏析

武王去世后，成王年纪尚幼。

面对诸侯臣子，他尚没有威慑力。又恐怕在这交替之时，出现任何因权势划分而引发的斗争，因而，他借用亡父的力量，对诸侯表达心声。

文中他多次提及遵循武王的治国之道，希望众位诸侯臣子能够像当初辅佐亡父一样，尽心尽力地协助自己。

虽然他还是个孩子，初次涉政，在治理国家大事上阅历还很浅薄，但他深知，肩上承载的使命是任重道远的，他会依循武王事天治民的规章法则，任用贤者，奖罚分明。

这诉说，饱含着成王的恳切诚意，既表达了对诸侯臣子们的求助，也表达了希望他们能够感念亡父的恩惠，而对国家、对新王保持忠诚的愿望。

3.《敬之》——敬天，自勉

敬之敬之！天维显思，命不易哉。无曰高高在上，陟降厥士，日监在兹。

维予小子，不聪敬止。日就月将，学有缉熙于光明。佛[①]时仔肩[②]，示我显德行。

注释

①佛（bì）：通“弼”，辅佐。

②仔肩：责任。

译文

要警戒啊要警戒！上天明察秋毫，天命不会轻易变更。不要说上天高高在上，他护佑着群臣，每天都在监察人间。

我这个小伙子，自知要多听常怀警戒。每天的进步日积月累，学习到的知识终将带来光明。请辅佐我承担起肩上的责任，指示我显明的美德。

赏析

在周朝，对于上天的敬畏很是虔诚。上天主宰着一切，这种思想深入人心。

君王被称为天子，他的统治也是顺应天命。如此圣明的上天，对人间一切都了如指掌，因而天命是不会轻易变更的。

成王以此表达了自己的身份地位是不可动摇的。他借上天的名义，何尝不是寓意着自己对于朝廷内外的事情心知肚明，每天都有监察了解。这对于诸侯臣子而言，自然是一种威慑。

与此同时，他警戒自身，要不断学习积累，就算每天进步一点，坚持下去，也可以达到光明的境界。这种勤勉律己的思想，亦是努力谋求政治安定的决心。

当然，治国不能凭一己之力，还需要群臣的尽力辅佐。希望他们可以恪尽职守，帮助君王承担起朝廷的重任，以美德善行，确保国家的安宁和稳固。

4.《小毖》——是当惩前毖后

予其惩而毖后患。莫予荓蜂[①]，自求辛螫[②]。
肇允彼桃虫[③]，拚[④]飞维鸟。未堪家多难，予又集于蓼[⑤]。

注释

①荓（pīng）蜂：牵引。

②辛螫（shì）：辛劳。

③桃虫：鹪鹩，一种极小的鸟。

④拚（fān）：上下飞翔。

⑤蓼（liǎo）：草本植物，其味苦辣，比喻辛苦。

译文

我要有所警戒，小心谨慎避免后患。缺少辅助我心焦，只能独自操辛劳。

现在才相信，那些小鹪鹩会变成大鸟。国家的灾难多得不堪忍受，我又陷入辛苦的境地。

赏析

周武王伐纣灭商之后，施行仁德，将殷商遗民留在故地，商纣的儿子武庚被封为诸侯。

为了巩固政权，防止叛乱，武王又安排了自己的弟弟管叔、蔡叔和霍叔分别驻守在殷商故地的周围，负责管理几个小国，史称“三监”。

武王去世之后，因为成王年纪尚幼，周公代为摄政。加上他制定的法度规章严格限制了各诸侯的权势，引起了武王几位弟弟的不满。

对于武庚而言，这是一件天大的好事。于是，他联合“三监”发动叛乱。周王朝岌岌可危。

为了巩固周王朝的政权，周公亲自率兵东征，各个击破叛党阵营，最终杀了武庚和管叔，将蔡叔放逐，又将霍叔贬为平民，平定了叛乱。

此篇便是成王对自身的警戒与政治觉醒。他反省自身，以后要多加小心谨慎，以免因为一些看起来被忽视的问题而酿成大祸。

其中运用到桃虫变雕的典故，显得尤其生动。治理国家，常常有看不到的危机潜伏在四周，需要时刻警惕，才能避免遭遇灾难。

从《闵予小子》到《小毖》，亦可以看出成王从即位之初，到理政思想逐步成长、成熟的过程。

5.《载芟》——耕作时的美好

载芟[①]载柞，其耕泽泽[②]。千耦其耘，徂隰徂畛[③]。

侯主[④]侯伯[⑤]，侯亚[⑥]侯旅[⑦]。侯彊侯以[⑧]，有嗿[⑨]其馌。思媚其妇，有依[⑩]其士。

有略[⑪]其耜，俶载[⑫]南亩，播厥百穀。实函斯活，

驿驿其达。有厌其杰[⑬]，厌厌其苗，绵绵其麃[⑭]。

载获济济，有实其积，万亿及秭。为酒为醴，烝畀祖妣，以洽百礼。

有飶[⑮]其香。邦家之光。有椒其馨，胡考之宁。

匪且[⑯]有且[⑰]，匪今斯今，振古[⑱]如兹。

注释

①芟（shān）：除草。

②泽（shì）泽：土地松散的样子。

③畛（zhěn）：田间小路。

④主：家长。

⑤伯：长子。

⑥亚：比长子年纪小的诸子。

⑦旅：幼小子弟辈。

⑧以：雇工。

⑨嗿（tǎn）：众人吃饭的声音。

⑩依：壮盛的样子。

⑪有略：即“略略”，形容锋利。

⑫载：翻草。

⑬杰：先长出的苗。

⑭麃（biāo）：除去禾苗间的草。

⑮飶：食物的香气。

⑯且：此时。

⑰且：此事。

⑱振古：自古。

译文

拔除野草挖除树根，翻松耕地的土。上千名农夫一起除草，走上田埂前往田地。

家长和长子都来了，其他晚辈也都到场。强壮的雇工都来助力，一起到田间地头吃饭。送饭的妇女都很美好，耕作的男人都很健壮。

犁头铁锹非常锋利，从向阳的田地开始耕作。五谷杂粮播种下去，种子入土就充满生机。

种子不断破土而出，长出美好的嫩苗。禾苗整齐又茂盛，除去那密集的禾苗之间的草。

收获的粮食非常多，露天的打谷场堆成山，数量多得数不清。用来酿造清酒和甜酒，进献给祖父祖母品尝，供应祭祀的各种礼仪。

祭祀的饮食香气四溢，是国家昌盛的荣耀。进献的花椒酒芬芳扑鼻，祝福老人长寿安康。

不是现在才有这样的景象，不是今年才有丰收之庆，自古以来就是如此。

赏析

春耕之时，农田里一派生机勃勃的景象。

君王将土地分封给各领主，再层层分拨给每家每户，使得人人有地种，家家有粮收。

于是，在忙碌的春耕时节，全家大小都出动了。家长带着所有的男子下地干活，拔去野草，挖出深埋在地里的树根，将土地翻松，有条有理地进行着农耕劳作。

妇女们也没闲着，在家中做好了饭菜送到地里，让强壮的劳动力们吃饱了更有力气干活。

宽广的公田和私田那么多，雇工也都积极地出动，抓紧时间挥舞着锋利的农具，赶在最适宜的时间里将种子播种下去。

众人齐心协力，使用合适的工具，依照正确的耕种方式，将田地打理得非常好。

播种之后，还要勤加管理，除去杂草。禾苗得以吸收丰富的营养和充足的水分，很快就破土而出，一拨拨地生长起来，长得整齐又茂盛。

到了秋天，谷物成熟了，又开始忙着收获。丰收的喜悦就像那数也数不清的粮食一样多！看着露天的粮仓被不断堆满，农夫们心里都乐开了花。

这些清香宜人的农作物，被酿造成清酒、甜酒、花椒酒，各式各样芬芳的美酒用在祭祀典礼上。

如此美好的收获，是国家兴旺昌盛的象征。于是，众人将最好的饮食进献给上天和先祖，感谢他们的护佑，让百姓可以安居，天下可以太平。祈求神灵保佑大家安康长寿。

这样的景象，自古便有，也将代代相传。

《诗经》中的农事诗不少，却各有特色。此篇从春天播种开始，一直讲到秋收冬祭，完整地呈现出了一幅农耕四季图。

6.《良耜》——一组农耕图

畟畟[①]良耜，俶载南亩。
播厥百穀，实函斯活。
或来瞻女，载筐及筥，其饟伊黍。
其笠伊纠，其镈[②]斯赵[③]，以薅[④]荼蓼[⑤]。
荼蓼朽止，黍稷茂止。
获之挃挃[⑥]，积之栗栗。其崇如墉，其比如栉。
以开百室，百室盈止，妇子宁止。
杀时犉牡，有捄其角。以似以续，续古之人[⑦]。

注释

①畟（cè）畟：耒耜的锋刃深耕快进的样子。

②镈（bó）：古代的农具，类似锄头。

③赵（diào）：扒地，锄地。

④薅（hāo）：除掉田中杂草。

⑤荼（tú）蓼：陆地的杂草。

⑥挃（zhì）挃：收割庄稼的声音。

⑦古之人：指先祖。

译文

这把好耜真锋利，开始深耕南面的土地。

播下五谷杂粮的种子，种子入土就充满生机。

有人来给你送饭，方筐和圆篓都盛得满满当当，送来的是黄米饭。

斗笠用绳索系在颈上，用锋利的锄头来锄地，除掉田间地头的杂草。

杂草全都腐烂掉，庄稼才能茂盛生长。

挥舞着镰刀收割唰唰响，割下的庄稼堆得整整齐齐。多得像城墙一样高，像梳子一样密。

新开百座粮仓，每座粮仓都装满，妇女儿童都喜气洋洋。

宰杀黑唇大黄牛，公牛的长角向上弯取。继承这祭祀的传统，继承先祖的礼仪。

赏析

在周朝，农业的耕作已经非常发达。

如果说上篇《载芟》是春耕秋收的远景图，此篇《良耜》就是将镜头拉近之后的特写图。

你看，春耕时，使用的是锋利的耒耜，可以快而深地插入泥土中，翻起土壤耕作。翻耕好土地之后，便洒下农作物的种子，让它在松散湿润的土地中发芽、生长。

镜头切换到下一个画面，是一行妇女举着方筐和圆篓从田埂上走来，她们有说有笑，招呼着在地里干活的男人："开饭咯！"那竹筐中盛着满满的黄米饭，新鲜出锅，还热气腾腾呢！

正在干活的男人是什么模样呢？他们将斗笠用绳索系好，手里拿着锋利的锄头，正在卖力地除掉田间地头的杂草。汗珠顺着脸颊流下，背上的衣衫已经湿透了。

这杂草堆在旁边，等到腐烂了，刚好可以成为最好的肥料，让庄稼更加茂盛地生长。可见，周朝的农业从工具到技术都已经非常先进。

一个蒙太奇镜头，将画面切换到了秋收时的景象。特写的镰刀在唰唰地收割着农作物，割下来的庄稼用快镜头展现，越堆越多，越堆越高，整齐又密集，就像梳子的齿一样密，像城墙那么高。百座粮仓全都被装满了，近景是妇女和儿童灿烂的笑容。

此时，秋收完成，要开始祭祀典礼了。

他们宰杀了黑唇黄毛的大公牛，继承先祖的传统，进行祭祀。这种礼仪代代相传。

这一幅幅生动的画面，构成了一年四季的农耕生活剧，千年之后，在我们的脑海中上演。

7.《丝衣》——宾尸之礼，有礼有节

丝衣[①]其紑[②]，载[③]弁俅俅。自堂徂基[④]，自羊徂牛。鼐[⑤]鼎及鼒[⑥]，兕觥其觩，旨酒思柔。不吴[⑦]不敖，胡考之休。

注释

①丝衣：神尸所穿的丝质白色的祭服。

②紑（fóu）：衣服洁白鲜明的样子。

③载：通“戴”。

④基：堂前台阶下。

⑤鼐（nài）：大鼎。

⑥鼒（zī）：小鼎。

⑦吴：大声说话。

译文

丝衣祭服洁白而明亮，华美的祭祀帽子戴在头上。从明堂到堂前台阶下，祭祀的牺牲从羊到牛一应俱全。

大鼎小鼎都陈列好，弯曲的犀牛形酒器盛满了酒，美酒柔和又醇厚。没人喧哗或傲慢无礼，保佑大家都享有长寿之福。

赏析

这是祭祀祖先的第二天，称为绎祭。

在这一天，要举行“宾尸之礼”。正祭的仪式上，那个代替死者受祭的人被称为“尸”。“宾尸之礼”就是为了酬谢他的辛苦，准备好酒食请他来享用。

他穿着洁白的丝衣祭服，明亮如雪。头上戴着华美的祭冠。

宴席已经摆好，大鼎小鼎中装着烹饪好的牛羊，精致的酒器里也盛满了美酒。丰盛的饮食，陈列得整齐又妥当。

主人和宾客都依循礼仪，没有人喧哗吵闹，言行举止有礼有节。在一片和谐的气氛之中，大家共饮美酒，品尝佳肴。祈求先祖神灵赐福，保佑大家都能长寿安康。

8.《酌》——遵时养晦，择时而动

於铄[①]王师，遵养时晦。时纯熙矣，是用大介。
我龙[②]受之，蹻蹻王之造。载用有嗣，实维尔公允师。

注释

①铄（shuò）：通“烁”，辉煌。

②龙：借为“宠”，荣幸。

译文

啊！辉煌的王朝军队，顺应时势而退隐待时。形势大好国运昌盛，上天降下福气吉兆死士忠于周王。

我荣幸地承受这功业，一切都仰仗于英勇的武王。后世子孙要牢记，先公是你的好榜样。

赏析

此篇虽短，却在对武王的赞颂中提到了他顺应时势、退守待时的策略。成语“遵时养晦”便出于此处。

朝廷的治理，有勇无谋是断然要不得的。能够洞察天下的局势，一边不断训练加强自身的军事能力，一边寻找合适的出兵机会，才是御敌的良策。

成王对王朝军队及统帅表示感激，依循先祖之道统治天下，任命周公和召公分治左右，亦不失为稳固政局的明智之举。

9.《桓》——武王颂

绥万邦，娄丰年，天命匪解。桓桓武王，保有厥士①，于以四方，克定厥家。於昭于天，皇以间②之。

注释

①士：疑为“土”之误。

②间：代。

译文

安定天下四方，屡屡获得丰收好年景，上天一直护佑周朝。武王威武英明，保有群臣，以至于统治天下四方，能使周朝安定太平。啊！武王的功德辉煌于天，得以取代殷商君临天下。

赏析

古人信命，更信天。

传言在行军打仗之后，因为杀戮太多，会遭遇凶年。可是，周武王讨商伐纣，却是将四方百姓从暴虐的君王手中解救出来，为民除害。因而，在他平定天下之后，屡屡获得丰收的好年景。百姓丰衣足食，对周朝的统治由衷感激。

这颂歌，便是歌颂武王的神武英明。他的大军将士勇猛能干，可以保护国土，安定天下。而他辉煌的功绩，亦得到上天的垂青，使之成为天下君主，并一直护佑周王朝的统治。

10.《赉》——继承天命，也继承美德

文王既勤止，我[①]应受之。
敷时绎[②]思，我徂维求定。
时周之命，於，绎思。

注释

①我：周武王自称。

②绎：不断。

译文

文王已经辛劳一生，我应当继承这创业精神。
不断发扬这治国之道，我去伐纣就是为了安定天下。
周朝承受天命，啊！永远继承发扬！

赏析

武王伐纣取得胜利，天下四方得以安定。

他先设立了“三监”，班师回朝后，又进行了大规模的册封。天下四方被划分成大大小小的诸侯国，被封为诸侯的有四百人之多。

高官厚禄，论功行赏。大量的赏赐被分发给公卿诸侯。

在祭祀亡父文王的典礼上，他告诫各位诸侯臣子，要继承文王的美德，不可因取得胜利而有所懈怠。自己也定会继承文王的创业精神，秉持上天的使命，勤于朝政，保持天下安定。

近代学者认为，此篇乃古代大型舞乐《大武》的一个乐章，遗憾的是，乐曲早已失传，其舞蹈也只留下一些简单记录，难以重现。

11.《般①》——山河祭

於皇时周！陟其高山，嶞②山乔岳，允犹翕河。
敷天之下，裒③时之对，时周之命。

注释

①般（pán）：乐名，是巡狩祭祀四岳河海的乐歌。

②嶞：狭长的小山。

③裒（póu）：聚。形容众多。

译文

啊，伟大的周王朝！登上巍峨的高山，群山连绵起伏，水流顺势汇聚在黄河。

普天之下的山河之神，都聚在这里配享祭祀，这是周王朝永久的天命！

赏析

天子在巡狩途中，祭祀山河。

连绵的崇山峻岭，远看雄伟壮丽，走近却见树木青葱茂密，林间小道幽静而深邃。沿着山路一直攀登，直至顶峰。

此时，眼前是一片瑰丽而华美的土地。宽阔而整齐的耕地，秀丽的村庄，条条丝带般的河流蜿蜒其间，向着黄河汇聚而去。

站在此处俯视天下，一种豪迈激动的心情不由得从心中迸发。

身为天子，继承周王朝的天命统治天下，包括这伟大的山河。山神、河神都聚集在这里，享用祭祀的饮食，保佑周王朝永盛不衰！

这是《周颂》的最后一篇，文字简短，却气势磅礴。华夏民族的文化，源远流长。

鲁颂

1.《駉》——鲁僖公的牧马图

駉駉[1]牡马，在坰[2]之野。薄言駉者，有驈[3]有皇[4]，有骊有黄[5]，以车彭彭。思无疆，思马斯臧。

駉駉牡马，在坰之野。薄言駉者，有骓[6]有駓[7]，有骍有骐，以车伾伾[8]。思无期，思马斯才。

駉駉牡马，在坰之野。薄言駉者，有驒[9]有骆，有駵[10]有雒[11]，以车绎绎。思无斁，思马斯作[12]。

駉駉牡马，在坰之野。薄言駉者，有骃[13]有騢[14]，有驔[15]有鱼[16]，以车祛祛[17]。思无邪，思马斯徂。

注释

①駉（jiōng）駉：马肥壮的样子。

②坰（jiōng）：很远的野外。

③驈（yù）：白胯的黑马。

④皇：黄白色的马。

⑤黄：黄赤色的马。

⑥骓（zhuī）：青白杂毛的马。

⑦駓：黄白杂毛的马。

⑧伾（pī）伾：有力的样子。

⑨驒（tuó）：有鳞状斑纹的青色马。

⑩骝（líu）：赤身黑鬃的马。

⑪雒（luò）：黑身白鬃的马。

⑫作：奋起。

⑬骃（yīn）：浅黑间杂白色的马。

⑭騢（xiá）：赤白杂毛的马。

⑮驔（diàn）：脚胫有白色长毛的马。

⑯鱼：两目毛色白的马。

⑰祛（qū）祛：疾驱的样子。

译文

那群健壮的公马，在远郊之外的原野上。这些肥壮的马，有白胯的黑马和黄色的马，有纯黑色的马和黄赤色的马，它们驾起车来真威武。鲁僖公思虑深广，谋求的马儿都是上品。

那群健壮的公马，在远郊之外的原野上。这些肥壮的马，有青白杂毛的马和黄白杂毛的马，有赤黄色的马和青黑花纹的马，它们驾起车来很有力。鲁僖公思虑深远，谋求的马儿都身强力壮。

那群健壮的公马，在远郊之外的原野上。这些肥壮的马，有鳞状斑纹的青色马和白身黑鬃的马，有赤身黑鬃的马和黑身白鬃的马，它们驾起车来跑得飞快。鲁僖公思虑无限宽，谋求的马儿都活力无穷。

那群健壮的公马，在远郊之外的原野上。这些肥壮的马，有浅黑杂白色的马和赤白杂毛的马，有脚胫有白色长毛的马和双目长白毛的马，它们驾起车来很强健。鲁僖公思虑合正道，谋求的马儿都能跑远方。

赏析

在远郊的树林之外，有一片宽阔无垠的原野。

放眼望去，有白胯的黑马、黄白色的马、纯黑色的马、黄赤色的马、青白杂毛的马、黄白杂毛的马、赤黄色的马、青黑色的马、鳞状斑纹的青色马、白鬃的黑马、赤身黑鬃的马、黑身白鬃的马、浅黑间杂白色的马、红白杂毛的马、脚胫有白色长毛的的黑马、双目长白毛的马，文中不厌其烦罗列出各种马匹的模样，这都是鲁僖公的牧马。

如此五彩斑斓的颜色，如同流动的颜料，在无形的大手之下，于天地之间绘出令人惊叹的美妙水彩画。

品种繁多的马儿，都是鲁僖公精心挑选出来的。在古代，依据马匹的不同特性，有着不同的用途。或用于驮运，或运用征战，或用于交通……这些马儿品性驯良，强健有力，不但活力无穷，还有着奔驰远方的能力和志向。

此篇咏马之作，未尝不是对贤者的隐喻。鲁僖公既能谋求良驹，更能任用贤人，使其得以施展自身的才华，稳固鲁国的安定。

2.《有駜》——君臣欢宴

有駜[①]有駜，駜彼乘黄。夙夜在公，在公明明。振振鹭[②]，鹭于下。鼓咽咽[③]，醉言舞。于胥乐兮！

有駜有駜，駜彼乘牡。夙夜在公，在公饮酒。振振鹭，鹭于飞。鼓咽咽，醉言归。于胥乐兮！

有駜有駜，駜彼乘駽駽[④]。夙夜在公，在公载燕。自今以始，岁其有。君子有穀，诒孙子。于胥乐兮！

注释

①駜：马肥壮的样子。

②鹭：舞者手持的鹭羽。

③咽（yuān）咽：鼓声有节奏的样子。

④駽（xuān）：青黑色的马，又名铁骢。

译文

马儿肥壮而强健，那四匹拉车的黄马很强壮。日夜为公事忙碌，勤勉努力地工作。今天拿起鹭羽来跳舞，像是鹭鸶飞落。鼓声有节奏地响起，趁着喝醉了来跳舞，主人宾客共享欢乐！

马儿肥壮而强健，那四匹拉车的公马很强壮。日夜为公事忙碌，今天在官府喝酒。拿起鹭羽来跳舞，鹭鸶向四面飞散。鼓声有节奏地响起，今天不醉不归。主人宾客共享欢乐！

马儿肥壮而强健，那四匹拉车的铁骢很强壮。日夜为公事忙碌，今天在官府里设宴。从今开始，年年都是丰收年。君子有福禄，福泽子孙代代传。主人宾客共享欢乐！

赏析

饥荒的年代终于过去，百姓能够吃饱，马儿也膘肥体壮，鲁国上下一片欢喜。

鲁僖公勤政爱民，励精图治。在伐楚取得胜利后，他乘着青黑色的马拉的车前往郊外祭祀，臣子们也都驾着黄色马匹拉的车前去。

祭祀之后，鲁僖公举行了盛大的欢宴，君主臣子一同饮酒，尽情欢乐。

在宴席之上，舞者翩然转动，手中的鹭羽扬起又落下，随着有节奏的鼓声，将气氛推向高潮。

主人宾客互相敬酒，在日夜操劳的辛苦工作之后，这样的放松令人身心愉悦。

几杯酒下肚，飘飘然如仙，不由得跟随着舞者一起跳起来。平日里的君臣之礼，在此时也都少了分拘谨，多了分融洽和谐。

这欢乐的气氛一直持续到曲终人散，舞者退下，宾客也都带着醉意离席。在他们心中，满怀着对君主的爱戴与敬意。

真希望，从今往后年年都是丰收年！希望上天能够赐予君主无限的福禄，连绵不绝，让子孙后代都能享有！

此篇颂歌洋溢着欢乐的气氛，在鲁僖公的治理下，农业丰收、伐楚凯旋，作者从马匹的肥壮强健写到宴席上君臣的欢歌笑舞，这份快乐激荡着他们的内心，忘记了彼此的距离。千年之后的我们读来，依然能感受到宴席上自在的欢愉。

3.《泮水》——鲁侯颂

思乐泮水，薄采其芹。鲁侯戾止，言观其旂。其旂茷茷[①]，鸾声哕哕。无小无大，从公于迈。

思乐泮水，薄采其藻。鲁侯戾止，其马蹻蹻。其马蹻蹻，其音昭昭。载色[②]载笑，匪怒伊教。

思乐泮水，薄采其茆[③]。鲁侯戾止，在泮饮酒。既饮旨酒，永锡难老。顺彼长道，屈此群丑。

穆穆鲁侯，敬明其德。敬慎威仪，维民之则。允文允武，昭假烈祖。靡有不孝，自求伊祜。

明明鲁侯，克明其德。既作泮宫，淮夷攸服。矫矫虎臣，在泮献馘。淑问如皋陶[④]，在泮献囚。

济济多士，克广德心。桓桓于征，狄[⑤]彼东南。烝烝皇皇，不吴不扬。不告于讻，在泮献功。

角弓其觩，束矢[⑥]其搜[⑦]。戎车孔博，徒御无斁。既克淮夷，孔淑不逆。式固尔犹，淮夷卒获。

翩彼飞鸮，集于泮林。食我桑葚，怀我好音。憬[⑧]彼淮夷，来献其琛。元龟象齿，大赂南金。

注释

①茷（pèi）茷：旗帜飘扬的样子。

②色：和蔼。

③茆（mǎo）：莼菜。

④皋陶（yáo）：尧舜时掌管刑狱的官，善于听讼。

⑤狄：治服。

⑥束矢：五十支一捆的箭。

⑦搜：箭矢疾速飞行的声音。

⑧憬：觉悟。

译文

在欢乐的泮水，采摘水芹菜。鲁侯来到了，看那蛟龙旗帜。那蛟龙旗迎风飞扬，车铃发出和谐的鸣响。随从不论官职大小，跟着鲁侯一同前来。

在欢乐的泮水，采摘水藻。鲁侯来到了，他的马儿真强壮。他的马儿真强壮，鸣叫声无比清亮。他和颜悦色面带笑容，不是生气是耐心调教。

在欢乐的泮水，采摘莼菜。鲁侯来到了，在泮宫设宴饮酒。喝着醇厚的美酒，祈盼长寿无疆。通往泮宫的长道两旁，跪满大批淮夷的俘虏。

端庄肃穆的鲁侯，恭敬地显露他的美德。恭谨有度又保持威仪，他是人们的榜样。文治武功他全都齐备，把列位先祖的事业继承发扬。事事都效法先祖的准则，祈求保佑他拥有洪福。

勤勉治国的鲁侯，能够彰显他的美德。已经修建好泮宫，淮夷也被征服。勇猛如虎的将士，在泮宫进献敌军的左耳。他就像皋陶一样善于讯问，将士在泮宫进献俘虏。

面对众多的臣工，鲁侯能够广施仁德。威武的出征大军，治服了东南的淮夷。气势雄壮而宽厚，没有喧哗与嘈杂。不为邀功而争辩，在泮宫有序地把献俘奏功。

拉开镶嵌兽角的弓，众箭齐发嗖嗖响。战车非常宽大，步兵车兵没人厌战。已经战胜淮夷，淮夷上下很顺从，无人违背命令。因为坚持了你的作战谋略，淮夷才终于被战胜。

那猫头鹰飞起，聚集在泮水边的树林里。吃着我的桑葚，回报我好声音。那淮夷既已臣服，忙前来进献他们的珍品。有巨龟和象牙，还有巨玉和南金。

赏析

生活在淮水之畔的少数民族，向来不接受周朝的统治，诸侯各国多次征战都未能平定叛乱。

相对弱小的鲁国，却在鲁僖公的领导下，治兵有方，谋略得当，终于战胜了淮夷。

这天，在他建造的泮宫举行了盛大祭祀与受俘之礼。泮水似乎也受到感染，洋溢着一片欢乐的气氛。

将新鲜的水芹菜、水藻和莼菜打捞起来，准备做祭祀的菜肴。

鲁僖公与臣子们驾着马车来了，马儿强健有力地踏着蹄子嗒嗒向前，空中飘扬着五彩的蛟龙旗帜，清脆和谐的铜铃声阵阵传入耳中。

盛大的宴席拉开了帷幕，鲁侯坐在正中央，威仪又有风度。他恭谨谦和，对待下属从不呵斥，始终保持着和颜悦色的笑容，循循善诱，示以道理。众人都以他为榜样，敬佩他文武兼备的才能，也臣服于他宽厚仁德的善行。

此次征战规模巨大，宽大雄伟的战车一辆又一辆，步兵和驾车的士兵更是不计其数，但他们都坚定地依照鲁侯制定的作战策略，没有任何人在中途退缩或违抗命令，齐心协力将淮夷制服，取得了辉煌的战绩。

战利品堆放得满满当当，宴席上不断有将士进献俘虏和敌军的左耳。

他们有礼有序，不争辩吵闹，只是将自己的功绩呈上，摆放在庄严肃穆的鲁侯跟前。鲁侯依次对战俘进行审问，询问的技巧非常巧妙，论功行赏也尤其分明。

像猫头鹰一般讨厌的淮夷终于觉悟，臣服在鲁侯的脚下，带来大量的礼物和财宝，恭敬地进献给鲁国。

崇尚文治的鲁侯，事无巨细遵从着先祖的法度与德行，勤勉治国，广施美德。是以，可以昭告列祖列宗在天之灵，请他们保佑子孙后代长寿无疆，福禄连绵。

此篇虽不乏溢美之词，但作为长篇叙事诗，其结构脉络清晰分明，既有宏大的叙事，也有细节的描写，塑造了鲁侯的光辉形象。

4.《閟宫》——追思历史，未来可期

閟宫[①]有侐[②]，实实[③]枚枚[④]。赫赫姜嫄，其德不回。上帝是依，无灾无害。弥月不迟，是生后稷。降之百福。黍稷重穋[⑤]，稙稺[⑥]菽麦。奄有下国，俾民稼穑。有稷有黍，有稻有秬。奄有下土，缵禹之绪。

后稷之孙，实为大王。居岐之阳，实始翦商。至于文武，缵大王之绪，致天之届，于牧之野。无贰无虞，上帝临女。敦商之旅，克咸厥功。王[⑦]曰叔父[⑧]，建尔元子，俾侯于鲁。大启尔宇，为周室辅。

乃命鲁公，俾侯于东。锡之山川，土田附庸。周公之孙，庄公之子[⑨]。龙旂承祀，六辔耳耳[⑩]。春秋匪解，享祀不忒。皇皇后帝，皇祖后稷。享以骍牺，是飨是宜。降福既多，周公皇祖，亦其福女。

秋而载尝，夏而楅衡[⑪]，白牡骍刚。牺尊[⑫]将将，毛炰[⑬]胾[⑭]羹。笾豆大房[⑮]，万舞洋洋。孝孙有庆。俾尔炽而昌，俾尔寿而臧。保彼东方，鲁邦是常。不亏不崩，不震不腾。三寿作朋[⑯]，如冈如陵。

公车千乘，朱英[⑰]绿縢[⑱]，二矛[⑲]重弓[⑳]。公徒三万，贝胄[㉑]

朱綅[22]。烝徒增增，戎狄是膺，荆[23]舒[24]是惩，则莫我敢承[25]！俾尔昌而炽，俾尔寿而富。黄发台背，寿胥与试。俾尔昌而大，俾尔耆而艾。万有[26]千岁，眉寿无有害。

泰山巖巖，鲁邦所詹。奄有龟蒙[27]，遂荒大东[28]。至于海邦，淮夷来同。莫不率从，鲁侯之功。

保有凫绎[29]，遂荒徐宅。至于海邦，淮夷蛮貊。及彼南夷，莫不率从。莫敢不诺，鲁侯是若。

天锡公纯嘏，眉寿保鲁。居常与许，复周公之宇。鲁侯燕喜，令妻寿母。宜大夫庶士，邦国是有。既多受祉，黄发儿齿[30]。

徂来[31]之松，新甫[32]之柏。是断是度，是寻是尺。松桷[33]有舄[34]，路寝孔硕，新庙奕奕。奚斯[35]所作，孔曼[36]且硕，万民是若。

注释

①閟（bì）宫：神宫，庙宇。

②有侐（xù）：清静的样子。

③实实：广大的样子。

④枚枚：清静的样子。一说细密的样子。

⑤重穋（tóng lù）：通“穜稑”，先种后熟叫“穜”，后种先熟叫“稑”。

⑥稙稺（zhī zhì）：两种谷物。早种早熟的叫“稙”，晚种晚熟的叫“稺”。

⑦王：周成王。

⑧叔父：成王的叔父，指周公旦。

⑨周公之孙，庄公之子：指鲁僖公。

⑩耳耳：盛美的样子。

⑪楅衡（bī héng）：捆在牛角上以防触人的横木。

⑫牺尊：牺牛形的酒尊。

⑬毛炰（páo）：带毛涂泥烧烤全猪。

⑭胾（zì）：大块的肉。

⑮大房：大的盛肉容器。

⑯三寿作朋：古代常用的福寿语。《养生经》中说三寿是“上寿百二十，中寿百年，下寿八十”，此处指高寿。

⑰朱英：矛上装饰的红缨。

⑱绿縢：缠在弓上的绿绳。

⑲二矛：兵车上的长短两支矛，用于不同距离的交锋。

⑳重弓：兵车上常用和备用的两张弓。

㉑胄：头盔。

㉒綅（qīn）：线，用于固定贝壳。

㉓荆：楚国的别名。

㉔舒：国名，楚国的同盟国。

㉕承：抵抗。

㉖有：又。

㉗龟蒙：两座山名。

㉘大东：最东边。

㉙凫绎：两座山名。

㉚儿齿：老人牙落后又生新牙，高寿的象征。

㉛徂来：山名。

㉜新甫：山名。

㉝桷（jué）：方椽。

㉞舄（xì）：高大的样子。

㉟奚斯：人名，鲁国大夫。

㊱曼：长。

译文

宫庙肃穆清静，建筑广大而坚实。这里供奉着声名显赫的祖母姜嫄，她拥有圣洁无邪的德行。上天眷顾她，使得她从未经历灾害。她怀胎整整十月，生下了后稷。上天赐予他福气满满。黄米和谷子先后成熟，谷物和豆类依次种下。包括附庸小国在内，教给民众农业劳作的方法。有谷子和黄米，还有水稻和黑黍。包括天下所有土地，继承大禹未完的事业。

后稷的第十二代孙子，是太王古公亶父。他迁居到岐山南边，开始了灭殷商的漫漫征途。到文王、武王的时代，继承太王的事业，替天行道诛伐殷商，在牧野取得决战胜利。没有差错也没有欺骗，上天在监察着你的行为。治服殷商的军队，能拥有同等大功绩。成王对叔父说，封立你的长子，使他在鲁地成立诸侯国。大力扩张你的疆土，成为周室的屏障。

于是命伯禽为鲁公，封为周朝东边的诸侯。赐给他广阔的山川，还有田地和附庸小国。周公的孙子，也就是庄公的儿子僖公。他举起龙旗继承了君位，六条缰绳柔软光泽。春秋两祭从不懈怠，祭献先祖绝无差错。祭祀伟大显明的上天，配祭辉煌的先祖后稷。献上红色的公牛，请神灵来享用美酒佳肴。上天降下许多福气，伟大的先祖周公，也将赐福给你。

秋季祭祀为尝祭，夏天就把牛角固定好，有纯白的公牛和纯红的公牛。牺牛形的酒樽非常高大，烧烤全猪烹饪肉汤。笾豆和大房都盛满，万舞的声势宏伟。孝孙僖公有福庆。使你兴荣昌盛，使你长寿健康。保卫那东方国土，鲁国长久不衰。不缺损也不崩塌，不翻腾也不动荡。至高长寿，如山陵高岗。

僖公有战车千辆，矛上饰有红缨弓上系着绿绳，战车上装着两支矛备着两把弓。僖公有步兵三万人，头盔镶着红线串缀的贝壳。僖公的军队众多，猛击戎族和狄族，严惩楚国和徐国，没人胆敢与之抗衡。祝你昌盛又兴旺，祝你长寿又富贵。直到头发变黄又驼背，长寿无人能相比。祝你旺盛又强大，祝你活到高寿。直到万岁又千岁，长寿健康没有灾害。

泰山高峻又雄伟，鲁国对它最尊崇。龟山和蒙山都属鲁，疆土直到最东边。沿海小国都归附，淮夷也来朝贡。他们无不归顺鲁国，这都是鲁侯的功业。

保有凫山和绎山，疆土扩大到徐国的居住地。直到海边的小国，以及淮夷和蛮貊。连那些南方的蛮夷，都无不服从。没人敢不听命，鲁侯吩咐的都应从。

上天赐给鲁公大福，让他长寿安康保卫鲁国。常、许二地也被占领，恢复了周公原来的疆土。鲁侯大设宴席庆祝，祝他妻子美善母亲高寿。上下官员都贤良，国家才能保兴旺。鲁国已经得到许多福祉，黄发老人都再生了牙齿。

徂徕山上的青松，新甫山上的翠柏。将它砍伐再锯开，度量尺寸留存好。松木方椽粗大结实，宗庙后殿高大恢宏，新修的庙堂壮丽无比。奚斯我写的这诗作，篇幅长、内容多，是顺从了万民的心意。

赏析

一首颂歌，唱不尽千百年的历史兴衰。

而奚斯，他洋洋洒洒写下这长篇诗作，是怀着一颗渴望光复鲁国盛世的心。

从周朝的建立，直至鲁国的先祖被封为诸侯，这漫长的经历，化作字里行间的一言一语，看起来是追思先祖的功绩，却蕴含着对未来的期望。

鲁僖公建造的神庙并非只是一座宗庙，更是象征着鲁国在周朝的身份地位。奚斯不断写到鲁僖公的战功，疆土的广大，其他诸侯小国的附庸归顺。然而，我们不难看出，当时的鲁国已经无法突破先祖的基业。

作者极尽所能地歌颂鲁僖公的兵力与强大，歌颂祭祀的隆重与盛大，却也在不断地祈求着上天赐予长寿，希望黄发老人再生牙齿。

这颂歌，令我读来，仿若一首无声的悲歌。

商颂

1.《那》——乐舞祭

猗与那与！置我鞉鼓[1]。奏鼓简简，衎我烈祖。

汤孙奏假，绥我思成。鞉鼓渊渊，嘒嘒管声。既和且平，依我磬声。於赫汤孙！穆穆厥声。

庸[2]鼓有斁，万舞有奕。我有嘉客，亦不夷怿。

自古在昔，先民有作。温恭朝夕，执事有恪。

顾予烝尝，汤孙之将。

注释

①鞉（táo）鼓：有柄的小鼓。

②庸：通“镛”，大钟。

译文

啊，多么美好！放置好我的大鼓小鼓。奏响大而和谐的鼓声，让我那功业显赫的先祖享受欢愉。

商汤的子孙后代来祭祀，请先祖安享这太平之乐。鼓声深远，管乐清亮。这和谐适中的声音，配合着空灵的磬乐。啊，众多的商汤子孙！这乐声庄严又肃敬。

大钟和鼓一齐奏响，乐声响亮震撼。盛大的万舞，场面恢宏。我有嘉宾来助祭，也都沉浸在欢乐中。

在那遥远的古代，先民行止有法度。早晚都温和恭敬地奉祀，行事有礼又有节。

敬请先祖光临我们的祭祀，商汤子孙后代虔诚奉祀。

赏析

咚咚，咚咚，鼓声擂动，庄严肃穆的祭祀典礼开始了。

大鼓和小鼓轻重交替，带着力度与节奏，似乎连心跳也加入节拍里。在深远的鼓声中，清亮的管弦乐响起，悠扬而连绵的管乐让低沉的心情随之浮出水面。这和声之中，又加入了空灵的磬乐，将众人的思绪带到遥远的上空。

继而，是大钟和鼓声合奏，声音洪亮，响彻天际，连大地都开始微微震颤。

舞者陆续上场，成百上千人组成盛大的队伍，这万舞的祭祀仪式如此恢宏，令人叹为观止。

商汤的子孙后代以华美的歌舞祭祀先祖，助祭的宾客也都沉浸其中，屏住呼吸聆听欣赏。

他们继承着先祖的奉祀礼仪，祈求神灵在天护佑，赐予子孙后代洪福齐天。

《商颂》的第一篇，虽为祭祀先祖，却与《周颂》有所不同，并未提及饮食的丰盛，而注重视觉和听觉的享受。读来，如同欣赏了一段美妙的乐舞演出。

2.《烈祖》——祭祖之庄重

嗟嗟烈祖，有秩斯祜。申锡无疆，及尔斯所。

既载清酤，赉我思成。亦有和羹，既戒既平。鬷假[①]无言，时靡有争。绥我眉寿，黄耇无疆。

约軧错衡，八鸾鸧鸧。以假[②]以享，我受命溥将。自天降康，丰年穰穰。来假来飨，降福无疆。

顾予烝尝，汤孙之将。

注释

①鬷（zōng）假：集合大众祷告。鬷，奏，进。

②假：通“格”。至，到。祭者上致于神。

译文

啊，功业显赫的先祖，时常降下大福。再三赐予子孙后代无穷的福气，恩泽遍及国土。

清酒已经盛满酒器，请赐予我太平安康。还有那调和好的汤羹，五味平衡味道好。众人默默祷告，没有争论和喧闹。请先祖赐予我长寿，直至长寿无疆。

红色皮革缠绕车轮轴，金漆装饰着横木，车上的八个铜铃发出悦耳声响。向神灵献上祭品，我受天命大又长久。上天降下安康，丰收之年粮食满仓。请来享用这祭祀的饮食，赐予子孙洪福无疆。

敬请先祖光临我们的祭祀，商汤子孙后代虔诚奉祀。

赏析

一年四季，对于先祖的祭祀是举国上下重要的仪式。

在这天，君王臣子的车马都进行了隆重的装饰，皮革刷上红漆，整齐有序地缠绕在车轮的轴承之上，车前的横木都涂着金漆，远远看去，辉煌又华贵。

驾车的四匹马，每匹都配有左右两只饰有鸾鸟的铜铃，八只鸾铃随着车轮的滚动发出叮当、叮当的清脆铃音。

商汤的子孙后代乘着车马前来，器宇轩昂，显露着庄严与威仪。

祭祀的供品已准备妥当。收获的粮食酿造了美酒，宰杀的牺牲烹饪熟，加入五味调料，制作成鲜美可口的汤羹。这汤水佳酿，都是用来进献给伟大的先祖的。

在典礼上，气氛肃穆静默，众人都在无声地祷告，祈求先祖神灵享用祭祀，降下洪福，保佑子孙后代年年拥有丰收的好年景，长寿无疆，乃至福禄无限。

此篇侧重于描述车马的华丽和汤羹酒水的精心制作，如果说上一篇充满动态的热烈气氛，这篇则突出了静态的庄重典雅。

3.《玄鸟》——朝代的传承

天命玄鸟[1]，降而生商[2]，宅殷土芒芒[3]。古帝命武汤，正域彼四方。

方命厥后，奄有九有。商之先后，受命不殆，在武丁孙子。

武丁孙子，武王靡不胜。龙旂十乘，大糦[4]是承。

邦畿千里，维民所止。肇域彼四海。

四海来假，来假祁祁。景员维河。殷受命咸宜，百禄是何。

注释

①玄鸟：黑色燕子。

②商：指商的始祖契。传说有娀氏之女简狄吞食燕卵之后怀孕生下契，契就是商的始祖。

③芒芒：通“茫茫”，广大的样子。

④糦（xī）：通“饎”，指祭品。

译文

上天命玄鸟显灵人间，使得先祖契降生，居住在广大的殷族土地上。上天命令武王成汤，治理疆土和天下四方。

遍告四方诸侯，包括天下九州都归属商汤王。商朝先王，承受天命从不懈怠，武王孙辈武丁将之发扬光大。

武王的孙子武丁，很好地继承了成汤的功业。诸侯们乘着龙旗大车来助祭，进献大量的粮食做祭品。

国土连绵千里，百姓都居住在这里。开辟的疆域已经广及四海。

天下小国来朝贡，来朝贡的人无比多。为什么如此幅员广大？殷受天命做得很好，因此得到如此多的福报。

赏析

传说，娀氏之女简狄，有天吃了枚燕子蛋，之后便怀孕生下儿子契。

契，就是商的始祖。

商以鸟为图腾。玄鸟虽带有神话色彩，却也显露出古代人对于天命的信奉。

这玄鸟显灵，让契出生在广大的殷族土地上。他自出生起，就承受了天命，要治理殷族的疆土以及天下四方。

天命所向，九州土地和四方诸侯都归属商汤王管辖。先王商汤不敢懈怠，每日勤修政事，建立了商朝基业，让天下得以安宁。

其间，略去数年的起伏跌宕，转眼跳跃到武王成汤的孙子武丁。

武丁继承了天命，先祖的基业不仅保护得很好，还得到了巨大的发展。在他的统治下，疆土更为广大，百姓虽大多住在京师附近，但疆域已经开辟到了四海。

他德行四方，使得天下政局稳定，百姓得以安享太平。诸多的小国和少数民族都纷纷归顺，前来进贡的人络绎不绝。

这番繁华兴旺的景象，在祭祀大典上得以呈现。助祭的诸侯们乘坐着龙旗大车，满载着进献的祭品，都来参与对先祖的祭礼。

此篇颂歌，以神话开端，将武丁的功绩与辉煌展现得淋漓尽致。

4.《长发》——这是一部商朝史

濬哲[①]维商，长[②]发[③]其祥。洪水芒芒，禹敷下土方。外大国是疆，幅陨既长。有娀[④]方将，帝立子生商。

玄王[⑤]桓拨[⑥]，受小国是达，受大国是达。率履[⑦]不越，遂视既发。相土[⑧]烈烈，海外有截。

帝命不违，至于汤齐。汤降不迟，圣敬日跻。昭假迟迟，上帝是祗，帝命式于九围[⑨]。

受小球[⑩]大球，为下国缀旒[⑪]，何天之休。不竞不絿[⑫]，不刚不柔。敷政优优，百禄是遒。

受小共大共，为下国骏厖[⑬]。何天之龙，敷奏其勇。不震不动，不戁不竦，百禄是总。

武王载旆，有虔秉钺。如火烈烈，则莫我敢曷。苞有三蘖[⑭]，莫遂莫达。九有有截，韦顾[⑮]既伐，昆吾[⑯]夏桀。

昔在中叶，有震且业。允也天子，降予卿士。实维阿衡[⑰]，实左右商王。

注释

①濬（jùn）哲：睿智。

②长：常，长久。

③发（fā）：兴发。

④有娀（sōng）：古国名。这里指有娀氏之女。

⑤玄王：对始祖契的尊称。

⑥桓拨：指大治。拨乱反正，自乱而至大治。

⑦率履：遵循礼法。

⑧相土：人名，契的孙子。

⑨九围：九州。

⑩球：玉。

⑪缀旒（liú）：表率。

⑫絿（qiú）：急，急躁。

⑬骏厖（máng）：笃厚。指庇护。

⑭蘖（niè）：树木砍伐后复生的枝条。

⑮韦顾：二国名。

⑯昆吾：国名。

⑰阿衡：指伊尹，原为成汤妻子的陪嫁奴隶，后来辅佐成汤征服天下。

译文

商朝的始祖睿智深远，长久以来都拥有吉祥。远古时洪水滔天，大禹治水施政天下四方。邦畿之外的诸侯国都成为殷商疆土，幅员辽阔广大。有娀氏族部落正在壮大，有娀氏之女生下商的始祖契。

先祖成汤拨乱反正灭夏桀，收服小国、大国，都治理得很好。他遵循礼法从不逾越，进而示教万民都遵从。他的孙子相土也很威武，四海之外的远方诸侯国都归顺统一。

上天之命降于商，成汤奉天命施行。他诞生得不早不晚，圣明庄敬的德行每天提升。他虔诚地向上天祷告久久不息，对上天恭敬有加，上天命令他治理九州。

得授镇圭大圭等执政之宝，成为诸侯国的表率，得到上天的庇护。他既不争竞也不争躁，不过于刚烈也不过于柔和。施政之道宽厚从容，因此百福都汇聚于他一身。

得授小珙大珙等执政之璧，成为诸侯国的保护伞。得到上天的眷顾和恩宠，尽情施展他的勇武。他既不惊惧，也不害怕，无尽福禄都聚集在他一身。

武王成汤举起讨伐夏桀的旗帜，威武地拿着长柄青铜制大斧。征伐军队像烈火一样勇猛，没有人敢阻拦抵抗。一棵树干三个分支，没有一株枝叶稠。天下九州实现统一，韦国和顾国也已经被打败，再讨伐昆吾和夏桀。

回想商朝中世的时候，势力威严而强大。诚信圣明的天子，上天赐予他贤德的卿士。贤明卿士阿衡实至名归，是他在尽力辅佐商王。

赏析

始祖契从降生起就带有神话色彩，因而，他以武力征讨天下四方也显得名正言顺，似乎是在替天行道，举着统一四海的伟大旗帜，不断扩张疆土。

上天对他恩宠有加，他得以尽情施展自己的勇武与睿智的才能。而他侍奉上天也尤其虔诚恭敬，使得他拥有无尽的福禄。

在这天命的加持下，他广施善德，能够不拘出身，提携任用原本是奴隶的贤者。对待各国，他又施行适当的治国策略，宽厚从容。

既有威武勇猛的一面，令人无法抵抗；又有法度和仁德，令人心悦诚服。如此一来，天下诸侯无不归顺。这盛世与福禄连绵不绝，他的孙子相土也拥有辉煌的功绩。

《商颂》的每篇都有其侧重点，从乐舞到酒和华美的车马，再到武力和执政之道。

此篇颂歌别具一格，与其他篇章有所不同的是，不仅赞美先祖，而且从商朝始祖一直歌颂到了卿士。

从古至今，有详有略，成就一篇殷商史诗。

5.《殷武》——寝庙成，追忆先祖

挞[1]彼殷武，奋伐荆楚。罙[2]入其阻，裒荆之旅。有截其所，汤孙之绪。

维女荆楚，居国南乡。昔有成汤，自彼氐羌，莫敢不来享，莫敢不来王。曰商是常！

天命多辟，设都于禹之绩。岁事来辟，勿予祸适，稼穑匪解。

天命降监，下民有严。不僭不滥，不敢怠遑。命于下国，封建厥福。

商邑翼翼，四方之极。赫赫厥声，濯濯厥灵。寿考且宁，以保我后生。

陟彼景山，松柏丸丸[3]。是断是迁，方斲是虔。松桷有梴[4]，旅楹有闲，寝成孔安。

注释

①挞：疾速的样子。

②罙（shēn）："深"的本字。

③丸丸：高大挺直的样子。

④梴（chān）：木头长的样子。

译文

殷王武丁出兵神速，奋力兴师讨伐荆楚。深入荆楚越过险阻，打败楚军抓获俘虏。平复荆楚之地得统一，是成汤子孙的功绩。

你这荆楚，居住在京畿的南边偏远处。当年在成汤年代，那些边远的氐族羌族，没人敢不来进献，没人敢不来朝见。长久都是以商为王。

上天命令各诸侯，建都城在大禹治水之地。每年按时来商朝拜，就不予责备和惩罚，但庄稼耕种不要懈怠。

上天命令殷王监察，下方民众严谨恭敬。赏不越级、罚不滥施，不敢懈怠和偷闲。君王命令下方诸侯国，大造其福。

殷商都城雄伟壮丽，是天下四方的榜样。殷王武丁声名显赫，性情光明磊落。他长寿又安康，保佑后代子孙得安宁。

登上高高的景山，松柏高大挺拔。把它砍倒搬运出去，放在木砧子上砍削修整。松木制成长长的方椽，粗大的楹柱排列整齐，寝庙建成，神灵很安适。

赏析

高宗的寝庙落成了，建造得雄伟壮丽。

首先映入眼帘的是那排粗大的柱子，整齐地伫立在前。从景山深处砍伐的松木，被加工制作成长长的方椽，似乎还散发着松木独有的清香。

站在这寝庙跟前，不由得回忆起先祖当年的丰功伟绩。

话说，兵贵神速。殷王武丁出兵讨伐荆楚之时，以迅雷不及掩耳之势深入敌军腹地，穿越艰难险阻，奋力拼杀，终于平复了楚地叛乱，将俘虏抓获归朝。

从此往后，天下得以统一。

所谓王者风范，便是坐拥四方而不乱。商朝自古以来就受四方朝拜。成汤年代，那些边远地区的少数民族都纷纷前往朝贡进献，没人敢反抗。居住在南边的楚民，竟敢如此忤逆，殷王武丁自然不会放任不管。

商朝为王，乃是受天命所托，监察天下各国。殷王武丁以其光明磊落的性情和宽厚的德行治理天下，因此得到上天的赐福，长寿安康。他按照规章礼节治理各国，要求他们赏罚有度，重视农业生产。天下民众于是不敢懈怠，勤于耕作，每年按时来商朝拜进贡，以获得太平安宁的生活。

长此以往，商的都城成为天下的中心，以其显赫的威名，统治着四方。

如今，寝庙终于建成，高宗神灵可以舒服地居住在这里，享受安宁。

此篇为《商颂》的最后一篇，亦是整部《诗经》的最后篇章。这幅包罗万象、蕴含着西周至春秋中期的历史长卷也由此落成。

诗三百，思无邪。